suhrkamp taschenbuch 4004

Gegen den Willen ihrer Eltern und ihres Verlobten fährt die 19jährige Paula zur Aufnahmeprüfung der Kunsthochschule nach Berlin. Sie wird Malerin, um den Preis der Verhärtung gegen alle und alles. Sämtliche Beziehungen zu Männern scheitern, die zu Frauen gehören zu den beständigeren, vertreiben jedoch nicht die dominierenden Grautöne aus ihren Bildern. Woher kommt diese Gleichgültigkeit gegenüber den anderen und am Ende gegen sich selbst? Wie werden wir, was wir sind? Christoph Hein erzählt von einer Frau, die in ihrem Leben das Abenteuer der Selbstbehauptung eingeht.

»Diese Paula Trousseau macht einen Fehler nach dem anderen, und doch wird der Leser sie nach den gut 500 Seiten fest in sein Herz geschlossen haben, weil diese Romanfigur lebt, weil sie ganz und gar menschlich ist. ... *Frau Paula Trousseau* knüpft auf furiose Art an Heins Novelle *Drachenblut* an.« *Neue Zürcher Zeitung*

Christoph Hein, geboren 1944 in Heinzendorf/Schlesien, aufgewachsen in Düben bei Leipzig, lebt in Berlin. Sein Werk wurde mit zahlreichen Preisen ausgezeichnet, u. a. mit dem Österreichischen Staatspreis für Literatur (2002) und dem Schiller-Gedächtnis-Preis (2004). Als suhrkamp taschenbuch erschienen zuletzt die Romane *Landnahme* (st 3729) und *In seiner frühen Kindheit ein Garten* (st 3773).

Christoph Hein
Frau Paula Trousseau
Roman

Suhrkamp

Umschlagfoto: Sven Paustian

suhrkamp taschenbuch 4004
Erste Auflage 2008
© Suhrkamp Verlag Frankfurt am Main 2007
Suhrkamp Taschenbuch Verlag
Alle Rechte vorbehalten, insbesondere das
der Übersetzung, des öffentlichen Vortrags sowie der Übertragung
durch Rundfunk und Fernsehen, auch einzelner Teile.
Kein Teil des Werkes darf in irgendeiner Form
(durch Fotografie, Mikrofilm oder andere Verfahren)
ohne schriftliche Genehmigung des Verlages reproduziert
oder unter Verwendung elektronischer Systeme
verarbeitet, vervielfältigt oder verbreitet werden.
Druck: CPI – Ebner & Spiegel, Ulm
Printed in Germany
Umschlag: Göllner, Michels, Zegarzewski
ISBN 978-3-518-46004-7

1 2 3 4 5 6 – 13 12 11 10 09 08

Frau Paula Trousseau

für Paula T.

Erstes Buch

1.

Drei Wochen zuvor hatte sich Paula bei ihm gemeldet, so erschien es ihm jedenfalls. Er war derart merkwürdig und unerklärlich auf ihren Namen gestoßen, dass er den ganzen Tag immer wieder an sie denken musste und schließlich mit einem befreundeten Computerspezialisten telefonierte, um von ihm eine Erklärung für das Geschehene zu bekommen.

An jenem Tag hatte Sebastian Gliese an seinem Schreibtisch vor der geöffneten Adressendatei gesessen, um eine Telefonnummer zu suchen. Die Sekretärin hatte zwei Jahre zuvor sämtliche Namen und Anschriften seiner alten Rolodex-Kartei in den Computer übertragen. Es war eine Liste von mehreren hundert Namen, da er nie eine Adresse löschte, auch wenn es seit Jahren keinen Kontakt mehr gab und die Angaben möglicherweise überholt waren. Als er die Namen durchrollen ließ, stutzte er. Der Name Paula Trousseau war zweimal vorhanden. Er öffnete nacheinander beide Adresskarten, sie waren identisch, seine Sekretärin musste aus Versehen die Adresse zweimal abgeschrieben haben. Er erinnerte sich an Paula, die er ein halbes Leben lang nicht gesehen hatte, dann löschte er die Dublette. Der Computer fragte, ob dieser Eintrag tatsächlich gelöscht werden solle, er drückte nochmals die Taste, und auf dem Bildschirm erschien für Sekunden der Vermerk: gelöscht am 22. Mai.

Als er sich vergewissern wollte, dass ihre Adresse nur noch einmal vorhanden ist, war ihr Name nicht mehr zu finden. Beide Einträge waren verschwunden, Paula Trousseau existierte in seinem Computer nicht mehr. Er versuchte, die Löschung rückgängig zu machen, aber das war nicht möglich oder er dafür zu ungeschickt. Er grübelte, worin der Fehler bestanden haben könnte. Ein Freund, den er anrief, weil er sich von ihm eine Lösung des Problems erhoffte, erklärte ihm lediglich, so etwas komme vor, er solle eben stets eine Sicherheitsdatei anlegen, um sich vor solchen Überraschungen zu schützen.

Und nun, wenige Wochen nachdem er ihren Namen gelöscht hatte, hörte er wieder von ihr. Er war von einem Kundenbesuch ins Büro zurückgekommen, als ihm seine Sekretärin sagte, die französische Polizei habe angerufen und wünsche ihn zu sprechen. Sie würden gegen drei Uhr nochmals anrufen.

»Wer will mich sprechen?«, fragte Gliese überrascht.

»Die Gendarmerie von Vendôme. Ein Monsieur Passeret.«

Er fuhr herum und starrte die Frau überrascht an.

»Die Gendarmerie? Aus Vendôme? In Frankreich?«

»Ja, natürlich.«

»Was habe ich mit der französischen Gendarmerie zu tun? Was wollen die von mir?«

»Das wollte er mir nicht sagen.«

Er schüttelte belustigt den Kopf.

»Gut. Stellen Sie ihn durch, falls er sich wieder meldet.«

»Sie müssen französisch mit ihm sprechen. Monsieur Passeret spricht kein Deutsch und kein Englisch.«

»Auch das noch.«

Eine halbe Stunde später klingelte es.

»Monsieur Gliese?«

»Ja.«

»Können Sie mich verstehen? Sprechen Sie Französisch?«

»Ein wenig. Sprechen Sie bitte langsam.«

»Sie sind Monsieur Sebastian Gliese? Sie wohnen in der Nummer fünf der Körnerstraße in Berlin?«

»Das ist korrekt. Was wollen Sie von mir?«

»Mein Name ist Jean-François Passeret, ich bin Commandant der Gendarmerie Nord von Vendôme. Kennen Sie eine Paulette Trousseau oder Pauline Trousseau?«

»Paulette Trousseau? Nein. Aber ich kenne eine Paula Trousseau.«

»Pauline Trousseau?«

»Sie heißt Paula Trousseau. Was ist mit ihr?«

»Sind Sie ihr Ehemann?«

»Nein, ich bin nicht ihr Ehemann.«

»Ihr Vater? Ihr Bruder?«

»Nein, ein Freund. Oder vielmehr, ich war ein Freund von ihr. Wir haben uns aus den Augen verloren. Ich weiß nicht, wie ich es auf Französisch ausdrücken soll. Ich habe sie jahrelang nicht gesehen, verstehen Sie? Ist etwas mit ihr passiert, Monsieur Commandant?«

»Können Sie mir Namen, Adresse oder Telefonnummer des Ehemanns von Paula Trousseau geben?«

»Nein. Ich weiß nur, sie war verheiratet, ist aber längst geschieden. Der Mann hieß oder heißt Trousseau. Wenn ich richtig gehört habe, lebt sie allein.«

»Können Sie mir einen Verwandten von Paula Trousseau nennen?«

»Sie hat einen Sohn. Ich glaube, er heißt Michael. Er müsste Anfang zwanzig sein, ich weiß nicht, wo man ihn auftreiben könnte. Und es gibt noch eine Tochter, etwas älter, aber mehr weiß ich nicht. Mit Paula hatte ich in der letzten Zeit keinen Kontakt. Es ist mindestens fünf Jahre her, dass ich sie gesehen habe.«

»Sie können mir keinen Namen eines Verwandten nennen?«

»So ist es. Was ist mit Paula? Ist Paula Trousseau irgendetwas zugestoßen?«

»Dann danke ich für Ihre Mühe. Und entschuldigen Sie bitte die Störung. Einen guten Abend.«

Sebastian Gliese sah überrascht auf den Hörer.

»So ein Idiot«, sagte er, »so ein ungehobelter Patron.«

In den nächsten Tagen schrieb er einem Freund, der Paula auch kannte. Er berichtete von dem seltsamen Anruf des französischen Polizisten und fragte, ob er etwas über Paula wisse. Und er telefonierte mit zwei ihrer Kollegen, die er vor Jahren bei ihr kennengelernt hatte, aber keiner von ihnen konnte genauere Auskünfte geben. Paula musste sich vor vier Jahren von allen Freunden ohne Lebewohl verabschiedet haben.

Einer vermutete, Paula habe Drogenprobleme. Er habe so was gehört, erklärte er, als Sebastian Gliese nachfragte.

»Sind Sie mit ihr verwandt oder irgendwie verbandelt?«

»Nein. Die Polizei hat sich bei mir nach ihr erkundigt.«

»Die Polizei? Sie wird doch nichts ausgefressen haben, die hübsche Paula.«

»Nein, das kann ich mir nicht vorstellen.«

»Ich weiß nicht, wie Sie zu ihr stehen, aber als Malerin, da taugt das Mädchen nichts. Ich habe ihr gesagt, Mensch, Mädel, so wie du ausschaust, da musst du doch deine Zeit nicht mit Malen verplempern. Such dir einen Kerl, der Moos hat, und genieße das Leben. Du zerquälst dich doch nur auf der Leinwand. Das ist Tristesse mit Trauerrand, was du da pinselst. Wer soll das kaufen? Oder hast du einen Großauftrag vom Beerdigungsinstitut? Die schöne Paula weiß überhaupt nicht, dass es auch freundliche Farben gibt, ein leuchtendes Gelb, ein Karminrot. Bei ihr ist

Terrakotta schon der Gipfel der Lebenslust. Bei ihr gibt es nur Schwarz und Grau, und Grau und Schwarz. Depressionen auf die Leinwand pinseln, das ist das Letzte, was der Markt braucht. Oder lieben Sie solche Bilder?«

»Nein, eigentlich nicht.«

»Sag ich doch. Aber sie greift immer nur nach der größten Tube Schwarz und drückt sie voll auf die Leinwand. Wenn ich das sehe, tut mir die schöne Grundierung leid.«

»Danke für Ihre Auskunft. Und entschuldigen Sie die Störung.«

»Keine Ursache. Wenn Sie mal ein wundervolles Bild kaufen wollen, kommen Sie bei mir vorbei. Ich zeige Ihnen einige Stücke, die sind pure Kapitalanlage, Meister. Mein Atelier ist in der Parkstraße, und Besucher sind allzeit willkommen. Einen Wein gibt es auch, selbst wenn Sie nichts kaufen.«

Mitte November, ein halbes Jahr nach dem Anruf der Gendarmerie von Vendôme, meldete sich Michael Trousseau. Er sagte am Telefon, dass er ein paar Sachen seiner Mutter habe, die sie testamentarisch Sebastian Gliese zugedacht habe und die er vorbeibringen wolle.

»Kommen Sie, wann immer Sie wollen«, sagte Gliese.

»Heute Nachmittag? Gegen fünf?«

»Einverstanden. Ich erwarte Sie.«

Michael Trousseau war ein hochgewachsener junger Mann mit strubbligen blonden Haaren. Er musste Mitte zwanzig sein und wirkte verlegen, als Sebastian ihn ins Wohnzimmer bat und fragte, ob er etwas zu trinken wünsche.

»Bitte machen Sie sich keine Umstände«, sagte der junge Mann.

»Ich mache mir keine Umstände, Michael. Ich darf Sie doch so nennen? Wir kennen uns zwar kaum, aber ich war mit Ihrer Mutter befreundet. Sehr gut befreundet, denke ich. Also, was kann ich Ihnen bringen? Kaffee, Tee, Wasser, Saft?«

»Am liebsten grünen Tee, wenn Sie so etwas haben.«

»Grünen Tee? Natürlich. Davon trinke ich jeden Tag einen Liter.«

Michael Trousseau erzählte, dass die französische Gendarmerie ihn erst vor einem Monat erreicht habe, da er sein Studium für ein Semester unterbrochen hatte, um mit seiner Frau einen Trip durch Südamerika zu machen. Nach der Rückkehr fand er in seiner Wohnung drei Briefe und ein Telegramm der Gendarmerie Vendôme, man bat ihn, sich umgehend mit ihnen in Verbindung zu setzen. Der erste Anruf misslang, da er kein Französisch sprach, aber er hatte begriffen, dass seiner Mutter etwas Schreckliches zugestoßen sein musste. Er habe den Hörer aufgelegt und sei zu einer Kommilitonin gegangen, die ein Jahr in Paris studiert hatte. Dank ihrer Hilfe konnte er sich mit der Polizei in Vendôme verständigen. Seine Mutter war Ende Juni von Bauern in einem verkrauteten Nebenarm der Loire gefunden worden. Zu diesem Zeitpunkt war sie bereits vier Wochen tot. Dieser Nebenarm sei ein fast stehendes Gewässer, kaum tiefer als einen Meter, es sei unzweifelhaft festgestellt worden, dass seine Mutter keinem Gewaltverbrechen zum Opfer gefallen sei, sondern Selbstmord verübt habe. Sie war in dem Wasser nicht ertrunken, vielmehr habe sie sich mit einem Mix unterschiedlichster Tabletten vergiftet. Die Tabletten habe sie, das hätten Untersuchungen ergeben, an dem Gewässer eingenommen. Als sie von einem brüchigen Angelsteg ins Wasser fiel, war sie bereits tot. Es befand sich kein Wasser in ihrer Lunge. Fremdeinwirkung konnte ausgeschlossen werden. Die Polizei habe sich lange bemüht, Angehörige der Toten zu ermitteln, aber in ihren persönlichen Sachen im Zimmer einer Pension unweit von Vendôme fanden sich nur wenige Namen und Adressen, die ihnen nicht weiterhelfen konnten. Nach drei Monaten habe man die Suche ergebnislos abbrechen müssen. Paula Trousseau sei gerichtsmedizinisch untersucht worden und nach der Freigabe auf Kosten der Gemeindekasse kremiert worden, um eine mögliche spätere Überführung zu erleichtern. Falls er, der Sohn, die Urne überführen lassen wolle, bitte man ihn, die Gendarmerie frühzeitig darüber zu unterrichten, da Papiere und notarielle Beglaubigungen erforderlich seien. Auf jeden Fall sei es unumgänglich, nach Vendôme zu kommen, um die in der Pension sichergestellte Habe seiner Mutter abzuholen. Er sei daraufhin drei Tage später mit der Kommilitonin nach Frankreich gefahren, zur Gendarmerie gegangen, danach zum städtischen Friedhof und schließlich zu der angegebenen Adresse der Effektenkammer, um den Koffer, die Skizzenblöcke und den blechernen Malkasten in Empfang zu nehmen. Die Gendarmerie hatte ihm einen Brief der Mutter übergeben, der an ihn gerichtet war. Die Polizei hatte ihn geöffnet.

Michael Trousseau holte den Brief aus der Jackentasche und reichte ihn Sebastian Gliese. Der sah den jungen Mann an, dieser nickte und sagte: »Lesen Sie. Er ist auch für Sie bestimmt, denke ich.«

Gliese nahm langsam und vorsichtig den Brief aus dem Umschlag, als handelte es sich um eine Kostbarkeit, eine Reliquie. Es waren drei handbeschriebene Seiten, auf denen sie ihren Sohn um Verzeihung bat und sich verabschiedete.

Auf der zweiten Seite las er: »Ich wünschte, ich wäre nur irgendein Mädchen gewesen, nicht hübsch, nicht begabt und vor allem ohne Träume. Es wäre mir leichter geworden, den Nachstellungen und Verleumdungen zu entgehen. Es hätte mir vielleicht die Kraft gegeben, mich zu wehren. Verzeih mir, Michael, verzeih mir, du mein Einziger, aber ich habe mein Leben einige Jahre länger getragen, als ich es ertragen konnte. Das solltest du mir zugutehalten, mein Junge. Verzeih, dass ich mein Versprechen sehr bald brechen werde. Aber ich bin am Ende, und ich kann nicht mit dir darüber sprechen. Ich liebe dich zu sehr, um mir diesen Schmerz anzutun.«

Auf der letzten Seite gab es unter dem Namen einen Nachsatz, in dem Paula Trousseau verfügte, dass sie ihren gesamten Besitz dem Sohn Michael vermache. All ihre Bilder, Zeichnungen und Skizzenblöcke sollten jedoch Sebastian Gliese übergeben werden, damit dieser ihr Werk treuhänderisch verwalte. Mögliche finanzielle Erträge sollten, nach Abzug aller entstandenen Unkosten, gleichfalls ihrem Sohn zugutekommen. Sebastian Gliese sei der einzige Mann und Mensch, der ihr auf dieser Erde hätte helfen können. Er sei zu ihrem Schutzengel bestimmt gewesen, aber sie habe es zu spät erkannt.

Verwirrt ließ Gliese die Hand mit dem Brief sinken und sah den jungen Gast an. Vorsichtig faltete er den Brief wieder, schob ihn in den Umschlag und gab ihn zurück.

»Wären Sie bereit, den Wunsch meiner Mutter zu erfüllen?«

»Ich wusste es nicht«, erwiderte Gliese, »ich wusste nicht, dass ich Ihrer Mutter so viel bedeutete. Wir waren befreundet, ich liebte Paula, aber ihr Schutzengel war ich nicht. Leider.«

»Werden Sie ihren Wunsch erfüllen?«

»Ich fürchte, ich kann es nicht«, antwortete er, »ich bin kein Maler, ich kenne mich nicht aus, ich wüsste nicht, wie ich ihre Arbeiten präsentieren kann. Ich habe keinerlei Verbindungen zu Galeristen. Verstehen Sie bitte, Michael, wenn die Bilder bei mir landen, sie würden sich hier stapeln, ohne dass ich die geringste Möglichkeit hätte, sie auszustellen oder Käufern anzubieten. Ich weiß nicht einmal, wie man Gemälde und Skizzen fachgerecht lagert. Ich bin kein Maler. Wäre es nicht besser, wenn Sie das Erbe Ihrer Mutter übernehmen?«

»Es ist aber ihr Wunsch ...«

»Ja. Und es fällt mir schwer, ihn zurückzuweisen. Nein, das kann und will ich nicht. Sie sollten sich überlegen, im Interesse Ihrer Mutter und ihrer Hinterlassenschaft, ob es nicht besser wäre, wenn Sie die Arbeiten behalten. Ich respektiere Paulas Wunsch, aber bedenken Sie, Ihre Mutter war zum Schluss verzweifelt und hat sich sicherlich nicht alles genau überlegt.«

Michael Trousseau schüttelte den Kopf.

»Nein«, sagte er, »ihren Tod hatte sie sorgsam vorbereitet und geplant. Sie war Anfang Mai nach Vendôme gefahren und hatte zuvor ihr Haus in Kietz komplett aufgeräumt und ausgemistet. Als ich vor drei Wochen, also fünf Monate später, das Haus zum ersten Mal nach ihrem Tod betrat, war alles sortiert und verpackt wie vor einem Umzug. An jedem Karton, an jeder Rolle klebten Zettel mit den Namen derer, für die sie bestimmt waren. Wenn Sie nach Kietz mitkommen, werden Sie sehen, Mutter hat genau festgelegt, was Sie erhalten sollen.«

»Ich hätte es Paula ausgeredet. Wenn sie auch nur eine Andeutung gemacht hätte, hätte ich ihr gesagt, dass ich der Falsche bin. Was ist mit Ihrem Vater, Michael? Wäre er nicht der Richtige?«

»Ich habe meinen Vater nie kennengelernt. Ich weiß nichts von ihm, ich besitze von ihm kein Foto, ich kenne nicht einmal seinen Namen. Mutter sagte mir, er sei vor meiner Geburt gestorben. Sie wollte nie über ihn reden. Ich habe nie erfahren, wieso. Jedes Gespräch über ihn war ihr unangenehm, und sie brach es ab. Sie kennen sie ja, Sie wissen, wie starrköpfig sie war. Ob mein Vater wirklich

vor meiner Geburt starb, ich bezweifle es, denn dann hätte sie doch, was immer auch zwischen den beiden vorgefallen war, über ihn reden können. Aber er hat sich auch nie bei mir gemeldet. Meinen Vater gibt es nicht.«
»Tut mir leid.«
»Bitte, überlegen Sie es sich, Herr Gliese.«
»Das verspreche ich Ihnen, Michael, aber ich bitte auch Sie, meine Bedenken ernst zu nehmen. Ich will gern helfen. Ich will alles tun, was in meinen Kräften steht, aber die Bilder würden bei mir verrotten, kein Mensch würde sie zu sehen bekommen. Ich weiß nicht einmal, was man anstellen muss, um die kleine, lächerliche Galerie des Stadtbezirks für eine Ausstellung zu gewinnen. Ich bin der falsche Mann. Lassen Sie uns einen geeigneteren Weg finden, Michael. Einverstanden?«
Michael Trousseau hatte zugehört, ohne ihn auch nur für einen Moment aus den Augen zu lassen. Gliese hatte den Eindruck, er werde von ihm auf Herz und Nieren geprüft, vielleicht wollte er erkunden, welches Verhältnis er zu seiner Mutter gehabt hatte. Der junge Mann gefiel ihm. Er versuchte, Paulas Züge in seinem Gesicht zu entdecken, sah aber nichts, was ihn an sie erinnerte. Die Augenbrauen vielleicht, sagte er sich, und vielleicht das schmale Gesicht. Er hatte gehofft, er würde ihre Augen bei ihm sehen, diese unendlich traurigen Augen, die ihm bei ihrer allerersten Begegnung sofort aufgefallen waren. Ihrer Augen wegen hatte er sie damals, vor mehr als zwanzig Jahren, angesprochen, und nur um ihre Augen zu sehen, verabredete er sich mit ihr, saß stundenlang in irgendeinem Café ihr gegenüber, hörte ihr zu und schaute unentwegt in ihre Augen. Er hatte nie wieder so viel freundliche Trauer gesehen, und hatte vom ersten Moment an gewusst, dass diese Frau gierig auf das Leben war und doch unfähig sein würde, ihr Leben zu bestehen.

»Paulas Augen«, sagte er unvermittelt.

Der junge Mann sah ihn erwartungsvoll an, und Sebastian Gliese fügte hinzu: »Sie hatte so wundervolle Augen, Ihre Mutter.«

»Ja«, bestätigte er, »Mutter hatte die schönsten Augen der Welt.«

»Die traurigsten Augen«, korrigierte Gliese.

Michael Trousseau nickte.

»Ich wusste, dass Mutter mich vor der Zeit verlassen wird. Ich wusste es seit meiner Oberschulzeit. Einmal konnte ich sie retten, da war ich siebzehn. Sie hatte mir versprochen, dass sie es nie wieder tun würde.«

Er sah seinen Gastgeber an, und jetzt konnte Sebastian Gliese Paulas Augen bei ihm sehen. Er lächelte.

Der junge Mann erhob sich, steckte den Brief in die Jackentasche. Er werde in einer Woche anrufen, sagte er, sie könnten sich dann verabreden und zusammen nach Kietz in Paulas Haus fahren, um die Bilder durchzusehen. Und er hoffe, Herr Gliese sei dann bereit, Mutters Vermächtnis anzunehmen.

Gliese nickte. Dann sagte er: »Eine Frage noch, Michael: wann ist Ihre Mutter gestorben? An welchem Tag?«

»Die Polizei hat den 23. Mai genannt, aber es sei nur ein vermutetes Datum, es könne auch zwei Tage früher oder später passiert sein.«

Gliese öffnete seinen Kalender, dann sagte er: »Es war Montag, der 22. Mai.«

»Woher wollen Sie das wissen?«

»Vergessen Sie nicht, ich war ihr Schutzengel. Ein Schutzengel, der gründlich versagt hat. Ich weiß, es war der 22. Mai. Glauben Sie mir.«

Sebastian Gliese begleitete seinen jungen Gast die Treppe hinunter bis zur Haustür und verabschiedete sich herzlich von ihm. Für einen Moment legte er ihm eine Hand auf die Schulter. Der junge Mann ließ es zu, noch immer sah er ihn ernsthaft und durchdringend an.

»Wenn Sie mir eine Kopie von Paulas Brief machen würden, wäre ich sehr dankbar, Michael.«

»Das werde ich tun. Schließlich haben auch Gendarmerie und Staatsanwaltschaft Kopien.«

Er lief die Straße hinunter, ohne sich umzuwenden. Als Gliese die Treppe hochstieg, fiel ihm ein, dass er weder die Adresse noch eine Telefonnummer von Michael besaß, doch dann sagte er sich, der Junge werde sich schon melden, schließlich wolle er etwas von ihm. Der Gedanke, Paulas Bilder in seiner Wohnung zu lagern, war ihm unangenehm. Es waren, soweit er sich an sie erinnern konnte, tatsächlich düstere und niederdrückende Blätter. Ihren künstlerischen Wert konnte er nicht beurteilen, für ihn lag ihre Bedeutung allein in dem Umstand, dass es die Bilder von Paula waren, dieser schönen Frau, die er seit mehr als zwanzig Jahren kannte oder vielmehr verehrte, deren Nähe er suchte und fürchtete, die ihn verwirrt hatte, so dass er selbst jetzt, nach ihrem Tod, nur schwer seine Beziehung zu ihr benennen konnte.

Drei Wochen später fuhr er an einem Samstag zusammen mit Paulas Sohn zu ihrem Haus in Kietz. Er sah es zum ersten Mal und konnte sich, während er neben Michael durch die Räume lief, einer leichten Befangenheit nicht erwehren. Es war Paulas Haus, das er betreten hatte, es waren die Sachen einer toten Frau, die er sich anschaute, und er hatte das Gefühl, eine Taktlosigkeit zu begehen, ein Vertrauen zu missbrauchen. Während des gesamten Besuches fürchtete er, plötzlich unvermutet Paula gegenüberzustehen und ihr erklären zu müssen, wieso er in das Haus eingedrungen sei.

Im großen, sich über das gesamte Stockwerk hinziehenden oberen Wohnraum standen Kartons, Mappen und Papprollen. Michael wies ihn auf die zugebundenen Mappen hin, auf denen Glieses Name stand. Er öffnete sie und schaute sich die darin liegenden Blätter an. Anfangs sah er sich jede der Arbeiten an und nahm einige heraus, um sie genauer zu betrachten, später blätterte er nur noch in den Mappen und verschnürte sie wieder.

Michael machte Kaffee in der Küche.

»Wie haben Sie sich entschieden?«, fragte er. »Werden Sie Mutters Wunsch erfüllen?«

»Ich bin dafür nicht geeignet, Michael. Ich kann damit nichts anfangen. Suchen Sie einen Galeristen, einen Kunsthändler. Vielleicht sind die Blätter wertvoll, und Ihre Mutter wird noch berühmt.«

Der junge Mann sah ihn reglos an.

»Aber ich würde mir gern zwei, drei Blätter mitnehmen. Für mich. Wäre das möglich?«

»Nehmen Sie sich, was Sie wollen. Und so viel Sie wollen.«

»Es tut mir leid, dass ich Ihnen nicht helfen kann. Ein Nachlass bedeutet immer Arbeit. Ich hoffe, Sie haben mit den anderen Adressaten keine Probleme.«

»Nein, nur mit Cordula. Sie will ihr Päckchen auch nicht annehmen.«

»Cordula? Wer ist das?«

»Meine Schwester. Meine ältere Schwester. Mutter hatte ihr ein dickes Manuskript hinterlassen, aber sie hat es mir umgehend und ungeöffnet zurückgeschickt.«

»Ein Manuskript? Haben Sie es gelesen?«

»Ich habe einmal reingeschaut, aber nicht gelesen. Ich weiß nicht, ob es Mutter recht wäre. Es war wohl allein für Cordula geschrieben.«

Gliese schaute sich im Raum um. Da alle Zwischenwände herausgenommen waren, machte er auf ihn den Eindruck eines wohnlich hergerichteten Speichers, eines

Lofts. Er versuchte, sich Paula in diesem Haus vorzustellen, und gab es auf, als das Gesicht einer Toten sich über ihr Bild schob.

Auf der Rückfahrt sprach er mit Michael über dessen Studium und seine beruflichen Absichten. Er vermied es, über Paula zu sprechen, und auch Michael verlor kein Wort über seine Mutter und über ihre Bilder.

2.

Der Wind hatte das Laub vor dem Drahtzaun zusammengefegt, der das Grundstück vom Nachbarn abtrennte, so dass die welken Blätter einen halbmeterhohen Wall bildeten, eine breite, rotbraungelbe Welle, in die man sich hineinwerfen konnte. Während ich unentwegt aus dem Fenster in den kleinen Garten starrte, drehte sich plötzlich der Wind, die trockenen geschrumpften Blätter flogen in die Luft und verteilten sich wieder auf dem kurzgeschnittenen Gras. An den beiden Stahlstangen für die Wäscheleine und rings um die wenigen Beerensträucher sammelten sie sich erneut zu kleinen vibrierenden Hügeln, bereit, bei einem nächsten Windhauch aufzustieben und über die Wiese zu tanzen.

»Wir reden mit dir, Paula. Würdest du bitte aufhören, aus dem Fenster zu starren. Schließlich geht es um deine Zukunft.«

Ich schrak zusammen. Vaters Stimme hatte diesen klirrenden, bedrohlichen Klang, der mich zu Eis erstarren ließ, jenen Ton, der als Schatten über meiner ganzen Kindheit lag und der mich noch immer verfolgt, den ich urplötzlich und völlig unerwartet im Ohr habe, der mich heimsucht, wenn ich mit Freundinnen unterwegs bin und irgendein Wort oder eine Geste mich an Vater oder meine Kindheit erinnerten, wenn ich ganz gelöst und glücklich allein in meinem Zimmer sitze und die Stunden verträume, jenen Ton, der mich schlagartig heimsucht und beherrscht, der mich erneut in Panik versetzt, auch nachdem ich längst von zu Hause ausgezogen war. Wenn Vater mit dieser Stimme sprach, erfror alles in mir, und steif vor Entsetzen erwartete ich die darauf folgende Eröffnung, die sich ankündigende Drohung, einen Satz, der mit bösartiger Ironie mir und meiner Schwester mitteilte, dass wir beschränkt und faul seien. Ich hatte meine ganze Kindheit hindurch immer wieder den Satz hören müssen, dass ich und meine Schwester die Kinder einer infantilen Idiotin seien, dass wir zu nichts taugten und dass er, der Vater, nicht wisse, wodurch er es verdient habe, mit solchen Töchtern gestraft zu sein.

Ich war für einen Nachmittag in meine Heimatstadt gefahren, um meinen Eltern zu sagen, ich müsse meine Hochzeit verschieben. Ich hatte gehofft, sie würden mich verstehen und mich bei den sich dadurch ergebenden Misslichkeiten unterstützen. Vor allem hatte ich erwartet, sie würden den eingeladenen Verwandten mitteilen, dass der Termin um einige Tage verlegt werden müsse. Mutter war entsetzt, als ich ihr klarzumachen suchte, weshalb die Hochzeit um eine Woche verschoben werden müsse, und Vater hätte mich fast geohrfeigt. Seine Hand zuckte, und obwohl ich ihn weiterhin spöttisch anblickte, hatte ich instinktiv den Kopf ein wenig eingezogen. Es war wie damals, ich war augenblicklich wieder das kleine blasse Mädchen, das sich vor allem und jedem fürchtet, vor allem vor dem Hohn und Spott des Vaters, das der großen Schwester hinterherlief, weil es sich von ihr den Beistand erhoffte, den die Mutter nicht geben konnte. Ich zog wie ein Spatz den Kopf ein, angstvoll das angekündigte Gewitter erwartend. Und wie damals verstummte ich auf der Stelle. Ich suchte nach den Worten für die verlangte Antwort, doch der Hals war mir wie in der Kindheit zugeschnürt und nur ein leises Keuchen kam aus der Kehle. Ich schaute auf meine Schuhspitzen und wagte nicht, den Kopf zu heben. Ich wusste, was ich sehen würde: den wütenden, verächtlichen Blick von Vater, der seinen ganzen Ekel über die tölpelhafte Unbeholfenheit und Begriffsstutzigkeit seiner Frau und seiner Töchter enthielt.

»Nun? Was ist? Würdest du dich bitte äußern?«, fragte Vater, dessen mühsam beherrschte Stimme vor Erregung leicht zitterte.

»Mach dich nicht unglücklich, Kind«, jammerte Mutter, »mit dem Hans hast du in den Glückstopf gegriffen, Mädchen. Zerstöre nicht alles.«

»Künstlerin! Die Dame will plötzlich Künstlerin werden! Wie kommst du denn darauf, die Welt warte ausgerechnet auf dich? Eine richtige Arbeit ist wohl zu anstrengend für dich, wie? Diese Göre bildet sich ein, was Besseres zu sein. Deine Lehre wird nicht abgebrochen, damit das klar ist. Du lernst zu Ende, damit du dich, blöd wie du bist, ernähren kannst. Krankenschwester ist für dich genau das Richtige. Nachttöpfe wegräumen und eine Spritze geben, das wirst du noch können. Das wird deinen geistigen Horizont nicht überfordern, das hoffe ich jedenfalls. Künstlerin! Wieso bildest du dir ein, du könntest malen? Und wovon willst du leben? Glaube nur nicht, dass du deinem Vater ewig auf der Tasche liegen kannst. Du machst die Lehre zu Ende, hast du das verstanden?«

Ich hielt noch immer den Kopf gesenkt. Vater fasste mir unters Kinn und riss meinen Kopf hoch, so dass ich ihm in die Augen blicken musste.

»Also?«

Ich hatte Tränen in den Augen und sah ihn hasserfüllt

an. Dann nahm ich alle Kraft zusammen, zog den Kopf aus seinem festen Griff und sagte leise: »Nein.«

»Was soll das heißen?«

»Ich fahre am Achtzehnten zur Prüfung. Diese Chance lass ich mir nicht nehmen. Von keinem.«

»Und Hans? Was sagt er dazu?«, erkundigte sich Mutter.

»Was soll er schon sagen?«, antwortete der Vater, »er muss sich ja lächerlich gemacht vorkommen. Seine dusslige Braut sagt ihm einen Monat vor der Hochzeit, dass sie etwas Wichtigeres an diesem Tag zu tun hat. Etwas Wichtigeres als eine Hochzeit gibt's für ein Mädchen gar nicht. Und schon gar nicht für eine dumme Gans, die heilfroh sein sollte, unter die Haube zu kommen. Und das alles wegen einer Prüfung! Deine dämliche Tochter glaubt plötzlich, sie sei eine Künstlerin, nur weil sie in der Kunsterziehung nicht so schlechte Noten bekam wie in allen anderen Fächern. Hans könnte jedes Mädchen kriegen. Jedes! So einen hätte ich mir als Sohn gewünscht, einen handfesten Kerl. Und der will ganz bestimmt keine Künstlerin als Frau! Am besten, du fährst jetzt zu ihm, entschuldigst dich und sagst, dass du statt der Kunsthochschule einen Kochkurs besuchst. Den brauchst du dringender. Außerdem würde dich die Kunsthochschule in Berlin gar nicht aufnehmen. Die lachen sich tot, wenn sie deine Zeichnungen sehen. Komm endlich zur Vernunft, Paula. Ich meine es nur gut mit dir.«

Vater packte mit einer Hand meine Schulter und sah mir so lange in die Augen, bis ich wieder auf meine Schuhe schaute.

»Bitte, Paula«, mischte sich Mutter weinerlich ein, »bitte, denk einmal an dich, Kind. Verbaue dir nicht deine Zukunft. Was sagt denn Hans dazu?«

Ich schwieg, es hatte keinen Zweck, noch etwas zu sagen. Vater fasste mich nun mit beiden Händen an den Schultern und schüttelte mich.

»Du brauchst gar nicht zu antworten. Dein Schweigen sagt uns alles. Ich wäre nicht verwundert, wenn er die Hochzeit platzen lässt und sich ein vernünftiges Mädchen sucht.«

Er schnaufte wütend, ließ mich los und sah fassungslos zu Mutter. Da ich nichts sagte und Mutter nur ihr Taschentuch knetete, schüttelte er den Kopf, stapfte aus dem Zimmer und schlug die Tür krachend hinter sich zu. Wir schreckten zusammen.

»Was sagt denn Hans?«, fragte Mutter leise.

»Er versteht es«, sagte ich und fügte rasch hinzu: »Oder er wird es verstehen, wenn er mich wirklich liebt, wie er behauptet.«

»Mädchen, Mädchen, mach keinen Fehler. Du darfst ihn nicht so verärgern, das wird er dir dein Leben lang übelnehmen. Männer sind so. Und alles wegen einer dummen Prüfung. Im Leben bekommt man keine zweite Chance. Und kein Mann ist so geduldig, wie du glaubst, auch wenn er dich liebt.«

»Ich will aber studieren.«

»Das kannst du später immer noch, das läuft dir doch nicht weg. Heirate und mach deine Lehre zu Ende, dann hast du ein paar Sicherheiten. Danach kannst du dann machen, was immer du möchtest.«

»Die Aufnahmeprüfung ist meine große Chance, meine allergrößte. Das Malen ist für mich das Wichtigste, viel wichtiger als Heirat und Liebe. Ich sterbe, wenn ich nicht malen kann.«

»Mädchen, um Himmels willen, versündige dich nicht. Etwas Wichtigeres als die Ehe gibt es überhaupt nicht. Ehe und Kinder, Paula, nur das zählt.«

Besorgt streichelte sie mir die Wange, die weit aufgerissenen Augen baten verschüchtert um Zuneigung und Liebe, um einen einzigen freundlichen Blick, doch ich stand vor ihr, die Lippen zusammengepresst und starrte zum Fenster hinaus.

»Du musst Vater verstehen«, begann sie wieder, »er meint es nicht so, er macht sich Sorgen. Und es ist ein Fehler, Paula, ein schwerer Fehler. Ich war so glücklich über dich und Hans, ich dachte, nun hat das Mädel endlich das bekommen, was es verdient hat, das wird eine gute Ehe werden, sagte ich zu mir, wenigstens um die Paula muss ich mich nicht mehr sorgen. Sag doch etwas.«

»Ich muss los, Mutter. Ich muss nach Leipzig zurück.«

»Du kannst doch nicht einfach zurückfahren, ohne dass wir das geregelt haben.«

»Es ist alles geregelt.«

»Und Hans?«

»Das geht in Ordnung. Er wird es verstehen.«

»Und wenn er das nicht tut? Was machst du dann, Paula?«

»Dann ist das sein Problem«, erwiderte ich. Ich ging zum Stuhl, über dem mein Mantel lag, nahm ihn hoch, zog ihn an und griff dann meine Tasche.

»Grüße Vater von mir.«

Ich ging zwei Schritte auf Mutter zu und gab ihr einen Kuss auf die Wange. Gemeinsam gingen wir in den Hausflur. Aus dem Arbeitszimmer hörten wir die Stimme von Vater, er schimpfte vor sich hin. Wir sahen uns kurz an und verabschiedeten uns schweigend. Nachdem ich hinausgegangen war, schloss Mutter lautlos die Haustür.

3.

Ich verließ das Bad und betrachtete den Raum. Das Zimmer, welches ich mir im Heim der Schwesternschülerinnen mit Gisela teilte, hielt ich für sehr komfortabel, zumal ein kleines Bad eingebaut war. Ein winziger Flur trennte unseren Raum von dem der beiden Nachbarinnen, und zwischen den zwei Zimmern war eine Küche, in der man sich zumindest ein Frühstück machen konnte. Das Wohnheim des Universitätsklinikums war wenige Jahre zuvor umgebaut worden und hatte Küchen und Bäder erhalten, da es während der Messen als zusätzliches Hotel benötigt wurde. Zweimal im Jahr hatten die Schülerinnen Messeferien, wir mussten in dieser Zeit unsere gesamte Habe aus den Zimmern räumen und verpackt in Koffern und Kartons auf den Dachboden schaffen.

Gisela, um die Haare ein Handtuch geschlungen, kam ins Zimmer und begann sich anzuziehen. Wir schwiegen und warfen uns nur gelegentlich kurze, misstrauische Blicke zu. Als Gisela angezogen war, ging sie ins Bad zurück, um sich die Haare zu machen.

Durch die offenstehende Tür sagte sie plötzlich: »Dein Verlobter war vorgestern hier.«

Ich fuhr herum. »Hans?«

»Ja. Oder hast du noch einen anderen Verlobten?«

»Was wollte er?«

»Er suchte dich.«

»Was hast du ihm gesagt?«

»Nichts. Und wo du bist, wollte er wissen, aber das wusste ich auch nicht. Wo warst du denn?«

»Bei meinen Eltern.«

»Und warum sagst du ihm das nicht? Er war fürchterlich aufgeregt. Immerzu fragte er, wo du sein könntest, bei wem, welche Freunde du hast, ob du auch über Nacht weg warst. Er wollte sogar deinen Schrank durchsuchen, aber das habe ich nicht erlaubt. Hast du mit ihm Schluss gemacht?«

»Ach was. Ich heirate ihn.«

»Na, sehr begeistert klingt das nicht. Und wann ziehst du aus? Wann ziehst du ganz zu ihm?«

»Ich weiß nicht. Vielleicht behalte ich das Zimmer. Jedenfalls so lange, bis ich mir über einiges klar geworden bin«, sagte ich.

»Und was hast du jetzt vor?«

»Ich weiß nicht. Ich werde zu Hans fahren.«

»Fahr am besten gleich zu ihm.«

»Er ist erst spätabends zu Hause. Er sitzt jeden Tag zehn, zwölf Stunden in seinem Architekturbüro.«

»Koch ihm was Schönes. Zieh dich nett an, dann kommst du schon wieder mit ihm klar. Nachdem du einfach so verschwunden bist, musst du ihm jetzt schon ein paar Körner hinstreuen. Er war ziemlich wütend, Paula.«

»Ich war bei meinen Eltern.«

»Das glaub ich dir, aber Hans hat offenbar andere Vermutungen. Die Männer denken immer gleich sonstwas.«

Am frühen Abend machte ich mich auf den Weg zu Hans. Am Leuschnerplatz stieg ich aus der Straßenbahn, um für das Abendbrot einzukaufen. Aber ich fand nichts Geeignetes, was mir gefiel, war zu teuer, und was ich bezahlen konnte, würde Hans nicht schmecken. So drängte ich mich mit leerem Korb an den Leuten an der Kasse vorbei und ging zur Haltestelle zurück.

Hans kam kurz vor acht nach Hause. Ich hatte ihn nicht im Büro angerufen, aber da die Wohnungstür nicht verschlossen war, musste ihm beim Eintreten klar sein, dass ich da war. Er schaute ins Wohnzimmer, ging dann ins Bad und in die Küche. Schließlich rief er nach mir und kam ins Schlafzimmer. Ich saß vor dem geöffneten Kleiderschrank auf dem Bett und nähte Hemdenknöpfe an. Er blieb in der Tür stehen und sah mich schweigend an. Ich beugte den Kopf über eins seiner Hemden und zog sorgsam die Nadel durch den hellblauen Leinenstoff. Ich tat, als sei ich damit so sehr beschäftigt, dass ich ihn nicht bemerkt hätte. Hans wartete in der Tür.

»Madame ist zurück«, sagte er sarkastisch, »wo waren wir denn?«

»Ich war zu Hause. Bei meinen Eltern.«

»Ach so. Bei den Eltern. Natürlich, bei den Eltern. Und warum erzählst du mir das nicht vorher? Wieso haust du ab, ohne einen Ton zu sagen?«

»Du hast mich geohrfeigt. Hast du das vergessen?«

»Nein. Ich habe es nicht vergessen, und ich habe es auch nicht bereut. Aber da wir gerade davon sprechen, hast du es dir überlegt?«

»Was soll ich mir überlegen?«

»Du weißt genau, wovon ich rede. Wir heiraten am Achtzehnten. Ich hoffe, deine Eltern haben dir klargemacht, dass wir die Hochzeit nicht einfach verschieben können.«

»Und ich habe dir gesagt, dass ich am Achtzehnten in Berlin sein muss. Die Hochzeit rennt uns nicht davon. Es ist kein Beinbruch, einen Hochzeitstermin zu verschieben.«

»Es ist schlimmer als ein Beinbruch. Es ist eine Katastrophe, und zwar für dich. Eine verschobene Ehe, das kann nicht gut gehen. Da können wir gleich den Scheidungstermin festlegen. Entscheide dich, Paula. Ich bin nicht bereit, mich zum Gespött machen zu lassen. Ich lasse mich nicht am Nasenring durch die Manege führen. Ich bin ein erwachsener Mann, und du mit deinen neunzehn Jahren solltest langsam erwachsen werden. Wenn du mich heiraten willst, einverstanden. Ich habe dich gefragt, du hast Ja gesagt, und dabei sollte es bleiben.«

Ich saß mit hochrotem Kopf auf dem Bett und zog die Nähnadel immer wieder durch denselben Hemdenknopf.

»Es ist eine ganz große Chance für mich, Hans. Kannst du denn das überhaupt nicht verstehen?«

»Ja, das sehe ich genauso. Die Heirat mit mir ist die größte Chance, die dir in deinem Leben geboten wird. Greif zu oder lass sie dir entgehen. Ein Drittes gibt es nicht.«

»Es ist nur diese eine Woche, Hans. Ich habe in Berlin angerufen, es gibt nur diesen einen Termin. Wenn ich ihn nicht wahrnehme, muss ich ein ganzes Jahr warten. Verstehst du das nicht? Du hast doch studiert, du weißt doch, wie wichtig ein Prüfungstermin ist.«

»Wichtiger als die Hochzeit? Ich hatte gedacht, dafür, für mich, würdest du alles opfern.«

»Ja, Hans, aber sei doch vernünftig. Wir brauchen die Hochzeit nur um eine einzige Woche zu verschieben.«

»Das habe ich nicht vor. Wir haben uns gemeinsam für den Achtzehnten entschieden, dabei bleibt es.«

Ich erwiderte nichts und sah ihn ganz ruhig an. Mach jetzt nur noch einen einzigen Fehler, dachte ich, dann stehe ich auf und gehe, und wir haben uns das letzte Mal gesehen, denn du wirst mich nicht vom Studium abhalten. Doch er atmete nur schwer und ging in sein Zimmer. Eine halbe Stunde später öffnete er nochmals die Schlafzimmertür, um zu fragen, ob ich nicht endlich Abendbrot machen wolle.

Wir saßen uns schweigend in der Wohnküche gegenüber, Hans stocherte missmutig in seinem Salat und aß dann hastig die vorbereiteten Brote, ich spielte mit einem Löffel und schnitt eine Tomate in immer kleinere Stücke, ohne sie zu essen. Nach dem Essen setzte er sich vor den

Fernsehapparat und schaute sich eine Sportsendung an. Ich deckte den Tisch ab, wusch das Geschirr und räumte es in den Küchenschrank. Dann ging ich ins Schlafzimmer, zog mich aus und weinte mich in den Schlaf. Eine Stunde später kam Hans und legte sich neben mich. Er hatte die Tageszeitung mitgebracht und blätterte sie, den Rücken gegen das Kopfteil gelehnt, langsam durch. Als er bemerkte, dass ich wach geworden war, faltete er das Blatt zusammen, warf es neben das Bett und löschte das Licht. Er tastete nach mir. Als ich mich wegdrehte, rollte er sich mit einer einzigen Bewegung zu mir, streifte mein Nachthemd hoch, streichelte mich so achtlos und hastig zwischen den Beinen wie bei einer vorbereitenden Massage und drang dann in mich ein. Ich hatte den Kopf zur Seite gedreht, die Tränen liefen langsam auf das Kopfkissen, während er meinen Hals und meine Stirn küsste.

4.

Einen Tag vor Beginn der Prüfungen fuhr ich nach Berlin, meine Freundin Katharina erwartete mich auf dem Bahnsteig. Als ich ausstieg und sie sah, ließ ich die Reisetasche und die große Mappe auf den grauen Beton fallen und hüpfte vor Freude. Wir umarmten und küssten uns heftig und begrüßten uns so lautstark, dass andere Reisende uns musterten. Dann schob mich Katharina auf Armlänge von sich weg, um mich von Kopf bis Fuß zu betrachten und mir zu versichern, ich sei seit unserer letzten Begegnung noch schöner geworden. Ich wurde rot und sagte, sie sei doch schon immer die Schönere von uns beiden. Wir nahmen das Gepäck und gingen zum Bahnsteig der Stadtbahn. Unterwegs schwatzten wir, aufgeregt und uns gegenseitig ins Wort fallend. Nachdem wir in den Wagen der S-Bahn eingestiegen waren und der Zug abfuhr, schlug Katharina sich vor Schreck die Hand vor den Mund und sagte, sie habe in der Eile vergessen, für uns einen Fahrschein zu lösen, worauf wir beide in lautes Gelächter ausbrachen. Ich legte einen Arm um ihren Kopf, zog ihn zu mir und drückte meinen dagegen. Wir verstummten und verbrachten den Rest der Fahrt eng aneinandergelehnt und vor uns hin träumend.

Katharina besaß eine kleine Wohnung in der Sredzkistraße, ein Zimmer mit Küche und einer Toilette, in der gerade noch ein Waschbecken Platz gefunden hatte. In der Küche hatte sie eine transportable Dusche aufstellen lassen. Dieser hohe schmale Schrank mit Plexiglaswänden, der die Küche beherrschte und unwohnlich machte, war der einzige Luxus ihrer Wohnung. Die Möblierung des Wohnzimmers war bunt zusammengewürfelt. Eine riesige, uralte Musiktruhe mit Plattenspieler nahm eine ganze Wand ein. Eine breite Klappliege ragte quer durch das Zimmer. An den Fenstern waren Papierrollos angebracht.

Die Freundin zeigte mir, wo ich meine Sachen unterbringen konnte, wies dann auf die Liege und sagte, wir müssten beide zusammen übernachten, eine zweite Schlafmöglichkeit habe sie nicht. Sie könnte eine Luftmatratze aus dem Keller holen, aber das wäre keinesfalls bequemer und eine Nacht würden wir es wohl aushalten. Dann sollte ich ihr die Bilder zeigen, die ich mitgebracht hatte. Ein halbes Jahr zuvor hatte ich meine Arbeiten für die Prüfung in der Kunsthochschule einreichen müssen, die in den letzten Monaten entstandenen Blätter hatte ich nur mitgenommen, um sie vorzeigen zu können, falls man noch mehr von mir sehen wollte. Kathis Bitte machte mich verlegen, aber dann legte ich die Mappe auf die Liege und öffnete sie. Es waren zwanzig Blätter, sieben Aquarelle, zwei

Tuschzeichnungen, vier Radierungen, der Rest großformatige Zeichnungen. Anfangs erzählte ich zu jedem Blatt etwas, aber da Katharina nichts erwiderte und mit großen Augen meine Arbeiten betrachtete, verstummte ich und wartete ängstlich auf ihre Reaktion. Nachdem sie langsam Blatt für Blatt umgewendet und alle angesehen hatte, schaute sie mich an und verzog verlegen das Gesicht.

»Na ja«, meinte ich, da Katharina noch immer nichts sagte, »das ist halt das Beste, was ich gemacht habe.«

»Die hast du ganz allein gemacht?«

»Natürlich. Dachtest du, mir hilft einer dabei?«

»Ich habe keine Ahnung, Paula. Ich bin völlig unbegabt. Manchmal gehe ich auf die Museumsinsel und schaue mir dort die Bilder an. Ich verstehe nicht viel davon, aber sie gefallen mir. Ich setze mich dann auf eine Bank und sehe mir eine Ewigkeit lang ein einziges Bild an. Aber selber malen, das kann ich leider nicht.«

»Du hast es doch nie probiert, Kathi.«

»Habe ich aber. Ich habe mir sogar einen Kasten mit Ölfarben gekauft. Im Künstlerbedarf gab es so einen Anfängerkasten, einen für Kinder, mit allem drin, was dazugehört. Dann habe ich mir Stullenbretter gekauft, die größten, die ich bekam, und habe losgelegt. Na, losgelegt ist nicht das richtige Wort. Ich habe mit Gelb angefangen, habe etwas aus der Tube gedrückt, den Pinsel eingetaucht, und dann war Schluss. Eine halbe Stunde habe ich vor dem Stullenbrett gesessen, bevor ich den ersten Strich wagte. Ich hatte richtig Angst davor.«

Ich lachte auf. »Das kenne ich, Kathi. Der allererste Strich ist unheimlich schwer.«

Katharina schaute noch immer auf die aufgeklappte Mappe und das oben liegende Aquarell, eine Waldwiese mit einer leeren Parkbank und einer langgestreckten Siedlung am Bildrand.

»Wie gefallen sie dir denn? Du hast noch gar nichts gesagt.«

»Ich bin völlig überrascht, Paula. Ich hatte keine Ahnung, dass du eine Künstlerin bist.«

»Bin ich nicht. Aber ich will es lernen. Darum will ich doch auf die Schule.«

»Die nehmen dich bestimmt. So, wie du malst, bleibt ihnen gar nichts anderes übrig. Die werden Augen machen, wenn du deine Mappe vorlegst.«

»Ach, Kathi, die Professoren werden über meine Arbeiten vielleicht die Nase rümpfen. Und außerdem weiß ich nicht, wie die anderen Bewerber sind. Da kommen lauter Leute, die malen können, einige von denen haben sicher schon eine richtige Ausbildung gehabt, an der Abendschule oder in einem Malzirkel. Mit denen kann ich nicht mithalten, ich habe nicht einmal Abitur, für die bin ich eine Tussi aus der Provinz.«

»Wenn sie dich nicht nehmen, dann nehmen sie keinen. Du bist eine Künstlerin, Paula. Du steckst die alle in die Tasche, Frau Picasso.«

Ich klappte die Mappe zu und knüpfte sorgsam die Schleifen an den drei Seiten. Ich war erleichtert.

»Und wann heiratest du? Du hattest mir doch geschrieben, dass du bald heiraten willst.«

»Morgen«, sagte ich. Ich bemühte mich, ernst zu bleiben, aber eine Sekunde später schüttete ich mich aus vor Lachen. Katharina sah mich verständnislos an, dann lachte auch sie. Ich packte meine Reisetasche aus, hängte das Kostüm für den nächsten Tag auf einen Bügel und fragte, ob wir zu Hause essen oder ausgehen wollen, ich hätte etwas Geld eingesteckt und könne sie einladen. Katharina sagte, sie habe für Abendbrot und Frühstück eingekauft, wenn ich mich im Zimmer eingerichtet habe, könne ich in die Küche kommen und den Salat machen.

»Ich bin wirklich froh, dass dir meine Bilder gefallen.«
»Du bist begabt. So etwas zu machen, das muss wunderbar sein. Alles, was ich kann, ist schneidern. Und ich bin gut im Bett.«

Katharina sah mich an und begann wieder glucksend zu lachen.

»Wirklich. Ich soll da eine ganze Klasse besser sein als alle anderen«, meinte sie, wobei sie vor Lachen die Worte nur ruckweise herausbrachte. Wir beugten die hochroten Köpfe über den Küchentisch und lachten, bis uns die Tränen kamen.

Nachdem wir uns beruhigt hatten, sagte Katharina: »Ehrenwort, deine Bilder sind wunderschön. Ich hoffe, ich bekomme eins davon. Oder musst du sie in der Hochschule abgeben?«

»Das weiß ich nicht. Vielleicht zerreißen sie dort meine Bilder und werfen mich raus.«

»Mach dir keine Sorgen. Die werden dich mit Handkuss nehmen.«

»Welches Bild möchtest du denn haben? Ich kann mir ja eins zurückgeben lassen.«

»Am liebsten ein buntes. Ich meine, ein farbiges. Das bekäme einen Ehrenplatz, und ich würde es richtig einrahmen lassen.«

»Versprochen, Kathi. Such dir nachher ein Bild aus, das lass ich hier.«

»Du bist ein Schatz. Und was war das vorhin? Willst du darüber nicht reden?«

»Du meinst die Hochzeit? Eigentlich war morgen der Termin und alles vorbereitet. Aber dann kam der Brief von der Kunsthochschule, und die hatten sich ausgerechnet diese Woche ausgesucht. Ich habe angerufen, aber die ließen nicht mit sich reden. Und da habe ich halt den Hochzeitstermin verschieben müssen.«

»Und dein Verlobter, was hat er dazu gesagt?«

»Er war nicht eben begeistert.«

»Hauptsache, ihr versteht euch, alles andere findet sich. Da hast du Glück, das würde nicht jeder mitmachen, so im letzten Moment die Hochzeit verschieben. Den meisten Kerlen ist es egal, was die Frau für eine Arbeit hat, Hauptsache, sie stört nicht und erledigt den Haushalt. Ich bin noch auf der Suche. Was ich so abbekommen habe, das habe ich mir so schnell wie möglich wieder vom Hals geschafft. Wann hast du denn die Hochzeit verschoben? Hattet ihr die Gäste schon eingeladen? Ich habe keine Einladung bekommen, oder stand ich nicht auf der Liste?«

»Auf meiner Liste stehst du, Kathi. Und du hast keine Einladung bekommen, weil ich die Einladungen für meine Freunde nicht abgeschickt habe. Ich wusste schon seit zwei Monaten von dem Prüfungstermin, aber ich wollte eine günstige Gelegenheit abwarten, um es Hans und meinem Vater beizubringen. Ich habe mich nicht getraut und zu lange gewartet, und da hatten sie schon die ganze bucklige Verwandtschaft eingeladen. Ich habe es ihnen erst vor drei Wochen gesagt.«

»Sehr mutig, Paula.«

»Nein, ich bin feige. Weil ich so feige bin, habe ich so lange gewartet. Aber eigentlich war es mir egal.«

»Und dann?«

»Na, den Rest kannst du dir denken. Du kennst ja meinen Vater.«

»Dein dussliger Vater muss dich nicht mehr kümmern. Hauptsache, Hans hält zu dir.«

»Weiß ich nicht, aber ich will nicht mehr davon reden. Ich habe diese Woche Prüfung, davon hängt viel ab, und alles andere interessiert mich nicht. Wenn ich bestehe, wenn ich auf die Hochschule komme, dann wird sich sowieso einiges ändern.«

»Paula, die Kunststudentin. Mein Gott, das hätte ich mir in der Schule nicht träumen lassen, dass ich neben einer berühmten Künstlerin sitze.«

»Hör auf. Sag nicht so was. Das bringt Unglück.«

Nach dem Essen setzten wir uns auf die Couch und tranken den Wein, den ich mitgebracht hatte. Obwohl ich wegen der Prüfung nur ein einziges Glas trinken und früh ins Bett gehen wollte, saßen wir bis kurz vor Mitternacht zusammen. Erst als Katharina eine zweite Flasche öffnen wollte, sah ich auf die Uhr und erschrak. Wir räumten die Gläser und Teller in die Küche und richteten die Klappcouch her.

»Kann ich noch duschen?«, erkundigte ich mich.

»Natürlich«, sagte Katharina, »etwas warmes Wasser habe ich immer im Boiler. Ich stelle ihn nie völlig ab. Das soll sogar sparsamer sein. Aber wenn du dir Haare waschen willst, dann musst du eine halbe Stunde warten. So lange dauert es, bis es richtig heiß ist.«

»Nein, ich will nur den Staub abspülen. Von mir aus kann das Wasser auch eiskalt sein.«

Wir zogen uns aus und gingen in die dunkle Küche. Bevor Katharina das Licht anzündete, ließ sie das Rollo vor dem Küchenfenster herunter. Sie öffnete den Einstieg in die Dusche und erklärte mir die seltsame Kunststoffarmatur des transportablen Waschschranks. Ich kletterte hinein und stellte das Wasser an, Katharina setzte sich auf den anderen Küchenstuhl und redete weiter. Als ich das Wasser abdrehte, stand sie auf und brachte mir ein Handtuch, wobei sie ununterbrochen von ihrem Freund erzählte, mit dem sie seit vier Wochen zusammen war. Sie sagte, sie habe ihn sehr gern, er sei aber unglaublich eifersüchtig.

»Er will die absolute Kontrolle über mich«, sagte sie, »das nervt. Er hätte es am liebsten, wenn ich ihn ständig darüber informiere, was ich gerade tue und wo ich bin.

Und bin ich mal einen halben Tag nicht auffindbar, dann kommt er mitten in der Nacht angerannt. Hattest du mal so einen Typen?«

Ich nickte.

»Sei froh, dass dein Hans ein anderes Kaliber ist. Wenn ich mir vorstelle, ich würde mit meinem Liebsten so umspringen wie du, der würde mich umbringen.«

Ich schaute überrascht zu ihr und begutachtete dann sorgfältig einen blauen Fleck an meinem Oberschenkel. Ohne aufzusehen, sagte ich: »Schau mich nicht so an. Du machst mich verlegen.«

»Du bist schön, Paula.«

»Bin ich nicht.«

»Doch, Paula. Du bist wunderschön.«

»Nein. Ich darf mich gar nicht im Spiegel betrachten, da wird mir ganz schlecht. Ich sehe immerfort durchfroren aus, da kann ich mich schminken, wie ich will. Ein blasses durchfrorenes Mädchen. Und ich träumte immer, eine kräftige, wunderschöne Frau zu werden. Weißt du, so eine schöne stolze Erscheinung, wo alle den Atem anhalten, wenn sie das Zimmer betritt. Rote Locken, so eine Löwenmähne, eine strahlende Erscheinung eben, mit einem Leuchten in den Augen, so dass jeder sie lieben muss, jeder. Davon träume ich.«

»Dreh dich nicht weg, Paula. Lass dich anschauen.«

»Das ist mir unangenehm.«

»Du hast einen Leberfleck über dem Bauchnabel. Sieht sehr raffiniert aus. Und so schöne Brüste. Meine sind nur irgendwie, bei mir sind das nur Titten. Nicht mal die Brustwarzen haben etwas Aufregendes. Das ist alles nur dummes Fleisch, irgendwie plump. Nicht sehr aufregend. Ich habe völlig arglose Brüste, wie ein dummes naives Ding eben.«

Bei diesen Worten streckte sie ihre Hand aus und berührte meine Taille. Ihre Fingerspitzen streichelten sanft über meinen Bauch, dann beugte sie sich vor und küsste den Leberfleck über dem Nabel. Ich zitterte und schloss die Augen, dann krümmte ich mich leicht, um den Bauch zurückzuziehen, nahm hastig das Handtuch und rieb mir nervös den Oberkörper ab.

Nun waren wir beide verlegen. Wir gingen ins Wohnzimmer, um uns hinzulegen. Wir vermieden es, uns unter der gemeinsamen Bettdecke zu berühren, und lagen, einander den Rücken zugekehrt, am jeweils äußersten Rand der Couch.

»Gute Nacht, Kathi.«

»Ja, wir sollten schlafen. Du hast morgen deinen großen Tag.«

»Es wird schon schiefgehen.«

»Ich wette, dass sie dich nehmen. Wollen wir wetten? Wie in der Schule. Da haben wir auch immer gewettet.«

»Na, mal sehen, was morgen wird.«

»Du schaffst es. Ich weiß es. In der Schule habe ich jede Wette gewonnen.«

»Ich weiß. Irgendwann hatte keine von uns mehr Lust, mit dir zu wetten.«

»Es war schön damals. Ich denke gern daran. Auch an die Jungen, die sich immer eine ausguckten, der sie hinterherrannten.«

»Mich hat nie jemand auch nur angesehen.«

»Ich fand dich nett.«

»Du zählst nicht. Ich meine nicht Freundschaft, ich spreche von Liebe. Und da gab es nicht einen.«

»Ich hatte dich lieb, Paula.«

»Ach, das meine ich nicht. Ich meine ...«

»Ich habe schon verstanden, was du meinst. Ich war in dich verliebt.«

»Hör auf, Kathi.«

»Du musst keine Angst haben. Außerdem ist das ewig her. Aber ich war richtig verliebt in dich.«

»Was heißt das? Was soll das heißen, Kathi? Bist du andersrum?«

»Nein, überhaupt nicht. Ich habe Männer gern, ich liebe sie, und ich liebe es, von ihnen geliebt zu werden. Ich habe alles an ihnen gern, ihre Unbeholfenheit, ihre Eitelkeiten, Männer sind ja so was von eitel. Und auch ihren kleinen Schwanz habe ich gern, der ist sozusagen das Sahnehäubchen an ihnen. Aber Frauen sind einfach schöner als Männer, ganz objektiv. Und sie sind zärtlicher. Oder auf eine andere Art zärtlich, auf eine Art, die angenehmer ist, die wirklich zärtlich ist. Männer können es auch sein, aber irgendwie sind sie dabei immer grob. Das kann auch schön sein, aber mir fehlt was.«

»Also mir fehlt da nichts.«

»Du hast es nie probiert, Paula. In jedem Menschen steckt etwas vom anderen Geschlecht. Für eine Frau ist es ganz natürlich, eine andere Frau zu lieben.«

»Also, für mich nicht.«

»Ich denke, jede normale Frau, die eigentlich Männer liebt und nur Männer liebt, kann auch von einer anderen Frau erotisch angezogen sein. Deshalb ist sie noch längst keine lesbische Frau, es gehört einfach dazu. Und zwar bei jeder Frau, Paula.«

»Bei jeder Frau?«

»Davon bin ich überzeugt.«

»Das habe ich aber noch nie gehört.«

»Du darfst nicht mit den Küken reden, die haben davon noch keine Ahnung, für die ist der Hahn ihr Ein und Alles. Du musst mit Frauen reden, mit erwachsenen Frauen.«

»Mit erwachsenen Frauen. Mit deiner Mutter beispielsweise? Glaubst du etwa, deine Mutter hat sich auch schon einmal in eine Frau verliebt?«

»Du würdest dich wundern, was meine Mutter mir alles erzählt hat, und dabei soll mein Papa ein ganz wunderbarer Liebhaber sein. Rede mal mit deiner Mutter darüber, du wirst staunen, was sie dir alles erzählen wird.«

»Mit meiner Mutter? Das ist ausgeschlossen. Die würde glauben, ich sei durchgedreht.«

»Ich habe schon mit vielen Frauen darüber geredet, mit wildfremden Frauen. In der Sauna oder am Strand, immer wenn sich dafür eine Gelegenheit ergab. Manchen fiel es schwer, darüber zu sprechen, aber wenn sie erst einmal in Fahrt kamen, da habe ich die Ohren angelegt, das kann ich dir sagen. Und mittlerweile glaube ich, dass jede Frau da ein paar Erfahrungen gemacht hat. Und die sind weiß Gott nicht lesbisch, das sind ganz normale Frauen, die einen Mann verführen können und mit ihm Spaß haben und das ganze Gegenteil von einer Lesbierin sind. Es ist einfach natürlich bei uns Frauen.«

»Bei mir nicht. Dann bin ich eben nicht natürlich.«

»Du hast es nur noch nicht kennengelernt.«

»Hör auf, Kathi. Ich will davon nichts mehr hören. Ich muss schlafen, ich habe morgen Prüfung.«

»Du hast Recht. Schlafen wir. Es ist sicher bald eins.«

Ich lag ängstlich und wie erstarrt auf meiner Seite der Schlafcouch. Ich wagte mich nicht zu rühren, und als ich auf die Toilette gehen musste, tastete ich bei der Rückkehr mit den Fingerspitzen vorsichtig die Bettdecke ab, bevor ich mich wieder hinlegte.

5.

Ich schlief unruhig und wurde früh wach. Mein kleiner Reisewecker stand auf dem Fußboden, jedes Geräusch und jede heftige Bewegung vermeidend, langte ich nach ihm, um ihn zu mir zu drehen. Es war zehn Minuten nach sechs. Ich hatte noch mehr als eine Stunde Zeit, bevor ich aufstehen mußte, aber ich war hellwach. Um zehn Uhr musste ich zum letzten Mal vor der Aufnahmekommission erscheinen, und diesmal ganz allein. Alle zwanzig Minuten musste einer aus unserer Gruppe an diesem letzten Tag vor den Professoren erscheinen, um sich sein Urteil anzuhören.

Vier Tage lang hatte man uns geprüft. Wir waren sechsundzwanzig, zehn Jungen und sechzehn Mädchen. Sechs von uns bewarben sich um einen Platz in der Klasse der Bildhauer, die anderen wollten wie ich Maler oder Grafiker werden. Insgesamt hatte es wohl, wie ich hörte, fünfhundert Bewerber um die wenigen Studienplätze gegeben.

Am ersten Tag saßen wir den ganzen Tag mit den Professoren in einem Raum, hörten uns ihre Erklärungen an und mussten ihnen Fragen beantworten. Die Arbeiten, die wir Monate zuvor eingereicht hatten, lagen auf einem der riesigen Tische. Nacheinander wurden die Mappen geöffnet, die Professoren blätterten sie rasch durch, zogen dann ein oder zwei Blätter hervor und sagten ein paar Sätze darüber. Es waren sehr gute Arbeiten darunter, Bilder, bei denen ich neidisch wurde und mir sagte, dass ich keine Chance hätte, die Prüfung zu bestehen, aber auch diese Blätter wurden sehr kritisch besprochen. Ich glaube, ein Lob hat an diesem Tag keiner von uns gehört, die Professoren hatten an jedem Blatt etwas auszusetzen, und der, über dessen Arbeit gesprochen wurde, saß mit hochrotem Kopf da und hörte sich schweigend an, was man über ihn und das Bild zu sagen hatte.

Am Nachmittag gab es Gespräche mit dem Philosophieprofessor und dem Dozenten für Ästhetik, es wurde allgemein über Kunst gesprochen, über Politik und über die Rolle des Künstlers in den Kämpfen der Zeit, wie mehrmals gesagt wurde. Jeder von uns wurde direkt angesprochen, und ich versuchte, alle politischen Fragen richtig zu beantworten, aber ich glaube, alle merkten, dass ich unsicher und hilflos war. Du schaffst es, sagte ich mir immer wieder, du schaffst es.

Am Dienstag und Mittwoch standen wir im Atelier. An beiden Tagen gab man uns Aufgaben, wir hatten verschiedene Zeichnungen nach vorgegebenen Motiven anzufertigen, sollten Blumen in einer Vase malen, Stühle und das Atelier, mussten mit Bleistift und Kohle zeichnen und mit Tempera und Öl malen. An einem Nachmittag kam ein Modell zu uns, ein sehr alter Mann mit einem durchtrainierten Körper, der sich halbnackt in das Atelier setzte und den wir mit Kohle und danach mit Kreide zeichneten. Am Donnerstag arbeiteten wir mit Ton, wir sollten Reliefs anfertigen, Hoch- und Flachreliefs, und ich hatte damit die größte Mühe, weil ich mit Gips und Ton ungern arbeitete, schließlich wollte ich nicht Bildhauerin, sondern Malerin werden.

An den drei Tagen in den Ateliers war ich bemüht, mich auf meine eigene Arbeit zu konzentrieren. Ich wollte nichts von dem sehen, was die anderen machen, weil ich, wann immer ich einen Blick auf die Blätter der anderen warf, den Eindruck hatte, alle anderen seien sehr viel besser als ich. Aber den anderen Bewerbern ging es wohl nicht besser als mir, wir waren alle befangen, und selbst wenn einer einen Witz machte, spürte ich Argwohn und Misstrauen. Wir waren Konkurrenten, jeder von uns konnte nur gewinnen, wenn der andere verliert, wenn möglichst viele der anderen Prüflinge durchfallen.

Nach jedem Prüfungstag fuhr ich umgehend in Kathis Wohnung. Die anderen verabredeten sich für den Abend, aber ich wollte allein sein oder mit Kathi reden. Ich hatte keine Lust, mit den anderen zusammenzusitzen, um den ganzen Prüfungstag zu bereden und über unsere Chancen zu spekulieren.

Und nun war die Woche überstanden, und ich würde um zehn Uhr hören, ob meine Leistungen ausreichend seien, um an dieser Hochschule studieren zu dürfen.

Kathi schien noch zu schlafen, ein Bein lag über der Bettdecke, der Hintern war entblößt, der Mund leicht geöffnet, sie atmete ruhig und regelmäßig. Ich betrachtete ihr Gesicht, die Lippen waren im Schlaf gelöst und wirkten voll und sinnlich, die geschlossenen Augen gaben ihr eine Ruhe, die sie nie ausstrahlte, wenn sie wach war, dafür waren ihre Augen zu lebhaft. Die Wange und ihr Kinn waren rund und weich, wenn Kathi nicht aufpasste, würde sie Fett ansetzen und pummelig werden. Oder vollschlank, wie die freundliche Modebranche zu sagen pflegt. Eins ihrer kleinen Ohren war zu sehen, im Ohrläppchen steckte ein winziger roter Stein, sie hatte wohl vergessen, ihn abzunehmen, oder schlief immer mit dem Schmuck.

Ich wusste, dass ich nicht mehr einschlafen würde. Daheim wäre ich jetzt aufgestanden und hätte mir Frühstück gemacht, doch ich wollte Kathi nicht wecken und blieb liegen. Langsam und jede Bewegung vermeidend, die die Couch erschüttern oder die Bettdecke rutschen lassen könnte, drehte ich mich auf den Bauch und stützte meinen Kopf auf die Hände, um die schlafende Katharina zu betrachten. Ich versuchte, mir vorzustellen, wie sie mit einer Frau zusammen ist, wie sie mit ihr flirtet, sie streichelt und küsst, wie sie mit ihr ins Bett geht. Es erschien mir töricht und kindisch, es war mir unverständlich und ich konnte es nicht begreifen. Kathi hatte zu mir gesagt, dass sie noch nie mit einer Frau zusammen, noch nie mit einer Frau intim gewesen sei, doch ich glaubte es nicht. So, wie sie darüber gesprochen hatte, besaß sie Erfahrungen mit Frauen. Mir selbst war es so fremd und fern, dass ich es mir nicht vorstellen konnte, ich konnte mir meine Freundin im Arm einer Frau einfach nicht vorstellen. Und dass angeblich jede Frau solche Wünsche hat, dass also auch ich selbst tief in meinem Inneren und von mir selbst noch unentdeckt, wie Kathi behauptet hatte, eine solche Sehnsucht habe, erschien mir völlig abwegig. Ich schüttelte belustigt den Kopf.

Männer waren kompliziert genug, und ich konnte nicht behaupten, dass die, die ich kennengelernt hatte und die mich begehrten, auch nur annähernd denen aus meinen Vorstellungen und Träumen entsprachen. Der einzige Junge, der mir ohne jeden Abstrich gefallen hatte, ich hatte ihn nach einem Kinobesuch kennengelernt, wollte von mir nichts wissen. Ich hatte ein paar wunderbare Tage und Nächte mit ihm verbracht, aber dieser Sebastian hatte eine Freundin, die er meinetwegen nicht verlassen wollte. Die anderen Männer, auch Hans, gefielen mir, und es tat mir gut, mich fallen zu lassen, ihren Wünschen und Einfällen zu folgen, einen Orgasmus zu erleben, den eigenen oder zumindest den des Mannes. Das vollkommene Glück, nach dem ich mich seit meiner Kindheit sehnte, hatte ich ein einziges Mal erlebt, und das auch nur einen winzigen Moment lang, in jenen Tagen mit Sebastian, an den ich noch heute denke. Aber auch wenn alle anderen Beziehungen mich nicht glücklich gemacht hatten, es war völlig undenkbar, das so sehr ersehnte Glück bei einer Frau zu suchen.

Katharina drehte den Kopf zu mir, für einen Moment öffneten sich die Augen, aber sie schien mich nicht zu sehen, die Lider fielen langsam wieder zu, sie schlief noch immer fest. Für einige Sekunden schnarchte sie leise, dann atmete sie ganz tief, das Schnarchen hörte auf, sie drehte sich zur anderen Seite, um sich gleich darauf wieder zurückzurollen. Ihr Nachthemd war verrutscht und hatte eine Brustwarze entblößt, ein Teil der Bettdecke lag zwischen ihren Oberschenkeln, ein Bein lag auf der Decke, der nackte Hintern war zu sehen und der Ansatz ihrer Schambehaarung.

Nein, sagte ich lautlos zu ihr und lächelte sie dabei an, plump sind deine Brüste keineswegs, sie sind kein dummes Fleisch. Du hast eine sehr schöne Brust, die die Männer aufregt, und das weißt du genau, du kleines Luder. Erzähle mir nicht, du hättest arglose Brüste.

Sehr langsam beugte ich mich über sie und hauchte, ohne sie zu berühren, einen Kuss auf ihre Brustwarze. Kathi schlief reglos weiter, und ich lächelte. Dann beugte ich mich weit über sie und hauchte einen Kuss auf den entblößten Hintern und danach auf die kleine Falte, die sich zwischen dem Oberschenkel, dem Bauch und dem Venushügel gebildet hatte. Ich zuckte zurück, als habe ich mich verbrannt, und kroch vorsichtig unter die Bettdecke zurück.

Katharina erwachte stöhnend, als der Wecker klingelte. Als sie mich sah, strahlte sie und streichelte mit den Fingerspitzen meine Wange.

»Heute ist dein großer Tag«, sagte sie, »ich weiß, du hast es ihnen gezeigt.«

Dann sprang sie mit einem Satz aus dem Bett und rannte in die Küche, um sich zu waschen, einen Bademantel überzuziehen und das Frühstück zu machen.

»Bist du sehr aufgeregt?«, fragte sie, da ich nur eine halbes Brötchen gegessen und mir bereits die zweite Zigarette am Tisch angezündet hatte.

»Ja«, sagte ich heiser, »ich muss schon wieder auf die Toilette. Wahrscheinlich werde ich aufs Klo gehen müssen, wenn ich aufgerufen werde.«

»Du hast es doch geschafft«, erwiderte Katharina und strahlte mich an.

»Was ist denn?«, fragte ich, da sie mich unentwegt anlächelte.

»Nichts. Ich freue mich, dass du bei mir bist. Ich habe gern Besuch, und dich habe ich besonders gern.«

Ich fühlte mich unbehaglich. Ich stand auf, um mir den Mantel anzuziehen. Als ich an der Tür stand, die Mappe unter dem Arm, umarmten wir uns, Kathi klopfte mir auf die Schulter und sagte nochmals, dass ich es schaffen werde.

»War es schön?«, fragte sie dann und sah mich an, »hat es dir gefallen?«

Ich wurde flammend rot und geriet in Panik. Meine Augen irrten aufgeregt und ängstlich über Kathis Gesicht.

»Wovon redest du?«

Katharina lächelte und schwieg, und als ich verärgert die Frage wiederholte, sagte sie: »Warst du gern bei mir?«

Ich nickte nur.

»Kommst du nach der Urteilsverkündung nochmal her? Ich bin ab drei Uhr hier.«

»Ich glaube nicht. Ich muss sofort zurück. Du weißt doch, dass mich daheim alle erwarten.«

»Ja, natürlich. Die verschobene Hochzeit. Ich hoffe, dass du auch das gut überstehst. Und jetzt viel Glück in der Hochschule. Ruf mich auf der Arbeit an, sobald du es weißt. Ich bin ganz aufgeregt, Paula. Ich bin so aufgeregt, als hätte ich eine Prüfung. Aber du hast es geschafft, ich bin ganz sicher.«

Wir umarmten uns. Da Kathi mich so fest und lange umarmte, machte ich mich verlegen lächelnd von ihr los. Auf dem Treppenabsatz drehte ich mich noch einmal um. Kathi stand in der offenen Tür, hatte die Hände zu Fäusten geballt, um ihre Daumen zu drücken, und schüttelte sie heftig.

»Ich bin bei dir, Paula«, rief sie.

Ihr Bademantel öffnete sich bei der heftigen Bewegung und ließ einen schmalen Streifen ihres Körpers sehen, die Haut zwischen ihren Brüsten, den Bauchnabel, die Schambehaarung. Sie schien es nicht zu bemerken.

6.

Das abschließende Gespräch nach der Prüfungswoche dauerte nur zwölf Minuten. Als ich an der Reihe war und das Zimmer betrat, stand einer der Professoren auf, ein älterer Mann mit wirren roten Haaren, kam hinter dem Tisch hervor und begrüßte mich mit Handschlag. Er sah mich so aufmunternd an, dass ich mich augenblicklich beruhigte. Hinter einem Tisch saßen drei der Professoren, mit denen ich in den letzten Tagen zu tun hatte. Sie fragten mich nach meiner bisherigen Ausbildung und wollten wissen, was ich für Zukunftsvorstellungen hätte. Dann stand der rothaarige Professor auf, stellte sich vor mir auf, streckte die Hand aus, schüttelte meine und gratulierte mir.

»Wir sehen uns im September, Fräulein Plasterer. Oder wollen Sie zuerst Ihre Lehre als Krankenschwester abschließen? Was bedeuten würde, Sie kommen ein Jahr später zu uns.«

Ich schüttelte heftig den Kopf.

»Das meine ich auch«, sagte er, »Sie haben doch das Zeug dazu. Sie sind begabt, Sie brauchen keinen Brotberuf.«

»Dann bin ich angenommen? Ich habe die Prüfung bestanden?«

»So ist es. Bestanden mit Glanz und Gloria.«

Ich wollte aufstehen. Ich hatte mich bereits halb erhoben, als meine Beine nachgaben und ich auf den Stuhl zurückfiel. Dann begann ich zu weinen. Ich saß auf dem Stuhl im Prüfungszimmer vor den Professoren der Kommission und heulte hemmungslos. Ich versuchte, mich zu beruhigen, doch das führte nur dazu, dass ich noch lauter schluchzte. Mein ganzer Körper wurde durchgeschüttelt. Der rothaarige Professor redete begütigend auf mich ein. Er nahm meinen Arm, zog mich hoch und brachte mich zur Tür.

»Es ist alles gut, Fräulein Paula. Es ist alles wunderbar. Setzen Sie sich draußen auf die Bank und beruhigen Sie sich. Was sollen die anderen Studenten denken? Die glauben noch, dass wir die Kandidaten foltern.«

Er nahm mich in beide Arme, öffnete die Tür und wollte mich hinausschieben.

»Meine Mappe«, sagte ich, »meine Bilder.«

»Ja, die sollten Sie nicht vergessen. Und nun trinken Sie einen auf Ihren Erfolg.«

Er brach unvermittelt in lautes Lachen aus. Er lachte noch, als ich zum Professorentisch lief, nach meiner Mappe griff und aus dem Zimmer eilte.

Erst nachdem ich in das Bahnabteil eingestiegen war, wurde mir bewusst, dass ich eine Fahrkarte für die Heimatstadt gekauft hatte und in den Zug zu den Eltern eingestiegen war, anstatt nach Leipzig zu fahren, zu meinem Verlobten oder in das Schwesternheim. Ich nahm das Versehen belustigt zur Kenntnis, und obwohl der Zug noch auf dem Bahnhof stand, stieg ich nicht aus. Es soll wohl so sein, sagte ich mir, wer weiß, wozu es gut ist. Ich packte die Tasche in das Gepäckfach, die Mappe mit den Zeichnungen hatte ich gegen das Polster hinter meinem Sitz gelehnt.

Eine Frau mit zwei kleinen Kindern kam in das Abteil und setzte sich mir gegenüber. Die Kinder klagten, dass sie keinen Fensterplatz hätten, und ihre Mutter fragte die beiden Männer am Fenster, ob sie etwas rücken würden, damit die Kleinen hinausschauen könnten. Die Männer sahen die Frau für einen Moment irritiert an, als hätten sie die Frage nicht verstanden, dann setzten sie ihr Gespräch fort. Die Frau nahm ihren Koffer aus der Ablage und forderte ihre Kinder auf, mitzukommen, um in einem anderen Zugabteil einen Fensterplatz zu suchen. Ich schaute finster zu den Männern, aber eigentlich war ich erleichtert, die nörgelnden Kinder los zu sein. Ich wollte allein sein.

Nachdem der Zug den Bahnhof verlassen hatte, nahm ich die Mappe vom Sitz, stellte sie neben mich und öffnete die drei Verschlüsse. Ich klappte sie auf, um einen Blick auf die Blätter zu werfen, achtete aber darauf, dass die beiden Mitreisenden von den Zeichnungen nichts sehen konnten. Immer wieder sagte ich mir, dass ich die Prüfung bestanden habe, dass ich im nächsten Jahr, im September, nach Berlin ziehen und an der Kunsthochschule studieren werde.

Mein Entschluss, mich an der Schule zu bewerben, war aus einer Laune heraus erfolgt. Ich hatte nie damit gerechnet, überhaupt zu einer Prüfung eingeladen zu werden, es war mir nicht vorstellbar, dass ein Mädchen aus einer winzigen Kleinstadt und ohne jede Förderung und Ausbildung zu einem solchen Studium zugelassen würde. Ich hatte mich beworben, weil ich mich an die Aufmunterungen meines Zeichenlehrers an der Grundschule erinnerte. Und ich hatte mich beworben, weil meine Verlobung mit Hans immer unabweisbarer auf eine Ehe zusteuerte und meine Angst vor dieser Endgültigkeit zu panischem Entsetzen angewachsen war. Ich hatte die Bewerbungsunterlagen abgeschickt, um vor mir selbst zu fliehen, und ich hatte mich in Berlin und nicht in Leipzig beworben, um der Ehe mit Hans zu entgehen. Ich liebte ihn und fühlte mich auch von ihm geliebt, und wenn ich vor einer solch endgültig erscheinenden Verbindung zurückschreckte, so deshalb, weil ich fürchtete, dass etwas ein für alle Mal zu Ende geht, was ich bewahren wollte. Das Ende meines jetzigen Lebens, das gerade erst, seit meinem Auszug aus dem Elternhaus, begonnen hatte, stand bedrohlich vor mir. Mit der Ehe würde ich wieder in ein Haus eingesperrt sein, und alles, was ich dann noch zu erwarten hätte, das wären der Ehealltag, die Kinder und schließlich das Altern und der Tod. Nein, ich fürchtete mich vor diesem beginnenden Finale, ich wollte nicht heiraten, jetzt noch nicht, ich wollte noch ein paar Jahre allein leben, mich ab und zu mit Hans treffen, aber doch immer mit der Möglichkeit, in die eigenen vier Wände zurückzukehren, wo mir niemand etwas sagen konnte, mein Vater nicht und auch kein Ehemann. Ich hatte Angst, wie meine Mutter zu werden, die ihr ganzes Leben lang die Ausfälle und Beleidigungen ihres Mannes zu ertragen hatte und sie ohnmächtig und mit einer beständig unterdrückten Wut hinnahm, weil sie keinen Ausweg für sich sah und der Kinder wegen alles erduldete. Ich fürchtete, den Freiraum, den ich mir seit meinem Weggang von daheim erobert hatte, zu verlieren. Es war nur ein winziger Freiraum, der aus einer anderen Stadt bestand, aus den wenigen Stunden nach der Arbeit, in denen mir keiner reinreden und sagen konnte, was ich zu tun und zu lassen hatte, sowie dem kleinen Zimmer, das ich mit einer anderen Schwesternschülerin teilte. Es war eine lächerlich kleine Unabhängigkeit, aber die erste, die ich je erlebt hatte, und ich wollte sie und mich nicht aufgeben. Zwei Freundinnen von mir hatten bereits geheiratet, und ihr Beispiel, all das, was ich bei ihnen beobachtet hatte, diese neuerlichen Zwänge, die nun nicht mehr von den Eltern oder den Lehrern, sondern vom Ehemann ausgingen, sowie die auch vor Gästen kaum verhüllten Grobheiten und Beleidigungen, alles das ließ mich vor einer Ehe zurückscheuen. Zudem war Hans dreizehn Jahre älter als ich und bereits einmal verheiratet gewesen. Er hatte unverrückbare Grundsätze, auch über Frauen und Ehe. Bei ihm müsste ich mich einordnen, er würde mir Tag für Tag alles erklären und von mir erwarten, dass ich es richtig mache oder vielmehr genau so, wie er es wünschte und verlangte. Wir würden kein gemeinsames Leben haben, sondern ich würde in sein komplett eingerichtetes Haus einziehen, in sein komplett eingerichtetes Leben, ich wäre sein Gast, sein Untermieter, mein ganzes Leben lang.

An anderen Tagen beschimpfte ich mich wegen meiner Ängste, sagte mir, ich sei ein unreifes, verschüchtertes Mädchen, ich müsse endlich erwachsen werden.

Ich dachte an Katharina. Der Mann mir gegenüber betrachtete mich, irgendetwas schien ihn zu belustigen. Ich ließ mich nicht aus der Fassung bringen und sah ihn strafend an. Dann band ich die Bänder der Zeichenmappe zu und stellte sie auf den Sitz zurück. Ich versuchte mich auf die bevorstehenden Gespräche mit den Eltern und Hans zu konzentrieren. Ich hoffte, die bestandene Prüfung würde mir helfen. Wenn Vater mich wieder beschimpfen sollte, würde ich das Haus verlassen und nie wieder zurückkehren, und falls Hans nicht begreifen sollte, was mir dieses Studium bedeutete, und er weiterhin so tun würde, als wäre alles nur der Spleen eines kleinen Mädchens, würde ich die Verlobung auflösen. Eine Heirat ist nicht so wichtig, nicht für einen Mann, aber auch nicht für eine Frau. Für Hans waren Frauen ein nettes Zubehör, ein Extra, um das Leben angenehmer zu gestalten, ein kleiner kostbarer Schmuck. Wo immer ich mit ihm auftauchte, musste ich strahlen, seine Kollegen, seine Freunde, seine Geschäftspartner sollten sich um mich reißen und ihn beneiden, dann war er glücklich und mit mir zufrieden. Ich wusste, dass er mich liebte, dass er mich gewiss mehr als jede andere Frau liebte, aber eben auf seine Art.

Unsere Beziehung erschien mir bereits nach einem halben Jahr wie eine langjährige Ehe, ich wusste immer im Voraus, was er erwartete und von mir verlangen würde, und wenn er mich überraschen wollte, so waren der Anlass wie das Geschenk oder die Einladung so logisch und folgerichtig, dass ich es Stunden vorher hätte ansagen können. Mit Hans war ich länger zusammen als mit allen Männern vor ihm, so dass ich nicht überrascht war, als er eines Tages von Heirat sprach. Für mich war es bedeutungslos, aber ich hatte auch nichts dagegen, und da es für ihn wichtig war, war ich einverstanden. Eigentlich hatte ich nur Ja gesagt, weil ich mit den anderen Männern noch weniger zurechtkam als mit Hans und ich mir später nicht vorwerfen wollte, eine Chance verpasst zu haben. Ihm lag plötzlich viel daran, verheiratet zu sein, was ich nicht verstand, aber er war sehr viel älter als ich, über dreißig, vielleicht war ihm deswegen die Ehe auf einmal so wichtig geworden. Ich hätte es vorgezogen, ohne Trauschein mit ihm weiterhin zusammenzuleben, aber die Ehe schreckte mich auch nicht, sie muss schließlich nicht erst vom Tod geschieden werden.

Und wenn er mich wirklich liebte, wenn ihm tatsächlich so viel an einer Ehe lag, so konnte er es jetzt beweisen.

7.

Ich hatte Hans auf dem Messestand einer englischen Wollhandelsfirma kennengelernt. Beim Messeamt hatte ich mich um einen Job als Standhilfe beworben und war einem älteren Herren zugeteilt worden, der eine Firma repräsentierte, die weltweit Wolle einkaufte und verkaufte. Der Mann war der Besitzer der Firma und behandelte mich sehr generös, gab mir jeden Abend eine große mit Konserven und Flaschen gefüllte Tüte, dafür verlangte er von mir Loyalität und Verschwiegenheit und eine weitgehend selbständige Führung des kleinen Standes, da er auf der Messe unterwegs war zu Gesprächen mit Kunden und Konkurrenten. An einem Donnerstagnachmittag war Hans Trousseau an den Stand gekommen und hatte mich angesprochen. Da ich allein war, vermutete er, ich vertrete die Firma und komme aus England, und redete englisch mit mir, und erst nach dem Austausch der Begrüßungsfloskeln bemerkten wir, dass wir Landsleute seien, was uns amüsierte. Ich erkundigte mich, ob er etwas mit Wolle zu tun habe. Er verneinte und sagte, er sei ein in der Wolle gefärbter Architekt, den keine Schafherde, sondern ein ganz anderes Schäfchen an diesen Stand gelockt habe. Wir verabredeten uns für das Wochenende.

Die ersten Treffen mit ihm waren rundum geglückt. Er war witzig und großzügig, erzählte von seiner Arbeit, er besaß ein Architektenbüro, das allerdings nur jene kleinen Aufträge an Land ziehen konnte, an denen die großen staatlichen Büros nicht interessiert waren, und er vermied es, mich mit Fachdetails zu langweilen. Er war ironisch, brachte mich nach dem Essen mit seinem Auto zum Schwesternheim und verabschiedete sich formvollendet, ohne aufdringlich zu werden, jedenfalls akzeptierte er ohne Widerrede mein Kopfschütteln, als er mich bat, zu ihm in die Wohnung zu kommen.

Hans Trousseau gefiel mir. Mir gefiel, dass er ein paar Jahre älter war und nie unsicher wirkte, sondern immer wusste, was er wollte, und bei allem, wo ich selbst unsicher war und mich nicht entscheiden konnte, rasch und selbstgewiss sagte, was zu tun sei. Er nahm stets Rücksicht auf mich, lächelte über meine Ängstlichkeit und Unsicherheit, und all meine Einwände nahm er geduldig hin, ging gelegentlich auf sie ein, entschied aber letztlich so, wie er es für richtig hielt, und was sich im Nachhinein stets als richtig erwies. Auch wenn ich mich gegen seine beständige Bevormundung wehrte und darüber beklagte, es gefiel mir, einen Mann zu haben, der selbstsicher auftrat. Mir gefiel sogar, wie ich mir widerstrebend eingestand, von ihm dirigiert zu werden, seine freundliche und höfliche Art, über mich zu verfügen. Und obwohl ich meine Ängstlichkeit und Feigheit hasste und gern eine stolze, selbstbewusste Frau gewesen wäre, brauchte ich einen starken Partner, dem ich mich vollständig ausliefern konnte, der für mich Entscheidungen traf. Und außerdem machte es mir Spaß, wichtige Leute kennenzulernen, von ihnen umschwärmt zu werden. Es gefiel mir, in seinem Haus zu leben, ein großes Badezimmer zu haben, einen Arbeitsraum für mich allein, in einer Küche zu kochen, die besser ausgestattet war als die Küchen einiger Restaurants. Hans genoss das Leben und ließ mich daran teilhaben. Er machte mir Geschenke und verwöhnte mich, er schien unermesslich reich zu sein. Als ich mich einmal nach seinen finanziellen Verhältnissen erkundigte, sagte er ausweichend, er habe einiges geerbt und noch ein paar Mark dazuverdient. Dann lachte er und erklärte, man habe nicht viel Geld, wenn man wisse, wie viel man habe.

Es machte mir Spaß, mit ihm zu leben, im Luxus, in seiner Begleitung eine andere Seite der Stadt zu entdecken, eine Seite, die sich mit einem nebenbei hingeschobenen Geldschein öffnen ließ. Was mich an ihm störte, so sehr störte, dass ich mich mehrfach bei ihm darüber beklagt hatte, war seine fehlende Bereitschaft, mit mir zu sprechen. Er konnte nicht verstehen, weshalb ich unbedingt irgendwelche Diskussionen mit ihm führen wollte. Wenn er Probleme habe, spreche er mit seinem Anwalt, er wolle eine Freundin oder Frau, mit der man sich sehen lassen könne und die ein bisschen Pfeffer in die Sauce bringt. Als ich einmal nach solchen Sätzen einen Wutanfall bekam, schaute er mich erschrocken an, nahm mich in den Arm und bat mich, seine Frau zu werden. Ich sah ihn entsetzt an, lief aus dem Zimmer und schloss mich im Bad ein. Ich war fassungslos, begriff aber, dass dies von ihm nicht böse gemeint war. Ich hatte die Wahl, ihn zu verlassen, in das Wohnheim zurückzukehren und auf einen Traumprinzen zu warten, oder bei ihm zu bleiben, um mit ihm das Leben zu genießen.

Einen Monat nach seinem Antrag hatte ich gesagt, ich sei bereit, ihn zu heiraten. Er hatte es mit einem breiten Grinsen zur Kenntnis genommen, er war sich sicher gewesen, dass ich Ja sagen würde. Er war so sehr von sich und seiner Vollkommenheit überzeugt gewesen, dass ich meine Einwilligung augenblicklich bereute und am liebsten zurückgenommen hätte. Aber darüber hätte er auch nur wieder gelächelt und es für eine meiner Marotten gehalten, die er überdies als liebenswert zu bezeichnen pflegte. Hans ist ein Mann, für den Frauen Schmuckgegenstände sind, die man im Arm hält, denen man die Tür aufhält und in den Mantel hilft, die man auf Händen trägt, beschenkt, bewundert und verehrt, die man zum Lachen bringt und mit denen man scherzt. Ich kam mir vor wie ein Pudel, ein teurer rassereiner Pudel, der stets frisiert und mit Bändern geschmückt ist, den man ausführt und auf Ausstellungen vorzeigt.

Dass ich malte, fand er wunderbar und kaufte mir im Künstlerbedarf die teuerste Staffelei und riesige Kästen mit Aquarell- und Ölfarben. Sie mir zu schenken gefiel ihm, und er sah sich gern meine Blätter an und lobte mich, doch dass ich auf die Kunsthochschule gehen wollte, kam ihm lachhaft und grotesk vor. Ich sollte für mich malen, ich sollte einem hübschen Hobby nachgehen, mit meinen Bildern wollte er die Zimmerwände schmücken, er wollte sie den Freunden zum Geburtstag schenken, doch keinesfalls sollte ich Ehrgeiz entwickeln und daran denken, das Malen als Beruf auszuüben. Krankenschwester war für ihn genau der richtige Beruf für eine Frau, und Malerei in seinen Augen nur ein Zeitvertreib. Er hatte nie begriffen, was das Malen für mich wirklich bedeutet, er konnte es nicht, weil es außerhalb seiner Vorstellungswelt lag. Frauen, die Erfolg in ihrem Beruf hatten, verachtete er, sie waren für ihn lächerliche und bedauernswerte Mannweiber, die keinen Kerl gefunden hatten. Und der Gedanke, dass seine Freundin, seine zukünftige Frau einen richtigen Beruf ausüben wollte, für den sie alles hintanstellt, war für ihn unerträglich. Wenn er mich liebte, wenn er mich wirklich so liebte, wie er es andauernd beschwor, dann musste er akzeptieren, dass seine Frau an der Kunsthochschule studiert und Malerin werden wird.

8.

Als ich daheim ankam, war Vater bereits von der Schule zurück. Ich begrüßte ihn, aber er nickte nur und sagte kein Wort. Auch Mutter fragte mich nicht, wie es mir in Berlin ergangen sei, doch war ihr anzumerken, dass sie es liebend gern wissen wollte. Vielleicht hatte Vater ihr verboten zu fragen. Mutter erkundigte sich nur, ob ich etwas gegessen habe oder sie mir etwas zubereiten solle. Ich sagte, ich würde gern einen Kaffee trinken, bevor ich wieder zur Bahn gehe. Ich sei nur auf der Durchreise und wolle noch heute zu Hans fahren, ich hätte für die Prüfung auch nur fünf freie Tage bekommen und müsse morgen früh wieder in der Klinik sein. Als wir am Tisch saßen, erkundigte sich Vater ironisch, wann denn nun die Hochzeit sei oder ob sie inzwischen abgesagt wurde.

»Es wäre kein Wunder«, sagte er und lächelte böse.

»Keine Ahnung«, sagte ich und bemühte mich, ruhig zu bleiben, »ich muss das noch mit Hans absprechen.«

Ich aß das Kuchenstück, ohne aufzusehen. Die Eltern beobachteten mich dabei, wie ich spürte.

»Und?«, fragte Vater schließlich, »hat man dir in Berlin gesagt, was dein Gepinsel wert ist? Hat man dir endlich diesen Zahn gezogen?«

Urplötzlich waren meine Verlegenheit und all meine Hemmungen weggefegt, diese Beklemmungen und Ängste. Ich sah Vater in die Augen, ganz ruhig und ganz kalt. Und dann sagte ich leise: »Ja. Hat man. Man hat mir in Berlin gesagt, was meine Malerei wert ist.«

Vater war verwirrt, weil ich ihm in die Augen schaute, ohne den Blick abzuwenden. Das ist für ihn neu, sagte ich mir, er ist es gewöhnt, dass seine Kinder Angst vor ihm haben, und das gefällt ihm. Aber jetzt ist er ein alter Mann, und ich bin eine erwachsene Frau, ich muss nie wieder den Blick vor ihm senken. Unwillkürlich musste ich lachen, was ihn noch mehr irritierte.

»Was ist los mit dir?«

»Nichts. Man hat es mir in Berlin gesagt. Man hat gesagt, ich sei sehr begabt.«

»Was soll das heißen? Willst du etwa dort studieren?«

»Ab September, ja.«

»Und was sagt Hans dazu?«, erkundigte sich Mutter.

»Er weiß es noch nicht. Wollt ihr mir nicht gratulieren?«

Mutter sah zu Vater, dann strahlte sie ihre Tochter an: »Ja, Kleine, ich gratuliere dir. Ich gratuliere dir von Herzen. Ich bin stolz auf dich, sehr stolz. Und du wirst schon alles richtig machen, mit dem Studium und auch mit Hans und der Hochzeit.«

Danach schaute sie wieder Vater an, der mich fassungslos betrachtete.

»Das glaube ich einfach nicht«, sagte er endlich heiser, »ich glaube dir nicht, Paula. Du lügst. Zeig mir das Aufnahmepapier.«

»Ich lüge nicht.«

»Zeig es mir.«

»Was soll ich dir zeigen? Man bekommt keine Bestätigung, wenn man eine Prüfung bestanden hat. In ein paar Wochen werden sie mir die Zulassung schicken, wenn du willst, kannst du sie dir dann ansehen.«

»Du wirst doch irgendeine Bescheinigung bekommen haben.«

»Nein.«

»Ich glaube dir nicht, Paula.«

»Dann lass es. Ich muss jetzt los, ich will zu Hans.«

Ich stand auf, ging zu Mutter und umarmte sie. Vater reichte ich nur die Hand. Ich zwang mich, ihm dabei in die Augen zu blicken. Mutter fragte, ob ich denn wirklich gleich gehen müsse, wir würden uns jetzt so selten sehen, und ich sagte, wir werden uns bei der Hochzeit sehen.

Als ich die Haustür hinter mir geschlossen hatte, war ich stolz auf mich. Ich hatte durchgehalten, ich hatte nicht nachgegeben, ich war nicht zurückgewichen, ich hatte mich gegen Vater durchgesetzt, und ich hatte nicht geweint, nicht für einen Moment waren mir diese dummen Tränen in die Augen geschossen. Nie wieder würde ich wegen ihm weinen, nie wieder würde er mich demütigen und kleinkriegen. Ich war zur Kunsthochschule gefahren, obwohl alle dagegen waren, ich hatte die Prüfung bestanden, ich hatte mich von keiner Drohung einschüchtern lassen, und selbst die Ankündigung, dass die Heirat ins Wasser fallen werde, hatte mich nicht davon abhalten können, das zu tun, was ich wollte. Ich sollte mir die Zulassung zum Studium einrahmen lassen und über meinen Arbeitstisch hängen, wie es die Handwerker mit ihrem Meisterbrief machen, als Zeichen meiner Mündigkeit.

Ich blieb am Luisenstein stehen. Er war viel kleiner, als ich ihn in Erinnerung hatte. Er war nicht mal einen Meter hoch und zur Erinnerung an den Besuch irgendeiner königlichen Luise errichtet worden. Früher hatte ich hier nach der Schule auf Cornelia gewartet, meine Schwester. Ich saß dann auf der Bank, von der jetzt nur noch die Betonreste zu sehen waren, oder versteckte mich hinter dem Stein und wartete ein oder zwei Stunden, bis sie endlich Schulschluss hatte und auftauchte, damit wir gemeinsam heimgehen konnten. Meine halbe Kindheit hatte ich an diesem Stein verbracht, aber damit sollte endgültig Schluss sein. Du musst erwachsen werden, Paula, sagte ich laut zu mir.

9.

Ich war um sechs Uhr in der Wohnung. Ich wusste, Hans würde kaum vor acht daheim sein, und so fing ich an, ein großes Essen für uns zu kochen. Auf dem Weg vom Bahnhof hatte ich Gemüse eingekauft und für Hans ein Schnitzel. Ich kochte eine österreichische Kohl-Minestra-Suppe und machte einen großen Gemüseauflauf für die Backröhre fertig. Das Fleisch briet ich an und wickelte es dann mit Selleriescheiben, Porree, geschnitzeltem Knoblauch und Gewürzen in Backfolie ein, es sollte mit dem Auflauf in der Röhre fertig brutzeln.

Hans kam fünf vor acht. Er warf mir einen kurzen Blick zu, als ob ich gar nicht anwesend sei, ging zum Fernseher und schaltete ihn ein, um sich die Nachrichten anzusehen. Ich lief hinterher und sagte, dass ich ein Abendbrot für uns vorbereitet und für ihn ein Schnitzel besorgt hätte. Ohne den Blick von der Mattscheibe zu wenden, erwiderte er, er habe bereits mit den Kollegen gegessen. Er sagte es nebenbei, um keine Mitteilung des Nachrichtensprechers zu versäumen und mir überdeutlich zu signalisieren, dass er nicht gestört zu werden wünsche. Ich ging in die Küche, schaltete den Herd aus und machte mir eine Schnitte. Nur nicht weinen, sagte ich mir, du wirst es ihm zeigen, du wirst nicht nachgeben, ihn nicht bitten, und schon gar nicht um Entschuldigung, denn du musst dich nicht entschuldigen, für nichts. Man kann sich auch anschweigen. Und wenn dir das nicht gefällt, so ist das kein Grund, zu betteln und zu bitten. Du hast die Prüfung bestanden, und keiner hat dir das zugetraut. Und du läufst jetzt nicht in das Zimmer, um es ihm zu erzählen. Er weiß, dass ich in Berlin war, er weiß, warum, und wenn er dich nicht fragt, wenn es ihn überhaupt nicht interessiert, so musst du es ihm nicht auf die Nase binden.

Ich holte Bettzeug und Nachthemd aus dem Schlafzimmer und machte mir in meinem Arbeitsraum die Klappcouch zurecht. Ich zog mich aus und ging ins Bad, dann legte ich mich hin und las in einem Roman. Doch ich war unkonzentriert und musste ein paar Seiten zweimal lesen. Aus dem Wohnzimmer hörte ich den Fernseher, Hans sah wohl einen Krimi oder einen Film mit Schlachten und Kämpfen. Heute hatte ich die wichtigste Prüfung meines Lebens bestanden und lag schon um neun Uhr im Bett.

Einen solchen Tag hatte ich mir anders vorgestellt, ganz anders, aber so ist das Leben.

Ein paar Minuten nachdem ich das Licht ausgemacht hatte, erschien Hans im Zimmer. Er schaltete das Deckenlicht an und fragte, was das bedeuten solle, ob wir nun getrennte Schlafzimmer hätten und ob ich ausziehen wolle. Ich heulte sofort los, ich flennte wie früher. Er blieb in der Tür stehen und schaute mich angewidert an. Ich drehte den Kopf ins Kissen und heulte. Irgendwann setzte er sich an mein Bett und fragte nach der Prüfung. Er nahm an, ich sei durchgefallen und würde deswegen heulen. Ich wickelte mich fest in die Bettdecke. Nachdem ich mich beruhigt hatte, sagte ich ihm, dass ich die Prüfung bestanden hätte und ab September in Berlin studieren würde. Er war fassungslos, er war regelrecht schockiert und brauchte einige Zeit, ehe er antwortete.

»Und die Heirat? Soll ich eine Frau heiraten, die sich irgendwo in der Weltgeschichte herumtreibt? Ich brauche eine Frau im Haus. Und was ist mit deiner Lehre? Willst du die Krankenschwester aufgeben, die Lehre abbrechen?«

»Ja. Sobald ich den offiziellen Bescheid habe, werde ich die Lehre abbrechen. Vielleicht kann ich bis September im Krankenhaus als Pflegerin arbeiten.«

»Ach, so ist das. Die Dame will eine Wochenendehe. Und was mache ich in der Woche? Ich soll eine Frau heiraten, die ich allenfalls am Sonnabend sehe und die auch am Wochenende keine Zeit hat, weil sie studieren muss. Nein, Paula, ich will, dass meine Frau da ist, wenn ich abends nach Hause komme. Ich leite eine Firma, fünfzig, sechzig Stunden die Woche, da brauche ich Rückhalt. Ich habe keine Lust, nach einem Zwölfstundentag in eine leere Bude zu kommen. Ich habe keine Lust, mich dann in die Küche zu stellen, mir Abendbrot zu machen und vor dem Fernseher die Brote zu essen. Ich habe auch keine Lust, allein ins Bett zu gehen. Ich glaube, du musst dich entscheiden, ich oder diese blöde Schule. Beides zusammen, das geht nicht, das ist ausgeschlossen.«

»Ich habe mich entschieden«, sagte ich. Ich musste nicht überlegen, ich hatte meine Entscheidung längst gefällt, und er wusste das auch. Ich antwortete so rasch und bestimmt, dass er mich verstört ansah und Sekunden brauchte, um zu verstehen, was ich gesagt hatte. Er fasste nach mir, aber ich hatte mich so fest in die Decke gewickelt, dass er nur mein Gesicht und meinen Hals streicheln konnte. Es war Hass, was ich in seinen Augen sah, und ich dachte, er würde mich schlagen.

»Heißt das, wir heiraten nicht?«, fragte er.

»Das liegt bei dir. Ich habe Ja gesagt. Ich hatte gesagt, dass ich dich will. Aber das Studium will ich auch, unbedingt. Ich will malen. Kannst du das nicht verstehen? Ich bin nur glücklich, wenn ich malen kann.«

»Du bist ein verdammter Dickkopf, Paula. Das wird dich noch einmal unglücklich machen.«

Ich hatte die Decke über Mund und Nase gezogen und sah ihn an. Ich sah sicher verheult und fürchterlich aus, aber ich wusste, dass ich jetzt nicht nachgeben durfte, es war der zweite Teil meiner Prüfung, die Fortsetzung vom Vormittag. Ich musste es allen beweisen, aber vor allem mir selber.

»Es ist allein deine Entscheidung, Hans«, sagte ich.

Er strich mir rasch und lieblos über die Stirn und stand auf.

»Willst du hier liegen bleiben? Willst du nicht zu mir ins Bett kommen»?

»Ich bin so müde«, sagte ich und schloss die Augen.

10.

Die Hochzeit fand im Januar statt. Wir heirateten in Leipzig, Hans hatte einen Saal im Hotel Astoria bestellt, und da er neben den Verwandten seine Kollegen und Geschäftspartner eingeladen hatte, waren siebzig Gäste gekommen. Über die Verschiebung des Termins sprach an dem Tage keiner, jedenfalls kam mir keine Anspielung darauf zu Ohren. Mutter weinte viel und umarmte Hans und mich mehrmals.

»Mach meine Kleine glücklich«, sagte sie zu ihm.

Hans lachte, und ich verdrehte die Augen.

Am Tisch wurden viele Reden gehalten. Von den Verwandten sagten nur die beiden Väter etwas, aber die Kollegen von Hans und alle seine Geschäftsfreunde ließen es sich nicht nehmen, irgendwann aufzustehen, an ihr Glas zu klopfen und das Brautpaar oder die Braut zu feiern. Ich kam mir vor wie auf dem Pferdemarkt.

Am Abend schloss ich mich für eine halbe Stunde mit Kathi in der Toilette des Hotels ein. Irgendwann klopfte die Mutter von Hans an die Tür und fragte, ob alles in Ordnung sei. Ein paar Minuten später kam ich mit Kathi in den Saal zurück, meine Schwiegermutter umarmte mich und sagte, das sei nur das Glück, sie habe an ihrem Hochzeitstag auch geheult. Ich sagte nichts dazu, sah sie überrascht an und warf Kathi einen warnenden Blick zu. Wir hatten uns in der Toilette über die Hochzeitsgäste und meine Schwiegereltern amüsiert, aber das wollte ich der guten Frau nicht erzählen. Hans sah mich misstrauisch an, ich nahm Kathi an der Hand und ging mit ihr auf die Tanzfläche. Beim fünften Tanz stellte sich Hans neben uns, um abzuklatschen. Schließlich fasste er nach meiner Schulter, drehte mich zu sich und sagte, es sei nun genug, ich solle mit ihm tanzen, er sei der Bräutigam. Da ich nichts erwiderte, wollte er wissen, was los sei. Ich sagte ihm, ich hätte mit Herrn Gerlach gesprochen, der für Hans der wichtigste Gast war. Herr Gerlach, der Baudirektor vom Konsistorium, habe von mir wissen wollen, wie ich mein Leben nach der Heirat geplant hätte, ob wir bald Kinder haben oder erst ein paar Jahre Flitterwochen machen wollten. Ich hätte ihm daraufhin von meinem Studium in Berlin erzählt, woraufhin er süffisant gelächelt und gesagt habe, dass er davon schon gehört habe, aber mein Gatte damit wohl nicht einverstanden sei. Ich fragte Hans, was er seinem Geschäftsfreund über uns berichtet habe und was das für Pläne seien. Ich wollte von ihm wissen, ob unsere Vereinbarung gelte, die wir vor der Hochzeit getroffen hätten. Hans bestritt nicht, mit Gerlach über mich gesprochen zu haben, allerdings könne von irgendeiner Vereinbarung zwischen uns keine Rede sein.

Auf seine Bitte hin setzte ich mich zu ihm und tanzte auch noch zweimal mit ihm, und dann habe ich mich mit Kathi einfach betrunken, was alle ganz reizend fanden. Das war meine Hochzeit.

Nach der Hochzeit brach ich die Ausbildung als Krankenschwester ab und musste den Platz im Wohnheim aufgeben. Mein Plan, als Hilfskraft oder Pflegerin im Krankenhaus zu arbeiten, wurde von der Oberschwester durchkreuzt, die über meinen Abbruch der Lehre so erbost war, dass sie mich nicht mehr im Krankenhaus sehen wollte, obwohl Hilfskräfte dringend benötigt wurden. Vierzehn Tage lang bemühte ich mich um eine Arbeit für die Monate bis zum Studiumsbeginn, aber ich wollte nicht als Verkäuferin oder Kellnerin arbeiten und bei den anderen Stellen, bei denen ich vorsprach, winkte man ab, als ich sagte, ich suche nur bis zum Sommer etwas. Schließlich bekam ich von der Stadt etwas angeboten, die Abteilung

Soziales und Gesundheit brauchte ausgebildete Kräfte für die Betreuung von Alten und Kranken und akzeptierte meine zwei Lehrjahre als Befähigungsnachweis, da es überhaupt keine Bewerber für diese Arbeit gab. Ich hatte jeden Tag in ein paar Wohnungen zu gehen, um alte Leute zu waschen und ihnen Medizin zu verabreichen. Ich durfte Spritzen geben und hatte im Amt zu melden, wenn etwas Ungewöhnliches vorgefallen war, was dringliche amtsärztliche Hilfe oder gar eine Einweisung in ein Altenheim oder ein Krankenhaus notwendig machte. Nach wenigen Wochen hatte ich meine Patienten kennengelernt, nette alte Männer und Frauen, die sich freuten, wenn ich auftauchte, ein paar stinkende Kerle, die ich am liebsten mit zugehaltener Nase besucht hätte, und ein paar giftige Nattern, die so taten, als wolle ich ihnen ihre Habseligkeiten stehlen. Für die Zeit bis zum Studium war es gerade das Richtige, aber ich hatte keine Wohnung, nicht einmal mehr einen Schlafplatz, ich war mit all meinen Sachen zu Hans gezogen und war ihm ausgeliefert. Aber so war das wohl in einer Ehe, genau das verstanden die meisten Leute darunter.

Im Juni blieb die Regel bei mir aus, obwohl ich immer die Antibabypillen geschluckt hatte. Nicht ein einziges Mal hatte ich es vergessen, das wusste ich genau, denn mir war klar, dass Hans mich unbedingt schwängern wollte, um mich daheim festzuhalten. Mit einem Baby im Arm hätte ich kaum an der Kunsthochschule erscheinen können, zumal ich von meinem Mann keinerlei Hilfe zu erwarten hatte, im Gegenteil. Die Pille war meine Sicherheit, der andere Teil meiner Immatrikulation. Eine Schwangerschaft war also ausgeschlossen, und ich war anfangs nicht beunruhigt. Ich erzählte Hans nichts davon. Einmal erkundigte er sich nach meinen Tagen, was mich überraschte. Ich wollte ihm nichts von der Unregelmäßigkeit sagen, er sollte sich keine dummen Hoffnungen machen.

Als ich nach acht Wochen noch keine Blutungen hatte, ging ich zum Arzt. Er machte einen Schwangerschaftstest und sagte, er sei positiv. Dann fragte er, ob ich verheiratet sei, und als ich das bestätigte, gratulierte er mir. Ich sagte zu ihm, es sei ausgeschlossen, dass ich schwanger sei, ich hätte jeden Tag die Pille genommen, sie nicht einen einzigen Tag vergessen. Er erwiderte, dass sein Test absolut sicher sei, ich sei Ende des zweiten Monats und könne Mitte Februar mit der Geburt rechnen. Ich erkundigte mich, ob ihm Fälle bekannt seien, wo es zu einer Schwangerschaft gekommen sei, obwohl die Frau nicht ein einziges Mal die Pille vergessen habe. Er lächelte und erwiderte, dies sei nahezu unmöglich, doch durch die Pille sei eine besonders erhöhte Empfängnisbereitschaft dann gegeben, wenn auch nur für kurze Zeit die Einnahme unterbrochen werde. Es könne dann zur sofortigen Schwangerschaft kommen, wie er in der eigenen Praxis erfahren habe und weshalb er Patientinnen mit Kinderwunsch zu einer vorübergehenden Einnahme der Pille rate. Als ich ging, gratulierte er mir nochmals und gab mir ein paar Papiere mit, die amtlichen Hinweise und Empfehlungen der Schwangerenberatung.

Am Abend fragte ich Hans, wie er es angestellt habe. Er sah mich überrascht an, wusste aber sofort, was ich meinte, und erkundigte sich, ob ich endlich schwanger sei.

»Was hast du gemacht? Wie hast du es gemacht?«, fragte ich nochmals.

»Ich verstehe nicht, was du meinst«, erwiderte er, wurde aber rot dabei.

Ich wusste, er hatte mich verstanden, ihm war klar, wovon ich redete und was ich von ihm wissen wollte.

»Ich habe eine Packung deiner verdammten Pillen ausgetauscht«, sagte er und grinste mich an. »schließlich sind wir verheiratet, und die Leute heiraten nun einmal, um Kinder in die Welt zu setzen. Und ich will ein Kind, das weißt du. Ich habe einen Tablettenstreifen durch ein Placebo ersetzt, das mir der Freund eines Freundes besorgt hat. Heutzutage kein Problem. Und dann musste ich nur noch abwarten. Bist du schwanger? In welchem Monat? Ich fürchtete schon, es würde gar nicht klappen oder dass einer von uns beiden unfruchtbar ist. Hätte ja sein können, was gibt's nicht alles auf der Welt.«

»Du willst mit aller Macht verhindern, dass ich studiere. Du willst gar kein Kind, du willst nur dafür sorgen, dass ich im September nicht in Berlin anfangen kann. Und ein Kind, hast du dir gedacht, wäre dafür genau das Richtige. Aber wir leben nicht mehr im Mittelalter. Wenn man ein Kind nicht will, kann man eine Unterbrechung vornehmen. Und bei Vergewaltigungen machen Abtreibungen überhaupt kein Problem.«

»Vergewaltigung? Wer hat dich vergewaltigt, Paula?«, sagte er und lachte, »ich jedenfalls hatte nicht den Eindruck, dass ich dich vergewaltige.«

»Das ist eine Vergewaltigung, was du gemacht hast. Du hast mich gegen meinen Willen geschwängert. Das ist eine Vergewaltigung. Ich könnte kotzen, Hans.«

»Das ist normal. Schwangeren Frauen ist oft übel. Gerade in den ersten Monaten.«

»Du bist ein Schwein, Hans.«

»Nein. Falsch. Ganz falsch. Ich bin kein Schwein, ich bin ein Mann. Komm, setz dich, Liebe. Du darfst dich nicht aufregen. Du musst jetzt auf dich achten. Wir werden wunderbare Eltern, Paula. Ich freue mich riesig. Ich bin ganz stolz. Ich freue mich auf mein Kind, Paula. Ich hoffe, du auch.«

Er freute sich wirklich. Er strahlte mich an, als hätte

er mich mit einem Geschenk überrascht, vermutlich erwartete er, dass ich mich bei ihm bedanke. Er begriff überhaupt nicht, was er mir angetan hatte. Für ihn war es ein Spaß oder eine völlig normale Geschichte in einer Ehe. Er verstand nicht, dass er mich gedemütigt hatte, vergewaltigt, geschändet. Ich fühlte mich besudelt und missbraucht, und er verstand es nicht. Ich sah ihn an und war ganz leer, ich empfand nichts, keine Liebe, keinen Hass, kein Gedanke an den Embryo in mir, nur Ekel.

»Ich werde studieren«, sagte ich, »ich gehe nach Berlin an die Kunsthochschule. Davon wird mich nichts abbringen. Nichts. Du nicht und auch kein Kind.«

Ich sagte es laut, ganz laut, ich brüllte, um mich dazu zu zwingen, bei meiner Entscheidung zu bleiben. Dann nahm ich meine Handtasche und ging zur Wohnungstür. Hans fasste wiederum nach mir, ich duldete es schweigend. Er drehte meinen Kopf so, dass ich ihn ansehen musste, aber in mir war alles dumpf und stumpf, und so schaute ich ihn an, ein völlig leerer Blick. Er fragte, ob ich ihn jetzt hassen würde.

11.

Ich verließ die Wohnung. Er rief mir irgendetwas hinterher, ich lief einfach weiter. Ich lief und lief, ich versuchte einen klaren Gedanken zu fassen, aber das war nicht möglich. Als es stockfinster geworden war, betrat ich eine Bierkneipe und bestellte einen Schnaps, den ich mit einem Zug austrank, und obwohl er widerlich schmeckte und ich dieses Zeug nicht gewohnt war, bestellte ich sofort einen zweiten Schnaps und ein Bier dazu. Zwei Männer, die an einem der Tische gesessen hatten, stellten sich zu mir an den Tresen. Sie versuchten, mit mir in ein Gespräch zu kommen, gaben es aber nach ein paar Minuten auf, da ich mit keinem Wort und keiner Geste auf sie einging. Nachdem ich das Bier getrunken hatte, bezahlte ich und verließ die Kneipe, nun war mir auf eine andere Art übel, vom Alkohol, aber diese Übelkeit löschte oder überdeckte die andere, was mir recht war. Ich lief durch die Stadt, um einen klaren Kopf zu bekommen. Ich überlegte, wohin ich gehen könnte.

Eine Stunde später stand ich vor Hans' Haus, denn es war sein Haus, nicht unser Haus. Alle Fenster waren dunkel, entweder schlief er schon oder war ausgegangen. Ich schlich mich leise hinein, ging in mein Zimmer und lag dann die halbe Nacht wach. Kurz nach sechs klingelte mein Wecker, ich stand nicht sofort auf, sondern blieb noch einige Minuten liegen und ging dann ohne Frühstück zur Arbeit.

Ich war schwanger. Ich hatte nie daran gedacht, aber nun war es passiert, in mir wuchs etwas. Etwas Organisches, ein Lebewesen, ein Mensch, ein Kind. Mein Kind. Oder vielmehr sein Kind, denn ich hatte es nicht gewollt. Ich hatte mich endlich einmal durchgesetzt, war erwachsen geworden, hatte allen gezeigt, dass ich mich behaupten kann, dass ich erwachsen bin. Und dann hatte er seine Entscheidung dagegengesetzt, um mir zu zeigen, dass ich ein Nichts bin. Vielleicht hatte er sich mit meinem Vater zusammengesetzt und diesen teuflischen Plan ausgedacht. Vielleicht war es sogar mein Vater gewesen, der diesen Einfall hatte, vielleicht war er es, der ihm gesagt hatte: Schwängere sie, dann ist das Problem gelöst, dann hat die dumme Kuh genug zu tun, ein Baby wird ihr die Flausen austreiben. Und dann werden sie beide gegrinst haben, so ein fettes Männergrinsen, weil sie sich wieder mal über die Welt einig waren und weil sie wieder mal alles nach ihrem Kopf geregelt hatten.

Ich hatte an jenem Dienstag zu fünf Frauen und drei Männern zu gehen, um bei ihnen nach dem Rechten zu sehen. Ich hatte Verbände zu wechseln, zwei Insulinspritzen zu geben, bei zwei Frauen hatte ich mir die Oberschenkel und den Bauch anzusehen. Bevor ich sie verlassen konnte, musste ich mich auf einen Sessel setzen und mit ihnen reden oder vielmehr ihnen zuhören, und das war vielleicht das Wichtigste, was ich für sie tat, denn was ihnen fehlte und wehtat, das waren nicht die Krankheiten und das Alter, das war die Einsamkeit.

In den ersten Wochen waren die Alten mir gegenüber mehr als misstrauisch und von kränkendem Argwohn, der bis zur Kontrolle meiner Bewegungen in ihrer Wohnung reichte, doch nachdem sie sich an mich gewöhnt hatten, kam es rasch zu dem vorhergesagten Gefühlsumschwung. Nun zogen sie mich ins Vertrauen, tischten mir Familiengeschichten auf, offenbarten mir Intimitäten, was mir unangenehm war, und berichteten von Sehnsüchten, die ich ihnen nicht mehr zugetraut hatte und die mein Unbehagen erregten. Mit den alten Männern kam ich zurecht, sie waren durch ihr aussichtsloses Alleinsein wehleidig und sentimental geworden, und ich konnte einigen ihrer Äußerungen entnehmen, dass sie früher harte Burschen gewesen waren. Ich dachte bei ihnen an meinen Vater, vielleicht würde er genauso enden, falls Mutter vor ihm sterben würde. Seine ganze Herrlichkeit beruhte darauf, dass er jemanden im Haus hatte, den er kommandieren konnte; er würde in sich zusammenfallen, wenn keiner mehr da wäre. Vielleicht würde ich dann meinen Vater wieder besuchen, und er würde, wie meine alten Männer, ungeduldig warten, bis ich an seiner Tür klingelte, und er würde wie sie um meine Zuneigung betteln.

Die alten Frauen waren schwieriger, sie hatten so viel auf der Seele und keinerlei Hemmungen, es mir zu erzählen, obwohl ich ihr Enkelkind sein könnte. Von ihnen fühlte ich mich stärker bedrängt als von den Annäherungsversuchen der alten Männer. Die alten Frauen wollten mehr von mir, sie wollten von mir geliebt werden, sie wollten von mir das, was ihnen ihre Kinder nicht gaben oder was sie von ihnen nicht ausreichend erhielten. Und sie versuchten alles, um zu ihrem Ziel zu gelangen.

Zwei Frauen setzten mich nach einem Vierteljahr in ihrem Testament als Erben ein. Ich lachte darüber und sagte, ihre Kinder und Enkel hätten dennoch Anspruch auf das Erbe, doch um nicht jedes Mal mit ihnen zu streiten, widersetzte ich mich nicht, ließ mir erzählen, was ich alles eines Tages von ihnen erben würde, und machte meine Arbeit. Ich hörte später nie wieder etwas von diesen Erbschaften, wahrscheinlich war eine meiner Nachfolgerinnen zur neuen Erbin eingesetzt worden.

Nach der Arbeit kaufte ich Milch und Brot und fuhr dann zu Hans. Wie immer war er noch nicht daheim und ich konnte in Ruhe einen Tee trinken. Ich wollte das Kind abtreiben lassen, ich musste es. Wenn ich im September studieren wollte, konnte ich kein Kind bekommen, ich konnte nicht hochschwanger in der Schule auftauchen und nach ein paar Wochen in den Schwangerschaftsurlaub gehen, und schon gar nicht konnte ich ein Studium in Berlin absolvieren, ein Kind aufziehen und an den Wochenenden zu Hans fahren. Das Kind bei ihm in Leipzig zu lassen oder bei meiner Mutter war vollkommen ausgeschlossen, das wusste ich, das würden Hans und Vater hintertreiben, denn sie wollten nicht, dass ich studiere. So blieb mir nur die Abtreibung. Ich würde mit Hans nicht darüber reden, ich würde es verheimlichen. Er hatte mir das Kind auch heimlich gemacht und es verdient, dass ich es ihm heimzahle. Wenn ich das Kind abtreiben ließe, wäre das eine gelungene Antwort, er würde vielleicht begreifen, dass er nicht über mein Leben zu bestimmen hatte, dass er keinerlei Recht besaß, so hinterhältig mit mir umzugehen. Es wäre für ihn und Vater die passende Antwort. Ich wurde ganz ruhig, als ich diesen Entschluss gefasst hatte, ich war so ruhig und heiter, dass Hans immer wieder irritiert zu mir sah, als er nach Hause gekommen war und ich wie selbstverständlich und als sei überhaupt nichts vorgefallen, das Abendbrot machte und mit ihm zusammen aß.

Irgendwann am Abend fragte er: »Freust du dich, Paula?«

Er saß vor seinem Fernseher, ein Bierglas in der Hand, und stellte mir freundlich und liebevoll diese Frage. Ich hatte nach dem Abendbrot eine Stunde in meinem Zimmer gesessen und aquarelliert und mich dann mit einem Band Dürer-Zeichnungen ins Wohnzimmer gesetzt. Nach der Frage blickte ich starr auf die aufgeschlagene Seite, beide Hände drückte ich fest auf das Buch, damit sie nicht zittern. Mein Gott, dachte ich, was bist du für ein Schwein, du vergewaltigst mich und fragst dann, ob ich froh darüber bin. Freust du dich?, fragt er mich. Er glaubt wahrscheinlich, dass ich jetzt glücklich bin. Die Frau ist ein Muttertier, die beglückt ist, wenn man sie begattet und sie schwanger wird. Und wenn das Kind auf der Welt ist, dann ist sie ohnehin nur noch eine dumm strahlende Glucke, die allein Augen für das Küken hat, die nichts weiter bekümmert als das Wohl und Wehe des hilflosen Nachwuchses. Freust du dich? Nein, mein Herr, ich freue mich nicht.

Ich lasse es abtreiben, dein Kind, ich lass es wegmachen. Ich lasse es aus mir entfernen, und ohne dich zu fragen oder dich auch nur zu informieren, genauso einfach, wie du es mir gemacht hast. Ich handle so wie du, genau so, und damit wirst du zurechtkommen müssen. Dein Kind wird im Mülleimer vom OP irgendeines Krankenhauses landen. Du hast vermutlich schon deine Freunde über dein Vaterglück informiert, du hast es deinen Geschäftsfreunden angedeutet, ihr habt bereits auf deinen Erben angestoßen. Es wird also ein kleiner Schock für dich werden, sobald du es erfahren wirst, und das kann einige Zeit dauern, denn ich habe nicht vor, mit dir darüber zu reden. Du hast über meinen Körper entschieden, aber es ist mein Körper, und das letzte Wort habe ich. Nur ich. Und ich entscheide allein, so wie ich mich für mein Studium entschieden und den Termin der Heirat festgelegt habe, wie ich von nun alles immer allein entscheiden werde, was mich betrifft.

Ich sah Hans an: »Freuen? Worüber soll ich mich freuen? Weil ich endlich Feierabend habe? So schlimm war es heute nicht, nur das Übliche. Und bei dir? Wie war es bei dir?«

Einen Moment war er irritiert, er schaute überrascht zu mir, dann schien er beglückt zu sein. Er hatte nichts verstanden, er glaubte offenbar, ich hätte mich mit seiner Unverschämtheit abgefunden. Das wird ein böses Erwachen für dich geben, mein Freund, und ich werde nichts tun, gar nichts, um diese Entdeckung für dich freundlicher zu gestalten. Diesen Schock will ich dir nicht ersparen, vielleicht hilft er dir, vielleicht kommst du endlich zu Verstand. Ich habe versprochen, mit dir zu leben, aber ich habe nie gesagt, dass ich für dich alles aufgeben werde, dass ich mein Leben für deins opfere. Ich wollte mit dir leben, aber ich bin nicht bereit, für dich zu sterben, so hübsch bist du nicht, mein Junge. Und dein Kind, das kannst du vergessen, das wirst du von mir nicht bekommen, jedenfalls nicht auf diese Art, nicht auf deine Art. Irgendwann will ich ein Kind oder auch zwei oder drei, aber erst dann, wenn es mir passt, und wenn das so weit ist, werde ich es dir sagen. Dir oder dem Typ, mit dem ich dann zusammen bin, denn das bist du möglicherweise dann nicht mehr, jedenfalls hast du alles getan, damit diese Ehe nicht erst vom Tod geschieden wird, diese Arbeit werde ich dem Tod abnehmen. Noch ein Fehler, Hans, noch eine Dummheit, und ich packe meinen Koffer und verschwinde aus deinem Leben. Mich hält kein Eheversprechen und keine Villa, und mich kann auch dein Geld nicht halten.

Hans wurde zärtlich, er wollte mit mir schlafen, aber ich blieb kühl, und als ich aus dem Bad kam und in mein Zimmer ging, wurde er wütend und schrie mich an. Seine Liebe und seine Zärtlichkeit reichten genau so weit, wie ich seinen Wünschen nachkam. Ich regte mich nicht auf, ich erwiderte nichts und ging an ihm vorbei in mein Zimmer. Eine Stunde später klopfte er an die Tür und kam herein. Ich hatte nicht abgeschlossen, ich hatte mich dazu gezwungen, die Tür nicht zu verschließen, weil mir das feige erschien und ich lernen wollte, unangenehme Begegnungen durchzustehen. Er setzte sich auf den Bettrand und bat mich, mit ihm zu reden, wir müssten uns einmal aussprechen, sagte er, und ich dachte, nein, müssen wir nicht. Du müsstest dich entschuldigen, aber du weißt vermutlich nicht einmal, wofür du dich zu entschuldigen hast.

»Ich bin todmüde«, sagte ich nur und drehte mich um.

Er saß noch ein paar Minuten auf dem Bett und bat und winselte, aber ich reagierte nicht, ich bewegte mich nicht einmal, sondern zwang mich, ganz ruhig und gelassen zu atmen. Irgendwann verschwand er und ich schlief erleichtert ein. Es war schön, allein zu schlafen, sehr schön.

12.

Sie saß auf der Bank am Luisenstein und wartete. Sie hatte die Gehwegplatten gezählt und dann die Kieselsteine, die auf den Platten lagen. Danach nahm sie ein Heft aus der Tasche und versuchte, etwas aufzuschreiben, aber sie fühlte sich von den Fußgängern beobachtet und steckte das Heft in die lederne rote Tasche zurück. Wenn kein Auto vorbeifahren würde und kein Fuhrwerk, könnte sie die Schulklingel hören, aber darauf wollte sie sich nicht verlassen und schaute alle fünf Minuten auf ihre kleine rote Armbanduhr. Mit ihren dreizehn Jahren kam sie sich sehr dünn vor, die Arme und Beine erschienen ihr so mager wie bei einem Kleinkind. Gertenschlank, hatte Onkel Robert zu ihr gesagt, aber wenn sie sich im Spiegel betrachtete, fand sie sich hager und hässlich. Ein Knochengerippe, an dem nichts dran ist, eine Bohnenstange. Dazu ein Vogelgesicht. Der Mund spitz wie ein richtiger Schnabel. Und ihre Hände konnte sie überhaupt nicht ansehen, kurze Finger, gerötet und verfroren, die Nägel abgebissen und rissig.

Nachdem sie fast eine Stunde gewartet hatte, stand sie auf und versteckte sich hinter den bereiften Ligustersträuchen zwischen Luisenstein und der Tankstelle. Sie hatte die Tasche auf die feuchte Erde gelegt und sich daraufgesetzt. Ab und zu stand sie auf, um besser sehen zu können, und wie immer war sie aufgeregt, spürte sie ihren Herzschlag im Hals. Als sie ihre Schwester erblickte, war sie erleichtert, aber sie wagte es nicht, hinter dem Strauch hervorzukommen. Ihre Schwester war nicht allein, ihre Freundin Anne ging mit ihr. Sie wartete, bis die Mädchen vorbeigegangen waren, dann verließ sie ihr Versteck und lief ihnen hinterher. Sie konnte das Lachen der beiden hören und einzelne Sätze und Worte. Die zwei drehten sich nicht zu ihr um, doch sie hörte, wie Anne laut sagte: »Da ist wieder deine kleine Schwester«, und wie Cornelia gereizt erwiderte: »Kümmere dich nicht um Paula.«

Bei der geborstenen Litfaßsäule vor dem Stadtpark blieb sie stehen, denn sie wusste, dass sich die beiden an der Kreuzung trennen würden. Sie stand einige Meter entfernt und wartete, den Kopf hielt sie gesenkt und betrachtete ihre Schuhe. Sie hörte, wie die beiden Mädchen sich verabschiedeten und dann doch noch weiter miteinander schwatzten, und sie wartete geduldig. Ab und zu schaute sie verstohlen zu ihnen, aber die kümmerten sich nicht um sie. Anne sah manchmal zu ihr, aber Cornelia drehte nicht ein einziges Mal den Kopf. Als Cornelia endlich weiterging, rannte sie rasch hinterher. Ihre Schwester machte jetzt große Schritte, und Paula hatte Mühe mitzuhalten. Sie liefen nicht direkt nebeneinander, das wollten beide nicht, die kleine Schwester blieb einen Schritt hinter ihr. Plötzlich blieb Cornelia stehen, drehte sich um und fauchte: »Ich habe es so satt.«

Paula war sofort stehen geblieben und musterte ihre Schuhe.

»Es steht mir bis hier«, schnaubte Cornelia, »warum kannst du nicht allein nach Hause gehen? Warum musst du mir immerfort hinterhertrotten? Du lässt mich nicht einen Moment in Ruhe.«

»Ich will nicht allein nach Hause gehen.«

»Stell dich nicht so an. Es frisst dich ja keiner.«

Paula hob den Kopf und warf ihrer Schwester einen so schmerzvollen Blick zu, dass diese sich gereizt umwandte und weiterlief.

»Kann nicht mal allein nach Hause gehen! Ist noch ein Baby! Aber andere Leute belästigen, das kann sie. Nie habe ich meine Ruhe. Wenn ich irgendwo mit meiner Freundin bin, kann ich darauf wetten, dass sie auftaucht.

Das hat die ganze Schule schon bemerkt. Als ob ich eine Idiotin bin.«

Sie stapfte wütend weiter. Ihre Schultasche schlug fortwährend gegen ihre Waden. Die kleine Schwester ging hinterher und bemühte sich, Abstand zu halten. Während ihre Schwester weiterschimpfte und sie ihr schwer atmend folgte, glitt ab und zu ein schmales Lächeln über ihr blasses Gesicht. Cornelia blieb wieder stehen, drehte sich um und sagte eindringlich, wobei sie einen Zeigefinger in die Luft streckte: »Hör mir genau zu. Paula, wenn du zu blöd und zu feige bist, allein nach Hause zu gehen, dann warte gefälligst nicht in der Stadt auf mich. Du kannst genauso an der alten Eiche vor der Scheune herumstehen und dort warten. Ich will nicht, dass du dich vor allen meinen Freundinnen an mich hängst. Ich bin nicht deine Mutter.«

Paula nickte heftig. Den Rest des Weges gingen sie schweigend, Cornelia voran und die kleine Schwester immer hinterher.

Das kleine einstöckige Haus in der Waldsängerallee stand in einer Reihe vollkommen gleicher Einfamilienhäuser, die zwischen den beiden Weltkriegen gebaut worden waren. Zu jedem Haus gehörte ein Vorgarten und eine Wiese dahinter mit ein paar Beerensträuchern und zwei Stahlstangen für die Wäscheleine. Die Häuser waren rot eingedeckt, der Putz war pastellfarben und wechselte regelmäßig zwischen Blau und Gelb, doch das einst abgestimmte Bild war mit den Jahren durch Reparaturen zerstört worden. Bröckelnder Putz, Wasserflecken und graue Zementstellen zeigten sich nun an ganz unterschiedlichen Stellen der Häuser, und die einst einträchtig roten Dächer waren vom Moos befallen und schwarz vor Dreck, nur wenige waren gereinigt oder neu gedeckt worden.

Vor dem Haus fragte Paula ihre Schwester: »Ist Vati schon daheim?«

»Wieso fragst du? Er kommt zehn nach zwei, das weißt du.«

Die Haustür ging auf. Ihre Mutter stand im Eingang und betrachtete sie freudlos und schweigend, dann trat sie zurück, um sie einzulassen. Im Hausflur sah sie den beiden Mädchen zu, die ihre Mäntel auszogen und die Schuhe wechselten. Aus dem oberen Stockwerk war Schlagermusik zu hören.

»Wo kommt ihr her? Warum kommt ihr so spät?«

»Ich komme direkt aus der Schule. Wir hatten heute sechs Stunden. Steht doch auf dem Stundenplan am Küchenschrank«, sagte Cornelia schnippisch.

»Und du? Wo hast du dich herumgetrieben?«

»Ich habe auf Cornelia gewartet.«

»Wascht euch die Hände und kommt in die Küche.«

Die Mädchen nahmen die Schultaschen und rannten in ihr Zimmer zwischen der Küche und der Wohnstube. Cornelia warf die Tasche mit Schwung auf ihr Bett und setzte sich an den Tisch. Sie schloss die Schublade auf, holte ein geblümtes Buch hervor und schrieb einige Worte hinein. Dann folgte sie ihrer Schwester ins Bad.

Ihre Mutter rief nach ihr.

»Cornelia, geh hoch und sag Clemens, er soll die Musik leiser stellen. Und sag ihm, er kann gleich zum Mittagessen runterkommen.«

»Ich gehe nicht hoch. Auf mich hört er sowieso nicht.«

»Dann geh du, Paula.«

Das Mädchen öffnete den Mund, aber da ihre ältere Schwester sie streng ansah, verzog sie nur das Gesicht und ging die Treppe hoch.

Ihr Bruder lag auf dem ungemachten Bett, er trug nur

eine Schlafanzughose. Die Stützkorsage lag neben dem Bett, und den Verband hatte er abgewickelt, so dass Paula seine leuchtend rote Verletzung sehen musste. Von der Mitte des linken Oberschenkels bis zum oberen Schienbein zog sich die vernarbende fleckige Wunde, das tiefe Rot der zarten Wundhaut wurde von kleinen Inseln implantierter Haut unterbrochen, die man seinem Rücken und Gesäß entnommen hatte.

Clemens hatte im Uranbergbau gearbeitet und war ein Jahr zuvor von einer aus dem Gleis kippenden vollen Lore zu Boden gerissen worden. Eine halbe Stunde hatte er unter dem Eisenwagen und den Geröllstücken gelegen, ehe ihn seine Arbeitskollegen befreien konnten. Außer den leichten Verletzungen und Hautabschürfungen waren vier Rippen und die Knochen des linken Beins mehrfach gebrochen. Das Kniegelenk war vollständig zermalmt worden. Nach einem halben Jahr, das er in drei Kliniken und einem Kurkrankenhaus verbracht hatte, war er entlassen worden. Er war zwanzig Jahre alt, als er für dauernd arbeitsunfähig eingestuft wurde und eine Rente erhielt, die nur unwesentlich niedriger war als sein letzter Monatsverdienst. Seit dieser Zeit wohnte er wieder im Haus der Eltern, stand nicht vor dem Mittagessen auf, humpelte nach dem Essen in sein Zimmer und verließ es erst, wenn seine Freunde sich in der Kneipe versammelten, um dort bis zum Beginn der Polizeistunde zu sitzen und mit ihnen Bier zu trinken. Wenn er nach Mitternacht betrunken heimkehrte, weckten die Schritte, mit denen er die enge, steile Treppe erklomm, alle Familienmitglieder. Selbst sein strenger Vater hatte es aufgegeben, ihn zurechtzuweisen, da Clemens seit dem Unfall sofort ausfällig wurde und ihm Prügel anbot.

Paula blieb an der Tür stehen und sagte, er solle zum Essen kommen. Ihr Bruder reagierte nicht. In der rechten Hand hatte er eine Zigarette, die er nachlässig über einen alten Blumentopf vor seinem Bett hielt, die linke Hand hatte er in die Schlafanzughose gesteckt. Er sah zur Zimmerdecke und schien der lauten Musik zuzuhören.

Paula wiederholte ihren Satz und blieb an der Tür stehen.

»Verschwinde«, knurrte Clemens. Er würdigte sie keines Blicks.

»Hast du es ihm gesagt?«, fragte die Mutter, als sie in die Wohnstube kam.

Paula nickte.

»Und? Kommt er runter?«

»Ich weiß es nicht.«

»Na, gleich kommt Vater nach Hause. Dann kann er sein blaues Wunder erleben.«

Paula, ihre Schwester und die Mutter schauten auf die runde Wanduhr über dem Vertiko. Es war zwei Minuten nach zwei.

»Verteilt die Teller und das Besteck. Vergesst nicht Vaters Serviette. Und dann kommt in die Küche.«

Sie stellte mit der Schwester schweigend die Teller hin und ordnete sorgfältig das Besteck. Zum Schluss richtete sie noch zwei kleine Löffel aus.

Auf die Minute zehn nach zwei klingelte die Türglocke. Cornelia stand bereits hinter der Tür und riss sie auf. Ihr Vater nickte ihr zu, zog seinen Mantel aus, hängte ihn auf einen Bügel, brachte dann die Aktentasche in sein Arbeitszimmer und ging ins Bad. Paula, Cornelia und ihre Mutter hatten am Esstisch Platz genommen und teilten die Suppe aus. Man hörte die Spülung im Bad rauschen und gleichzeitig die schlurfenden Geräusche, die der Bruder beim Herabsteigen auf der Treppe verursachte.

Clemens betrat das Zimmer. Er war noch immer nur mit einer Schlafanzughose bekleidet, doch hatte er sich einen Bademantel übergestreift, den er nachlässig vor der Brust zusammengebunden hatte. Er setzte sich an den Tisch, nahm das Messer und schlug rhythmisch gegen den gefüllten Suppenteller. Die Mutter sah ihn an, sagte aber nichts. Alle warteten auf den Vater. Als er die Wohnstube betrat, schaute er zuerst auf die Wanduhr, dann betrachtete er prüfend die gedeckte Tafel, bevor er zu seinem Platz an der Stirnseite des Tisches ging und sich setzte.

»Guten Appetit«, sagte er, nahm den Löffel und begann zu essen.

Die Familie aß schweigend die Suppe, dann brachte die Mutter die Suppenterrine hinaus, und die Mädchen sammelten Teller und Löffel ein. Cornelia trug sie in die Küche und ihre Schwester ging ihr hinterher. Als die Schüsseln und Teller des Hauptgangs auf dem Tisch standen und sich wieder alle gesetzt hatten, ließ sich die Mutter von jedem den Teller geben. Der Teller des Vaters wurde als letzter gefüllt. Er hatte es so angeordnet, da er es für widersinnig hielt, dass der wichtigsten Person der Teller zuerst hingestellt werde, da das Essen zwangsläufig abgekühlt sei, wenn alle ihre Portionen hatten.

Während die Mutter Fleisch und Gemüse auftat, erkundigte er sich bei den Töchtern nach der Schule. Von Cornelia wollte er wissen, welche Note sie in der mündlichen Leistungskontrolle im Fach Biologie erhalten habe.

»Eine Drei«, erwiderte Cornelia bedrückt.

Ihr Vater verdrehte die Augen und schüttelte den Kopf: »Wieso?«

Seine Tochter antwortete nicht, und er wiederholte die Frage.

»Ich weiß es nicht«, sagte sie, »ich habe alle Fragen beantworten können.«

»Willst du damit sagen, Herr Reschke hat dir zu Unrecht eine Drei gegeben? Meinst du, für deine wunderbaren Antworten hast du eine Zwei oder gar eine Eins verdient?«

»Nein.« Cornelia schüttelte den Kopf.

»Herr Reschke hat dir nur eine Drei gegeben, weil er glaubt, du würdest dich anstrengen. Das glaubt er wirklich. Was du ihm geantwortet hast, sei Kraut und Rüben gewesen. Unverarbeiteter Lehrstoff, sagte er mir. Was, zum Teufel, ist an der Morphologie so geheimnisvoll, dass man es nicht begreift? Kannst du mir das verraten?«

»Ich habe alle Fragen beantwortet.«

»Das hast du eben nicht. Du hast irgendetwas geantwortet. Irgendeinen Unsinn.«

Als Cornelia die Tränen in die Augen stiegen und die Wangen herunterliefen, wandte der Vater sich Paula zu.

»Und nun zu dir? Ihr habt die Mathearbeiten zurückbekommen. Welche Note?«

»Ich bringe dir das Heft ins Arbeitszimmer.« Sie hatte den Kopf so tief gesenkt, dass sie die Knöpfe ihrer Bluse sehen konnte.

»Welche Note?«

»Eine Vier«, hauchte Paula.

»Ja. Eine Vier. Und Frau Thomas sagte mir, es sei ihr unmöglich gewesen, dir eine bessere Note als eine Vier zu geben. Wahrscheinlich war es in Wirklichkeit eine Fünf. Ich habe zwei blöde Kinder.«

Nun weinte auch Paula und bemühte sich, ihr Schluchzen zu unterdrücken, aber da sie noch immer den Kopf gesenkt hielt, bekam sie einen Schluckauf. Die Mutter lehnte sich auf ihrem Stuhl zurück. Die Hände lagen neben ihrem Teller, und sie sah reglos zu ihrem Mann.

Der Vater betrachtete angewidert das heulende Mädchen.

»Na denn«, sagte Clemens laut, nahm die Gabel in die

Hand, stocherte auf seinem Teller herum und fing an zu essen.

Sein Vater sah wütend zu ihm, sagte aber nichts, sondern griff zu seinem Besteck und begann ebenfalls zu essen. Nach einigen Bissen sah er die Mädchen an.

»Wollt ihr endlich essen«, schnauzte er.

Die Mädchen griffen unverzüglich nach Messer und Gabel und schlangen ihr Essen herunter.

»Du hast es wieder geschafft«, sagte die Mutter, »jetzt haben wir wieder unser wunderbares Familienleben.«

Ihr Mann warf ihr einen Blick zu, atmete tief durch und aß weiter. Alle aßen schweigend. Die Mädchen kämpften mit den Tränen, die auf ihre Teller tropften. Nur Clemens schien völlig unbeeindruckt. Er war als Erster fertig, warf das Besteck auf den Teller, schob ihn von sich, rülpste und legte beide Unterarme auf den Tisch. Er schaute herausfordernd zu seinem Vater. Dann wandte er den Kopf zu seiner Mutter.

»Gibt es Nachtisch?«

»Nein. Heute habe ich keinen Nachtisch. Ich habe allein für das Essen zwei Stunden gebraucht.«

»Auch gut«, erwiderte Clemens, stützte beide Hände auf den Tisch und drückte sich hoch, »dann geh ich in mein Zimmer.«

»Clemens, warte noch«, sagte seine Mutter, »du könntest mir nach Tisch helfen, die Kartoffeln …«

Clemens unterbrach sie: »Kann ich nicht. Ich bin ein Krüppel. Ich kann gar nichts.«

Er schob den Stuhl zurück und hinkte zur Wohnzimmertür.

»Und wie hat es dir geschmeckt?«, fragte seine Mutter.

»Es ging«, sagte er, öffnete die Tür und humpelte hinaus.

»Euer Bruder benimmt sich wie ein Schwein«, sagte der Vater, während die Familie die Geräusche aus Richtung Treppe verfolgte, »Krüppel hin oder her, man darf sich nie gehen lassen. Schreibt euch das hinter die Ohren.«

Nach dem Essen brachte Paula mit ihrer Schwester und der Mutter das Geschirr und die Schüsseln in die Küche und wusch ab. Der Vater war am Tisch sitzen geblieben, hatte sich eine Tasse Kaffee bringen lassen, rauchte eine Zigarre und las die Zeitung, trank den Kaffee aus und ging in sein Arbeitszimmer. Paula huschte in das Wohnzimmer, sie legte die Zeitung auf die Ablage und trug die leere Kaffeetasse in die Küche. Nach dem Abwasch gingen die Mädchen in ihr Zimmer, um die Schularbeiten zu erledigen. Cornelia stellte das Radio an. Paula bat sie, es auszumachen, weil es ihnen streng verboten war, während der Schularbeiten Radio zu hören, doch ihre Schwester zuckte mit den Schultern und drehte es lediglich leiser.

Eine halbe Stunde später hörten sie ihre Mutter aufschreien und zuckten zusammen. Cornelia machte mit einer Handbewegung das Radio aus, und beide Mädchen beugten sich tief über ihre Hefte. Sie hörten ihren Vater brüllen, er beschimpfte ihre Mutter.

»Hör damit auf«, zischte Cornelia, als sie sah, dass Paula zitterte, »hör auf. Reiß dich zusammen. Wenn dich Vati so erlebt, kriegen wir beide wieder etwas ab.«

Paula zitterte am ganzen Leib, ihre Augen waren starr auf die Tür gerichtet. Die Stimmen der Eltern entfernten sich, vermutlich waren sie in das Schlafzimmer gegangen, um sich dort weiter zu streiten. Cornelia ging an die Tür. Durch einen länglichen Riss, der das Türblatt in ganzer Länge spaltete, sah sie auf den Flur. Paula beruhigte sich, stellte sich neben die Schwester und starrte wie sie durch den Schlitz auf den Wohnungsflur. Eine Minute später rannte ihre Mutter über den Flur. Dann stapfte der Vater mit schweren Schritten an der Tür vorbei. In der Küche fiel etwas zu Boden und zerbrach, es musste ein Glas oder ein Teller gewesen sein. Die Eltern beschimpften sich gegenseitig so laut, dass die Mädchen einzelne Worte verstehen konnten. Die Musik im Zimmer des Bruders wurde lauter, er hatte wohl auch den Streit gehört und den Lautsprecher voll aufgedreht. Cornelia ging an ihr Radio und stellte es an. Auch sie drehte den Ton so laut, dass die Musik den Streit der Eltern übertönte. Paula warf einen flehenden Blick auf die Schwester, aber die schlug ihr Arbeitsheft und das Schulbuch zu, steckte es in den Ranzen und sagte: »Ende der Schularbeiten. Jetzt können wir Musik hören. Oder kannst du bei diesem Krach arbeiten?«

Paula packte ihre Schulsachen ebenfalls in den Ranzen. Die beiden saßen auf ihren Stühlen, taten so, als würden sie der Radiomusik zuhören, und achteten auf die Geräusche vor ihrer Tür. Sie hörten, dass ihr Vater in den Flur gegangen war, Cornelia stellte eilig das Radio aus, etwas wurde im Flur auf den Boden geworfen, die Schwestern vermuteten, dass ihr Vater die Pantoffeln ausgezogen und in eine Ecke geworfen hatte und sich nun die Straßenschuhe anzog.

Paula und Cornelia schlichen zur Zimmertür und drückten ihre Köpfe an den Spalt. Sie konnten ihren Vater sehen, der sich seinen Mantel anzog, dann hörten sie die Haustür ins Schloss fallen. Eine halbe Minute danach, die Mädchen klebten noch immer an dem Türblatt, ging die Mutter langsam und wimmernd über den Flur ins Wohnzimmer, es klirrten Flaschen und Gläser. Ihre Mutter würde nun einen Schnaps trinken und bis zum Abend noch einen und noch einen, und sie würde immer lauter heulen. Sie würde den ganzen Nachmittag in der Küche sitzen, um vor sich hin zu heulen und zu jammern, zwischendurch immer wieder ins Wohnzimmer schleichen, um sich ein weiteres Glas einzugießen. Sie würde den Mädchen das Abendbrot auf den Tisch stellen und selber nichts essen, sondern ihnen nur mit verheultem Gesicht zusehen. Der Bruder wäre zu dieser Zeit schon in seiner Kneipe, und der Vater würde erst am nächsten Morgen erscheinen, um seine Aktentasche zu holen und in die Schule zu gehen, die Nacht würde er bei seiner Freundin verbringen. Die drei Geschwister und ihre Mutter wussten, dass Vater eine Geliebte in der Stadt hatte, eine alleinstehende Frau, die auf die Besuche des gutaussehenden Schuldirektors mit dem vornehm graumelierten Haar stolz war. Die ganze Stadt wusste darüber Bescheid, und auf dem Schulhof hatten die beiden Mädchen bissige und gehässige Bemerkungen zu ertragen.

Die Mädchen hörten, wie ihre Mutter auf die Toilette ging und sich einschloss. Cornelia öffnete die Tür, beide schlichen auf den Flur. Von oben, aus dem Zimmer des Bruders, tönte laute Musik, in der Toilette hörten sie ihre Mutter sich erbrechen.

Cornelia griff nach ihrem Mantel und eilte, ohne ihn anzuziehen, auf Zehenspitzen zur Wohnungstür, öffnete sie vorsichtig und zog sie lautlos hinter sich zu.

Paula stand einen Moment ratlos auf dem Flur. Schließlich nahm sie aus dem Kinderzimmer ihre Puppe mit den langen blonden Haaren und ging wieder in den Flur, nahm den Mantel vom Garderobenhaken und verschwand ebenfalls lautlos aus der Wohnung. Unentschlossen lief sie in die Stadt zurück, wobei sie nach ihrer Schwester Ausschau hielt. Sie hoffte, sie zu finden, fürchtete sich aber gleichzeitig davor, von ihr angeschnauzt und weggeschickt zu werden.

13.

Mehr als drei Wochen lang hatte ich damals im Sommer überlegt, ob ich das Kind abtreiben lasse. Anfangs war ich wild entschlossen, um Hans und Vater zu bestrafen, aber irgendwann wurde ich ruhig. Irgendwann kam mir das in mir heranwachsende Etwas wie ein Abenteuer vor, das ich bestehen wollte. Ich würde ein Kind bekommen und die Kunsthochschule trotzdem nicht aufgeben, ich würde studieren und nebenbei mein Kind großziehen. Von da an war alles klar. Ich rief in der Hochschule an und ließ mir einen Termin beim Rektor geben, denn ich wusste nicht, was man in der Hochschule zu einer schwangeren Studentin sagt und ob sie mir helfen würden. Auf der Fahrt nach Berlin quälte mich die Angst, und als ich vor dem Rektoratszimmer stand, glaubte ich, man würde mich auslachen oder beschimpfen, denn in der Prüfung hatten mir die Professoren gesagt, dass sie von denjenigen, die sie aufnehmen, eine absolute Hingabe an das Studium erwarten. Ich fürchtete, eine Studentin mit einem kleinen Kind würden die Professoren nicht akzeptieren, und öffnete ängstlich die Tür. Doch dann kam alles ganz anders.

Ich sei nicht die einzige schwangere Studentin an der Kunsthochschule, aber ich sei, wie mir Professor Tschäkel sagte, seit Menschengedenken die erste Studentin, die hochschwanger ihr Studium beginne.

Tschäkel war sehr zuvorkommend, er machte sogar seine Zigarette aus und sagte, das sei nun einmal die Art, wie sich Menschen vermehren würden, und ich solle mir keine Gedanken machen. Ich müsste vermutlich etwas mehr als die anderen Studenten arbeiten, denn das Kind dürfe nicht unter dem Studium leiden, aber das Studium auch nicht unter dem Kind, doch er würde dafür sorgen, dass man Rücksicht auf mich nehme, und er sei sicher, meine

Kommilitonen und ganz besonders die anderen Mädchen würden mir helfen.

Tschäkel war geradezu begeistert und sagte, ein Baby sei kein Problem, in seinem Atelier habe er manchmal drei. Wenn seine Studentinnen ihrem Baby die Brust gäben, dann lasse er sofort alles fallen, setze sich vor das Mädchen und strichle einen halben Zeichenblock voll. Er versprach mir, dass die Hochschule mich unterstützen werde, und sagte, ich solle mich auf mein Baby freuen, etwas Schöneres gebe es nicht auf der Welt, mit einem Neugeborenen könne selbst die Kunst nicht mithalten.

»Wir werden unser Kind schon großziehen«, erklärte er zum Abschied.

Er stand von seinem Schreibtischsessel auf und begleitete mich an die Tür. Unvermutet legte er seine Hand auf meinen Bauch, strahlte mich an und sagte: »Ich freue mich, Paula, ich freue mich darauf, wenn Sie mit einem dicken Bauch zu uns kommen. Ich liebe schwangere Frauen. Schwangere Frauen sind für mich das Erotischste überhaupt. Ich habe es nie verstanden, wieso die Gesellschaft die Schwangeren versteckt. Schauen Sie sich nur die Mode an, der schöne Bauch mit dem Kind wird mit Falten verhüllt und unter gewaltigen Röcken verborgen, geradeso als ob es eine Schande wäre, ein Baby zu bekommen, dabei sind es für mich die allerschönsten Frauen. Ich freue mich schon heute darauf, Sie hochschwanger an meiner Schule zu sehen, Paula.«

Er küsste mich auf beide Wangen und hielt mir dann die Tür auf. Ich ging zum Bahnhof, ich rannte sogar, obwohl ich viel Zeit bis zur Abfahrt des Zuges hatte, ich hüpfte vor Vergnügen. Jetzt hatte ich überhaupt keine Angst mehr.

Ich fuhr sehr stolz zurück, ich war froh, mich für das Baby entschieden zu haben, und wenn es ein Junge werden sollte, wollte ich ihm den Namen Michael geben, er sollte Tschäkels Vornamen bekommen, denn Tschäkel war sein eigentlicher Geburtshelfer. Wenn er anders reagiert hätte, hätte ich mich möglicherweise gegen das Baby entschieden.

Ich war ruhig, glücklich und stolz, als ich wieder bei Hans erschien. Für die Fahrt nach Berlin hatte ich einen freien Tag genutzt und nichts von meinem Besuch in der Hochschule erzählt, und da ich noch vor Hans zu Hause war, musste ich auch nichts erklären. Und wieder mal verstand er nichts oder vielmehr alles falsch. Er glaubte, meine Ruhe und Gelassenheit rühre von meinem Mutterglück, das er für sein Verdienst hielt. Er ahnte nicht einmal, wie knapp sein Baby einem sehr frühen Kindstod entgangen war, und dass er nie daran gedacht hatte, dass er nie vermutet oder befürchtet hatte, ich würde mir das ungewollte Kind wegmachen lassen, erstaunte mich.

Ich war so heiter und gelöst, dass ich ein paar Tage später wieder ins gemeinsame Schlafzimmer umgezogen war, was er natürlich falsch deutete. Ich erinnere mich an die Nacht, als ich erwachte, auf die Uhr schaute und feststellte, dass ich nur eine Stunde geschlafen hatte, aber völlig ausgeruht war. Ich stand auf, nahm meine Bettdecke und das Kopfkissen und ging in unser Schlafzimmer. Ohne Licht anzuschalten, legte ich mich vorsichtig neben Hans, der fest schlief und leise schnarchte. Nachdem ich eine Zeit neben ihm gelegen hatte, berührte und streichelte ich ihn. Im Halbschlaf legte er einen Arm über mich und murmelte etwas, dann wurde er wach und wollte das Licht anmachen, was ich verhinderte. Und dann liebten wir uns. Er war unendlich glücklich, er redete von mir und von dem Baby, er legte seinen Kopf auf meinen Bauch, küsste mich vom Kopf bis zu den Fußsohlen und beteuerte seine Liebe. Er fürchtete, mir oder dem Baby wehzutun, und war überaus zärtlich, und ich genoss seine Liebkosungen, seine Reden, seine Lippen und Finger auf meiner Haut und fühlte mich wie eine Königin.

Schwangere Frauen seien erotisch, hatte Tschäkel gesagt, würden anziehend auf ihn wirken. Ich weiß es nicht, Sex und Erotik hatten mich in den letzten Monaten der Schwangerschaft nicht interessiert, bei keiner Schwangerschaft. Ich habe auch dann mit Männern geschlafen, aber die eigene Erotik war dabei in den Hintergrund getreten. Mein Bauch, das kleine Etwas, was da in mir heranwuchs, war alles, um was ich mich kümmerte. Ich ging sorgsam mit mir um, ich wollte das Kleine nicht schädigen oder erschrecken. Ich bewegte mich behutsam, ich rannte nicht, ging vorsichtig und achtete auf jede meiner Bewegungen. Ich würde mich wie eine Königin bewegen, hatte eine Freundin zu mir gesagt, und das war wohl auch so, denn ich kam mir wie eine Königin vor. Wenn ich aufwachte und an mein Baby dachte, war ich mit mir und der Welt zufrieden, und das hielt den ganzen Tag an. Es gab nichts, was mich darüber hinaus interessierte oder berührte. Wenn jemand freundlich zu mir war, nahm ich es zur Kenntnis, und wenn jemand unfreundlich war, mich beleidigen wollte oder mich beschimpfte, so konnte ich mich darüber nicht aufregen. Ich lächelte selbst dann, weil es in meinem Inneren immerzu lächelte. Und die Männer, nicht nur die Väter, behandelten mich während meiner Schwangerschaft wie eine Kostbarkeit. Wildfremde Männer waren urplötzlich rührend besorgt um mich, die größten Stiesel standen in der Straßenbahn auf und boten mir ihren Platz an, und wenn ich irgendwo anstehen musste, so waren es stets die Männer, die auf mich zukamen und geradezu darum baten, dass ich an allen anderen vorbei nach vorn gehe solle.

14.

Über die Kunsthochschule sprach ich mit Hans nicht. So unverrückbar es für mich feststand, mir mein Studium durch niemanden und nichts nehmen zu lassen, so eindeutig stand für ihn fest, dass durch die Schwangerschaft dieser Traum für mich ausgeträumt war.

Mitte August fuhren wir für ein paar Tage an den Tollensesee. Hans hatte mehrere Termine in Schwerin, um mit der örtlichen Kirchenleitung über den Bau eines Altersheims zu reden, und da er keine Lust hatte, vier Tage lang für kurze Besprechungen und Absprachen jeweils mehrere Stunden auf der Autobahn zu verbringen, schlug er vor, eine Woche in der Villa seines früheren Geschäftspartners Frieder Kossick zu verbringen, der vier Jahre zuvor nach Schwerin gezogen war, jetzt Baudirektor der Kirchenleitung und mit Hans befreundet geblieben war. Kossick hatte ihm für die ganze Projektions- und Bauzeit die Gästewohnung in seinem Haus angeboten, und Hans überredete mich, mit ihm zu fahren.

Tagsüber sonnte ich mich und schwamm im See, und wenn Hans aus der Stadt zurückkam, machten wir lange Spaziergänge am See.

Mit Elke, Kossicks Frau, stellte ich mich am frühen Abend in die Küche. Wir kochten für die Männer und Elkes fünfjährige Tochter und aßen auf der großen Terrasse des Hauses. Von meiner Schwangerschaft hatte Hans dem Ehepaar erzählt, obwohl ich ihn gebeten hatte, es nicht überall herauszuposaunen. Mir war es unangenehm, wenn er sich mit meiner Schwangerschaft brüstete. Hans glaubte immer noch wie vor tausend Jahren, dass die Zeugung eine Empfängnis sei, der Mann versenkt mit dem Samen das Kind im mütterlichen Schoß, die Frau ist nur der Blumentopf, die Muttererde, die lediglich für neun Monate benötigt wird. So wie Hans redete, war das Kind ganz allein sein Verdienst. Aber damit hatte er nicht ganz Unrecht, und vielleicht prahlte er, wenn ich nicht anwesend bin, vor seinen Kollegen und Freunden, wie er mich reingelegt hatte.

Elke war acht Jahre älter als ich und seit sechs Jahren mit Frieder Kossick verheiratet. Sie unterrichtete Deutsch und Musik an einer Schule in der Innenstadt, in die in einem Jahr ihre Tochter Friederike eingeschult werden sollte. Friederike hatte mich gleich am ersten Tag in ihr Herz geschlossen und bettelte, dass sie in der Woche, in der Hans und ich bei ihnen wohnen würden, nicht in den Kindergarten gehen müsse, sondern bei mir bleiben dürfe. Sie wolle mir die Gegend zeigen und versprach, mir nicht zur Last zu fallen, vielmehr wolle sie mir überall helfen. Ihre Mutter protestierte, aber da Hans tagsüber in der Stadt zu tun hatte und ich am See bleiben wollte, sagte ich, dass ich es schön fände, wenn Friederike bei mir bliebe, und bat ihre Mutter, es ihr zu erlauben.

Die kleine Friederike war ein aufgewecktes, frühreifes Kind, das mich immer wieder mit ihren klugen Beobachtungen überraschte. Es war eine wilde Mischung kindlicher Gedanken und Interpretationen, die sie mir unbedingt mitzuteilen hatte. Die Ehe ihrer Eltern war von besonderem Interesse für sie, und ich konnte sie nicht davon abhalten, mir ausführlich davon zu berichten und alles mit ihren gelegentlich irritierend hellsichtigen Kommentaren zu versehen.

Bei ihren Erzählungen kam mir der Verdacht, dass sie in ihren Vater verliebt und auf ihre Mutter eifersüchtig war, und als ich es ihr sagte, schaute sie mich überrascht an, spitzte entrüstet die Lippen und bestätigte es kurzerhand. Durch Friederike war ich wider Willen über die Ehe ihrer Eltern ausführlich unterrichtet, und als ich es an einem Abend Elke erzählte, lächelte sie und sagte: »Du hast offensichtlich das Herz der Kleinen gewonnen, denn ansonsten findet sie bei allen unseren Freunden und Besuchern etwas auszusetzen.«

Dann erkundigte sie sich, ob ihre Tochter auch etwas für sie Schmeichelhaftes gesagt oder ausschließlich kritische Beobachtungen mitgeteilt habe.

»Sie ist sehr aufgeweckt«, erwiderte ich nur.

Elke lachte auf: »Ich verstehe. Ja, mit Kindern bekommt man argwöhnische und hellwache Beobachter ins Haus. Das wirst du auch noch erleben, Paula. So klein sie sind, ihnen entgeht nichts, und du kannst sie nicht täuschen. Sie spüren, wenn etwas in ihrer Umgebung nicht stimmt, und sie wollen jeder Sache auf den Grund gehen. Ich weiß nicht, ob kleine Jungen auch so sind, kleinen Mädchen jedenfalls kann man nichts vormachen, und schon gar nicht meiner Friederike.«

»Sie gefällt mir«, sagte ich, »ich hoffe, ich bekomme mit meinem Baby auch so einen kleinen klugen Menschen ins Haus. Einen Freund. Ja, ich wünsche mir eigentlich ein Kind, das mein Freund ist. Ein solcher Mensch fehlt mir nämlich.«

»Männer sind nicht alles, nicht wahr«, erwiderte sie.

Ich nickte. Aus dem Wohnzimmer kam ein Lachen, Hans und Frieder saßen dort, tranken Bier und gingen zusammen die Zeichnungen durch, die ihre Büros angefertigt hatten.

»Ich hoffe, du hast eine bessere Ehe als ich«, sagte Elke, »ich wünsche es dir. Meiner hat seine Arbeit im Kopf, und ich bin sein Vergnügen. Das ist seine Auffassung von einer Ehe. Ist das bei dir und Hans anders?«

»Das hoffe ich doch«, antwortete ich, »anderenfalls lasse ich mich scheiden.«

»Ja, natürlich, du bist ja noch jung. Da glaubt man

noch, man kann durch eine Scheidung irgendetwas verbessern. Auch so eine Illusion unserer Zeit, auf die wir uns etwas einbilden, weil Scheidung etwas Fortschrittliches ist.«

»Das klingt aber sehr finster, Elke.«

»Finster? Nein. Ich glaube nur, dass man sich früher, als es so etwas wie Scheidung noch nicht gab, weniger lebensfremd verhalten hat. Und zu der Zeit, als die Eltern die Ehepartner ihrer Kinder aussuchten, war das Ergebnis nicht schlechter als heute. Die Eltern kennen und lieben ihre Kinder, sie werden also alles berücksichtigt haben, was für ihre Kinder gut und richtig ist. Und das bisschen Liebe, das ergab sich in der Ehe oder nebenbei, und für ein ganzes Leben reicht es ohnehin nie. Die Eltern entschieden vernünftig, die Liebenden entscheiden sich rücksichtslos, weil sie felsenfest davon überzeugt sind, weil sie diesen kleinen Schmetterling, der da durch ihr Leben huscht, mit einem Felsen verwechseln, auf dem sich ein Lebensglück gründen lässt. Mein Vater jedenfalls hätte mir gewiss keinen schlechteren Mann ausgewählt, nur dass ich nicht auf ihn hörte. Nicht auf ihn hören musste, weil wir ja unabhängig und selbständig geworden sind.«

Sie wirkte überhaupt nicht verbittert, während sie mir das sagte. Als sie meine Verwirrung bemerkte, nahm sie mich in den Arm und sagte: »Vielleicht ist bei euch alles besser. Du wirst das schon richtig machen. Und dann gibt es dein Kind, das ist wirklich schön, Paula. Das entschädigt für vieles. Nein, für alles.«

Elke sah mich gedankenverloren an, mit dem rechten Zeigefinger streichelte sie über meinen Arm. Ich dachte an ihre Tochter, die kleine Friederike. Wenn ich auch so ein kleines, weltkluges Menschlein bekäme, dann hätte ich jemanden auf der Welt, den ich bedingungslos lieben und dem ich restlos vertrauen könnte, einen Menschen, nach dem ich ein Leben lang gesucht hatte, für den ich nur da sein musste und der von mir nichts verlangt, außer dass ich ihn liebe. Jedenfalls hoffte ich, dass mein Kind dieser Mensch für mich werden würde. Es sollte mein Mensch fürs Leben werden, so wie ich es für mein Kind sein wollte.

Als wir uns zu den Männern ins Wohnzimmer setzten, legten sie ihre Papiere beiseite, und Frieder öffnete für Elke und mich eine Flasche Wein.

»Aber nur ein halbes Glas«, sagte Hans mahnend zu mir.

Er und Frieder sprachen dann über meine Schwangerschaft und über die von Elke, und Elke und ich hörten den Männern zu, lachten über ihre fachmännischen Ansichten und Theorien, widersprachen ihnen selbst dann nicht, als sie den größten Unsinn erzählten, und sahen uns nur an. Als Hans ausführte, wie er sich das Leben nach der Geburt seines Kindes vorstellte, er sprach immer von einem Jungen, offenbar ging er davon aus, dass er nichts anderes als einen Sohn gezeugt haben konnte, und zu Frieder sagte, er habe sich vorgenommen, dann früher als bisher nach Hause zu kommen, denn er wolle schließlich von seinem Kleinen etwas haben und er werde in der Firma ein paar Aufgaben abgeben oder umverteilen, sagte ich: »Von Montag bis Freitag kannst du in deiner Firma so lange arbeiten, wie du willst. Hauptsache, du nimmst dir am Wochenende Zeit für mich und das Kind.«

Er verstand mich nicht: »Nein, ich will ihn jeden Tag sehen und nicht nur am Wochenende. So wichtig ist mir die Arbeit auch nicht.«

»Jeden Tag? Das wird aber schwierig sein«, sagte ich locker, »du bist in der Woche in Leipzig, ich in Berlin. Willst du jeden Tag hin- und herfahren?«

Er sah mich mit offenem Mund an, und es dauerte

Sekunden, bevor er begriff, was ich gesagt hatte. Mein Studium hatte er offensichtlich schon vor Wochen oder Monaten für beendet erklärt, und so brauchte er einige Zeit, um zu verstehen, dass ich die Kunsthochschule nicht aufgeben werde.

»Aber«, sagte er und verstummte. Er sah mich fassungslos an, dann schaute er zu seinem Freund Frieder, dann wieder zu mir. Ich lachte laut los. Ich sah, wie es in ihm zuckte, er hatte Mühe, sich zu beherrschen, und wenn wir nicht bei den Kossicks zu Gast gewesen wären, hätte er mich jetzt wohl trotz der Schwangerschaft geohrfeigt.

»Du hast viel vor, Paula«, unterbrach Elke das Schweigen, »hochschwanger ein Studium anfangen und dann noch in zwei verschiedenen Städten wohnen, da habt ihr euch viel vorgenommen. Ich hoffe, ihr könnt euch aufeinander verlassen.«

»Ich schaffe es«, erwiderte ich, »weil ich es will. Ich will das Kind und ich will mein Studium, und ich bekomme beides.«

Hans sprach an diesem Abend nur noch mit Frieder über das Bauprojekt. Frieder bemerkte die Spannung zwischen uns, konnte sie sich aber nicht erklären und blieb verlegen. Elke lobte mich über den grünen Klee, um mir den Rücken zu stärken und Hans zu beeinflussen, was vergebliche Liebesmühe war. Als wir im Zimmer waren, erkundigte er sich, ob ich tatsächlich vorhabe, mit einem Baby das Studium aufzunehmen, und ich sagte, er könne doch nicht ernsthaft davon überrascht sein, da wir diese Auseinandersetzungen schon vor Monaten geführt hätten und ich, wie er sich erinnern werde, wegen der Hochschule sogar den Hochzeitstermin verschoben hätte.

»Aber damals warst du nicht schwanger«, sagte er und sah mich hilflos und voll Zorn an.

»Das ist richtig«, erwiderte ich, »und vielleicht erinnerst du dich auch noch daran, wie es dazu kam.«

»Du kannst nicht studieren und gleichzeitig ein Baby bekommen. Das ist unmöglich. Wenn du es nicht selber begreifst, wird dich die Schule exmatrikulieren. Weil das einfach nicht zu schaffen ist.«

»Ich schaffe es.«

»Auf Kosten meines Babys.«

»Nein, auf meine Kosten. Und da es dein Baby ist, wie du sagst, und du es gegen meinen Willen gezeugt hast, hoffe ich auf deine Hilfe. Ich werde dich nicht übermäßig beanspruchen, in Berlin brauche ich dich nicht, aber ich will, dass du mir in Leipzig hilfst, damit ich mich am Wochenende etwas ausruhen und vielleicht die Arbeiten erledigen kann, zu denen ich in der Woche wegen des Babys nicht komme. Wir werden uns abwechseln, mal fahre ich zu dir und mal fährst du zu mir. Das geht gar nicht anders, denn mit dem Baby werde ich mich nicht jede Woche in die Bahn setzen können, und dein Auto wirst du mir wohl nicht überlassen.«

Über mein Studium verlor er kein Wort mehr, er hatte sich damit abgefunden. In den verbleibenden wenigen Tagen in der Villa am Tollensesee sprachen wir nicht mehr darüber. Ich spürte, er bebte innerlich vor Zorn, aber seiner Freunde wegen oder weil er nicht wusste, wie er mich von meinem Studium abhalten könnte, gab es keinen seiner großen Auftritte mehr. Vielleicht nahm er auch nur Rücksicht auf das Baby und wollte mich seinetwegen nicht aufregen. Ich war damit zufrieden.

Einen Tag vor unserer Abreise war ich mit Elke und ihrer Tochter an den Strand gegangen. Friederike war gekränkt, weil ihre Mutter mitgekommen war und sie mich nicht allein für sich hatte. Eine Zeit lang lag sie neben uns auf der Decke und hörte uns zu. Dann sagte sie böse, dass wir sie langweilten, und ging an das Wasser, um dort zu spielen, wobei sie uns ab und zu finstere Blicke zuwarf. Elke sprach über die Geburt, erzählte, wie es ihr in der Klinik ergangen war, dass alles sehr leicht und natürlich abgelaufen sei und dass dieser eine Moment, wo man ihr die winzige Friederike auf die Brust gelegt hatte, als sie den kleinen Körper, der monatelang in ihr gewachsen war, auf ihrer Haut spürte, so unendlich schön war, dass sie augenblicklich alle Schmerzen vergessen hatte.

Ich lächelte. Sie wollte mir die Angst nehmen, aber ich hatte keine Angst, jedenfalls nicht vor der Geburt. Ich hatte etwas zu überstehen und mir selbst zu beweisen, und dieser Entschluss war mein Glücksgefühl, was mich über alles hinwegtrug, jeden Schmerz vergessen ließ und mich stark machte und kräftigte. Ich sagte ihr, dass ich mich nicht vor der Geburt fürchte und auf den kleinen Menschen freue, der in mir heranwachse. Elke betrachtete mich lange und schweigend, sah kurz nach ihrer Tochter und dann küsste sie mich. Es kam für mich völlig überraschend. Sie beugte sich zu mir und küsste mich auf den Mund. Ich fuhr erschrocken zurück, doch sie strahlte mich nur an und sagte: »Ich beneide dich, Paula. Ich glaube, du machst alles viel besser als ich. Ich beneide dich um deine Kraft. Ich wäre gern so wie du.«

Ich war von ihrem Kuss völlig verwirrt, aber Elke redete einfach weiter. Doch ich hatte gesehen, wie sie zuvor nach ihrer Tochter geschaut hatte, um sich zu vergewissern, dass die Kleine uns nicht beobachtete, auch für sie war der Kuss also keinesfalls so nebensächlich gewesen, wie ihr unbekümmertes Geplauder mir weismachen wollte. Elke redete und redete, und ich konnte ihr überhaupt nicht zuhören. Schließlich stand ich auf, sagte, dass ich unbequem gesessen hätte und ein paar Schritte gehen müsse, um dem Baby etwas Platz zu schaffen. Elke wollte mich begleiten, aber ich schüttelte nur abwehrend den Kopf, und sie verstand sofort.

Ich lief langsam am Waldrand entlang. Ich dachte an meine Freundin Kathi, an ihre Reden und Andeutungen, und fragte mich, ob es irgendetwas an mir oder in mir gäbe, was einer anderen Frau signalisierte, ich wäre gegenüber einer Liebhaberin nicht völlig abgeneigt. Etwas musste es geben, sagte ich mir, und vielleicht waren die kleinen dummen Geschichten auf der Oberschule, die ich als pubertäre Mädchenlaunen abgebucht hatte, doch nicht so belanglos gewesen. Vielleicht war da etwas in mir, von dem ich noch nichts wusste, eine Neigung oder ein Wunsch, den ich noch nicht wahrgenommen hatte oder nicht wahrnehmen wollte, eine Sehnsucht, die andere längst gesehen und erkannt hatten. Dann lachte ich mich selber aus.

Mir gefallen Männer, ihre Rücksichtslosigkeit, ihr unverstellter Egoismus, ihr klares Verlangen. Sie sind wie ein offenes Buch, und es bringt sie zur Weißglut, dass Frauen anders sind, verlogen, wie sie meinen, oder eben zurückhaltend und barmherziger, wie man es auch nennen könnte. Barmherzigkeit ist verlogen, da haben sie Recht. Und ich war gern mit Frauen zusammen, weil sie mit einem einzigen Blick begriffen, wie es um mich stand, und darauf Rücksicht nahmen. Aber obwohl ich gern mit Frauen sprach und mit ihnen viel intimer reden konnte als mit jedem Mann, einen Wunsch nach Berührung, nach einem Zusammensein mit einer Frau gab es bei mir nicht. Ich hatte keine erotischen Fantasien, die mich zu Frauen führten.

Friederike kam zu mir gelaufen, als sie sah, dass ich allein am Waldrand spazieren ging. Sie fasste meine Hand und begann draufloszuschwatzen. Ich ging mit ihr langsam zu unserem Platz zurück, setzte mich an den Rand der Decke, auf der Elke lag, und unterhielt mich weiter mit dem Kind. Elke beobachtete mich, das spürte ich im Rücken. Ich vermied es, zu ihr zu sehen, und beschäftigte mich intensiv mit der Kleinen.

Am nächsten Nachmittag, als wir abfuhren und ich Elke zum Abschied die Hand gab, versteifte ich mich unwillkürlich, um sie davon abzuhalten, mich zu umarmen. Sie bemerkte es und lächelte. Ich wurde rot und ärgerte mich über mich.

15.

Ein zehnjähriger Junge, einer der kleinen Brüder von Kathi, öffnete die Wohnungstür. Als er Paula sah, strahlte er sie an und sagte: »Komm rein. Kathi hat schon Besuch.«

Seine Mutter fragte aus der Küche heraus, wer gekommen sei, dann schaute sie in den Korridor und sagte erfreut: »Paula, du musst mir helfen.«

Sie streichelte ihr die Wange, reichte ihr zwei Topflappen und bat sie, das heiße Backblech zu halten, damit sie Speckstreifen über den Braten legen könne.

»Aber pass auf, dass du dich nicht verbrennst.«

Als der Speck verteilt war, roch sie zufrieden an dem Braten, schob das Blech in den Ofen und schloss die Klappe.

»Seid ihr verabredet?«, erkundigte sie sich. »Der Willy ist bei Kathi, sie sind in ihrem Zimmer.«

»Soll ich wieder gehen?«, fragte Paula besorgt.

»Nein, geh nur zu den beiden. Kathi wird sich freuen. Möchtest du ein Stück Kuchen? Wir haben gerade gevespert.«

»Nein, danke. Ich wollte mit Kathi an unserem Stück weiterschreiben.«

»Ach ja, euer Theaterstück. Und wie wäre es mit einem Glas Milch oder Kakao?«

Paula schüttelte den Kopf.

»Dann geh in Kathis Zimmer. Und frag die beiden, ob sie etwas brauchen.«

Paula klopfte befangen an Kathis Zimmertür und öffnete sie zögernd. Kathi saß auf ihrem Bett und schaute verärgert zur Tür. Als sie Paula erblickte, sagte sie erleichtert: »Ach, du bist es. Ich dachte, es ist schon wieder einer von den Kleinen. Die marschieren alle Augenblicke hier rein.«

Willy saß am Tisch und mischte einen Stapel Skatkarten, den er geschickt aus einer Hand in die andre wandern ließ. Als Paula zu ihm sah, nickte er ihr zu.

»Und was willst du?«, erkundigte sich Kathi.

Paula war an der Tür stehen geblieben.

»Wir wollten doch schreiben«, sagte sie.

»Aber nicht heute«, sagte die Freundin, »du siehst ja, Willy ist gekommen.«

»Was schreibt ihr denn?«, fragte der Junge. Er ließ die Karten schwungvoll auf dem Tisch landen, bevor er sie wieder aufnahm, um mit ihnen weiterzuspielen.

»Das geht dich nichts an«, sagte Kathi, »das ist ein Geheimnis zwischen Paula und mir.«

»Und später?«, erkundigte sich Paula, »wollen wir uns nachher treffen?«

»Ich weiß nicht«, sagte die Freundin, »wir gehen in die Stadt und vielleicht noch in den Park.«

»Wir könnten auch ins Kino. Geld habe ich mit«, warf der Junge ein.

Paula stand unschlüssig im Zimmer. Sie hoffte, Kathi würde sie einladen mitzukommen, aber die Freundin schien sie vergessen zu haben, sie hatte sich auf ihrem Bett aufgestützt und strahlte fortwährend den Jungen an.

»Steh doch nicht so rum«, sagte Willy, »setz dich hin. Oder musst du gleich wieder gehen?«

»Nein, ich habe Zeit.«

»Aber wir nicht, Paula«, sagte Kathi verärgert, »das siehst du doch.«

»Wir wollten doch schreiben, Kathi.«

»Ach, das ist nicht so wichtig. Dieser Kinderkram ist mir sowieso zu albern.«

Paula sah ihre Freundin entsetzt an.

»Willst du mit uns mitkommen?«, fragte Willy.

»Das ist keine so gute Idee«, meinte Kathi, »ich seh dich ein andermal, Paula. Heute will ich mit Willy reden.«

Alle drei verstummten, und für Sekunden war es still im Zimmer. Paula hatte begriffen, dass sie gehen sollte, aber sie hoffte noch immer, ihre Freundin würde den Jungen wegschicken. Willy mischte unaufhörlich die Karten, und Kathi beachtete ihre Freundin nicht.

»Dann werde ich jetzt gehen«, sagte Paula, rührte sich aber nicht von der Stelle.

»Ja, wir sehen uns später«, sagte Kathi, ohne den Blick von dem Jungen zu wenden, »machs gut.«

Plötzlich überkam Paula ein Schluckauf. Sie machte ein Geräusch, es hörte sich an, als ob sie auflachte oder erschreckt worden war. Sie hielt sich eine Hand vor den Mund und lief aus dem Zimmer.

Kathis Mutter rief sie in die Küche und gab ihr ein Glas Wasser, in das sie etwas Zitronensaft und Zucker hineingerührt hatte.

»Nur ein kleiner Schluckauf«, sagte sie beruhigend zu dem Mädchen, »bis du heiratest, ist alles wieder in Ordnung.«

Auf der Straße blieb Paula vor einem Wäschegeschäft

stehen und starrte sekundenlang auf die im Schaufenster ausgebreiteten Servietten und die Stapel mit Handtüchern.

»Dann eben nicht, Kathi«, sagte sie laut vor sich hin, »ich brauche dich nicht. Ich brauche überhaupt keinen Menschen.«

Sie musste nochmals lauthals schlucken, presste rasch eine Hand vor den Mund und lief auf schnellstem Weg nach Hause.

Zweites Buch

1.

In den drei Wochen bis zum Semesteranfang sprach Hans kein Wort über mein Studium. Er blendete es vollkommen aus, als könnte sein Stillschweigen es aus seinem und meinem Leben streichen. Mir war das recht. Was zu sagen war, hatte ich gesagt.

Meine Freundin Katharina hatte mir eine Unterkunft in Berlin besorgt, in Weißensee, nur eine Viertelstunde von der Hochschule entfernt, ein Zimmer in der Dreizimmerwohnung einer alleinstehenden älteren Dame, die das Mietgeld benötige und mir gewiss bei meinem Baby helfen werde.

Eine Woche bevor ich aufbrach, erkundigte sich Hans, wo ich wohnen werde. Als ich es ihm sagte, erklärte er, er habe für mich eine sehr viel bessere Möglichkeit ausfindig gemacht. Ein Studienfreund bewohne mit seiner Familie ein Einfamilienhaus in Wendenschloß, im Süden der Stadt, und sei bereit, die Einliegerwohnung, in der bis zu ihrem Tod die Schwiegermutter gelebt hatte, mir zu überlassen, ich hätte dann zwei Zimmer mit kleiner Küche und einem eigenen Bad, und das würde ich benötigen, wenn das Baby da wäre. Er sagte es sehr stolz, er war wieder mal mit sich mehr als zufrieden und fand sich vermutlich generös. Ich dachte nur, er will mich wieder bevormunden, er will durch seinen Freund die Kontrolle über mich behalten, und vermutlich wird er zweimal in der Woche mit ihm telefonieren, um sich über mich zu erkundigen und herauszubekommen, was ich so treibe, mit wem ich ausgehe, ob ich über Nacht nicht nach Haus komme. Ich sah Hans an, ohne eine Miene zu verziehen, holte den Stadtplan, suchte die Straße und sagte, dass ich mit einem Baby nicht jeden Tag stundenlang in der Bahn sitzen könnte. Er wurde sofort wütend, sagte, ich sei undankbar, sein Freund werde gekränkt sein, wenn ich das großzügige Angebot ausschlage, ich sollte gefälligst einmal im Leben nicht nur an mich denken.

»Ich denke zum ersten Mal in meinem Leben an mich«, erwiderte ich, »ich fange gerade erst an, endlich auch einmal an mich zu denken.«

Überraschenderweise hielt ich mich in diesem Moment für unglaublich grausam, aber auch das genoss ich. Es ist angenehm, grausam zu sein, wenn man dadurch zu sich kommt. Rücksichtslose Egoisten sind offen, unverstellt, ehrlich, gradlinig. Es gibt keine Wünsche bei ihnen, die sie nicht äußern, das macht den Umgang mit ihnen einfach. Nicht gerade leicht, aber einfach. Ich fasste an meinen Bauch und strich sanft darüber. Vielleicht hatte ich es meinem Baby zu verdanken, dass ich endlich zu mir selbst kam. Mein Baby war schon jetzt mein bester Freund, obwohl es noch nicht auf der Welt war. Wenn mir noch jemals eine Freundin etwas vorjammern sollte, würde ich ihr vorschlagen, sich umgehend ein Baby anzuschaffen, damit sind alle Probleme auf einen Schlag gelöst.

»Zum ersten Mal in meinem Leben denke ich an mich«, wiederholte ich langsam meine Worte, aber diesmal sagte ich es nicht zu ihm, sondern zu mir, und lächelte ihn dabei an.

Das Studium war schön. Vielleicht die beste Zeit in meinem bisherigen Leben. Ich war selbständig und unabhängig, die Eltern nervten nicht, und Hans hatte sich zähneknirschend damit abgefunden, eine Frau zu haben, die ihren Kopf durchsetzt. Ich musste mich vor keinem für irgendetwas verantworten, und ich konnte malen. Ich konnte und sollte und musste den ganzen Tag malen, das war herrlich. Ich habe jede Stunde an der Hochschule genossen, für mich war jeder Tag an dieser Schule ein Festtag. In den Ferien war ich bei Hans in Leipzig oder wir verreisten gemeinsam, aber in diesen Zeiten habe ich mich ständig danach gesehnt, wieder nach Berlin zu fahren und zur Schule zu gehen. Ich habe alle Fächer gern studiert, auch die theoretischen und politischen, ich fand alles wichtig und aufregend und konnte nicht genug davon bekommen. In der Plastik war ich recht gut, und in der Schrift, nur in Kulturgeschichte langweilte ich mich.

Im ersten Semester hatten wir noch keinen Unterricht bei Professor Tschäkel, doch er lud mich in seine Klasse ein, was ich natürlich sofort annahm. Er behandelte mich sehr zuvorkommend, wie eine Prinzessin, weil ich schwanger war oder weil ich ihm gefiel. Die Kommilitoninnen bemerkten es natürlich sofort und dichteten mir ein Verhältnis mit ihm an, aber mit Tschäkel hatte ich nie etwas. Ich konnte ihn gut leiden, seit unserem Gespräch über meine Schwangerschaft, und er hatte mich gern, das war alles. Vor den Weihnachtsferien fragte er mich, ob ich im neuen Jahr nicht einmal Modell in seiner Klasse sitzen wolle.

»Nackt?«, fragte ich entsetzt.

Er lachte und sagte: »Ganz wie Sie wollen, Paula. Ich möchte nur, dass die Klasse eine Schwangere zeichnet. Und ich möchte Sie zeichnen. Nackt oder nicht nackt, das ist nicht wichtig, die Schwangerschaft möchte ich sehen.«

Ich war ganz atemlos und nickte nur. In den Weihnachtsferien dachte ich immer wieder darüber nach. Mich störte der Gedanke, mich vor den Kommilitonen auszuziehen. Ich wusste ja, wie sie über manche der Modelle reden und nach der Stunde über sie herziehen. Und wenn die Jungen von einem Modell mal begeistert waren, dann gab es ganz gewiss ein Mädchen, das etwas auszusetzen fand und es laut verkündete. Ich scheute das Gerede, zumal sie alle im dritten Studienjahr waren und ich im ersten Semester. Für Tschäkel allein hätte ich es sofort gemacht, bei ihm hatte ich keine Hemmungen. Mehrmals ging ich den Kleiderschrank durch, um etwas zu finden, was ich anziehen könnte, so dass ich nicht nackt war, aber Tschäkel seine Schwangerschaft sehen konnte. Zur ersten Zeichenstunde im neuen Jahr bei Tschäkel erschien ich in meinem rosafarbenen Kostüm. Er erkundigte sich, ob ich es mir überlegt habe, und als ich nickte, fragte er, ob ich gleich bereit sei oder erst in einer der nächsten Stunden Modell sitzen wolle.

»Bringen wir es hinter uns«, sagte ich.

Er stellte sich vor die Klasse und informierte sie, dass heute eine Schwangere gezeichnet werde und ich mich freundlicherweise bereit erklärt habe, das Modell abzugeben. Er erwarte, dass alle diese Entscheidung ihrer Kommilitonin zu schätzen wissen, und er wolle ein paar Blätter zu sehen bekommen, für die er sich nicht schämen müsse. Dann sah er zu mir, ich stand von meinem Platz auf und ging zu ihm nach vorn.

»Wo wollen Sie sich hinsetzen, Paula?«, fragte er und wies auf die Sammlung alter Möbelstücke neben der Tür.

»Ich setze mich in den Sessel«, sagte ich leise.

Er nickte und rückte den Armstuhl, auf den ich gezeigt hatte, in die Mitte des Saals. Tschäkel sah mich fragend an und erkundigte sich, ob ich in dem Kostüm Modell sitzen oder nicht doch etwas ablegen wolle.

»Wir wollen schließlich eine Schwangere zeichnen«, sagte er, »von Ihrem Bauch müsste etwas zu sehen sein.«

Ich nickte, dann betrachtete ich die Kommilitonen, einen nach dem anderen. Ein Mädchen lächelte mir aufmunternd zu, die anderen waren mit ihren Stiften und den Zeichenblöcken beschäftigt und schauten nur gelegentlich zu mir, um zu sehen, wie weit ich war. Für sie war ich bloß ein Modell, das sie zu zeichnen hatten. Ich ging hinter die alte Wandtafel, dort zogen sich gewöhnlich die Frauen und Männer aus oder um, die an unserer Schule für ein paar Mark als Modell arbeiteten, und schlüpfte aus den Schuhen. Dann legte ich das Kostüm ab und zog mir den Unterrock und die Strümpfe aus. Ich war nur noch mit einem schwarzen T-Shirt und einer Unterhose bekleidet. Das Shirt wurde von meinem Bauch nach oben geschoben, die Hose nach unten. Die prächtige Kugel, zu der mein Bauch mittlerweile angewachsen war, duldete keine Unterwäsche, sie drängte sich hervor und alles andere beiseite. Ich hatte das Gefühl, von meinem Bauch beherrscht zu sein.

Ich schaute kurz zu Tschäkel, ging zu dem Armstuhl und setzte mich. Ich schlug die Beine übereinander, dann stellte ich sie nebeneinander und streckte schließlich das rechte weit vor. Einen Moment lang dachte ich daran, die Arme vor der Brust zu verschränken oder vielmehr, sie über meinen Bauch zu legen, doch dann legte ich sie einfach auf die Armlehnen, so locker und bequem, wie es mir möglich war.

Ich hatte ein paar Wollsocken mitgenommen, die ich zusammengerollt in der Hand trug, ich wollte sie mir anziehen, falls mir kalt wird. Tschäkel hatte sich auf meinen Arbeitsplatz gesetzt, er nickte mir zu und sagte, ich solle mich bequem hinsetzen, dann bat er, dass ich mich zum Fenster drehe, er wolle mein Halbprofil haben.

»Und den Kopf hoch, Paula. Ich will Ihren Stolz sehen. Ein stolzes, schwangeres Mädchen.«

Es war ganz einfach. Die Kommilitonen zeichneten, sie

schauten prüfend und fixierend zu mir, dann beugten sie sich über ihr Blatt, um zu arbeiten. Tschäkel freute sich. Auch er zeichnete zügig, und wann immer er mir ins Gesicht sah, strahlte er. Ich wurde ruhig und sicher.

Nachdem ich fünf Minuten still gesessen und meine Position zu halten versucht hatte, stand ich auf, zog das Shirt und die Unterhose aus, die Hose warf ich hinter die Wandtafel, das Shirt legte ich als dünnes Kissen auf den Stuhl und setzte mich wieder. Nun waren sie überrascht, aber keiner sagte etwas. Tschäkel machte mit der Hand eine anerkennende Geste, die anderen sahen mich an, schauten mir in die Augen, dann betrachteten sie den nackten Körper. Für einen Moment war es völlig still im Zeichensaal, weder war das Knistern von Papier noch das fast unhörbare Geräusch des Strichelns der Stifte und Kohle wahrzunehmen. Es war so still, dass man die Schritte auf dem Gang über dem Saal hörte.

»Bravo«, rief Tschäkel und klatschte dreimal in die Hände, »wunderbar, Paula, wunderschön.«

Er riss das gerade benutzte Blatt des Zeichenblocks ab, ließ es auf den Boden fallen und begann auf einem neuen Blatt zu skizzieren. Auch die anderen wechselten die Blätter, und nur zwei oder drei, ich saß weiterhin im Halbprofil mit dem Gesicht zum Fenster und konnte die Klasse bloß aus dem Augenwinkel sehen, zeichneten einfach weiter.

Tschäkel hatte Recht, eine schwangere Frau brauchte überhaupt nichts, sie war so schön, dass sie auf alles verzichten konnte. Und mein gewaltiger Bauch stellte im Wortsinn ohnehin alles in den Schatten. Er war bedeutsamer als mein Kopf und meine Brüste, und er verdeckte vollständig mein Geschlecht. Er beherrschte mich, und das konnten und sollten auch alle sehen.

Ich thronte eine halbe Stunde in der Mitte des Zeichensaals. Irgendwann bat mich Tschäkel, ich möge mich en face hinsetzen. Jetzt konnte ich ihm und den Studenten ins Gesicht sehen. Sie schauten immer wieder von ihrem Blatt auf, um mich zu betrachten, und ich sah, dass sie jedes Mal nicht allein den Körperteil fixierten, den sie gerade skizzierten, sie sahen mir vielmehr beiläufig und wie zufällig in die Augen, aber ich spürte, sie wollten sich vergewissern, wie ich es aushielt, sie wollten überprüfen, ob ich meinem Mut gewachsen war. Ich lächelte sie an. Ich fühlte mich wie eine Göttin. Ich hatte Lust, aufzustehen und nackt, wie ich war, zu Tschäkel zu gehen, um ihn zu küssen. Auf einmal war alles ganz einfach. Und plötzlich erinnerte ich mich an die kleine Paula, das verfrorene Schulmädchen, das stundenlang auf einer eisigen Parkbank an der Bleiche gesessen hatte, weil sie gemalt werden wollte.

Die Sitzung machte mich zum Star der Schule. Alle hatten davon gehört, Studenten wie Dozenten, und sie lächelten, wenn sie mich sahen. Mit wem immer ich zu tun hatte, wo immer ich erschien, stets gab es für mich zur Begrüßung ein anerkennendes Lächeln. Durch keine andere Leistung hätte ich so viel Hochachtung und einhellige Bewunderung erreichen können, mit keiner Arbeit, keiner Note, keiner noch so wichtigen Belobigung hätte ich an der Hochschule mehr erreichen können, dabei war ich, wie ich erfuhr, nicht die erste und nicht die einzige Studentin gewesen, die sich als Aktmodell zur Verfügung gestellt hatte, aber ich war die erste schwangere Kommilitonin, die erste hochschwangere, die sich völlig nackt hingesetzt hatte. Blümchen Rührmichnichtan hatte ich geheißen, diesen Spitznamen hatte man mir an meinen ersten Tagen an der Schule verpasst. Ich lachte, als ich davon hörte. Ich fragte, wie man darauf gekommen sei, denn schließlich war es unübersehbar, dass ich schwanger bin, und Schwangersein und Rührmichnichtan, das passte nicht recht zueinander, doch ich hätte, wie ich hörte, auf Distanz geachtet. Dass man das Wort Distanz in einem Atemzug mit mir nannte, amüsierte mich. Zutreffender wäre es gewesen, hätte man mich als ängstlich oder feige oder schreckhaft bezeichnet, aber das Wort Distanz gefiel mir. Das klang nach Würde, und wenn meine erbärmliche Unsicherheit mir einen solchen Nimbus verschaffte, sollte es mir recht sein.

Diese halbe Stunde im Zeichensaal war ein grandioser Erfolg für mich. Für eine kurze Zeit, für einen Monat, für die sechs Wochen, die ich hochschwanger in der Schule herumlief, war ich ein Star, und ich genoss es, ohne mir etwas anmerken zu lassen. Es war angenehm, bewundert zu werden, und es steigerte mein Hochgefühl, wenn ich die Aufmerksamkeit scheinbar nicht bemerkte.

Wann immer ich Tschäkel über den Weg lief, strahlte er, blieb stehen und sagte irgendetwas zu mir. Ich glaube, wenn ich gewollt hätte, wenn ich ihm nur ein winziges Signal gegeben hätte, er hätte um meine Hand angehalten, so verliebt war er in mich.

2.

Sie stand vor der Haustür und klingelte ein zweites Mal. Das Notenbuch drückte sie an den Körper, stapfte mit den Füßen auf und presste eine Faust zwischen die Beine, da sie dringend auf die Toilette musste. Dann klingelte sie ein drittes Mal und rief nach ihrer Mutter. Schließlich rannte sie um das Haus herum und kauerte sich hinter einen Strauch. Während sie neben dem Haselnuss-Strauch hockte, schlug sie das große Notenbuch auf, stolz und mit leuchtenden Augen betrachtete sie die Noten des Chopin-

Walzers, den sie soeben im Unterricht angefangen hatte. Leise sang sie die Töne vor sich hin, völlig versunken in dem Musikstück, und erst als sie Kälte an dem entblößten Hintern spürte, stand sie rasch auf, klappte das Buch zu, zog sich die Hose hoch und lief wieder zur Haustür. Sie klingelte nochmals und kramte dann umständlich den Türschlüssel hervor, der unter Hemd und Pullover verborgen an einem Band um den Hals hing.

Im Haus rief sie wieder nach ihrer Mutter und ging dann in ihr Zimmer. Sie setzte sich an den Tisch, schlug das Notenbuch auf und stellte es vor sich hin. Aus der Schublade holte sie ein zusammengerolltes Tuch, auf dem Klaviertasten aufgedruckt waren, rollte es aus, streifte es glatt und begann, die Augen starr auf die Noten gerichtet, das stumme Spiel der Finger. Die Eltern hatten ihr versprochen, ein gebrauchtes Klavier zu kaufen, aber weder zu Weihnachten noch zu ihrem Geburtstag hatte sie das ersehnte Instrument bekommen und war vertröstet worden. Ihre Klavierlehrerin, Frau Stuckardt, hatte bereits zweimal versucht, ihren Eltern ein Klavier zu vermitteln, doch Paulas Vater hatte diese Angebote zurückgewiesen und der Lehrerin erklärt, er wolle zuerst sicher sein, dass das Interesse seiner Tochter an der Musik und dem Erlernen eines Instruments ernsthaft sei und nicht eine weitere Laune, bevor er sich ein so riesiges Möbelstück in die Wohnung stelle.

Plötzlich erstarrte Paula. Ihre Fingerspitzen verharrten reglos auf der Abbildung der Tasten, ihre Augen weiteten sich vor Schreck.

Sie stand auf und ging langsam und auf den Zehenspitzen zum Schlafzimmer der Eltern. Sie drückte vorsichtig die Klinke herunter und öffnete die Tür. Ihre Mutter lag angezogen auf dem Bett und schien ruhig zu schlafen. Paula ging zu ihr und sprach sie an, fasste nach ihrem Arm und schüttelte ihn heftig. Sie rief und schrie, doch die Frau blieb reglos liegen und atmete schwer. Paula sah die Medikamentenpackungen auf dem Nachttisch, stürzte aus dem Zimmer und rannte die Treppe hoch. Sie riss die Tür zum Zimmer ihres Bruders auf, doch Clemens war nicht da. Sie sprang die Treppe runter zum Telefon, nahm den Hörer ab, warf ihn jedoch gleich wieder auf die Gabel, zog ihren Mantel an und lief aus dem Haus bis zum Stadtpark, durchquerte ihn und hastete dann die Lutherallee entlang bis zu dem Haus, in dem Cornelias Freundin Anne wohnte. Sie klingelte an der Wohnungstür, Annes Mutter öffnete. Paula fragte stotternd nach ihrer Schwester, die Frau sagte ihr, die beiden Mädchen seien nicht daheim und sie wisse nicht, wo sie im Moment wären.

»Komm doch erst einmal herein«, sagte sie beruhigend, als sie bemerkte, dass Paula den Tränen nahe war.

Das Mädchen schüttelte den Kopf, bedankte sich und eilte aus dem Haus. Für eine Sekunde verharrte sie auf der Straße, dann entschied sie sich, in die Schule zu rennen, zu ihrem Vater.

Eine Stunde später stand ein Krankenwagen vor ihrem Haus. Zwei Pfleger trugen die auf eine Trage geschnallte Mutter heraus, schoben sie in das Auto und fuhren grußlos davon. Paula stand neben ihrem Vater, der schweigend und mit verfinstertem Gesicht dem Abtransport zugesehen hatte.

»Geh rein. Los«, sagte er und schob seine Tochter unsanft vor sich her. Bevor er die Haustür schloss, warf er noch einen prüfenden Blick auf die Nachbarhäuser.

Paula ging in ihr Zimmer, räumte das Notenbuch und das grüne Tuch mit den aufgedruckten Klaviertasten weg und machte sich daran, ihre Schularbeiten zu erledigen. Sie hatte gerade ihr Hausaufgabenheft aufgeschlagen, als der Vater ihren Namen durch die Wohnung brüllte. Sie sprang vom Stuhl hoch und stürzte in die Küche, angstvoll blieb sie neben der Tür stehen.

»Und wo warst du?«, fuhr ihr Vater sie an, »wo warst du und deine Schwester? Nie seid ihr, wo ihr zu sein habt.«

»Ich war bei Frau Stuckardt, ich hatte Klavierunterricht.«

»Klavierunterricht! Und was habe ich dir gesagt? Was habe ich dir eingeschärft? Ihr sollt auf eure Mutter aufpassen. Ihr wisst doch ganz genau, dass man sie nicht einen Moment allein lassen darf. Woher hatte sie die Tabletten?«

»Ich weiß es nicht.«

»Woher zum Teufel hatte sie die Tabletten?«

Paula zuckte mit den Schultern.

»Verschwinde.«

Eine Stunde später kam Cornelia nach Hause. Sie bemühte sich, lautlos den Mantel und die Schuhe auszuziehen, doch bevor sie ihr Zimmer erreichte, erschien der Vater im Flur und rief sie zu sich. Paula vernahm die wütende Stimme ihres Vaters, kurz darauf erschien Cornelia im Zimmer, trotzig setzte sie sich an ihren Tisch und schaltete das Radio ein. Sie drehte an dem Knopf, bis Schlagermusik ertönte.

»Mutter ist im Krankenhaus«, sagte Paula.

Ihre Schwester reagierte nicht.

»Sie hat wieder Tabletten genommen. Und es war keiner zu Hause«, fuhr Paula fort, »ich hatte Klavierunterricht.«

»Na, und? Hättest du sie davon abhalten können? Ich jedenfalls nicht«, erwiderte ihre Schwester zornig.

»Aber Vater sagt es.«

»Ach was. Dann muss er zu Hause bleiben und auf sie aufpassen. – Wie geht es Mutter?«

»Ich weiß nicht. Die Männer haben nichts gesagt.«
»Sie kommt durch, es wird schon werden. Jetzt ist sie ja im Krankenhaus, dort können sie ihr helfen.«
»Hoffentlich. Ich habe Angst, Cornelia.«
»Ach was, Angst. Paula hat immer Angst. Sei nicht so ein Schisser.«
»Und was wäre, wenn ich sie zu spät gefunden hätte?«
»Dann wäre sie tot, Paula. Und eines Tages, irgendeines Tages wird sie es auch schaffen.«

Paula sah sie erschrocken an, ihre Augen wurden dunkel, und entsetzt sagte sie: »Dann müssen wir mit Vater allein leben, Cornelia.«

»Ja, oder wir kommen ins Heim. Wäre vielleicht besser. Die Erzieher im Heim dürfen nicht schlagen. Dafür kann man sie anzeigen.«

Eine Stunde später kam ihr Vater ins Zimmer. Er blieb in der geöffneten Tür stehen und schaute sie beide schweigend an.

»Kommt mal zu mir«, sagte er ungewöhnlich zärtlich zu ihnen. Er drückte seine Töchter an sich und schluchzte plötzlich laut auf.

»Macht das Abendbrot«, sagte er, »wir haben jetzt alle etwas mehr zu tun, Kinder. Und wenn Mutter wieder daheim ist, dann müsst ihr besser auf sie aufpassen. Wir alle. Clemens wird dabei keine Hilfe sein, das wisst ihr ja.«

Er streichelte ihnen über den Kopf und schob sie in Richtung Küche.

In der Nacht gab es einen lautstarken Streit zwischen Vater und Clemens. Die Mädchen hatten bereits geschlafen, als ihr Bruder nach Hause kam und sein Vater ihm heftige Vorwürfe machte. Clemens brüllte gleichfalls, dann gingen die Männer in ihre Zimmer, und die Mädchen hörten, wie beide noch eine Zeit lang vor sich hin schimpften. Die beiden Schwestern lauschten ihnen, ohne sich zu rühren, und lagen noch wach, als es längst wieder still im Haus war.

Drei Tage später sagte ihr Vater, dass die Mutter am nächsten Morgen aus dem Krankenhaus entlassen werde und künftig von der Familie bewacht werden müsse.

»Nach Schulschluss geht ihr sofort nach Hause. Sofort, verstanden? Und dann schaut ihr nach Mutter, ihr wisst ja Bescheid. Und ihr bleibt daheim, bis ich aus der Schule zurück bin.«

»Und was sollen wir tun?«, erkundigte sich Cornelia mürrisch.

»Wenn etwas ist, kommt ihr sofort zu mir. Und macht euch keine Sorgen. Mit Tabletten bringt man sich nicht um. Ich habe mich erkundigt. Leute, die Tabletten schlucken, die wollen sich eigentlich gar nicht umbringen. Wer sich wirklich umbringen will, der nimmt ein Messer oder einen Strick. Aber diejenigen, die Tabletten schlucken, die wollen nur auf sich aufmerksam machen. Mutter will gar nicht sterben, sie will mich bestrafen. Es ist peinlich und unangenehm für mich. Damit macht sie mich in der ganzen Stadt lächerlich.«

»Und was ist mit meinem Klavierunterricht?«, fragte Paula.

»Ich sage Frau Stuckardt Bescheid. Den Klavierunterricht werden wir vorläufig streichen. Ob Klavier für dich das Richtige ist, das weiß ich nicht, und die Frau Stuckardt ist außerdem auch viel zu teuer. Mit deinem Geigenunterricht hat es ja auch nicht geklappt. Und außerdem hast du die Flötengruppe in der Schule und deinen Zeichenzirkel, die machst du weiter.«

»Aber du hattest mir versprochen ...«

»Jajaja, aber du siehst, was los ist. Du musst auf deine verrückte Mutter aufpassen. Wir wollen uns doch nicht in der ganzen Stadt blamieren, Mädchen, das kann ich mir als Direktor nicht leisten. Nun fang bloß nicht an zu flennen.«

Als Paula und Cornelia in ihr Zimmer zurückgekehrt waren, sagte Cornelia, sie habe nicht vor, sich zu Hause einsperren zu lassen.

»Wir wechseln uns ab«, sagte sie, »eine von uns passt auf Mutter auf, eine hat frei, so machen wir das. Einverstanden?«

»Und wenn ich Klavierunterricht habe, könntest du dann zu Hause bleiben?«

»Könnte ich, aber du hast doch gehört, dein Klavierunterricht ist Vater zu teuer. Und von deinem Taschengeld kannst du es nicht bezahlen. Er hätte dir sowieso nie ein Klavier gekauft.«

»Aber wenn ich nicht mehr Klavier spielen darf ...«

»Du hast doch noch die Flötengruppe. Machst du eben da deine Musik.«

»Bei Herrn Frieder macht es aber keinen Spaß. Ich bin dort nur, weil Vater es verlangt.«

»Es hat doch keinen Zweck, Paula. Ein Klavier bekommst du nie im Leben. Willst du immer auf diesem dummen Tuch herumspielen, wie eine alte Jungfer? Außerdem hast du noch deinen Malzirkel. Ist doch sowieso alles langweilig.«

»Nicht für mich.«

Als Paula am nächsten Tag aus der Schule kam, saß die Mutter in der Küche. Sie schaute nicht auf, als die Tochter eintrat, und zu allem, was Paula sagte, nickte sie nur teilnahmslos. Als ihr die Tochter erzählte, dass sie nicht mehr zu den Klavierstunden gehen dürfe, hob sie den Kopf, sah sie an und fragte: »Was kannst du denn auf dem Klavier spielen?«

»Ich darf nicht mehr. Nie wieder. Vati hat es mir verboten.«

»Jaja«, sagte die Mutter.

Sie schien nicht zugehört zu haben.

»Kannst du auch dieses Lied spielen?«, fragte sie dann.

Den Blick ins Leere gerichtet, begann sie zu singen: »Liebster Herr Jesu, wo bleibst du so lange? Komm doch, mir wird hier auf Erden so bange.«

Es war das erste Mal, dass sie ihre Mutter ein Kirchenlied singen hörte, und Paula lauschte ängstlich der brüchigen Stimme.

3.

Am achtzehnten Februar kam Cordula zur Welt. Sie war eine Woche zu früh, ich hatte mit der Geburt nicht gerechnet und war deshalb noch am Vortag drei Stunden in der Schule gewesen, im Seminar bei Pfortmann. Seine Stunden wollte ich möglichst nicht versäumen, da mir Anatomie nicht besonders lag und ich die Hoffnung hatte, durch Fleiß mein Unvermögen wettmachen zu können.

Hans war böse, weil ich in den letzten Wochen vor dem angegebenen Geburtstermin nicht bei ihm in Leipzig geblieben war. Natürlich machte er sich keine Sorgen um mich, sondern um sein Kind. Um seinen Sohn, wie er noch immer annahm, jedenfalls sprach er so von dem Baby und nannte es seinen Prinzen. Er war nicht damit einverstanden, dass ich bis zum letzten Moment in die Hochschule ging, er fürchtete, ich gefährde das Baby, worüber ich nur lachen konnte. Ich konnte gar nichts falsch machen, denn ich vertraute meinem Körper und folgte ihm, ich ruhte völlig in mir und war so gelöst, wie ich es nie erlebt hatte. Und ich kam mir schön vor. Ich konnte stundenlang vor dem Spiegel stehen und es gab nichts, was mir an mir nicht gefiel. Ich war vollkommen. Ich war eine wunderschöne Frau und konnte jeden Zentimeter an mir bewundern, und das tat ich auch. Frühmorgens, bevor ich zur Schule fuhr, und abends, nachdem ich mich ausgezogen hatte, stellte ich mich vor den Spiegel der Schranktür. Ich faltete die Hände unter dem Bauch, legte die Unterarme darauf, streckte die Arme in die Höhe oder verschränkte die Hände hinter dem Rücken, um den Bauch noch weiter vorzuschieben. Hans hatte mich geschwängert, um mich vom Studium abzuhalten und um mich zu bestrafen, und alles, was er erreicht hatte, war, dass ich wie nie in meinem Leben mit mir zurechtkam.

Hans kam fünfmal in diesem letzten Monat nach Berlin gefahren, mitten in der Woche, um mich abzuholen. Ich bat Hans, mich nicht aufzuregen, das würde seinem Baby schaden, aber er brachte es jedes Mal fertig, dass ich nach seiner Abfahrt heulend in meinem Zimmer saß.

Um vier Uhr früh wurde ich von einer Wehe geweckt, ich nahm jedenfalls an, dass es eine Wehe war, da ich den Schmerz, der durch den Körper lief, nicht kannte. Ich war sehr ruhig, blieb im Bett liegen, redete mit dem Kind und wartete, ob sich alles beruhigen würde oder ob das Kleine doch vorfristig seine Nase in die Welt stecken wollte. Ich riet ihm ab. Ich sagte dem Kind, es solle so lange, wie es nur geht, in mir drinbleiben, denn ich sei gern mit ihm schwanger, und solange es in mir bleibe, könne ihm nichts passieren. Aber das Kleine hatte seinen eigenen Kopf, und nach einer Viertelstunde kam die nächste Wehe. Ich versuchte sie wegzuatmen, so wie ich es in der Schwangerenberatung gelernt hatte. Ich verhielt mich genau so, wie man es mir geraten hatte, doch es half nicht viel, der Schmerz war sehr stark, und ich war froh, dass ich im Bett lag, im Stehen hätte ich es kaum ausgehalten.

Ich glaube, man hat deine Mutter angeschmiert, sagte ich zu dem Baby, diese Schmerzen kann man gar nicht wegatmen, und wenn man mich über den Rest auch so angelogen hat, dann haben wir beide heute einen schweren Tag vor uns.

Als ich aus dem Haus gegangen war, kamen die Wehen in einem Abstand von zehn Minuten. Ich rechnete aus, dass ich ganz bequem zum Krankenhaus laufen könnte, keine Sorge, ganz ruhig, Mädchen, ganz ruhig, redete ich auf mich ein. Ich hatte eine kleine Reisetasche bei mir, die ich vor zwei Wochen ganz nach den Anweisungen der Hebamme gepackt hatte, und schleppte sie mal auf der rechten, mal auf der linken Seite. Wenn eine Wehe kam, stellte ich die Tasche ab und stützte mich auf sie. Ich war noch keine zweihundert Meter gegangen, als ein Auto neben mir hielt, eine Frau ausstieg, mich am Arm nahm und sagte, ich solle in den Wagen steigen, sie würde mich ins Krankenhaus fahren. Ich gehorchte, weil sie mir die Tasche abnahm, die immer schwerer geworden war. Als ich neben ihr saß, fragte ich sie, wie sie mich gesehen habe, es sei doch noch stockfinster, aber bevor sie mir antwortete, überkam mich eine Wehe, wie ich sie noch nicht erlebt hatte. Ich dachte, die Geburt beginne, klammerte mich irgendwo fest und stöhnte nur noch. Irgendwann fragte mich die Frau, ob sie zu schnell fahre, und ich sagte, ich glaube, man habe mich reingelegt. Die Frau lachte und meinte, ihr sei es beim ersten Kind genauso gegangen, aber in ein paar Stunden hätte ich ein Kind auf meiner Brust und alles vergessen, was zuvor passiert sei. Vor dem Krankenhaus hielt sie und trug mir meine Tasche noch bis zur Aufnahme.

»Alles Gute«, sagte sie und streichelte mir übers Haar.

Ich wünschte, sie käme mit mir in den Kreißsaal und würde bei mir bleiben, bis ich alles überstanden hätte, doch das sagte ich natürlich nicht. Ich bedankte mich nur.

Fünf Stunden später war Cordula auf der Welt. Man hatte einen kleinen Schnitt am Damm machen müssen, einen winzigen Schnitt, wie man mir versicherte, um zu verhindern, dass etwas reißt. Ich hatte nichts davon gespürt. Dann legte mir eine Schwester das kleine nackte Mädchen auf die Brust, nachdem sie es mit einem Tuch abgetrocknet hatte. Sie gab mir den Winzling mit einem Lächeln, als überreiche sie mir ein Geschenk, und sagte etwas, was ich nicht hörte. Ich spürte das kleine Wesen auf meiner Brust, ich legte eine Hand darauf, um es zu bedecken und um es zu spüren. Das ist nun deine Tochter, sagte ich zu mir, nun hast du endlich ein Kind, einen Partner. Die Schwester steckte mir ein Kissen unter den Kopf, damit ich das Baby besser betrachten konnte. Cordula hatte eine breite Stupsnase, und auf der Stirn waren zwei dunkelrote Flecken, die wohl bei der Geburt entstanden waren. Ihre Haut war zartrosa, und die kleinen Beine und Arme hielt sie dicht am Körper. Ihr war offensichtlich kalt, und ich legte auch meine andere Hand auf sie. Das ist dein Kind, sagte ich immer wieder zu mir, aber ich fühlte nichts, ich spürte keinerlei Zuneigung oder Liebe für dieses kleine, schmächtige Ding, das nun auf mir lag und meine Tochter war. Die Beziehung zu dem Baby in meinem Bauch war zerbrochen. Mit meinem Kugelbauch hatte ich mich bestens verstanden, wir hatten über alles miteinander gesprochen, es gab keine Geheimnisse zwischen uns und nichts, worüber wir beide uns nicht verständigt haben. Wenn ich zu Hans gefahren oder er zu mir nach Berlin gekommen war, dann hatten wir uns hinterher verständigt und uns sogar zusammen über ihn lustig gemacht. Als das Baby noch in meinem Bauch steckte, da war es mein Freund und Partner, aber das winzige Bündel, das nun auf mir lag, das war nicht mehr mein vertrauter Gesprächsfreund, das war nicht mehr der Mensch, der mir am nächsten war, das war nur noch seine Tochter, die ich für ihn auf die Welt gebracht hatte.

Die Schwester sprach mich an und fragte, ob mir etwas fehle, ob ich Schmerzen hätte. Ich schüttelte den Kopf.

»Aber Sie freuen sich ja gar nicht, Frau Trousseau«, sagte sie, »ich will Ihre leuchtenden Augen sehen. Haben wir nicht ein wunderschönes Mädchen geholt? Sie müssten doch vor Glück aus dem Bett fallen.«

»Ja«, erwiderte ich und schloss die Augen.

Hans erschien am Abend im Krankenhaus. Er war sehr glücklich, als ich mit ihm den Flur entlang zur großen Fensterscheibe des Babyzimmers ging. Selbst bei der Mitteilung, dass ich keinen Sohn, sondern eine Cordula geboren habe, schien er nicht enttäuscht zu sein. Eine Schwester nahm unser Baby aus dem Bettchen und kam an die Glasscheibe, um uns das Kind zu zeigen. Die Kleine hatte die Augen geschlossen und kratzte mit den Fingern der rechten Hand fortwährend über Nase und Mund.

»Cordula hat Hunger«, sagte Hans. Er winkte dem Baby zu. Die Schwester hielt das eingewickelte Kind geduldig vor dem Fenster hoch, dann nickte sie und brachte es ins Bett zurück. Ich schlurfte in mein Zimmer, Hans stützte mich und redete auf mich ein.

»Was haben wir für ein schönes Kind! War es sehr schlimm? In vier Tagen kann ich euch abholen. Ich werde mir vierzehn Tage Urlaub nehmen, um dir in der ersten Zeit zu helfen. Und eine Party sollten wir geben, eine große Party für Cordula. Ich lasse uns das gesamte Menü liefern, und die beiden Mädchen aus meiner Firma werden servieren und den Dreck wegräumen. Also keine zusätzliche Belastung für dich, Paula. Du verstehst, ich will meine Tochter vorstellen, ich will sie meinen Freunden zeigen, unseren Freunden. Aber darüber können wir später reden, jetzt musst du erst einmal wieder auf die Beine kommen, meine Kleine. Und das Wichtigste ist ohnehin Cordula. Ich hole euch ab, und dann werdet ihr bei mir von vorn und hinten umsorgt. Wenn du willst, nehmen wir eine Frau fürs Haus, damit du ganz für unser Baby da bist. Zwei Jahre wirst du in Leipzig bleiben, und dann werden wir das mit dem Studium für dich regeln. Es ist jetzt nur eine Unterbrechung. Du willst das Studium und solltest es auch zu Ende bringen. Es wird sich alles finden.«

»Ich bin müde, Hans«, erwiderte ich, »ich will schlafen.«

»Natürlich, du musst dich ausruhen.«

Er lächelte mich an, ein stolzer Papa, und streichelte mir den Arm. Du meinst, mein Studium kann warten, aber da irrst du dich, dachte ich. Das Baby kann ich in die Schule mitnehmen, das hat mir Tschäkel angeboten. Ich kann es dort stillen, und es kann dort schlafen, und irgendeine Kommilitonin wird sich schon finden, die es mal für eine Stunde übernimmt. Also, falls du dir mit deiner Party zu viel Zeit lässt, ist dein Baby möglicherweise bereits wieder in Berlin, wenn deine Freunde antanzen. Denn alles kann bei mir nicht warten, das verspreche ich dir hoch und feierlich, mein Lieber.

»Du siehst richtig glücklich aus«, sagte Hans, als wir das Zimmer betraten und zu meinem Bett gingen, »ich bin stolz auf dich, Paula.«

Ich hatte mich bereits auf das Bett gesetzt, um mich hinzulegen, und erstarrte. Ich sah ihn irritiert an. Gleich würde er mich tätscheln wie einen Hund oder ein Pferd. Ich unterdrückte gerade noch einen Brechreiz, und schüttelte mich, als fröstelte mir. Er saß eine halbe Stunde an meinem Bett, er redete viel, ich hörte ihm kaum zu. Nein, ich war nicht glücklich, da irrte er sich. Ich war übermüdet, abgespannt, erschöpft, kraftlos, schwach. Ich hatte eine schwere Arbeit hinter mich gebracht, aber ich spürte nichts von der Freude, die man mir versprochen hatte, nichts von jener Begeisterung, die alle vorherigen Schmerzen und Mühen vergessen machen würde. Das Baby war da, das war alles. Ein Mutterglück spürte ich nicht. Es gab jetzt ein kleines Kind in der Welt, ein winziges Mädchen, das zu mir gehörte, für das ich zu sorgen hatte, für das ich sorgen wollte, ein Baby, das alle paar Stunden gestillt und gewindelt werden musste, dem ich einen Namen gegeben hatte und zu dem mir jeder gratulierte, der mir über den Weg lief. Ich war aber nicht glücklich, ich war nur müde.

4.

Ich blieb mit Cordula acht Tage im Krankenhaus, da sie zwei Tage nach der Geburt erhöhte Temperatur hatte und beobachtet werden musste. Sie trank schlecht, schlief an der Brust ein, kaum dass ich sie ihr gab, und ich hatte sie mit vorsichtigem Schütteln und Klopfen zu wecken, damit sie weitersaugte. Die Kleine war immer nur kurze Zeit bei mir, die Schwestern brachten sie zu den Stillzeiten, ansonsten lag sie im Babyraum und wurde dort gewickelt und versorgt. Hans kam jeden zweiten Tag, ich konnte ihn nicht davon abhalten, nach seinem Feierabend die lange Autofahrt auf sich zu nehmen, um seine Tochter zu sehen und eine halbe Stunde an meinem Bett zu sitzen oder mit mir auf dem Flur zu spazieren, vom Treppenhaus bis zu dem kleinen Wintergarten und zurück.

Drei Tage nach der Geburt besuchten mich meine Eltern, Hans hatte ihren Besuch angekündigt. Mutter hielt das Baby nach dem Stillen und stellte unaufhörlich irgendwelche Ähnlichkeiten fest, mit Hans, mit meinem Vater, mit ihrer Mutter, mit Verwandten, die ich nicht kannte. Ich widersprach nicht, lachte nur, als sie sagte, Cordula habe überhaupt nichts von mir. Vater konnte mit dem Baby wenig anfangen, er betrachtete es interessiert und streichelte der Kleinen einmal über den Kopf. Von mir wollte er wissen, ob ich mit dem Kind in Leipzig bleiben werde, bei der Familie, wie er sagte. Ich antwortete, dass ich gewiss einige Zeit in Leipzig wohnen werde, aber dann mit Cordula nach Berlin gehen werde, um weiter zu studieren. Er erwiderte nichts, es schien wohl unpassend zu sein, mich in einem Krankenhaus, in einem Zimmer der Wöchnerinnenstation, anzuschreien. Für ihn blieb ich die Tochter, die stets alles falsch machte und geradewegs in ihr Unglück liefe, wenn er mir nicht sagen würde, was ich zu tun und zu lassen hätte. Als er sich verabschiedete, machte er eine Bemerkung über Hans, die mich überraschte. Er sagte, er hoffe, durch das Kind würde ich endlich zur Frau, zu einer Frau, wie er sie sich vorstelle, denn ich sei zwar verheiratet und lebe mit einem Mann zusammen, der eine Firma leite, aber offensichtlich nicht in der Lage sei, sich bei seiner Frau durchzusetzen.

Ich ließ ihn reden, hielt das Baby im Arm und sah zu Mutter, die so tat, als höre sie nicht zu oder betrachte ganz versunken das Baby. Hörst du, du sollst mich erziehen, sagte ich für mich zu dem Baby, fang ja nicht damit an, sonst lass ich dich verhungern, denn ich habe schon ausreichend Leute, die mich erziehen wollen, mein Bedarf ist gedeckt.

Bei Vaters Beschimpfung war ich ganz ruhig. Ich war nicht mehr sein Kind, ich hatte selbst ein Kind, meine Tochter erlöste mich davon, weiterhin seine Tochter zu sein. Ich betrachtete ihn wie einen wildfremden Menschen, der sich im Zimmer geirrt hatte, und schwieg. Dann schaute ich zu der Frau, die neben mir saß, zusammengesunken unter der riesigen Last von Demütigungen und Lieblosigkeiten, mit denen ihr Mann ihr Leben zerstört hatte. Eine Last, die dennoch ihr Leben ausmachte, denn wenn einer sie ihr abgenommen hätte, würde nichts von ihr übrig bleiben.

»Ja, Liebe ist nicht alles«, sagte ich schließlich in die entstandene Stille hinein und lachte, als ich Vaters entgeistertes Gesicht sah.

Fünf Tage später holte mich Hans ab und brachte mich in unser Haus. Ich blieb mit Cordula acht Wochen in Leipzig. Die Kleine hatte in den ersten Tagen viel Gewicht verloren und nahm nur sehr langsam zu. Da ich anfangs zu wenig Milch hatte, musste ich mit der Flasche zufüttern. Die Kleine spuckte und erbrach sich viel, Hans war sehr besorgt und ließ sich weder von mir noch von der Ärztin oder Schwester beruhigen. Als sich das Kind endlich stabilisiert hatte, blieb ich noch fünfzehn Tage bei Hans, um die Kleine zu versorgen und mich zu erholen. Wenn ich sie aus ihrem Bettchen holte, um ihr die Brust zu geben, sie zu baden und zu windeln oder sie nur zu beruhigen, redete ich mit ihr. Da Hans eine Haushaltshilfe eingestellt hatte, gab es für mich wenig zu tun und ich konnte, ganz wie Hans es wünschte, mich den Tag über vollständig dem Baby widmen.

Trotz meiner Schwierigkeiten mit Cordula schaute ich mir die Kleine gern an. Ihre Finger, streichholzdünn, in denen sich wunderfeine Gelenke befanden, die stets angezogenen Arme und Beine, die für das Baby viel zu großen Füße, die feine kleine Nase, ihre Ohren, der Mund mit den schmalen Lippen, der wie ein blassroter Knopf das Gesicht krönte. Das Unglaublichste für mich aber war ihr Geruch. Sie roch wundervoll. Wie Lavendelpastillen und ein Gesteck von Flachsblüten in einem taufrischen Moosbett, ganz leicht und zart und intensiv. Ich bekam nie genug von ihrem Geruch, steckte die Nase in ihr Bett und den Kinderwagen, und während ich mich mit ihr beschäftigte, beugte ich mich zu ihr und schnupperte an ihr. Ich nahm sie nie auf meinen Arm, ohne diesen Geruch tief einzuatmen. Wenn sie an meiner Brust lag, hielt ich ihren Kopf so, dass ich mein Gesicht hätte darauflegen können, nur um diesen Geruch zu spüren. Und ich zeichnete sie. Ein Skizzenblock lag immer in der Nähe, und ich nahm ihn auch auf die Spaziergänge mit, um ihr Gesicht und ihre Hände mit dem Bleistift zu zeichnen. Ich brachte es sogar fertig, mich hinzusetzen und die schreiende Cordula aufs Blatt zu bringen, bevor ich sie aufnahm und beruhigte. Ich bewunderte dieses Kunstwerk der Natur, dieses unglaubliche Gebilde eines Menschen, in dem alles angelegt und vorhanden ist, was einmal die spätere, erwachsene Frau auszeichnen würde.

Ihre Hände und Finger musste ich damals tausendfach gezeichnet haben, ich konnte sie stundenlang betrachten und musste mich zwingen, die entkleidete nackte Cordula wieder anzuziehen, damit sie nicht friert, denn ich konnte mich an dem Anblick des kleinen hilflosen Körpers nicht sattsehen, so schön war sie und zierlich und fein. Ich liebte es, ihre Glieder zu bewegen und durch die Luft zu führen, über ihren Kopf zu streicheln, die kleinen Haare zu spüren, sie an mich zu drücken, aber das Gefühl, die Mutter dieses Kindes zu sein, hatte ich nicht. Ich war glücklich, dieses Kind, meine Gartenringelblume, wie ich sie nannte, bei mir zu haben und für es zu sorgen, aber dass ich es geboren hatte, dass es zuvor in meinem Bauch war und ich es herausgepresst hatte, dass es mein Kind war, dass ich Cordulas Mutter war, das war für mich ein unvertrauter, fremder Gedanke.

Mit Hans schlief ich in den acht Wochen in Leipzig ein einziges Mal. Ich sagte ihm, dass mich das Baby anstrenge und ich müde sei, und verwies zudem auf den Dammschnitt, ich schützte Schmerzen vor. Er drehte sich aufstöhnend zur Seite, aber er konnte mir keinen Vorwurf machen. Ich war erleichtert und dankte Cordula, dass sie mir ihren Vater auf Distanz hielt. Irgendwann, als es mir besser ging, oder vielmehr, als er entschied, dass ich wieder auf den Beinen sei, richtete er ein Fest aus für seine Freunde und Geschäftspartner. Wie versprochen hatte ich keine Arbeit damit, wir hatten die Haushilfe, und seine beiden Sekretärinnen kamen am frühen Nachmittag mit dem bestellten Menü und richteten die Wohnung für den Empfang her. Ich hatte ein Kleid anzuziehen, das er zu diesem Anlass für mich gekauft hatte, und musste Cordula zweimal vorführen. Als es Zeit zum Stillen war, bat er mich, ihr im Wohnzimmer vor den Gästen die Brust zu geben, was ich mit einem Hinweis auf die Aufregungen für das Kind ablehnte. Alle bedauerten es und versuchten, mich zu überreden. Ich betrachtete ihre Gesichter, es waren seine Freunde, nicht meine. Hans hatte mich überhaupt nicht gefragt, ob ich jemanden zu seinem Fest einladen wolle, meine Schwester Cornelia beispielsweise oder Kathi oder eine der Schwesternschülerinnen, mit denen ich in der Lehre zusammen gewesen war, er hatte mich nicht gefragt, weil er seine Tochter nur den für ihn wichtigen Leuten präsentieren wollte, und ich hatte nicht vor, ihnen meine Brust zu zeigen. Ich ertrug an diesem Abend brav ihre Bemerkungen über Cordula und mich, und ich lächelte. Er hätte in seiner Kneipe eine Party geben sollen, er hätte ihnen Fotos von seiner Tochter zeigen und sich dann mit ihnen über das unterhalten können, was ihn eigentlich interessierte. Nachdem ich die Kleine gestillt hatte, blieb ich noch eine halbe Stunde neben ihrem Bett stehen und sah ihr beim Einschlafen zu.

Als ich in das Wohnzimmer zurückkam, konnte ich mich unbehelligt in einen Sessel setzen. Ich trank einen gespritzten Wein und betrachtete Hans und seine Gäste. Wieso hatte ich ihn geheiratet? Weil ich von daheim fliehen wollte? Weil ich aus dem Heim der Schwesternschülerinnen herauswollte? Weil mich sein Geld und sein luxuriöser Lebensstil gereizt hatten? Weil ich nichts Besseres gefunden hatte und nicht glaubte, etwas Besseres zu finden? Weil er dreizehn Jahre älter war und ich einen älteren Mann suchte, weil ich einen Vaterersatz brauchte? Weil ich leichtsinnig war? Ich wusste es nicht. Er sah gut aus, inmitten seiner gleichaltrigen Freunde und Geschäftspartner wirkte er lebendiger und attraktiver als sie. Er schlief am liebsten jeden zweiten Tag mit mir, während ich nur wenig Sehnsucht nach körperlichen Berührungen mit ihm hatte und sie eher erduldete. Wahrscheinlich war er wirklich ein vollkommener Mann und ich würde keinen besseren finden, niemals, aber er war kein Mann, nach dem ich mich vor Sehnsucht verzehrte, so wie es in den Frauenbüchern passierte oder wie ich es im Kino sehen konnte.

Am nächsten Tag sagte ich ihm, ich müsse langsam meine Sachen für Berlin packen, und fragte, ob er Cordula und mich fahren könne oder ob wir den Zug nehmen sollten. Ich war wie jeden Tag früh aufgestanden, hatte Cordula gewickelt und gestillt, dann für Hans das Frühstück gemacht, ihn geweckt und saß nun, während er seinen Kaffee trank, mit dem Kind an dem großen Küchentisch. Ich spielte mit der Kleinen und sah sie an, als ich ihn fragte. Da er nicht antwortete, schaute ich zu ihm. Er hielt den Kopf in beide Hände gestützt und hatte die Augen geschlossen.

»Bitte nicht«, sagte er, »fahr bitte nicht weg.«

»Aber ich muss. Ich habe schon so viel versäumt, ich muss so schnell wie möglich nach Berlin.«

»Und Cordula? Du kannst sie doch in Berlin gar nicht versorgen.«

»Mach dir keine Sorgen, Hans. Ihr wird nichts fehlen, gar nichts.«

»Das ist keine Ehe, was wir führen, Paula. Ich habe eine Tochter, und ich sehe sie nicht. Ich habe eine Frau, die irgendwo ist, nur nicht bei mir. Das halte ich nicht aus. Ich will, dass du mit dem Kind bei mir bleibst. Ich bitte dich, Paula, bleib hier.«

Er hielt die Augen noch immer geschlossen und den Kopf in die Hände gestützt. Ich sollte aus Mitleid bei ihm bleiben, sagte dieses Bild des Jammers. Wir waren nun schon so lange zusammen, und er ahnte nicht einmal, wie sehr ich Männer verachte, für die man Mitleid aufbringen muss. Er hatte die einzige Karte gezogen, mit der man bei mir nicht den kleinsten Stich machen und die mich nur in der Absicht bestärken konnte, so schnell wie möglich abzureisen.

»Dann komm mit nach Berlin«, sagte ich und streichelte das Baby.

Plötzlich flog eine Kaffeetasse durch die Luft und zerschellte an den Küchenfliesen. Ich erschrak und die Kleine zuckte in meinem Arm, ich spürte eine winzige Bewegung ihres Körpers. Sie öffnete die Augen und den Mund und begann zu schreien. Ich stand auf und ging mit ihr ins Kinderzimmer, um sie zu beruhigen. Zehn Minuten später hörte ich, wie die Wohnungstür zugeknallt wurde und sein Auto startete.

Am Abend redete er kein Wort mit mir. Irgendwann ging er für eine halbe Stunde in unser Schlafzimmer, wo Cordulas Bett stand. Ich fragte mich zwar, was er dort tat, aber es interessierte mich nicht. Als er wieder ins Wohnzimmer zurückkam, schien es mir, als hätte er geweint. Eine Stunde später trug ich meine Bettsachen aus dem Schlafzimmer in mein Zimmer und schob dann vorsichtig das Babybettchen über die Türschwellen, auch dazu sagte er nichts.

Am nächsten Tag erkundigte ich mich noch einmal, ob er uns fahren würde oder wir den Zug nehmen müssen.

»Ich fahre euch natürlich«, sagte er, »wenn ich es irgendwie einrichten kann. Wann willst du los?«

»Morgen«, sagte ich.

»Das geht nicht. Ich kann mir nicht mitten in der Woche frei nehmen. Ich werde euch am Wochenende fahren. Die drei Tage musst du warten.«

»Das ist mir zu spät«, sagte ich, »dann muss es eben die Bahn sein.«

Er warf mir einen hasserfüllten Blick zu, lief zum Büffet und goss sich einen großen Cognac ein, den er in drei Zügen austrank, bevor er den Fernseher anschaltete und sich in einen Sessel setzte. Ich ging in mein Zimmer, schaltete eine Tischlampe an, um die Kleine nicht zu wecken, und legte meine Sachen für Berlin zurecht. Halte durch, Paula, ermahnte ich mich, gib nicht nach.

Beim Frühstück war er freundlich, er nahm mir sogar die Kleine ab und spielte mit ihr. Er tat, als hätte es den Streit der letzten Tage nicht gegeben. Ich lächelte ihn an, blieb aber einsilbig. Der Abschied war fast liebevoll. Er küsste mich und die Kleine mehrmals, sagte, eine seiner Sekretärinnen werde uns zum Bahnhof fahren, er werde ihr seinen Wagen geben, ich müsse ihm nur sagen, wann ich aufbrechen wolle, und in Berlin solle ich versuchen, ein Taxi zu bekommen, er werde uns am Samstagnachmittag besuchen. Er sagte auch, ich müsse mir unbedingt eine richtige Wohnung in Berlin suchen, eine Dreizimmerwohnung, wenn ich schon nicht in die Wohnung seines Studienfreundes ziehen wolle. Wenn es mir recht wäre, könnte er seine Beziehungen spielen lassen. Ich sagte, mir reiche das eine Zimmer völlig aus, ich hätte in Leipzig die Wohnung und wolle mir nicht noch eine aufhalsen, die mir kaum nützen und vor allem mehr Arbeit machen würde.

Bevor er die Haustür öffnete, streichelte er mir mit dem Handrücken die Wange und sagte: »Ich liebe dich, Paula. Weißt du das auch? Ich liebe dich sehr. Deswegen möchte ich, dass du zu mir kommst. Es gibt doch auch in Leipzig eine Kunsthochschule. Warum willst du nicht hier studieren?«

»Ich wurde aber nicht von der Leipziger Schule aufgenommen.«

»Vielleicht kannst du dich umschreiben lassen. Mit dem Kind dürfte das keine Schwierigkeit sein.«

»Ich werde es versuchen«, versprach ich.

Nachdem er gegangen war, sagte ich zu Cordula: »Nein, das werden wir nicht versuchen. Uns beiden geht es in Berlin ganz prächtig, nicht wahr, meine Kleine? Da haben wir zwei unsere Ruhe, da können wir tun und lassen, was wir wollen. Und außerdem gibt es in Berlin den Herrn Professor Tschäkel, und das kann uns Leipzig nicht bieten, meine Süße. In zwei Stunden fahren wir los, Cordula.«

5.

Am Donnerstag nach Ostern meldete ich mich in der Hochschule zurück. Ich hatte Cordula im Kinderwagen mitgenommen und ließ mich und das Kind bewundern, musste im Sekretariat ein paar Papiere ausfüllen und ging mit der schlafenden Cordula in den Zeichenkurs. Ich glaube, ich habe an diesem Tag die ganze Zeit nur gelächelt. Ich muss wie ein zufriedenes Muttertier gewirkt haben, aber ich war erleichtert, weil ich wieder in der Hochschule sein und mit dem Bleistift vor einem Blatt sitzen durfte.

Am ersten Wochenende nach der Wiederaufnahme des Studiums kam Hans nach Berlin. Er übernachtete an den zwei Tagen nicht bei mir, sondern fuhr spätabends zu seinem früheren Studienkollegen nach Köpenick. Wir sahen uns tagsüber, und als er sich am Sonntagabend in den Wagen setzte, um zurückzufahren, war ich erleichtert. Gleichzeitig schämte ich mich, weil ich so war, wie ich war, weil ich ihn ausnutzte, weil ich von seinem Geld lebte und er nichts von seiner Großzügigkeit hatte. Er konnte nicht einmal seine kleine Tochter sehen, wann er wollte. Ich schämte mich und war sehr zufrieden mit mir. Wenn er mit mir nicht zurechtkam, dann sollte er sich von mir trennen. Das ist nun einmal so auf dieser Welt, man trifft sich, geht ein Stück miteinander und an irgendeiner Ecke trennt man sich. Es kann eine Träne kosten, und wenn es ganz schlimm kommt, dann kann es auch teurer werden und man hat ein paar Wochen oder Monate daran zu knabbern, doch das hat den Vorteil, dass man wieder schlank wird ohne jede Diät. Mein Mitleid mit Hans hielt sich in Grenzen. Mir war unser Arrangement, das nicht er, sondern das ich getroffen hatte, lieb und wert, und ich hatte nicht vor, es aus Rücksicht auf Hans zu ändern.

Vierzehn Tage später lief Professor Tschäkel mir in einem Flur der Hochschule über den Weg und sagte etwas Freundliches über mein kleines Mädchen. Er streichelte ihr mit zwei Fingern über die Stirn und lächelte mich aufmunternd an, aber es war zu spüren, dass ich und mein Baby ihn nicht so sehr interessierten wie ich und mein schwangerer Bauch. Er war mit seinen Gedanken woanders. Er musste meine Enttäuschung bemerkt haben, denn unvermittelt bat er mich, in sein Zimmer zu kommen, wenn ich die Zeit dazu hätte. Ich erwiderte rasch, dass ich nur meine Kleine einer Kommilitonin übergeben und ihn aufsuchen würde.

»Bringen Sie Ihr schönes Kind mit, Paula«, sagte er, »es gehört doch zu Ihnen.«

Als ich sein Zimmer betrat, standen die beiden Fenster sperrangelweit offen. Er erhob sich, schloss die Fensterflügel und sagte, er habe gelüftet, um den Zigarrenrauch aus dem Zimmer zu vertreiben. Dann erkundigte er sich, wie die Geburt verlaufen sei, wie ich das Studium mit dem Kind bewältige, ob mir die Kommilitonen beistünden, und fragte, was denn mein Mann dazu sage, dass ich mit dem Kind nicht bei ihm lebe.

»Er ist nicht erfreut«, sagte ich leise, »aber das ist mir egal. Das Studium ist das Wichtigste.«

Er nickte, doch dann sah er mir besorgt in die Augen.

»Es ist wichtig für Sie, sehr wichtig, Paula. Aber es gibt ein paar Dinge im Leben, die sollten etwas mehr für Sie zählen. Sie haben ein Baby.«

»Das weiß ich. Und eine Frau hat zuallererst Mutter zu sein und alles andere hintanzustellen, wollen Sie mir das sagen?«

Er lachte auf und legte einen Arm um meine Schultern.

»Paula, die Kratzbürste! Beißen Sie mich nicht gleich. Ich möchte, dass Sie das Studium zu Ende bringen. Sie sollen bei mir das Handwerk lernen. Alles andere kann Ihnen eine Schule ohnehin nicht beibringen. Sie sind begabt, aber Sie sind zu ehrgeizig, das beunruhigt mich.«

Ich sah ihn herausfordernd an: »Zu ehrgeizig? Was soll das heißen? Ich zeichne und male gern, und ich bin froh, an der Schule zu sein. Natürlich bin ich ehrgeizig, ich will aus mir etwas machen, ich will was mit meinem Leben anfangen. Was ist daran nicht in Ordnung?«

»Ich mache mir Sorgen, Paula. Sie sind eine sehr eifrige und fleißige Studentin, das ist schön, aber ich habe den Eindruck, für Sie bedeutet das Studium mehr, als es sollte. Ich fürchte, Sie wollen eine Malerin werden, um dem Leben zu entkommen. Kunst ist kein Lebensersatz.«

»Das Malen ist mein Leben.«

»Das ist ein dummer Spruch. Ein Spruch fürs Poesiealbum. Die Kunst und das Leben, das sind zwei verschiedene Dinge, sie haben miteinander zu tun, aber das eine kann nicht das andere ersetzen. Und gerade das versuchen Sie, Paula. Ich hatte diesen Eindruck bereits bei der Aufnahmeprüfung und war sehr erleichtert, als ich hörte, dass Sie schwanger sind. Ich habe mich für Sie gefreut, weil ich mir dachte, dass ein Kind Ihnen den Kopf zurechtrückt. Dass Sie lernen, mit sich selbst zurechtzukommen.«

»Ich komme mit mir zurecht. Ich habe keine Schwierigkeiten, Herr Professor.«

»Nun beißen Sie mich nicht schon wieder. Ihre Kleine wird bei Ihnen gewiss nicht zu kurz kommen, Sie werden wunderbar für sie sorgen, davon bin ich überzeugt. Aber wenn Sie sich entscheiden müssten zwischen dem Studium und dem Kind, würden Sie das Malen für Ihr Mädchen aufgeben können?«

»Ich verstehe Ihre Frage nicht. Warum soll ich etwas aufgeben? Sind Sie mit meinen Leistungen unzufrieden? Ich habe eine Babypause gemacht, aber das war mit Ihnen abgesprochen, und jetzt studiere ich wie jeder andere Student. Ich versäume wegen Corcula nichts, keine einzige Stunde.«

»Sie missverstehen mich, Frau Trousseau, und ich glaube, Sie wollen mich missverstehen. Ich muss deutlicher werden. Ich befürchte, Sie missbrauchen die Kunst, um mit Ihrem Leben zurechtzukommen.«

»Ich denke, dass es jedem richtigen Künstler so geht, Herr Professor. Die großen Künstler sind groß, weil sie mit ihrem Leben nicht zurechtkamen und in die Kunst flüchteten.«

»Ich dachte mir, dass Sie das sagen, Paula. Aber das ist Unsinn, das ist falsch, das ist romantischer Quatsch. Benutzen Sie die Kunst nicht dazu, um etwas zu erreichen, das Sie anders nicht erreichen können. Studieren Sie die Klassik und nicht die Romantik, wenn Sie bei mir etwas lernen wollen. Kommen Sie aus dieser Gefühligkeit heraus, denn so entsteht nur romantischer Quark. Studieren Sie den Michelangelo, hören Sie Bach. Besorgen Sie sich die Arbeiten von Picasso, auch wenn er von einigen meiner Kollegen nicht sehr geschätzt wird, der Mann ist nicht schlecht. Und geben Sie endlich diese Sentimentalitäten auf. Kunst hat nichts mit Verzückungen zu tun, mit Unverstandensein, das glauben nur Kleinbürger und Betschwestern. Kunst ist Kraft. Meinetwegen Gewalt. Aber ganz gewiss nicht Schwärmerei.«

Ich glaube, ich war während seiner Rede feuerrot geworden. Ich hätte ihn ohrfeigen oder ihm die Augen auskratzen können, so wütend machte er mich. Und ich war so zornig, weil ich mich in ihm offensichtlich getäuscht hatte. Ich hatte ihn vergöttert, ich hätte nicht eine Sekunde gezögert, wenn er ein Verhältnis mit mir hätte haben wollen. Für ihn hätte ich Hans verlassen. Ich hatte es mir nie eingestanden, doch ich war in ihn verliebt gewesen, ohne es gemerkt oder besser gesagt: ohne es begriffen zu haben. Dass er meinen dicken Bauch so bewunderte, gefiel mir, aber verliebt hatte ich mich in ihn viel früher. Ich hatte ihn geliebt, weil er mich und meine Arbeit schätzte, weil er mich an der Hochschule aufgenommen hatte, weil ich mit ihm endlich einen Menschen gefunden hatte, der meine Zeichnungen und Bilder ernst zu nehmen schien und anerkannte. Und nun erzählte er, ausgerechnet er, diesen hausbackenen Unsinn. Er würde sich mit meinem Vater gut verstehen, dachte ich, während ich die Tränen unterdrückte.

»Ich wusste nicht, dass Sie so frauenfeindlich sind«, sagte ich ganz knapp, »an der Schule erzählt man sich über Sie ganz andere Sachen. Warum haben Sie sich dafür eingesetzt, dass ich angenommen werde? Wieso dürfen sich Frauen an Ihrer Schule immatrikulieren, wenn Sie nichts von ihnen halten?«

»Ich halte sehr viel von den Frauen«, sagte er und lächelte, »sie sind das Schönste auf der Welt. Ich unterhalte mich mit ihnen lieber als mit Männern. Sie sind kräftiger, gewitzter, lebensklüger. Ich bin überhaupt nicht frauenfeindlich. Aber ich habe etwas gegen Gefühligkeit in der Kunst, gegen Kitsch.«

Ich war ganz ruhig. Ich fühlte mich geohrfeigt und gedemütigt, aber seine Worte konnten mich nicht verletzen. Innerlich verabschiedete ich mich von ihm, er tat mir leid. Ich hatte in ihm einen Mann bewundert, den es gar nicht gab. Er war nicht anders als mein Vater oder meine Lehrer, und er redete nicht anders als sie und Hans über mich und meine Arbeiten.

Ich war ganz ruhig und bemühte mich, ihn ironisch anzulächeln: »Warten wir es ab, Herr Professor. Warten wir ab, ob ich es nicht doch schaffe, obwohl ich nur eine Frau bin.«

»Sie haben mich vollkommen missverstanden, und ich denke, Sie wissen das, Paula. Ich wollte Sie nicht kränken, und wie sehr ich Ihre Arbeiten mag, das ist Ihnen bekannt. Ich bin ein paar Jahre älter als Sie und wollte Ihnen nur etwas von meinen Erfahrungen erzählen. Sie müssen nicht auf mich hören, Sie können das für den Unsinn eines alten Esels halten, aber ich wollte es Ihnen sagen, weil ich Sie schätze. Und Sie malen gute Bilder, handwerklich ganz vorzüglich.«

»Dann ist doch alles in Ordnung. Sie wollen hier doch gute Malerinnen ausbilden, oder?«

»Gute Maler ausbilden, sicher, das will ich, und dazu müssen die Studenten zuallererst einmal zu sich selbst kommen. Sie müssen sich selbst finden, ihren eigenen Weg, jenen Ton, den nur sie kennen und beherrschen und der sie von allen anderen unterscheidet. Ich will in den Jahren, die Sie an meiner Schule sind, jene Person herausfinden, die in Ihnen steckt, um Ihre Begabung zu entfalten. Ich bin nicht mehr als ein Gärtner, ich kann die Rosen und Schneeglöckchen nicht schaffen, ich kann nur ein wenig dafür sorgen, dass sie gedeihen und nicht vom Unkraut überwuchert werden. Man kann nicht malen und sich bedeckt halten. Ein Künstler entblößt sich, oder er ist kein Künstler. Sie haben Talent, Sie sind eine begabte Studentin, aber ich fürchte, Sie versuchen, sich durch die Kunst vor dem Leben zu schützen.«

»Sie kennen mich doch gar nicht.«

»Viel zu gut. Die Kunst wird Sie nicht retten. Sie verlangen sich alles ab, um vor sich selbst zu bestehen und die Achtung der anderen zu bekommen, sie zu erzwingen. Aber das ist nur ein laut tönendes Erz, wie es in der Bibel heißt, und würde nichts nützen, hast du die Liebe nicht.«

»Ich wusste nicht, dass Sie gläubig sind, Herr Professor.«

»Ich bin nicht gläubig. Jedenfalls nicht im herkömmlichen Sinn. Aber alle Künstler glauben an einen Genius, von dem sie abhängig sind, der etwas vermag, von dem sie selbst nur einen Hauch auf das Papier bringen können und vor dem wir allesamt Schulbuben sind.«

»Ich gehe jetzt.«

»Ich halte Sie nicht, Paula. Sie sind wütend auf mich, das verstehe ich. Aber überlegen Sie noch einmal, was ich gesagt habe, wenn Ihr Zorn verraucht ist. Ich bin Ihr Freund, Paula, nicht Ihr Feind.«

Ohne mich zu verabschieden, verließ ich sein Zimmer. Ich schloss sorgsam die Tür, obwohl ich sie am liebsten zugeknallt hätte. Cordula hatte ich wohl etwas zu fest an mich gepresst, sie wachte auf und heulte. Ich lief mit ihr den Gang hinunter, packte sie in den Wagen und verließ die Hochschule. Ich ging sehr schnell, ich rannte fast mit dem Kinderwagen durch die Straßen. Ich wollte so schnell wie möglich in meine Wohnung, um mich dort einzuschließen.

Zu Hause setzte ich die Kleine in den Sessel und zog ihr Mantel und Schuhchen aus.

»Er hat gepredigt«, sagte ich zu meiner Tochter, »der Herr Pfarrer Tschäkel hat deiner Mama eine Predigt gehalten. Er ist genauso ein Arsch wie dein Vater und dein Großvater, Cordula. Ich dachte, er ist in mich verliebt, aber er liebte nur meinen dicken Bauch. Und ich dummes Huhn hatte geglaubt, er würde wegen mir seine Frau verlassen, und wir drei würden zusammenleben. Frauen sind so etwas von blöd, Cordula, ich hoffe, du wirst etwas schlauer.«

6.

Das erste Studienjahr war wunderbar, denn mit Cordula auf dem Arm konnte ich es mir nach meinen Vorstellungen einrichten und beendete es mit guten Noten. Die Zensuren verdankte ich meiner Cordula, ihretwegen drückten die Dozenten mehr als nur ein Auge zu, und keiner meiner Kommilitonen verübelte es mir, sie waren in mein Kind vernarrt.

Wenn ich mit Cordula auf dem Arm zu den Dozenten ging, um ihnen zu sagen, dass ich wegen der Kleinen nicht in ihre Stunde kommen könne, nickten alle zustimmend. Ein Lehrer, unser Philosoph, wurde verlegen, als ich ihn ansprach, und bekam einen roten Kopf. Er schaute verwirrt auf das Baby und versicherte dann hastig, er habe volles Verständnis. Ich hatte ihn derart in Verlegenheit gebracht, dass er sich bei mir entschuldigte, als wir uns verabschiedeten.

Mit den Studenten meines Studienjahres kam ich gut zurecht, einige halfen mir, und alle nahmen Rücksicht. Doch ich spürte, dass zwischen ihnen und mir die Distanz blieb. Christine, eins der beiden Mädchen meiner Gruppe, lachte mich aus, als ich sie darauf ansprach, und sagte dann unvermittelt: »Aber du gibst dich manchmal auch reichlich spröde, Paula.«

Ich zuckte zusammen und sah sie entgeistert an. Ich forschte in ihrem Gesicht nach dem, was sie mir damit sagen wollte, aber Christine nahm Cordula und lief mit ihr juchzend durch das Zimmer.

Ich wusste, dass Christine mir von allen Studentinnen am nächsten stand, und gewiss sollte ihr Satz mich nicht kränken, aber offenbar wirkte ich auf andere spröde und zurückweisend, selbst auf sie. Ich wusste nicht genau, wieso ich diesen Eindruck erzeugte. Ich wollte geliebt werden, das war alles, und nun erging es mir an der Hochschule so, wie ich es bereits von früher kannte: ich war das Mädchen, das nicht richtig dazugehörte. Irgendwann würden einige meiner Kommilitonen zu der Ansicht gelangen, dass ich arrogant sei, auch das kannte ich von früher und es belustigte mich. Um stolz und überheblich zu sein, müsste man zuallererst sich selbst lieben, und ich liebte mich nicht.

Vielleicht war ich auch nicht fähig, einen anderen zu lieben, wie vor vielen Jahren ein Freund gesagt hatte. Sebastian war es gewesen, der nette kleine Sebastian, der so unglaublich brutal sein konnte. Ich war nur kurze Zeit mit ihm zusammen. Ich war sicher, ihn zu lieben, ihn wirklich zu lieben, und nachdem er mich verlassen hatte, war es mir lange Zeit sehr schlecht gegangen und ich hatte eine Anorexie bekommen. Die anderen Patientinnen in der Psychiatrie, es waren alles Mädchen und junge Frauen, hatten es nur AN genannt, Anorexia nervosa. Ich hatte wochenlang kaum etwas zu mir nehmen können, und als ich nach drei Monaten geglaubt hatte, über den Berg zu sein, und deshalb die weiteren Termine mit dem Psychiater abgesagt hatte, trank ich eines Nachts eine ganze Flasche Wein und schnitt mir die Pulsadern auf. Ich erwachte am nächsten Mittag auf dem Sofa, überall war Blut, auch auf dem Teppich und in meinem Gesicht, beide Handgelenke schmerzten, und ich hatte Mühe zu begreifen, was mit mir geschehen war. Ich fühlte mich elend und erbärmlich, ich ekelte mich vor mir selber.

Dass der Versuch missglückt war, hatte ich als eine weitere schwere Niederlage empfunden. Ich war aufgestanden, hatte mir die Unterarme gewaschen und Binden darum gewickelt. Ganz fest hatte ich sie gewickelt, auch wenn es höllisch wehgetan hatte, ich hatte mich wohl damit selber bestrafen wollen. Dann hatte ich das Blut abgewaschen und das Zimmer gesäubert. Wegen der Schnittwunden war ich nicht zum Arzt gegangen, weil ich wusste, dass Ärzte jeden Selbstmordversuch melden müssen. Ich versorgte die Wunden selber, auch dann noch, als das linke Handgelenk eiterte, und ich kaufte mir eine Bluse mit sehr langen Ärmeln, die fast die halbe Handfläche bedeckten. Die anderen Schwesternschülerinnen bemerkten natürlich etwas, aber keine verpetzte mich. Wenn es die Oberschwester oder eine andere Schwester mitbekommen hätte, vielleicht hätte ich dann die Lehre schon damals abbrechen müssen. Bei den Ärzten brauchte ich nichts befürchten, die würden es nicht einmal bemerken, wenn ich mit kurzen Ärmeln im Krankenhaus herumgelaufen wäre, sie schauten uns Schwesternschülerinnen allenfalls auf Brust, Hintern und Beine.

Sebastian, der einzige Junge, den ich wirklich geliebt habe, hatte sich von mir mit den Worten verabschiedet, ich sei unfähig zu lieben. Ich hatte ihn nur wütend angeblitzt und nichts gesagt. Er hatte mein Zimmer verlassen, und wir haben uns nie wieder gesehen. Dass es ausgerechnet Sebastian war, der mir das gesagt hatte, verletzte mich tief, und es passiert mir noch heute, dass ich mitten in der Nacht wach werde und über diesen Satz nachgrüble. Ich denke, ich kann genau wie jeder andere Mensch, wie jede andere Frau lieben, doch im Unterschied zu den anderen rede ich mir nicht ein, dass man selbstlos und uneigennützig liebt. Dass jemand sich selbst völlig für die Liebe zu einem anderen Menschen aufgibt und aufopfert, daran glaube ich nicht. Diejenigen, die so denken und handeln, sind genau jene, bei denen die Liebe sehr rasch in ihr Gegenteil umschlagen kann und die dann jene mit Hass verfolgen, die sie eben noch abgöttisch liebten. Und keiner stirbt aus Liebe, jedenfalls nicht aus Liebe zu einem anderen. Die Leute bringen sich um, weil sie enttäuscht wurden. Was Sebastian mir vorgeworfen hat, war einfach nicht wahr. Ich bin nur nicht sentimental, nicht so gefühlsduselig wie die meisten anderen Menschen, ich schütze mich damit auch vor dem ganz großen Unglück, das mich das Leben kosten könnte. (Als ob das ein Verlust wäre!) Es ist das bisschen Vernunft, das mich daran hindert, kopfüber in die nächste Kalamität zu stürzen, aus der ich dann wieder nur heulend und abgemagert herausfinde. Ein Funke Vernunft, nicht mehr.

Sebastians Bemerkung hatte mich geärgert und gekränkt. Sie machte mich aggressiv, was mir recht war, denn das gab mir die Kraft, die Trennung von ihm durchzustehen. Meine Aggressivität ist meine wichtigste Kraft und mein Schutzschild. Mit ihr kann ich mich gegen alles und jeden behaupten. Mit meiner Aggressivität bin ich imstande, über das Wasser zu laufen. Da konnte auch ein Professor Tschäkel nichts gegen mich ausrichten, solange ich nicht zuließ, dass sich irgendwo in mir die Angst einnistete. Ich hatte einfach beschlossen, nie wieder so zu lieben, dass ich später leiden muss.

Im zweiten Studienjahr bekam ich ein Leistungsstipendium zugesprochen, sechzig Mark monatlich mehr. Über diese staatlichen Stipendien entschied die Seminargruppe. Unsere Gruppe hatte eine monatliche Gesamtsumme zur Verfügung, deren Vergabe wir in einer turbulenten Nachmittagssitzung festlegten. Es gab Tränen und Türen wurden geknallt, aber schließlich fanden sich alle mit dem Ergebnis ab. Ein Junge erhielt achtzig Mark, ein anderer Kommilitone und ich bekamen sechzig und zwei weitere Studenten vierzig Mark. Ich war stolz auf diese Auszeichnung, denn das Geld wurde mir nicht wegen der Mehrbelastung durch das Baby zuerkannt, sondern für meine Leistungen im ersten Studienjahr. Hans hat darüber gelacht, als ich es ihm erzählte, denn sechzig Mark waren für ihn kein Geld, und ich ärgerte mich, dass ich es ihm erzählt hatte. Den Eltern gegenüber erwähnte ich es auch, ich war so überglücklich, dass ich schon in der ersten Stunde bei ihnen damit herausplatzte. Ich sagte es, damit sie endlich begriffen, dass ich eine richtige Malerin bin und es mir nicht nur einbilde. Vater verzog einen Moment das Gesicht und sagte dann, das sei schön und er freue sich darüber. Ich glaubte ihm kein Wort. Mutter musste ich erklären, was ein Leistungsstipendium ist, und sie freute sich wirklich, aber nur, weil ich etwas mehr Geld in der Tasche hatte.

7.

Die fünf Jahre an der Kunsthochschule überstand ich gut. Es war die schönste Zeit in meinem Leben, obwohl ich durch Cordula mehr zu tun hatte als alle anderen Studenten. Meine Leistungen waren gut, und Cordula kam, solange sie bei mir war, gewiss nicht zu kurz, obwohl Hans es immer wieder behauptete.

Die Ehe überstand ich weniger gut. Nach vier Jahren wurden wir geschieden. Die Scheidung hatte ich beantragt.

Als ich nach den Sommerferien mit Cordula nach Berlin fuhr, um das vierte Studienjahr zu beginnen, ging ich in der allerersten Studienwoche auf das Standesamt des Stadtbezirks und ließ mir erklären, was ich tun musste, um eine Scheidung einzureichen. Die Semesterferien hatte ich mit der Kleinen im Haus von Hans verbracht, und vierzehn Tage waren wir zu dritt im Seebad Bansin auf Usedom gewesen, wo Hans durch Vermittlung eines seiner Kunden ein Ferienhaus gemietet hatte. In den acht Wochen, die wir im Sommer zusammen gewesen waren, war kein Tag vergangen, an dem wir uns nicht gestritten hätten. Er beschuldigte mich, mich nicht ausreichend um Cordula zu kümmern, und ständig fragte er nach meinen Dozenten und Kommilitonen. Wenn ich ihm etwas von

Christine oder Katrin erzählte, winkte er ab, er glaubte, ich würde ihn betrügen. Über seinen Verdacht lachte ich, aber er führte mir damit klar vor Augen, was er von mir, meiner Malerei und meinem Studium hielt.

Wenn ich müde und verzweifelt in Cordulas Zimmer gegangen war und mich neben ihrem Bett auf das Sofa gelegt hatte, um dort zu heulen und zu schlafen, hatte er es fertiggebracht, mich aufzufordern, ins Schlafzimmer zu kommen, weil er mit mir schlafen wolle. Als ich mich weigerte, hatte ich seinen Augen den heftigen und kaum zu bändigenden Wunsch ablesen können, mich zu schlagen.

Ich hatte in diesem Sommer nicht ein einziges Mal mit ihm geschlafen, und als ich wieder in Berlin war, suchte ich eine Anwältin auf, um mich von ihm scheiden zu lassen. Das Schreiben von Frau Heidinger, meiner Anwältin, musste er bereits Mitte September erhalten haben, er reagierte nicht darauf. Er antwortete weder der Anwältin, noch schrieb er mir, er versuchte auch nicht, mich in der Hochschule telefonisch zu erreichen. Er kam nicht mehr nach Berlin, um Cordula und mich zu besuchen. Mit seinem Schweigen wollte er mich wohl verunsichern, was ihm auch gelang, denn ich wusste, er würde meine Entscheidung nicht einfach hinnehmen. Auf ein Gesprächsangebot, das ihm Frau Heidinger übermittelte, reagierte er nicht.

Für den ersten Dienstag im Dezember war die Verhandlung angesetzt. Ich hatte Cordula wie immer gegen acht Uhr früh in den Kindergarten gebracht, war dann zu der Anwältin gegangen und mit ihr zum Gericht gefahren. Von Hans war auf den Fluren im Gerichtsgebäude nichts zu sehen. Wir betraten zwei Minuten vor zehn das Verhandlungszimmer, die Richterin kam uns entgegen und fragte nach meinem Mann. Fünf Minuten nach zehn öffnete sich die Tür einen Spalt und Wilhelm erschien, ein

Freund von Hans, ein Anwalt aus Leipzig. Als er mich sah, nickte er erfreut, öffnete dann weit die Tür, um Hans eintreten zu lassen. Mein Mann erschien mit Cordula auf dem Arm. Er lächelte mich triumphierend an, als er mein entgeistertes Gesicht sah. Cordula streckte die Arme nach mir aus und wollte zu mir, aber Hans hielt sie fest und redete auf sie ein, während er mich schadenfroh anstrahlte. Er musste in der Nähe des Kindergartens gewartet haben, bis ich die Kleine abgegeben hatte, um sie Minuten später dort mit irgendeiner Begründung herauszuholen. Was er mit diesem Manöver bezweckte, war mir unklar. Die Richterin missbilligte die Anwesenheit meines Kindes im Verhandlungszimmer und drohte, das Gespräch abzubrechen, falls Cordula stören sollte.

Wie ich es vermutet hatte, wollte Hans meinen Antrag auf Scheidung scheitern lassen. Er log und log und log. Er stellte sich dar als das Muster eines Ehemannes und Vaters, er erzählte, wie er mir den Weg zum Studium geebnet habe, dass er trotz seiner wöchentlich mehr als sechzig Stunden Arbeit beständig nach Berlin fahre, um Frau und Tochter zu sehen. Er versuchte meinen Antrag als Laune einer überarbeiteten Studentin darzustellen, als Marotte eines kapriziösen, verwöhnten Mädchens, das er mit Geld und Geschenken überhäuft habe und das immer unzufrieden sei. Er behauptete, mein Antrag habe ihn völlig überrascht, zumal unser Eheleben nur unter meinem Studium und der räumlichen Entfernung leide, wir ansonsten einen guten und heftigen Sex hätten. Auf Befragen der Richterin erzählte er, wir hätten im Sommer fünfmal in der Woche miteinander geschlafen und sogar noch zweimal nach dem Einreichen meines Scheidungsersuchens.

»Er lügt«, flüsterte ich verzweifelt, »er lügt wie gedruckt.«

Die Anwältin sagte, ich solle mich beruhigen. Sie erkundigte sich bei Hans, wann er zuletzt sexuellen Kontakt mit mir gehabt habe. Hans wich aus. Meine Anwältin nötigte ihn, den genauen Termin zu nennen, schlug ihr dickes Diarium auf und fragte nochmals, wobei sie in ihrem von eingelegten Zetteln aufgeblähten Kalender blätterte und mit dem Zeigefinger die Spalten entlangglitt: »Am neunzehnten September zwischen 21 und 22 Uhr, sind Sie da sicher?«

Hans nickte und grinste mich dabei an.

»Sind Sie sicher?«

Hans sagte unwillig, er könne es beschwören.

Jetzt lächelte meine Anwältin. Sie blickte nochmals in ihr Buch, schaute dann triumphierend zu der Richterin, bevor sie fragte: »Herr Trousseau, wenn Sie am Neunzehnten zwischen 21 und 22 Uhr mit Ihrer Frau in deren Zimmer geschlafen haben, hat Sie denn da meine Anwesenheit nicht gestört?«

Dann warf sie einen kurzen warnenden Blick zu mir und drehte sich zu Hans um. Der sprach aufgeregt mit Wilhelm und erklärte dann, er habe sich wohl im Datum geirrt.

Meine Anwältin schüttelte den Kopf. Sie fasste unter dem Tisch nach meiner Hand und drückte sie, während sie die Richterin anstrahlte. Diese ermahnte Hans eindringlich, bei der Wahrheit zu bleiben. Als er einen neuen Termin nennen wollte, unterbrach sie ihn. Dann wandte sich die Richterin an mich, und ich schilderte ihr unser Eheleben des letzten Jahres. Zweimal fragte sie, ob es während des gemeinsamen Urlaubs denn tatsächlich nie zu einem intimen Beisammensein gekommen sei, und ich verneinte wahrheitsgemäß. Ihre Fragen waren mir unangenehm und ich war wohl hochrot im Gesicht, als ich ihr antwortete. Einmal streichelte mir die Anwältin beruhigend mit den Fingerspitzen über den Handrücken.

Am liebsten hätte ich alles zurückgedreht, meine Scheidungsklage zurückgezogen, nur um diesem Saal und den schamlosen Fragen zu entgehen.

Eine halbe Stunde später begriff ich, was Hans und Wilhelm vorhatten. Sie kämpften mit allen Mitteln, mit Unterstellungen und unglaublichen Behauptungen darum, mir das Sorgerecht für Cordula zu entziehen. Sie beschränkten sich nicht darauf, meine finanzielle Abhängigkeit darzustellen, sondern schilderten in einem Gebräu von Wahrheiten, Halbwahrheiten und Lügen, dass ich angeblich meine Beziehung zu Hans nur eigener Vorteile willen angestrebt hätte, nie ein Kind haben wollte und das Mädchen des Studiums wegen vernachlässigen würde. Hans und Wilhelm entwarfen vor der Richterin das Bild einer egoistischen, von maßlosem Ehrgeiz getriebenen Person, die alles aus Berechnung tue und ausschließlich ihre Karriere im Blick habe. Hans hatte drei Briefe von mir mitgebracht, aus denen er einige Sätze vorlas, in denen ich mich über die Arbeit beklagte, die mir Cordula machte, und das Baby zum Teufel wünschte, weil es mich vom Studium abhielt. Ich hatte auch geschrieben, dass ich mich überhaupt nicht in der Rolle einer liebevollen Mutter sehen könne, das Kind sei für mich viel zu früh gekommen, es sei kein Wunschkind, wie er wisse, es sei nur seinetwegen auf der Welt. Schließlich untersagte ihm die Richterin, weiter aus den Briefen vorzulesen, sie seien nicht relevant, da sie in einen anderen Zusammenhang gehörten und keinerlei Bedeutung für die Beurteilung einer Ehe und eines Vertrauensverhältnisses hätten.

Ich betrachtete Hans, während er seine Lügen aussprach und meine Worte verdrehte und bösartig interpretierte. Ich fühlte nichts mehr. Ich war nicht wütend oder beschämt, ich erstarrte.

Cordula saß neben ihm auf einem Stuhl und malte Papiere voll. Wenn sie mit einem Blatt fertig war, zeigte sie es Hans, der, ohne einen Blick darauf zu werfen, ihren Kopf streichelte.

»Damit kommt er nicht durch«, flüsterte mir die Anwältin zu, »er hat keine Chance, er bekommt das Kind nicht.«

Cordula rief halblaut nach mir. Hans legte einen Arm um das Kind, aber die Kleine ließ sich jetzt nicht mehr halten. Sie tauchte unter seinem Arm hinweg, rutschte vom Stuhl und lief zu mir. Die Richterin sah lächelnd zu dem Kind, dann klopfte sie mehrmals mit dem Bleistift auf den Tisch und sagte: »Das Mädchen war bisher sehr brav, wir wollen seine Geduld nicht strapazieren. Ich schließe für heute. Vereinbaren Sie einen neuen Termin, und kommen Sie dann bitte ohne ihre kleine Tochter. Sie können gehen. Auf Wiedersehen.«

Wilhelm protestierte gegen die Unterbrechung, sagte, das Kind habe überhaupt nicht gestört und er sehe keinen Grund für eine Vertagung.

Die Richterin hatte sich über ihre Papiere gebeugt. Für einen Moment sah sie auf, schaute irritiert zu uns und bemerkte: »Die Verhandlung ist geschlossen.«

Ich nahm Cordula an der Hand und ging neben der Anwältin aus dem Zimmer. Hans rief nach der Kleinen, sie schaute sich nach ihm um, machte aber keinerlei Anstalten, zu ihm zu laufen. Auf dem Weg durch die Gerichtsflure redete die Anwältin auf mich ein, sie erklärte mir ihre Verhandlungstaktik und stellte Vermutungen über die Absichten der Gegenseite an, doch ihre Worte drangen nicht in mein Bewusstsein. Auf der Straße streckte sie mir die Hand entgegen, und es dauerte eine Weile, bis ich begriff, dass sie sich von mir verabschieden wollte. Ich ergriff ihre Hand und dankte ihr, dann lief ich mit Cordula zur Bushaltestelle. Als der Wagen kam und wir eingestiegen waren, sah ich Hans und Wilhelm auf der gegenüberliegenden Straßenseite, die neben der geöffneten Tür eines Autos miteinander sprachen.

»Fahren wir zu Tante Christine?«, fragte ich Cordula. Ich wollte nicht mit ihr in meine Wohnung, ich fürchtete, Hans würde dort auftauchen.

8.

Der zweite Verhandlungstermin war Anfang Februar. Hans und Wilhelm blieben bei der Behauptung, unsere Ehe sei keineswegs zerrüttet, Hans erklärte, dass lediglich die doppelte Haushaltsführung eine übergroße Belastung für mich sei und wir, sobald ich das Studium abgeschlossen hätte und wieder bei ihm in Leipzig wohnen werde, eine völlig normale, liebevolle Ehe führen könnten. Er jedenfalls wolle sich nicht von mir trennen, er liebe mich noch immer und trotz allem. Gleichzeitig drängten sie darauf, mir für den Fall einer Scheidung das Sorgerecht für das Kind zu entziehen. Cordula sollte in materiell gesicherten Verhältnissen aufwachsen. Sie legten Briefe von mir und schriftliche Erklärungen von Nachbarn vor, wonach ich weder in der Lage sei, ein Kind aufzuziehen, noch willens, für Cordula Abstriche an meiner Karriere zu machen. Sogar eine meiner Kommilitoninnen hatten sie befragt und zu einer schriftlichen Erklärung bewegen können, nach der ich das Kind ständig in die Hochschule mitnehme und dort bei einer Sekretärin abgebe, um meine Seminare und Vorlesungen zu besuchen.

Meine Anwältin schüttelte über diese Vorgehensweise der Gegenseite den Kopf und protestierte mehrmals, doch die Richterin hörte sich die Anschuldigungen an, ohne Hans und Wilhelm zu unterbrechen. Als meine Anwältin mir zum wiederholten Male zuflüsterte, dass ich mir keine Sorgen machen müsse, das Erziehungsrecht würde mir nicht entzogen, dafür müssten viel schwerwiegendere Gründe vorliegen, unterbrach ich sie und bat die Richterin, eine Erklärung abgeben zu dürfen. Die Richterin erteilte mir das Wort, meine Anwältin hielt mich am Arm fest, als ich aufstehen wollte, und verlangte, dass ich mich mit ihr absprechen solle, bevor ich mich zu einer unüberlegten und möglicherweise folgenreichen Äußerung hinreißen lasse, doch ich schüttelte sie ab und stand auf.

Ich sah nur die Richterin an, als ich sprach. Ich sah ihr in die Augen und sagte ihr, dass ich mein Kind über alles liebe, dass ich alles für Cordula tue, sie nichts bei mir vermisse und keineswegs durch mein Studium irgendwie vernachlässigt werde. Ich könne aber nicht vergessen, dass meine Tochter das Ergebnis einer Vergewaltigung sei. Mein Mann habe mich vergewaltigt, um ein Kind zu erzwingen und mich damit von einem Studium abzuhalten, das er mir auf eine andere Art nicht verbieten konnte. Er habe mich gewaltsam geschwängert, damit ich bei ihm in Leipzig bleibe und nicht nach Berlin gehe. Für mich sei die Ehe mit dieser Vergewaltigung beendet worden. Ich hätte sexuelle Kontakte mit ihm seitdem vermieden und im letzten halben Jahr nicht ein einziges Mal mit ihm geschlafen. Ich liebte Cordula, aber wenn das Kind der Preis für die Scheidung sei, so würde ich diesen Preis bezahlen, zumal das Kind von ihm gewünscht und erzwungen worden sei, während es für mich zu früh gekommen sei, viel zu früh.

Danach setzte ich mich und schaute zur Richterin, die mich lange schweigend betrachtete. Sie schien verwirrt zu sein, irgendwie hatte ich sie beeindruckt. Dann befragte die Richterin Hans, was es mit der von mir behaupteten Vergewaltigung auf sich habe. Hans berichtete von dem Austausch der Antibabypillen, er grinste dabei, wie ich mit einem kurzen Blick feststellte, er war mit sich vollkommen zufrieden. Dann wollte die Richterin von ihm wissen, ob er noch immer an der Behauptung festhalte, dass unsere Ehe nicht zerrüttet sei und ob unsere sexuellen Kontakte tatsächlich und wie von ihm behauptet eheähnlich wären oder ob nicht doch meine Darlegung zutreffe, wonach seit der erzwungenen Schwangerschaft kaum noch ein intimes Beisammensein stattgefunden habe, also seit mehr als drei Jahren weniger eine Ehe als vielmehr ein eher kameradschaftliches Verhältnis zwischen uns bestanden hätte.

Er schwieg, und ich sah zu ihm. Er atmete schwer. Er wandte sich kurz zu Wilhelm, der neben ihm saß, dann sah er die Richterin an und sagte, es sei so, wie seine Frau es dargestellt habe, sie sei den ehelichen Pflichten nicht nachgekommen.

»Weder ihren ehelichen noch ihren mütterlichen«, fügte er hinzu.

Eine halbe Stunde später war die Scheidung erfolgt, das Sorgerecht für Cordula wurde ihrem Vater zugesprochen. Die Richterin fühlte sich bemüßigt, mir zu erklären, weshalb sie Cordula ihrem Vater gab. Sie sagte, dass dafür keineswegs die Behauptungen und Unterstellungen meines Mannes den Ausschlag gegeben hätten, sondern allein meine Einlassungen über die mir aufgenötigte Schwangerschaft, zumal ich diese als eine Vergewaltigung dargestellt habe, was zwar rechtlich unkorrekt sei, aber sie könne meine Beweggründe für diese Behauptung durchaus verstehen. Meine so unzweideutig vorgetragene Bereitschaft, notfalls auf meine Tochter zu verzichten, hätten bei ihr allerdings Zweifel an meiner Eignung als Mutter geweckt, die erzwungene Schwangerschaft könnte eine Störung meines Verhältnisses zu meiner Tochter verursacht haben, weshalb es ihr geboten erschienen sei, den Ehemann als Erziehungsberechtigten zu benennen.

Als wir das Gerichtsgebäude verließen, fragte mich meine Anwältin, ob ich das Urteil verstanden hätte, ob ich begriffen hätte, dass mir soeben meine Tochter abgesprochen und dem Vater übergeben worden sei.

»Ja«, sagte ich, biss die Zähne zusammen und sah sie finster an.

»Das war nicht nötig«, sagte die Anwältin. Sie sagte es ganz leise, als ob es ihr wehtun würde.

»Ich wollte die Scheidung«, entgegnete ich.

»Wir hätten beides bekommen, Ihr kleines Mädchen und die Scheidung. Ihre Erklärung vor der Richterin war völlig überflüssig. Damit haben Sie sie geradezu gezwungen, Ihnen Ihr Kind abzusprechen.«

»Schicken Sie mir die Rechnung«, erwiderte ich schroff, »wenn sie zu hoch ist, muss ich in Raten bezahlen. Ich habe jetzt nur noch mein Stipendium.«

Dann gab ich ihr die Hand, drehte mich um und lief weg. Ich hatte keine Lust, mir ihre Vorwürfe anzuhören. Sie hatte dazu kein Recht. Ich wusste, was ich getan hatte, ich hatte es mir sehr genau überlegt, Tage vorher schon, und ich hatte nicht vor, mit irgendwelchen Menschen, die diese Entscheidung nicht verstehen können oder für falsch halten, darüber zu reden. Es war für mich schwer genug, und ich hatte einfach nicht die Kraft, mich zu verteidigen. Sollten sie doch alle von mir denken, was sie wollten. Sie führen ihr Leben, und ich führe meins. Cordula ist meine Tochter, aber wahr ist auch, dass ich sie noch nicht haben wollte, für mich kam das Kind viel zu früh. Ich war überhaupt nicht darauf vorbereitet, Mutter zu sein. Ich wollte leben und nicht Leben schenken, jedenfalls nicht so bald. Ich erwartete nicht, dass mich einer versteht. Ich erwartete nicht einmal, dass ich dadurch glücklicher werde, vielmehr wusste ich, dass ich todunglücklich sein würde, wenn Cordula nicht mehr bei mir sein, wenn ich sie nicht jeden Morgen begrüßen und jeden Abend an ihrem Bett sitzen würde. Ich wusste, dass ich einen sehr hohen Preis bezahle, aber ich wusste auch, es war der Preis für die Freiheit. Der Preis meiner Freiheit. Ich würde ersticken, wenn ich nicht den Mut dazu aufbrächte, mich von allem zu lösen, auch von Cordula. Ich wollte mich tapfer von ihr verabschieden, ihr all das sagen, was sie verstehen konnte, um dann für immer aus ihrem Leben zu verschwinden. Es sollte ein Schmerz sein, ein einziger, den Cordula schneller und leichter überwinden würde als ich, denn sie war ja erst drei Jahre alt und würde vergessen. Sie würde rasch vergessen. Sie würde mich vergessen. Schon nach einem Monat wäre ich für sie nur noch ein ferner Schatten, eine undeutliche Erinnerung, kaum noch gebunden an einen bestimmten Menschen, ein bestimmtes Gesicht, an mich. Allenfalls das Wort Mama würde sie noch belasten und Schmerzen bereiten, doch langsam würde auch dieses Wort schwinden und verwehen. Oder von einer anderen Person, der nächsten Frau von Hans, aufgenommen und usurpiert werden. Ich würde länger daran leiden, das wusste ich.

Ich hastete direkt zum Kindergarten. Ich verlangte Frau Wellnitz, die Leiterin, und sagte ihr, ich wolle Cordula abmelden.

»Gehen Sie nach Leipzig zurück?«, fragte mich Frau Wellnitz, während sie meine Papiere heraussuchte.

Ich nickte.

»Sind Sie denn mit dem Studium schon fertig?«

Ich sagte ihr, dass ich das Studium noch nicht beendet habe, aber Cordula künftig in Leipzig wohnen werde.

Sie schaute überrascht auf und sah mir in die Augen, fragte aber nichts weiter.

»Und ab wann?«

»Sie fährt noch heute nach Leipzig. Sie ist heute den letzten Tag hier.«

»Das tut mir leid, Frau Trousseau. Wir alle hier hatten die Kleine sehr gern.«

Sie blätterte in einem Buch, sagte mir, dass sie mir von den bereits bezahlten Gebühren nichts zurückerstatten könne und noch ein Betrag von einer Mark zehn für den Besuch des Puppentheaters offen sei. Ich bezahlte, verabschiedete mich von ihr und setzte mich in das Zimmer von Cordulas Gruppe. Meine Tochter lief zu mir, um mich zu begrüßen, dann kamen auch die anderen Kinder und wollten wissen, wieso ich schon da sei und ob ich mit ihnen Mittag esse.

»Ich will euch nur zuschauen«, sagte ich.

Ein paar Minuten später schienen mich alle vergessen zu haben und spielten wieder. Nach dem Mittagessen zogen sie sich aus und legten sich für den Mittagsschlaf auf die kleinen Klappliegen. Ich bat darum, neben Cordulas Bett sitzen zu dürfen, aber die Betreuerin schüttelte den Kopf.

»Nein, das ist ausgeschlossen. Keins der Kinder würde auch nur ein Auge zumachen, solange Sie im Zimmer sind.«

Ich ging hinaus und setzte mich in ein Café. Eine Stunde später holte ich sie mit all ihren Sachen ab. Ich versuchte ihr mit Worten zu erklären, die sie begreifen und verstehen konnte, dass wir uns trennen würden. Dass sie jetzt zu ihrem Papa fahren und dort bleiben werde und wir uns nur noch sehr, sehr selten sehen würden. Sie nickte zu allem. Ich sagte ihr, dass ihr Papa gleich kommen und sie mit all ihren Sachen und dem gesamten Spielzeug nach Leipzig bringen werde. Sie werde dann bei ihm leben, und ich würde in Berlin bleiben, und wir würden uns nicht mehr sehen.

Sie nickte mit ernstem Gesicht. Und dann sagte sie: »Aber morgen? Morgen sehen wir uns doch wieder, nicht wahr?«

Ich wollte ihr antworten, aber dann begann ich zu heulen, Cordula versuchte mich zu trösten. Ich packte heulend ihre Kleider und ihre Wäsche zusammen. Das Spielzeug, das nicht in die Koffer passte, steckte ich in einen sauberen Mehlsack, den ich mir vor Tagen für diesen Zweck besorgt hatte. Während ich ihre Sachen einpackte, wich Cordula nicht von meiner Seite, stellte aber keine Fragen mehr. Als ich fertig war, kochte ich einen Kakao für sie und einen Tee für mich, und wir setzten uns an den Tisch.

»Wir trennen uns, Cordula. Dein Papa und deine Mama trennen sich«, sagte ich zu ihr, »und du kommst zu einem von uns. Das Gericht hat entschieden, dass du zu Papa gehörst, weil er besser für dich sorgen kann als ich. Verstehst du das?«

Sie nickte.

»Es war schön mit dir. Ich liebe dich sehr, meine Kleine. Aber bei Papa wird es dir viel besser gehen als bei mir. Er hat ein großes Haus, er kann dir alles kaufen, was du dir wünschst. Bei Papa wird es dir an nichts fehlen. An nichts, Cordula.«

»Aber meine Freundinnen sind alle im Kindergarten. Werde ich die auch nicht mehr sehen?«

»Du wirst neue Freundinnen finden. Und ganz bestimmt auch eine neue Mama.«

»Eine neue Mama? Eine Mama wie dich?«

»Ja. Eine viel bessere Mama.«

»Kann man denn eine zweite Mama haben? Jedes Kind hat doch nur eine Mama und einen Papa.«

»Nein, es gibt Kinder, die haben zwei und drei und noch mehr Mamas. Du hast ja auch nicht nur eine Freundin. Ist das nicht schön, noch eine Mama zu bekommen?«

»Und wenn sie mir nicht gefällt? Wenn ich sie gar nicht haben will? Kommst du dann zurück?«

»Wenn sie dir nicht gefällt, musst du das nur Papa sagen. Dann muss er eine andere Mama für dich suchen.«

Ich dachte, sie würde weinen, aber ich irrte mich. Sie sah mich nur immerzu an, nahm es geduldig hin, wenn ich sie streichelte und an mich zog, doch sie selbst umarmte mich kein einziges Mal.

Um vier wollte Hans kommen, so war es verabredet, aber er kam bereits eine Viertelstunde früher. Er nahm Cordula auf den Arm, die ihn laut schreiend begrüßte, und wirbelte mit ihr durch das Zimmer. Dann nahm er ihre Hand, sah sich die gepackten Koffer an, die Taschen und den Mehlsack, und warf einen verächtlichen Blick auf meine Zimmereinrichtung. Er lief wie ein römischer Imperator durch mein Zimmer, jede Bewegung strahlte seinen Triumph aus. Er sagte nichts, aber sein Gesicht, seine Augen, jede seiner Gesten drückte tiefe Befriedigung aus. Er glaubte, er habe mich vernichtet, mich für immer unglücklich gemacht, und er genoss sichtlich den Erfolg. Dass er mir nun Cordula entführte, war für ihn augenscheinlich die Krönung seines Vergnügens, der Volltreffer, der mich auf die Bretter schickte. Für ihn war es ein K.-o.-Sieg.

Er sprach nur mit Cordula. Wenn er mich etwas fragen musste, stellte er ihr die Frage, auch wenn das Kind darauf gar nicht antworten konnte, und ich antwortete, indem ich ebenfalls Cordula ansprach. Nach der Inspektion meines Zimmers nahm er das Gepäck und trug es zu seinem Wagen. Als er alles verstaut hatte, kam er ein letztes Mal in die Wohnung, um meine Tochter zu holen. Er rief sie und streckte die Hand aus, und Cordula rannte zu ihm, ohne nach mir zu sehen. Als er die Tür zum Korridor öffnete, um grußlos davonzugehen, hielt er plötzlich inne und fragte seine Tochter, ob sie sich nicht von ihrer Mutter verabschieden möchte. Seine Augen zeigten dabei eine Mischung von Stolz und Ertapptsein, als gäbe es hinter seinem Triumphgebaren noch eine Spur von Scham. Cordula ließ seine Hand nicht los, wandte nur den Kopf zu mir und schaute mich blass und ernst an.

»Ich hasse dich, Mama«, sagte sie.

Ich wusste keine Antwort und nickte.

Das war der Abschied von meiner Tochter. Nachdem sie gegangen waren, lief ich ein paar Mal durch das nun völlig leer wirkende Zimmer. Ich stellte ein paar Möbel um, damit es mir weniger unheimlich vorkam. Schließlich griff ich nach dem Zeichenblock und malte wild drauflos. Ich zeichnete nicht Cordula, sondern immerfort nur Hans. Hans den Sieger, den Imperator, den Gewinner, den Triumphator. Ich versuchte, den Ausdruck seiner Augen auf das Blatt zu bekommen, aber es gelang mir nicht, von jedem Blatt starrten mich die Augen eines Schweins an.

9.

Am Sonntagnachmittag klingelte es an der Tür. Cornelia und Paula waren in der Küche mit dem Abwasch beschäftigt, ihre Mutter stand im Wohnzimmer und bügelte die Hemden von Vater und Clemens. Der Vater hatte sich wie jeden Sonntagnachmittag in sein Arbeitszimmer zurückgezogen, weil er die Schulwoche vorbereiten müsse. Clemens war unmittelbar nach dem Mittagessen in die Kneipe gegangen.

»Geh mal einer an die Tür«, rief die Mutter den Mädchen zu.

Paula stellte den Teller ab und wollte schon zur Tür, als Cornelia streng sagte: »Ich gehe.«

Sie nahm Paula das Geschirrtuch ab, trocknete sich rasch die Hände und lief in den Flur, doch der Vater war bereits an der Tür und öffnete sie.

Vor dem Haus standen zwei Soldaten, zwei russische Soldaten. Sie nahmen ihre Mützen ab, hielten sie vor die Brust, und murmelten verlegen eine Begrüßung. Ihre Köpfe waren völlig kahl geschoren, wodurch die Ohren auffällig groß wirkten. Sie waren vielleicht achtzehn Jahre alt, höchstens zwanzig, aber in ihrer Uniform und in den blank geputzten Schaftstiefeln, deren Leder sich an der Wade kräuselte, sahen sie aus wie unreife Schulkinder, zwei hübsche Jungen mit breiten Schultern und bäuerlichen Händen. Sie standen verlegen in der Tür.

Der Vater strahlte, als er die beiden Soldaten sah, und lud sie mit großer Geste ins Haus ein. Die Soldaten waren so befangen, dass beide beim Eintreten über die Schwelle stolperten. Der Vater lachte darüber sehr herzlich und schlug ihnen auf die Schulter. Er fragte sie nach dem Grund des Besuches und fügte hinzu, er freue sich, zwei Vertreter der ruhmreichen sowjetischen Streitkräfte in seinem Haus begrüßen zu dürfen. Er sah die Soldaten erwartungsfroh an, doch diese schwiegen und lächelten nur. Dann sagte einer von ihnen ein Wort, Vater zuckte mit den Schultern und sah hilfesuchend zu seiner Tochter, doch auch Cornelia hatte ihn nicht verstanden. Der Soldat wiederholte das Wort, es hörte sich an, als ob er den Namen Clemens sagte.

»Clemens?«, sagte der Vater, »der Clemens ist nicht zu Hause. Wenn Sie Clemens sprechen wollen, dann kommen Sie besser vormittags. Oder Sie gehen in die Bahnhofsgaststätte, dort treffen Sie ihn sicherlich.«

Die Soldaten sahen ihn so verwirrt an, dass er sich bei ihnen erkundigte: »Sprechen Sie Deutsch? Du Deutsch? Po nemetzki?«

Die Russen schüttelten den Kopf.

»Macht nichts«, sagte der Vater, »macht überhaupt nichts. Meine beiden Mädchen können übersetzen. Die lernen Russisch in der Schule. Da bin ich der Schuldirektor.«

Er griff nach Cornelia, stellte sie vor sich und sagte zu ihr: »Übersetze es den Soldaten. Übersetze alles, was ich gesagt habe.«

Cornelia war vor Schreck völlig steif. Sie sah die Soldaten an und brachte mühsam ein paar Vokabeln hervor. Das Wort Schule konnte sie sagen und das Wort Direktor. Dann dachte sie lange nach und sagte schließlich einen ganzen Satz auf Russisch, sie sagte ihnen, dass sie in der Schule Russisch lerne.

Verängstigt schaute sie auf den Vater, aber der strahlte zufrieden, nickte und streichelte seiner Tochter anerkennend über das Haar. Dann sah er erwartungsvoll die Soldaten an.

Der Soldat, der nach Clemens gefragt hatte, betrachtete verständnislos das Mädchen und ihren Vater, er schien kein Wort verstanden zu haben. Er sah kurz zu seinem Kameraden, der mit offenem Mund neben ihm stand und fortgesetzt Cornelia anstarrte, dann fragte er wiederum nach Clemens.

»Alles gut«, sagte der Vater, »es ist alles gut.«

Er wandte sich an seine Tochter und forderte sie auf: »Übersetze ihnen, was ich gesagt habe.«

Cornelia war von dem Lob des Vaters und der überraschenden, gewichtigen Aufgabe geschmeichelt, übersetzte stockend und so gut es ihr möglich war die Äußerungen des Vaters. Soweit sie die beiden Russen verstand, hatten diese ihren Bruder Clemens auf einem Volksfest kennengelernt, und er hatte sie für den heutigen Tag eingeladen.

»Um drei Uhr. Drei Uhr«, übersetzte sie ihrem Vater.

Der Vater lachte und sagte, dass Clemens seine Einladung offenbar vergessen habe. Er sagte es so vergnügt, als sei er von seinem Sohn solche Eskapaden gewohnt und würde diese stets vergnügt und mit nachsichtigem Lachen quittieren. Dann bat er die beiden Soldaten ins Wohnzimmer, nötigte seine Frau, die Wäsche abzuräumen und für die Gäste Kaffee zu machen.

»Nein«, unterbrach er sich, »keinen Kaffee, Tee natürlich. Mach eine große Kanne Tee für unsere Sowjetsoldaten. Und stell Kuchen auf den Tisch. Die beiden Jungen haben sicher Appetit. In diesem Alter verdrückt man was.«

Er blickte zu Cornelia, damit sie übersetze, was er gesagt habe, doch sie war völlig überfordert und lächelte die beiden Soldaten nur an. Als Paula im Zimmer erschien, stellte der Vater sie den Soldaten vor und sagte, auch sie würde Russisch lernen, sei aber ein Dummerchen, das kaum die Lippen auseinanderbrächte. Er lächelte Paula dabei an, und das Mädchen brachte vor Verwunderung tatsächlich keinen Ton hervor. Sie hatte ihren Vater schon lange nicht mehr so zärtlich erlebt.

Die Unterhaltung am Tisch bestritt der Vater nahezu allein. Von den Soldaten war nur zu erfahren, dass sie Wanja und Sascha hießen und seit zwei Jahren an der Westfront stationiert waren. Der Vater lachte darüber und fragte, was denn die Westfront sei, und sie erklärten ihm verwundert, Germanija, Deutschland sei ihre Westfront. Der Vater lachte schallend. Er nannte die zwei die Söhne der Befreier und Sozialisten, worauf die Soldaten nichts erwiderten. Während der Vater über den Krieg und den Faschismus sprach, über die vielen Opfer der Sowjetunion, schauten die beiden immerzu Cornelia und Paula an. Nach einer halben Stunde standen sie abrupt auf und erklärten, sie müssten in die Kaserne zurück. Der Vater nickte und sprach von einem heiligen Dienst. Er lud sie ein, sie am nächsten Sonntag wieder besuchen zu kommen, dann würde Clemens gewiss da sein.

»Wir sind doch Freunde«, sagte er zum Abschied und forderte mit einem Blick Cornelia auf, es zu übersetzen.

Nachdem die Soldaten das Haus verlassen hatten, beschimpfte er seine Frau, weil sie einen trockenen Kuchen aus Mehl und Wasser auf den Tisch gestellt hatte. Die Mutter schrie zurück, dass sie ohne Geld nicht backen und nicht kochen könne und er mit seinen Gästen gefälligst in eine Gaststätte gehen solle, besonders wenn ihm so viel daran liege, mit Leuten Umgang zu haben, von denen man kein Wort verstehe. Die Mädchen, die eben noch von der Herzlichkeit ihres Vaters überrascht waren, verkrochen sich in ihr Zimmer. Sie stellten das Radio an und hörten, dicht vor dem Apparat sitzend, einem Redner zu, der über die Auswirkungen der amerikanischen Truppenverstärkungen in Saigon sprach und der Ankündigung von China, im Gegenzug Freiwilligenverbände nach Nordvietnam zu schicken. Die Mädchen hatten das Radio so laut aufgedreht, dass ihr Vater die Tür aufriss und sie anschrie, den verdammten Kasten leise zu stellen. Er knallte die Tür zu, dann riss er sie nochmals auf und fragte sie bedrohlich nach ihren Hausaufgaben. Beide Mädchen sprangen zu ihren Schulranzen, holten die verlangten Hefte hervor, um sie ihrem Vater vorzulegen. Er sah sich die Hefte kurz an, schüttelte den Kopf und sagte schließlich: »Womit, gütiger Himmel, habe ich das verdient!«

Ohne ein weiteres Wort ging er aus dem Zimmer.

Clemens kam erst in der Nacht nach Hause. Cornelia erzählte ihm am nächsten Tag von dem Besuch der beiden russischen Soldaten. Er lachte und sagte, er habe sie zwar eingeladen, das aber nicht ernst gemeint, er könne sich sowieso nicht mit ihnen unterhalten, denn die würden kein Wort Deutsch verstehen. Die beiden Russen hätten auf der Festwiese dumm herumgestanden, seine Freunde hätten Witze über sie gerissen, und er habe ihnen ein Bier spendiert, um der Siegermacht mal zu zeigen, wer in Deutschland die Hosen anhat. Cornelia sagte ihm, dass der Vater sie für den nächsten Sonntag wieder eingeladen habe. Clemens zuckte mit den Schultern und grinste.

»Wenn es ihm Spaß macht. Er versteht doch kein Wort Russisch. Und den beiden habe ich ein paar kräftige Ausdrücke auf Deutsch beigebracht. Wenn sie die bei ihm loslassen, kippt er vom Stuhl, unter Garantie.«

Erst am Sonntagvormittag erzählte Vater Clemens, dass er am Nachmittag die beiden von ihm eingeladenen Soldaten erwarte.

»Und ich will, dass du da bist, wenn sie kommen«, sagte er zu Clemens, »du kannst nicht Gäste einladen und dann abhauen.«

»Ich denke, du hast sie eingeladen. Was soll ich mit den Russkis!«

Vater funkelte ihn wütend an, sagte aber nichts, und Clemens verschwand nach dem Mittagessen wortlos.

Pünktlich um drei klingelten die beiden Soldaten an der Tür. Sie hielten einen Strauß Nelken in der Hand, die offensichtlich nicht taufrisch waren. Vermutlich waren die Soldaten auf dem Weg zum Haus der Familie Plasterer am städtischen Friedhof vorbeigekommen und hatten die Blumen von einem Grab genommen. Mutter nahm sie gerührt entgegen und bat Cornelia, ihnen zu danken. Diesmal gab es einen Obstkuchen. Vater hatte wegen des Besuches der Mutter etwas Wirtschaftsgeld gegeben, und sie hatte sich zähneknirschend in die Küche gestellt und den bestellten Kuchen gebacken. Vater wies den Soldaten die Stühle zu, auf die sie sich setzen sollten, aber sei es, weil sie ihn nicht verstanden oder nicht verstehen wollten, sie setzten sich neben Cornelia und Paula. Als die Mutter ihr Kuchenstück gegessen und den Kaffee getrunken hatte, stand sie vom Tisch auf und sagte, für sie gebe es noch zu tun, sie müsse sich entschuldigen. Der Vater nahm es zufrieden zur Kenntnis. Dann stand auch er auf und holte eine Flasche Wodka aus dem Wandschrank und drei Gläser. Er füllte sie und stieß mit den Soldaten an. Anschließend sprach er von der Rolle der Sowjetunion und der Roten Armee, die Hitler das Genick gebrochen habe. Er erklärte den Soldaten, welche Fehler Stalin gemacht habe, aber dass er dessen ungeachtet für ihn ein Held und Befreier bleiben würde. Zwischendurch forderte er Cornelia auf, das Gesagte zu übersetzen. Sie stotterte und murmelte einige Vokabeln, die beiden Russen schienen sie zu verstehen, jedenfalls nickten sie immer, aber vielleicht interessierten sie die Auslassungen des Schuldirektors nicht. Vater goss noch zweimal die Gläser voll und sprach voll Inbrunst den russischen Trinkspruch aus, die einzigen russischen Worte, die aus seiner Zeit der Kriegsgefangenschaft und des Umerziehungslagers geblieben waren.

Wenn ihr Vater sie zum Übersetzen aufforderte, brachte Cornelia die russischen Vokabeln nur stoßweise und mit schreckgeweiteten Augen hervor, was ihr Vater aber nicht bemerkte. Die Soldaten versuchten, eine Hand unter den Rock der Mädchen zu schieben. Die Mädchen konnten vor Schreck und Scham kaum atmen. Währenddessen sprach ihr Vater über die verbrecherischen Unternehmungen der amerikanischen Armee, die nur durch die Solidarität aller friedliebenden Kräfte zu verhindern seien. Erst als ihr Vater die Gläser nachgefüllt hatte, zogen die Soldaten ihre Hände unter den Röcken der Mädchen hervor, stießen mit dem Vater an und wiederholten lachend dessen russischen Trinkspruch.

»Es lebe die Rote Armee«, rief er laut und schlug begeistert mit der flachen Hand auf den Wohnzimmertisch. Sein Schnapsglas kippte um, und der Wodka ergoss sich über das neuaufgelegte Tischtuch. Zehn Minuten vor fünf Uhr standen die beiden Russen auf und deuteten an, dass sie in die Kaserne zurückmüssten. Vater sagte, die beiden Mädchen sollten die sowjetischen Freunde bis zum Kasernentor begleiten, um ihnen die gebotene Ehre zu erweisen, aber Cornelia gelang es, ihm weiszumachen, dass die beiden Soldaten dieses Angebot abgelehnt hätten.

»Nächsten Sonntag kommt ihr zwei wieder zu mir«, sagte der Vater in der Tür. Die Soldaten erklärten mit einigen Worten und vielen Gesten, dass sie in den nächsten zwanzig Tagen keinen Ausgang haben, aber danach gern zu ihrem deutschen Freund kommen würden.

»In drei Wochen«, rief der Vater laut, der von dem ungewohnten Wodka angetrunken war. »ich verlasse mich darauf, Sascha und Wanja, hört ihr! Übersetze es, Cornelia, los!«

Als die Russen gegangen waren, rannten die Mädchen in ihr Zimmer, warfen sich auf die Betten und heulten. Sie gingen nacheinander ins Badezimmer, um sich zu waschen. Die Innenseite von Paulas Oberschenkel war mit blauen Flecken übersät.

10.

Meine Seminargruppe erfuhr erst drei Monate später, dass ich von Hans geschieden war und Cordula bei ihm lebte. Christine war entsetzt und begann zu weinen, was ich lächerlich fand. Cordula war nicht ihr Kind, es gab für sie überhaupt keinen Grund, sich so aufzuführen, und das sagte ich ihr auch.

»Du bist herzlos«, erwiderte sie und sah mich dabei verschreckt an.

»Nein, bin ich nicht. Ich bin nur nicht sentimental. Nun komm endlich, wir haben Plastik.«

Ich genoss die ersten Wochen, in denen ich allein lebte, ich stand auf, wann ich wollte, ich ging spazieren, wie es mir einfiel, ins Kino oder zum Tanzen, wann immer mir der Sinn danach stand. Ich hatte mich zuvor nie nach einer Vorlesung in ein Café setzen können. Es gab nur noch einen einzigen Termin für mich, eine einzige Dringlichkeit, eine Priorität, und das war ich selber.

Ich vermisste Cordula, ich vermisste sie jeden Tag und jede Stunde, und doch war ich erleichtert. Sie war mein großes Glück, und sie war eine ständige Belastung, die meine Kräfte überstieg. Cordula suchte mich Nacht für Nacht heim. Wenn ich endlich eingeschlafen war, schreckte ich auf, weil ich ihre Stimme hörte, weil ich ihre Hand spürte und ihren Atem, weil ich sie rufen hörte.

Sechs Wochen nach der Scheidung war ich nach Leipzig gefahren, um sie zu sehen. Ich hatte meinen Besuch nicht angekündigt, ich fürchtete, Hans würde sonst mit der Kleinen wegfahren. Als ich vor dem vertrauten Haus stand, zitterte ich vor Aufregung. Ich klingelte, ich hörte die Stimme von Hans, der irgendetwas rief, dann machte eine unbekannte junge Frau die Tür auf und fragte, was ich wolle.

»Guten Tag. Ich möchte Cordula sehen«, sagte ich.

»Und wer sind Sie? Kommen Sie vom Kindergarten? Oder vom Rat der Stadt?«

»Nein. Ich heiße Trousseau, ich bin die Mutter von Cordula.«

Die Frau kniff die Augen zusammen und fixierte mich, dann wandte sie sich um und schrie gellend: »Hans! Hans, komm bitte.«

Sie blieb in der Türöffnung stehen und schob die Tür ein wenig zu. Als Hans kam und mich sah, grinste er. Ohne mich zu begrüßen, schickte er die Frau ins Haus.

»Ja, bitte?«, fragte er, als wäre ich ein Hausierer.

»Guten Tag. Ich möchte Cordula sehen.«

»Das geht nicht. Sie ist heute bei ihren Großeltern. Du hättest dich anmelden sollen.«

»Dann gehe ich bei deinen Eltern vorbei. Ich möchte mein Kind sehen.«

»Aber ich möchte das nicht. Ich will nicht, dass du sie belästigst, sie nicht und mich nicht. Und dass du sie sehen willst, das ist ja ganz etwas Neues.«

»Ich habe ein Recht darauf, sie zu sehen.«

»Natürlich. Aber das muss angemeldet und verabredet sein. Es gibt Regeln, meine Dame. Haben Sie nie davon gehört? Man kann sich nicht für ein Kind nur nach Gutdünken interessieren. Einschalten und abschalten nach Belieben, so geht das nicht. Wenn man sein Kind liebt, geht man anders mit ihm um, Paula.«

»Ich höre sie doch, Hans. Sie ist hier. Bitte, lass mich rein.«

»Nein, tut mir leid. Sie ist nicht da, und ich lass dich nicht rein. Auf Wiedersehen. Oder noch besser: Lebe wohl.«

Er verschloss die Tür, und ich ging zum Bahnhof und fuhr nach Berlin zurück. In der Bahn heulte ich hemmungslos und ließ mich auch nicht von einer mitreisenden Frau beruhigen.

Professor Tschäkel, in diesem Semester hatte ich Grafik bei ihm, stellte sich eines Tages neben meinen Tisch, schaute lange auf das Blatt, an dem ich arbeitete, und bat mich dann, in seine Sprechstunde zu kommen. Ich erkundigte mich, worum es gehe.

»Ich möchte mit Ihnen sprechen, Paula.«

»Es ist nur so, dass ich wenig Zeit habe, Herr Professor«, sagte ich.

»Fünf Minuten«, erwiderte er, »ich denke, Sie werden fünf Minuten Zeit für mich finden. Sagen wir morgen um elf?«

Ich meldete mich am nächsten Tag bei ihm. Ich kam eine Viertelstunde zu spät, er sollte nicht glauben, dass mir irgendetwas an einem Gespräch mit ihm läge. Er gab mir die Hand und sagte: »Machen wir eine preußische Eröffnung des Gesprächs, Paula. Ich mache mir Sorgen um Sie, Paula.«

»Das ist überflüssig, Herr Professor. Über mein Privatleben möchte ich mit Ihnen nicht reden.«

»Darum geht es nicht. Ich rede von Ihrem Studium, ich spreche von Ihren Arbeiten. Da gibt es neuerdings etwas, was mir nicht gefällt. Ich sehe eine Tendenz bei Ihnen, die mich verstört. Die mich unangenehm berührt. Es ist so ein harter Zug in Ihre Blätter gekommen, Ihre Zeichnungen wirken brutal. Als Sie zu uns kamen, hatten Sie bereits diese Neigung, aber es war auch Leichtigkeit und Spaß in Ihren Sachen zu sehen. Und die sind völlig verschwunden. Wollen Sie die Welt mit Ihren Blättern verbessern? Dann sollten Sie vielleicht etwas anderes studieren. Philosophie oder Wirtschaft oder Theologie, aber bitte nicht Kunst. Kunst ist nicht dafür geeignet. Wenn Sie predigen wollen, sollten Sie das Fach wechseln. Wenn Ihnen der Humor abhanden gekommen ist, dann sollten wir gemeinsam überlegen, welcher Beruf für Sie in Frage kommt, Paula. Mit einem Holzbein kommt der Artist nicht mehr aufs Seil, so ist das. Da muss er sehen, wie er seine Brötchen anderweitig verdient.«

Ich starrte ihn fassungslos an, ich verstand überhaupt nicht, wovon er sprach, und sah ihn wohl entgeistert an, denn plötzlich lächelte er aufmunternd: »Ich will Sie nicht fressen, Paula. Ich möchte Sie dazu bringen, dass Sie in aller Ruhe und ohne jedes Selbstmitleid sich über sich selbst klarwerden. Was Sie wollen, was Sie vorhaben und ob Sie sich möglicherweise auf einem falschen Weg befinden. Sie haben keinerlei Mitleid, Mädchen, Sie sind mitleidlos mit allen anderen Menschen, und aufgeschlossen nur für sich selbst. Sie sind ausschließlich um sich selbst besorgt. Auch wenn Sie glauben, dass Sie sich selbst gegenüber hart sind, das sind Sie nicht. Sie gehen rührselig mit sich um. Für einen Künstler bedeutet das das Ende.«

»Ich bin überhaupt nicht mitleidlos. Und ich habe Humor«, begann ich, aber Tschäkel unterbrach mich: »Lassen Sie es gut sein, Paula. Denken Sie darüber nach. Machen wir Schluss für heute. Auf Wiedersehen.«

»Sie sind unverschämt, Herr Professor. Sie knallen mir ein paar Ungeheuerlichkeiten an den Kopf, und dann werfen Sie mich aus dem Zimmer. Dass ich kein Mitleid habe, woher wollen Sie denn das wissen? Sie haben doch überhaupt keine Ahnung von mir. Sie wissen doch gar nicht, wie ich bin. Woher auch?«

»Ach, Sie sind sensibel? Mitfühlend? Romantisch? Eine Mimose vielleicht?«

»Nichts wissen Sie. Überhaupt nichts.«

»Doch, Paula, ich kenne Ihre Arbeiten, und Ihre Arbeiten verraten Sie. Das ist nun einmal so in der Kunst, man kann sich dort nicht verstecken. Sie sind zartbesaitet. Sie haben viel Mitgefühl, allerdings nur für sich selbst. Ach, dass die sensiblen Seelen immer mit Stiefeln durch unsere Herzen marschieren. Wer sagte das noch? Sicherlich eine uralte Erfahrung. Und nun gehen Sie bitte.«

Ich war unglaublich wütend, doch ich beherrschte mich, stand auf und verließ schweigend und ohne ihn noch einmal anzusehen, das Zimmer. Auf dem Flur kam mir eine Studienkollegin entgegen, die mich verwundert ansah.

»Alles in Ordnung, Paula?«, fragte sie.

Ich nickte und lief weiter, so schnell, dass mich keiner aufhalten konnte. Als eine alte Frau auf der Straße mich ansprechen wollte, drehte ich mich abrupt um und ging zum Eingang des Friedhofs der Georgengemeinde. Dort waren den ganzen Tag über kaum Menschen zu sehen, und die wenigen Alten, die sich dort aufhielten, schleppten ihre Gießkannen und hatten anderes zu tun, als sich um mich zu kümmern. Ich beruhigte mich und atmete tief durch. Ich setzte mich auf eine der alten Bänke und malte mit einem kleinen abgebrochenen Ast geometrische Figuren auf den Sandweg. Ich hasste Tschäkel. Er war arrogant und überheblich. Außerdem war es eine Marotte an dieser Schule, dass sie alle davon reden, die Kunst müsse heiter sein und leicht. Wir sollten spielerischer werden, als ob alle Kunst der Welt fröhliche Stimmung zu verbreiten habe. In der Vergangenheit jedenfalls hatte es ein paar Maler gegeben, bei denen die Bilder auch noch etwas anderes ausstrahlten als unaufhörliche Lebenslust. Ich wollte nicht Tschäkel-Bilder malen, sondern Paula-Bilder, und wenn meine Farben etwas düsterer waren als die von Tschäkel, so heißt das nicht, dass meine Bilder weniger wert waren.

Eine alte Frau lief an der Bank vorbei, sah mich an und schüttelte empört den Kopf. Ich hatte, ohne es bemerkt zu haben, begonnen, laut und fröhlich vor mich hin zu pfeifen, und verstummte, als mich der strafende Blick der schwarzgekleideten Alten traf. Ich stand auf, säuberte meinen Rock und den Anorak und ging nach Hause. Dort zeichnete ich drei Stunden ohne Pause, machte mir dann ein paar Brote in der Küche, schaute mir das Kinoprogramm in der Zeitung an und entschied schließlich, bei meiner Freundin Katharina vorbeizuschauen, die ich seit dem Sommer nicht mehr gesehen hatte.

11.

Ich klingelte gegen sieben Uhr an Kathis Tür. Sie war nicht allein, ein junger Mann saß in ihrer Küche. Wie Kathi mir zuflüsterte, sei er kein Freund, nur ein Bekannter, der ihr den Anschluss der Waschmaschine repariert hatte und nun nicht weggehe, weil er wohl auf eine besondere Honorierung hoffe.

»Dich schickt der Himmel«, flüsterte sie und umarmte mich, bevor sie mich in die Küche schob und mir ihren Bekannten vorstellte. Sie erzählte ihm, dass ich eine berühmte Malerin sei und gekommen wäre, weil ich Kathi porträtieren wolle.

»Porträt?«, fragte der junge Mann, »ganz nackt oder nur den Kopf?«

»Das werden wir sehen«, sagte Kathi und lachte, »in jedem Fall musst du jetzt gehen. Die Künstlerin will ohne Publikum arbeiten. Und nochmals danke, dass du die Maschine in Ordnung gebracht hast.«

Der Mann trank langsam seinen Tee aus und stand auf. Er schaute die beiden Frauen an und grinste.

»Schade«, sagte er schließlich, »ich wäre gern noch ein bisschen geblieben. Ich bin nämlich ein Kunstliebhaber.«

»Ein Liebhaber vielleicht, aber von Kunst hast du doch keine Ahnung«, erwiderte Kathi. Sie schob ihn aus der Küche hinaus, im Flur verabschiedeten sie sich ausführlich. Offenbar wurde er zudringlich, denn meine Freundin schrie auf, lachte dann sofort wieder.

»So ein Blödmann«, sagte sie, als sie wieder in die Küche kam. Sie setzte sich mir gegenüber, sah mich schweigend an und sagte schließlich: »Was gibt es für ein Problem, Paula? Du siehst nicht gut aus, du siehst Scheiße aus. Wie geht es deiner Tochter? Und deinem Göttergatten?«

»Mach mir einen Tee, Kathi«, sagte ich, »und falls du so etwas im Hause hast, dann gib mir noch einen Schnaps dazu. Ich kann es wirklich gebrauchen. Irgendwie bin ich wieder einmal dabei, mich zu sortieren.«

»Sortieren? Das heißt, es geht bei dir drunter und drüber?«

»So ungefähr«, sagte ich und begann zu erzählen.

Anfangs unterbrach mich Kathi gelegentlich und machte sarkastische Bemerkungen über Hans, aber als ich von Cordula berichtete und meinem Verzicht auf das Kind, sagte sie keinen Pieps mehr. Als ich alles berichtet hatte, sah sie mich nur schweigend an.

»Ja, so ist das«, sagte ich, »und jetzt gieß mir noch einen Tee ein.«

Sie stand auf und holte die Teekanne, dann räusperte sie sich, als ob sie etwas sagen wollte, aber sie streichelte nur meine Schulter.

»Das ist schlimmer als ein Beinbruch, wie?«, sagte ich und sah sie aufmunternd an. Und dann fragte ich: »Kannst du mich verstehen, Kathi, oder bin ich für dich ein Monster?«

»Natürlich verstehe ich dich. Du tust mir leid. Ich hoffe, du stehst es durch.«

»Ich stehe es durch, da mach dir keine Sorgen. Paula steht alles durch.«

»Ich weiß. Doch es gibt auch ein paar Dinge, die man auch dann nicht durchhält, wenn man sie übersteht.«

Sie sah mich dabei unverwandt an, dann schüttelte sie den Kopf, als wolle sie etwas verscheuchen: »Wollen wir zusammen etwas kochen?«

»Was hast du denn im Haus?«

»Der Kühlschrank ist voll, ich arbeite schließlich im Warenhaus. Ach, das habe ich dir noch gar nicht erzählt, weißt du, ich bin seit drei Monaten Chefdispatcherin.«

»Gratuliere. Das ging ja rasch nach oben für dich.«

»Ein Glücksfall. Mein Vorgänger hat unterschlagen und wurde erwischt. Er bekam ein halbes Jahr Gefängnis. Pech für ihn, und eine Chance für Kathi. Also, stellen wir zwei uns in die Küche? Hast du Lust?«

Sie holte für mich eine Schürze aus ihrem Wäschefach, und dann kochten wir eine Stunde lang. Ich bereitete einen Paprikasalat zu mit Käse- und Schinkenstückchen, während Kathi eine Kräutersuppe kochte, und gemeinsam machten wir anschließend einen Gemüsereis. Wir saßen in der Küche, redeten von Cordula und Hans, aber auch von Kathis Freunden und von unserer Schulzeit. An diesem Abend lachte ich so viel wie seit Jahren nicht mehr. Ich lachte, bis mir die Tränen kamen, und als ich es bemerkte, fing ich an zu heulen. Meine Freundin nahm mich in den Arm, und dann heulten wir zusammen, und auch das war schön. Sie streichelte mein Haar und sagte, dass ich rechtlich die Möglichkeit habe, gegen die Entscheidung des Gerichts Einspruch zu erheben, um Cordula zugesprochen zu bekommen. Sie habe gehört, man könne das auch noch nach Jahren machen, und wenn ich mit dem Studium fertig sei und Geld verdiene, hätte Hans keinen stichhaltigen Grund mehr, das Sorgerecht für meine Tochter zu beanspruchen. Ich sagte nichts dazu, ich wollte ihr nicht erklären, dass ich nicht Cordulas wegen weine, ich hätte ihr gar nicht sagen können, wieso ich in einen Heulkrampf hineingerutscht war und mich kaum beruhigen konnte. Irgendwann lachten wir wieder und kicherten wie kleine Mädchen. Als wir auf die Uhr schauten, war es schon kurz vor Mitternacht, und Kathi erschrak, denn für sie war um halb sechs die Nacht vorbei.

Sie sagte, sie müsse schnell ins Bett, sonst sei sie am nächsten Tag wie gerädert. Ich stand auf und wollte den Tisch abräumen, aber sie sagte, ich solle alles stehen und liegen lassen, sie würde morgen Abend die Küche aufräumen.

»Wenn du willst, kannst du bei mir übernachten«, sagte sie, »das ist vielleicht klüger, als jetzt durch die dunkle Stadt zu ziehen.«

Ich schaute überrascht zu ihr, sie sah unbefangen zu mir. Ich musste verschreckt gewirkt haben, denn sie lachte auf und fügte hinzu: »Keine Angst, Paula, ich fresse dich nicht.«

»Ich habe keine Angst«, sagte ich, »aber ich muss morgen früh in der Schule sein und vorher nach Hause, um meine Sachen zu holen. Außerdem, wenn du um halb sechs aufstehst, werde ich sicher wach und kann nicht mehr einschlafen.«

Ich hatte bereits meine Jacke angezogen, als ich es mir anders überlegte. Ich sah Kathi an, zog langsam die Jacke aus und sagte: »Es ist wirklich schon sehr spät. Ich denke, ich bleibe. Aber nur, wenn ich dich nicht störe.«

»Kein Problem«, sagte Kathi, »ich beziehe nur rasch eine Bettdecke für dich. Wenn du noch duschen willst, kannst du das inzwischen in der Küche machen. Du kennst dich ja aus.«

»Hast du auch ein Nachthemd für mich?«

»Sicher. Was bevorzugst du, knapp und sexy oder Baumwolle knöchellang? Du kannst es dir heraussuchen. Du findest sie hier im Schrank, zweites Fach.«

Während Kathi die Betten machte, wusch ich mich rasch in der Küche und zog mir ein geblümtes Nachthemd über, das noch von ihrer Oma stammte. Als Kathi mich in dem bodenlangen Nachthemd sah, zuckten ihre Mundwinkel. Einen Moment lang ärgerte ich mich, dass ich keins ihrer kurzen Hemden genommen hatte, sie sollte nicht denken, ich hätte Angst oder sei verklemmt. Doch dann sagte ich mir, dass ich auch sonst lieber in einem warmen Nachthemd schlafe und nicht ausgerechnet bei ihr einen winzigen Perlon-Fummel anziehen werde. Sie hatte ohnehin mit dem ersten Blick gesehen, wie es um mich stand, ihr konnte ich nichts weismachen.

»Müde?«, fragte Katharina, als sie ins Bett kam.

»Ja, sehr«, sagte ich.

»Ich auch«, erwiderte sie, »schlaf gut.«

Wir lagen stumm nebeneinander, sie atmete ganz ruhig, und ich glaubte schon, sie sei eingeschlafen, als sie mich fragte: »Woran denkst du? An Cordula?«

»Nein. An nichts. Ich denke an nichts.«

»Denk an was Schönes, Paula. An Frau Kaminski zum Beispiel. Weißt du noch, ein halbes Jahr lang haben wir bei der Topflappen häkeln müssen und Knopflöcher säumen. Die war komisch, die Alte. Sie war die einzige Lehrerin, die uns alle geliebt hat.«

»Ja, aber die war auch keine Lehrerin, keine richtige. Die unterrichtete nur Handarbeit an der Schule.«

»Und trug immerzu drei Unterröcke, auch im Sommer. Drei verschiedenfarbige Unterröcke.«

»Mich hat Handarbeit genervt.«

»Ja, du warst immer für das Höhere. Eine Künstlerin eben.«

»Nein, überhaupt nicht. Aber Stricken und Häkeln langweilte mich. Ich hatte schon damals nicht vor, mir Kleider zu schneidern oder dem Herrn Ehegemahl seine Hemdenknöpfe anzunähen.«

»Das wollen die aber. Kaum lerne ich einen neuen Typen kennen, bringt er mir seine Wäsche zum Flicken. Sobald die glauben, es sei eine feste Beziehung, bringen die ihre Hemden nicht mehr der Mama, sondern mir. Die erwarten das einfach.«

»Von mir nicht. Das habe ich ganz schnell geklärt, von Anfang an.«

»Das glaube ich dir gern. Du kannst dir die Typen auch aussuchen, so schön wie du bist.«

»Hör auf. Ich sehe scheiße aus, das hast du selber gesagt.«

»Das ist etwas anderes. Du hast in den letzten Monaten viel durchgemacht, aber das hat nichts damit zu tun, dass du wunderschön bist, Paula.«

»Hör auf damit. Außerdem halte ich mich überhaupt nicht für schön. Ich bin ein viel zu blasser Typ. Mir gefällt es, wenn Frauen wie das blühende Leben ausschauen, wenn sie etwas Strahlendes haben. Eine Frau sollte bezaubern können, aber ich sehe aus wie ein halb erfrorenes Vögelchen.«

»Das ist nicht wahr. Du bist eine richtige Schönheit, irgendetwas geht von dir aus. Ich weiß nicht, was es ist, aber ich glaube, das bemerkt jeder.«

»Ich habe davon nichts gemerkt. Lass uns jetzt endlich schlafen, Kathi. Müde sind wir beide, und du musst früh aufstehen.«

»Ich bin überhaupt nicht müde«, sagte sie. Sie drehte sich auf den Bauch, stützte sich mit beiden Unterarmen auf und sah mich an.

Durch das Fenster fiel so viel Licht, dass ich ihr Gesicht deutlich erkennen konnte. Sie sah mich prüfend an, aber es war mir nicht unangenehm. Ich wandte den Kopf nicht ab und schloss auch nicht die Augen, sah sie einfach nur an. Es war mir sehr angenehm, dass sie mich schön fand. Es war so lange her, dass es mir jemand gesagt hatte, und ich brauchte es. Die Jungen in der Seminargruppe schauten mir nach und versuchten, sich mit mir zu verabreden, und auf der Straße bemerkte ich die Blicke der Männer, aber das zählte nicht. Was mir fehlte, war jemand, der nur einfach sagt, dass ich schön sei. Hans hat in der ersten Zeit gesagt, dass er noch nie mit einer so schönen Frau zusammen war, doch das hörte schon Monate vor der Hochzeit auf, und dann hatte er immer nur etwas an mir herumzunörgeln. Manchmal hatte es ein Mann zu mir gesagt, ein Junge in der Berufsschulzeit oder an der Hochschule, oder irgendein Mann in einem Café oder beim Tanzen, aber das bedeutete nichts. Die Männer sagen das zu jedem Mädchen, mit dem sie ins Bett wollen, sie sagen es, wie man guten Tag sagt oder wie man jemanden freundlich grüßen lässt. Für sie hat es keinerlei Bedeutung, aber für mich war es mein ganzes Leben hindurch bedeutungsvoll. Ich brauchte es.

Ich sah unverwandt in Kathis Augen. Sie verzog keine Miene, als sie sich zu mir beugte und meine Augenbraue küsste. Einen Moment zuckte ich innerlich zusammen, ich weiß nicht, ob Kathi es bemerkte, doch ich blieb ruhig liegen und wehrte sie nicht ab. Sie zog den Kopf zurück und schaute mich wieder an, dann beugte sie sich nochmals zu mir und küsste meine Nase und eine Wange.

»Du bist schön, Paula«, sagte sie. Jetzt lächelte sie mich an, und als auch ich lächelte, drehte sie sich auf den Rücken, fasste nach meiner Hand und sagte: »So, und jetzt schlafen wir endlich. Ich habe morgen einen langen Tag.«

Es tat mir gut, mit Kathi so zusammen zu liegen. Sie nervte nicht, sie belästigte mich nicht, sie war nur bei mir. Sie liebte mich als eine gute Freundin, und sie gab mir das Gefühl, schön zu sein. Schade, dass Kathi kein Mann ist, mit ihr würde ich mich sofort zusammentun.

Ich löste meine Hand vorsichtig aus der ihren, dann richtete ich mich auf, beugte mich über sie und küsste sie auf den Mund.

»Ja, schlaf gut«, sagte ich.

Sekundenlang sahen wir uns an, dann legte ich mich zurück, drehte den Kopf zur Seite und schloss die Augen.

12.

Die nächsten Seminarstunden bei Professor Tschäkel ersparte ich mir. Drei Wochen lang ließ ich mich bei ihm nicht sehen. Ich hatte Christine gebeten, mich zu entschuldigen, und, um die Sache auf die Spitze zu treiben, gesagt, dass ich Cordulas wegen nicht kommen könne. Sollte er denken, was er wollte. Während seines Unterrichts war ich sogar zweimal in der Hochschule, um im Malsaal an einem Ölbild weiterzuarbeiten.

Seit zwei Jahren arbeiteten wir in Öl. Ich hatte kleinformatig begonnen mit einem Stillleben, aber seit meinem dritten Bild waren die Formate größer geworden, ich spürte, dass ich Platz brauchte. Das Öl brauchte den Platz. Bei Kohle und Bleistift reichten mir die Zeichenblockblätter, da tat es auch ein Skizzenblock oder die freie Ecke irgendeines Blattes, weder das kleine Format noch bereits vorhandene Zeichnungen engten mich dabei ein, ich skizzierte auf dem verbleibenden Raum, und die Begrenzungen bereiteten mir keinerlei Mühe. Wenn ich jedoch vor der Leinwand stand, war das völlig anders, und als ich mich bei Professor Waldschmidt mit meinem Wunsch nach großen Formaten durchgesetzt hatte und zum ersten Mal in meinem Leben eine mehr als ein Meter breite Leinwand grundierte, war ich glücklich. Als sie getrocknet war und ich mit Blei und Kohle hätte beginnen können, tat ich nichts anderes, als sie zu betrachten. Ich trat dicht heran, um die Struktur zu erkennen, dann ging ich ein paar Schritte zurück, um die gesamte Leinwand zu sehen, immer einen Stift in der Hand, um jederzeit mit den ersten Linien zu beginnen. Dieses Stück weißliche und gespannte Leinwand erschien mir wie eine Welt, die ich gestalten würde, die ich schaffen durfte. Ich wagte es in den ersten zwei Stunden nicht, auch nur einen einzigen, zaghaften Strich zu ziehen. Manchmal machte ich mit der rechten Hand eine Bewegung, als ob ich eine schwungvolle Linie zeichnen würde, eine Handbewegung, die über die gesamte Leinwand führte, doch die Kohle blieb dabei Millimeter über dem Stoff, berührte die weiße Fläche nicht, zerstörte nichts von dieser noch nicht geschaffenen Welt. Ich bemerkte, dass Professor Waldschmidt gelegentlich in meine Richtung schaute und beim Vorbeigehen einen Blick auf die Staffelei warf, doch er kam erst gegen Ende der Doppelstunde zu mir. Als er die leere Leinwand sah, lächelte er.

»Unschlüssig?«, fragte er.

»Nein.«

»Respekt? Angst? Hochachtung?«

»Ja. Das trifft es eher«, sagte ich.

Er nickte, stellte sich neben mich, legte einen Arm um meine Schulter und schaute mit mir auf die Staffelei.

»Das ist gut, Paula«, sagte er, »das ist die richtige Haltung. Ein weißes Blatt, eine leere Leinwand, das ist etwas Heiliges, das man zu berühren sich scheuen sollte. Es ist ein Tabu, verstehen Sie? Und ein Tabu, das heißt, groß oder gar nicht berühren. Bevor Sie den ersten Strich setzen, müssen Sie die Seele der Leinwand kennen, sie zu Ihrer Vertrauten machen. Schließlich wollen wir hier keine Farbkleckser ausbilden, sondern Maler. Es gefällt mir, dass Sie Hochachtung vor der Leinwand haben, von mir aus auch Angst. Das ist die Voraussetzung, wenn etwas entstehen soll. Wenn Sie anfangen, dann dürfen Sie das Bild noch nicht kennen, Sie dürfen überhaupt nichts von ihm wissen oder sehr wenig, denn nur so lassen Sie sich auf ein Abenteuer ein, statt nur auszuführen, was Sie ohnehin schon wissen und kennen. Aber eins muss in Ihrem Kopf sein: die Leinwand ist eine Kostbarkeit, die man nicht beflecken, nicht zerstören darf. Es ist heikel, sich dem Tabu zu nähern, Sie sollten es auf den Knien Ihrer Seele tun. Lassen Sie sich Zeit. Groß oder gar nicht, Paula!«

»Und wie weiter, Herr Professor? Was soll ich nun tun? Auf den Knien meiner Seele, wie Sie sagen.«

»Das liegt allein bei Ihnen. Jetzt muss das Handwerk hinzukommen und der Fleiß, dann ist alles beisammen. Denken Sie nach, schauen Sie sich gelegentlich die Leinwand an, wenn Sie in der Schule sind, schauen Sie einfach im Malsaal vorbei, wenn Sie einen Moment Zeit haben, und in der nächsten Stunde legen Sie los.«

Er drückte mich an sich, was mir unangenehm war. Um mich aus seinem Arm zu befreien, bückte ich mich, um einen Stift aufzuheben und dabei einen Schritt zurückzutreten. Er hatte so freundlich mit mir gesprochen, aber an der Art, wie er mich an die Schulter fasste, spürte ich, dass sein Interesse an mir weniger uneigennützig war, als er vorgab, oder nicht nur meiner Arbeit galt. Nach meinen Erfahrungen mit Tschäkel wollte ich keinen der Lehrer mehr zu nahe an mich heranlassen. Ich lachte Waldschmidt zu und nickte, dann packte ich meine Sachen zusammen und ging zu Veit, der hinter mir an seinem Mama-Bild arbeitete, einem sehr dunklen Porträt, bei dem allein die hellen Augen und die völlig weißen Hände herausstachen. An den unteren Rand der Staffelei hatte er drei Skizzen und ein Foto angeheftet, die in den drei Wochen, die er an dem Bild arbeitete, mit Farbspritzern übersät worden waren.

»Es ist zu fertig«, sagte er, »ich komme nicht mehr in das Bild rein, doch es ist nicht das, was ich will. Ich war zu schnell. Ich hätte mir anfangs mehr Zeit lassen müssen.«

»Es ist alles sehr klar. Sehr deutlich«, sagte ich.

»Ja, genau, das ist der Fehler. Und ich weiß nicht, ob das zu reparieren ist.«

Als Waldschmidt zu uns sah, legte ich meinen Kopf auf Veits Schulter, strich langsam mit zwei Fingern über seine Brust und tat, als ob ich in ihn verliebt sei. Veit war ganz verwirrt, als ich den Kopf wegnahm und ihn anstrahlte. Er lebte mit Doris zusammen, einer Studentin der Keramik aus dem zweiten Studienjahr, die in knöchellangen Baumwollröcken herumlief und bei uns den Spitznamen das Pfarrerstöchterlein bekommen hatte. Veit war ein netter Kerl von der Ostseeküste. Mit einem Mann wie ihm könnte ich nicht eine Woche zusammenleben, bei ihm war alles geordnet, er konnte zwischen Wichtigem und Unwichtigem trennen, er hatte so etwas wie einen Lebensfahrplan. Ich war mir sicher, dass er jederzeit Auskunft darüber geben könnte, was er in zwei Jahren, in fünf Jahren, in zehn Jahren machen würde. Und das für mich Gruseligste an dieser Vorstellung war die Gewissheit, er würde es ganz genau so auch erreichen. Ich verstand überhaupt nicht, wieso er Maler werden wollte, bei ihm war alles so korrekt, dass er nicht einmal ahnte, was eine das Leben verstörende Irritation sein konnte.

Vielleicht war mein Spielchen, das ich nur wegen Waldschmidt aufführte und bei dem er mir lediglich als Komparse diente, das verwirrendste Erlebnis des Jahres für ihn. In den folgenden Wochen versuchte er mehrmals, sich mit mir zu verabreden. Irgendwann traf er mich in einem Café in der Nähe meiner Wohnung, in dem ich manchmal Tee trank. Er kam an meinen Tisch und sagte, er müsse mit mir reden. Er behauptete, mich zu lieben, seit er mich zum ersten Mal gesehen habe, und redete dann unentwegt von seinen Gefühlen. Das bisschen Achtung, das ich noch für ihn aufbringen konnte, schwand in diesem Café endgültig. Irgendwann war er mit seiner Litanei fertig und bat mich dann mehrmals, ihm zu antworten.

»Da gibt es nichts zu sagen«, erwiderte ich und bemühte mich, nicht zu lächeln, weil ich dann losgelacht hätte. Ich sah ihn starr an und dachte mir, was bist du nur für ein Idiot, mein Junge. Er sagte ganz erschreckt und wehleidig: »Bitte, Paula! Du bist zu mir gekommen, du warst es, die mich angelächelt hat, die mich gestreichelt hat. Da kannst du jetzt nicht einfach sagen, dass dich alles nichts angeht. Ich liebe dich, Paula, und daran bist du schuld.«

»Schuld? Was meinst du damit? Ich fühle mich jedenfalls völlig schuldlos. Du hast dich verliebt, aber das geht nur dich etwas an, es ist etwas, was nur du empfindest. Was ich empfinde, das hat mit mir zu tun, und da bist du nicht dabei.«

»Und dass ich dich liebe, das bedeutet dir nichts?«

»So ist es. Genau so.«

»Du bist eiskalt, wie?«

»Nein. Ich glaube nur nicht mehr an diese schönen, angenehmen Lügen, das ist alles. Es ist ein Geschäft mit einigen Vorteilen und vielen Nachteilen für alle. Und ich habe beschlossen, nie wieder unter einer Liebe zu leiden. So ist das.«

»Und warum kamst du zu mir, Paula? Warum hast du das getan?«

»Was habe ich denn getan? Dir ging es schlecht, du warst mit deinem Bild nicht zufrieden, und ich habe versucht, dich etwas aufzumuntern. Mehr war da nicht. Der Rest hat sich in deinem Kopf abgespielt, damit hatte und habe ich nichts zu tun.«

»Du bist wirklich eiskalt, Paula. Und du legst dir alles so zurecht, dass es für dich passt. Du würdest bedenkenlos über Leichen gehen, nicht wahr? Hauptsache, Paula kommt zurecht.«

»Rede nicht so einen Unsinn, Veit. Du hast dich in mich verliebt, aber das ist deine Sache. Du hast irgendetwas gründlich missverstanden, weil du mich missverstehen wolltest. Du hast dir eingebildet, dass ich etwas für dich empfinde, weil ich einen Moment lang freundlich zu dir war, und da ich nicht tue, was du dir vorstellst, beschimpfst du mich. Das scheint ja wirklich eine große Liebe zu sein. Was erwartest du denn von mir? Du glaubst mich zu lieben, und schon stellst du Forderungen. Dafür bin ich wirklich die falsche Adresse.«

Er sagte kein Wort mehr, sah mich wütend an und verließ das Café, ohne sich nach mir umzusehen. Den Kaffee, den er getrunken hatte, musste ich bezahlen. Es tat mir leid, dass ich ihn verwirrt hatte, aber wenn Veit etwas unbedingt benötigte, dann war es eine aufwühlende, verstörende Erfahrung. Er sollte wenigstens einmal in seinem Leben etwas durcheinanderkommen, und dafür war ich genau die richtige Person. Er sollte mir dankbar sein.

13.

An meinem ersten großen Ölbild arbeitete ich über einen Monat. Ich hätte Tag und Nacht daran gearbeitet, wenn mich nicht die anderen Lehrveranstaltungen, die Vorlesungen, Seminare und Übungen, davon abgehalten hätten. Bei diesem Bild spürte ich wieder den Rausch des Malens, diesen Sog, den eine entstehende Arbeit in den glücklichsten Momenten bei mir auslösen konnte. Das waren die schönsten Stunden meiner Kindheit, wenn ich mit meinem Farbkasten aus dem Haus lief und über die Köhlerwiese zum Wald rannte. Ich legte dann den Block auf eine der alten Parkbänke, kniete mich davor und begann darauflozumalen. Alles um mich herum versank, ich vergaß die Familie, die Schule, jeden Ärger. Ich malte und war glücklich. Ich vergaß die Zeit, ich spürte nichts von dem harten und kalten Erdboden, auf dem ich kniete, ich war in meiner Welt und alles war gut. Wenn ich fertig war und aufstand, musste ich die Beine massieren, sie waren eingeschlafen und schmerzten, weil ich so lange Zeit gekniet hatte. Und wenn ich dann nach zwei oder drei Stunden wieder daheim erschien, störte mich nichts mehr. Selbst wenn Mutter schimpfte und Vater mir drohte, ich war ganz ruhig, sogar heiter und glücklich. Die Bilder habe ich meinen Eltern nie gezeigt, auch nicht meiner Schwester, ich malte sie nur für mich. Auch später erlebte ich manchmal diesen Sog, er kam immer ganz unvermittelt. Ich fing mit einem Bild an, und wenn es mir lange Zeit Schwierigkeiten machte und ich dann plötzlich die Lösung fand, wenn ich nach Stunden oder auch nach Tagen den Fehler entdeckte und einen neuen Weg sah, dann konnte es immer wieder passieren, dass ich alles um mich herum vergaß.

In den ersten zwei Jahren der Hochschule war es nie dazu gekommen. Wir mussten über unsere Arbeiten reden, auch über jene, die noch nicht fertig waren. Ich hasste es, wenn der Professor zu mir kam und ich ihm eine kaum begonnene Skizze erklären sollte, ein Bild, das ich selber noch nicht kannte. Und wenn ich dann ein paar unbeholfene Worte gesagt hatte und er zur nächsten Staffelei gegangen war, erschien mir meine angefangene Arbeit langweilig und dumm. Ich hatte meine Arbeit zerredet, ich hatte das, was mich an der Aufgabe reizte, in Worte zu fassen versucht und damit den Stachel dieser Arbeit zerstört. Es dauerte Stunden, ehe ich wieder einen Zugang fand, und manchmal konnte ich das Blatt für immer weglegen. Ich kann über meine Arbeiten nicht reden, ich konnte es nie, und wenn jemand vor mir über meine Bilder spricht, höre ich fassungslos zu, ich begreife nichts davon. Es ist sicher nicht falsch, was diese Leute sagen, aber es sind stets abstrakte Theorien. Ich höre ihnen zu, weil ich unfähig bin, auch nur drei zusammenhängende Sätze über ein Bild von mir zu sagen, zugleich könnte ich keinen einzigen Strich machen mit diesen Gedanken und Sätzen im Kopf.

Die Kunstgeschichte und mehr noch die Philosophie jedoch faszinierten mich. Ich diskutierte mit den Dozenten, ich las, was Philosophen über die Kunst und Malerei geschrieben hatten, und glaubte, mit diesen Kenntnissen besser zu verstehen, was Kunst sei und was einen Künstler ausmache. Ich war damals der Meinung, diese Gedanken würden mich befähigen, über das Handwerk hinauszukommen und zur Wahrheit der Kunst vorzudringen, zu ihrem Geheimnis. Ich war überzeugt, die Philosophie sei der Schlüssel, um mir das Unsagbare der Kunst aufzuschließen, um mir die Aura eines Bildes zu erklären, all das, was der Betrachter sah und vielleicht fühlte, aber nicht mit Worten beschreiben konnte. Alles, was ich las, war klug und richtig, ich unterstrich fast jeden zweiten Satz und schrieb mir aus den geliehenen Büchern ganze Seiten ab. Irgendwo fand ich die Formulierung »hinter das Bild kommen« und schrieb mir diese Worte auf ein Blatt, das ich an die Wand neben meinen Flurspiegel heftete. Hinter das Bild kommen, das war damals für mich ein Schlüsselsatz, und ich war so dumm, dass ich glaubte, mir würden die Bücher, die ich in dieser Zeit las, dabei helfen. Ich dachte wirklich, man könnte etwas von dem Geheimnis der Kunst begreifen, wenn man alles las, was kluge Männer darüber geschrieben hatten, aber alles, was ich damit erreichte, war eine vollständige Malblockade. Das zweite Studienjahr war für mich verlorene Zeit, die philosophischen und kunsttheoretischen Bücher hatten mich unfähig gemacht, auch nur ein brauchbares Bild zu zeichnen. Die Lehrsätze lagen zentnerschwer auf meiner Hand, alles, was ich begann, war kraftlos, hatte keinen Schwung. Ich hatte mich selbst torpediert, ein Volltreffer. Ich brauchte nur zu einem Stück Kohle greifen oder dem Bleistift, und schon meldeten sich in meinem Kopf die klugen Sätze, mit denen ich ihn angefüllt hatte, doch Bilder entstanden nicht mehr in mir. In meinem Kopf gab es nur noch Worte, Sprachhülsen. Ich weiß nicht, ob es so etwas überhaupt gibt, aber ich fühlte mich vollkommen abstrakt. Ich wusste, wie ein erster Strich zu führen war, aber wenn ich mit dem Stift über das Blatt ging, brach die Linie sofort ab. Um einmal über ein gesamtes Blatt zu kommen, hatte ich dreimal anzusetzen. Es war, als wäre irgendetwas in mir zerbrochen. Meine Lehrer waren sehr geduldig mit mir, vielleicht, weil sie bemerkten, wie unzufrieden ich selbst war. Was ich zeichnete und malte, lebte einfach nicht. Es war alles tot, was ich zu Papier brachte, leblos. Es war nie falsch, es war sogar völlig richtig, aber es fehlte dieses kaum zu benennende Etwas, das ein paar Kohlestriche zu einem Bild macht.

Es dauerte ein halbes Jahr, bis ich mich von den Kunsttheorien wieder frei gemacht hatte. In dieser Zeit entwickelte ich eine Aversion gegen Bücher, ich hatte das Gefühl, dass die Schrift meine Bilder zerstört, dass alle Sätze mich in eine unsinnige Welt führen. Acht Monate lang fasste ich kein Buch an, ich vermied es auch, Zeitungen oder Romane zu lesen, und bei den Bildbänden übersah ich die Erläuterungen und schaute ausschließlich auf die Abbildungen. Erst im dritten Studienjahr hatte ich meine Verirrung in Theorien überwunden, die Bilder begannen wieder zu leben. Ein ganzes Jahr hatte ich es vermieden, mit Öl zu arbeiten, mein Verhältnis zu den Farben war gestört, ich hätte allein mit den Tuben Schwarz und Weiß gemalt, und für solche Bilder reichten Blei und Kohle. Ich kam mir vor wie neu geboren, als ich endlich wieder mit Freude vor der Leinwand stand, eine Tube öffnete und Farbe auf die Palette drückte.

Drei Monate später begann ich mit meiner ersten großen Leinwand, ein Landschaftsbild, eine Waldlichtung mit zwei Parkbänken, im Hintergrund ein winziger Fluss und eine Häuserzeile. Zuvor hatte ich fast fünfzig Skizzen gemacht, einiges hatte ich in einem Park in Pankow gezeichnet, andere Blätter in einem Dorf bei Berlin, die restlichen Zeichnungen entstanden aus der Erinnerung. Das Ölbild war fast monochrom, es gab alle Stufungen von Grün und einige wenige Brauntöne, die anderen Farben waren fast nur mit einer Lupe zu erkennen. Von Waldschmidt bekam ich so etwas wie ein Lob, das erste seit zehn Monaten. Er war gelegentlich zu mir gekommen, hatte sich das Bild angeschaut und mich auf irgendeine Kleinigkeit hingewiesen, aber als ich schon fast fertig war, schaute er sich meine Landschaft lange an, dann wandte er sich zu mir, lächelte und sagte: »Na endlich, Paula.«

Er verlor auch später nie wieder einen Satz darüber, aber diese Bemerkung machte mich glücklich. Ich verstand, was er mir damit sagen wollte, und ich war ihm dankbar, weil er mich in dem ganzen vergangenen Jahr nicht aufgegeben hatte. Er hatte an mich geglaubt, obwohl ich ihn und die ganze Schule mit meinen leblosen Zeichnungen sicher genervt hatte. Wenn er an diesem Tag mehr als diese zwei Worte gesagt hätte, wenn er mich angefasst hätte, ich glaube, ich wäre sofort mit ihm ins Bett gegangen.

Zu der Zeit hatte ich bereits mit den Vorarbeiten für das nächste Ölbild begonnen, und als ich die Waldlichtung beendet hatte, die gerahmte Leinwand von der Staffelei nahm und an die Wand des Malsaals lehnte, stellte ich den neuen Rahmen hoch und skizzierte sofort die Umrisse eines weiblichen Akts auf der grundierten Leinwand. Ich hatte Skizzen von Kathi gemacht. Ich hatte sie im Oktober gefragt, ob sie für mich Modell sitzen würde, und sie hatte sofort eingewilligt. In der Hochschule konnte sie nicht für mich sitzen, sie hatte nur am Abend und am Wochenende Zeit, und so hatte ich sie in ihrer Wohnung gezeichnet. Sie hatte mir nackt oder halbnackt auf dem Bett, dem Sessel oder dem Badhocker gesessen, unentwegt geschwatzt, während ich zeichnete. Wenn ihr kalt geworden war oder sie eine Pause brauchte, zog sie ihren Bademantel an, und wir gingen in die Küche, um Tee zu kochen. Jedes meiner Blätter gefiel ihr. Irgendwann sagte sie zu mir, sie habe sich beim Betrachten meiner Zeichnungen in ihren eigenen Körper verliebt.

»Das geht mir auch so«, sagte ich spontan. Dann wurde ich verlegen und korrigierte mich rasch: »Ich verliebe mich immer in meine Modelle. Anders kann ich gar nicht zeichnen. Ich muss sogar einen Baum oder eine Straße lieben, wenn ich sie aufs Blatt bringen will, anderenfalls schaffe ich es nicht, dann bleibt es totes Zeug.«

Kathi zog ein Blatt heraus und hielt es mir unter die Nase.

»Schön, nicht? Ich sehe gut aus auf dieser Zeichnung. Das ist richtig zum Ausstellen. Nur diese Linie stört, das ist eine Speckfalte, die hast du dazugedichtet.«

»Habe ich nicht.«

»Dann zeig mir, wo ich fett sein soll. Zeig es mir.«

Sie schob den Bademantel beiseite und streckte den Hintern heraus.

»Hör auf, Kathi. Das ist kein Fett, das ist eine völlig normale Hautfalte, die sich bei jedem Menschen bildet, wenn er sich so hinsetzt, wie du auf dem Bild.«

»Das ist eine Speckfalte, und ich bin nicht fett. Die hast du nur dazugemalt, weil ich sonst zu schön wäre.«

Und dann lachten wir, bis uns die Tränen kamen.

An dem Ölbild arbeitete ich nach meinen Skizzen. Zweimal kam Katharina am Wochenende für ein paar Stunden in die Hochschule, um Modell zu sitzen, ich hatte sie darum gebeten, da mir meine Zeichenblätter nicht ausreichten, um das Bild fertigzustellen. Ich konnte die große Leinwand nicht durch die Stadt transportieren, um in ihrer Wohnung zu malen, außerdem war ihr Zimmer dafür zu klein. Als ich das Bild beendet hatte, rief Waldschmidt die Studenten des Malsaals zusammen und sprach fast eine Viertelstunde über meinen Akt. Er erhob einige Einwände, aber insgesamt lobte er meine Arbeit. Eine solche Kritik vor allen Kommilitonen war eine große Auszeichnung, so etwas kam nur drei-, viermal im Jahr vor und wurde von allen Studenten entsprechend registriert. Ich stand während seiner Ansprache neben der Staffelei und wagte nicht, den Kopf zu heben.

Meine nächste Arbeit in Öl war der Kopf eines alten Mannes. Das Modell war ein Alter, der zu uns in die Schule kam, wann immer man ihn brauchte, ich musste ihn schon bei der Aufnahmeprüfung zeichnen. Mit dem Modellstehen verdiente er sich ein paar Mark dazu. Er war sehr dünn und besaß einen durchtrainierten Körper, bei dem man jede Sehne und jeden Muskel sehen konnte. Wie er uns erzählte, drillte er jeden Tag zwei Stunden lang den Körper, um seine Figur zu behalten. Ihm waren die Aktstudien am liebsten. Wenn wir nur seinen Kopf oder seinen Rücken zeichnen sollten, und er sich nicht ausziehen musste, beklagte er sich und redete über seinen Körper, den er für ein Kunstwerk hielt. Ihm machte es Spaß, sich vor den Studentinnen auszuziehen, für ihn war es offensichtlich erotisch, sich der jungen Frauen nackt zu präsentieren, und ein besonderes Vergnügen war es für ihn, wenn bei einer Sitzung sein Glied steif wurde. Keiner von uns redete auch nur ein Wort mit ihm, wir fanden ihn abstoßend und ekelhaft, aber das störte ihn nicht, er war von sich selbst begeistert.

Der Kopf des Alten misslang mir. Das Bild war sehr genau, vielleicht viel zu genau, aber weder die Farben noch der Gesamtausdruck erzählten etwas. Selbst die Bildaufteilung erschien mir missglückt. Ich hatte ihn ohne Augen gemalt, auf meinem Bild hielt er den Kopf leicht geneigt, der Blick war nach unten gerichtet, so dass nur seine Augenlider zu sehen waren. Das Bild wurde beherrscht von seiner schmalen Glatze, es sollte, unausgesprochen, die Rembrandt-Studie eines Jünglings zitieren, dessen Schädel in ähnlicher Haltung skizziert war, aber das bemerkte keiner, weder Waldschmidt noch einer der Studenten. Es war einfach ein langweiliges Bild geworden, und meine Versuche, es mit kühnen Farbflecken interessanter zu machen, nahmen dem Bild die Glaubwürdigkeit. Es war alles in Ordnung, es gab nichts an ihm auszusetzen, es war langweilig. Vielleicht lag es daran, dass mir das Modell unangenehm war. Ich fand den alten Mann widerlich. Vielleicht musste ich meine Modelle wirklich lieben, so wie ich es Kathi gegenüber behauptet hatte.

Waldschmidt blieb vor meiner Staffelei stehen, ich verzog verzweifelt das Gesicht und machte eine entschuldigende Geste.

»Was ist?«, fragte er, »kommen Sie mit der Aufgabe nicht zurecht?«

»Ich bin nicht zufrieden. Es ist einfach nicht mein Bild geworden. Das Modell hat mich nicht interessiert.«

»Und mich wiederum interessiert es überhaupt nicht, ob Sie mit dem Modell etwas anfangen können. Wenn Sie malen, werden Sie Aufträge annehmen müssen. Und Sie werden nicht nur die Aufträge annehmen können, bei denen Ihnen das Modell zusagt. Das gehört zu dem, was ich

Ihnen beibringen muss: auch ein saurer Apfel muss auf die Leinwand, wenn es ein Auftraggeber will, und zwar so, dass Ihr Auftraggeber und vor allem Sie selbst zufrieden sind. Schauen Sie sich die Malgeschichte an, die Geschichte der Kunst ist eine Geschichte von Auftraggebern. Das wird immer gern übersehen, weil es als anrüchig gilt, als unkünstlerisch, aber das gehört zum Handwerk. Wenn Sie das nicht lernen, verhungern Sie. Und dieses Stück Leinwand hier, das stecken Sie ganz schnell weg. Diesen Dreck will ich gar nicht gesehen haben.«

Er hatte halblaut mit mir gesprochen, so dass die anderen von seiner Philippika kaum etwas mitbekommen hatten, wofür ich ihm dankbar war, und ich war auch erleichtert, endlich das Bild wegpacken zu können. In den folgenden Wochen aquarellierte ich und zeichnete mit Kohle, ich brauchte Zeit.

14.

Drei Wochen nach der Scheidung hatte ich mit meinem Winterbild begonnen.

Ich hatte keinen Mann mehr, der sich fortwährend darüber beklagte, dass ich nicht bei ihm lebe, und es gab auch keine Cordula mehr, die meinen Nachmittag und Abend beanspruchte. Jetzt hatte ich Zeit und arbeitete wie noch nie. Die Arbeit half mir, den Verlust der Tochter zu ertragen. Ich blieb länger als die anderen Studenten in der Hochschule, dann ging ich nach Hause, kaufte unterwegs das Nötige ein, aß etwas und setzte mich wieder an den Zeichenblock. Manchmal zwang ich mich auszugehen. Ich besuchte ein Theater oder Kino, saß verloren zwischen den Paaren und bemühte mich, der Geschichte zu folgen, was mir kaum gelang, da meine Gedanken, sobald ich nicht mit meinen Bildern beschäftigt war, um Cordula kreisten. Gelegentlich sehnte ich mich nach einem Mann, aber ich war erleichtert, allein zu leben. Ich war sehr zufrieden, die Geschichte mit Hans hinter mir zu haben. Meinen Eltern hatte ich es in einem Brief mitgeteilt. Ich hatte ihnen geschrieben, das Gericht habe Cordula Hans zugesprochen, ich wollte ihnen nicht erzählen, wie es in Wirklichkeit gewesen war, sie hätten es nicht verstanden und es ginge sie auch nichts an. Vater schrieb, dass ich ein schlechter und gefühlskalter Mensch sei, eine Egoistin, und das sei ich schon immer gewesen. Diesen Brief beantwortete ich nicht, und als Mutter sich drei Wochen später schriftlich meldete und fragte, ob ich gekränkt sei, schrieb ich den beiden ganz unbefangen zurück und ging mit keinem Wort auf ihre Vorwürfe und Beschimpfungen ein. Was wussten sie schon von mir? Ich glaube nicht, dass sie auch nur ahnten, wie es dem kleinen Mädchen gegangen war, das vor Jahren bei ihnen lebte. Es hatte sie damals nicht interessiert, und so gab es für mich keinen Grund, ihnen zu erzählen, wie mir heute zumute war. Ich schrieb ihnen lediglich, dass ich Cordula vermissen würde, denn ich wusste, das könnten sie verstehen und würde ihnen gefallen. Dass ich Cordula aber nicht nur vermisse, sondern dass ich gleichzeitig auch erleichtert war, könnte ich ihnen nie erklären, und so beließ ich es bei der halben Wahrheit.

Ich hatte mir fünf Schachteln Schlaftabletten zusammengekauft, manchmal spielte ich mit ihnen spätabends, ich baute sie auf dem Tisch auf, nahm sie aus der Schachtel, legte sie nebeneinander in eine Reihe und schaute sie minutenlang an. Ich sagte mir, dass ich immer auch diese Möglichkeit habe, dass mir dieser Ausweg stets offenstehe, und dann packte ich die Tabletten wieder in die Schachtel und war erleichtert. Wenn ich sie anschaute, wich der

Druck, und ich wurde ganz heiter. Sie bedeuteten für mich eine Möglichkeit, mehr nicht, eine Möglichkeit, alles zu bestehen, zu überstehen. Vielleicht sind die Tabletten für mich das, was für einen gläubigen Menschen Gott ist, bei dem man zeitweise Trost findet, zu dem man flüchten, bei dem es etwas gibt, das einen retten kann, oder von dessen Hilfe man zumindest überzeugt ist. Wenn einer gläubig ist, dann ist es gleichgültig, ob es Gott oder den Heiligen wirklich gibt, es ist der Glaube, der ihm hilft. Und mir hilft die Existenz dieser Tabletten, sie sind meine feste Burg, die kleinen Schachteln sind mein Schirm und Stecken, wie es in der Kirche heißt. Ich will und werde sie nie schlucken. Ab und zu hole ich sie hervor, um mich zu beruhigen, um mich von ihrer Anwesenheit zu überzeugen, um das Verfallsdatum zu kontrollieren. Ich habe keinerlei Todesgedanken, wenn ich sie in die Hand nehme, im Gegenteil, die Schlaftabletten machen mir Mut. Schön, dass es diese kleinen Pillen gibt, ein wundervolles Geschenk der Wissenschaft, das Beste seit der Erfindung der Liebe, und ihre höchst notwendige Ergänzung, ein Lebenskorrektiv. Corriger la fortune lautete eine Vokabel, die ich im Französischunterricht zu lernen hatte, es war etwas anderes damit gemeint, aber bei mir heißen so diese kleinen blassen Pillen. Aus Versehen habe ich einmal diesen Namen zu einer Apothekerin gesagt, sie hatte mich zum Glück nicht verstanden.

Es gab und gibt keinen Menschen, mit dem ich darüber sprechen kann. Mit Hans habe ich nie versucht, darüber zu reden. Gedanken an den Tod vermied er, und über den eigenen Tod nachzudenken oder gar zu sprechen erschien ihm verstiegen, er meinte, mit dem eigenen Tod habe man nichts zu schaffen, er sei das Problem der anderen, der Übriggebliebenen. Kathi ist viel zu lebenslustig, sie würde mich auslachen. Sie ist eine kräftige Person, bei ihr gibt es keine einzige faule Stelle. Der einzige Mensch, mit dem ich darüber reden könnte, ist meine Schwester, aber sie ist auch der einzige Mensch, mit dem ich keinesfalls darüber sprechen werde. Den alten Mann, den sie geheiratet hat, liebt sie nicht, aber es ist ihr nicht möglich, sich von ihm zu trennen. Das Einfamilienhaus in Altenburg hatten sich die beiden selbst gebaut, vom Munde abgespart geradezu, schon das allein macht den Gedanken an eine Trennung unmöglich. Diese Ehen werden durch ein Häuschen und einen gepflegten Vorgarten zusammengehalten. Irgendwann wird Cornelia sich umbringen, das steht für mich so fest wie das Amen in der Kirche. Um das Elternhaus zu verlassen und auf eigenen Füßen zu stehen, hätte sie auch einen Hundertjährigen geheiratet. So war sie aus einer Falle in die nächste gestolpert. Um aus ihrem Elend herauszukommen, hätte Cornelia mehr Kraft aufbringen müssen, als sie je besaß. Einmal musste ich ihre Ehegeschichte anhören, ich habe es danach immer vermieden. Mit Cornelia über mein corriger la fortune zu sprechen, das wäre vermutlich wie eine Einladung zum gemeinsamen Selbstmord.

Ich bin unglücklich, dass Cordula nicht bei mir lebt. Ich bin froh, dass Cordula bei ihrem Vater aufwächst. Ich hoffe, es geht dir gut, mein kleines Mädel. Verzeih mir. Vielleicht werden wir uns einmal begegnen. Vielleicht treffen wir uns, wenn du erwachsen bist, davon träumte ich manchmal. Ich träumte davon, dass wir zwei einmal Freundinnen werden. Dass wir, eben weil wir dann zwei erwachsene Frauen sind, Freundinnen werden. Ich weiß, es wird nicht passieren, du wirst mich nicht kennenlernen wollen. Du hast mich aus deinem Leben gestrichen.

Ich genoss es, nach Hause zu gehen und in einer leeren Wohnung anzukommen. Ich versäumte nichts, ich verspätete mich nie, ich konnte mich gar nicht mehr verspäten.

Ich hatte plötzlich so viele Ideen, ich platzte vor Energie und Einfällen. Und ich arbeitete, um meinen Kopf zu beschäftigen.

Das Winterbild hatte ich lange vorbereitet, ich hatte noch für keins meiner Bilder, auch nicht für meine fünf großen Ölbilder, so viele Vorstudien betrieben. Ich hatte Entwürfe gezeichnet, einige Blattaufteilungen und dutzendweise Details gestrichelt, die ich verwenden wollte, oder Skizzen gemacht, um eine Möglichkeit auszuprobieren. Als ich schließlich vor die Leinwand trat, benutzte ich diese Blätter nicht, ich hatte die Zeichnungen irgendwo im Kopf, aber nun war alles anders und ich hatte mich einem völlig anderen Format, einer anderen Herausforderung zu stellen. Wenn das Leinen gespannt und grundiert war, setzte ich mich davor und starrte auf die weißliche Fläche. Das waren die kostbarsten, die schönsten Augenblicke mit einem Bild. Nichts war zu sehen, alles war offen, die Vollkommenheit war greifbar und möglich. Ich malte das Bild allein mit den Augen. Mein Blick schweifte über die Leinwand, setzte imaginäre Striche und Punkte, pladderte die Farben heftig und großzügig auf den Stoff, um im nächsten Moment und mit einem Wimpernschlag alles wegzuwischen und neu zu beginnen. In diesen Stunden war ich am liebsten allein. Daher setzte ich mich meistens gegen Abend in den Malsaal, wenn die anderen gegangen waren. Ich weiß nicht, ob mir diese Meditationen vor der weißen Leinwand wirklich halfen, ob sie eine notwendige Vorbereitung waren oder nur überflüssige Spielerei, aber da ich diese Stunden genoss, gewöhnte ich mir auf der Schule diesen Arbeitsbeginn an. Wann immer ich ein großes Format wählte, spannte ich die Leinwand auf den Rahmen, grundierte sie und saß nach dem Trocknen stundenlang vor dem noch unbefleckten Bild und überließ mich meinen Fantasien. Bei meinem Winterbild verging eine ganze Woche, ehe ich mich in der Lage fühlte, die ersten vorsichtigen Kohlestriche anzusetzen. Ich malte die Waldlichtung, die bereits auf meinem ersten großen Ölbild zu sehen war. Diesmal war es ein anderer Ausschnitt, ein anderer Blickwinkel, vor allem aber war es eine Landschaft im Winter. Alles war verschneit, es gab keinerlei menschliche oder tierische Spuren, die Farben waren vorhanden, aber unter dem winterlichen Weiß versteckt, sie waren nur zu ahnen. Ein dunkles Grün in vielen Schattierungen und einige Brauntöne versuchten, unter der weißen Decke hervorzubrechen, diese nur angedeuteten dunklen Farben kontrastierten die Bäume, die Parkbänke und die Wege.

Waldschmidt schaute jede Woche einmal auf meine Staffelei. Er lächelte mir aufmunternd zu, sagte aber nur wenig, und was er anmerkte, betraf lediglich Details. Es schien, als warte er ab. In der vierten Woche sprach ich ihn an, er sollte endlich einmal sein großes Schweigen aufgeben und mir etwas sagen.

»Sind Sie denn fertig?«, fragte er zurück.

»Ich weiß es nicht«, sagte ich, »jedenfalls komme ich nicht mehr weiter. Vielleicht ist es nicht fertig, aber es ist zu Ende.«

»Und? Ist es das, was Sie wollten, Paula?«

Ich schaute auf mein Bild und schüttelte den Kopf.

»Es ist alles in Ordnung«, sagte er, »eine gute Arbeit. Ein paar neue Töne von Ihnen, ein paar Reminiszenzen an die Holländer, eine tiefe Verbeugung, eine etwas zu tiefe Verbeugung vor Corot, aber davon abgesehen, ist alles in Ordnung. Ein paar Kollegen werden an Ihrem Menschenbild herummäkeln. Sie haben nicht eine Person im Bild, ein Mensch ist nicht einmal zu ahnen, das wird nicht allen gefallen. Doch ansonsten gibt es nichts auszusetzen. Eine gute Bildaufteilung, eine schöne Spannung, handwerklich gut bis sehr gut. Was hatten Sie denn vor, Paula? Warum sind Sie nicht zufrieden?«

»Ich weiß es nicht. Ich träumte von einem weißen Bild.«

»Ich verstehe. Dann gibt es allerdings noch entschieden zu viele Farben. Ein weißes Bild, ein monochromes Bild, na ja, das sind Anfängerträume, meine Liebe, eine hübsche Idee, die sich nicht verwirklichen lässt. Weiß, das ergibt kein Bild, keine Spannung, es hat keine Kraft. Es wäre langweilig, und das darf Kunst nie sein.«

»Es war aber nicht langweilig, ich habe es gesehen.«

»Ich sehe es nicht. Wenn Sie mich überzeugen wollen, dann müssen Sie es malen.«

Er sah mich an und lächelte. Er amüsierte sich über mich. Ich werde es dir zeigen, dachte ich mir, ich werde dir beweisen, dass es möglich ist, dass ich es kann.

15.

Eine Woche später fuhr ich mit meiner Studiengruppe und dem zweiten Studienjahr für zwölf Tage zu einem Pleinair in der Nähe von Prerow auf den Darß. Wir waren im Ferienhaus einer Werkzeugmaschinenfabrik untergebracht, mit der die Hochschule seit Jahren einen Vertrag hatte. Alle halben Jahre gingen einige Studenten in die Fabrik in Schöneweide, porträtierten die Arbeiter, machten Skizzen in den Fabrikhallen, und zum Abschluss gab es eine große Ausstellung in der Werkskantine. Dafür stand der Hochschule in der Vor- und Nachsaison für ein paar Wochen das Ferienhaus der Fabrik zur Verfügung. Ich hatte eins der wenigen Einzelzimmer bekommen, ich hatte darum gebeten und es dann zu meiner eigenen Überraschung erhalten. Ich teile ungern mein Zimmer mit anderen, ich brauche Distanz, und ein Zimmer zu zweit, zumal mit einer Person, die ich kannte und daher nur bedingt auf Abstand halten konnte, empfand ich als Belästigung.

Wir frühstückten gemeinsam, dann verschwanden alle, um sich draußen einen Malplatz zu suchen. Das Wetter spielte mit, das Wasser war noch eiskalt, aber die Frühlingssonne wärmte bereits, so dass ich mit kurzen Hosen umherlaufen konnte. Es gab nur einen einzigen verregneten Tag.

Zwei Tage malte ich die alten Katen, zwei weitere Tage die Fischerkähne, die auf dem Prerower Strom ankerten, dann versuchte ich der idyllischen Landschaft zu entkommen, die mich lähmte. Ich borgte mir ein Fahrrad, um die Halbinsel und den Darßer Urwald zu erkunden und nach für mich geeigneten Flecken zu suchen. Jeden Morgen packte ich die Fahrradtaschen mit meinen Malsachen voll, machte mir am Frühstückstisch ein paar Brote und verließ das Ferienhaus, um erst am späten Nachmittag zurückzukommen. Ich arbeitete mit Blei und Kohle und aquarellierte, ich war fleißig und zeichnete und malte ununterbrochen. Abends stellten wir einige unserer Arbeiten im Klubraum aus, und Waldschmidt und Oltenhoff, die beiden mitgereisten Professoren, begutachteten sie und gaben Hinweise und Ratschläge. Das Pleinair war für uns alle ein wunderbarer Arbeitsurlaub, und ich genoss es, die ganze Zeit, von keiner Verpflichtung abgelenkt, mich irgendwo hinzusetzen und völlig ungestört zu malen.

Im Quartier gab es einige Aufregung, weil eins der beiden Studentenpärchen sich trennte. Olivia, die seit drei Jahren mit Bernd zusammen war, begann in Prerow ein Verhältnis mit einem Studenten aus dem zweiten Studienjahr und hatte nichts Besseres zu tun, als es Bernd umgehend mitzuteilen. So kam es im Ferienhaus zu lautstarken

Auftritten und am Frühstückstisch gab es einige Peinlichkeiten.

Und dann gab es den unvergesslichen Auftritt von Rita. Sie war in Professor Waldschmidt verliebt, was in der Hochschule alle seit Jahr und Tag wussten, und seit er sich vor einem halben Jahr hatte scheiden lassen, intensivierte sie ihre Bemühungen. Waldschmidt interessierte sich überhaupt nicht für sie, doch sie machte ihm unaufhörlich Avancen, worüber sich die ganz Hochschule amüsierte. Rita tat mir leid, aber ihr war nicht zu helfen.

Der Auslöser war eine abendliche Geburtstagsfeier, es wurde Bier und Wein getrunken, die Stimmung war ausgelassen. Rita verließ die Runde sehr früh und ging nach oben in ihr Zimmer. An dem Abend hatte sie wenig gesagt und Waldschmidt mit den Augen verschlungen. Als sie aufstand und zur Treppe lief, hatte sie erkennbare Mühe, in ihren hohen Stöckelschuhen zu gehen. Rita war das einzige Mädchen, das Stöckelschuhe und feine Garderobe in das Ferienheim mitgenommen hatte. Eine Stunde später, es war gegen elf und ich hatte mich eben verabschiedet und wollte in mein Zimmer, tauchte Rita wieder auf der Treppe auf. Sie war betrunken und lallte, und sie war splitterfasernackt. In der rechten Hand hielt sie eine Stoffpuppe, mit der anderen Hand kammerte sie sich am Geländer fest. Sie schaute mit glasigen Augen zu Waldschmidt und sagte etwas. Wir starrten alle zu ihr, für einen Moment war es völlig still in dem großen Raum. Alle hatten den Kopf zu ihr gewandt, aber keiner von uns war in der Lage, sich zu bewegen. Sie schleuderte ihre rechte Hand durch die Luft, als wolle sie die Stoffpuppe in den Raum werfen, dabei knickte sie um und hatte Mühe, sich auf den Beinen zu halten. Ein leichter Sonnenbrand rötete ihren Körper, nur die vom Bikini und den Shorts bedeckten Stellen waren weiß, so dass ihre Brüste und ihre Scham hervorleuchteten. Sie ging die restlichen zwei Treppenstufen hinunter und auf Waldschmidt zu, aber als ihre linke Hand das stützende Geländer loslassen musste, stolperte sie. Sie stürzte auf die Knie, der Kopf schlug auf den Boden, sie lag zusammengekrümmt auf ihren Oberschenkeln, dann kippte sie zur Seite. Einige Kommilitoninnen kicherten, andere schrien auf. Professor Waldschmidt wies drei Mädchen an, Rita auf ihr Zimmer zu bringen, er riss eine Decke von einem der Tische, warf sie ihnen zu, die Mädchen legten ihr die Decke über und zogen sie hoch, um sie nach oben zu bringen. Erst nachdem man die Zimmertür ins Schloss fallen hörte, löste sich unsere Erstarrung. Ich blieb noch ein paar Minuten am Tisch sitzen, Waldschmidt kam und fragte mich, was er mit Rita machen solle und ob ich mit ihr reden könne. Ich zuckte nur mit den Schultern.

Am nächsten Morgen erschien Rita vollkommen unbefangen am Frühstückstisch. Vielleicht war sie etwas blasser als sonst, aber sie schien überhaupt nicht verlegen zu sein. Ich bemerkte, wie alle sie verstohlen beobachteten, ich selbst tat es ja auch. Entweder wusste sie nichts mehr von ihrem nächtlichen Auftritt, was ich mir nicht vorstellen konnte, oder dieses Mädchen besaß eine Kraft, die ich ihr nicht zugetraut hatte. Eine Kraft, die ich jedenfalls nicht besaß. Rita plauderte mit den Tischnachbarn, aß ihr Frühstück mit Appetit und schien die Blicke der anderen nicht zu bemerken. Was immer dieses Mädchen von ihrer Vorstellung am Abend wusste und woher sie die Kraft nahm, so ungezwungen am Tag danach aufzutreten, es war genau richtig, was sie tat und wie sie sich benahm.

Liebe ist eben eine dumme Geschichte. Wenn alles gut geht, ist sie angenehm, aber sie geht nie gut, nie. Manchmal funktioniert es eine Zeit lang wunderbar, und man glaubt, das große Glück gefunden zu haben, doch urplötzlich ist es für einen der beiden vorbei, und dann hat der andere das Nachsehen und muss schauen, wie er oder sie damit zurechtkommt.

Wenn mir später jemals ein Mann gefiel und ich mich zu verlieben drohte, so brauchte ich mich nur an das Bild der nackten Rita zu erinnern, wie sie sich fast irrsinnig vor Liebesunglück dem geliebten, unerreichbaren Mann und uns zeigte. Vielleicht mache ich eine Skizze von Ritas Auftritt und nagele sie mir über das Bett. Wie das Bild eines gekreuzigten Jesus, der den Christen Glaubenskraft geben soll, so könnte mir das Bild der nackten Rita Lebenswillen und Stärke vermitteln.

Waldschmidt bat mich am folgenden Morgen, kurz zu bleiben, er müsse mich sprechen. Ich glaubte, es gehe um Rita, und sagte ihm, dass ich mit ihr nicht befreundet sei. Er schüttelte jedoch den Kopf.

»Es dauert nur einen Moment, Paula«, sagte er, wies auf einen leeren Tisch und setzte sich. Er holte ein Zigarrenetui aus seiner Jackentasche, nahm ein Zigarillo und zündete es sorgsam an, wobei er immer wieder zu mir aufschaute.

»Ich möchte Sie bei der Ausstellung im Marstall dabei haben«, sagte er schließlich.

Mir stockte der Atem, ich sah ihn reglos an.

»Im November«, ergänzte er, »Sie wissen doch.«

Ich nickte, brachte aber kein Wort heraus. Im Marstall sollten im Herbst jene Absolventen ausstellen, die inzwischen Meisterschüler waren oder sich nach dem Abschluss der Hochschule einen Namen gemacht hatten. In der Schule gab es das Gerücht, auch zwei Studenten des letzten Studienjahres dürften ein Bild ausstellen, was als Auszeichnung galt und entsprechend beneidet wurde. Und nun bot mir Waldschmidt an, dass auch ich dort ausstellen dürfe!

»Schauen Sie mich nicht so finster an«, sagte er und lachte, »ich hatte gedacht, es freut Sie.«

»Ich weiß nicht, was ich sagen soll. Das überrascht mich sehr. Ich freue mich außerordentlich, Herr Professor. Und was soll ich ausstellen, woran dachten Sie?«

»Den großen Akt oder Ihr Waldbild, eins der beiden würde ich gern im Marstall dabeihaben. Oder etwas ganz Neues. Ihre nächsten Bilder werden ja nicht schlechter.«

Seine Ankündigung hatte mich durcheinandergebracht, ich konnte keinen klaren Gedanken fassen. Ich sah ihn nur an, mir wurde vor Aufregung schlecht. Er legte eine Hand auf meine Schulter und streichelte mich kurz, dann zog er die Hand zurück.

»Das war alles, Paula«, sagte er, »dann an die Arbeit. Ich will von Ihnen etwas sehen. Enttäuschen Sie mich nicht.«

Er stand auf und verließ das Ferienhaus. Ich blieb noch ein paar Minuten am Tisch sitzen, um seine Mitteilung zu verdauen. Eine Kommilitonin kam an den Tisch und fragte, was los sei.

»Du siehst nicht gut aus, Paula. Hast du ein Problem?«, fragte sie.

»Ganz im Gegenteil«, sagte ich und lachte nervös.

»Und was war mit Waldschmidt? Was wollte er von dir?«

»Er hat mit mir über meine Arbeiten gesprochen. Das war alles.«

»Er ist scharf auf dich, wie?«

»Waldschmidt?«, fragte ich irritiert. Nervös und etwas hastig fügte ich hinzu: »Ich weiß nicht. Glaubst du?«

»Ich wette mit dir. Ich glaube, den kannst du um den Finger wickeln. Ein kleiner Wink, und er kommt angerannt.«

Ich lachte und schüttelte den Kopf: »Komm, vertrödeln wir nicht die Zeit. Wir müssen arbeiten.«

Der Gedanke, bei der Marstall-Ausstellung dabei zu sein, beschäftigte mich. Der Gedanke erregte mich. Es war keine Ausstellung der Studenten, sondern von jungen Malern und Bildhauern, die sich bereits einen Namen gemacht hatten. Dass Waldschmidt mich dafür vorgesehen hatte, war sensationell. Ich wusste, dass ich gut war, ich wusste, dass vor einem Jahr bei mir der Knoten geplatzt war und ich leicht wie nie zuvor gearbeitet hatte. Waldschmidt hatte mir eine Chance geboten, an die ich nie gedacht hatte, und nun war ich entschlossen, sie keinesfalls mehr aus der Hand zu geben. Ich wollte mit meinem weißen Bild dort hängen, mit dem Bild, das mich bereits seit Monaten beschäftigte, auch wenn ich ihm wieder ausgewichen war. Nun aber ergab sich für mich eine Möglichkeit, und die wollte ich bis zum Letzten nutzen. Im Marstall sollte mein Bild auffallen, es sollte sich von allen anderen absetzen, und dafür musste es so radikal wie möglich sein. Falls es mir misslang, falls Waldschmidt Recht haben sollte und ein weißes Bild keine Spannung und Kraft besitzen konnte, so hatte ich immer noch die anderen von ihm ausgewählten Bilder. Ich konnte also ganz beruhigt arbeiten, ein Scheitern bei dem monochromen Ölbild würde mich nicht die Ausstellung kosten.

Ich hatte Mühe, mich in den restlichen Tagen an der Ostsee auf die Naturskizzen zu konzentrieren, sie langweilten mich auf einmal. Am liebsten wäre ich zurückgefahren, um in Berlin mit dem Ölbild zu beginnen. Waldschmidt sprach nicht mehr von der Ausstellung. Als wir zwei Tage später eine Party im Ferienhaus veranstalteten und er mich zweimal zum Tanz aufforderte, hoffte ich, er würde mit mir darüber sprechen, doch er verlor kein Wort. Ich geriet in Panik, ich fürchtete, Waldschmidt würde es sich anders überlegen oder mir sagen, dass andere Dozenten sich gegen meine Beteiligung ausgesprochen hätten. Es war eine so überraschende und ungewöhnliche Chance für mich, dass ich tausend Gründe fand, wieso sie zerrinnen könnte. Und das wollte ich verhindern, diese Chance wollte ich mir nicht entgehen lassen, um nichts in der Welt.

Da es am nächsten Morgen regnete, ging ich nach dem Frühstück vor die Tür und stellte mich zu den Kommilitonen, die dort unschlüssig in den Himmel schauten.

»Es regnet sich heute richtig ein«, sagte jemand. Keiner antwortete, wir standen stumm vor dem Haus, die Regentropfen fielen auf die Steinplatten und zerplatzten zu winzigen Fontänen, die unsere Schuhe besprühten. Zwei Mädchen hatten Gummistiefel an und sich alles übergezogen, was sie in ihrem Koffer mitgebracht hatten, sie wollten am Strand bis nach Zingst marschieren und dann den Bodden entlang über Wieck zurücklaufen. Ich bedauerte, dass ich weder geeignete Schuhe noch Regenkleidung eingepackt hatte. Ich wäre gern den ganzen Tag im Regen über die Halbinsel gelaufen, und am liebsten ganz allein. Ein paar Studenten wollten im Ferienheim zeichnen, die meisten jedoch nahmen den Regentag zum Anlass, eine Pause einzulegen, sie wollten, falls sich das Wetter nicht bessern sollte, Karten spielen. Ich hatte den großen Zeichenblock aus meinem Zimmer geholt und mich an ein Fenster im Speiseraum gesetzt, da ich dort allein sein konnte. Ich versuchte, ein paar Zeichnungen von meinen Skizzenblöcken zu einem Stillleben zu komponieren, aber die Ergebnisse befriedigten mich überhaupt nicht.

16.

Um die Mittagszeit hatte ich bereits mit dem vierten Blatt begonnen, und nach wenigen Strichen ahnte ich, dass mir auch dieses misslingen würde. Waldschmidt kam in den Raum und sah mir zu. Ich zeichnete nervös weiter, dann ließ ich die Hand sinken und wartete darauf, dass er etwas sagte. Nach einigen Sekunden nahm ich den Kohlestift und strich zweimal quer über die Skizze, ein großes, breites, schwarzes Kreuz, das alles auslöschte. Dann ließ ich die Kohle auf die Erde fallen und sah mich nach Waldschmidt um. Er lachte. Ich wusste nicht, ob er zufrieden war oder sich über mich belustigte.

»Ja, Paula, auch das gehört dazu. Handwerk ist nicht alles, es muss zusätzlich noch ein Funken vorhanden sein. Und wenn nichts zündet, dann bleibt es Makulatur.«

Er strich mir über die Schulter und sagte noch so einen dummen Spruch, dass ich nicht aufhören, sondern sofort weiterarbeiten solle, als ob ich je daran gedacht hätte, aufzugeben. Waldschmidt stellte sich an ein Fenster und sah in den Regen. Ich schlug das Blatt um, griff nach einem Bleistift, legte ihn aber bald zurück. In seiner Anwesenheit fühlte ich mich unsicher. Ich nahm die Skizzenblöcke, setzte mich an einen Tisch mitten im Raum und sah sie langsam durch. Als Waldschmidt bemerkte, dass ich ihn beobachtete, setzte er sich zu mir. Ich klappte meine Zeichenblöcke zu und sah ihn an, ich hoffte, er würde etwas über die Ausstellung sagen, und überlegte, ob ich ihm erzählen sollte, dass ich in Berlin mit dem weißen Bild beginnen werde.

»Haben Sie alles gut überstanden, Paula?«, fragte er.

»Was meinen Sie?«, fragte ich irritiert. Ich glaubte, er spiele auf die Marstall-Ausstellung an.

»Ihre Scheidung. Angenehm ist so etwas nicht.«

»Für mich ist es besser so.«

»Wollen Sie darüber reden?«

»Nein. Die Hochzeit war ein Irrtum, das ist alles. Und diesen Irrtum habe ich korrigiert.«

»Ich hörte, dass Ihr Kind bei Ihrem geschiedenen Mann lebt?«

»Ja. Cordula, das ist meine Tochter, wurde ihm zugesprochen. Er kann ihr ein besseres Zuhause bieten, das meinte jedenfalls die Richterin. Und vielleicht hat sie sogar Recht.«

»Schlimm für Sie, für eine Mutter ...«

Ich unterbrach ihn: »Es tut manchmal weh, aber davon abgesehen, ist es besser so, wie es ist. Ich komme jetzt gut zurecht. Oder haben Sie den Eindruck, dass ich mein Studium vernachlässige?«

Waldschmidt schüttelte den Kopf: »Ganz im Gegenteil. Sie haben sich erstaunlich gemacht. Sonst hätte ich Sie nicht für die Ausstellung im Marstall vorgeschlagen.«

»Ich bin Ihnen dankbar.«

»Das müssen Sie nicht. Das ist ganz allein Ihr Verdienst. Was haben Sie nach dem Studium vor? Bleiben Sie in Berlin? Haben Sie irgendetwas, womit Sie Ihre Brötchen verdienen können?«

»Ich möchte malen. Ich möchte nur malen.«

Er lachte. »Jaja«, sagte er, »das wollen immer alle. Aber Sie werden es schaffen, Paula. Es wird eine Zeit brauchen, ehe Sie auf die Beine kommen, doch Sie können das.«

Ich sah ihn kurz an, schaute dann auf meine Hände und sagte leise: »Ich habe mich Ihretwegen scheiden lassen, Professor Waldschmidt.«

Er erwiderte nichts. Als ich wieder aufsah, lächelte er verwundert: »Das verstehe ich nicht, Paula. Das sollten Sie mir erklären. Was habe ich mit Ihrer Scheidung zu tun?«

»Ich habe mich vor drei Jahren in Sie verliebt«, sagte ich und blickte ihm in die Augen, ruhig und reglos.

»Vor drei Jahren?«, fragte er.

»Ja. Am Tag der offenen Tür. Sie haben die Eröffnungsrede gehalten und einige Studenten vorgestellt. Damals haben Sie auch meinen Namen genannt, und ich bekam dabei weiche Knie. Das war vor fast vier Jahren, am zehnten März.«

»So, am zehnten März? Wenn Sie das Datum noch so genau wissen, Paula, dann wird es wohl so gewesen sein. Und meinetwegen haben Sie sich scheiden lassen? Ich weiß nicht, was ich dazu sagen soll.«

»Sie sollen gar nichts sagen. Ich wollte nur, dass Sie es wissen.«

Ich stand auf, nahm meine Skizzenblöcke und ging zum Fenster zurück. Waldschmidt kam mir hinterher, ich spürte ihn in meinem Rücken und erstarrte. Mit einem Finger strich er mir leicht über den Oberarm, dann verließ er den Speiseraum, ohne etwas zu sagen.

An die Veranstaltung beim Tag der offenen Tür konnte ich mich durchaus erinnern, aber nicht, weil ich mich damals verliebt hatte. Cordula war damals gerade geboren worden, ich hatte acht Wochen mit ihr bei Hans in Leipzig gelebt und war mit der Kleinen wieder nach Berlin gezogen. Ich war in die Hochschule gegangen, um mich zurückzumelden, hatte aber nicht gewusst, dass sie an dem Tag ihre Pforten für Besucher geöffnet hatte. Ich war mit Cordula auf dem Arm vom Sekretariat in die Eingangshalle gegangen, dort stand Waldschmidt und sprach lautstark und selbstbewusst mit einer Gruppe von Oberschülern und Lehrern. Als er mich erblickte, nannte er meinen Namen und führte mich als Beispiel an für die vielfältigen Möglichkeiten und Hilfen, die unsere Hochschule den Studierenden bot. Ich wusste, dass er diese Sätze nur so dahinsagte, er hatte meinen Namen nur genannt, weil ich in jenem Augenblick durch die Halle gegangen war, er hätte ebenso gut von irgendeinem anderen Studenten reden können, aber in dem Moment und in meiner Situation war ich gerührt und sehr stolz. Ich hatte Unterricht versäumt und Angst, das Studium mit einem Baby nicht bewältigen zu können. Aber als Waldschmidt meinen Namen nannte und alle zu mir schauten, da wusste ich, dass ich es schaffen würde, und hätte Waldschmidt dafür umarmen und küssen können. Ich schätzte ihn, er gefiel mir, und mir gefiel, dass er, jedenfalls eine Zeit lang, versucht hatte, mit mir anzubandeln. Ich hatte ihm damals unmissverständlich einen Korb gegeben, den er auch akzeptiert hatte, zumindest hatte er mich danach in Ruhe gelassen. Und nun hatte ich ihm eine Liebeserklärung gemacht, die für ihn so überraschend kam wie für mich selbst. Ich weiß nicht, warum, ich weiß nicht, was in diesem Moment in mich gefahren war. Es stimmte überhaupt nicht, aber ich hatte ihn so ernst und eindringlich angesehen, dass er gar keine Chance hatte, mir nicht zu glauben. Ich schüttelte den Kopf und lachte über mich selbst. Kurz darauf sagte ich mir, dass es nur ein kleines Spiel sei, Waldschmidt werde es schon richtig verstehen und es als die übliche Schwärmerei seiner weiblichen Studenten werten. Der Regen hatte am Nachmittag aufgehört, aber draußen war es klitschnass, so dass ich den ganzen Tag im Ferienheim arbeitete.

Um fünf Uhr nachmittags kam Frau Lorenz in das Speisezimmer, um die Tische für das Abendbrot zu decken, und ich packte meine Sachen zusammen, um sie in mein Zimmer zu bringen. Frau Lorenz war die Frau des Hausverwalters, sie machte für uns Frühstück und Abendbrot. Den Abwasch und die Zimmerreinigung hatten wir selbst zu erledigen, sie überwachte uns nur bei der Küchenarbeit und gab uns Besen und Scheuermittel. Ich war bereits an der Tür, als ich ein leises Schluchzen vernahm. Einen Moment lang war ich unschlüssig und dachte daran, rasch den Raum zu verlassen, doch dann wandte ich mich um und ging zu ihr. Frau Lorenz hatte mir den Rücken zugekehrt, ihre Schultern zuckten von dem unterdrückten Weinen. Ich legte meine Malsachen auf einem Stuhl ab.

»Kann ich Ihnen helfen?«, fragte ich.

Sie schüttelte den Kopf und stellte zugedeckte Schüsseln auf den Tisch. Dann ging sie mit dem Tablett zum nächsten Tisch, stellte es auf einem Stuhl ab, ordnete das bereits gedeckte Geschirr, drehte die Tassen um und stellte weitere Schüsseln hin. Sie bemühte sich dabei, mir stets den Rücken zuzuwenden. Ich war unschlüssig, was ich tun sollte. Was immer sie auch hatte, ich konnte ihr nicht helfen, und es interessierte mich auch nicht, aber ich wusste nicht, wie ich jetzt den Raum verlassen sollte. So setzte ich mich auf einen Stuhl und fragte nochmals, was ihr fehle. Sie ging wortlos mit ihrem Tablett zum nächsten Tisch, ich fuhr mit dem Finger die Muster der Tischdecke nach und verwünschte meine kindische Schwäche, nicht einfach gegangen zu sein. Ich hatte mich gerade entschlossen aufzustehen, als sie unvermutet auf mich zukam, einen Stuhl neben meinen stellte und sich hinsetzte. Sie sah mich abschätzig an, ihr Blick war hart, in ihrem Gesicht waren keinerlei Tränenspuren zu sehen, was mich überraschte.

»Sie sind sehr jung«, sagte sie. Ihre Stimme hatte etwas Endgültiges. Ich wurde rot, ohne zu wissen, weshalb, ich brauchte wegen nichts verlegen sein und hatte mich für nichts zu schämen.

»Sie sind noch sehr jung, aber Sie werden es auch erleben«, sagte sie geradezu feindselig. Sie stieß vernehmlich die Luft aus und atmete dann so tief ein, dass es wie ein Aufseufzen klang.

»Sie sind nicht verheiratet, Sie haben noch keine Kinder«, sagte sie, »Sie haben überhaupt keine Ahnung.«

»Ich habe eine Tochter, und verheiratet war ich auch.«

Ich spürte den Triumph in meiner Stimme, und biss mir auf die Unterlippe. Frau Lorenz sah mich überrascht an.

»Aber das mit der Ehe ist mir misslungen, gründlich misslungen«, fügte ich hinzu und lachte.

»Sie sind geschieden?«

Ich nickte.

»Und das Mädchen? Wie kommen Sie allein mit dem Kind zurecht?«

Ich zuckte mit den Schultern. Ich wollte ihr nicht erzählen, dass meine Tochter bei ihrem Vater lebt, ich hatte es so oft erklären müssen, dass ich es selbst nicht mehr verstand.

»Ich habe drei Kinder«, sagte sie, »da lässt man sich nicht mehr scheiden. Mein Studium habe ich abgebrochen, dann eine Ausbildung und schließlich ein Fernstudium. Alles nicht beendet. Ich bin die Unvollendete. Und meine Ehe ist schon längst keine mehr.«

Ich betrachtete die Frau in der Kittelschürze neben mir. Sie war Anfang dreißig und sehr schlank, die drei Kinder sah man ihr nicht an. Sie hatte das gleiche strohblonde Haar, das mir bereits bei ihren Kindern aufgefallen war. In ihrem breiten Gesicht waren die schmalen, schrägen Augen auffällig, die Lippen waren weich und voll, das Kinn sprang ein wenig vor und lief spitz aus, sie erinnerte mich an eine der Bäuerinnen von Barlach.

»Ich habe noch zu tun«, sagte sie und ging zu einem der Tische. Einen Moment blieb ich noch sitzen und sah ihr zu. Ihr Körper bewegte sich kaum beim Gehen, er war müde wie bei einer alten Frau, er federte nicht mehr, er besaß keine Spannung und keine Leichtigkeit, so als würde er nicht pulsieren, keinen Atem schöpfen und nichts mehr von den Rosen und Schmetterlingen wissen, die ihn einst so geschmeidig gemacht hatten und offen für Wolken und Wind und hungrig nach Liebe. Ihr Körper war schon verstorben, und sie schob ihn nur noch vor sich her. Ich nahm meine Malsachen und verließ langsam das Zimmer. Nachdem ich die Tür leise geschlossen hatte, schüttelte es mich.

Abends kam Waldschmidt im Speisesaal zu mir und lud mich zum Essen in eine der Gaststätten im Ort ein. Er fragte mich nicht, ob es mir recht sei, er ging wie selbstverständlich davon aus, dass ich seine Einladung annehme.

»Ich sag es dir nur, damit du hier nichts isst«, erklärte er, bevor er sich den anderen Arbeiten zuwandte. Er duzte mich, was Waldschmidt mit keinem der Studenten machte, er hatte mich vor den anderen geduzt und zum Essen eingeladen, nun wussten alle Bescheid, noch bevor irgendetwas zwischen ihm und mir begonnen hatte.

Er hatte für uns im »Dünenhaus« einen Tisch bestellt und wurde dort herzlich und unterwürfig begrüßt. An diesem Abend war er sehr charmant. Er erzählte über seine Arbeit und seine Kollegen, er brachte mich wiederholt zum Lachen, was ihm offensichtlich gefiel, er fasste dann stets nach meiner Hand. Zum Essen tranken wir Weißwein, Waldschmidt hatte mir nicht die Karte gegeben, sondern, nachdem er sich erkundigt hatte, ob ich Fisch esse, Zander beim Kellner bestellt, ihn gebeten, diesen nach einem Spezialrezept zuzubereiten, und ihm dann ausführlich die Zubereitung erklärt. Später ließ Waldschmidt eine Flasche Rotwein kommen, ich trank wenig davon, ich war es nicht gewohnt und wollte einen klaren Kopf behalten, Waldschmidt leerte die Flasche fast allein. Er sagte, er freue sich über mein Geständnis, er wisse es seit langem und sei froh, dass ich endlich den Mut gefunden hätte. Es sei für meine Arbeit wichtig, es würde mich befreien, meine Energien bündeln und ins Positive lenken, jene Energien, die ich durch Triebverzicht und Liebesverbot negativ besetzt hätte. Triebverzicht sei Liebesverrat, und das sei das Schlimmste, was ein Künstler machen könne, denn der Verrat an der eigenen Liebe träfe haargenau ins Zentrum aller Kreativität, würde den Künstler kastrieren.

»Wenn man liebt, dann soll man nicht zögern«, sagte er zweimal im Verlaufe des Abends zu mir. »Gib dich deinem Gefühl hin, verbiete dir nichts. Sich selbst die Lust und den Spaß und den Schaffensmoment verbieten, das hat der Protestantismus in die Welt und in die Kunst gebracht. Und hat uns damit zugleich Strenge, Selbstkasteiung und Diät beschert, aber so kann man nicht arbeiten, da fehlt einem die Kraft. Wenn du liebst, dann lass dich fallen und liebe, Mädchen.«

Und wenn du nicht liebst, sagte ich zu mir, dann musst du aufpassen, dass du nicht hinfällst. Ich lachte an diesem Abend viel, aber ich fühlte mich unbehaglich, als steckte ich in einer Zwangsjacke. Ich wusste nicht, warum ich ihm weisgemacht hatte, ich würde ihn lieben. Was er mir erzählte, war alles dummes Zeug. Vielleicht hatte ich ihn verunsichert, vielleicht glaubte er, mich mit diesen Sprüchen beeindrucken zu können. Er tat mir leid, und ich lachte nicht über seine Bemerkungen, sondern über ihn. Und ein klein wenig hasste ich mich selbst.

Gegen elf Uhr verließen wir das »Dünenhaus«. Auf der dunklen Straße blieb er stehen, sah mich an und küsste mich auf die Stirn. Dann nahm er meine Hand, und wir gingen zusammen in der Richtung des Ferienheims.

»Und nun? Was erwartest du von mir?«, fragte er unterwegs.

»Nichts«, sagte ich. Es war die reine Wahrheit. Es war mehr als nur wahr, in diesem Moment war es die gesamte Hoffnung meines Herzens.

Vor dem Ferienheim versuchte ich mich von ihm zu verabschieden. Ich wollte es uns beiden leichtmachen und sagte ihm, dass ich unpässlich sei, dass ich meine Tage hätte. Er schüttelte nur den Kopf, umklammerte meine Hand noch fester und zog mich zu seinem Quartier, einem Zimmer in der benachbarten Straße.

Ich stand früh auf und lief, ohne mich zu waschen, zum Strand. Es war kein Mensch zu sehen. Ich zog mich aus und rannte ins Meer. Das Wasser war eisig. Ich tauchte bis zum Hals ein und rannte zurück, um mich anzuziehen. Mit den Schuhen in der Hand erschien ich im Ferienheim. Im Haus begegnete ich nur Frau Lorenz, sie nickte mir zu und fragte, ob ich tatsächlich im Wasser gewesen sei. Ich nickte stolz und ging in mein Zimmer, um mich umzuziehen. Eine Stunde später, am Frühstückstisch, streiften mich abfällige Blicke, ich gab mich unbekümmert. Am Tisch hinter mir sagte ein Junge: »Sie weiß eben, wo Bartel den Most holt.« Ich wusste, dass ich gemeint war, drehte mich aber nicht um.

Als Waldschmidt im Ferienheim erschien, konnte ich die Spannung körperlich spüren. Die Gespräche im Frühstückszimmer verstummten nach und nach, sie verliefen sich, wie eine Welle am Strand ausläuft. Die Kommilitonen beobachteten Waldschmidt und mich, offenbar wussten alle Bescheid. Er ging langsam an den Tischen vorbei und sprach mit Studenten, als er bei mir vorbeikam, streifte er mit einem Finger beiläufig über meinen Rücken, blieb jedoch nicht stehen und sagte auch nichts zu mir.

Zwei Tage nachdem wir vom Pleinair auf dem Darß zurückgekommen waren, zog ich in seine Villa ein. Waldschmidt hatte mich gefragt und, nachdem ich zunächst gezögert hatte, heftig darum gebeten. Er war mir als Mann nicht unsympathisch, es schmeichelte mir, dass er in mich verliebt war, aber das war auch alles. Mehr war nicht zwischen uns, jedenfalls nicht meinerseits. Ich liebte nicht, ich war nicht einmal verliebt, die Zeit mit ihm konnte ich völlig unbeschwert genießen.

Und es war durchaus von Vorteil, mit einem der Professoren liiert zu sein. Da Waldschmidt zu diesem Zeitpunkt nicht verheiratet war, von der dritten Frau hatte er sich ein halbes Jahr zuvor getrennt, galt ich bald als sein offizielles Verhältnis, seine Fraufreundin, wie er sagte.

Drittes Buch

1.

Das letzte Jahr in der Schule wurde für mich durch die Liaison mit Waldschmidt sowohl einfacher als auch schwieriger. Natürlich unterstellten mir die Kommilitonen, ich hätte mir den Professor gezielt geangelt, und als zum Semesterende nach unserem Pleinair die Namen derjenigen bekanntgegeben wurden, die im November im Marstall ausstellen, hatte ich böse Blicke und ein paar hämische Bemerkungen zu ertragen. Ich tat, als würde ich nichts davon sehen und hören oder als würde es mich nicht kümmern. Irgendwann hatten sie ihr Gift verspritzt, oder sie wagten es nicht mehr, es in meiner Anwesenheit zu tun.

Im Bett war Waldschmidt langweilig. Er trank viel, er trank jeden Abend eine Flasche Wein, und häufig, zumal wenn er mit Kollegen zusammen war, betrank er sich regelrecht. Wir hatten höchstens einmal in der Woche Sex, und das war nie sonderlich aufregend für mich, ich wurde nicht einmal erregt. Waldschmidt war der schlechteste Liebhaber, den ich je hatte, vielleicht lag das an seinem Alter, aber ich glaube, in Wahrheit interessierte es ihn einfach nicht, wie sich seine Partnerin dabei fühlte. Vielleicht war er nie anders gewesen, und er fickte nur, um den angesammelten Körpersaft loszuwerden, jedenfalls machte es diesen Eindruck. Nicht nur in unserer Schule war er für seine erotischen Zeichnungen und Gemälde berühmt, für seine großbrüstigen und hingebungsbereiten Frauen, er wählte immer füllige Modelle, und eine besondere Vorliebe hatte er für junge Mädchen, die als bereits zentnerschwere Matronen ihr knospendes Fleisch darboten. Diese Fleischgebirge in Gelb und Pastellrosa schienen Ausdruck seiner renaissancehaften Sinnlichkeit zu sein, weshalb Waldschmidt als erotischer Nimmersatt und als der Blaubart unter den Kollegen galt. In Wahrheit war er eine Maulhure, ein Mann, der akkurat auf seine Kleidung achtete, er brachte es fertig, mir eine Szene zu machen, wenn die Haushaltshilfe seine Hemden nicht richtig gebügelt hatte. In der Öffentlichkeit aber strahlte er wie ein Dandy jede Frau an und erregte sie durch den weichen Klang seiner Stimme und eine einfache Handbewegung. Er strich ihnen mit dem Handrücken leicht über die Wange, und erwachsene Frauen, die sich von drei Ehemännern hatten scheiden lassen und über die Kerle Bescheid wissen mussten, bekamen einen Schimmer in den Augen, als hätte sie der Heiland geküsst. Waldschmidt galt aller Welt als ein Charmeur, ein Mann, um den man mich beneidete und dessentwegen man mich allein aufgrund seiner vermuteten Seitensprünge bedauerte. Ich war zufrieden, dass er mich in Ruhe ließ, und genoss die Zeit in dem großzügig geführten Haushalt, die vielen Gäste und den lockeren Umgang mit dem Geld, denn er war nie knauserig. So luxuriös wie mit ihm habe ich nie wieder leben können. In seiner Villa hatte ich ein eigenes Schlafzimmer, und das obere Atelier stand mir allein zur Verfügung, in seinem Haus hatte ich bessere Arbeitsbedingungen als in der Schule.

Die Haushaltshilfe, Frau Mosbach, kaufte an sechs Tagen in der Woche für uns ein, kochte das Essen und reinigte die Zimmer. Im Sommer kam jeden zweiten Tag ein Gärtner, der den kleinen Park hinterm Haus in Ordnung hielt und die schweren Arbeiten erledigte. Für mich gab es im Haus nichts zu tun, ich konnte das Bett und die Kleider einfach liegen lassen, bis zum Abend war alles weggeräumt und ordentlich aufgehängt. Im Bad ordnete

Frau Mosbach sogar meine Kosmetika in der immer gleichen Reihenfolge auf dem Glasbord, ich verstand überhaupt nicht, weshalb sie das machte, denn mir war es völlig gleichgültig, bei mir lagen alle Tuben und Fläschchen in einem Weidenkorb durcheinander und ich suchte mir jeden Morgen heraus, was ich brauchte. Anfangs war es mir unangenehm, von vorn bis hinten versorgt zu werden, aber nach vierzehn Tagen hatte ich mich daran gewöhnt und räumte nach dem Essen auch nicht mehr das Geschirr in die Küche, sondern ging in mein Zimmer, um weiterzuarbeiten, oder ruhte mich auf der Terrasse aus und las ein Buch, während Frau Mosbach alles Notwendige erledigte.

Nachdem ich mich bei ihm eingerichtet hatte, begann ich mit den Vorarbeiten für mein weißes Bild. Ich erzählte ihm nichts davon, redete auch mit niemandem in der Hochschule ein Wort darüber. Ich wollte versuchen, dieses Bild zu malen, und, wenn ich damit scheiterte, nicht hören müssen, wie unsinnig und unmöglich mein Vorhaben gewesen sei.

Ich hatte das Ölbild deutlich vor mir, ein Bild ganz in Weiß, das war mein Traum. Dieses Bild stand so genau vor meinen Augen, dass ich sofort mit Öl hätte beginnen können, doch diese Unmöglichkeit sollte absolut professionell vollbracht werden, so dass ich mit Bleistiftskizzen begann. Dann folgten Kohle und Aquarell, bevor ich behutsam eine zarte Skizze auf der grundierten Fläche wagte und die allererste Öltube für diese Leinwand öffnete. Waldschmidt fragte nach meiner Arbeit, aber er gab sich mit meinen knappen, abwehrenden Bemerkungen zufrieden, er verstand sehr gut, dass ich über eine entstehende Arbeit nicht reden wollte. Nicht reden konnte. Er machte auch nie den Versuch, in meinem Atelier einen Blick auf meine Blätter zu werfen, und gewiss tat er das auch nie in meiner Abwesenheit. Mit einem Kollegen zusammenzuleben war in vieler Hinsicht einfacher und leichter, man musste ihm das Selbstverständliche nicht erklären und es gab weniger Unverständnis und Misstrauen als bei Männern, denen das, was ich tat, ein Buch mit sieben Siegeln war oder eine bedeutungslose Spielerei. Waldschmidt verstand sogar das, was ich selber nicht verstand oder nicht aussprechen konnte. Mein Atelier war groß und hatte Luft, die aufgezogene Leinwand wurde vom Raum nicht zusammengepresst.

Das Schönste in der Zeit mit Waldschmidt waren die abendlichen Empfänge. Ich begegnete tollen Leuten, vielen, die ich vom Namen her kannte und die wichtig und sogar bedeutend waren, Künstler und Wissenschaftler, Kollegen von Waldschmidt und andere, mit denen er irgendwie zu tun hatte als Maler oder als Professor.

Bei den abendlichen Treffen war ich selbstverständlich dabei und wurde akzeptiert und hofiert. Ich glaube, damals hätte ich spielend mit einigen seiner Professorenkollegen ein Verhältnis beginnen können. Und es waren sehr berühmte Künstler darunter, einer von ihnen reiste ununterbrochen in aller Herren Länder, um Ausstellungen zu eröffnen oder über Aufträge zu verhandeln. Es war eine sehr aufregende, eine erregende Zeit für mich. Ich war Studentin, erlebte nun aber diese bedeutenden Künstler sehr häufig in der Waldschmidtschen Villa, empfing sie als Hausherrin, war ihnen gleichgestellt, diskutierte mit ihnen und wurde umschwärmt. Alle seine Freunde waren sehr viel älter als ich, der jüngste war dreißig Jahre älter, und auch das gefiel mir. Sie wurden auch frech, aber nie zudringlich und waren bei ihren Annäherungsversuchen nicht so penetrant einfältig und direkt wie meine Kommilitonen. Sie liebten zweideutige Witze, sie überboten sich in geistreichen Anzüglichkeiten. Waldschmidt gefiel es, wenn ich seinen Kollegen mit gleicher Münze heimzahlte. Als einer von ihnen seine Hände auf meine Brüste legte und dabei etwas von der anbetungswürdigen Schöpferin Natur schwärmte, blieb ich ganz ruhig, lachte ihn an und erklärte, ich schätze seine Plastiken, sei jedoch mit meiner Brust mehr als zufrieden und er müsse keinerlei Korrekturen vornehmen. Ohne ein Wort und fast ein wenig verlegen nahm er seine Hände weg.

Waldschmidt war begeistert, wenn ich mich wehrte, wenn ich selbstsicher auftrat. Er mochte starke Frauen, das gefiel mir, das hatte ich bisher bei einem Mann nicht erlebt. Mein Vater und Hans wollten immer der Herr im Haus sein, und ich hatte mich zu fügen. Waldschmidt war anders, er ertrug nicht nur meinen Widerspruch, er forderte ihn heraus und freute sich, wenn ich mich wehrte und durchsetzte. Manchmal folgte er meinen Wünschen, häufiger entschied er, dass dann eben jeder das Seine machen solle. Waldschmidt war der erste Mann, bei dem ich mich frei fühlte, der für mich ein Partner war, so dass ich manchmal glaubte, ich würde ihn lieben können.

Unversehens war ich in einen Kreis von Menschen geraten, von denen immerzu etwas in der Zeitung zu lesen war und die auch nicht enttäuschten, wenn man sie kennenlernte. Einige der Männer lebten mittlerweile mit ihrer zweiten oder dritten Ehefrau zusammen, aber auch diese Frauen waren mindestens zehn Jahre älter als ich. Waldschmidt war der Einzige mit einer Studentin, er genoss es, seine Freunde beneideten ihn, und ich registrierte aufmerksam jede ihrer Gesten, Bemerkungen und Blicke, die sich um meinen Körper schlängelten, sich auf meine nackten Schultern setzten und an meinem Dekolleté festsaugten. In ihrer Gesellschaft begriff ich, dass ich jung war und dies nicht gleichzeitig und vor allem bedeutete, ich sei noch immer unfertig. Dort war ich nicht nur eine Studentin, die immerzu etwas lernen musste. Hier war ich plötzlich ein kompletter, ein vollständiger Mensch.

Auch die Frauen respektierten mich. Vor ihnen hatte ich zunächst Bammel, sie waren älter und richtig verheiratet. Ich war die Neue, der Eindringling, doch sie nahmen mich vorbehaltlos auf, küssten und duzten mich bereits bei der ersten Begegnung, als gehörte ich schon immer in ihren Kreis. Mit den Frauen unterhielt ich mich bei diesen Gesellschaften viel, denn die Abende verliefen stets nach dem gleichem Ritual: wenn alle eingetroffen waren, wurde im Esszimmer serviert und nach zwei, drei Stunden zogen sich die Männer in ein anderes Zimmer zurück, um zu rauchen und Schnäpse zu trinken.

Sobald die Männer hinausgegangen waren, wurde es in dem Zimmer laut. Es wurde Kaffee serviert, doch die meisten zogen gleichfalls einen Cognac oder Likör vor. Und es wurde geredet. Wir sprachen über Gott und die Welt, über unsere Männer und ihre Launen und Absonderlichkeiten, wir schütteten uns dabei aus vor Lachen. Die Stimmen schwirrten durch den Raum, ein leises Glucksen begann zögernd, sprang von einer zu anderen und mündete in einem alles und alle erfassenden Gelächter. Manchmal schoss eine Stimme schrill heraus, überschlug sich kreischend und verschwand ebenso plötzlich, aufgesogen vom Stimmengewirr. Gelegentlich meldete sich ein ernsthafterer Ton, leise Melancholie oder eine böse Bemerkung, dann wechselten die Frauen Blicke, die Stimmen streichelten und trösteten. Frauen ohne Argwohn gegeneinander, ohne sie trennende Interessen. Das Bedürfnis, die Hand auf den Arm der anderen zu legen, auf ihre Schulter, an ihre Wange. Freundinnen. Ich wurde süchtig nach dieser Runde, dem Tratsch, dem Frauenlachen. Sie waren schön, weiche, großbrüstige Frauen, nach denen ein Mann sich verzehren musste. Sie schienen keine Aggressionen zu kennen, was ich zunächst kaum glauben konnte, aber ich habe nie eine von ihnen grimmig oder herausfordernd erlebt, sie lenkten offensichtlich ihre Männer durch Freundlichkeit, sie erreichten mit Zustimmung und einem Lachen das, was sie wollten, und sei es nur, den widerstrebenden Ehegatten zum Aufbruch zu bewegen.

Wenn wir zu laut wurden oder eine von uns aufkreischte, erschien manchmal einer der Herren und fragte amüsiert nach dem Grund. Er wurde mit einer freundlichen Bemerkung, einer liebevollen Geste hinausgeschickt. Wenn die Männer aus dem Raucherzimmer zurückkamen, wurde für alle Kaffee und Kuchen serviert, und für eine Stunde saßen alle zusammen, die Gespräche wurden anzüglicher, blieben aber witzig und charmant. Die Frauen waren nun zurückhaltend, und nur gelegentlich erinnerte eine Bemerkung, ein Augenaufschlag an die Reden davor. Die Männer wirkten gelassen, auf ihren Gesichtern lag diese männliche Zufriedenheit, als hätten sie gute Geschäfte gemacht. Die Abschiedszeremonie konnte lange dauern, manchmal standen wir alle gemeinsam eine halbe Stunde vor dem Haus, die Worte und das Lachen glitzerten in der schwach beleuchteten Straße, und immer wieder streichelten und küssten wir uns und sagten uns Lebewohl, bevor wir uns schließlich trennten.

2.

Die beiden Russen standen tatsächlich drei Wochen später am Sonntagnachmittag vor der Tür. Sie brachten diesmal für Frau Plasterer Rosen mit, die bereits welk waren. Cornelia und Paula hatten tausend Ausreden angeführt, um an diesem Nachmittag nicht daheim sein zu müssen, aber der Vater war schließlich laut geworden und hatte ihnen verboten, nach dem Mittagessen das Haus auch nur für fünf Minuten zu verlassen. Wieder setzte sich Wanja neben Cornelia und Sascha neben Paula, und wieder versuchten sie, mit ihren nikotingelben Fingern in die Unterhosen der Mädchen zu greifen, während sie mit dem Vater der Mädchen Wodka tranken, der ihnen die politische Weltlage erläuterte, erfreut, dass zwei wissbegierige Angehörige der sowjetischen Streitkräfte seinen Darlegungen und Kommentaren lauschten.

Irgendwann sprang Cornelia vom Stuhl auf und behauptete, die Russen hätten gesagt, sie würden lieber spazieren gehen, als immerzu im Zimmer zu sitzen. Ihr Vater fand das eine vorzügliche Idee und nötigte die Russen, mit ihm und seinen Töchtern durch die Stadt und den Park zu laufen. Jeder der Soldaten griff nach der Hand eines Mädchens, Wanja nach Cornelias Hand und Sascha nach der von Paula. Die Mädchen sträubten sich, aber der Vater ermahnte sie, sie sollten sich nicht anstellen. Beim Spaziergang rieben die beiden Russen mit dem Handrücken immer wieder über die Oberschenkel der Mädchen, aber zumindest konnten sie ihnen vor aller Augen nicht unter den Rock greifen.

Als die Mädchen allein in ihrem Zimmer waren, untersuchte Paula ihre Oberschenkel.

»Ich blute«, sagte sie verzweifelt.

Cornelia war entsetzt. »Hast du ihn etwa den Finger reinstecken lassen? Dann bist du keine Jungfrau mehr. Du musst zum Arzt gehen. Sofort.«

»Nein«, sagte sie, »natürlich nicht. Er hat mir mit dem Fingernagel den Oberschenkel aufgerissen. Hier.«

Auf der Innenseite ihres rechten Oberschenkels, umrahmt von blauen Flecken, zeigte sich ein Riss, zwei Zentimeter lang, aus dem tatsächlich Blutstropfen quollen.

»Wollen wir es Vater sagen?«

»Nein. Bloß nicht. Ich weiß schon, was er dann zu uns sagt. Erzähl bloß Vater nichts davon, Paula, dann setzt es für uns beide noch eine Tracht Prügel.«

»Aber die kommen wieder. Ich fürchte mich schon, zur Schule zu gehen. Ich habe Angst, sie lauern mir auf dem Weg dorthin auf.«

»Davor habe ich auch Angst. Das wäre schlimmer, als wenn sie zu uns nach Hause kommen. Du darfst nie allein gehen, Paula.«

»Aber ich habe keine Freundin, die so weit mit mir läuft. Kathi begleitet mich nur bis zum Luisenstein.«

»Dann wartest du eben auf mich.«

»Darf ich?«

»Ja, habe ich doch gesagt. Vielleicht haben wir Glück, und die Russen müssen irgendwohin in einen Krieg. Dann hätten wir sie endlich vom Hals.«

»Darf ich in der Schule auf dich warten?«

Cornelia sah ihre Schwester an und überlegte. Schließlich sagte sie: »Von mir aus. Aber misch dich nicht ein, wenn ich mit meiner Freundin rede. Du darfst uns nicht zuhören.«

»Ja, natürlich.«

»Das musst du schwören.«

»Ich schwöre es, Nele.«

»Und erzähl bloß keinem Menschen, was die beiden Russen mit uns machen. Sonst sind wir an der ganzen Schule unten durch. Erzähle gar nichts. Auch nicht, dass sie uns besuchen.«

»Aber sie haben uns doch heute mit ihnen gesehen. Das hat die ganze Stadt gesehen. Das war doch dein Einfall.«

»Was sollte ich denn sonst machen?«, fragte Cornelia entrüstet, »wolltest du dich denn immerzu in die Muschi kneifen lassen?«

»Natürlich nicht. Aber alle haben gesehen, wie wir mit ihnen durch die Stadt gelaufen sind.«

»Wir sagen einfach, dass das Freunde von Vater sind. Oder von Clemens.«

»Sie haben gesehen, dass wir Hand in Hand mit ihnen gegangen sind.«

»Du sagst einfach: na und! Wir tun einfach so, als sei das normal.«

»Warum machen die das? Macht es denen Spaß, uns zu quälen?«

»Nein. Die denken, uns gefällt das. Für die ist das Liebe.«

»Wirklich?«

»Es gibt Mädchen, denen so etwas gefällt.«

Paula saß noch immer auf dem Bett und betrachtete die blauen Flecke und die Schramme.

»Das ist Liebe?«, fragte sie ihre Schwester nach einigen Minuten.

Cornelia knurrte abweisend.

Den Spaziergang mit den beiden russischen Soldaten hatte anscheinend die ganze Stadt beobachtet, jedenfalls wurden die Mädchen mehrmals darauf angesprochen. Ein Junge rief auf dem Schulhof ganz laut »Russennutte«. Cornelia erstarrte und wagte nicht, sich nach dem Jungen umzudrehen. Sie wusste, wer damit gemeint war, jeder auf dem Schulhof wusste es.

Vierzehn Tage später kamen die beiden Russen wieder zu ihnen. Sie bekamen Kuchen und Kaffee und tranken dann zwei Schnäpse mit dem Vater. Die Mädchen hatten sich Hosen angezogen, und als einer der Soldaten mit der Hand nach Cornelias Oberschenkeln fasste, schrie sie laut auf und erzählte ihrem Vater, dass Wanja sie gekniffen habe und sie sich nicht mehr neben ihn setzen wolle. Sie nahm ihren Stuhl, trug ihn um den Tisch herum und setzte sich neben ihren Vater. Der Vater lachte zwar darüber, er sagte, die beiden jungen Burschen würden halt gern einmal einen Spaß machen und sie solle sich nicht so haben, aber da Cornelia hartnäckig blieb, bestand er nicht darauf, dass sie sich wieder zu Wanja setzte. Paula nahm sich vor, auch aufzuschreien, sobald Sascha sie anfassen würde, aber der hatte beide Hände auf den Tisch gelegt und belästigte sie nicht. Bereits nach kurzer Zeit brachen die Soldaten auf. An der Tür sagten sie, dass sie in der nächsten Zeit viel Dienst hätten. Das war das Letzte, was sie von ihnen hörten, denn Wanja und Sascha erschienen nie wieder im Haus der Familie Plaszerer. Sie hatten wohl begriffen, dass die beiden Mädchen für sie viel zu jung waren.

Nachdem der Vater sechs Wochen vergeblich auf die Soldaten gewartet und seinen Töchtern an diesen Sonntagnachmittagen nicht erlaubt hatte, aus dem Haus zu gehen, glaubte er, die Soldaten seien an einen anderen Standort versetzt worden oder in ihre Heimat zurückgekehrt. Er war verärgert, er hatte erwartet, dass sie sich von ihm verabschieden.

Die beiden Soldaten hatten die Stadt nicht verlassen. Einige Monate später, als Paula mit ihrer Freundin Kathi zum Weihnachtsmarkt ging, begegnete sie Wanja, dem Soldaten, der sich immer neben Cornelia gesetzt hatte. Mit zwei anderen Soldaten lehnte er an einem Stand und beobachtete die jungen Leute, die mit Luftgewehren nach kleinen, weißlichen Tonröhren schossen, um Papierblumen oder Flaschen mit Obstwein zu gewinnen. Paula starrte Wanja an, er bemerkte ihren Blick und drehte sich zu ihr um. Er erkannte sie, lächelte, stieß sich von dem Tisch des Jahrmarktstands ab und kam auf die beiden Mädchen zu. Paula blickte ihn verächtlich an, wandte sich ab und verließ mit der Freundin den Markt. Im Schaufensterglas sah sie, dass Wanja stehen geblieben war und dann zu seinen Freunden zurückkehrte. Sie war erleichtert.

Jahre später hatte Paula einen festen Freund, Thorsten. Er war ein Jahr älter und bereits in der Lehrausbildung, und er war der Erste, mit dem sie ins Bett gegangen war, nachdem er ihr angedroht hatte, anderenfalls die Freundschaft zu beenden. Keine in ihrem Alter sei so zickig, alle hätten schon sexuelle Erfahrungen und sie möge bei den Mädchen in ihrer Klasse nachfragen. Außerdem glaube er nicht, dass sie Jungfrau sei. An der Schule habe er einiges über sie gehört, und der einzige Grund, warum sie nicht mit ihm schlafe, sei wohl, sie habe Angst davor, er würde es bemerken. Sie wollte wissen, was er denn bemerken wolle.

»Dass du keine Jungfrau mehr bist. Dass du mit Russen rumgemacht hast.«

Paula funkelte ihn wütend an. Zwei Tage später ließ sie es zu, dass er sie in seinem Zimmer auszog und entjungferte. Er wollte sofort ein zweites Mal mit ihr schlafen, aber sie hatte Schmerzen und bat ihn zu warten, bis die Blutung gestillt sei. Er gab sich damit zufrieden und sagte, er wolle mit ihr in sein Stammcafé gehen und darauf anstoßen. Als er sich anzog, fragte sie ihn, ob er sich nicht waschen wolle. Er verneinte.

»Jungfernblut ist Wundersalbe für den Schwanz«, sagte er und schüttelte lachend den Kopf, »das wäscht man sich nicht ab.«

In der Kneipe trafen sie zwei Freunde von ihm, die hinter dem Raumteiler mit den Topfpflanzen saßen. Thorsten machte ihnen gegenüber immerzu Andeutungen, er wollte ihnen zu verstehen geben, dass er und Paula gerade aus dem Bett kamen. Als die Kellnerin zum Kassieren an den Nachbartisch gerufen und sie die Gäste zur Tür begleitete und dort mit ihnen sprach, öffnete Thorsten seine Hose, streifte die Unterhose herunter und präsentierte seinen Freunden das Blut am Schamhaar und Geschlechtsteil. Er sah triumphierend zu den Freunden, die daraufhin Paula angrinsten.

Danach brachte Thorsten Paula nach Hause.

»Was sollte das?«

»Was meinst du denn? Wovon redest du?«

»Wieso ziehst du vor deinen Freunden die Hose runter?«

»Um ihnen meinen Schwanz zu zeigen. Das habe ich für dich getan, Paula, nur für dich. Versteh doch, sie sollen wissen, dass du noch Jungfrau warst.«

»Was geht die das an?«

»Na, du weißt schon, es ist wegen früher, wegen deinen Russen. Ich wollte ihnen beweisen, dass ich nicht mit einer Russennutte gehe. Verstehst du?«

»Nein, das verstehe ich nicht. Ich weiß nur, dass du ein Idiot bist.«

Sie war wütend auf ihn und verkündete, dass ihre Freundschaft damit beendet sei, aber drei Wochen später ließ sie sich überreden, mit Thorsten durch die Stadt zu spazieren. Sie schliefen auch wieder miteinander, aber erst, nachdem er ihren wiederholten Aufforderungen nachgekommen war und sich bei ihr entschuldigt hatte, obwohl ihm überhaupt nicht klar war, wofür.

3.

Im Juni, zwei Tage nach einem der Abendempfänge, rief mich Sibylle Pariani an. Sie war die Frau eines Professors für Ökonomie, die beiden gehörten zu unserem Kreis, kamen sehr regelmäßig und wohnten in einem Haus in

Rosenthal. Er lehrte an der Hochschule für Ökonomie und an der Humboldt-Universität und beeindruckte mich durch seinen Zynismus. Bei unseren Gesellschaften gab er laufend bösartige politische Bemerkungen von sich, sehr bitter und witzig, über die alle lachten. Manchmal hatte mich Marco Pariani gebeten, ihn nicht zu zitieren und schon gar nicht in der Schule, denn dann würde er ein wenig Ärger bekommen, aber mich würde man exmatrikulieren. Darauf hatten wieder alle gelacht, ich lachte ebenfalls, obwohl ich von diesen Äußerungen verwirrt war. Das war eine neue Welt für mich. Wenn wir uns trafen, witzelten und spotteten sie über all das, was sie tagsüber als Hochschullehrer oder Staatsangestellte zu unumstößlichen und heiligen Wahrheiten erklärt hatten. In unserem Kreis gab es kein Ereignis, über das sie nicht ironisch oder boshaft herzogen, über die Politik sprachen sie stets abfällig, über die Presse amüsierten sie sich. Ich war überrascht, weil sie nicht anders als meine Freunde und Kommilitonen redeten, und ich war so naiv gewesen zu glauben, sie seien von dem überzeugt, was sie uns erzählten.

Damals im Juni war Frau Mosbach zu mir gekommen und hatte gesagt, dass Frau Pariani am Telefon sei.

»Haben Sie ihr nicht gesagt, dass Waldschmidt in der Schule ist?«

»Ja. Aber sie will mit Ihnen sprechen.«

»Mit mir? Gut, ich komme.«

Ich ging die Treppe hinunter, das schwarze Telefon stand auf der Anrichte im Eingangsflur.

»Sibylle? Du willst mich sprechen?«

»Hallo, Paula. Ich wollte dich einladen, mich zu besuchen. Wir wohnen ja nicht weit voneinander. Mit dem Fahrrad bist du in zehn Minuten bei mir.«

»Wann soll ich denn kommen? An welchem Tag?«

»Wenn du Lust hast, sofort. Ich habe gerade einen Pflaumenkuchen gebacken, weißt du, die kleinen gelben, die sind schon reif. Und Pariani kommt erst um Mitternacht nach Hause. Dann wird er nichts mehr davon essen wollen, aber ein Pflaumenkuchen schmeckt frisch am besten.«

»Jetzt gleich?«

»Ja. Du musst doch auch einmal eine Pause machen. Schwing dich aufs Rad und schau vorbei.«

»Gut. Ich komme. Ich beeile mich.«

Ich hatte keine Ahnung, warum Sibylle Pariani mich einlud. Sie war zehn, fünfzehn Jahre jünger als ihr Mann, alles an ihr war fließend und sanft. Sie hatte ein zartes Gesicht, und über ihre Lippen kam nie eine Obszönität. Wenn sie lief, sah ich ihr nach, es gefiel mir, wie sie ging, ich spürte ein wohltuendes Rauschen. Ich starrte auf ihre Beine, ich konnte die Blicke kaum von ihr lösen, sie lief nicht einfach, sie schritt dahin, ein bewusster fester Schritt, eine ruhige, gebändigte Leidenschaft, eine erotische Spannung ging von ihr aus. Wenn sie mit ihrem Mann zusammensaß, wenn sie Marco Pariani ansah, ihn anstrahlte, und er auf jede ihrer Gesten achtete und auf das Glitzern ihrer Augen reagierte, erschienen sie mir wie ein Urbild der Liebe. Ich hatte beide sehr gern, Pariani und seine schöne Frau.

Ich hatte bemerkt, dass auch umgekehrt Sibylle Pariani mich ab und zu beobachtete und freundlich zu mir war. Wir waren uns sympathisch, und manchmal sagte sie etwas zu mir, das mir das Gefühl gab, wir seien schon jahrelang befreundet. Aber ganz genauso verhielt sie sich auch den anderen gegenüber, den Frauen und Männern, sie war zu allen liebevoll, als habe sie davon mehr als genug zu verschenken. Mir gefiel es, weil ich nichts zu verschenken hatte, jedenfalls keine Liebe und keine Gefühle, davon können die Narben an meinen beiden Handgelenken erzählen. Mich verwirrte diese Sibylle Pariani. Wann immer sie bei einem unserer Abende erschien, strahlte sie diese scheinbar von keiner Erfahrung zu zerstörende Freundlichkeit aus. Eine Frau, die zu berühren man sich scheute und nach deren Berührung man sich sehnte.

Sibylle entsprach keineswegs dem gängigen Schönheitsideal, dazu hatte sie zu viel Hintern und Busen, und ihre Taille war ihrem Alter gemäß nicht eben schmal, aber alles fügte sich bei ihr zur Vollkommenheit. Für mich war sie die Vision einer Frau, so unwirklich milde wie ein Madonnenbild.

Wenn sie den Kopf hob, die Lippen leicht geöffnet und ihre dunklen Augen lächelten, war da nichts anderes zu bemerken als freundliche Zuneigung, aber dahinter lag das Versprechen von Leidenschaft. Wenn ich sie ansah, überkam mich zum ersten Mal in meinem Leben das Verlangen, einem Paar beim Liebesspiel zuzusehen, ich würde zu gern in einem Sessel sitzend Sibylle und ihren Mann beobachten, wenn sie sich lieben. Das Verlangen überraschte mich selbst, ich hatte nicht geahnt, dass ich voyeuristische Neigungen besaß, sie waren mir bisher fremd und unangenehm, auch abartig und ekelhaft. Doch wenn ich an Sibylle dachte, erschien es mir völlig natürlich und hatte nicht den geringsten Beigeschmack. Wenn ich sie sah, schien alles einfach und möglich, als wenn ihr Erscheinen, ihr Lächeln alles sanft machen würde.

Als ich an ihrer Tür klingelte, schlug mir das Herz im Hals.

»Schön, dass du da bist«, sagte Sibylle, legte einen Arm um meine Schultern und führte mich in das Wohnzimmer. Ich war befangen, weil ich den Grund für ihre überraschende Einladung nicht kannte. Sie hatte den Tisch gedeckt, hinter dem aufgeschnittenen Blechkuchen stand eine hohe schmale Vase mit einer einzigen dunkelroten Rose. Ich lobte aus Verlegenheit ihr Porzellan, sie lachte und erzählte, es habe in ihrem Leben eine Zeit gegeben, in der sie nach gutem Geschirr und Gläsern geradezu süchtig gewesen und quer durch das Land gefahren sei, um diese bei Haushaltsauflösungen zu kaufen oder zu ersteigern.

»Aber das ist vorbei«, sagte sie, »das ist mir nicht mehr so wichtig, das ist nur ein schönes Extra, mehr nicht.«

Sie fragte nach meiner Arbeit, ich erzählte ihr von meinem weißen Bild, über das ich bisher mit keinem gesprochen hatte.

Sie saß in ihrem Sessel und sagte dann: »Eine schöne Idee, und sicher sehr schwierig. Aber du liebst Schwierigkeiten, Paula, nicht wahr?«

Sie fragte nach meinem Verhältnis mit Waldschmidt, ich erzählte. Sie wollte alles von mir wissen, und ich sprach über Vater und Kindheit, über meine Träume und meine Erfahrungen mit den Männern. Und ich erzählte ihr von Cordula. Ich erzählte, wie oft ich von meinem kleinen Mädchen träume, erleichtert, dass sie bei ihrem Vater aufwächst und nicht bei mir, die ich ihr keine Mutter sein konnte, und dass ich ebendeswegen todunglücklich sei.

»Ach, Paula«, sagte sie nur. Nichts weiter, und dafür war ich ihr unendlich dankbar.

Sie lächelte mir zu und streichelte meine Wange, und ich begann loszuheulen. Dann aß ich noch ein Stück Kuchen, es war das dritte, worüber wir beide lachten, und nach dem Kaffeetrinken zeigte sie mir das Haus und den Garten, den sie ganz allein in Ordnung hielt. Als wir wieder im Wohnzimmer saßen, erzählte sie von ihrer Kindheit, sie war ohne Vater aufgewachsen und hatte drei Jahre in einem Kinderheim leben müssen, von ihrer ersten Liebe, ihrem ersten Beischlaf und ihrer ersten Ehe, sie hatte zwei Jahre nach dem Abitur einen Kommilitonen geheiratet, die

Ehe hatte drei Jahre gehalten. Dann hatte sie Marco Pariani kennengelernt und sich Hals über Kopf in ihn verliebt.

»Ich war wie wahnsinnig«, sagte sie. »Er hatte mich auf einer Ausstellung angesprochen und zu einem Kaffee eingeladen. Ich hatte natürlich abgelehnt. In meiner Ehe kriselte es, aber ich war ein solches Häschen, andere Männer kamen für mich überhaupt nicht in Frage. Doch seit diesem Tag konnte ich nur noch an Pariani denken. Wenn ich mit meinem damaligen Mann zusammen war, wenn ich mit ihm sprach, wenn er mich küsste, wenn wir miteinander schliefen, ich hatte immerzu Pariani vor Augen. Schließlich hielt ich es nicht mehr aus und rief ihn an. Ich war schrecklich aufgeregt, und es wurde noch schlimmer, als ich merkte, dass er gar nicht wusste, wer ich bin. An die Ausstellungseröffnung konnte er sich kaum noch erinnern. Da habe ich aufgelegt. Aber nur einen Tag später habe ich noch einmal angerufen, wir haben uns in einem Café getroffen, und ich habe sofort die Scheidung eingereicht, sofort. Ein halbes Jahr später war ich mit Pariani verheiratet. Ich war wahnsinnig in diesen Kerl verliebt. Und das bin ich noch immer. Wir sind jetzt fast zwanzig Jahre verheiratet, und ich liebe diesen Menschen wie an jenem allerersten Tag. Glaubs oder glaubs nicht, ich habe, seit ich mit ihm verheiratet bin, nie mit einem anderen Mann ein Verhältnis gehabt. Ich weiß, dass mir keiner glaubt, unsere Freundinnen schon gar nicht, denen darf ich damit überhaupt nicht kommen, die halten mich für anormal, für verrückt. Es ist aber die reine Wahrheit. Ich habe allerdings in meinem ganzen Leben nur mit drei Männern geschlafen, außer meinen beiden Ehemännern gab es noch einen Theologiestudenten. Das ist sehr wenig für eine Frau von dreiundvierzig, oder?«

»Keine Ahnung«, sagte ich, »ich habe von Frauen gehört, die ihr ganzes Leben lang nur mit einem einzigen

Mann intim waren. Die ihr ganzes Leben lang nie von einem anderen geträumt haben.«

»Ja, gelesen habe ich auch davon«, erwiderte sie, und dann lachten wir wieder, laut und wild und einträchtig.

Ich wurde mit einem Mal verlegen und rührte, ohne aufzusehen, in meiner Kaffeetasse. Von irgendwoher war ein Orgelspiel zu hören, eine Bachkantate. Vielleicht kam die Musik aus einem der oberen Zimmer oder aus einem Nachbarhaus. Auch Sibylle schien der Musik zu lauschen, sie lehnte sich im Sessel zurück und schloss die Augen. Und dann war da plötzlich dieses Licht. Sibylle schien für Momente in ein grünes Licht getaucht, ein Licht, das aus der Höhe zu kommen schien oder aus dem Garten oder ihrem Kristall. Sie öffnete die Augen und sah mich an. Dann stand sie auf, das Licht umgab sie, als sie zu mir kam, sich neben dem Sessel niederkniete, meinen Kopf zu sich drehte und mich küsste. Ich rührte mich nicht. Ich zuckte nicht zurück, ich ließ es geschehen. Wir sahen uns minutenlang schweigend in die Augen, sie streichelte mich, meine Wangen, meine Nase, meine Lippen, mein Haar. Ich bewegte mich nicht. Dann stand sie auf und sah mich an. Meine Hände lagen auf den Sessellehnen, ich konnte mein Herz schlagen hören, ich war wie erstarrt und gleichzeitig war mir ganz leicht. Es war schön, in dem Sessel zu sitzen und von ihr betrachtet zu werden. Bewundert zu werden. Vielleicht ist das nur das grüne Licht, dachte ich, als sie meine Hand nahm und mich hochzog. Wir gingen schweigend nach oben in ihr Schlafzimmer. Sie zog mich aus, sie zog mich so zärtlich aus, wie ich noch nie in meinem Leben entkleidet worden war. Es schien unendlich lange zu dauern, eine rücksichtsvolle, behutsame Umarmung. Sie knöpfte meine Bluse auf, Knopf für Knopf, zog sie langsam über meine Arme, als sei sie aus einem unersetzlichen und hauchzarten Gewebe, und legte sie ebenso sorgfältig auf die alte Bauerntruhe neben dem Bett. Nachdem sie meinen BH aufgeknöpft und mir abgenommen hatte, lächelte sie mich an, ein scheues Lächeln, das über mein Gesicht streifte und gleich darauf wieder verschwand. Sie trat einen Schritt zurück, legte den Kopf ein wenig zur Seite und betrachtete mich. Sie streckte ihre Hand aus und streichelte meinen Arm von der Schulter abwärts zu den Fingerspitzen. Ich spürte, wie ich ruhig wurde. Sibylle öffnete die Schleifen ihres Kleides, streifte es über den Kopf und legte es auf die Truhe, löste ihr Haar und schüttelte einmal den Kopf, so dass es um ihren Hals fiel. Sie zog ihren Slip aus, ließ ihn auf den Teppich fallen und legte sich auf das Bett. Sie war wunderschön. Die Brustwarzen ihrer großen, schweren Brüste, die sich zu den Seiten geneigt hatten, schimmerten purpurn und waren von einem rotbraunen Hof umgeben, der auf der schneeweißen Haut der Brust leuchtend hervorstach. Vom Dekolleté aufwärts war die Haut leicht gebräunt. Der Hals und ihre Schultern bildeten so, wie sie dalag, eine Linie erregender Vollkommenheit. Sie betrachtete mich unbefangen. Sibylles Beine waren kräftig und völlig gerade und lang, am rechten Oberschenkel war eine kleine blasse Narbe. Unterhalb des Bauchnabels war ein Muttermal zu sehen, ein kleiner Fleck, ein winziges Birkenblatt mit der Andeutung eines Stiels, dunkelrot wie ein Brandzeichen.

»Komm«, sagte Sibylle leise, »komm zu mir, Paula.«

»Ich würde dich gern zeichnen«, erwiderte ich.

Sie nickte und wiederholte: »Komm. Komm zu mir, du Schöne.«

Ich legte mich neben sie und achtete darauf, sie nicht zu berühren. Ich verstand nicht, wieso ich hierhergekommen war, wieso ich mich hatte ausziehen lassen und nun neben einer nackten Frau lag. Ich verstand nicht, wieso ich ihre Einladung angenommen hatte, denn ich musste mir eingestehen, dass all das, was geschehen war, mich nicht wirklich überraschte. Bereits bei ihren ersten Worten am Telefon, nein, schon als Frau Mosbach in mein Zimmer kam, um mir zu sagen, Sibylle wolle mich sprechen, wusste ich, dass und wieso sie mich einladen würde, dass sie Sehnsucht nach mir hatte, dass sie die gleiche Sehnsucht hatte wie ich. Ich wusste, dass sie mich liebte und dass ich zu einer Verabredung ging, zu einem Rendezvous.

Sibylle hatte sich aufgerichtet, sie stützte sich auf einen Arm und betrachtete mich. Mit der anderen Hand streichelte sie meine Stirn, meine Nase, meine Lippen, ließ ihre Finger über meinen Hals gleiten und meine Brüste. Dann beugte sie sich über mich und küsste mich auf den Mund. Es gefiel mir und ich genoss ihre Liebkosungen. Sie flüsterte meinen Namen und legte sich auf mich, fasste mit beiden Händen meinen Kopf und küsste mich und flüsterte und küsste mich immer wieder. Ich legte eine Hand auf ihren Rücken, und in diesem Moment schien ein Stromschlag durch mich hindurchzulaufen. Mein ganzer Körper zuckte, und ich ließ mich fallen und fallen und fallen und versank in einem glühendheißen Mahlstrom, seine Wirbel zogen mich in die Tiefe und schleuderten mich empor, um mich sofort wieder zu packen, mich in den Fluten zu ertränken. Ich hörte mich schreien, eine langgezogene, dumpfe Wehklage, ein Stöhnen. Und dann verlief sich die Flut, und ich lag reglos und ermattet da, die Augen geschlossen. Ich wollte nur noch so liegen bleiben und nichts weiter. Nichts. Gar nichts.

»Hallo, Paula«, sagte Sibylle.

Sibylle nahm meine Hand und legte sie auf ihre Brust. Meine Finger zitterten. Sie bemerkte es und legte beruhigend ihre Hand auf meine. Sie küsste meine Wange, nahm mein Ohrläppchen zwischen die Zähne, flüsterte mir ins Ohr, sie verführte mich, wie ich noch nie verführt worden war. Ich genoss es, wie sie mir ihren Körper zeigte, wie sie mich dazu brachte, sie zu berühren, sie zu erkunden, ihre empfindsamsten Stellen mit den Fingerspitzen zu entdecken. Ich erlebte bei ihr und mit ihr das, was ich mir von meinem allerersten Liebeserlebnis erträumt hatte.

Wir ließen uns viel Zeit, ich wusste nicht, ob wir eine Stunde oder zwei zusammen waren, ich hatte jeden Sinn für die Zeit und die Welt verloren. Mit ihr erlebte ich etwas, was ich zuvor nicht gekannt hatte. Es war nicht die Liebe zu einer Frau, es war die Liebe selbst, die Zärtlichkeit, die Sinnlichkeit, die Lust. Ich ließ keinen Gedanken, kein Nachgrübeln zu. Ich wollte dieses Beisammensein mit Sibylle genießen, ich wollte es erleben, gleichgültig, was danach passieren oder wie ich mich hinterher fühlen würde. Ich ließ mich von ihr führen, ich gab mich einem zuvor nie erlebten Rausch hin.

Ich lächelte mit geschlossenen Augen, ich weigerte mich, sie zu öffnen, ich wollte die Erschöpfung genießen, mich ihr hingeben, sie auskosten. Ich hatte noch nie so rasch einen Orgasmus bekommen, so rasch und so heftig und so durchdringend. Ich lächelte und dann lachte ich, ich lachte über mich. Ich verstand mich nicht, ich verstand gar nichts, aber es war schön.

Wir gingen schließlich ins Bad nebenan und duschten gemeinsam, und auch das wurde zu einem Fest. Ihre Hände cremten mich mit dem Seifenschaum behutsam ein, ihre Finger glitten über den Körper, und meine Haut nahm jede ihrer Zärtlichkeiten gierig auf. Als sie den Duschkopf an meinem Körper entlangführte, von oben nach unten und von den Füßen bis zur Stirn, hielt sie ihren Kopf dicht daneben und küsste die geduschten Körperteile. Als ihre Lippen mein Handgelenk berührten, die alten Narben meiner frühen Verzweiflung, schaute sie auf, sah mir in die Augen und sagte kein Wort. Sie und Kathi haben nie etwas dazu gesagt, wofür ich sie beide umso mehr liebte. Sibylles Lippen strichen wie warme Sonnenstrahlen über meinen Körper, ihre Küsse waren wie ein leiser Hauch, der meine Haut kaum berührte. Dann gab sie mir die Dusche, und ich begann, mit ihr zu spielen. Sie lachte über mich, weil ich immerzu die Augen geschlossen hielt, aber ich konnte sie dadurch viel intensiver genießen, und ich wollte das grüne Licht nicht verlieren, das noch immer hinter meinen geschlossenen Lidern zu sehen war.

Wir trockneten uns nur flüchtig ab und gingen wieder ins Bett, die feuchten Körper dampften leicht. Sibylle beugte sich unvermittelt über mich und biss mir in den Hintern. Ich schrie auf, drehte mich aus ihrem Griff und biss sie ebenfalls. Wir schrien beide auf vor Schmerz und Lust und Spaß. Schließlich blieben wir erschöpft nebeneinander liegen. Ich fühlte mich wunderbar, leicht und glücklich und frei. Ich spürte das Leben in mir, wie ich es nie empfunden hatte. Ich wollte sterben. Ich wollte leben. Plötzlich riss mich ein heftiges Schaukeln der Matratze aus meinen Träumen, Sibylle schnellte aus dem Bett, schlüpfte in einen weißen Bademantel und sagte: »Ich geh und mache uns einen Kaffee. Zieh dich langsam an. Lass dir Zeit, Paula.«

Ich stand auf und ging ins Bad. Ich schaute mir Sibylles Kosmetika auf dem gefliesten Bord des Badezimmers an, nahm die Tuben und Fläschchen in die Hand, roch an ihnen und schminkte mich. Eine Viertelstunde später ging ich angekleidet ins Wohnzimmer hinunter. Sibylle hatte Kaffee gemacht und Konfekt und eine Whiskyflasche auf den Tisch gestellt. Sie saß im Sessel und rauchte, und als ich kam, reichte sie mir die Zigarettenschachtel herüber. Ich schüttelte den Kopf und setzte mich in meinen Sessel.

»Du bist so schön«, sagte sie.

Ihr Lob verwirrte mich. Im Bett waren ihre Liebesbeteuerungen so einfach und natürlich gewesen, und sie hatten mich beglückt, aber hier am Tisch wurde ich verlegen. Sibylle bemerkte es, redete aber unbefangen weiter, goss mir Kaffee ein, bot mir einen Schnaps an und wollte mit mir über meine Arbeit reden, über mein weißes Bild. Irgendwann nahm ich alle Kraft zusammen, schaute sie an und sagte: »Ich weiß nicht, was mit mir los ist, Sibylle. Bin ich lesbisch?«

Sie beugte sich vor, um meine Hand zu fassen, lächelte mich an und sagte: »Nein, ich glaube nicht.«

»Aber was ist dann mit mir los? Ich verstehe mich selbst nicht.«

»Das musst du nicht. Es war schön, das ist alles. Mach es nicht durch Nachdenken kaputt.«

»Bist du lesbisch?«

Sibylle lachte laut auf: »Nein, Paula, sicher nicht. Ich bin überhaupt nicht lesbisch. Ich liebe die Männer und ich liebe Pariani, ich liebe ihn über alles. Nein, lesbisch bin ich keineswegs.«

»Aber ... wir haben ... du hast mit mir ...«

»Nicht nachdenken, Paula. Ich habe dich sehr gern, ich liebe dich, und wir haben uns geliebt. Das ist schon alles. Ein Abenteuer. Ein kleiner Ausflug. Ein Moment von Schönheit. Es war nur ein Schmetterling, Paula, nichts weiter. Genieß es.«

»Es war sehr schön mit dir, aber ich bin völlig verwirrt.«

»Das war das erste Mal, dass du mit einer Frau geschlafen hast?«

»Ja. Ich habe nie daran gedacht.«

»Nie? Wirklich nie?«

»Natürlich nicht.«

»Du bist ein Schäfchen, meine Schöne. Frauen sind doch schön.«

»Gieß mir einen Schnaps ein, bitte.«
»Dein Körper hat dich geführt, und du hast dich führen lassen. Und vielleicht wird es jetzt viel schöner, wenn du mit einem Mann schläfst.«
»Ich verstehe es aber nicht.«
Sie stand auf und kam auf mich zu. In diesem Moment war es mir unangenehm, und ich drehte meinen Kopf weg und schob sie zurück.
»Ach, Paula, du bist so abwehrend. Lass dich gehen, und sei nicht beständig auf der Hut. Was ist mit dir? Bist du so unsicher? Oder verletzt? Betrachte mich doch einfach als deine Freundin. Als eine Freundin, die dich liebt.«
»Ich glaube, ich muss jetzt gehen«, sagte ich, »ich habe noch viel zu tun.«
»Sehen wir uns wieder?«
»Ja. Natürlich. Warum nicht? Wir sehen uns doch regelmäßig.«
»Ich meine, nur wir zwei. Sehen wir uns?«
»Ich weiß nicht. Ich muss erst zu mir kommen.«
Die Haustür wurde aufgeschlossen. Sibylle ging zu ihrem Sessel zurück und setzte sich. Marco Pariani kam ins Zimmer, er freute sich, mich zu sehen, und küsste mich. Dann ging er zu seiner Frau und begrüßte sie zärtlich, und auch Sibylle war liebevoll zu ihm. Pariani setzte sich zu uns, goss sich einen Scotch ein und erkundigte sich, was mich hergeführt habe.
»Ich habe sie eingeladen«, sagte Sibylle, »ich hatte einen Pflaumenkuchen gebacken, und du wolltest erst nachts zurückkommen. Da dachte ich mir, ehe der Kuchen völlig durchnässt ist, lade ich Paula ein.«
»Eine gute Idee, so kommt sie uns einmal besuchen. Und du hast es ja gern, wenn dich deine Freundinnen besuchen.«

Er lächelte seine Frau dabei völlig unbefangen an, Sibylle nickte und goss ihm Kaffee ein, und mir schoss bei seinen Worten das Blut in den Kopf. Er bemerkte es und sah mich eindringlich an, dann nahm er sich Zucker und fragte nach Waldschmidt. Ich antwortete, aber er schien abwesend zu sein. Er erhob sich, trank die Tasse im Stehen aus und entschuldigte sich, er müsse noch eine Vorlesung vorbereiten. Ich sagte, auch ich hätte noch zu tun und müsse gehen, er küsste mir die Hand und verschwand in sein Arbeitszimmer.

»Weiß er es? Ahnt er es?«, fragte ich Sibylle.

»Ich glaube nicht«, sagte sie unbekümmert.

»Du hattest gesagt, er würde spät nach Hause kommen. Er hätte uns beinahe ...«

»Ja, und? Dann wäre das geklärt. Pariani und ich, wir lieben uns, aber er ist nicht mein Eigentum, und ich bin nicht sein Eigentum. Und er ist gottlob kein Spießer. Er würde gewiss alles von uns wissen wollen. Weißt du, er würde sicher gern dabei zusehen wollen. So wie ich ihn kenne, würde ihm das sehr gefallen. Ein paar Wünsche und Sehnsüchte hat mein Pariani noch immer, so alt und erfahren er ist.«

»Ich muss jetzt wirklich gehen, Sibylle.«

»Sei nicht so verschreckt, Paula. Was war denn daran so fürchterlich, was ich gesagt habe?«

»Nichts. Wieso denn? Aber ich muss gehen.«

Ich stand auf und streckte ihr zum Abschied die Hand entgegen. Sie kam auf mich zu, schob den Arm beiseite und umarmte mich.

»Wir bleiben Freundinnen?«, fragte sie.

Ich nickte, hauchte ihr einen Kuss auf die Wange und entzog mich ihren Armen.

»Grüß deinen Mann von mir. Ich will ihn jetzt nicht stören.«

4.

An diesem Abend konnte ich nicht mehr arbeiten. Ich saß zwar noch lange im Atelier, aber strichelte nur kleine Figuren auf den Block. Einmal entstand eine Zeichnung, ein weiblicher Rückenakt, doch als ich bemerkte, dass ich begonnen hatte, Sibylle zu skizzieren, zerriss ich das Blatt in tausend Fetzen und stopfte die Schnipsel in den Papierkorb.

Waldschmidt kam gegen zehn Uhr nach Hause, er hatte eine Sitzung in der Schule gehabt, schimpfte im Wohnzimmer vor sich hin und war für eine halbe Stunde unansprechbar. Ich setzte mich zu ihm, aber da er nur auf den Fernseher starrte, ein großes Glas in sich hineinschüttete und vor sich hin brabbelte, ging ich ins Atelier zurück. Als ich wieder ins Wohnzimmer kam, hatte er sich beruhigt, bot mir ein Glas an, wollte aber nicht mit mir über die Sitzung sprechen. Er fragte, was ich den Tag über getrieben hätte, und ich erzählte ihm von meinem Besuch bei Parianis und richtete ihm die aufgetragenen Grüße aus.

»Eine schöne Frau, die Sibylle«, sagte er, »ich habe sie schon dreimal gebeten, mir Modell zu sitzen, aber sie will nicht. Sie will sich nicht ausziehen. Diese verklemmten Weiber! Sprich du einmal mit ihr, vielleicht kannst du sie überreden, mir Modell zu sitzen. Oder sie sitzt für dich. Was hältst du davon? Dieses Weib hat irgendwas. Vielleicht ist es auch der Pariani, der das nicht will, vielleicht verbietet er es ihr. Wenn man ihm zuhört, ist er ein ausgekochtes Schlitzohr, aber vielleicht ist er in Wahrheit verspießert bis in die Knochen. Ich habe das alles schon erlebt.«

Als er zehn Minuten später nochmals davon anfing, Sibylle als Modell gewinnen zu wollen, sagte ich ihm, ich könne die Leute nicht überreden, für ihn zu sitzen, seine

Modelle müsse er sich schon selber besorgen. Er schaute mich irritiert an und erkundigte sich, weshalb ich so grantig sei. Ich entschuldigte mich, setzte mich zu ihm auf das Sofa und spielte das anschmiegsame Kätzchen. Als er seine Hand in meine Hose schob, wehrte ich mich, doch Sekunden später ermunterte ich ihn und zog, noch auf dem Sofa sitzend, meine Hose aus und warf sie vor den Kamin. Waldschmidt steckte seine linke Hand zwischen meine Schenkel und streichelte mich, mit der rechten hielt er sein Weinglas, trank es aus, füllte es erneut, ohne die andere Hand wegzunehmen. Dann leckte er meine Ohren und meinen Hals ab, was er immer tat, wenn er mit mir schlafen wollte. Und das wollte ich auch. Ich wollte nach dem Nachmittag mit Sibylle mit ihm ins Bett, ich wollte das Beisammensein mit ihr loswerden, auslöschen. Ich wollte mit Waldschmidt schlafen, um diesen anderen Körper, um diese Frau auszutilgen, die sich in meine Haut gebrannt hatte.

Ich streichelte Waldschmidt behutsam, seine Brust, seinen Bauch. Ich nahm seine Brustwarzen zwischen die Lippen, was ihn stets erregte, und brachte ihn dazu, das halbgeleerte Glas stehen zu lassen und mich zum Bett zu tragen. Wir zogen uns aus, und dann verspürte ich einen Krampf in meinem Bauch, entschuldigte mich, rannte ins Bad und setzte mich auf die Toilette. Ich hoffte inbrünstig, Waldschmidt würde zärtlich zu mir sein, würde mich wie der aufmerksamste Liebhaber erregen, um mich dann ungestüm zu nehmen und zu lieben. Ich wollte mich von Sibylle freimachen. Und ich fürchtete, es würde mir nicht gelingen, ich fürchtete, es würde Waldschmidt nicht gelingen, Sibylle in mir auszulöschen, und Furcht und Angst krampften meinen Körper zusammen und bereiteten mir Bauchschmerzen. Außer dieser Angst und der Angst vor dieser Angst spürte ich ein undeutliches Gefühl von Sehnsucht nach einer anderen Freiheit. Es war ein Kindergefühl, wie ich mich urplötzlich erinnerte, meine Sehnsucht nach einem ganz anderen Leben, die mich die ganze Kindheit hindurch begleitetet hatte, und es nahm mir den Atem, als mir deutlich wurde, dass dieses verworrene Verlangen nun eine Farbe bekam, ein Gesicht, einen Körper. Den Körper und die Wärme einer Frau. Den Geruch von Sibylle. Mir wurde auf dem Toilettensitz fast schwindlig, als ich mir das klarmachte. Ich stand rasch auf, ging zur Dusche und ließ kaltes Wasser über mein Gesicht und meine Unterarme fließen. Dann ging ich zu Waldschmidt und streichelte und küsste ihn dort, wo er es mochte, ich bot mich ihm an, entzog mich ihm, stieß ihn zurück, um ihn sofort wieder anzulocken. Er schloss die Augen und stöhnte laut, griff mit seinen beiden dicken Pranken nach mir, vergrub seinen Kopf in meinem Bauch, fuhr mit den Händen meinen ganzen Leib ab, drückte meine Haare, mein Gesicht gegen sein Geschlecht, presste seinen Mund auf meinen, dass ich kaum Luft bekam. Ich bewegte mich, ich stöhnte. Plötzlich beugte er sich über mein Gesicht und sagte: »Was zum Teufel ist mit dir los, Paula?«

Ich öffnete die Augen nur halb, stöhnte nochmals und erwiderte: »Ich weiß nicht. Ich weiß nicht, was du meinst. Ich bin verrückt nach dir.«

»Nein, das bist du nicht. Das bist du ganz und gar nicht. Ich weiß, wann eine Frau heiß ist, ich weiß das ganz genau. Und ich weiß zufällig auch, wann du scharf bist. Du spielst mir irgendetwas vor.«

»Komm, Freddy, komm endlich«, sagte ich nur und streichelte ihn heftig.

»Ach, zum Teufel«, sagte er, legte sich auf mich rauf, zwang seinen Schwanz in mich rein und erledigte sein Geschäft. Denn mehr war es nicht. Als er sich neben mich wälzte, atmete ich heftig, ich wollte die Scham und den

Schmerz wegatmen, ich wollte unbedingt verhindern, dass mir die Tränen in die Augen stiegen. Es war alles so lächerlich, dass ich heulen könnte. Nein, nicht irgendetwas war lächerlich, ich war lächerlich.

Waldschmidt missverstand mich. Er stieß mich mit dem Ellbogen und sagte: »Tu bitte nicht so, als ob du einen Orgasmus gehabt hättest. Ich weiß nicht, was mit dir los ist, aber du musst mich nicht für blöd halten.«

Er drehte sich auf die Seite und schnarchte schon, bevor er eingeschlafen war. Ich wartete noch ein paar Minuten, dann ging ich ins Bad und anschließend in mein Zimmer. Ich verkroch mich unter die Decke und wollte einfach losheulen, aber selbst das gelang mir nicht. Ich hatte etwas auslöschen wollen, und das einzige Mittel, das mir dafür eingefallen war, hatte sich als völlig ungeeignet erwiesen. Ich lag wach, hielt die Augen geöffnet, ich wollte sie nicht schließen, weil ich dann Sibylle vor mir sah, die schöne Sibylle, die nackte Sibylle, die Frau, die mich küsste und streichelte und die ich geküsst und gestreichelt hatte.

»Paula, Paula!«, sagte ich laut zu mir. »Was ist los? Was treibst du für ein Spiel? Was soll das mit dieser verrückten Sibylle? Die ist vielleicht lesbisch und weiß es gar nicht oder will es nicht wissen. Aber du nicht, Mädchen! Was zum Teufel ist mit dir los?«

Doch diese Frage konnte ich nicht beantworten. Ich war wütend auf Sibylle, aber im Grunde wusste ich, dass sie nicht daran schuld war, dass ich ganz allein und mit klarem Verstand und vollkommen bewusst da hineingeschlittert war.

Waldschmidt war gewiss nicht der ideale Liebhaber, aber darum hatte ich mich auch nicht für ihn entschieden, an ihm hatte mir anderes gefallen und gefiel mir immer noch. Er war fünfunddreißig Jahre älter als ich, das vor allem war es, was mir an ihm gefiel. Er strahlte Gelassenheit aus, keine schwächliche, langweilende, passive Ruhe, nicht die Trägheit eines alten Mannes, sondern Kraft, die aus einer Haltung kommt. Meine Launen ertrug er, sie schienen ihn sogar zu amüsieren. Vielleicht war es mein kleines Lebenschaos, was ihn an mir reizte, ihm machte es Spaß, dass ich noch immer irgendwo nicht erwachsen war, wie er meinte. Er war auf eine angenehme Art selbstbewusst, ganz anders als der selbstgefällige und eitle Hans. Waldschmidt ruhte in sich, wie ein Stein, wie ein Felsbrocken. Was ihn nicht interessierte, prallte von ihm ab. Und wofür er sich begeisterte, das verfolgte er ohne Hemmungen, und er wurde zu einem richtigen Mistkerl, wenn es galt, das zu erreichen, was er wollte. Er war von sich überzeugt und von allem, was er sich vornahm, während es nichts gab, was ich nicht irgendwann hoffnungsvoll begann und an dem ich dann doch irgendwann kleinmütig und unsicher zweifelte. Mir fehlte seine Entschlusskraft, und ich liebte ihn für all das, was er überreichlich besaß und ich nicht hatte.

Am nächsten Morgen ging Waldschmidt mit keinem Wort auf den vergangenen Abend ein. Wir frühstückten zusammen und dann fuhr er in die Hochschule, ich musste erst um zehn dort erscheinen und wollte das Fahrrad nehmen. Ich begleitete ihn zum Auto. Als er im Wagen saß, reichte ich ihm meinen großen Zeichenblock, den er für mich mitnehmen sollte. Er legte ihn auf die hinteren Sitze und sah mich an. Er sagte nichts, er schaute ernst und schien mein Gesicht erforschen zu wollen, meine Augen. Schließlich strich er mit dem Zeigefinger über meine Nase und sagte: »Ich fürchte, du wirst mir Kummer machen, Kleine. Ich bin gerade dabei, mich in dich zu verlieben, und ich habe das Gefühl, dass du soeben dabei bist, mich zu verlassen. Oder dich von mir zu entfernen.«

Ich lachte, schüttelte den Kopf und wollte etwas erwidern, doch er unterbrach mich: »Sag nichts, Paula, bitte. Wenn du gehen willst, werde ich dich nicht halten können, das weiß ich. Rücksicht nimmst du sowieso nicht. Und das ist auch gut so, das ist deine Kraft. Aber bitte belüge mich nicht.«

»Ich verstehe überhaupt nicht, wovon du redest. Ich habe nicht vor, hier auszuziehen. Ganz im Gegenteil, Freddy, ich werde dich irgendwann zum Standesamt schleppen, ob es dir passt oder nicht.«

Er verzog keine Miene, er lächelte nicht, er schaute mich nur eindringlich an, schloss die Wagentür und fuhr los. Ich nahm die Zeitung aus dem Kasten und ging ins Haus zurück. Ich brühte mir einen neuen Kaffee auf und blätterte die Zeitung durch, dann holte ich mir ein Buch und las ein paar Seiten am Küchentisch, das Geschirr hatte ich nur beiseitegeschoben. Um neun erschien Frau Mosbach, und ich ging in mein Zimmer und packte die Sachen für die Schule ein.

5.

Bis zu den Semesterferien Anfang Juli konnte ich an meinem weißen Bild nicht weiterarbeiten, da ich in diesen vier Wochen all meine Arbeiten in sämtlichen Fächern zu einem Ende bringen und zwei Klausuren schreiben musste. Sogar bei den Skizzen für das weiße Bild kam ich nicht voran, in den letzten Semesterwochen entstand nicht der kleinste Strich, dafür konnte ich alle Fächer des Studienjahrs gut abschließen. Meine Noten in Malerei, Grafik, Kunstgeschichte und im figürlichen Zeichnen waren besser als in den Jahren zuvor.

Ende Juni rief Sibylle an. Ich war sehr verlegen und

deshalb schnippisch, was immer passiert, wenn ich nicht weiß, was ich sagen soll, oder überfordert bin. Sibylle war sehr aufgeräumt und freundlich. Sie fragte, ob ich mit ihr in eine Premiere ins Berliner Ensemble gehen wolle, der letzten in der Spielzeit, und ich sagte, dass ich mitten in den Prüfungen stecke und ich viel zu nervös sei, um drei Stunden in einem Theatersessel ruhig sitzen zu können. Ich wollte mich nicht mit ihr treffen, ich hatte Angst vor ihr. Oder vor mir.

»Schade«, sagte Sibylle, »denn am Tag darauf fahre ich mit meinem Pariani in unser Landhaus. Da bleibe ich den ganzen Sommer über und wühle Tag für Tag im Garten. Aber vielleicht besuchst du uns dort. Was hältst du davon, wenn ihr, du und Waldschmidt, einmal zu uns rauskommt? Ihr könnt bei uns übernachten, das Haus ist riesig, wir haben dort vier Schlafzimmer. Waldschmidt kennt es, er besucht uns fast jeden Sommer dort.«

»Ja«, sagte ich, »das ist eine gute Idee. Ich werde mit ihm sprechen.«

»Wenn du willst, kannst du auch allein kommen. Jederzeit. Aber ich denke, das weißt du.«

»Waldschmidt muss noch vier Wochen in Berlin bleiben, wegen der Schule, und er hat drei Ausstellungen vorzubereiten, zwei eigene und die große Marstall-Ausstellung. Da will ich ihn nicht allein lassen. Und danach wollen wir für drei Wochen nach Jugoslawien fahren.«

»Jugoslawien? Das ist sehr schön. Da waren wir im vorigen Jahr. Drei Wochen Adria, drei Wochen Sonnenschein, wunderschön. Wir waren in Sali, das ist auf einer dieser Inseln. Ein Gedicht, sage ich dir. Wohin fahrt ihr?«

»Ich bin mir nicht sicher. Waldschmidt hat das alles organisiert. Ich glaube, der Ort heißt Split.«

»Kenne ich auch. Split ist wunderbar, ein entzückendes Städtchen. Das wird dir gefallen, Paula. Ist das eine Premiere für dich? Die erste Fahrt in den verbotenen Westen?«

»Ja. Waldschmidt hat das für mich durchgesetzt.«

»Wunderbar. Dann genieße das Leben. Es macht Spaß, unser Paradies einmal zu verlassen. Dann sehen wir zwei uns im Herbst wieder?«

»Ich habe so viel zu tun, Sibylle.«

»Ich hoffe nur, du hast keine Angst vor mir.«

»Angst? Wieso denn? Wie kommst du denn darauf?«

»Das musst du auch nicht. Wir sind doch Freundinnen, oder? Nichts weiter als zwei gute Freundinnen.«

»Ja, selbstverständlich.«

»Zwei Freundinnen, die sich etwas nähergekommen sind. Was sie nicht bedauern und was sie keinesfalls davon abhält, weiterhin gute Freundinnen zu sein.«

»Ich glaube, Waldschmidt kommt gerade. Ich muss auflegen. Sibylle. Alles Gute für dich.«

»Hab einen schönen Sommer, meine Liebe. Und arbeite nicht zu viel. Das Leben besteht nicht nur aus Arbeit.«

Ich legte den Hörer auf, als Waldschmidt ins Haus kam. Er küsste mich flüchtig und fragte, wer angerufen habe. Ich sagte, es sei eine Freundin gewesen, eine Kommilitonin. Er schaute mich überrascht an.

»War irgendetwas? Ist was passiert?«, fragte er.

»Nein. Wieso?«

»Du klingst so merkwürdig. Eine schlechte Nachricht?«

»Nein, überhaupt nicht. Es ist alles in Ordnung. Sie hat mir nur von ihrer Prüfung erzählt.«

»Du bist ganz rot, Paula, du glühst ja richtig. Hast du Fieber?«

»Unsinn. Ich bin nur außer Atem, weil wir am Telefon so viel gelacht haben. Möchtest du Tee?«

Ich ging in die Küche, setzte Wasser auf für den Tee, deckte den Tisch, stellte den Kuchen hin, nahm den Beutel mit den Teeblättern aus der Kanne und sagte Waldschmidt, er solle ins Wohnzimmer kommen. Er erzählte von seiner Arbeit, und obwohl er über die Marstall-Ausstellung redete, hörte ich nur mit halbem Ohr zu. Als er auf mein Bild zu sprechen kam und ich ihm sagte, dass im September mein weißes Bild fertig sei und ich unbedingt dieses Bild ausstellen wolle, kam es zum Streit. Er meinte, ich sei undankbar, ich solle zufrieden sein, dass ich überhaupt ausstellen dürfe, und er könne für mich keine Extrawurst braten, Ärger würde es ohnehin geben, da ich bei ihm lebe und der einzige Student sei, der bei der Ausstellung dabei sein dürfe. Dann machte er dumme Bemerkungen über mein weißes Bild, von dem er noch nie etwas gesehen hatte, weder die Leinwand noch eine Skizze. Er schüttelte belustigt den Kopf, hielt meine Idee für pubertär und sagte, ich solle mir endlich diese Flausen abgewöhnen.

»Und wenn es abstrakt wird oder nur so wirkt, dann kannst du es gleich vergessen«, sagte er gereizt, »an meiner Schule lernt man malen und nicht klecksen. Für diese Schmierereien braucht es keine Ausbildung, das kann jeder Affe mit seinem Schwanz. Komm mir also nicht mit abstrakt an, für mich ist das ein Exmatrikulationsgrund. Ich will keine Moden an meiner Schule, sondern den Leuten das Handwerk beibringen, bei mir wird richtig ausgebildet. Wenn ihr die Schule verlasst, dann könnt ihr machen, was ihr wollt, das interessiert mich dann nicht mehr. Aber bei mir ist die Schule ein Meisterkurs, und damit meine ich die alten Meister, die das Malen von der Pike auf gelernt haben und es beherrschen. Rumklecksen lehre ich nicht, dafür ist mir meine Zeit zu schade. Komm mir also nicht mit abstraktem Scheiß an, Paula.«

»Du hast noch kein Blatt davon gesehen, keine Skizze, du weißt überhaupt nichts von meinem Bild.«

»Dann zeig es mir. Sofort, bitte. Gehen wir hoch in dein Atelier, und du zeigst mir, was du hast.«

»Du bekommst es zu sehen, wenn es fertig ist. Ich will nicht, dass du dich über mich lustig machst, nur weil das Bild noch nicht fertig ist und du sowieso dagegen bist. Ich weiß ja, was du davon hältst, das hast du deutlich gesagt.«

»Komm, komm, Paula, sei nicht gleich eingeschnappt. Ich will doch nur dein Bestes. Und ein weißes Bild, weißt du, das klingt für mich nach Ärger. Ich bin ein paar Jahre länger an dieser Schule als du, ich habe ein paar Versammlungen miterlebt, die ich nie wieder zu erleben hoffe. Vor zwanzig Jahren, da wärst du von der Schule geflogen, wenn du nur den Wunsch ausgesprochen hättest, ein weißes Bild zu malen. Im hohen Bogen wärst du geflogen. Damals war Picasso das Schlimmste, er galt als letzter Dreck. Gegen ihn war Hitler geradezu ein nettes Kerlchen. Da wurde ein Student für ein Jahr in die Produktion geschickt, weil er mit einem Picassoband erschien. Ein Jahr musste er auf dem Bau arbeiten, damit ihm die Arbeiterklasse seine Dekadenz austreibt. Er ist danach nicht mehr bei uns aufgetaucht, er hat die Malerei aufgegeben, er musste sie aufgeben. Auf dem Bau hat er sich drei Finger abgerissen, von seiner Malhand, er wurde berentet, mit dreiundzwanzig bekam er die Krüppelrente, wegen einem Bildband von Picasso. Und das will ich nie wieder erleben, Paula, und ich will es dir ersparen. Nur darum wurde ich so heftig. Heute ist das alles viel besser geworden, man hat ein bisschen dazugelernt, aber wenn du abstrakt anfängst, Mädchen, dann kann ich dir nicht helfen. Und ich will es auch nicht. Wenn du abstrakt malen willst, dann brauchst du keine Ausbildung, jedenfalls nicht von mir und nicht an meiner Schule. Da reicht es völlig, wenn du mit Gefühlen malst. Da brauchst du nur etwas fühlen, und das schmierst du dann auf die Leinwand. Und wenn den Leuten das gefällt, in dieser Welt ist alles möglich, dann kannst du damit sogar Geld verdienen. Aber dann will ich auf deinen Ausstellungen nicht als dein Lehrer genannt werden, denn diesen Dreck lehre ich nicht. Und für den Marstall habe ich deine Landschaft angemeldet, und das wird nicht mehr geändert. In deinem Interesse, mein Liebling, denn wenn etwas geändert wird, dann kann sich plötzlich alles ändern, und du fliegst aus der Ausstellung raus, weil du eigentlich nicht hineingehörst, weil dort außer dir kein einziger Student ausstellen darf. Verspiele nicht deine Chancen, Mädchen, nur wegen eines Spleens.«

»Können wir darüber sprechen, wenn das Bild fertig ist?«

»Sicher. Aber es wird nichts an der Entscheidung ändern. Die Landschaft oder niente, du hast die Wahl.«

»Du bist ein Ekelpaket. Ein Dogmatiker, wie er im Buche steht. Du willst ein Künstler sein, aber in Wahrheit verhinderst du die Kunst.«

»Ich verhindere deine Kunst? Ich? Derjenige, der dafür gesorgt hat, dass du im Marstall ausstellen kannst? Frage deine Kommilitonen. Wenn sie auch der Meinung sind, dass ich dich und deine Kunst behindere, dann will ich mich gern eines Besseren belehren lassen. Aber ich glaube, die werden ganz anders darüber denken. Die sind nämlich der Ansicht, dass ich dich protegiere, und ich meine, da irren sie sich nicht. Doch vielleicht sehe ich das alles völlig verkehrt, vielleicht täusche ich mich. Wenn deine Kommilitonen der gleichen Meinung sind wie du, dann können wir gern noch einmal darüber sprechen. Einverstanden, meine Süße?«

Ich stand auf und rannte aus dem Zimmer, die Tür rutschte mir dabei aus der Hand, so dass sie knallend zuschlug. Für einen Moment überlegte ich, ob ich noch einmal zu ihm gehe, um mich für das Zuschlagen zu entschuldigen. Doch ich schüttelte den Kopf und rannte die Treppe hoch in mein Atelier. Ich war wütend auf ihn und auf mich. Ich wusste, er hatte Recht. Nur seinetwegen war ich für die Ausstellung benannt worden, und ich sollte mich damit zufriedengeben und nicht noch verlangen, dass dort ein Bild ausgestellt wird, welches er von Beginn an für völlig unangemessen hielt. Ein Bild zudem, das im Entstehen war, von dem ich noch immer nicht wusste, ob es mir gelingen würde. Ich hasste ihn, weil er Recht hatte, und ich hasste mich, weil er mir helfen konnte, weil er mir helfen musste, weil ich seine Hilfe brauchte.

Ich setzte mich vor die große Leinwand, auf der nichts weiter zu sehen war als ein paar mehrfach retuschierte Kohlestriche und weißliche Farbkleckse, einige Proben, die ich aufgetragen hatte, um die möglichen Schattierungen und Nuancen eines weißen Bildes zu sehen. Ich setzte mich vor mein nicht vorhandenes Bild und heulte. Ich schluchzte laut, ich fühlte mich ausgekotzt, erbärmlich, hilflos. Er konnte seinen Spott über mich ausgießen, und ich hatte nichts entgegenzusetzen, weil ich von ihm abhängig war. Er genießt deine Abhängigkeit, sagte ich mir, ihm gefällt es, dir zu helfen, aber nur, weil er sich dadurch bestätigen kann, weil er seine Macht zeigen kann, seinen Einfluss. Er hilft dir nur, um dich zu demütigen. Plötzlich hatte ich das Papiermesser in der Hand und führte es mehrmals dicht über die aufgespannte und grundierte Leinwand mit den Farbflecken, bevor ich bemerkte, was ich tat, und erschrocken die Hand zurückzog. Du schaffst es, sagte ich mir, du musst es schaffen, du wirst es ihm zeigen, ihm und allen anderen. Und das hast du dann ganz allein geschafft, gegen ihn und sein dummes Gerede.

6.

Ende Juli begann ich Klavier zu lernen. Der Unterricht war ein Geburtstagsgeschenk von Waldschmidt, nachdem er mich wiederholt am Flügel im Wohnzimmer überrascht hatte, wie ich mit zwei Fingern versuchte, eine Melodie zustande zu bringen. Das große Instrument stammte noch von seiner ersten Frau, es war ein Erbstück, und sie wollte es nach der Scheidung abholen, hatte jedoch keine so geräumige Wohnung zugewiesen bekommen, in der sich ein Flügel aufstellen ließ. So war der schwarze Kasten in Waldschmidts Wohnung geblieben und stand seitdem ungenutzt herum, denn weder er noch seine spätere Frau konnten Klavier spielen.

Der Flügel in Waldschmidts Wohnung hatte mich magisch angezogen, und es gab Tage, an denen ich eine halbe Stunde auf dem Klavierhocker saß und vor mich hin klimperte. Ich konnte nur mit einer Hand einfache Melodien spielen, aber meine kleinen Versuche blühten an diesem Instrument auf, der Flügel schien ihnen Kraft und Majestät zu geben, zum ersten Mal hatte ich Spaß an meinem stümperhaften Bemühen, und ich konnte den Tonfolgen und Harmonien auch zuhören, die ich hervorbrachte.

Als Waldschmidt mir den Unterricht geschenkt hatte, war ich völlig überrascht und hatte es anfangs abgelehnt. In meinem Alter mit dem Klavierspiel zu beginnen schien mir nicht sinnvoll, aber es reizte mich doch, so dass ich schließlich eingewilligt hatte. Ich wollte mit dem Unterricht in den Semesterferien beginnen, um mich zumindest anfangs ganz darauf konzentrieren zu können. Waldschmidt war in diesen Wochen ohnehin an Berlin gebunden, wir konnten erst Ende August zusammen in den Urlaub fahren.

Der Unterricht fand in unserem Haus statt, in Waldschmidts Villa. Frau Niebert kam in diesen Wochen jeden zweiten Tag für eine Stunde, und in jeder freien Minute, die ich nicht im Atelier an meinem weißen Bild saß, spielte ich die Übungsstücke.

Ich hatte Marion Niebert durch eine Annonce gefunden, ich hatte mich für sie entschieden, weil sie in der Nähe wohnte, und eine ältere Frau erwartet, eine alte Jungfer, die mit ihrem Klavierspiel und ihren Zöglingen verheiratet war, doch Marion war nur zwei Jahre älter als ich, hatte ein kleines Kind zu versorgen und lebte mit einem Jazzer zusammen, der ihren kleinen Haushalt, wann immer er dort auftauchte, vollkommen durcheinanderbrachte. Wir verstanden uns sofort. Sie sagte mir gleich, dass ich viel zu spät mit dem Klavier beginne, ich würde nie über einen guten Dilettanten hinauskommen, und wenn ich mich damit zufriedengeben würde, wäre sie für das Unternehmen bereit, vorausgesetzt, ich würde von ihr nicht erwarten, mich bis zur Konzertreife zu führen. Ich erwiderte, ich wäre überglücklich, wenn aus mir eine gute Dilettantin werden könnte. Wenn ihr das gelänge, bekäme sie eine Prämie zusätzlich.

»Dann wollen wir mal«, sagte sie, packte ein Notenbuch aus, klappte den Deckel des Flügels auf und suchte sich einen passenden Stuhl, den sie neben den Klavierhocker stellte.

»Setz dich und fang an«, sagte sie. Sie duzte mich gleich, diese lockere Art gefiel mir.

Sie unterrichtete auf außergewöhnliche Weise, und es war die richtige für mich. Wir begannen zu meiner Überraschung mit einem Klavierstück von Gershwin. Nach zwei Stunden spielte ich dieses kleine Stück bereits fehlerlos, viel zu getragen zwar und langsam, aber zweihändig. Nach den Übungsstunden lud ich sie zu einem Kaffee ein, sie erzählte, dass sie ihre Art des Unterrichtens allein entwickelt habe, um die anfängliche und verständliche Unlust ihrer kleinen Schüler abzubauen und ihnen bei den allerersten Übungen bereits etwas Spaß zu vermitteln.

»Und es funktioniert«, sagte sie, »die Kinder machen mit. Sie sind begeistert, wenn sie nicht unentwegt langweilige Tonleitern üben müssen. Was sie lernen müssen, kann man ihnen auch anders beibringen, auf meine Weise. Und ich habe noch nie einen meiner Schüler verloren und bekomme immer neue hinzu. Ich muss nicht mehr an der Schule unterrichten, ich bin endlich mein eigener Herr.«

»Und du wolltest nie selber auftreten? Ich meine, wolltest du nie selber Konzerte geben, Marion?«, fragte ich. »Hat dich das nie gereizt?«

»Davon habe ich als Kind geträumt, als kleines Mädchen. Aber ich weiß inzwischen, was ich kann und was ich nie erreichen werde. Außerdem macht es mir sehr viel mehr Spaß, mit Kindern zu arbeiten. Und zwar an etwas, was sie mit Vergnügen tun. Und darin bin ich richtig gut.«

»Das glaube ich.«

»Aber üben musst du trotzdem. Das kann auch ich meinen Schülern nicht ersparen. Jeden Tag, und mindestens eine Stunde.«

»Versprochen, Frau Lehrerin.«

»Wie ist der Typ, mit dem du zusammenlebst?«

»Waldschmidt?«

»Ja. Bist du mit ihm verheiratet?«

»Nein. Natürlich nicht. Ich meine, ich lebe erst seit kurzem bei ihm.«

»Er ist ziemlich alt, wie?«

»Ja. Hat auch Vorteile.«

»Das kann ich mir denken«, sagte Marion und warf einen anerkennenden Blick auf das ganze Zimmer.

»Das meine ich nicht«, protestierte ich. Ich spürte, wie ich rot wurde.

»Das dachte ich mir«, erwiderte sie, »aber hübsch ist es hier schon. Bist du gern mit älteren Männern zusammen?«

»Weiß ich nicht. Er ist der erste ältere Mann, ich meine, der erste, der richtig alt ist. Mein Ehemann, ich war nämlich einmal verheiratet, mein Ehemann war nur zwölf Jahre älter, und davor war ich mit Gleichaltrigen zusammen. Für mich spielt das Alter keine so wichtige Rolle.«

»Für mich schon. Mein Macker ist ein Jahr älter, ein völlig durchgedrehter Typ, aber ich brauche das. Mit einem Opa könnte ich nicht zusammenleben.«

»Waldschmidt ist kein Opa. Er könnte mein Vater sein, ja gewiss, aber er ist hellwach und gut drauf. Bei meinen Kommilitonen gibt es Typen, die sind im Kopf viel älter als er.«

»Dann ist es ja gut. Eine schöne Villa, die du hast. Wirklich schön hier.«

»Das war alles schon so. Von mir stammt eigentlich nur das dicke Lederkissen dort drüben.«

»Genau das wäre mein Problem, wenn ich einen Alten heiraten würde. Als ob man in eine komplett eingerichtete Wohnung einzieht. Älterer Herr, voll möbliert. Da kannst du nichts mehr machen, da musst du alles akzeptieren. Auch die Eierlöffel haben da ihren seit Jahrhunderten angestammten Platz, und wenn du etwas veränderst, gibt es Zoff. Oder?«

»So ungefähr. Aber es muss ja nicht für die Ewigkeit sein.«

Marion sah mich verblüfft an, dann prustete sie los. Wir beide verstanden uns gut.

Einen Monat lang kam Marion dreimal in der Woche zu mir, und ich saß jeden Tag mindestens zwei Stunden am Klavier. Ich wollte, dass sie mit mir zufrieden ist, ich hatte den kindlichen Ehrgeiz, von ihr gelobt zu werden, und Marion ermunterte mich und konnte mir meine Selbstzweifel austreiben, aber ein wirkliches Lob habe ich von ihr nie bekommen.

»Wenn du schallplattenreif bist«, sagte sie, als ich mich einmal beklagte, »dann werde ich dich loben. Bis dahin hast du noch einiges zu tun.«

Nach dem ersten Monat mussten wir eine Pause einlegen. Ich sagte Marion, dass ich mit Waldschmidt in den Urlaub fahren würde, vermied es aber, ihr zu erzählen, dass die Reise nach Jugoslawien ging. Ich fürchtete, sie würde neidisch oder ärgerlich werden, da die Behörden ihrem Freund gerade den Pass für ein Gastspiel in Österreich verweigert hatten. In diesen vier Wochen war ich mit Marion erstaunlich weit gekommen. Meine Übungen am Flügel machte ich nur, wenn Waldschmidt aus dem Haus war, doch zum Ende der vier Wochen traute ich mich, seiner Bitte nachzukommen und ihm etwas vorzuspielen. Er war sehr erstaunt und sagte, ich sei offensichtlich begabt für das Klavier, ich sei eine Doppelbegabung und werde eines Tages gewiss auch als Pianistin mein Geld verdienen können. Ich schüttelte den Kopf.

»Ich bin lediglich fleißig«, sagte ich, »und Fleiß ersetzt kein Talent, auch keine versäumten Jahre.«

»Schön«, meinte er, »aber für mich wirst du spielen. Wozu schließlich habe ich den Flügel hier herumstehen! Und wenn wir eine Gesellschaft geben, dann hoffe ich, du machst mir das Vergnügen.«

»Ganz gewiss nicht, Freddy. Und ich bitte dich, das nie

von mir zu verlangen. Und schon gar nicht in Anwesenheit deiner Freunde. Ich hasse es, von dir vorgeführt zu werden. Ich weiß, dass du das liebst, für mich ist das nur peinlich.«

»Ich bin stolz auf dich, Paula. Ich führe dich nicht vor, ich will nur, dass auch die anderen sehen, was du für ein Schatz bist.«

»Bin ich nicht. Ich bin kein Schatz. Und schon gar nicht dein Schatz.«

»Ich weiß, Paula, aber das müssen die anderen ja nicht erfahren. Und auch wenn du mir nicht glaubst, du hast wunderbar gespielt.«

7.

Mitte August, zwei Wochen vor unserer Urlaubsreise, meldete sich Katharina bei mir. Sie rief mich an und kam eine halbe Stunde später auf dem Fahrrad vorbei. Am Telefon war sie herzlich und munter gewesen wie immer, aber als sie die Villa sah, bekam sie große Augen und wurde einsilbig.

»Das gehört mir nicht«, sagte ich, als sie staunend in der Halle stand, die wir als Wohnzimmer nutzten, »das gehört alles meinem Waldschmidt. In diesem Raum ist nichts von mir, gar nichts, gerade mal dieses Kissen stammt von mir, und Waldschmidt findet, es passe nicht hierher. Es stört die Ästhetik des Raums, sagt er. Ich bin hier nur ein Untermieter.«

»Da kann ich dir nur gratulieren. Eine schöne Wohnung für einen Untermieter. So etwas Feines suche ich auch. Falls du mal was hörst, gib mir Bescheid. Und wie teuer ist das hier? Ich vermute, es ist alles sehr preiswert, oder?«

»Preiswert? Ich weiß nicht. Nach meinen Erfahrungen gibt es nichts umsonst. Vielleicht zahle ich viel zu viel, Kathi, ich weiß es noch nicht.«

»Umsonst gibt es nichts, da hast du Recht. Stellst du mir dein neues Wunderexemplar vor? Oder ist er gar nicht daheim?«

»Er ist in der Hochschule oder beim Magistrat. Jedenfalls ist er nicht da, und ich weiß nicht, wann er zurückkommt.«

»Wie alt ist dein Schatz? Vermutlich ein bisschen älter als du. Ein bisschen sehr viel älter, oder?«

»Achtundfünfzig.«

»Oh Gott! Er ist ja älter als dein Vater. Hast du ein Papa-Syndrom, Paula? Das sieht dir aber gar nicht ähnlich.«

»Nein, habe ich nicht. Er liebt mich, und ich habe ihn gern. Irgendwann hatte ich das Alleinsein satt.«

»Man kann auch mit einem jungen Mann zusammenleben. Oder gleichzeitig und nicht ganz so eng mit mehreren Typen.«

»Ich bin nicht wie du. Vielleicht bin ich bürgerlich. Eine kleinbürgerliche Ziege, die eine feste Beziehung braucht.«

»Dass ich nicht lache!«

»Möglicherweise bin ich nur die Tochter meiner Eltern und werde genauso wie sie.«

»Guck dich im Spiegel an, meine Hübsche, das kannst du vergessen. Wer so ausschaut wie du, landet nicht in einem Reihenhäuschen. Und bei den Zeichnungen und Bildern, die ich von dir gesehen habe, da wirst du einmal ganz groß. Oder du verhungerst wie die Künstler früher, die keiner verstanden hat.«

»Hör auf, Kathi!«

»Aber warum so ein Alter? Ist das nicht eklig? Der muss

doch eine ganz alte Haut haben, mit Falten und Warzen. Hat er einen Bauch?«

»Er sieht gut aus. Er sieht sogar sehr gut aus.«

»Du hast doch ein Papa-Syndrom. Ein Achtundfünfzigjähriger kann einfach nicht gut aussehen, das ist ausgeschlossen. Achtundfünfzig, das ist uralt. Guckst du jeden Morgen nach, ob er noch atmet?«

»Freddy sieht gut aus und er ist gut beieinander. Er hält sich fit, er boxt sogar.«

»Freddy! Heißt er Freddy? So hießen daheim die Hunde oder die Pferde. Sag bloß, er heißt wirklich Freddy?«

»Er heißt Fred. Hör endlich auf, Kathi. Ich lebe mit ihm zusammen, wenigstens das solltest du ernst nehmen.«

»Ernst nehmen? Das kann ich nicht ernst nehmen, und zwar deinetwegen, weil ich dich mag. Du machst dich doch mit dem Kerl unglücklich. Willst du deine Jugend an seiner Seite verpassen? Wenn du selbst alt bist, kannst du dir einen Alten nehmen, aber doch nicht mit vierundzwanzig.«

»Und wenn ich ihn liebe? Was dann?«

»Glaube ich nicht. Das glaube ich dir einfach nicht. Du hast gesagt, du hast ihn gern. Gern hatte ich meinen Kanarienvogel, aber den liebte ich doch nicht.«

»Können wir über etwas anderes reden?«

»Du hast anscheinend keine Ahnung, was Liebe ist. Vielleicht weißt du es wirklich nicht. Auf dieser Welt ist alles möglich. Ich kenne eine Frau, die ist seit fünfunddreißig Jahren verheiratet, aber die weiß nicht, was ein Orgasmus ist. Kannst du dir das vorstellen?«

»Warum bist du gekommen? Willst du mich beleidigen?«

»Du hast mich eingeladen. Schon vergessen?«

»Können wir bitte das Thema wechseln?«

»Einverstanden. Das ist ja ein prächtiger Flügel. Ist das

ein Bechstein? Oh, ein Erard, Donnerwetter, noch feiner. Wer spielt denn hier? Dieser Freddy?«

»Bitte, Kathi!«

»Was habe ich denn gesagt? Ich wollte nur wissen, wer sich an diesen wundervollen Flügel setzt.«

»Ich spiele. Oder vielmehr, ich lerne es gerade.«

»Dann zeige mir mal, was du kannst. Spiel ein paar Etüden oder was du draufhast.«

»Nein, das werde ich nicht. Möchtest du einen Kaffee oder einen Tee? Und setz dich endlich.«

»Ich komm mit in die Küche. Die will ich auch sehen. Was macht dein Studium?«

»Ich habe noch ein Jahr.«

»Und dann?«

»Weiß ich nicht. Vielleicht bekomme ich ein Stipendium. Oder es droht die freie Wildbahn. Dann muss ich jeden Auftrag annehmen, den ich kriegen kann.«

»Jeden Auftrag? Wenn du willst, könnte ich dir bei uns Arbeit verschaffen. In meinem Warenhaus. Schaufenstergestaltung zum Beispiel. Als Dispatcherin könnte ich dir einen Auftrag besorgen. Oder ist das unter deiner Würde?«

»Unter meiner Würde ist dann gar nichts, fürchte ich. Die ersten Jahre nach dem Studium sind für alle hart. Kaffee oder Tee?«

»Einen Kräutertee, wenn du einen da hast. Mach doch irgendwo eine Ausstellung mit deinen Arbeiten. Du bist so gut, du verkaufst bestimmt etwas.«

»Das ist leichter gesagt als getan. Eine richtige Ausstellung zu bekommen, gar noch eine Personalausstellung, eine Einzelausstellung, das ist so etwas wie eine Auszeichnung, wenn man noch keinen Namen hat. Eigene Ausstellungen will jeder. Wenn ich Glück habe, darf ich im Herbst ein Bild von mir ausstellen. Ein einziges!«

»Und wenn es verkauft wird, wie lange kannst du davon leben?«

»Keine Ahnung. Zwei, drei Monate. Oder zwei Wochen. Ich weiß nicht, was man für meine Bilder bezahlt, ich habe noch nie etwas verkauft. Die Leute suchen andere Bilder als meine, die hängen sich lieber einen billigen Druck mit Seerosen oder Sonnenblumen ins Zimmer. Die stören sich schon an meinen Formaten, die wollen immer nur kleine Bilder, die über die Couch passen.«

»Dann male doch, was die wollen. Male, was sich verkaufen lässt.«

»Nie im Leben, Kathi.«

»Lieber verhungerst du, wie? Ein bisschen Geld wirst auch du verdienen müssen. Kompromisse muss man machen, so ist das Leben.«

»Ich mache schon genug Kompromisse. Aber nicht bei den Bildern, ich verkaufe nicht meine Kunst.«

»Aber du musst verkaufen. Du kannst nicht malen und darauf sitzen bleiben. Ich habe Binnenwirtschaft studiert, ich kenne mich aus. Man kann auf Dauer nicht etwas produzieren, was keiner haben will.«

»Ich will es haben. Das ist das Entscheidende in der Kunst, Kathi. Soll ich Blümchen malen?«

»Wenn die Leute das wollen, warum nicht? Du kannst deine große Kunst doch nebenbei machen. Die Bilder, die keiner haben will. Kann nicht dein, na, du weißt schon, dein Freund mit dem unaussprechbaren Namen dich unterstützen.«

»Das will ich nicht.«

»Natürlich. Paula lässt sich nicht helfen, dafür ist sie zu stolz. Mensch, wozu ist denn so ein Alter gut, wenn nicht dafür, dass er dir hilft?«

»Fang nicht wieder damit an. Zum letzten Mal, ich will mich nicht mit dir über Waldschmidt unterhalten.«

»Kein Wort über Freddy. – Oh, entschuldige, ich sollte ja den Namen nicht mehr aussprechen.«

»Sind wir noch Freundinnen, Katharina, oder wollen wir das beenden?«

»Ärgere dich nicht über mich. Ich habe überhaupt nichts gegen deinen Freund. Ganz im Gegenteil, ich beneide ihn. Es ist nur Neid bei mir, Paula.«

»Neid? Worauf bist du neidisch? Auf diese Villa hier? Ich brauche das alles nicht.«

»Ich bin neidisch, weil er mit dir zusammenlebt. Manchmal, wenn ich die Kerle so richtig satt habe, träume ich davon, mit einer Frau zusammenzuleben. Und am liebsten mit dir.«

»Ich bin aber nicht lesbisch.«

»Ich auch nicht, überhaupt nicht, ich bin hetero. Und ich meine mit Zusammenleben auch nicht das Sexuelle. Wenn ich das Nötige habe, finde ich schon etwas, das habe ich bisher noch immer geschafft. Ich meine ein anderes Zusammenleben. Ich würde gern mit einem Menschen zusammen sein, dem ich vertrauen kann, den ich achte und der mich respektiert. Und das habe ich bei einem Typen noch nie erlebt, wirklich noch nie. Für die ist man nur fürs Bett gut. Sie wollen, dass ich die Wohnung hübsch mache, etwas koche, für sie einkaufe und die Beine breit mache, wann immer es ihnen einfällt. Sie begreifen gar nicht, wieso ich unzufrieden bin. Werde ich etwas deutlicher, dann erkundigen sie sich mitfühlend, ob ich meine Tage habe. Und mit so etwas soll ich zusammenleben? Nein, danke, da ist mir ein Hund lieber. Wirklich.«

»Aber deswegen mit einer Frau zusammenzuziehen, das wäre für mich auch keine Lösung.«

»Natürlich nicht mit irgendeiner Frau. Mit dir würde ich gern zusammenleben. Mit dir, das könnte gehen, das könnte ich mir vorstellen.«

»Ja, und in einem halben Jahr fallen wir uns auf die Nerven und fetzen uns.«

»Glaube ich nicht.«

»Ich weiß es.«

»Mit dir nie, Paula.«

»Schau mich nicht so an. Was ist los? Willst du mich anmachen?«

»Ich lächle dich an, das ist alles. Sei nicht so nervös, ich tu dir nichts.«

Kathi hatte Recht, ich war wirklich nervös. Ich hielt die Teetasse mit beiden Händen, um mein Zittern zu verbergen, und vermied es, sie anzusehen. Sie hatte es wieder einmal fertiggebracht, mich zu verwirren, und wieder wusste ich, dass nicht sie der Grund war, sie hatte lediglich eine Saite in mir zum Klingen gebracht, eine Saite, von der ich nichts wissen wollte. Ich schwieg in der Hoffnung, sie würde aufstehen und gehen. Ich wollte nicht mit ihr reden, und schon gar nicht über dieses Thema.

»Essen wir etwas zu Mittag?«, fragte Kathi. »Wir könnten zusammen kochen. Darf ich mal nachsehen, was du im Kühlschrank hast?«

»Ich esse eigentlich nie zu Mittag. Wenn ich Hunger habe, mache ich mir rasch eine Schnitte und einen Apfel. Wir essen nur zum Frühstück etwas und dann zum Abend. Ich will nicht so viel Zeit verlieren.«

»Komm, heute machen wir eine Ausnahme, Paula. Wir kochen zusammen. Wo stehen bei dir die Spaghetti?«

»Im Glasschrank.«

»Schön. Dann gib mir mal Knoblauch, Tomaten und Öl. Finde ich hier irgendwo Gehacktes oder Schnitzelfleisch, das wir durchdrehen können?«

»Ich habe nur Eingefrorenes da.«

»Macht nichts. Gib her, wir kriegen es schon klein.«

Sie griff sich eine Schürze und band sie um. Dann nahm sie sich ein Messer und das große Holzbrett und sah mich tatendurstig an. Mit ihrer lässigen Art und ihrer Gradlinigkeit hatte sie es geschafft, die Verspannung zwischen uns aufzulösen. Wir schnitten Zwiebeln und Tomaten, hobelten mühsam kleine Fetzen von dem gefrorenen Fleisch, um es in der Pfanne kurz zu erwärmen, stellten den großen Topf für die Spaghetti auf die Gasflamme und schwatzten wie in der Schulzeit. Irgendwann küsste mich Kathi, es war mir nicht unangenehm, und ich wurde auch nicht verlegen. Der flüchtige Kuss war nur ein freundschaftliches Zeichen unserer Vertrautheit. Zum Essen, wir aßen gleich am großen Tisch in der Küche, trank jede ein Glas Wein. Als wir den Kaffee machten, erschien Waldschmidt. Ich stellte die beiden einander vor. Er bat mich um eine Tasse Kaffee und setzte sich für einige Minuten zu uns. Er fragte Kathi neugierig aus, sie antwortete in ihrer etwas spitzen und sarkastischen Art, und ich bemerkte, dass sie ihn verstohlen und doch eindringlich musterte. Offensichtlich prüfte sie, ob er ihren Erwartungen entsprach, ob er als mein Lebensgefährte für sie zu akzeptieren sei.

»Bist du mit ihm zufrieden?«, fragte ich sie in einer Gesprächspause.

»Ja«, sagte sie und grinste mich an, »dein Herr Professor scheint ganz in Ordnung zu sein.«

»Dann bin ich ja beruhigt.«

»Ach was. War das eine Prüfung, meine Damen?«, erkundigte sich Waldschmidt. Er stand auf, nahm seine Kaffeetasse und trank sie aus. »Ich muss euch jetzt allein lassen. Ich habe noch zu tun und fahre dann in die Hochschule. Um achtzehn Uhr bin ich mit Bernd Oltenhoff verabredet. Ich bin bei ihm zu Hause. Holst du mich ab, Paula? Gegen zwanzig Uhr?«

»Ruf mich an, wenn ihr mit eurem Kram fertig seid. Ich komme dann.«

Waldschmidt küsste Kathi zum Abschied auf beide Wangen, winkte mir zu und verschwand aus dem Zimmer.

»Er sieht wirklich gut aus für sein Alter«, sagte Kathi anerkennend.

Ich warf ihr einen warnenden Blick zu.

»Ich habe den ganzen Tag frei«, fuhr sie unbekümmert fort, »wenn du willst, können wir spazieren gehen oder ins Kino. Du musst doch nicht jeden Tag arbeiten, Paula. Wollen wir uns einen vergnügten Nachmittag machen?«

»Einverstanden. Wir haben uns schließlich lange nicht gesehen.«

Ich räumte das Geschirr in die Spüle, zog mich um und holte mein Rad aus dem Verschlag hinterm Haus. Wir fuhren in die Botanische Anlage hinter dem Rosenthal und liefen dann zu Fuß drei Stunden durch den riesigen Garten mit den zerfallenden Gebäuden und den exotischen Pflanzen und Bäumen. Es war schön, mit Kathi zu plaudern, es war ein wunderbarer, harmonischer Nachmittag. Die ganze Anspannung war in den Stunden mit Kathi vergessen. Wir liefen Hand in Hand die Gartenwege ab, auf denen uns nur wenige Besucher entgegenkamen. Kathi fragte, ob ich im Urlaub wegfahre, und ich erzählte ihr, dass ich mit Waldschmidt etwas unternehmen werde, sagte aber nicht, dass ich nach Jugoslawien reise und alles längst geklärt und gebucht sei. Ich traute mich nicht, ihr davon zu erzählen, ich brachte nicht den Mut dazu auf. Gleichzeitig ärgerte ich mich darüber, so feige zu sein, denn ich war nun mal mit Waldschmidt zusammen und konnte daher in den anderen Teil der Welt fahren, der für Kathi unerreichbar war. Ich nahm mir vor, es ihr so bald wie möglich zu beichten, ich wollte vor ihr keine Geheimnisse haben. Gegen sechs waren wir wieder zu Hause, wir wollten noch ein Glas Wein trinken.

8.

In der Küche goss ich Wein in zwei Gläser und brachte sie in das Wohnzimmer. Kathi hatte eine Bluesplatte aufgelegt und tanzte vor dem Kamin, die Schuhe hatte sie ausgezogen. Sie kam auf mich zugetanzt, nahm mir ein Glas aus der Hand, trank einen großen Schluck und stellte es auf den Kaminsims, um sich weiter zu drehen. Sie wollte, dass ich mit ihr tanze, aber ich lehnte ab und setzte mich in einen Sessel. Kathi riss das Tuch von der alten Bauerntruhe und führte eine Art Schleiertanz auf, eine Mischung aus Orient und Spanien, die überhaupt nicht zu der Musik passte. Sie verhüllte ihr Gesicht, so dass nur noch ihre Augen zu sehen waren, oder verschwand völlig unter der Tischdecke. Dann band sie das Tuch um die Hüfte und stampfte heftig und schnell mit den Füßen auf, als tanze sie einen Fandango bei einer Corrida. Ich hielt mir den Bauch vor Lachen, doch Kathi verzog keine Miene und gab erst auf, als sie völlig atemlos war. Erschöpft ließ sie sich auf das Sofa fallen. Ich holte ein Selters für sie und bot ihr an, Essen zu machen, doch sie wollte sich nur noch erholen, das Wasser und den Wein trinken und sich dann auf ihr Fahrrad setzen.

Wir standen bereits im Flur, da musste ich noch den Blouson aus dem Wohnzimmer holen, den sie vor ihrem Tanz ausgezogen hatte. Ich half ihr beim Anziehen, schloss die drei Knöpfe und küsste sie zum Abschied auf den Mund. Kathi sah mich überrascht an, für Sekunden rührte sich keine von uns. Dann glitt ein Lächeln über ihr Gesicht, fast schamhaft, für einen kurzen Moment. Danach sah sie mir wieder ernst und forschend in die Augen. Fürsorglich legte sie eine Hand auf meine Schulter und zog mich zu sich. Und dann küssten wir uns. Küssten uns zum ersten Mal wirklich. Und ich war es, die dann sagte: »Komm. Komm mit mir.«

Es war schön mit Kathi im Bett. Wir waren vertraut miteinander, wir kannten uns seit der Kindheit, im Grunde lebenslang. Seit wir denken konnten, wussten wir alles voneinander, jedes Geheimnis, jede Neigung, jedes Gefühl und natürlich jede Affäre. Wir lagen nebeneinander, ohne uns zu berühren, sogar ohne uns zu bewegen. Keine sagte ein Wort, wir lächelten uns unbeholfen an, ich war so verlegen, dass ich den Kopf abwandte und die Augen schloss. Plötzlich begann Kathi laut zu lachen, sie lachte so herzlich, dass ich mich zu ihr drehte und in ihr Lachen hineingezogen wurde. Wir lachten Tränen und hätten wohl beide nicht sagen können, weshalb wir lachten. Wir lachten über uns, darüber, dass wir nackt zusammen im Bett liegen, dass wir vor Verklemmung uns kaum zu rühren wagten.

Es war schön mit Kathi. Wunderschön. Und es war anders als alles, was ich zuvor erlebt hatte. Es war anders, weil wir intim miteinander waren, bevor wir intim wurden. Und weil aus dieser Kenntnis ein ganz anderes Beisammensein möglich war.

Gegen acht Uhr rief Waldschmidt an, damit ich ihn abhole. Ich sollte mit dem Klappfahrrad zu seinem Freund Oltenhoff kommen, um ihn dann mit seinem Auto zurückzufahren. Er hatte getrunken, ich hatte es sofort bemerkt, als er sich meldete und meinen Namen sagte. Ich versprach, so rasch wie möglich zu kommen.

»Lass dir Zeit, Mädchen«, sagte er, »nur nichts überstürzen.«

Ich hatte den Anruf im Schlafzimmer entgegengenommen, so dass Kathi das Gespräch mithören konnte. Sie schlug die Bettdecke zurück und stand auf, um sich zu waschen und anzuziehen.

»Willst du schon gehen?«, fragte ich.

»Du musst deinen Freddy abholen.«

Ich lachte und wiederholte Waldschmidts Worte: »Lass dir Zeit, Mädchen, nur nichts überstürzen.«

Ich erschien bei Bernd Oltenhoff kurz nach zehn. Die beiden Männer redeten lautstark miteinander, sie nahmen sich kaum die Zeit, mich zu begrüßen. Dass ich so spät eintraf, bemerkten sie gar nicht, ich hätte mit Kathi noch eine weitere Stunde zusammenbleiben können. Als Waldschmidt sich endlich verabschiedete, um sich von mir nach Hause fahren zu lassen, schwankte er so stark, dass ich ihn stützen musste. Bernd und ich halfen ihm in den Mantel, Waldschmidt drehte sich zu mir, einen Arm im Ärmel, er streichelte meine Wange und erkundigte sich, ob ich mich mit meiner Freundin gut amüsiert habe.

»Sie ist ein nettes Mädchen«, sagte er. »Wieso hat sie uns noch nie besucht? Du musst deine schönen Freundinnen nicht vor mir verstecken. Lade sie wieder ein, ich will sie kennenlernen.«

»Ist schon gut, Freddy. Komm endlich, es ist spät.«

»Wie heißt sie, deine Freundin? Kathrin, nicht wahr? Sie ist ein bildschönes Mädchen, frag sie, ob sie für mich Modell sitzt.«

Im Auto nickte er ein, sobald er auf dem Beifahrersessel saß. Ich klappte das Fahrrad zusammen und packte es in den Kofferraum. Dabei musste ich Bernd Oltenhoff abwehren, der mir helfen wollte, doch betrunken, wie er war, mich bei dem Versuch, das sperrige Fahrrad zu verstauen, fast zu Boden riss.

9.

In den Tagen, bevor wir nach Split flogen, saß ich stundenlang an meinem weißen Bild. Ich wollte es vor dem Urlaub zu Ende bringen oder jedenfalls vorläufig abschließen, so dass ich nach der Rückkehr nur noch an Details zu arbeiten hätte und an den Korrekturen. Anderenfalls würde ich am Strand immer nur an das Bild denken und mich ärgern, nicht vor der Staffelei geblieben zu sein. Zweimal, manchmal auch dreimal in der Woche kam Marion Niebert, um mit mir Klavier zu üben. Sie war mit mir zufrieden.

Zwei Tage vor dem Flug fuhr ich mit Waldschmidt in die Stadt, um für den Urlaub einzukaufen. Wir brauchten Badesachen und Sommerbekleidung, und wir kauften kleine Geschenke auf Verdacht, das hatte uns Sibylle geraten.

Daheim packte ich unsere Koffer und ging dann für Stunden ins Atelier. Ich wusste, ich hatte es geschafft. Das Bild war noch nicht vollendet, es war nicht fertig, aber mein weißes Bild existierte in der Welt. Es war vollkommen monochrom. Erst bei einem längeren und intensiven Hinschauen wurde der Rand einer Waldlichtung erkennbar, ließ sich ein spurenloser Weg entdecken, konnte man die beiden Parkbänke identifizieren. Das große Bild war eine Winterlandschaft, ein Stillleben, in dem es nur eine einzige Farbe gab und winzige, kaum auffällige Schatten, die auf das vermutlich unter dem Schnee Verschwundene hinwiesen. Alles war nur erahnbar, es war eine scheinbar hingehauchte Landschaft. Wer lange hinsah, konnte die gesamte verborgene Landschaft aufspüren, die grünen Bäume sehen, die morschen Parkbänke, den zerfurchten Waldweg. Ich konnte sie sofort sehen, weil ich diese Lichtung schon so oft gemalt hatte, aber ich nahm sie auch wahr, weil sie auf diesem Bild vorhanden waren, sie waren lediglich verdeckt, verhüllt von einem alles umfassenden Weiß. Die Schatten, die verschiedenen Schattierungen, die das Weiß strukturierten, verrieten auch jedem länger auf meinem Bild ruhenden Blick die nicht sichtbare, verborgene Landschaft, eine Welt hinter der Welt. Ich war davon überzeugt, dass man meine Sommerbilder jener Waldlichtung nicht kennen musste, um auf dem Winterbild den Wald, die Wiese und den Weg unter dem Schnee erkennen zu können. Wenn man bereit war, sich auf mein Bild einzulassen, es zu betrachten, wurde, da war ich mir sicher, die verhüllte Landschaft sichtbar.

Ich wollte noch ein paar Lichter setzen, einige aufhellende Farbeffekte, die dem Weiß mehr Spannung geben sollten, aber alles Wesentliche war geschafft. Die Schatten waren deutlich und verblieben dennoch im monochromen Weiß, waren sichtbar und gaben dem Bild Struktur, ohne die farbliche Geschlossenheit, die gelassene Zurückhaltung zu brechen, ganz so, wie ich es erhofft hatte. Vorsichtig befestigte ich die Abdeckung über der Staffelei, damit das Tuch nicht die Leinwand mit den noch immer feuchten Farben berührte. Ich war zufrieden und konnte beruhigt in den Urlaub fahren. Waldschmidt würde mein Bild erst zu sehen bekommen, wenn ich wirklich den letzten Strich getan hatte.

In Split hatte ich mir ein Fahrrad ausgeliehen und erkundete die Strände in der Nähe. Zwei Stunden am Morgen und zwei Stunden am späten Nachmittag war ich am Wasser, sonnte mich, las und schwamm viel. Zwischendurch schaute ich mir auf dem Fahrrad die Dörfer an und fotografierte. Manchmal aß ich in einem der Dörfer zu Mittag und wurde angestarrt, weil ich mich als Frau ganz allein in eine Gaststätte setzte. Mir gefielen die Menschen. Es waren Leute vom Land, ihre Gesichter, ihre Hände, ihre

Bewegungen waren bäuerisch. Ich hätte gern Skizzen gemacht, aber das wagte ich nicht, ich fürchtete, dies würde als Belästigung empfunden, die man mit Zudringlichkeiten beantworten würde. Irgendwann fiel mir auf, dass ich nur junge Menschen sah, schöne Mädchen und sehr selbstbewusste junge Männer, und alte Leute, als würde es keine Bauern im Alter zwischen dreißig und fünfzig geben. Es dauerte einige Zeit, bis ich begriff, dass die Leute schnell altern. Die schwere Arbeit grub Falten in die Haut, prägte die Hände und Gesichter und ließ die jungen Mädchen übergangslos wie Großmütter aussehen und die jungen Männer wie altehrwürdige Familienoberhäupter. Wie vor hundert Jahren hatten diese Menschen nur eine kurze Jugend und schienen unvermittelt alt zu werden. Ihre Körper wurden schwer, ihre Bewegungen langsamer und schienen Mühe zu bereiten, sie wirkten abgearbeitet, obwohl sie kräftig waren und zupacken konnten. Ihre Augen strahlten Ruhe aus. Das Leben, schien mir, hatte sie knochenhart und rücksichtslos gemacht, aber sie wussten, was zu tun war, bei ihnen gab es nichts Überflüssiges, keine nutzlose Bewegung, kein unnötiges Wort, es war eine beeindruckende Mischung von Energie und Bedächtigkeit.

Mir gefielen die Bauern, ich konnte sie stundenlang betrachten. Ich sprach mit Waldschmidt darüber, auch ihm waren sie aufgefallen. Sie sind wie meine Großeltern, sagte er, eine verschwundene Zeit. Er machte mich darauf aufmerksam, dass die Älteren ihre Augen nur noch einen Schlitz weit öffneten, so dass man ihre Augäpfel kaum sehen und nicht einmal ahnen könne, welche Farbe sie haben. Das komme von der Sonne, meinte Waldschmidt, der Körper passe sich an und schütze sich, im Norden von Finnland und Schweden würden die Menschen vermutlich weit geöffnete Augen haben.

Er erzählte mir jeden Tag dreimal, dass ihn der Ort an

Italien erinnere, und sprach dann über die italienischen Städte, die er kannte. Den Tag über saß er in der Altstadt, trank Wein, skizzierte Passanten und pittoreske Ecken der Stadt und unterhielt sich mit Zufallsbekanntschaften, mit Touristen aus Westeuropa, viele kamen aus Österreich. Ganz Split sei voll mit Wienern, sagte er. In den drei Wochen schwamm er nicht ein einziges Mal in der Adria.

Mit der Fähre fuhren wir für jeweils einen Tag nach Brač und Hvar, zwei benachbarten Inseln, das waren die beiden einzigen Tage, an denen ich während des Urlaubs mit Waldschmidt von morgens bis abends zusammen war. So schön und zauberhaft dieser Urlaub war, und für mich war jeder Tag wunderbar, da ich nie geglaubt hatte, je die Adria zu sehen, ich denke, wir waren beide erleichtert, als wir diese Inselbesuche hinter uns hatten und wieder jeder für sich seine Zeit verbringen konnte.

10.

Vier Tage nach der Rückkehr begann das Semester, mein letztes Studienjahr, und zwei Wochen später machte ich den letzten Pinselstrich an dem weißen Bild, ging in die Küche, holte mir einen Weißwein und setzte mich dann eine Stunde lang davor. Ich hatte eine Brahmsplatte aufgelegt und feierte meinen Sieg ganz allein. Das Bild war so geworden, wie ich es mir erträumt hatte. Es war das erste meiner Bilder, mit dem ich restlos zufrieden war, bei dem ich stolz auf meine Arbeit war.

Ich wusste, dass mein Bild Waldschmidt nicht gefallen würde, mir war klar, dass man an der Schule den Kopf schütteln würde oder entsetzt wäre. Vielleicht würde mein Bild als dekadent eingeschätzt werden und ich müsste Erklärungen abgeben und mich entschuldigen. Zur

Ausstellung im Marstall würde man es nicht einreichen, eher würde man mich auf Grund dieser Arbeit von der Liste streichen, so dass auch die ausgewählte Landschaft dort nicht gehängt werden würde. Ich wusste genau, was passieren konnte, aber es war mir gleichgültig. Ich hatte erreicht, was ich erreichen wollte. Ich war zufrieden und ich war stolz, sehr stolz. Vielleicht war die Stunde, die ich mit dem Weinglas vor meinem fertigen Bild saß, die glücklichste meines Lebens.

Zwei Stunden später war dieses Glück vorbei, und ich saß heulend in meinem Zimmer.

Waldschmidt war gegen sieben Uhr nach Hause gekommen, ich hatte das Abendbrot gemacht und bemühte mich, unbefangen zu sein. Ich wollte ihm von meinem fertigen Bild erzählen, wusste aber nicht, wie ich es anstellen sollte. Ich hatte Angst, es ihm zu zeigen. Beim Essen fragte er mich, was mit mir los sei. Als ich den Kopf schüttelte und sagte, es sei alles in Ordnung, lächelte er gönnerhaft.

»Erzähle mir nichts, Paula. Was hast du? Hast du dir ein paar tolle Schuhe gekauft? Ich merk doch, du hast irgendeine Überraschung für mich.«

»Das Bild ist fertig«, sagte ich. Ich sagte es rasch, ich befürchtete, meine Stimme könnte zittern, weil ich so aufgeregt war.

»Ach so«, erwiderte er. Dann drückte er mit dem Finger auf den Ziegenkäse. »Der ist völlig ausgetrocknet«, sagte er, »den darfst du nicht in den Kühlschrank stellen. Käse gehört nicht in den Kühlschrank, das begreifen die Deutschen nicht.«

Ich sah ihn fassungslos an, aber er aß ungerührt weiter und verlor kein Wort über das Bild. Erst nachdem wir uns die Abendnachrichten im Fernsehen angesehen hatten, forderte er mich auf, ihm meine Arbeit zu zeigen.

»Willst du es wirklich sehen?«, fragte ich sarkastisch.

»Gewiss. Ich muss sogar. Ich bin nämlich auch dein Lehrer, das wollen wir nicht vergessen.«

»Dann schau es dir in der Schule an. In dem Haus hier bist du nicht mein Lehrer.«

»Reg dich ab, Paula. Ich will dein Bild selbstverständlich anschauen. Du hast monatelang daran gesessen, und ich will sehen, was du geschafft hast.«

»Es wird dir nicht gefallen, Freddy.«

»Das kann passieren. Wenn es nichts taugt, werde ich es dir sagen. Aber das wäre kein Beinbruch. Kunst gelingt nicht immer, da muss man lange, lange üben.«

»Es wird dir nicht gefallen, weil du gar nicht willst, dass es dir gefällt. Du hast es ja schon abgelehnt, bevor ich den ersten Pinselstrich machte.«

»Ich finde die Idee hirnrissig, das habe ich gesagt. Aber vielleicht kannst du mich überzeugen. Also komm, zeig es mir.«

Ich ging mit ihm in mein Atelier und blieb an der Tür stehen. Er stellte sich vor das Bild und verzog beim allerersten Blick verächtlich den Mund. Er blieb eine Minute davor stehen, ohne etwas zu sagen. Dann wandte er den Kopf zu mir, sah mich lange an und sagte sehr ruhig: »Es ist Scheiße, Paula. Richtige Scheiße.«

Ich war auf seine Reaktion gefasst, ich hatte nichts anderes erwartet, dennoch stiegen mir Tränen in die Augen. Er hatte sich nicht einen Augenblick auf das Bild eingelassen. Er war gar nicht fähig, sich von einer Kunst, die nicht seine eigene ist, anrühren zu lassen.

»Das Bild, wenn es überhaupt eins ist, wirst du in der Schule nicht zeigen. Davor kann ich dich nur warnen. Meine Kollegen werden dich zerreißen, und zwar völlig zu Recht. Modernistische Scheiße ist das. Aber es ist schön weiß, du kannst es gut als Malgrund benutzen für ein richtiges Bild. Und ein richtiges Bild solltest du bald vorweisen können, noch vor den Herbstferien.«

Ich erwiderte nichts und sah ihn nur hasserfüllt an.

»Jetzt heult sie wieder, als ob das etwas hilft. Du willst doch eine erwachsene Frau sein, also hör auf zu heulen.«

Er sah wieder auf das Bild, schüttelte den Kopf und lachte. Dann schob er mich zur Seite, um die Tür zu öffnen, und ging die Treppe hinunter. Unten zeterte er laut weiter, beschimpfte mich, verwünschte mein Bild und bedauerte sich selbst. Ich schlug die Tür zu, setzte mich vor mein Bild und heulte.

Drei Tage später nahm ich das Bild in die Schule mit. In meiner Seminargruppe war man überrascht, einige machten anerkennende Bemerkungen, viele waren skeptisch und betrachteten es misstrauisch, aber keiner lehnte es grundsätzlich ab oder hielt es für misslungen. Das Schönste sagte mir Petra. Sie kam nach der fünften Stunde zu meiner Bank, setzte sich neben mich und sagte: »Dein Bild hat irgendetwas. Ich denke schon den ganzen Tag an deine weiße Landschaft. Hat sich in mir festgebissen, dieses Weiß, dabei ist ja kaum etwas zu sehen. Ich glaube, dir ist mit diesem Bild etwas ganz Besonderes gelungen, ich weiß nur nicht, was. Ich verstehe dein Bild nicht, ich weiß nicht, was das soll, aber es hat was.«

Ich hätte sie umarmen können, blieb aber reglos auf meinem Platz sitzen und erwiderte: »Geht mir auch so. Eigentlich verstehe ich es auch nicht. Ich weiß, ich habe etwas geschafft, aber was, das weiß ich nicht.«

Oltenhoff zeigte ich das Bild einen Tag später, als wir bei ihm Unterricht hatten. Er schaute auf die Leinwand, dann sah er mich irritiert an und fragte: »Ich verstehe nicht, was willst du mir zeigen, Paula?«

»Meine Winterlandschaft«, sagte ich knapp. Ich spürte,

wie ich mich verkrampfte. Vielleicht hatte Waldschmidt seinem Freund Oltenhoff schon etwas gesteckt.

»Ich sehe nur eine grundierte Leinwand. Die Grundierung ist nicht makellos, da und dort schimmert etwas durch. Aber du willst mir doch nicht eine Grundierung zeigen, oder? Bei einer Studentin im fünften Studienjahr setze ich voraus, dass sie grundieren kann.«

»Sieh dir einfach das Bild an. Ich habe vier Monate daran gearbeitet.«

»Vier Monate?«, fragte er ironisch, »was hast du bei mir gelernt, Paula? Hör zu, räum dieses Stück Leinwand ganz schnell weg, ich will es nie wieder sehen. Und fang endlich an zu arbeiten. Ich möchte zu dem, was du mir gezeigt hast, kein Wort sagen. Ich möchte es gar nicht gesehen haben, das wird für uns beide das Beste sein.«

»Sie sind unverschämt, Herr Professor Oltenhoff. Ich habe wochenlang, monatelang an diesem Bild gesessen ...«

Er fasste mich am Unterarm und zog mich zum Fenster. Er schaute hinaus, während er mit leiser Stimme fortfuhr: »Ich fürchte, du hast mich noch immer nicht verstanden, Paula. Schaff dieses Ding weg, bring es einfach weg. Lass es nicht in der Schule herumstehen, sonst wirst du Ärger bekommen, großen Ärger, und ich, als dein Lehrer, müsste mich auch noch verantworten. Das, was du als Winterlandschaft bezeichnest, das ist nicht das, was wir hier unterrichten. Das entspricht nicht dem Erziehungs- und Bildungsziel unserer Schule. Verstehst du mich endlich?«

»Aber ...«

»Schluss und aus. Du bringst dieses Bild weg, und ich habe es nie gesehen. Ich meine es gut mit dir, Paula. Schon wegen Waldschmidt. An ihn solltest du auch denken.«

Er starrte noch immer unverwandt aus dem Fenster, dann drehte er sich um und ging zu Katrin. Meine Schneelandschaft wickelte ich wieder ein und trug das Paket am Abend nach Hause in mein Atelier. Ich war wie gelähmt. Natürlich war mir klar, dass mein Ölbild anders war als alles, was uns an der Schule beigebracht wurde, es entsprach nicht der Norm, war nicht realistisch genug. Aber sie mussten doch erkennen, was mir gelungen war, sie müssten doch akzeptieren, dass es ein Bild war. Meine Kommilitonen waren aufgeschlossen genug, sich auf mein Bild einzulassen, doch die Herren Professoren wollten es nicht wahrhaben, für sie galt allein ihre Kunstauffassung, für sie existierte nur ihre Ästhetik. Aber wer Augen und Sinne hatte, sah, dass mein Bild eine Kraft besaß, einen Sog, dem man sich kaum entziehen konnte.

Ich holte mir zwei große Pappdeckel aus Waldschmidts Materialraum und verpackte sorgsam mein Bild. Anschließend wickelte ich das Paket in eine Folie und stellte es in meinen Kleiderschrank. Ich wollte es nicht mehr sehen. Mehr als zwanzig Jahre später erst, als ich bereits in Kietz wohnte, hatte ich mich so weit im Griff, dass ich es auspacken konnte und für einige Wochen aufhängte.

Als Waldschmidt nach Hause kam, machte er eine ironische Bemerkung. Er wusste von meinem Gespräch mit Oltenhoff, aber ich ging mit keinem Wort darauf ein, und nach ein paar Tagen sprach auch er nicht mehr von meinem weißen Bild. In der Schule fragte mich nur Petra nach dem Bild, für alle anderen war es rasch vergessen, jeder hatte mit sich und seinen Arbeiten zu tun.

11.

Sie blieb eine halbe Stunde im Papierwarenladen, um sich aufzuwärmen, und schaute sich alles an, bis die Verkäuferin sie verjagte. An der Glasscheibe des Cafés drückte sie sich die Nase platt, um die Gäste zu betrachten und zu sehen, was sie sich bestellt hatten. Hineinzugehen wagte sie nicht. Eine Kellnerin kam ans Fenster und scheuchte sie mit grimmiger Miene weg. Dann stand sie eine halbe Stunde auf dem Rathausplatz und sah Kindern zu. Die Kinder kannte sie aus der Schule, sie waren zwei Jahre jünger als sie, und darum wagte sie es nicht, sie zu fragen, ob sie mitspielen dürfe. Es erschien ihr unpassend.

Sie betrat den Spielzeugladen hinter dem Rathaus.

»Was willst du?«, fragte der Besitzer, ein älterer Mann, sie mürrisch.

»Ich brauche ein neues Kleid für meine Puppe«, sagte sie und hielt ihre Puppe hoch.

»Spielst du denn noch mit Puppen?«

»Ja. Ich meine: nein«, stotterte sie und wurde ganz rot. »Es ist die Puppe meiner kleinen Schwester.«

»Für deine kleine Schwester, ach so. Aber eben hast du noch gesagt, es sei deine Puppe. Hast du überhaupt Geld mit? Wie viel Geld hast du?«

»Zwei Mark. Zwei Mark und dreißig Pfennige.«

»Dafür gibt's kein Kleid. Das billigste kostet sechsdreißig.«

»Darf ich mir die Kleider anschauen?«

»Anschauen kostet einen Groschen.«

Paula blickte den Mann entsetzt an.

»Das war ein Scherz, Kleine. Aber fass nichts an. Ich will sie schließlich noch verkaufen, und wenn jede Göre sie angrapscht, kann ich sie wegschmeißen.«

Sie ging die Regalreihen entlang zu den Puppenkleidern, die auf einem winzigen Kleiderständer hingen. Sie suchte sich ein Ballkleid heraus und hielt die Puppe vorsichtig neben das Kleid. Dann schaute sie auf den Preis. Das Puppenkleid kostete zwölf Mark und zwanzig Pfennig. Sie steckte die Puppe in die Tasche und kehrte zum Ausgang zurück. Der Ladeninhaber stand an der Registrierkasse und unterhielt sich mit einer Frau. Paula blieb an den Gläsern mit den Glasmurmeln stehen. Vorsichtig griff sie nach einer, ließ sie in der Manteltasche neben ihrer Puppe verschwinden und ging weiter zum Ausgang.

»Hast du etwas gefunden?«, fragte der Mann.

Sie schüttelte den Kopf.

»Du hast doch nichts gestohlen?«

Sie schüttelte nochmals den Kopf, wobei sie ganz rot wurde.

»Das nächste Mal bringst du deine Mama oder deinen Papa mit. Man muss immer einen Erwachsenen bei sich haben, einen, der ein Portemonnaie besitzt. Merk dir das fürs Leben«, sagte der Mann an der Kasse fröhlich.

»Das ist eine der Töchter von Plasterer«, sagte die Frau neben ihm, »Sie wissen doch, vom Schuldirektor.«

»Ach so. Na, dann grüß mal deinen Vater von mir. Vergiss es nicht, Kleine.«

Sie nickte und verließ das Geschäft. In der Molkenstraße sah sie Cornelia. Ihre Schwester lehnte zusammen mit Anne am Treppengeländer der Apotheke. Sie unterhielten sich so angeregt miteinander, dass sie Paula nicht bemerkten. Sie erstarrte, als sie die Schwester plötzlich vor sich sah. Sie hatte den Wunsch, zu ihr zu laufen, und wusste gleichzeitig, dass sie damit Cornelia wütend machen würde. Sie schaute einige Minuten zu den zwei Freundinnen, dann drehte sie sich um und machte sich auf den Weg zu ihrer Freundin Katharina. Erst als es dunkel wurde und der Ratsdiener mit dem Fahrrad durch die Straßen fuhr, um die Gaslaternen anzuzünden, ging sie nach Hause.

Dort war nur ihre Mutter, die in der Küche saß und sie mit einem stumpfen Blick ansah.

»Warum hast du den Mantel angezogen? Willst du weggehen?«

»Nein.«

»Zum Rausgehen ist es jetzt zu spät. Es ist schon finster. Den ganzen Tag im Zimmer rumsitzen und aus dem Haus wollen, wenn es draußen stockduster ist, das gibt es bei mir nicht. Nimm dir bloß kein Beispiel an deinem Bruder. Da würde dir dein Vater was erzählen. Geh und zieh den Mantel wieder aus. Und sag Cornelia, sie soll mir zehn Mohrrüben aus dem Keller holen.«

»Cornelia ist aber...«, sie unterbrach sich selbst. Dann fügte sie hastig hinzu: »Die Mohrrüben kann ich holen.«

»Die Gummischuhe sind für dich viel zu groß.«

»Nein, das geht schon.«

»Na gut. Aber mach keine Unordnung. Und fass mir das Eingemachte nicht an. Die Gläser darf man nicht berühren, sonst schimmelt gleich alles.«

Sie legte den Mantel und die Schuhe ab und zog Mutters Gummischuhe an. Um auf den abgetretenen Holzstufen der Kellertreppe nicht auszugleiten, stieg sie vorsichtig hinunter, mit beiden Händen hielt sie sich an der Eisenstange fest, die als Handlauf an der Wand befestigt war. In dem schummrigen Licht einer Glühbirne stapfte sie langsam durch den Keller. Sie fürchtete sich vor den Mäusen und Spinnen. Bevor sie die Mohrrüben aus dem kleinen Hügel aufgeschütteter Erde zog, klopfte sie mit einer Schaufel mehrfach darauf, um die Mäuse und Käfer zu verjagen, die sie in dem Erdhügel vermutete. Dann schloss sie die Augen, steckte eine Hand in die lose Erde und suchte nach den Möhren. Als sie zehn Mohrrüben herausgezogen hatte, ging sie so eilig aus dem Keller, dass sie einen Schuh auf der Treppe verlor und auf Strümpfen nochmals hinuntergehen musste, um ihn aufzuheben.

»Hast du Hunger?«, fragte ihre Mutter. Sie saß noch immer auf dem alten Küchenstuhl, den Rücken gegen die Wand gelehnt.

»Nein.«

»Ich auch nicht«, sagte ihre Mutter, »aber ihr müsst etwas essen. Ich mache nachher gleich Abendbrot. Wenn es mir besser geht.«

»Soll ich die Tabletten holen?«

»Habe ich schon geschluckt. Habe schon fünf davon geschluckt. Hilft alles nichts. Ich glaube, ich werde mir mal einen kleinen Schnaps genehmigen. Nur so, als Medizin. Das hilft besser als diese dummen Tabletten.«

»Aber wenn Vater das merkt, dann gibt es wieder ...«

»Ach was. Deinen Vater, den wirst du heute nicht mehr zu Gesicht bekommen. Hat wieder eine Nachtsitzung, der Herr Direktor. Die ganze Nacht durch.«

»Dann geh ich in mein Zimmer.«

»Ja, geh. Mir kann keiner helfen.«

Eine halbe Stunde später erschien Cornelia im Kinderzimmer. Paula sagte ihr, dass Vater und Clemens nicht zu Haus seien und ihre Mutter glaube, sie seien den ganzen Tag im Kinderzimmer gewesen.

»Und ich war für dich Mohrrüben holen. Damit Mutter nicht merkt, dass du fortgegangen bist.«

»War ja wohl nicht so schlimm.«

»Es ist eklig im Keller.«

»Stell dich nicht so an. Spinnen fressen keine Menschen und Mäuse auch nicht. Spinnen und Mäuse haben genauso viel Schiss wie Paula.«

»Ich sterbe da unten.«

»Ach, Paula! Irgendwann musst du den Kellerdienst übernehmen. Spätestens, wenn ich aus dem Haus bin.«

»Willst du ausziehen?«

»So schnell wie möglich. Spätestens mit achtzehn. Als

Frau kann man sogar schon mit sechzehn heiraten. Habe ich jedenfalls gehört.«

»Willst du heiraten? Wen denn?«

»Das ist mir scheißegal. Ich würde jeden nehmen, um hier wegzukommen. Dieser bescheuerte Clemens, dazu eine besoffene Mutter und als Krönung unser Alter! Wer da nicht wegwill, der gehört zu dem Verein.«

»Können wir nicht zusammen weggehen?«

»Wie stellst du dir das vor? Du bist zwei Jahre jünger. Du kämst sofort in den Jugendwerkhof. Und das soll kein Zuckerschlecken sein.«

Cornelia setzte sich an den Schreibtisch. Ihre Schwester saß auf dem Bett und sah zu ihr.

»Ich will auch weg«, sagte sie, »vielleicht könnte ich zu Tante Gertrude ziehen.«

»Das würde Vater nie erlauben, das weißt du genau.«

»Oder zu den Großeltern.«

»Zu den Großeltern? Dort stinkt alles nach Krankheit und Pisse. Nee, das wäre nichts für mich. Und Vater erlaubt es sowieso nicht.«

»Oder ich gehe ...«, begann Paula nach einer Pause, aber sie wusste nicht, was sie weiter sagen sollte.

Die Küchentür war zu hören, jemand ging über den Flur. Die beiden Mädchen standen auf, liefen zur Tür und drückten die Gesichter an den Riss im Holz.

»Sie geht ins Bett«, flüsterte Cornelia, »jetzt könnte ich abhauen und keiner würde es merken.«

»Bitte, Cornelia.«

»Fang bloß nicht an zu flennen, ich bleibe ja. Komm, wir gehen in die Küche und machen uns Abendbrot. Wollen wir uns eine Stulle braten? Mit Zucker?«

Die Mädchen öffneten die Tür und gingen auf Zehenspitzen in die Küche.

12.

An der Ausstellung im Marstall nahm ich mit dem Waldbild teil, für das sich Waldschmidt entschieden und das er angemeldet hatte. Er sagte mir, wenn ich ausstellen dürfe, so verdanke ich das ausschließlich der Tatsache, dass außer ihm und Oltenhoff kein Lehrer mein weißes Bild zu Gesicht bekommen habe, denn dann hätte auch er nichts mehr für mich tun können. Ich war bei der Ausstellungseröffnung dabei und ging später noch zweimal durch die Räume, aber ich war weder stolz noch zufrieden. Das Waldstück, das dort hing, war für mich lediglich eine Vorarbeit zu meinem weißen Bild, für mich hatte diese Landschaft nur den Rang einer Skizze, es war ein Versuch, der nach dem weißen Bild für mich keine Bedeutung mehr hatte. In keiner der zu der Ausstellung erschienenen Kritiken wurden ich und mein Bild erwähnt, mir war es recht, denn dieses Bild taugte nichts. Bei der Eröffnung wartete ich nur die beiden Reden ab und verließ dann unauffällig den Marstall. Bei dem Gedanken, dass ich dort mit dem weißen Bild hätte hängen können statt mit der seelenlosen Waldlichtung, wurde mir schlecht, ich fürchtete, mich übergeben zu müssen.

Nur für meine Kommilitonen stellte die Tatsache, dass ich in der Ausstellung vertreten war, ein Ereignis dar, freilich kein erfreuliches. Dass ich weiterhin beneidet und angefeindet wurde, erfuhr ich sehr drastisch ein halbes Jahr später, als auf dem Studentenfasching ein wandgroßes Porträt von mir auftauchte. Es hing im dritten Stock, im Durchgang zu den Räumen der Keramik. Bei der Abnahme, einen Tag vor Faschingsbeginn, hatte man es wohl übersehen oder es war erst nach dem Rundgang aufgehängt worden. Auf einem zwei Meter langen Stück Packpapier war eine Frau en profil gemalt, die unzweifelhaft mich darstellen sollte. Mit Kreide und Wasserfarben war das Bild rasch hingeworfen worden, nur das Gesicht war sorgfältig ausgeführt, um die Ähnlichkeit mit mir zu zeigen. Die Person auf dem Papier hatte ihr Brüste entblößt und bot sie mit einer einladenden Handbewegung den Betrachtern an, der Hintern wurde kaum bedeckt von einem kurzen Stück Stoff, und sie streckte ihn dem Publikum in einer so merkwürdigen und anatomisch unmöglichen Stellung entgegen, dass ihre Schambehaarung übermäßig deutlich zu sehen war. An dem unteren Rand des Bildes waren zwei Köpfe erkennbar, die in Art und Ausführung an Raffaelsche Engel erinnern sollten, zwei Männerköpfe, deren Identität nicht eindeutig war und die zu der Frau emporstarrten oder vielmehr zu ihrem Hintern und ihrem Geschlechtsteil. Über den Kopf der Frau wand sich von einem Bildrand zum anderen ein hellblaues Band, auf dem Schriftzeichen zu sehen waren, die durch ihre Verzierungen und Schleifen auf den ersten Blick armenisch wirkten oder georgisch und nur mühsam zu entziffern waren.

Mir war sofort klar, dass ich mit der Karikatur gemeint war, und ich vereiste innerlich, während ich das riesige Papierblatt betrachtete. Die Studenten neben mir lachten und stießen sich an, auch sie hatten bemerkt, wer da porträtiert sein sollte. Und sie waren es auch, die die Schrift auf dem Band stockend und laut entschlüsselten. Sie ist nicht läufig, sie ist schon beiläufig, lasen sie. Sie stießen sich so heftig an, dass eins der Mädchen gegen mich fiel und mich fast umgerissen hätte. Ich lehnte mich an die gegenüberliegende Wand und schaute auf das Bild, jetzt konnte ich die Schrift gleichfalls entziffern. Ich hatte das Gefühl, ohnmächtig zu werden und umzukippen, und nur die Wut hielt mich aufrecht. Langsam, sehr langsam ging ich weiter, die ausgeschmückten Flure entlang, blickte auf die großflächigen, bunten Bilder, ohne etwas wahrzunehmen, stieg die Treppe hinunter, die mit bemalten Tüchern verhängt war, und gelangte in den Innenhof. Dort standen nur einige Paare, die mit sich beschäftigt waren und mich nicht beachteten. Durch die geöffneten Fenster der Schule drang laute Musik und mischte sich auf dem Hof zu einer bösartigen Kakophonie, die mich zusätzlich zu verhöhnen schien. Vor mir lag ein weißlich schimmernder Rest des Winters, ich stapfte darauf so lange herum, bis der schwach leuchtende Schneefleck verschwunden war, dann atmete ich tief durch und machte mich auf die Suche nach Waldschmidt. Ich fand ihn an einer der in den Gängen eingerichteten Bars, schmale Holztische, hinter denen die Studenten des ersten Studienjahres Getränke verkauften, er unterhielt sich mit Frau Frank, der Professorin für Mode und Textilgestaltung, und zwei Studenten. Ich hakte mich bei ihm ein und verbrachte den ganzen Abend an seiner Seite. Die wiederholten Angebote einiger Kommilitonen, mit ihnen zu tanzen, lehnte ich ab und schmiegte mich dabei demonstrativ an Waldschmidt, was ihm gefiel. Als wir später mit einigen Professoren an einem der Tische saßen, forderte er mich auf, mit einem der jungen Männer auf die Tanzfläche zu gehen. Ich schüttelte den Kopf.

Am zweiten Tag des Faschings blieb ich zu Hause, Waldschmidt versuchte mich zu überreden, ging aber dann allein und kam erst spät in der Nacht zurück. Als ich ihm gegen Mittag das Frühstück hinstellte, erzählte er mir von der Karikatur, die er am ersten Tag des Faschings nicht gesehen hatte. Er fand sie unverschämt, aber gelungen und witzig.

»Was zum Teufel ist daran komisch? Erkläre mir bitte, ich versteh es nicht. Ich fand es nicht komisch, überhaupt nicht.«

»Es ist ganz hübsch skizziert. Leicht hingeworfen, aber gut getroffen.«

»Ich war's, der da getroffen wurde, Freddy. Den Spruch hast du gelesen?«

»Damit muss man leben, Paula. Nimms nicht tragisch. Das sind die kleinen Bösartigkeiten, die man aushalten muss. Die Professoren wurden auch nicht geschont. Hast du meine Karikatur gesehen? Auch nicht gerade schmeichelhaft. Das ist Fasching, so ist es immer an der Schule, so war es immer. Und diesmal hat es dich erwischt.«

»Ach so? Und das ist alles? Und ich soll das auch noch komisch finden?«

»Was erwartest du? Soll ich den Fetzen abreißen? Das wäre lächerlich, das würde dem Ganzen noch größere Aufmerksamkeit verschaffen. Die Kröte, an der du nicht vorbeikommst, die musst du schlucken. Das musst du lernen. Gib mir bitte das Salz rüber.«

»Ich werde wegen dir beschimpft, ist dir das klar? Ich werde als Nutte hingestellt, als Flittchen, weil ich mit dir zusammenlebe.«

»Das ist der Neid, Paula. Sollte mich nicht wundern, wenn es von einem Mädchen gemalt wurde. Man beneidet dich, darauf kannst du dir etwas einbilden.«

»Mir gefällt es nicht.«

»Ach, wenn du wüsstest, wie mir das am Arsch vorbeigeht. Ich habe wirklich andere Probleme, da kann ich mich nicht noch um solches Trallala kümmern. In ein paar Tagen ist an der Schule die Kacke am Dampfen, das kann ich dir sagen, und da habe ich weder die Zeit noch den Kopf, mich um einen solchen Babyscheiß zu kümmern.«

»Babyscheiß, aha. Damit bin ich wohl gemeint? Ich kann gehen, Freddy, ich kann sofort ausziehen, das ist kein Problem.«

»Werde nicht hysterisch, Paula. Natürlich ist das unangenehm, für dich wie für mich. Ich kann dir nur raten, bleib souverän, bleibe Königin. Lächle, Mädchen, und wenn es sein muss mit zusammengebissenen Zähnen. Es wird nicht die letzte Kränkung in deinem Leben sein. Wenn du Kunst machst, brauchst du einen guten Magen für die vielen Kröten, die du zu schlucken hast. Und wenn du Erfolg haben solltest, dann hast du alle gegen dich. Das ist der Preis, den du zahlen musst. Wenn dir der Preis zu hoch ist, dann arbeite im Büro. Und diese Karikatur, nimm sie nicht so wichtig. Da wollte dir nur jemand mitteilen, wie sehr er dich beneidet. So, und nun fahre ich zu Oltenhoff. Wir haben nämlich ein kleines Problem, ein kleines großes Problem. Bertholdt kommt nicht mehr zurück. Er ist in Bayern geblieben. Für immer.«

»Max Bertholdt?«

»Ja. Hat eine Ausstellung in München genutzt, um sich abzusetzen.«

»Aber war der nicht in der Partei?«

»Ja, natürlich. Und wir dürfen seinetwegen eine zusätzliche Versammlung abhalten, um ihn auszuschließen. Aber ich denke, er wird nichts dagegen haben. Und was er uns alles mit seiner Flucht eingebrockt hat, wird ihn wohl auch nicht kümmern. Die nächsten Reisen jedenfalls können wir wohl alle vergessen.«

Waldschmidt trank seinen Kaffee aus, stand auf, nickte mir zum Abschied zu und verließ das Haus.

Max Bertholdt war der jüngste unserer drei Professoren für Grafik und Schriftgestaltung, er war Anfang vierzig, dreimal geschieden und bei den Studenten für seinen langen schwarzen Seidenschal berühmt und vor allem durch seine Fliegen. Er musste eine Sammlung von mindestens hundert dieser bunten Schleifen besitzen, denn jedes Mal, wenn er in der Schule auftauchte, hatte er eine andere Fliege um den Hals. Er war beliebt bei den Studenten, wenn er sich auch selten in der Hochschule blicken ließ, er gehörte zu den Professoren, die sich vor allem mit ihren eigenen Arbeiten beschäftigten und davon ausgingen, dass es für die Schule und die Studenten eine Ehre sein musste, wenn sie sich herabließen, gelegentlich dort aufzutauchen, um ihre Weisheiten zu verkünden. Es kam vor, dass er sich wochenlang nicht sehen ließ, doch wenn er erschien, hielt er sich den ganzen Tag in unseren Arbeitsräumen auf, ging von einem Studenten zum anderen, hatte für jeden Zeit, und wir alle schätzten seine Ratschläge und Hinweise. Seine Sekretärin musste ihm mit ihrem gesamten Papierkram hinterherlaufen und warten, bis er auf ein Papier mit einer Nachricht schaute oder einen Brief unterschrieb. Er lehnte es ab, in einem Büro zu sitzen, und es gab sogar das Gerücht, er habe sein Büro noch nie betreten und wisse nicht einmal, wo es sich befände.

Die Nachricht, dass Bertholdt abgehauen war, würde alle an der Hochschule überraschen, denn obwohl er bei den Studenten beliebt war und sich uns gegenüber aufgeschlossen zeigte, galt er politisch als unnachgiebig. Wir hatten erfahren, sein Vater sei in einem Konzentrationslager der Nazis vergast worden, und vermuteten, er sei deshalb so unerbittlich. Irgendwie respektierten wir seine Haltung, obgleich sie uns weltfremd und überlebt erschien, doch seine Geschichte oder vielmehr das Schicksal seines Vaters schüchterte uns ein. Und nun war dieser aufrechte Antifaschist und treue Staatsbürger im Westen geblieben. An der Schule würde man wochenlang darüber reden, offiziell die Flucht verurteilen und im kleinen Kreis oder hinter vorgehaltener Hand sich darüber lustig machen. Weshalb aber Waldschmidt besorgt war, wieso es für ihn ein Problem darstellte, verstand ich nicht. Was konnte er dafür, dass Bertholdt im Westen geblieben war? Gewiss hätte er ein paar Versammlungen mehr, er müsste

Fragen der Studenten beantworten und möglicherweise im Ministerium erscheinen oder im Magistrat, vielleicht sogar bei der obersten Parteileitung, aber kein Mensch konnte ihn für Bertholdts Entscheidung verantwortlich machen oder sie ihm gar anlasten.

Im März gab es eine Vollversammlung in der Schule, Tschäkel hielt eine ungewöhnlich scharfe Rede, drei Professoren mussten ein Fehlverhalten einräumen und Selbstkritik üben, weil sie ihrem früheren Kollegen Bertholdt gegenüber nicht wachsam genug gewesen seien, ihn vielmehr blindlings unterstützt und sich für ihn und seine Ausstellung in München, die er für seinen Verrat nutzte, eingesetzt hätten. Die drei hätten sich über die Bedenken und Warnungen eines wachsamen Kollegen hinweggesetzt, der gegen die Münchner Ausstellung von Bertholdt gewichtige politische Bedenken geäußert und diese auch der Bezirksleitung gemeldet habe, Bedenken, die sich im Nachhinein als mehr als angebracht erwiesen hätten. Da jedoch die drei anderen Professoren sich für Bertholdt ausgesprochen hätten, sei die Parteileitung der Schule wie des Bezirks getäuscht worden, so dass schwerer politischer Schaden entstanden sei, wie Tschäkel erregt sagte, der nur durch schonungslose Aufklärung, durch Kritik und Selbstkritik sowie verstärkte Arbeit wiedergutzumachen sei.

Professor Lieblich war es gewesen, der sich gegen Bertholdts Ausstellung ausgesprochen hatte und nun für seinen politischen Weitblick gelobt wurde. Lieblich und Bertholdt waren sich seit Jahren spinnefeind, wie jeder an der Hochschule wusste, sprachen auch vor den Studenten abfällig über die Arbeiten des anderen und machten sich gegenseitig das Leben nach Kräften schwer. Insofern entsprachen Lieblichs Bedenken gegen Bertholdts Münchner Ausstellung seinem üblichen Verhalten und waren nicht ernst genommen worden, vielmehr waren alle peinlich berührt, als er damals seine neuen Attacken begann, um die Ausstellung zu verhindern. Doch nun konnte er doppelt triumphieren, da seine Fehde mit Bertholdt als eine politische Leistung gewürdigt wurde und er überdies seinen Widersacher für immer los war.

Einer der drei, die sich selbst anzuklagen hatten, war Waldschmidt, und er wurde von Lieblich sogar der Mitwisserschaft beschuldigt. Waldschmidt und Bertholdt hatten sich vier Monate zuvor über eine Arbeit von Lieblich mokiert, ein Fresko im Bahnhofsgebäude Friedrichstraße, auf dem neben einer halbfertigen Mauer Bauarbeiter zu sehen waren, vier Männer in Arbeitskleidung und mit Schutzhelmen, einer von ihnen stand vor der Maueröffnung und sah den Betrachter an, die anderen standen dahinter und schienen sich zu beraten. Die Arbeit war in dem üblichen realistischen Stil ausgeführt, die Maurer strahlten den behördlich gewünschten Optimismus aus, und das Ganze war so einfallslos wie langweilig. Weil die Arbeit in einem Grenzbahnhof hing, hatte Waldschmidt in der Schule das Fresko mit den Worten kommentiert: einer haut ab, die anderen zögern noch Bertholdt hatte dafür gesorgt, dass diese Bemerkung in der Schule die Runde machte, so dass sie auch Lieblich zu Ohren kam, und nun hatte er die Möglichkeit, sich an Waldschmidt zu rächen und nutzte sie gründlich. Waldschmidt wollte alles mit einer entschuldigenden Geste rasch erledigen, doch Lieblich ließ es sich nicht nehmen, ihn mit wiederholten Nachfragen zu einem umfänglichen Schuld- und Reuebekenntnis zu nötigen, das allen unangenehm war. Schließlich bekam Waldschmidt eine Parteistrafe auferlegt und musste von seinem Amt als Prorektor zurücktreten.

Waldschmidt war in diesen Monaten voller Selbstmitleid. Er spielte mit dem Gedanken, die Professur aufzugeben und nur noch als freier Maler zu arbeiten, aber ich wusste, dass auch dies nur eine wehleidige Klage war. Er war gar nicht dazu in der Lage, sein Lehramt an den Nagel zu hängen, das konnte er sich weder materiell leisten, noch hätte er den Bedeutungsverlust ertragen, der für ihn mit der Aufgabe seiner Professur verbunden gewesen wäre. Seine Larmoyanz war schwer erträglich. Er wirkte jetzt auf mich wie ein uralter Waschlappen. Nichts von dem, was mich einmal angezogen hatte, war noch vorhanden oder erkennbar, und das sagte ich ihm auch, woraufhin er mich als Egoistin und kaltschnäuzige Karrieristin bezeichnete, die aus purer Berechnung mit ihm zusammengezogen sei und ihn in dem Augenblick fallenlasse, wo er ihr nicht mehr nützlich sein könne. Nach diesem Auftritt sprachen wir zwei Wochen kein Wort miteinander, nicht ein einziges. Wir wohnten gemeinsam in einem Haus, in seiner Villa, aber das und die gelegentlichen Mahlzeiten, die wir zusammen schweigsam einnahmen, waren die einzigen Gemeinsamkeiten, auch bei den Gesellschaften vermieden wir es, miteinander zu sprechen. Ich hatte monatelang nicht mehr mit ihm geschlafen, was er scheinbar akzeptierte. Nur wenn er betrunken war, fing er an, mich zu belästigen, und beschimpfte mich abwechselnd als frigid oder als Nutte. Wenn er sich nicht beruhigte und gewalttätig zu werden drohte, schloss ich mich in meinem Atelier ein.

13.

Trotz der Prüfungen nahm ich das ganze letzte Studienjahr hindurch Klavierstunden bei Marion Niebert. Sie kam zweimal in der Woche, und obwohl ich nicht mehr die Zeit besaß, um zu üben, machte ich gute Fortschritte.

Als ich im Juni meine letzte Stunde bei ihr hatte, konnte ich bereits Stücke für Fortgeschrittene spielen, und als wir uns verabschiedeten, lobte sie mich sogar.

»Aus dir hätte etwas werden können«, sagte sie, »aber das ist heute vorbei, Paula. Jetzt bleibt nur noch Hausmusik.«

»Schon wieder eine verpasste Chance«, lachte ich, »ich hätte dich eher kennenlernen sollen, Marion. Aber damals fehlte mir das Geld.«

»Du willst ja malen. Du wirst schon deinen Weg machen.«

»Ja«, sagte ich, »ja, und keiner wird mich aufhalten.«

Zum Abschied küssten wir uns. Ich habe Marion nie wieder gesehen, das Klavierspiel aber gab ich nicht auf, es half mir beim Überleben.

Sibylle Pariani kam auch in meinem letzten Studienjahr einige Male zu unseren Abenden. Sie war sehr freundlich zu mir, einmal legte sie eine Hand auf meine Schulter, nahm sie aber, als sie bemerkte, wie ich zusammenzuckte, rasch wieder weg. Zehn Tage vor Pfingsten rief sie mich an und fragte, was ich über die Feiertage machen würde. Ihr Mann sei für drei Wochen in Nordkorea, China und Japan, sie sei also Strohwitwe und würde gern in ihr Haus nach Ahlbeck auf Usedom fahren. Wenn ich Zeit und Lust hätte, wäre ich eingeladen, und falls Waldschmidt dafür zu gewinnen sei, so sei er selbstredend ebenfalls willkommen.

»Ich werde Freddy fragen«, sagte ich, »ich rufe zurück.«

Ich fragte Waldschmidt nicht, und ich erzählte ihm nichts von Sibylles Einladung, ich hatte selbst auf einen Kurzurlaub mit ihm keine Lust. Ich wollte zwei, drei Tage abwarten und ihr dann absagen, aber am nächsten Vormittag zeigte mir Waldschmidt einen Brief, ein Verleger, der ihn mit einem Ölbild für seinen Verlag beauftragt hatte, lud ihn über Pfingsten zum Segeln ein. Waldschmidt fragte mich, ob ich mitfahren wolle, ich schüttelte den Kopf, und er versuchte erst gar nicht, mich zu dem Segeltörn zu überreden. Auch er wollte Pfingsten lieber ohne mich verbringen. Ich rief Sibylle an, um ihr abzusagen, und wollte dafür die Einladung des Verlegers als Vorwand benutzen. Doch als sie sich meldete und so begeistert war, meine Stimme zu hören, stach mich der Hafer, und ich erzählte ihr, dass Waldschmidt allein verreisen werde und ich gern für zwei, drei Tage in ihr Haus komme würde. Meine Antwort kam für sie wohl unerwartet, sie schien überrascht zu sein und schwieg zwei lange Sekunden.

»Dann müssen wir zwei überlegen, was wir dort kochen wollen«, sagte sie schließlich. »Wir sollten einiges aus Berlin mitnehmen, denn man weiß nie genau, was es dort gibt. Wenn einer von uns ganz früh aufsteht, können wir am Strand bei den Fischern Fisch kaufen. Du isst doch Fisch, oder?«

»Natürlich. Sehr gern.«

»Dann machen wir zwei uns ein paar schöne Tage. Ich freue mich darauf, Paula. Fährst du mit dem Auto hoch?«

»Ich weiß nicht. Sicherlich braucht Freddy das Auto.«

»Wenn du mit der Bahn kommst, gib mir Bescheid. Dann hole ich dich ab.«

Nachdem ich den Telefonhörer aufgelegt hatte, sagte ich zu mir: Paula, Paula, was hast du vor, was stellst du nur an? Ich war von meiner eigenen Courage überrascht und lachte, weil ich Angst hatte. Aber dann dachte ich an Waldschmidt und war mit mir und meiner Entscheidung sehr zufrieden.

Bevor Waldschmidt zu seiner Segeltour aufbrach, fragte er, ob ich die Pfingsttage in Berlin bliebe.

»Nein«, erwiderte ich, »Sibylle Pariani hat mich in ihr Haus an der Ostsee eingeladen. Ich denke, ich werde für zwei Tage zu ihr fahren.«

»Zu Sibylle? Ist ihr Mann auch dort? Ist der nicht in Japan?«

»Soviel ich weiß, ist er verreist.«

»Sag mal, hast du was mit Sibylle? Läuft da irgendetwas?«

Ich blickte ihn verächtlich an und verließ das Zimmer. Am Abend fing er noch einmal an, über meine Fahrt zu Sibylle nach Ahlbeck zu reden. Er meinte, es sei ihm schon lange aufgefallen, dass wir zwei uns sehr gut verstehen würden, wir würden auf jeder unserer Gesellschaften nebeneinanderhocken, und Sibylle sei regelrecht in mich verliebt, das könne jeder sehen. Er sei großzügig und wenn ich eine kleine lesbische Neigung nebenbei hätte, könne er durchaus damit leben, aber ich solle es ihm gefälligst sagen, er wolle nicht wie ein Idiot dastehen. Ich funkelte ihn nur wütend an und biss mir auf die Lippe, um nichts zu antworten.

Am Tag darauf bekam ich Manschetten vor meinem Entschluss und überlegte, doch noch abzusagen. Ich griff zum Hörer und rief sie an, aber als sie sich meldete, fragte ich nur, ob ich meinen Badeanzug mitnehmen solle oder ob es Pfingsten noch zu früh sei, um ins Wasser zu gehen. Sie sagte, sie würde keinesfalls in der Ostsee baden, aber ein paar Verrückte würden das sicher tun. Bevor wir uns verabschiedeten, sagte sie noch: »Mein Gott, Paula, für einen Moment fürchtete ich, du würdest absagen.«

Am Pfingstsamstag fuhr ich mit der Bahn nach Ahlbeck. Sibylle war mit ihrem Auto zum Bahnhof gekommen, sie begrüßte mich so unbefangen herzlich, dass ich sie umarmte. Wir packten meine Tasche in ihr Auto und bummelten durch die Stadt, setzten uns in ein Café, wo sie von der Besitzerin mit Handschlag und Hallo begrüßt wurde, und aßen ein Eis. Anschließend fuhren wir zu ihrem Haus, das in Richtung des Oderhaffs lag. Es war ein abgelegenes altes Bauernhaus, ein sogenannter Ausbau, das Sibylle und ihr Mann vor zwanzig Jahren billig erworben und im Laufe der Zeit sehr komfortabel ausgestattet hatten. Die Außenfront hatten sie sorgfältig restaurieren und das Dach mit Schilf decken lassen, die Schäden an den kleinen alten Fenstern sowie der Eingangstür behutsam behoben, um das Haus wieder in einen Zustand zu versetzen, wie es ausgesehen haben musste, bevor der Vorbesitzer es mit billigen und pflegeleichteren Dachschindeln eindeckte. Innen aber war das Haus vollständig verändert worden. Die Einrichtung der Zimmer konnte als mecklenburgisch gelten, die Möbel hatten sie von einem ortsansässigen Tischler anfertigen lassen. Küche, Bad und Toilette aber waren hochmodern, die Fliesen stammten aus Finnland, die Armaturen und viele der Küchengeräte aus Westdeutschland und Frankreich, alles Länder, in denen Marco Pariani an Kongressen teilgenommen hatte oder wohin er mit Wirtschaftsdelegationen gereist war. Sibylle zeigte mir mein Zimmer im ersten Stock, sie selbst schlief unten, ich stellte nur meine Tasche ab, dann nahmen wir die Fahrräder und fuhren zum Haff, weil dort weniger Urlauber waren als am Ostseestrand, wie sie sagte. Wir versteckten die Räder unter einem Gebüsch und spazierten dann am Wasser entlang und später durch die Wälder. Wir redeten über meine Arbeit und die Abschlussprüfungen, irgendwie kam sie auf ihre Kindheit zu sprechen und erzählte mir in einem Zug ihr ganzes Leben.

Sie war im Krieg geboren worden und meinte sich noch an die Bombennächte erinnern zu können, sie war damals zwei, drei Jahre alt. Ihre Eltern waren kurz vor Kriegsende nach Österreich gezogen, da ihr Vater aus Linz stammte und sie bei seinen Eltern hatten wohnen können. Anfang der fünfziger Jahre wurde ihrem Vater eine Hochschulprofessur in Ostberlin angeboten, die er umgehend annahm. Sie hatte in Weimar ein Architekturstudium angefangen, es aber abbrechen müssen, weil sie in den technischen und mathematischen Fächern versagte. Sie hatte dann gleich einen Kommilitonen aus demselben Studienjahr geheiratet. Sie erzählte nochmals, wie sie Pariani kennenlernte, von seiner Verliebtheit, seinen jungenhaften Einfällen, womit er sie, die viel jüngere Frau, immer wieder überraschen konnte. Dann hielt sie plötzlich inne, sah mich an und sagte: »Ich weiß eigentlich gar nichts von dir, Paula. Wo bist du aufgewachsen? Warst du als Kind glücklich?«

»Nein«, sagte ich, »aber ich weiß gar nicht, ob es glückliche Kinder gibt. Ich glaube, alle Kinder sind unglücklich. Kindheit und Unglücklichsein, das ist wohl dasselbe.«

»Bist du sicher? War es für dich so schlimm?«

»Ja. Ich war nur unglücklich. Ich habe mit dem Malen angefangen, weil ich mich irgendwie retten musste. Die schönen Momente in meiner Kindheit, die hatten alle mit Malen und Zeichnen zu tun und mit der Musik. Wenn ich mich irgendwo für Stunden verkriechen konnte, wo mich niemand fand, wenn ich mit meinen Bleistiften und Wasserfarben loslegen konnte oder wenn ich am Klavier saß, dann war ich glücklich. Aber nur dann. Und vielleicht noch mit Kathi, mit meiner Schulfreundin. Der Rest, das war ein Elternhaus, in dem immerzu nach Fehlern gesucht wurde, Fehler gefunden wurden, in dem herumgeschrien wurde, eine Schulzeit voller Ängste, Angst zu versagen, Angst, sich lächerlich zu machen, ausgelacht zu werden. Am liebsten denke ich nicht mehr an meine Kindheit.«

»Gab es keinen, der dich liebte?«

»Meine Eltern waren damals sicher der Meinung, dass sie mich lieben, dass sie alles für mich tun. Sie hatten nur deswegen beständig etwas an mir auszusetzen, weil sie mir helfen wollten. Sie wollten mich erziehen, darin bestand ihre Liebe. Wenn ich meinen Eltern heute sagen würde, dass sie mich nie geliebt haben, nie, sie wären vermutlich hell empört.«

»Hast du darum deine Tochter hergegeben?«

»Ich weiß nicht. Vielleicht. Ich habe sie aber nicht hergegeben, Cordula wurde mir weggenommen. Heute ist sie vier Jahre alt, ganz genau vier Jahre, drei Monate und sieben Tage, und seit fünfzehn Monaten habe ich sie nicht mehr gesehen. Ich habe eine Tochter, die ich nicht kenne.«

»Damals hast du mir erzählt, du hättest auf sie verzichtet. Dass du nicht um sie kämpfen wolltest, weil es seine Tochter sei und nicht deine.«

»Habe ich das gesagt? Ich weiß nicht, ob das stimmt, ich kann es dir nicht sagen. Ich verstehe mich selber nicht. Wechseln wir das Thema, einverstanden?«

»Lass uns zurückfahren. Hoffentlich finden wir unsere Fahrräder wieder.«

Daheim gab Sibylle mir eine Schürze, und dann legten wir in der Küche los, als ob wir eine Festgesellschaft zu verköstigen hätten. Wir redeten ununterbrochen und vermieden, irgendeins der heiklen Themen anzusprechen. So, wie sie am Küchentisch stand, das Gemüse zerkleinerte, die Zwiebeln hackte und den Fisch filetierte, schien Sibylle eine glückliche und mit sich selbst zufriedene Frau zu sein. Ihren Beruf hatte sie aufgegeben und kümmerte sich nun um ihren Mann und die beiden Häuser, aber sie vermisste offensichtlich nichts. Von ihrem Pariani sprach sie spöttisch, aber liebevoll und geradezu zärtlich. Sie verstand mich überhaupt nicht, als ich ihr andeutete, dass ich Waldschmidt verlassen wollte, doch quietschte sie gleich wieder vor Vergnügen, als ich ihr von Bertholdt und Lieblich erzählte.

Und ich war meilenweit von dieser Ruhe entfernt. Ich hatte erreicht, was ich wollte, ich hatte mich durchgesetzt und das studiert, was ich studieren wollte. Ich hatte die Studienjahre gut überstanden und würde in ein paar Wochen mein Diplom in den Händen halten, ich war jetzt, was ich seit Kindertagen werden wollte, eine Malerin. Und Sibylle war nur eine Hausfrau, die den ganzen Tag über nichts tat oder Dinge, die mich wahnsinnig gemacht hätten, doch sie lebte im Unterschied zu mir ihr Leben. Ich beneidete sie.

Als wir in der Küche fertig waren, brachten wir die Schüsseln ins Wohnzimmer, Sibylle holte aus dem Keller eine Flasche Weißwein, dann aßen wir. Vier Stunden später hatten wir zwei Flaschen Wein getrunken und die Hälfte des Essens vertilgt, was uns beiden zuvor völlig unmöglich erschienen war. Gegen Mitternacht räumten wir gemeinsam den Tisch ab und brachten die Küche in Ordnung.

Es gab einen Moment, in dem Sibylle nicht mehr so ausgelassen war. Als wir das Geschirr in den Schrank geräumt hatten und sie in der Küche das Licht gelöscht hatte, standen wir unbeholfen im unteren Flur des Hauses. Keine von uns brachte ein Wort hervor, jede erwartet wohl, dass die andere etwas sagt. Dann streichelte mir Sibylle mit den Fingern über den Arm, wünschte mir eine gute Nacht und verschwand in ihrem Zimmer. Ich nahm die Treppe nach oben, sehr erleichtert und etwas enttäuscht.

14.

Am nächsten Morgen, ich war erst sehr spät aufgewacht, was an der Seeluft und dem für mich ungewohnten Spaziergang lag, stand Sibylle bereits in der Küche, als ich völlig verschlafen und ungewaschen bei ihr erschien. Sie meinte, ich solle gleich bleiben und mit ihr frühstücken, und so setzte ich mich ungekämmt und im Bademantel an den gedeckten Küchentisch. Obwohl wir am Abend überreichlich gegessen hatten, besaßen wir schon wieder Appetit. Wir saßen über zwei Stunden zusammen und redeten über die gemeinsamen Bekannten, über die Freunde von unseren Abendgesellschaften. Ich lernte Sibylle dabei von einer ganz anderen Seite kennen, denn sie konnte sehr scharfzüngig und sogar leicht boshaft sein, was ich bei ihr nie vermutet hätte.

Danach zog ich mich an und wir fuhren mit dem Auto nach Dewichow, wo seit zehn Jahren zwei Freunde von ihr lebten, ein Bauer mit seiner Frau, der zur gleichen Zeit wie sie in Weimar studiert hatte, aber zwei Jahre nach Studienende den Beruf aufgegeben hatte, um natürlicher zu leben, wie er sagte. Ich befürchtete, zwei verstiegene Naturschützer anzutreffen, doch das Ehepaar war sehr angenehm.

Fred, der frühere Kommilitone von Sibylle, zeigte uns sein Haus, seine Stallungen und die Tiere, er besaß zwei Pferde, mehrere Schweine, drei Schafe, eine Ziege und sehr viele Hühner und Puten. Er und seine Frau Helene hatten den ganzen Tag zu tun, jeden Tag der Woche, und Urlaub konnten die zwei sich der Tiere wegen nicht leisten, aber Urlaub bräuchten sie auch nicht, wie sie sagten, weil sie nicht fremdbestimmt arbeiteten. Sie hatten vier Kinder, von denen drei bereits in die Schule gingen, wir bekamen die Kinder jedoch nicht zu Gesicht, sie trieben sich irgendwo herum. Ihren Eltern machte das kein Kopfzerbrechen, sie gaben den Kindern möglichst viel Freiraum, um sie selbständig zu machen.

Bevor wir mit ihnen Kaffee trinken konnten, mussten wir ihnen bei der Arbeit helfen. Helene gab mir Gummistiefel und eine Schürze, und dann hatte ich mit ihr ihren Vorgarten umzugraben. Sibylle war mit Fred unterwegs, er wollte eine Koppel mit Elektrodraht einzäunen. Als sie zurückkamen, nahm mir Helene den Spaten aus der Hand, in der Futterküche säuberten und wuschen wir uns und setzten uns danach in ihre Küche. Ich hatte mir am Spatenstiel zwei Stellen an der rechten Hand aufgerieben und fragte, ob es eine Salbe gebe. Helene brachte mir eine Dose mit selbstgemachter Ringelblumensalbe, und während ich mir beide Hände damit eincremte, ließ ich mir erzählen, wie sie diese gekocht habe. Sie lachte über mich, weil ich ihr wohl mit offenem Mund zuhörte, aber für mich war das alles unglaublich. Ich hatte mir nicht vorstellen können, dass es heutzutage noch eine junge Frau geben würde, die sich ihre Kosmetika nach uralten Rezepten selber zusammenbraut wie ein verhutzeltes Kräuterweiblein.

Die beiden machten mir Spaß, und wir blieben bis zum Abend, halfen ihnen, das Vieh zu versorgen, und backten mit Fred vier Brote, von denen wir uns eins beim Abschied mitnehmen durften. Fred hatte im Garten einen Backofen gemauert, groß genug, um ein halbes Schwein darin zu braten. Er hatte sich dabei von einem Gemälde von Bosch anregen lassen, auf dem er einen solchen Backofen entdeckt zu haben meinte, und sich dann die technischen Einzelheiten selber ausgedacht. Wie im Mittelalter wurde zuerst der Backraum mit Holz beheizt, er warf riesige Holzkloben in das gemauerte Halbrund. Dann wurde die gesamte Asche sorgfältig herausgekehrt, und die Brotlaibe wurden mit einem Schieber auf die heißen Steine verbracht. Als er die Brote herausholte, sah ich Reste von der Asche am Brot, doch Fred erklärte mir, das sei völlig ungefährlich und würde im Gegenteil den Geschmack verbessern. Dann schnitt er jeder von uns eine Scheibe ab und gab uns den Salznapf.

Als wir zurück waren, fragte Sibylle mich, ob ich noch etwas essen möchte. Ich schüttelte entsetzt den Kopf. Wir hatten am Vortag viel gegessen, und bei Fred und Helene war uns beiden unaufhörlich aufgetischt worden, ich sagte, ich müsse jetzt eine Woche lang Diät halten. Wir setzten uns ins Wohnzimmer, Sibylle entzündete das Holz im Kamin und öffnete die Weinflasche, die ich aus Berlin mitgebracht hatte.

»Und du willst dich wirklich von Fred trennen?«, fragte sie, als sie sich zu mir auf das Sofa setzte.

»Ja. Er ist angenehm und zuvorkommend, er ist großzügig, aber er erdrückt mich. Künstlerisch erdrückt er mich, verstehst du. Wir haben völlig andere Auffassungen von der Kunst, ich kann seine akzeptieren, wenn ich sie auch nicht teile, aber er ist mit meiner nicht einverstanden. Er verachtet und hasst, was ich tue.«

»Schade. Ich fürchte, wir werden uns dann nur noch sehr selten sehen, Paula.«

»Vielleicht.«

»Das sagst du so einfach?«

»Wir müssen den Kontakt nicht abbrechen, wir sind doch nicht von Waldschmidt abhängig.«

»Ich würde mich freuen, wenn wir uns nicht aus den Augen verlören. Was wirst du nach dem Studium machen? Das wird nicht einfach, oder?«

»Sicher nicht. Und Waldschmidt wird mir gewiss nicht helfen. Vielleicht bekomme ich von irgendwoher ein Stipendium, darum habe ich mich noch nicht kümmern können. Das Schönste wäre natürlich, wenn ich bei der Akademie Meisterschüler werden könnte, aber da habe ich mit meinen Arbeiten keine Chance, und von der Schule werde ich garantiert keine Empfehlung bekommen.«

»Was hast du vor? Willst du dir einen Brotberuf suchen?«

»Wenn es unumgänglich ist, muss ich wohl. Vielleicht ziehe ich aus Berlin weg, dort wohnen einfach zu viele Maler, die Konkurrenz ist zu groß. Vielleicht habe ich in der Provinz Glück, vielleicht gibt es irgendwo eine Stadt, in der keine Maler wohnen und wo man hier und da einen kleinen Auftrag ergattern kann. Ansonsten male ich meine Bilder, und wenn es sein muss, nur für mich. Ich setze mich durch, Sibylle, um mich musst du dir keine Gedanken machen.«

»Ich mache mir aber Gedanken, das kannst du mir nicht verbieten, Paula. Für Waldschmidt wird es ein Schock sein, wenn du gehst. Ich glaube nämlich, er liebt dich.«

»Glaube ich nicht. Er liebt nur sich.«

»Und du?«

»Was meinst du? Ob ich ihn liebe? Ob auch ich nur mich selbst liebe?«

Sibylle antwortete nicht auf meine Frage. Sie füllte die Gläser und ging zum Kamin, um Holz nachzulegen.

»Jeder liebt zuallererst sich selbst«, sagte ich, »oder hasst zuallererst sich selbst, was irgendwo das Gleiche ist. Ja, ich denke zuerst an mich. Ich habe nur bekommen, was ich mir erkämpfte. Geschenkt hat mir niemand etwas. Und Waldschmidt wird es überleben. Er wird sich eine seiner neuen Studentinnen nehmen, da hat er reichlich Auswahl.«

Sibylle sah mich an, ich hätte liebend gern gewusst, was sie in dem Augenblick dachte, doch ich fragte nicht und sagte nichts. Minutenlang schauten wir dann schweigend in das Kaminfeuer. Es war beruhigend, es war ein schönes Schauspiel, die Flammen tänzeln und die Scheite umzüngeln zu sehen, als seien sie dem kräftigem Holz zärtlich zugetan, in Liebe verfallen, unfähig, sich von ihm zu lösen. Es hat etwas Erotisches, dachte ich, es ist wie ein Liebesspiel. Erglüht und entflammt.

»Und zurück bleibt Asche«, sagte ich.

Sibylle sah mich überrascht an. Dann wurde ihr schönes Gesicht wieder ernst und sie blickte mir forschend in die Augen. Verlegen sagte ich, sie möge mich bitte nicht anstarren. Sie beugte sich zu mir und küsste mich lange, ich schloss die Augen und ließ es geschehen, öffnete die Augen auch nicht, als sie mich losließ. Es war schön, von ihr geküsst zu werden. Die fünf Scheite waren mittlerweile in sich zusammengefallen, und das Feuer loderte heftig. Sibylle teilte den Rest des Weins auf unsere Gläser auf, wir tranken den kleinen Schluck und gingen ins Bett. In ihr Bett.

Am nächsten Morgen wurden wir schon vor sechs Uhr wach. Wir fühlten uns beide ausgeschlafen, blieben aber noch bis neun Uhr im Bett liegen, um miteinander zu schwatzen. Manchmal küssten und streichelten wir uns, ich spürte, wie sie mich begehrte, und war ganz ruhig. Es gefiel mir, sie zu berühren, und es gefiel mir, wie sie es genießen konnte, von mir gestreichelt zu werden. Aber vor allem redeten wir. Nach dem Frühstück brachte mich Sibylle an die Bahn. Auf dem Bahnsteig gab sie mir zum Abschied nur die Hand, vielleicht befürchtete sie, Bekannte könnten sie bei einer zärtlichen Geste sehen. Ich stellte meine Tasche auf den Bahnsteig, zog Sibylle mit beiden Armen an mich und küsste sie leidenschaftlich.

15.

Vier Tage später hatte ich die schriftliche Philosophieprüfung. Ich hatte mich entsprechend den Hinweisen von Waldschmidt vorbereitet und gab sechs vollgeschriebene Seiten ab, aber da ich in diesem Fach nie eine bessere Note als eine Vier erhalten hatte, erwartete ich kein Wunder. Ich wollte die Prüfung bestehen und das Diplom bekommen. Ende Juni erhielten wir die Prüfungsergebnisse. Ich war die einzige Studentin in der Malklasse, die man nicht für ein Förderstipendium vorschlug. Im Hauptfach wie im Fach Philosophie wurden mir Formalismus und Kosmopolitismus vorgehalten, das Diplom jedoch bekam ich, wenn auch mit der schlechtesten Note von allen.

Waldschmidt berichtete mir, dass Lieblich im Kollegium dafür plädiert habe, mir das Diplom zu verweigern, aber die anderen Kollegen hätten dem nicht zugestimmt. Bei dieser Auseinandersetzung wäre es allerdings nicht um mich gegangen, sondern um ihn, Lieblich hätte nur seine bis zum Erbrechen bekannten Attacken gegen ihn fortsetzen wollen, was den anderen aber nach dem Bertholdt-Skandal zu weit gegangen sei. Ich hätte nochmals davon profitiert, dass ich mit ihm zusammenlebe, denn nur um einen weiteren Angriff auf ihn selbst abzuwehren, hätte sich die überwiegende Mehrzahl der Kollegen für mein Diplom ausgesprochen.

Am Abend feierte mein Studienjahrgang im Café Nord, einer Tanzbar. Ich entschuldigte mich, ich sagte, ich sei mit Waldschmidt verabredet. Zu Waldschmidt sagte ich gar nichts. Als ich am frühen Abend das Haus verließ, musste er annehmen, ich sei mit den Kommilitonen zusammen, stattdessen fuhr ich zu Katharina.

Ich hatte Kathi noch von der Hochschule aus angerufen. Als sie sich meldete, fragte sie mich gleich, was denn passiert sei.

»Ich habe eben mein Diplom bekommen. Ich habe es endlich überstanden, Kathi.«

»Gratuliere, Paula. Wunderbar! Du klingst aber nicht gerade glücklich. Was ist los? Als du deinen Namen nanntest, hatte ich den Eindruck, du weinst.«

»Man hat mir das Diplom mit einer dicken Ohrfeige überreicht. Am liebsten hätte man es mir verweigert.«

»Wen kümmert das, Paula? In einem Jahr ist nur noch wichtig, dass du das Diplom hast.«

»Ich weiß. Wollen wir es heute zusammen feiern? Ich lade dich ein.«

»Heute? Ich bin mit einem Typen verabredet, aber dem sage ich ab, ich feiere lieber mit dir. Wann wollen wir uns treffen? Ich könnte hier um sechs Uhr verschwinden.«

»Ich hole dich ab, Kathi. Ich bin um sechs im Warenhaus.«

Mit Kathi ging ich in das winzige Café unter dem S-Bahn-Bogen. Wir mussten eine halbe Stunde an der kleinen Bar stehen, bevor zwei Hocker frei wurden. Ich bestellte Kaffee und Cognac für uns beide und erzählte ihr von meinen Prüfungen und den Querelen an der Hochschule.

»Mein Gott, Paula, bei euch geht es ja zu wie im richtigen Leben«, sagte Kathi, »bei Gelegenheit kann ich dir Geschichten aus meinem Warenhaus erzählen, da legst du die Ohren an. Freu dich, dass du es überstanden hast. Wovon wirst du leben? Wenn du deinen Freddy wirklich verlassen willst, wird es eng für dich. An deiner Stelle würde ich ihn noch einige Zeit aushalten. Damit er dich aushalten kann.«

Sie lachte auf, begeistert von ihrer eigenen Bemerkung.

»Nein, ich möchte Klarschiff machen. Wir reden nicht mehr miteinander, wieso sollte ich da noch bei ihm bleiben?«

»Er soll bezahlen, Paula, deshalb. Und wenn er jeden Abend ohnehin betrunken ist, wie du sagtest, dann hält sich der Schaden doch in Grenzen. Lass ihn nicht so schnell aus der Hand. Wenn du auf eigenen Füßen stehst, kannst du ihm immer noch den Abschied geben.«

»Ich will das nicht. Ich käme mir so billig vor, wie eine ...«

»Ach was, Mädchen, nimm ihn aus. Er soll bluten, er hat lange genug seinen Spaß mit dir gehabt.«

»Nein, Kathi, ich gehe. Ich komme schon zurecht. Notfalls male ich für deine Schaufenster, das hast du mir ja angeboten.«

»Aber wir machen keine Kunst, unser Werbebudget gibt das nicht her. Bei mir wirst du wie ein Anstreicher bezahlt.«

»Hauptsache, ich kann davon leben.«

»Vielleicht hast du Recht. Nützen kann dir dein Freddy jetzt ohnehin nicht mehr.«

Über die Rechnung erschrak ich, weil offenbar jede sieben Cognac getrunken hatte. An der frischen Luft wurde mir übel, ich atmete mehrmals tief durch. Kathi versuchte vergeblich, ein Taxi zu bekommen, und schließlich gingen wir zu Fuß durch das nächtliche Berlin in die Sredzkistraße. Der viele Alkohol und der Mokka hatten mich putzmunter gemacht. Wir setzten uns in ihre Küche, und ich bat Kathi, mir noch einen Cognac zu geben, ich hatte Lust, mich zu betrinken, doch sie hatte nichts im Haus außer zwei Flaschen Bier. Ich schüttelte mich.

»Ich bleibe heute hier. Ich übernachte bei dir, einverstanden?«

»Kein Problem. Ich muss allerdings früh raus, spätestens um acht muss ich auf der Arbeit sein. Wo willst du schlafen?«

»Ich will mit dir schlafen.«

»Fein. Dann sollten wir langsam ins Bett gehen, es ist spät geworden.«

Ich stand auf und stolperte ins Zimmer. Auf der Klappliege türmten sich die ungemachten Betten. Ich streifte die Schuhe ab und ließ mich fallen.

»Zieh mich aus«, sagte ich, »ich habe heute mein Diplom bekommen, heute will ich mich nicht selber ausziehen müssen, heute will ich bedient werden.«

»Sollten wir uns nicht zuerst die Zähne putzen?«

»Später, Kathi, alles zu seiner Zeit.«

Kathi ließ ihr Kleid auf den Fußboden fallen, zog den BH und den Slip aus und begann dann, mich zu entkleiden.

»Heb deinen Hintern hoch. Wie soll ich dir sonst die Hose runterziehen?«

»Dein Problem, Kathi.«

»Du machst es einem nicht leicht, Schatz.«

»So ist es. Und ich habe auch nicht vor, es irgendeinem leicht zu machen. Selbst nicht einer nackten Katharina.«

»Ah, heute kühn und keck, die Dame?«

»Ach was. Ich bin nur ein bisschen betrunken.«

Kathi legte sich neben mich und zog die Decke über uns. Diesmal war ich es, die die Initiative übernahm. Ich legte meine Hand auf ihren Bauch, fuhr langsam und zärtlich zur Brust hoch und streichelte ihre Brüste. Dann beugte ich mich über sie, küsste sie und legte mich mit dem ganzen Körper auf Kathi. Wir liebten uns heftig und hingebungsvoll, doch ich war nicht einen Moment ernst, ich lachte und kicherte immerzu und steckte Kathi mit meiner Albernheit an. Wir wussten wohl beide nicht, was in uns gefahren war.

Ich kam erst am späten Vormittag nach Hause. Waldschmidt fragte, wo ich die Nacht über gewesen war, und ich sagte ihm, dass ich mit einer Freundin meine Prüfung gefeiert und bei ihr übernachtet hätte.

»Bei Sibylle?«

Ich schüttelte den Kopf und ging in mein Zimmer. Er lief mir hinterher, stellte sich an die Tür und sagte, wir müssten einmal über uns reden, über unsere Beziehung.

»Hast du vor, mich zu verlassen? Jetzt, wo du das Diplom in der Tasche hast, bin ich dir nicht mehr nützlich, wie?«

»Für was hältst du mich? Glaubst du tatsächlich, dass ich nur aus Berechnung mit dir zusammen bin?«

»Langsam glaube ich es. Und ich kann nicht einmal sagen, man habe mich nicht gewarnt. Eine Freundin von dir hat es mir vor einem Jahr gesteckt. Und von meinen Kollegen hatte ich auch ein paar Dinge über dich gehört, die mich hätten misstrauisch machen sollen. Selbst Tschäkel hatte etwas anzumerken, selbst der gutmütige Tschäkel.«

»Ja, das wars dann wohl, Freddy. Wenn du das glaubst, sollte ich meine Sachen packen.«

»Willst du wissen, welche deiner guten Freundinnen mir etwas gesagt hat? Soll ich dir ihren Namen verraten?«

»Nein, nicht nötig. Ich habe keine Freundin an der Schule, und eine gute schon gar nicht. Du kennst mich überhaupt nicht, Freddy. In Wahrheit wolltest du eine kleine Studentin fürs Bett, mehr nicht. Alles, was ich malte, zählte für dich nicht. Du wolltest es dir nicht einmal anschauen.«

»War alles auch nicht besonders aufregend, Paula, und ein paar deiner Einfälle waren schlicht ärgerlich, degoutant geradezu. Aber nicht jeder, den wir immatrikulieren, wird ein Künstler. Nicht einmal die Hälfte aller Studenten, die durch unsere Schule gehen, wird auch nur ein einziges Bild zustande bringen, das etwas taugt. Aus taubem Gestein schlägt man keine Funken, das können auch die Professoren nicht, selbst mit noch so großer Mühe nicht.«

»Danke, Freddy, dann weiß ich Bescheid. Es ist wohl wirklich besser, meine Sachen zu packen und meiner Wege zu ziehen.«

»Zu einer deiner Freundinnen vermutlich«, höhnte er. »Ich weiß nämlich Bescheid, verehrte Dame. Liebhaber von Fotzen gibt es in meinem Haus offenbar mehr, als ich dachte.«

Ich sah ihn an, ganz lange, ich sagte nichts, ich fühlte nichts, ich konnte ihn nicht einmal hassen. Waldschmidt redete weiter, aber ich hörte nicht mehr zu. Irgendwann krachte die Tür ins Schloss, er hatte endlich mein Zimmer verlassen. Zehn Minuten später begann ich meinen Koffer zu packen.

Viertes Buch

1.

Ich zog bei ihm aus. Ich wäre schon eher gegangen, aber wegen der Abschlussprüfungen im Mai und Juni hatte ich keine Zeit, mir ein Zimmer zu suchen. Ich war erleichtert, diesen goldenen Käfig zu verlassen. Ich war erleichtert, Waldschmidt zu verlassen, aber ebenso wichtig war es, mit ihm die Hochschule samt Professoren und hämischen Kommilitonen hinter mir zu lassen. Einigen von ihnen würde ich irgendwann wiederbegegnen, das war unvermeidlich, man würde sich bei einer Ausstellungseröffnung treffen, bei einer Verbandstagung, bei einer öffentlichen Diskussion, aber dort konnte man sich aus dem Weg gehen. Ich hatte gehofft, nach dem Ende des Studiums ein Stipendium für ein oder zwei Jahre zu bekommen, aber dieser Wunsch war nicht in Erfüllung gegangen. Dass Waldschmidt sich jetzt noch für mich verwenden würde, war ausgeschlossen. Von daheim würde ich ebenfalls keine Unterstützung erhalten, die Eltern, vor allem Vater, verübelten es mir noch immer, dass ich mich von Hans hatte scheiden lassen.

Sibylle Pariani bot mir an, in ihrem Haus zu wohnen, auch Kathi sagte, ich könne bei ihr einziehen, ein paar Wochen oder Monate würden wir es in ihrer kleinen Wohnung zusammen aushalten, zumal sie den ganzen Tag über im Warenhaus zu tun habe. Sie verlangte als Miete ein Bild von mir und hatte genaue Vorstellungen davon, es sollte ein Landschaftsbild sein und unbedingt farbig, oder ein Aktbild von ihr oder von mir. Das Bild versprach ich ihr, aber ich wohnte nur eine Woche bei ihr, dann hatte ich eine leerstehende Wohnung in der Auguststraße gefunden.

Ein Bekannter hatte mich auf diese Wohnung hingewiesen, die heruntergekommen war und als schwer vermietbar galt. Da sie seit zwei Jahren nicht mehr bewohnt worden war, bekam ich vom Wohnungsamt umgehend die erforderliche Zuweisung und die Schlüssel und konnte mit meinen Sachen am nächsten Tag dort einziehen. Kathi schickte mir sofort einen Dekorateur aus ihrer Handwerkertruppe, er renovierte in vier Tagen die Zwei-Zimmer-Wohnung, brachte sogar die Farben und Tapeten mit, und ich musste keinen Pfennig dafür bezahlen. Sie erklärte mir, sie werde diese Dienstleistung anderweitig abrechnen, ich müsse mir keine Gedanken machen, sollte dem Dekorateur nur zu essen und zu trinken geben, ihm aber nicht erzählen, dass wir befreundet seien. Sie habe ihm gesagt, sie wolle mich für eine leitende Funktion im Einkauf gewinnen und mir darum diesen Service zukommen lassen.

Als ich die Wohnung das erste Mal betrat, war ich sehr erschrocken, aber nach der Renovierung wirkte sie wie ein Prunkstück. Sie war sehr viel schöner als meine Studentenbude, hatte eine große Küche und ein richtiges Bad mit uralten Fliesen, begrenzt von Riemchen mit Blumenmustern. Und sie gefiel mir besser als Waldschmidts Villa, denn sie gehörte mir allein. Im Gebrauchtwarenhaus am Rosenthaler Platz erstand ich für hundertzwanzig Mark die gesamte Einrichtung, vier Stühle, einen Tisch, einen Küchenschrank, zwei Sessel und eine Klappliege. Die Liege stellte ich im größeren Zimmer auf, das auch mein Arbeitszimmer werden sollte. Eine Woche nachdem ich die Zuweisung für die Wohnung erhalten hatte, war ich mit dem Einrichten fertig und konnte mich nach dem Frühstück an die große Arbeitsplatte setzen, um die ersten Skizzen in meinem neuen Leben zu Papier zu bringen.

Auf meinem Konto befanden sich noch sechshundert Mark, einen Auftrag hatte ich nicht in Aussicht. Zwölf der Absolventen meines Studienjahrgangs hatten noch vor dem Diplom große Aufträge bekommen, von denen sie mindestens ein Jahr leben konnten, und alle außer mir hatten Förderstipendien erhalten, zwei Jahre lang eine kleine monatliche Summe. Ich telefonierte mit einigen Freunden, ein Graphiker sagte mir, ich solle beim Künstlerverband vorsprechen, dort gäbe es eine für Absolventen und Nachwuchskünstler zuständige Dame. Ich ging noch am selben Nachmittag in das Gebäude des Verbandes zu dieser Frau, einer mütterlich wirkenden dicken Dame mit blaugetöntem Haar, die mich ausfragte und so tat, als würde sie sich nur noch um mich kümmern. Sie machte mir Vorwürfe, ich hätte viel früher zu ihr kommen sollen, alle anderen Kommilitonen seien schon vor einem Jahr aufgetaucht und sie habe allen helfen können. Dann verließ sie für eine halbe Stunde das Zimmer, und als sie zurückkam, gab sie mir die Adresse und Telefonnummer eines Chemiebetriebes in Halle und einen Namen, sie sagte mir, der Betrieb suche einen jungen Künstler, habe aber wohl keinen besonders aufregenden Auftrag zu vergeben, denn zwei Absolventen der Kunsthochschule hätten ihn nicht akzeptiert.

»Ich fürchte, ich muss alles akzeptieren«, antwortete ich.

»Wird schon, Kindchen«, sagte sie und tätschelte dabei meine Hand, »in ein paar Jahren werden sie sich um dich reißen. Du wirst sehen, dann hast du große Aufträge und Ausstellungen. Wir beide schaffen das schon.«

Sie duzte mich plötzlich, was mir äußerst unangenehm war, aber ich riss mich zusammen und lächelte ergeben. Ich brauchte diese dumme dicke Frau noch, ich durfte sie nicht vor den Kopf stoßen.

Ich rief in Halle an und sprach mit einem Herrn Söntgen. Er wollte am Telefon keine genauere Auskunft geben und verlangte, dass ich zu ihm komme. Er müsse mich erst kennenlernen, bevor er mir einen Auftrag erteilen könne, und ich möge eine Mappe meiner bisherigen Arbeiten mitbringen. Dann sagte er, er habe in der kommenden Woche in Berlin zu tun und wir könnten uns bei mir treffen. Er ließ sich meine Adresse geben und wollte sich mit mir für den nächsten Mittwochabend in meiner Wohnung verabreden, dann könne ich ihm auch meine Arbeiten zeigen. Ich erklärte, dass ich momentan meine Wohnung niemanden zeigen könne, da ich gerade erst eingezogen sei. Wir verabredeten uns im Café Unter den Linden. Söntgen war stämmig, etwa vierzig, hatte dicke Wangen und große Tränensäcke, er war der Gewerkschaftsfunktionär in dem Chemiebetrieb und suchte einen jungen Künstler, der für die jeden Monat erscheinende Gewerkschaftszeitung Grafiken und Vignetten lieferte. Ich sollte an jedem Zehnten des Monats drei Schwarzweiß-Blätter abgeben. Die Vignetten sollten im Lauf der Zeit eine Sammlung von etwa fünfzig Zeichnungen ergeben, die seine Zeitung wiederholt nutzen würde. Für diese Arbeit, die ich, falls er zufrieden sei, jahrelang machen könnte, sollte ich monatlich zweihundert Mark bekommen.

»Aber nichts Abstraktes«, sagte er dreimal und hob warnend den Zeigefinger.

Nach einer Stunde hatte er drei große Biergläser ausgetrunken und erzählte mir, bei seiner Hotelbuchung sei ein Fehler unterlaufen, weshalb er nicht wisse, wo er in Berlin übernachten könne. Er erkundigte sich, ob ich ihm nicht aushelfen könne.

»Gehört das auch zu dem Auftrag?«, erkundigte ich mich, »alles für zweihundert Mark?«

Er grinste und wollte meine Hand nehmen, ich zog sie

so rasch zurück, dass er bei dem Versuch, nach mir zu langen, sein Glas umstieß und sich die Reste des Biers über die Hose schüttete. Meine Arbeitsmappe wollte er nicht mehr sehen. Er stand auf, sagte, ich würde von ihm oder dem Zeitungsredakteur hören, er müsse sich jetzt umziehen, da er im Ballhaus noch eine Verabredung habe. Nachdem er gegangen war, verschnürte ich meine Mappe. Der Kellner kam an den Tisch und sagte, ich müsse noch meinen Tee bezahlen, der Herr habe nur seine Biere beglichen.

»Das dachte ich mir«, sagte ich und gab ihm das verlangte Geld.

Ich hatte vermutet, der Auftrag habe sich damit erledigt, aber eine Woche später meldete sich die Redakteurin der Gewerkschaftszeitung, eine Frau Gerhardt, mit einem Brief. Sie erklärte ganz genau, was sie sich von mir wünschte. Auf den Blättern müsste der Betrieb zu sehen sein oder Ansichten von Halle, außerdem sollten Landschaftsgrafiken darunter sein. Alles sollte sommerlich und fröhlich wirken, denn sie bemühe sich, eine optimistische Zeitung zu machen. Sie bat mich, Probeblätter zu schicken, und lud mich auf Kosten des Betriebes zu einem mehrtägigen Besuch nach Halle ein. Sie würde mich durch den Betrieb führen, damit ich die Arbeiter und die Fabrik kennenlernen könnte, denn schließlich müsste ich mich auf das einlassen, was ich zu zeichnen und zu malen habe.

Ich fuhr eine Woche später für drei Tage nach Halle. Frau Gerhardt ging mehrere Stunden mit mir durch den stinkenden Chemiebetrieb. Für Sekunden sah ich auch Herrn Söntgen wieder, er nickte mir flüchtig zu, ohne mich anzusprechen. In ihrem Zimmer sah sich die Redakteurin meine mitgebrachten Blätter an, und ich bereute es zum ersten Mal in meinem Leben, dass ich unbedingt Malerin werde wollte. Verkäuferin in einem Schuhgeschäft, das müsste ein schönes Leben sein, dachte ich, als Frau Gerhardt pikiert und hastig meine Zeichnungen durchblätterte.

»Kunst«, sagte sie dann, »Kunst ist in meinen Augen immer etwas Schönes. Strahlende Menschen, Kinder, Farben, Blumen. Wenn man Depressionen hat, sollte man zum Arzt gehen. Haben Sie nicht noch andere Zeichnungen? Etwas Fröhlicheres, etwas Buntes, etwas Lustiges?«

»Schwarzweiß hatten Sie gesagt«, erwiderte ich, »schwarzweiß aus Kostengründen.«

»Ja, aber doch nicht düster. Unsere Arbeiter sind fleißig und dem Leben zugewandt, die wollen von uns keine trübe Sicht auf die Welt, die wollen ihren Spaß haben. Mit Melancholie haben unsere Menschen nichts zu schaffen, die wollen etwas aufbauen.«

»Ich verstehe«, sagte ich, »vielleicht bin ich nicht die Richtige für Ihre Zeitung.«

»Nicht doch. Nicht gleich die Flinte ins Korn werfen, Frau Trousseau. Sie sind noch jung, Sie werden schon noch den richtigen Blick für die Welt bekommen. Es kann nur von Vorteil für Sie sein, wenn Sie sich mit der Arbeit der Werktätigen vertraut machen, wenn Sie mit unseren Arbeitern sprechen. Ich werde Ihnen dabei helfen. Schauen Sie sich bei uns um, studieren Sie die Gesichter, sprechen Sie mit den Arbeitern, und versuchen Sie nicht, immer nur die hässlichen Flecken in unserem Leben zu entdecken. Die gibt es natürlich, aber die haben keine Zukunft. Sie können sich nachher in der Kasse die ersten zweihundert Mark aushändigen lassen, und dann fangen Sie einfach an. Und wenn Ihnen mal ein Bild missrät, das kann passieren, dann werde ich es Ihnen sagen. Dazu bin ich ja da. Nur Mut, junge Frau.«

2.

Ein halbes Jahr lang schickte ich die gewünschten Blätter nach Halle. An zwei Tagen im Monat zeichnete ich die Bilder nach den Ansichtskarten und Fotos, die ich bei meinem Besuch in der Stadt und dem Chemiewerk gekauft hatte. Ich hatte damals auch selber fotografiert und an den drei Tagen hatte ich zehn Filme belichtet, ich wollte nicht ein zweites Mal für diesen Unsinn nach Halle reisen. In den ersten Wochen wurden nur wenige meiner Bilder akzeptiert, Frau Gerhardt schickte sie mir zurück und teilte mir zu jeder Remittende mit, was ich falsch gemacht hätte. Da ich das Geld benötigte und diese Arbeit meinen Ehrgeiz nicht anregte, zeichnete ich schließlich genau das, was sie drucken wollte, und ich bekam an jedem Monatsanfang das Geld überwiesen und die Gewerkschaftszeitung zugeschickt, in der im billigen Druck die Zeichnungen und Grafiken von mir zu sehen waren. Es handelte sich um Arbeiten, wie ich sie nie zu Papier hatte bringen wollen, Arbeiten, für die ich mich schämte, die aber auch nie einer zu sehen bekam, denn diese betriebliche Gewerkschaftszeitung wurde vermutlich nicht einmal von den dort Beschäftigten in die Hand genommen. Es war alles reine Makulatur, die Zeitung wie meine Skizzen, Zeichnungen und Grafiken, doch es half mir zu überleben. Nach einem halben Jahr hatte ich ausreichend Erfolg mit meinen richtigen Arbeiten und schrieb Frau Gerhardt einen groben Brief, in dem ich mich für ihre Belehrungen bedankte, auf die ich in Zukunft jedoch verzichten wolle. Sie schrieb mir zurück, sie sei von mir sehr enttäuscht.

Inzwischen hatte ich einen gut betuchten Freundeskreis um mich versammelt. Meine neuen Bekannten kauften manchmal ein Blatt von mir oder auch ein Ölbild und brachten mich überdies mit neuen Kunden zusammen, die sich meine Bilder und mein Atelier nicht nur ansehen wollten, sondern so viel Kunstsinn besaßen, meine Sachen zu schätzen, und darüber hinaus auch das Geld, sie zu bezahlen. Dies hatte ich in erster Linie Jan zu verdanken.

Jan Hofmann hatte ich im Oktober in einem Kino in der Oranienburger Straße kennengelernt. Es gab dort den neuen Film eines berühmten russischen Regisseurs, dem derzeit besten und wichtigsten, wie mir Freunde gesagt hatten. Ich kannte diese Filme nicht, ich war selten im Kino gewesen. Als ich von der einmaligen Sondervorführung des Films hörte, wollte ich ihn unbedingt sehen, zumal er in der Originalsprache gezeigt werden sollte. Ich ging zusammen mit Mona ins Kino. Mona war meine neue Nachbarin, eine junge Frau, die mit ihrem kleinen Sohn in der Wohnung unter mir wohnte. Sie kannte tausend Künstler, ging zu jeder Ausstellungseröffnung und zu jeder Premiere und erzählte mir stets irgendeine Geschichte von einem Prominenten. Ich hatte das Gefühl, sie lebte davon, dass sie so viele Leute kannte, denn womit sie eigentlich ihr Geld verdiente, hatte sie mir nie verraten.

Es war tatsächlich ein schöner, ein mich berührender Film, der in der ersten Jahrhunderthälfte spielte, irgendwo auf dem russischen Land. Er erzählte wohl von der Kindheit des Regisseurs, von den endlosen Wiesen und Wäldern, von seiner wunderschönen Mama, die wie eine Heilige durch diesen Film ging, aufrecht und stark, und die ihre Kinder zärtlich, aber sehr bestimmt aufzog. Ein Haus brannte, das Haus der Familie, die Kindheit war zerstört, war zu Asche geworden. Der Junge wurde erwachsen, und man konnte die Sehnsucht des Mannes nach der Kindheit, nach der Mama in seinem Gesicht lesen, jede seiner Bewegungen verriet das Heimweh nach den verlorenen, verbrannten Tagen. Deutlich erinnere ich mich nur noch an einen Spiegel, in dem der Held sich und seine Umgebung sieht, und an das beständige Wiegen und Rauschen der Grashalme, das dem Film seine Farbe gab, seine Musik. Dieses Gras war für mich das Beeindruckendste, ich hatte es nie zuvor so gesehen, weder im Kino noch in der Natur, es war wie ein lebendig gewordenes Ölbild. Sekundenlang oder auch minutenlang sah man die Wiesen, über die der Wind lief, leicht und zärtlich, oder heftig und alles erfassend. Die Halme wiegten sich oder wurden zu Boden gedrückt, in langen, in endlos langen Wellen rauschte das Feld, die Wiese, bewegten sich die Gräser. Ich dachte mir, dass der Regisseur in Wahrheit ein Maler war, ein Maler, der mit der Kamera statt mit dem Pinsel arbeitete.

Mona hatte der Film ebenfalls gefallen, aber nachdem die Saallichter wieder angegangen waren, hatte sie Bekannte entdeckt, die sie unbedingt begrüßen musste. Sie steuerte auf eine Gruppe von fünf Personen im Foyer zu, zwei Frauen und drei Männer. Sie zog mich hinter sich her und flüsterte mir zu, es seien ganz berühmte Schauspieler, doch ich kannte keinen von ihnen. Mona begrüßte sie mit Wangenküsschen und stellte mich ihnen vor.

»Meine neue Nachbarin«, sagte sie, »eine Malerin. Eine Kunstmalerin natürlich.«

Die Männer gaben sich gönnerhaft, von den Frauen hatte ich den Eindruck, sie betrachteten mich als Nebenbuhlerin, als Rivalin. Mona und ihre Freunde unterhielten sich über den Film, ich hörte ihnen zu. Eigentlich sprachen sie gar nicht über den Film, sie sprachen nicht über das, was ich gesehen hatte, sondern über die Schauspieler, über die einzelnen Rollen. Als ich die Wiesen erwähnte, die wogenden Halme, sahen sie mich überrascht an, einer der Männer nickte, und dann redeten sie wieder über die Hauptdarsteller. Es war, als würde man bei einem Aquarellbild über die einzelnen Farben reden, über das Rot oder über die Farbe Grün, als bestünde ein Bild nur aus einzelnen Strichen und Farbklecksen. Den Film, den ich erlebt hatte, hatten sie nicht wahrgenommen, sie hatten etwas anderes gesehen, Schauspieler, ein Kinoereignis der Schauspielkunst. Die Geschichte, die Story, die Handlung, das, was den Regisseur beschäftigt hatte und was er so wundersam auf Zelluloid zu bannen verstand, sie hatten es nicht einmal beachtet. Ich konnte sie verstehen, sie hatten den Film als Fachleute gesehen, als Kollegen vom selben Fach. So, wie ein Tischler sich vielleicht auf eine Sprosse oder ein Stuhlbein konzentriert und das gesamte Möbelstück für ihn nebensächlich wird, so sahen und beurteilten sie die Einzelheit, das bemerkenswerte Detail, und vernachlässigten das, was ihnen bereits bekannt oder auf das sie weniger aufmerksam waren. Ich lauschte ihnen gebannt, es waren für mich Leute aus einer anderen Welt, aus einer ganz anderen Welt.

Mona hatte offenbar engen Kontakt mit ihnen, jedenfalls tat sie mir gegenüber so. Da sie bei ihren Freunden bleiben wollte, verabschiedete ich mich. Ich war bereits auf der Straße, als mein Name gerufen wurde. Einer der Schauspieler kam auf mich zu gelaufen, ein großer Mann mit Schnauzbart und langen Koteletten.

»Sie heißen Paula?«, fragte er. Ich nickte.

»Wollen Sie zu meiner Premiere kommen? Übermorgen Abend im Kino Kosmos? Es ist ein Kriminalfilm, aber kein üblicher, vielmehr einer mit Tiefgang, sehr kritisch. Ich spiele die Hauptrolle, oder eine der Hauptrollen. Habe ich Sie überreden können?«

»Übermorgen? Ich weiß nicht.«

»Hätten Sie jetzt etwas Zeit für mich? Kann ich Sie zu einem Kaffee einladen? Oder auf ein Glas Wein?«

»Ich kenne Sie überhaupt nicht.«

»Verzeihung, aber das stimmt nicht ganz, wir wurden eben miteinander bekannt gemacht. Ich heiße Jan Hofmann, ich bin Schauspieler. Filmschauspieler.«

»Das weiß ich.«

»Dann wissen Sie alles über mich. Und ich würde Sie gern kennenlernen. Kommen Sie, wir gehen in ein Café.«

Er fasste mich am Arm und zog mich über die Straße. Eine Stunde lang saßen wir zusammen, und er erzählte von sich und seiner Arbeit. Als ich ihm sagte, ich müsse gehen, bat er mich, ihm mein Atelier zu zeigen und meine Bilder. Er wollte gleich mitkommen, doch ich behauptete, ich hätte noch eine Verabredung.

»Dann morgen früh. Da Sie Monas Nachbarin sind, kenne ich ja Ihre Adresse.«

»Ich weiß nicht, ob ich morgen früh zu Hause bin.«

»Ich lass es auf einen Versuch ankommen. Morgen um zehn. Ich bringe Ihnen auch eine Premierenkarte mit.«

Er ging zum Tresen, um zu bezahlen. Ich bemerkte, dass andere Gäste ihn erkannten und sich nach ihm umdrehten, offenbar war er tatsächlich bekannt. Während er mit der Kellnerin sprach, die ihn beglückt anstrahlte, wandte er sich zu mir um. Er lächelte mir zu, aber sein Lächeln galt unverkennbar dem ganzen Lokal. Ein selbstbewusster Blick, ein selbstzufriedener. Er war mit sich und der Welt im Reinen, er war zufrieden, das schätzte ich an ihm. Selbst wie er ging, wie er mit einer leichten, kaum wahrnehmbaren Verzögerung die Füße aufsetzte, so dass sein Gang auffällig wurde, ohne dass man sagen konnte, wieso, ohne dass man hätte angeben können, was bei ihm anders war und weshalb er auffiel. Und er genoss es. Ich musste unwillkürlich lachen, als er auf mich zukam, wie bewusst er jeden Schritt setzte, denn es war lächerlich, aber es gefiel mir.

3.

Jan Hofmann klingelte am nächsten Morgen pünktlich um zehn Uhr an meiner Tür. Ich öffnete ihm in meinem alten Malerkittel, den ich schon an der Hochschule getragen hatte, und behauptete, ich hätte den Besuch vergessen.

»Das glaube ich Ihnen nicht«, sagte er, überreichte mir eine einzelne weiße Rose und fragte, ob er eintreten dürfe. Ich machte ihm einen Tee, er sah sich meine Küche an.

»Mit Bildermalen scheint man nicht allzu viel zu verdienen«, befand er schließlich.

»Mit Kunst verdient man wenig, mit Scheiße kann man viel verdienen«, erwiderte ich.

Er lachte: »Ich kann nicht klagen. Ich bin gut im Geschäft und kann zufrieden sein. Oder fällt das, was ich mache, auch in Ihre Rubrik ›Scheiße‹?«

»Keine Ahnung. Ich habe Sie noch in keinem Film gesehen, ich gehe selten ins Kino. Ist das schlimm?«

»Tatsächlich? Sie gehen selten ins Kino?«

»Eigentlich nie. Zweimal im Jahr vielleicht.«

»Ich könnte mir jeden Tag drei Filme ansehen. Wenn ich nicht Schauspieler wäre, dann würde ich als Filmvorführer arbeiten. Kino ist für mich das Beste am Leben, schöner als jede andere Kunst. Von der Malerei abgesehen selbstverständlich. Darum bin ich schließlich hergekommen. Zeigen Sie mir Ihre Bilder?«

»Interessiert es Sie denn?«

»Ja. Oder vielmehr, Sie interessieren mich. Und da dachte ich mir, wenn Ihre Bilder auch so schön sind wie Sie, dann kaufe ich mir eins.«

»Ein Aktbild von mir?«

»Das wäre am allerschönsten. Das kaufe ich unbesehen.«

»Damit kann ich Ihnen nicht dienen.«

»Vielleicht kann ich ein Aktbild bestellen?«

»Ich male nicht auf Bestellung. Ich male nur, was ich will.«

»Zeigen Sie mir Ihre Bilder?«

Wir gingen ins Wohnzimmer. Ich ging voraus und hängte rasch ein weißes Tuch über das Bild, an dem ich arbeitete. Dann holte ich zwei meiner Mappen aus dem Holzgestell neben dem Schrank, legte sie auf die Liege, öffnete die drei Schleifen, mit denen sie verschlossen waren, und sagte ihm, er könne sich diese Blätter ansehen. Ich setzte mich auf den Lehnstuhl und sah zu, wie er unbeholfen die erste Mappe öffnete, sich die Blätter zurechtlegte und verlegen blätterte. Er war unsicher, sagte irgendetwas Höfliches, wusste aber nicht wirklich etwas damit anzufangen. Drei Blätter nahm er aus den Mappen und legte sie beiseite, zwei Aquarelle und einen Holzschnitt. Nachdem er die Mappen durchgesehen hatte, versuchte er die Blätter zu ordnen, um sie wieder in den Mappen verstauen zu können. Ich stand rasch auf, drängte ihn beiseite, schob meine Blätter zusammen und klappte die beiden Mappen zu.

»Diese drei Blätter möchte ich kaufen. Vorausgesetzt, Sie wollen sie verkaufen und sie sind bezahlbar.«

»Alle drei?«

»Ja. Sie bekommen bei mir einen Ehrenplatz. Direkt neben dem Kamin.«

»Jedes Aquarell kostet vierzig, der Holzschnitt fünfundzwanzig.«

»Das ist zu billig, Paula. So kommen Sie nie auf einen grünen Zweig. Sagen wir, alle drei für hundertfünfzig. Dafür wickeln Sie sie mir gut ein.«

Er legte zwei Geldscheine auf die zugeklappten Mappen.

»Und warum diese drei?«, fragte ich ihn.

»Die Farben, die Landschaft, die Aufteilung des Bildes, ich weiß es nicht. Sie sprechen mich an, sie gefallen mir einfach. Ich kann nicht darüber reden, ich bin kein Kunstprofessor.«

Ich nahm die Blätter, rollte sie zusammen und steckte sie in eine der Pappröllen, die ich mir aus der Hochschule mitgenommen hatte. Als ich mich über die Liege beugte, streichelte er mit einem Finger meinen Hals und meinen Rücken. Ich ließ es zu, reagierte überhaupt nicht darauf, sondern stöpselte die Rolle zu und gab sie ihm.

»Meine Bilder interessieren Sie doch gar nicht.«

»Sagen wir, ich bin nicht allein der Bilder wegen gekommen, Paula. Aber was du machst, interessiert mich schon.«

Er griff nach meinem Arm, ich wich zurück und setzte mich wieder auf den Stuhl.

»Ich vermute, in Ihren Augen bin ich eine Ihrer zukünftigen Eroberungen. Aber da irren Sie sich. Dafür bin ich mir zu schade.«

»Ich kam, weil wir verabredet waren. Weil du mir deine Bilder zeigen wolltest. Dass du mir gefällst, gebe ich gern zu, aber du machst dir völlig falsche Vorstellungen von mir. Ich bin kein frauenverschlingendes Monstrum.«

Ich funkelte ihn verächtlich an, er lachte auf. Ich hatte ihm gesagt, ich hätte kein Bedürfnis, mit einem Mann zusammen zu sein, und obwohl er mir offensichtlich nicht glaubte, war es die Wahrheit.

Jan gefiel mir. Er verströmte den angenehmen Geruch eines mit sich zufriedenen Menschen. Unglückliche Menschen kannte ich zur Genüge, beginnend mit meiner Mutter und meinem Vater hatte ich mehr unglückliche als glückliche kennengelernt, und ich fand sie lästig, belästigend. Unglückliche Menschen sollten sich zurückziehen, so wie früher die Pestkranken, sie sollten an entlegenen Plätzen leben, nur mit sich und ihresgleichen, und andere Menschen lauthals vor sich warnen, denn Unglück ist genauso ansteckend wie eine Seuche, mich jedenfalls deprimieren solche Leute. Ich bemühe mich, ihnen auszuweichen, sobald ich ihre faule Stelle entdeckt hatte, und mittlerweile kann ich diese faulen Stellen riechen, sobald sie nur in meine Nähe kommen. Menschliches Unglück riecht wie verschwitzte Bettlaken, wie essigsaure Tonerde, wie ranziges Firnisöl.

Jan dagegen versprühte Erfolg. Die Art, wie er sich bewegte und wie er sprach, jede Bewegung verriet, dass er keinerlei Schwierigkeiten mit sich hatte. Was mich an ihm faszinierte, waren seine Augen. Er besaß zwei unterschiedlich geschnittene Augen, die Iris des einen stimmte nicht mit der des anderen überein, und jedes Auge schien anders zu strahlen. Wenn man in seine Augen sah, hatte man das Gefühl, in die Augen zweier völlig verschiedener Menschen zu blicken. Als ich ihn darauf ansprach, sagte er, als Kind sei er am rechten Auge operiert worden und habe seitdem tatsächlich zwei ungleiche Augen, worüber er jedoch nicht unglücklich sei, verdanke er doch die Rolle in »Maria«, seinem wichtigsten Film, mit dem er vor zehn Jahren den Durchbruch geschafft habe, genau dieser Besonderheit. Der Regisseur habe ihn damals nur deswegen besetzt, jedenfalls habe er das überall herumerzählt. Er gefiel mir, ich konnte mir eine Liaison mit ihm, ein hübsches unaufwendiges Verhältnis, durchaus vorstellen, aber er war zum falschen Zeitpunkt aufgetaucht, ich brauchte keinen Mann, ich konnte selbst auf den netten Jan verzichten.

Als ich ihm schließlich sagte, er solle gehen, weil ich arbeiten wolle, lud er mich nochmals zu seiner Premiere ein und holte eine Eintrittskarte aus seiner Jackentasche.

Beim Abschied umarmte er mich und versuchte, mich zu küssen. Ich schob ihn zurück und sagte lediglich: »Ich habe zu tun. Sie müssen gehen.«

»Kommst du zur Premiere?«

Ich lachte und nickte und sagte: »Vielleicht.«

Ich hatte keinesfalls vor, zu seiner Filmpremiere zu gehen. Ich fürchtete, in eine Geschichte hineingezogen zu werden, die ich nicht wollte und die irgendwie trotzdem passieren würde. Ich kannte mich, ich wusste, dass ich aufzupassen hatte. Menschliche Beziehungen sind das Resultat von Missverständnissen. Offenbar sendete mein Körper die falschen Signale aus. Ich bin eine andere, als ich scheine, und ich sollte auf meine Pullover, meine Shirts und Blusen vorn und hinten draufschreiben: Sie irren sich.

Ich arbeitete bis zum Abend an einem Doppelporträt. Ich arbeitete mit vielen und langen Pausen, in denen ich mir einen Tee machte, mich mit der Tasse vor die Leinwand setzte und die Staffelei musterte oder meine Skizzen durchsah. Nach sieben Stunden war ich todmüde und legte mich zeitig ins Bett. Am nächsten Morgen wurde ich früh wach und stand sofort auf, um mich, nach einem kleinen Frühstück, wieder an die Leinwand zu setzen.

Das neue Bild, spürte ich, hatte endlich seinen Sog entwickelt. Ich war erleichtert, denn wenn die Leinwand mich nicht in sich hineinziehen wollte, wenn sie mich nicht zum Arbeiten zwang, stimmte irgendetwas nicht, diese Erfahrung hatte ich mit meinen Bildern gemacht. Oder mit mir. Wenn ich morgens ungeduldig wurde, weil ich nicht an der Staffelei war, oder nervös, weil ich irgendwelche Termine hatte, die ich möglichst rasch hinter mich bringen wollte, um endlich anfangen zu können, dann wusste ich, dass ich auf dem richtigen Weg war und nicht, wie so oft, scheitern würde. Ich arbeitete an dem Porträt eines älteren Ehepaars, das mir in einer Kneipe aufgefallen war. Ich hatte die zwei angesprochen und überreden können, mir Modell zu sitzen. Meine Skizzenblätter irritierten mich allerdings, und als ich sie ein paar Tage später in die Hand nahm, hatte ich urplötzlich das Gefühl, meine Eltern gezeichnet zu haben, obwohl ich nicht genau sagen konnte, wieso. Es bestand überhaupt keine Ähnlichkeit, sie waren älter, viel älter, weder ihre Augen noch die Form ihrer Gesichter erinnerten im Geringsten an Mutter und Vater, und doch gab es zwischen den beiden etwas, was mir meine Eltern in Erinnerung rief, ein Verhältnis, eine Spannung, irgendeinen Faden, der sich unsichtbar von dem einen zum anderen zog. Möglicherweise war es wieder diese ominöse Körpersprache, die ich auf dem Blatt festgehalten hatte. Ich war jetzt sicher, dass diese beiden Alten sich genauso hassten wie meine Eltern, obwohl sie in den Stunden, die sie mit mir verbracht hatten, zwar sehr befangen und schweigsam, aber durchaus nicht unfreundlich miteinander umgegangen waren. Ich hatte viele Skizzen der beiden Alten in ihrer Wohnung gemacht und mit ihnen vereinbart, dass sie zu mir kommen sollten, um Modell zu sitzen, wenn ich mit dem Ölbild beginnen würde, doch nachdem ich diese rätselhafte Ähnlichkeit entdeckt hatte, benötigte ich sie nicht mehr, ich konnte sie auf die Leinwand bringen, ohne sie vor mir zu haben, ich hatte sie so direkt vor Augen, dass ich auf ein weiteres Modellsitzen verzichten konnte. Ich hatte nur darauf zu achten, dass es nicht unversehens ein Bild meiner Eltern werden würde. Meine Eltern waren der Hintergrund, die Grundierung für dieses Bild, sie sollten nicht auch noch die beiden Alten verdrängen.

Erst jetzt, Jahre nachdem ich das Elternhaus verlassen hatte, begann ich, Vater zu hassen. Stets war ich von ihm abhängig gewesen, er hatte es geschafft, mich immerzu in

Angst zu versetzen, pausenlos fürchtete ich mich davor, seinen Ansprüchen nicht zu genügen, zu versagen. Ich begann ihn zu hassen, weil ich begriff, dass er mir meine Kindheit genommen hatte. Für ihn waren meine Schwester, mein Bruder und ich so etwas wie junge Hunde, die man abrichten musste, damit sie sich in Zukunft richtig verhielten.

Es war ein sehr eigentümliches Malen für mich, ein Malen aus Liebe, aus Hass, aus Erinnern, aber ich war erfahren genug, um nicht sentimental zu werden. Ich würde das Bild nicht durch Dummheiten verfälschen, nichts hinzufügen, was nur in meinem Kopf war, was ich fühlte. Oder gar aus Mitleid etwas hinzusetzen. Ich würde auch bei diesem Bild kalt und genau bleiben. Paula hatte gelernt, Paula war erwachsen geworden.

4.

»Komm. Komm her«, sagte Clemens, als Paula ihm den Tee auf den Nachttisch gestellt hatte, »hast du Angst vor meinem Bein?«

Paula schüttelte den Kopf, sah aber nur auf die beiseitegeschobene Bettdecke.

»Du kannst es dir ruhig anschauen. Ekelhaft, nicht? Ich finde das Bein zum Kotzen. Krüppel zu sein, das ist das Letzte. Was du dir da anhören musst, oh Mann. Krüppel ist wirklich das Allerletzte. Da guckt dich kein Mädchen an, höchstens so 'ne verwahrloste Schlampe, über die schon alle drübermachten. Weißt du, wovon ich rede?«

Paula nickte kurz. Sie wollte möglichst schnell das Zimmer wieder verlassen, aber sie fürchtete, der Bruder würde sie zurückrufen und sie zwingen, sich sein schlimmes Bein genau anzusehen.

»Sei nicht so schreckhaft, Paula. Schlägt dich der Alte?«

Sie schloss die Augen und erstarrte.

»Was ist? Schlägt er dich?«

Sie nickte fast unmerklich.

»Dieses Schwein. Irgendwann bringe ich ihn um, ich schwörs dir. Mit mir macht er so was nicht mehr. Ich habe ihn einmal vermöbelt, seitdem traut er sich nicht mehr an mich heran. Soll ich mit ihm reden?«

»Nein«, flüsterte Paula. Sie zwang sich, auf die Teetasse zu schauen, weil ihr Blick immer wieder in Richtung des schlimmen Beins ging.

»Ich brauch dem Alten nur ein Wort zu stecken, Paula, und ich schwöre dir, er wird es nicht wagen, dich auch nur noch ein einziges Mal zu schlagen.«

Sie schüttelte heftig den Kopf.

»So schlimm ist es nicht«, sagte sie hastig.

»Sei nicht blöd. Der Alte ist ein Miststück, der braucht einfach ab und zu mal ein paar zwischen die Hörner.«

Paula ging langsam zur Tür, Clemens stellte seinen Plattenspieler an und legte den Tonarm auf die schwarze Scheibe. In der Tür stehend und bevor die Musik dröhnend einsetzte, bat sie Clemens: »Sag bitte Vater nicht, dass ich es dir gesagt habe.«

»Sei nicht so feige, Paula«, rief Clemens. Er ließ den Kopf auf das Kissen zurücksinken, zündete sich eine Zigarette an und schlug mit der rechten Hand den Takt zu der ohrenbetäubenden Musik auf das Bettgestell.

»Braucht Clemens noch etwas?«, fragte die Mutter, als Paula in der Küche erschien.

»Nein, er hört schon wieder Musik.«

»Das ist nicht zu überhören«, sagte die Mutter gereizt.

Sie warf Zwiebelschalen in den vollen Mülleimer und

wollte ihn Paula in die Hand drücken, als plötzlich die Küchentür aufgerissen wurde.

»Was ist das?«, brüllte der Vater, der in die Küche stürmte und einen Brief auf den Tisch knallte, »was ist das?«

Die Mutter warf einen Blick darauf und meinte: »Na und? Ich habe anschreiben lassen. Ich habe eingekauft und musste anschreiben lassen, weil ich kein Geld hatte.«

»Du schuldest dem Konsum seit sechs Wochen das Geld. Jetzt schreiben die mir schon einen Mahnbrief.«

»Dann gib mir Geld. Wir leben von dem, was ich verdiene und was mir Clemens gibt. Von deinem Gehalt habe ich seit Monaten nicht einen Pfennig gesehen.«

»Einen Mahnbrief! Bist du jetzt völlig ausgerastet, du dumme Kuh?«

»Geh in den Konsum und bezahle, dann ist alles erledigt. Was kann ich dafür, dass du das Geld zu deiner Hure schaffst! Das Essen soll ja jeden Tag auf dem Tisch stehen.«

»Ich zahle schon mehr als genug. Und bevor du deinen Haushalt nicht in Ordnung bringst, bekommst du von mir nicht einen Pfennig zusätzlich.«

»Irgendwann reicht es mir. Irgendwann wirst du ein blaues Wunder erleben.«

Paula ging aus der Küche hinaus zur Wohnungstür. Sie überlegte kurz, ob sie noch den Mantel vom Garderobenhaken nehmen sollte, doch der Wunsch, rasch das Haus zu verlassen, war stärker. Als sie die Tür zugezogen hatte, fiel ihr ein, dass sie den Wohnungsschlüssel vergessen hatte, doch sie wollte nicht umkehren. In der Waldsängerallee war kein Kind. Eine Nachbarin fegte die Straße, zwei Männer kauerten neben einem Motorrad, zwei alte Frauen hatten Kissen auf die Fensterbank gelegt und schauten ihnen zu. Paula hörte durch die geschlossenen Fenster die lauten Stimmen ihrer Eltern. Sie bemerkte, wie die Nachbarn den Kopf zu ihr und ihrem Haus wandten, dann rannte sie los.

5.

Nachmittags um vier hörte ich auf, am Bild zu arbeiten, und reinigte langsam und gründlich meine Malsachen. In der Küche stieß ich auf die Eintrittskarte von Jan, und da ich an dem Abend nichts weiter vorhatte, entschied ich, mir den Film anzusehen. Ich aß etwas und machte mich dann auf den Weg ins Kino. Ich klingelte an der Wohnungstür unter mir, aber es öffnete niemand, Mona war wohl schon unterwegs, sie würde die Premiere gewiss nicht versäumen.

Ich sah sie im Kinofoyer. Sie stand mit einigen Bekannten zusammen und winkte, ich nickte ihr zu und ging in den Saal. Ich wollte nicht, dass Mona mich ihren Freunden vorstellte, denn sie übertrieb gern und tat jedes Mal so, als sei ich eine berühmte Malerin, die jedermann kennen müsse. Sie war nun einmal so, sie konnte nicht anders, jeden Prominenten wollte sie kennenlernen und lief ihm deswegen hinterher, und alle Bekannten mussten immer wichtig oder berühmt sein. Als einmal eine Krankenschwester bei ihr zu Hause war, tat sie mir gegenüber so, als sei diese Frau die allerwichtigste Person in der Charité, von der sich der Chefarzt beraten ließ. Und über eine Verlagslektorin wollte sie mir weismachen, diese verfasse in Wahrheit die Bücher. Die Autoren, deren Namen auf den Büchern stünden, würden ihr angeblich ungeordnete und kaum lesbare Manuskriptbündel übergeben, aus denen sie dann die fabelhaften und erfolgreichen Romane zusammenbastele. Ich gab mich jeweils erstaunt und widersprach nie, Mona glaubte felsenfest an das, was sie erzählte, es war nutzlos, ihre Angaben zu bezweifeln oder mit ihr zu streiten.

Der Film interessierte mich nicht. Jan spielte eine der Hauptrollen, einen Zeugen, den die Polizei anfangs verdächtigte und der sie später auf die entscheidende Spur brachte. Als sein Gesicht sekundenlang in einer Großaufnahme gezeigt wurde und ich seine unterschiedlichen Augen auf der riesigen Leinwand sah, erinnerte ich mich an das, was er mir darüber gesagt hatte, und lachte laut auf. Es amüsierte mich, wenn er auf der Leinwand zu erblicken war, aber nur, weil ich ihn kannte. Es war ein gewöhnlicher Kriminalfilm ohne besondere Raffinesse oder erregende Einstellungen, er hatte keine Schönheit. Wehmütig dachte ich an die Bilder in dem russischen Film, an die weiten Landschaften, an das wogende Gras, an die schönen, geheimnisvollen Gesichter der Menschen. Als das Licht im Saal anging, wurde geklatscht, die beteiligten Filmleute wurden auf die Bühne gebeten und vorgestellt. Ich bemerkte, dass Jan die Sitzreihen absuchte, ich saß sehr weit hinten und rutschte tief in den Sessel zurück. Ich wollte ihn nicht treffen, ich wollte nicht mit ihm über den Film sprechen oder seinen Freunden vorgestellt werden. Als alle aufstanden, ging auch ich hinaus und verschwand im Schacht der U-Bahn. Zu Hause schüttelte es mich beim Gedanken an den Film, den ich gerade gesehen hatte.

Am folgenden Mittwoch bekam ich einen Telefonanschluss gelegt, und der Monteur stellte mir einen alten weißen Telefonapparat hin. In zwei Tagen, sagte er, würde mein Anschluss freigeschaltet, dann könne ich Tag und Nacht telefonieren, wenn nicht gerade mein Kompagnon telefoniere. Da ich ihn nicht verstand, erklärte er mir, er habe nicht genügend Leitungen zur Verfügung und mein Telefon sei ein sogenannter Doppelanschluss, ein anderer Teilnehmer habe die gleiche Leitung, jeder habe zwar eine eigene Nummer, doch wenn einer der beiden rede, bekomme der andere kein Freizeichen. Er beruhigte mich und erklärte, mithören könne der andere nicht, es sei nur ärgerlich, wenn der Zweitanschluss eine große Familie sei, vielleicht noch mit halbwüchsigen Kindern, die ununterbrochen am Apparat hängen würden.

Telefonanschlüsse waren schwierig zu bekommen, mir hatte Frau Gerhardt geholfen, durch sie hatte ich ein Schreiben des Direktors ihres Chemiebetriebs erhalten, wonach ich ein dringlicher Fall sei, der bei der Telefonvergabe bevorzugt zu behandeln sei. Ich hatte das Schreiben in die Postdirektion gebracht, und nun, ein Vierteljahr später, kam der positive Bescheid. Zumindest ein Telefon hat mir die peinliche Arbeit für diese Gewerkschaftszeitung eingebracht, sagte ich mir, wenn ich an neue Zeichnungen und Grafiken für Frau Gerhardt denken musste.

Jan erschien zwei Wochen nach der Filmpremiere bei mir. Er war mit dem Film durch das Land gefahren, um ihn in den größeren Städten vorzustellen. Wie er erzählte, musste er mit dem Regisseur und den anderen Filmleuten auf die Bühne gehen, sich verbeugen und Fragen beantworten, die fast überall die gleichen waren. Dann wollte er wissen, wie mir der Film gefallen habe. Ich antwortete ausweichend und sagte, ich verstünde nichts von Kino, mein Urteil zähle nicht. Ich vermied es, auf den Film einzugehen, ich hatte sogar den Filmtitel vergessen oder konnte mich nur noch ungenau daran erinnern. Ich merkte, dass ich ihn gekränkt hatte, doch ich hatte nichts als die Wahrheit gesagt.

»Ach, lassen wir das«, sagte er, »ist nicht so wichtig, es ist ja nur ein Film.«

Er war aufgestanden und stand unschlüssig im Zimmer.

»Nur ein Film«, wiederholte er, jedes Wort betonend.

Ich musste ihn sehr verärgert haben, doch ich wollte nicht nachgeben, und darum nickte ich lediglich. Er atmete mehrfach tief durch die Nase, fragte dann, ob er mir beim Malen zusehen dürfe, er würde sich still in eine Ecke setzen. Ich erklärte, das sei ausgeschlossen, mich würde sogar eine Katze im Arbeitszimmer nervös machen, wenn ich eine hätte. Er lud mich zum Essen ein, aber ich spürte, dass er noch immer verärgert war, und da ich keine Lust hatte, mich bei ihm einen Abend lang zu entschuldigen, sagte ich, ich sei bereits verabredet. Er setzte sich wieder, trank seinen Tee und wollte dann meine letzten Bilder sehen. Ich lehnte ab und sagte, sie seien noch nicht so weit, dass ich sie vorzeigen könne. Ich ließe meine Blätter gern ein paar Wochen liegen, um sie mir nochmals vorzunehmen, und die großen Bilder, ob Aquarell oder Öl, würden sogar monatelang an der Wand stehen, um immer wieder begutachtet zu werden.

»Es gibt Maler, die malen zwei, drei Bilder am Tag. Das hörte ich jedenfalls.«

»Ja, das hörte ich auch«, sagte ich.

»Ist es für dich so schwer, oder machst du es dir so schwer?«

»Ich weiß nicht. Es ist schwer, und ich mache es mir schwer. Ich muss so arbeiten, wie es für mich richtig ist. Und ich brauche eben viel Zeit.«

Er fragte, ob ich nicht Lust auf eine Fahrt ins Blaue mit ihm hätte. Ich solle mir einen Tag freinehmen, er würde sich etwas überlegen, eine kleine Überraschung, und mich früh mit seinem Auto abholen. Da er für den Rest des Jahres keine Verpflichtungen habe, könne er sich ganz nach mir richten, ich solle den Tag bestimmen, für den Rest würde er sorgen. Ich sträubte mich zunächst, ließ mich aber überreden. Wir vereinbarten, dass er am Sonntag um neun zum Frühstück zu mir kommen sollte, und wir uns danach auf den Weg machen würden. Er schien zufrieden. Als ich ihn zum Gehen drängte, wollte er mich umarmen und küssen, ich schob ihn so sanft zurück, dass er nicht gekränkt sein konnte. Er ließ sich auf den Stuhl zurückfallen und sagte unvermittelt: »Du irrst dich übrigens, es ist ein guter Film. Und ich bin mehr als gut, ich bin sehr gut.«

Ich nickte. Ich wollte ihm nicht widersprechen, nicht mit ihm diskutieren. Er erklärte mir den ganzen Film, seinen Aufbau, seine Finessen, er erzählte von den Schwierigkeiten, die sie vor und während der Dreharbeiten hatten, und wie er die mit dem befreundeten Regisseur lösen konnte.

»Der Film ist wirklich gut«, wiederholte er.

Ich lächelte ihn an und wartete darauf, dass er endlich geht.

»Warum zum Teufel bist du so arrogant, Paula?«, fragte er mit kaum unterdrückter Wut.

»Bin ich nicht«, erwiderte ich überrascht. Ich war erschrocken über seinen plötzlichen Ausbruch. »Ich bin überhaupt nicht arrogant, ich habe nur von Kino und Film keine Ahnung, und das hatte ich dir gesagt.«

Ich war so aufgeregt, dass ich ihn plötzlich duzte.

»Ich verstehe ein bisschen was von Malerei und von Grafik. Und vielleicht auch etwas von Musik, denn ich gehe gern ins Konzert, lieber ins Konzert als in die Oper, aber von allem anderen habe ich keine Ahnung. Ich finde es sehr interessant, was du machst, aber ich verstehe zu wenig davon. Meine Meinung ist völlig unwichtig.«

»Für mich aber nicht, weil du für mich wichtig bist.«

»Und nun?«, fragte ich ratlos. »Soll ich dich anlügen, dir irgendwelche netten Sachen erzählen?«

»Schon wieder diese Arroganz! Wieso bist du so überheblich?«

Er schnaufte erneut vernehmlich und schaute mich

ganz unglücklich an. Er hatte sich verliebt, und er tat mir leid, weil er ausgerechnet auf mich verfallen war, aber das war nicht meine Schuld. Er hatte sich verliebt, und daraus leitete er umgehend ein paar Rechte ab, das Recht, mir Vorwürfe zu machen, mich zu beleidigen, irgendetwas zu verlangen.

Jan redete und redete, ich schaute ihm in die Augen und war in Gedanken bei meiner Arbeit. Irgendwann sagte er, er warte noch immer auf eine Antwort, eine Antwort auf eine Frage, die ich nicht mitbekommen hatte, und da ich ihn nicht bitten wollte, seine Frage zu wiederholen, sagte ich ihm, er solle mich allein lassen.

»Also, bis Sonntag«, verabschiedete er sich schließlich, »du machst für uns das Frühstück, und ich bin für den Rest des Tages zuständig.«

Beim Verlassen der Wohnung schlug er die Tür laut zu, im letzten Moment hatte er wohl die Beherrschung verloren. Ich ging an den Schreibtisch und schlug den Skizzenblock auf, aber ich war unfähig, auch nur einen Strich zu machen. Ich ärgerte mich über Jan, ich ärgerte mich über mich selbst, schlug resigniert den Block zu und ging zum Telefon. Kathi freute sich, meine Stimme zu hören. Ich erzählte ihr, dass ich jetzt ein eigenes Telefon besäße und dass ich sie gern sehen würde.

»Seit wann hast du ein Telefon?«

»Seit einer Woche.«

»Und da rufst du mich jetzt erst an! Ich hätte die Erste sein müssen, die Allererste.«

»Du bist die Erste, Kathi.«

»Wirklich? Glaube ich nicht.«

»Hast du Zeit für mich?«

»Wann?«

»Gleich. Sofort. Ich möchte etwas unternehmen, und da bist du mir eingefallen. Hast du Zeit?«

»Nein, das geht heute nicht, ich bin schon verabredet. Es ist zwar nur ein Kerl, aber ich will ihn nicht versetzen, mit ihm könnte es etwas werden. Möglicherweise ist er das Glück meines Lebens.«

»Gratuliere. Dann sehen wir uns ein andermal.«

»Vielleicht übermorgen, Paula?«

»Ich weiß noch nicht, ich melde mich.«

Über ihren neuen verheißungsvollen Bekannten wollte sie mir am Telefon nichts sagen, sie würde mir alles erzählen, wenn wir uns treffen. Ich erkundigte mich nach ihrer Arbeit und gab ihr meine Telefonnummer, ich musste sie aus dem Adressverzeichnis in meinem Kalender heraussuchen, ich kannte sie nicht auswendig.

Ich hatte gehofft, den Abend mit Katharina zu verbringen, ich wollte den schlechten Geschmack loswerden, das bedrückende Gefühl, das Jans Besuch bei mir ausgelöst hatte. Ich schlug wieder den Kalender auf, suchte die Telefonnummer von Sibylle Pariani heraus und wählte nahezu automatisch. Als sie sich meldete, zuckte ich zusammen, und erst nachdem sie sich wiederholt nach dem Namen des Anrufers erkundigt hatte, war ich imstande, mich zu melden. Sie behauptete, im selben Moment an mich gedacht zu haben, und fragte, ob wir uns treffen könnten.

»Gern«, sagte ich.

»Wenn du Lust hast, wie wäre es mit heute?«, fragte sie. »Ich bin seit drei Tagen Strohwitwe. Du würdest mir einen Riesengefallen tun, Paula.«

Mir stockte der Atem, ich wurde ganz unruhig und wusste nicht, was ich antworten sollte.

»Bist du noch am Telefon?«, erkundigte sie sich.

»Jaja«, sagte ich, »entschuldige, Sibylle, ich komme gern. Ich bin in einer Stunde bei dir.«

»Ich freue mich, Paula«, sagte sie ganz weich, »ich freue mich sehr.«

Ich ging ins Bad und starrte mich sekundenlang im Spiegel an, lachte laut über mich, nahm mein Schminkzeug und machte mich zurecht. Bevor ich das Haus verließ, blätterte ich in den beiden großen Skizzenblöcken, riss ein Blatt heraus, auf dem ich mit Bleistift und Kohle Baumstümpfe und bizarre Äste skizziert hatte, steckte es in eine Papprolle, nahm es aber umgehend wieder heraus, um es noch mal anzusehen. Sibylle war allein und ich würde Marco Pariani nicht treffen, aber das Blatt würde er gewiss irgendwann zu Gesicht bekommen, und ich wollte sicher sein, dass er nichts daran auszusetzen fand.

6.

Ich fuhr mit der Straßenbahn zu ihr. Nachdem ich geklingelt hatte, kam sie ans Gartentor und umarmte mich, und ich schloss meine Arme fest um sie. Leben ist so einfach, ganz einfach, es sind unsere Ängste, die es so schwer machen, meine Ängste, all meine unsinnigen Ängste.

Sibylle hatte Tee gemacht und erkundigte sich, wie es mir gehe. Ich musste ihr alles erzählen, was seit dem Ende des Studiums passiert war. Bei ihr war alles unverändert. Sie liebte ihren Pariani, versorgte das Haus und den Garten, genoss die Gesellschaften, die sie gaben und zu denen sie eingeladen wurden, und die Premieren und Ausstellungseröffnungen waren Festtage für sie.

Nach dem Tee gingen wir in die Küche und machten einen Gemüseauflauf mit Reis, wir aßen gleich in der Küche, an dem schmalen, langen Holztisch, auf dem eine große Vase mit Tannenzweigen stand. Zum Essen gab es für jede von uns ein großes Glas Rotwein, und als Nachtisch stellte Sibylle einen Mohnstrudel auf den Tisch.

Sie wollte wissen, mit wem ich zusammenlebe.

»Mit niemanden. Ich lebe ganz allein.«

»Wirklich?«

»Ja. Und es ist wunderbar. Ich kann es nur empfehlen. Ich tue, was ich will, ich teile den Tag ein, wie ich will. Keiner nervt mich, niemand beschimpft mich. Wenn ich etwas falsch mache, selbst wenn ich eine riesige Dummheit begehe, ist keiner mehr wütend auf mich und schreit mich an. Alles wunderschön.«

»Das ist bei mir nicht anders, Paula, und dazu habe ich noch einen Mann. Bleib nicht für immer allein, Kleine, das ist nicht gut. Nicht gut für dich.«

»Im Gegenteil. Für mich ist es besser so. Ich habe Freunde, manchmal schlafe ich mit einem Mann, und ansonsten bin ich frei und ungebunden. Du ahnst gar nicht, wie schön das ist. Hast du je allein gelebt, Sibylle?«

Sie überlegte: »Nein, eigentlich nie. Ich brauche jemanden. Ich glaube, allein würde ich depressiv werden.«

»Ich bin gern allein. Ich muss mich nicht verstellen. Und für meine Arbeit ist es auch besser.«

»Ach, Paula, du hast nur noch nicht den Richtigen gefunden.«

Sie streckte den Arm über den Tisch und streichelte sanft mit den Fingern meine Wange und mein Haar, und ich küsste ihre Finger und nahm sie, einen nach dem anderen, in den Mund.

»Komm, wir gehen hoch«, sagte Sibylle, »lass einfach alles stehen.«

Es war schön, von ihr geliebt zu werden. Es war schön, von ihr gestreichelt zu werden. Ich schloss nicht mehr die Augen, sondern beobachtete, wie sie mich streichelte und küsste. Und dann warf ich mich auf sie, knabberte an ihrem Ohr, presste meinen Kopf auf ihren Bauch, ihre Brüste, zwischen ihre Schenkel, küsste sie. Ich spürte ihre Erregung, spürte die Bewegungen ihres Körpers, das Zucken ihrer Schenkel. Sie bäumte sich auf, stöhnte laut und schwer. Dann schloss ich die Augen und ließ mich fallen, ließ mich fallen, einfach fallen.

Wir lagen erschöpft nebeneinander unter der Decke, als unten in der Wohnung das Telefon klingelte. Der Wind schlug Regentropfen an die Fensterscheibe, und ich dachte an Jan. Er gefiel mir, aber ich begehrte ihn nicht. Er war ein amüsanter, attraktiver Mann, um den mich viele beneiden würden. Mit ihm könnte ich über meine Kindheit, über meine Ängste reden, das konnte ich mir jedenfalls vorstellen. Er war eigentlich ein idealer Partner für mich, aber ich liebte ihn nicht, ich begehrte ihn nicht, ich hatte keine Sehnsucht nach ihm, er ließ mich kalt. Mit Sibylle ging es mir anders, nach ihr sehnte ich mich, nach ihr und auch nach Katharina. Wenn ich mit Katharina oder Sibylle zusammen war, schwand mein Misstrauen und diese unaufhörliche Anspannung, alles zu kontrollieren, mich zu kontrollieren.

»Du liebst deinen Pariani, nicht wahr?«

»Sehr. Über alles.«

»Und was ist mit mir?«

»Das ist etwas anderes. Etwas ganz anderes. Du bist meine Freundin. Meine intime Freundin.«

»Und mit wem bist du lieber zusammen? Ich meine, so eng zusammen wie jetzt?«

»Du fragst wie ein kleines Schulmädchen. Ich liebe meinen Pariani, und ich bin gern mit dir zusammen. Weil ich dich liebe. Liebe dich selbst auch ein wenig, meine Schöne, dann wird alles ein wenig leichter. Bleibst du über Nacht?«

»Wenn du willst?«

»Sehr schön. Komm, wir ziehen uns Bademäntel über und setzen uns vor den Kamin. In fünf Minuten brennen die Scheite. Und du erzählst mir, wie der Mann aussehen muss, der dir gefallen könnte. Wenn du schon wie ein Schulmädchen bist, solltest du mir auch deinen Traummann beschreiben. Und dann backen wir ihn.«

Wir gingen spät schlafen und standen spät auf, wir frühstückten lange und sprachen unentwegt miteinander. Als ich am späten Vormittag mit der Bahn nach Hause fuhr, saß mir eine junge Frau gegenüber, die mich freundlich, aber so intensiv musterte, dass ich sie ansprach und fragte, ob wir uns kennen würden. Sie verneinte und sagte, ich wäre ihr aufgefallen, weil ich so strahlen würde. Ich war irritiert, sie entschuldigte sich und meinte, von mir gehe ein inneres Strahlen aus, ganz so als ob ich soeben erfahren habe, dass ich schwanger sei, und dann entschuldigte sie sich noch einmal für ihre Aufdringlichkeit.

»Nein«, sagte ich freundlich, »ich bin nicht schwanger. Ganz gewiss nicht.«

»Verzeihen Sie«, wiederholte sie, »ich war mir ganz sicher. Ich nämlich war damals besonders glücklich.«

Ich wandte den Kopf und sah aus dem Straßenbahnfenster hinaus auf die vorbeigleitenden Häuserfassaden.

7.

Am Sonntagmorgen klingelte Jan pünktlich um neun Uhr. Nach dem Frühstück fuhren wir mit seinem Auto aus der Stadt, er sagte mir nicht, wohin, es sollte für mich eine Überraschung werden. Zunächst ging es über die Autobahn, die wir in der Lausitzer Landschaft in Richtung Neiße verließen. Jan war wie ausgewechselt, er bemühte sich, charmant zu sein, um mich zu beeindrucken. Ich nahm es erleichtert zur Kenntnis, denn nach seinem letzten Besuch hatte ich es bereut, seine Einladung angenommen zu haben, ich fürchtete, es würde unerquicklich und nervend mit ihm, ich wollte mir das nicht mehr zumuten. Wenige Kilometer vor Bad Muskau verließ er die Fernverkehrsstraße, wir fuhren eine von Traktoren und Maschinen zerfurchte Teerstraße entlang. Hinter einem kleinen Dorf war die Landstraße plötzlich zu Ende, Jan parkte den Wagen auf einem Feldweg, und wir stiegen aus. In der Ferne war die Niederung der Neiße zu sehen, die ansteigende Uferböschung der anderen Seite, aber die in dem flachen und baumlosen Land unübersehbaren Grenzpfosten und Warnschilder hinderten uns am Weitergehen. Die Äcker waren umgebrochen, die Erde schimmerte kalt und feucht. Ich fröstelte und sah Jan fragend an.

»Nein«, beantwortete er lächelnd die nicht gestellte Frage, »wir fahren gleich weiter. Zu einem Freund von mir, er wohnt in der Nähe, keine fünf Minuten von hier. Ich wollte nur einen Blick auf den Fluss werfen, doch näher herangehen dürfen wir nicht, wenn wir keinen Ärger bekommen wollen. Außerdem haben wir für einen Spaziergang über den Acker nicht das richtige Schuhwerk.«

Du hast nicht nur die falschen Schuhe an, dachte ich, während ich Jan ansah, der einen dunklen Anzug trug, wen willst du beeindrucken, vermutlich jeden. Er lief um das Auto herum, blieb zwei Schritt vor mir stehen, sah mich an und verkündete: »Wir müssen miteinander reden, Paula.«

Bitte nicht, dachte ich, sagte aber lediglich: »Mir ist kalt, wollen wir nicht weiterfahren. Wir können doch bei deinem Freund reden.«

Er verzog das Gesicht, als hätte ich ihn geohrfeigt. Wir stiegen ins Auto, er beugte sich vor, griff nach dem Zündschlüssel, drehte ihn aber nicht um, sondern wandte den Kopf, der fast auf dem Lenkrad lag, zu mir.

»Ich habe ein riesiges Problem«, sagte er, »ich habe mich in eine Dame verliebt. Ich habe mich Hals über Kopf in eine Dame verliebt, die nichts von mir wissen will. Ich habe mir gesagt, lass die Finger von ihr, du wirst sie nicht zwingen können, dich zu lieben, das wird dir nie gelingen. Du wirst dich zum Idioten machen, du wirst tiefunglücklich werden, also gib beizeiten auf. Geh ihr aus dem Weg, melde dich nicht bei ihr. Falls sie dich anrufen sollte, bleibe kühl und gelassen und mach dir keinerlei Hoffnungen. Doch sie wird dich eh nicht anrufen, heute nicht, morgen nicht, nie. Sie hat nämlich kein Interesse an dir. Das sage ich mir jeden Tag, schon frühmorgens, wenn ich in den Rasierspiegel schaue. Es hilft leider nichts, denn ich habe mich rettungslos in diese Dame verliebt.«

Er hatte sich zurückgelehnt und die Augen geschlossen.

»Das kommt vor«, sagte ich, »das kenne ich. Das habe ich auch einmal durchgemacht. Es war sehr unangenehm, und ich wusste nicht, wie ich weiterleben sollte. Aber ich habe es überstanden, und heute sage ich mir, es hat mir eine Diät erspart.«

Er sah mich an und atmete schwer durch den geöffneten Mund.

»Ich liebe dich, Paula.«

»Ja, ich habe verstanden. Doch, wie du selbst sagst, wir können uns nicht zu Gefühlen zwingen. Ich habe dich sehr gern, aber es ist der falsche Zeitpunkt, jedenfalls für mich. Vielleicht hätte ich mich vor zwei Jahren in dich verlieben können, doch im Augenblick ist es unmöglich.«

»Und wer ist der Glückliche?«

»Ich versteh nicht.«

»Du hast einen Freund, oder? Mona sagte mir zwar, du würdest allein leben, aber ...«

»Ah, der Herr hat Erkundigungen eingezogen. Ja, ich lebe allein. Nein, ich habe keinen Freund. Weil ich keinen haben will. Es ist angenehm, allein zu leben. Ich kann für mich allein sorgen, ich bin unabhängig, wir leben schließlich nicht mehr im neunzehnten Jahrhundert.«

»Ja, das ist wahr. Ich weiß nicht, was du für Erfahrungen hinter dir hast. Ich jedenfalls kann nicht allein leben, ich will es nicht. Ich bin schließlich keine Maschine, sondern ein Mensch.«

Ich erwiderte nichts, ich verstand ihn ja.

»Es ist so ein schöner Tag«, sagte ich lediglich, »wir sollten zu deiner Überraschung fahren, zu deinem Freund.«

Er startete den Wagen, wendete und fuhr langsam auf die Landstraße zurück und durch das sonntäglich stille Dorf. Hinter dem Ortsausgang ging ein Feldweg ab. Jan konnte nur noch im Schritt-Tempo fahren und wich auf den seitlichen Grasstreifen aus, wann immer das möglich war. Die Äste der kahlen Sträucher kratzten über den Lack des Wagens. Wir sprachen beide nicht, ich bemerkte, dass er ab und an zu mir sah.

8.

Hinter zwei majestätisch aufragenden Buchen endete der Feldweg in der Toreinfahrt eines Bauerngehöfts. Es war ein alter Großbauernhof, ein Geviert aus verfallenden Stallungen, zwei Scheunen und Mauern, in der Mitte des Hofs befand sich das Wohnhaus mit einer kleinen Freitreppe und steinernen Bänken an ihrem Ende, zwischen Wohnhaus und Hoftor stand ein verwitterter Tisch unter einer Eiche, hinfällige Holzstühle lehnten gegen ihren Stamm. Jan parkte den Wagen hinter dem Tor, zwischen einem Armeejeep und einem Pferdefuhrwerk mit Speichenrädern, das dort wohl schon seit Jahrzehnten stand und zerbröselte. Aus dem Kofferraum nahm er eine eingewickelte Flasche und einen Blumenstrauß.

»Wir sind da«, sagte er, »hier wohnt mein alter Freund Kronauer, Frieder Kronauer. Kennst du ihn?«

»Den Maler?«

Jan nickte.

»Natürlich kenne ich ihn, oder vielmehr seine Arbeiten. Ihn selbst habe ich nur einmal gesehen. Woher kennst du ihn?«

»Er hat mich gemalt, er hat vor sechs Jahren ein Ölbild von mir gemacht. Ich hätte es ihm gerne abgekauft, aber ich konnte es nicht bezahlen. Damals war das noch viel Geld für mich. Seit dieser Zeit sind wir befreundet.«

Die Tür des Wohnhauses öffnete sich, eine Frau erschien oben auf der Freitreppe und winkte uns zu. Jan eilte zu ihr, umarmte und küsste sie und gab ihr die Blumen. Dann stellte er uns vor. Charlotte Kronauer begrüßte mich äußerst freundlich und sprach mich gleich mit dem Vornamen an. Sie war vielleicht zehn Jahre älter als ich, ungeschminkt und trug ein langes weites Leinenkleid, als käme sie eben von der Gartenarbeit oder aus der Küche.

»Frieder ist im Atelier«, sagte sie, »aber kommt erst zu mir rein. Ich mache einen Kaffee oder einen Tee. Zum Mittagessen gibt es Ente, das hat der Meister so bestimmt, und er hat den Vogel auch selbst zerteilt, gespickt und eingelegt. Also vergesst nachher bloß nicht, dieses Kunstwerk zu loben, denn als Koch ist er empfindlich, da ist er wirklich leicht zu kränken.«

Wir folgten ihr ins Wohnzimmer, einen großen hellen Raum, dessen Wände voller Bilder waren, Arbeiten von Kronauer und seinen Kollegen. Ich entdeckte auch einen kleinen Nolde und eine Zeichnung von Liebermann. Neben dem Kamin stand eine Plastik, einen halben Meter hoch, die ein Barlach sein konnte. Charlotte war in die Küche gegangen, und ich hatte Zeit, mir die Bilder anzusehen. Nachdem sie zurückgekommen war, setzte sie sich zu uns, plauderte angeregt mit Jan und beobachtete mich zugleich unverhohlen. Mir schien, als bewundere sie Jan, vielleicht war sie in ihn verliebt. Jan musste von seinem neuen Film erzählen, den sie, wie sie sagte, in ihrer Einöde noch nicht sehen konnten, und er ließ sich nicht lange bitten und lobte sich und den Film, wobei er seine Suada, so hatte ich den Eindruck, mit kleinen Spitzen gegen mich versah. Dann sagte Charlotte, wir sollten zu Frieder ins Atelier gehen, sie habe in der Küche zu tun.

Das Atelier war ein umgebauter Stall. Auf der Nordseite waren großflüglige Fenster eingebaut, eins neben dem anderen, auf der gegenüberliegenden Seite waren die winzigen alten Fensteröffnungen mit Glasbausteinen versehen worden. Der große Raum wurde von einer Zentralheizung geheizt, zehn oder zwölf eiserne Heizkörper mit Rippen waren an den Wänden des Raums verteilt, in der Mitte des Ateliers stand zudem ein riesiger gusseiserner Ofen mit zwei Glastüren, der eher wie ein Kamin wirkte. Drei große Schubladenschränke für die Zeichenblätter und ein bis zur Decke aufragendes Holzgestell für die aufgezogenen Leinwände nahmen vollständig eine ganze Querwand ein. Die Farben und Malutensilien lagen ungeordnet auf zwei Holzbänken und einer alten Wäschetruhe.

Frieder Kronauer war nicht allein, ein junger Mann saß ihm Modell. Kronauer legte den Pinsel ab, als wir eintraten, und umarmte Jan. Mich musterte er abschätzend, er erkannte mich nicht, er konnte sich offensichtlich nicht mehr daran erinnern, dass wir uns einmal bei Freddy Waldschmidt begegnet waren, und ich sah keinen Anlass, es zu erwähnen. Er maß mich von oben bis unten, der sogenannte Kennerblick, dann nickte er Jan anerkennend zu, er schien mit mir zufrieden zu sein. Er sagte, er habe noch eine halbe Stunde zu tun, wir sollten uns bedienen, wobei sein Kopf auf einen Tisch mit verschiedenen Flaschen deutete. Den jungen Mann, der mit freiem Oberkörper auf einem Hocker saß, machte unsere Anwesenheit verlegen, und ich sagte Jan, dass wir besser hinausgehen sollten, um Kronauer nicht zu stören.

Zum Mittagessen stellte Kronauer eine Flasche Wein auf den Tisch und trank sie ganz allein, da alle anderen beim Wasser blieben. Jan lobte immer wieder die Ente, was Kronauer geschmeichelt hinnahm, er erklärte uns ausführlich die Marinade und die Art der Zubereitung. Dann fragte er Jan, was seine neue Freundin denn so treibe.

»Ich bin nicht seine Freundin«, erwiderte ich bestimmt.

Kronauer gab sich überrascht.

»Sie ist eine Kollegin«, sagte Jan.

Kronauer betrachtete mich erneut ganz genau. »Hübsch genug bist du ja, eine richtige Schönheit, du wirst gewiss Erfolg haben«, sagte er schließlich.

»Nein, Paula ist nicht meine Kollegin. Sie ist deine Kollegin, Frieder«, korrigierte Jan, »sie hat Malerei studiert und lebt nun freischaffend.«

Kronauer grunzte, verzog den Mund und warf mir einen Blick zu, als hätte ich ihn belästigt. Er goss sich Wein ein und bat seine Frau, Kaffee zu machen.

»Ach so«, sagte er, »ach Gott, eine Künstlerin, eine Malerin. Seid ihr deswegen zu mir gekommen? Ich protegiere niemanden und nie. Wer etwas taugt, muss sich selbst durchbeißen, das ist nun einmal so in der Kunst.«

»Ich benötige keine Hilfe, ich komm allein zurecht«, sagte ich so giftig wie möglich.

»Paula ist sehr begabt«, sagte Jan, »ich habe schon Bilder bei ihr gekauft. Sie ist wirklich gut.«

Kronauer nickte desinteressiert.

»Du hast in Weißensee studiert?«, erkundigte er sich, »bei wem?«

Ich nannte Namen von Professoren, mir war unbehaglich zumute, ich hatte das Gefühl, wieder Schülerin in einer Prüfung zu sein.

»Nicht die allerschlechtesten Leute«, meinte er, »aber ich halte nicht viel davon, wenn Mädchen malen. Für die gibt es doch die Klassen Mode und Design, das sollten die Damen studieren. Vielleicht bin ich ein Mann aus dem vorigen Jahrhundert oder sogar aus dem vorvorigen, aber für mich haben die Frauen in der Kunst nichts zu suchen. Nicht, weil sie dafür nicht begabt sind, einige von ihnen sind unübertrefflich, sie sind sensibel und fantasievoll, haben ein Gefühl für Farben und Formen, sie haben einen ganz speziellen Sinn für das Material, da haben mich Frauen immer verblüfft. Doch meiner Erfahrung nach missbrauchen Frauen grundsätzlich die Kunst.«

»Vielleicht sind Sie ein Mann aus dem vorigen Jahrtausend.«

»Ach, schöne Paula, bitte glaub mir. Es gibt halt Berufe, für die Frauen wenig geeignet sind oder gar nicht. Wie es umgekehrt Berufe gibt, auf die sich ein Mann nicht einlassen sollte. Und die Kunst ist nichts für Frauen. Seit hundert Jahren wurde es leider üblich, auch Frauen an Kunstschulen zuzulassen. Das nennt sich Fortschritt, und wer sich dem in den Weg stellt, gilt als reaktionär.«

»Das sind Sie ja auch.«

»Schau dir die Kunstgeschichte an, die Malerei, das ist kein Frauenberuf, sie haben da nie etwas geleistet und werden nie etwas zuwege bringen. Das ist nicht auf dich gemünzt, du musst mich nicht so grimmig anfunkeln, es ist eine allgemeine Wahrheit. Schließlich existieren noch immer ein paar Unterschiede, und es wäre besser für dich, wenn du sie beizeiten erkennst, um nicht deine Jahre zu vergeuden. Es gibt auch keine weiblichen Trompeter, keine nennenswerten jedenfalls, den Frauen liegen Geige und Harfe besser, ist von der Natur so vorgesehen. Für Boxen und für Krieg sind sie doch auch nicht geeignet, das muss man einfach anerkennen. Und Malerei und Bildhauerei sind Männerberufe. Ich kann jedem Mädchen nur abraten, es auch nur zu versuchen. Das war der Grund, weshalb ich keine Professur in Weißensee wollte, ich hatte gleich gesagt, dass ich strikt dagegen bin, Mädchen zu immatrikulieren. Da haben sie das Maul verzogen, denn wir sind ja jetzt alle so fortschrittlich. Und da habe ich gesagt, danke, ich habe nicht vor, mit sinnlosem Unterricht meine Zeit zu vergeuden, ich komme auch so klar. Überdies, das sind doch fast alles gescheiterte Existenzen, diese Kunstprofessoren. Kommen anders nicht zurecht und unterrichten deswegen. Das ist nichts für einen wirklichen Künstler.«

Charlotte kam mit dem Kaffee und stellte uns Tassen hin.

»Was ist?«, erkundigte sie sich besorgt, da wir alle schweigend am Tisch saßen.

Jan erwiderte: »Frieder hat uns eben klargemacht, was er von weiblichen Malern hält. Du kennst ihn ja.«

»Ach Gott«, sagte sie nur. Sie wandte sich mir zu: »Mach dir nichts draus, Paula. Und diskutiere nicht mit ihm, versuche es erst gar nicht, du wirst meinen Kronauer auch nicht ändern können.«

»Was denn, was denn!«, brauste Kronauer auf. »Habe ich irgendetwas Falsches gesagt? Dann nennt mir mal zwei, drei Namen von Frauen, die als Maler was taugen. Und kommt mir jetzt bitte nicht mit irgendwelchen Modernismen, dieses Zeug muss seine Gültigkeit erst mal erweisen, da werden wir in fünfzig Jahren noch einmal darüber reden. Es gibt Ausnahmen, natürlich, es gibt ein paar

Frauen, die es geschafft haben, wirkliche Künstlerinnen. Aber ihr könnt nicht die Ausnahme zur Regel erklären.«

»Aber Paula ist wirklich gut, Frieder. Du solltest dir ihre Arbeiten ansehen.«

»Schön. Dann bring mir das nächste Mal ein paar deiner Blätter mit. Dann werden wir sehen.«

»Das werde ich ganz gewiss nicht tun.«

»Nun spiel nicht die Gekränkte. Ich bin doch nicht so. Ich bin kein Frauenverächter, ganz im Gegenteil. Das weibliche Modell, da geht nichts drüber, das kann man bei den alten Kirchenmalern sehen. Welch eine Erotik bei den Marien und Magdalenen! Da vibriert die Luft vor Sinnlichkeit. Als ich mit siebzehn, achtzehn das Studium anfing, habe ich nur Frauen gemalt, immerzu Brüste und Schenkel. Im ersten Studienjahr hatten wir Akt, mein Gott, ich habe nichts als dicke Kreise gemalt, Brüste und Arschbacken, ich konnte gar nicht anders, ich sah gar nichts anderes. Und ich war heilfroh, dass es Frauen gibt. Und das bin ich heute noch. Versucht nicht, mir einreden zu wollen, dass ich Frauen verachte.«

»Aber sie taugen nur als Modell, oder?«

»Was heißt: nur! Botticellis Madonnen, seine Venus, die Rembrandtschen Weiber, die besitzen ihre eigene Bedeutung. Mit Stillleben und Rosenblüten, mit Seestücken, mit Bergschluchten und Kreidefelsen wäre diese enorme Wirkung nie zu erreichen gewesen. Sag selbst, Jan, wem würdest du lieber begegnen, dem alten Botticelli oder vielleicht doch eher dem Modell seiner Venus, na? Von wem träumst du, wenn du diese Bilder siehst, vom Maler oder von dem Mädchen? Also redet mir nicht abfällig von den Modellen, wenn ihr mich nicht ärgern wollt. Ich jedenfalls bete sie an. Ich knie vor ihnen.«

»Nicht nur das«, sagte Charlotte spitz.

»Gut, gut, gut, Lottchen. Lass gut sein. Wir wollen unsere Gäste nicht langweilen. Ich rede halt, wie mir der Schnabel gewachsen ist. Vielleicht bist du die große Ausnahme, Mädchen, und bekehrst mich. Kann ja sein. Bring mir ein paar Arbeiten, zeig mir etwas vor. Wenn du mich überzeugen kannst, wirst du in mir den glühendsten Verehrer finden.«

»Nein. Und ich brauche auch keine Protektion. Ich bin rein zufällig hierhergekommen. Ich habe Jan begleitet, ich wusste gar nicht, dass er zu Ihnen wollte, er hat es mir vorher nicht gesagt.«

»Kratz mir nicht die Augen aus, schöne Frau. Weißt du, ich habe erlebt, dass Frauen nur deshalb Malerinnen wurden, weil sie auf andere Art nicht mit ihren Gefühlen umgehen konnten, weil sie außerhalb der Malerei völlig gefühllos sind. Sie brauchen das Malen, weil sie sich sonst umbringen würden. Ich kenne große Schauspielerinnen, die die Bühne brauchen, weil sie nicht lieben können. Sie benutzen die Bühne und das Spielen, um das zu erleben und auszuleben, was ihnen das Leben verweigert hat.«

»Und? Sind es deshalb schlechte Bilder? Sind diese Frauen keine Maler, taugen sie nichts?«, erkundigte ich mich.

Charlotte unterbrach uns und bat ihren Mann, von etwas anderem zu reden, es werde langweilig.

»Was habe ich denn gesagt?«, brauste Kronauer auf, »ihr habt mich gefragt, und ich habe meine Meinung gesagt. Das ist kein Grund, böse zu werden. Jetzt trinken wir alle ein Glas, und dann zeige ich euch ein paar Arbeiten von mir, wenn ihr wollt. Und dann kannst du mir auch sagen, was du davon hältst. Du brauchst keinerlei Rücksicht zu nehmen, ich vertrage ein offenes Wort, verehrte Dame.«

Charlotte bat mich, ihr in der Küche zu helfen. Erleichtert nahm ich die Gelegenheit wahr, aufzustehen und diesem selbstgerechten Scheißkerl nicht mehr zuhören zu müssen. Auf den drei großen Küchentischen stapelten sich dreckige Töpfe und Teller, dazwischen lagen Küchenabfälle und aufgerissene Packungen.

»Wollen wir den Abwasch machen?«, fragte ich.

Sie schüttelte den Kopf. »Das hat Zeit. Das mache ich morgen früh mit meiner Frau Baumann. Ärgere dich nicht über Kronauer, Paula. Am besten, du lachst einfach über das, was er sagt.«

»Ich habe ihm nichts getan. Wieso fällt er über mich her?«

»Komm, machen wir einen Spaziergang. Ich gebe dir meine Fellstiefel und eine dicke Kapuzenjacke, damit du nicht frierst.«

Sie öffnete die Tür zum Wohnzimmer und sagte den Männern, dass sie mir die Gegend zeigen würde, wir wären in einer Stunde zurück. Im Flur holte Charlotte für mich einen Pullover aus dem großen Bauernschrank, und wir packten uns warm ein. Zum Schluss wickelte sie mir noch einen riesigen Wollschal um Kopf und Schulter.

9.

»Zuerst zeige ich dir den Garten«, sagte sie und stapfte voraus. Wir gingen an Kronauers Atelier vorbei zu den hinteren Stallungen und durch einen früheren Pferdestall, er schien noch intakt zu sein, aber es gab keine Tiere mehr. Wir öffneten die hintere Stalltür und standen auf freiem Feld. Eine flache Landschaft zog sich in leichten Wellen weit hin, ein Waldrand war mehr zu erahnen, als zu sehen, eine Senke mit drei riesigen Eschen war der einzige Blickfang in den sich endlos hinziehenden Feldern.

»Das musst du im Frühjahr sehen, wenn es hier grün

wird und gelb. Ich habe es am liebsten, wenn sie Raps anbauen, aber meistens ist es Mais, Futtermais. Dann hole ich mir die jungen Kolben, die noch ganz weich sind. Vor einem Jahr standen hier Sonnenblumen, stell dir das vor, das Feld kilometerlang mit Sonnenblumen. – So, und da ist mein Garten.«

Sie zeigte auf ein mit einem Drahtzaun abgetrenntes Feldstück, das sich am Stall und der Mauer entlangzog und von Obstbäumen begrenzt wurde. Zum Teil war die Erde umgegraben, am Zaun waren Beerensträucher zu sehen, ein paar kleine Gewürzsträucher ragten blattlos und verfroren aus der kahlen Erde, das Gärtchen wartete auf das Frühjahr. Charlotte öffnete die Tür und betrat den Garten, ihre Füße dabei sorgsam zwischen die nicht vorhandenen oder zumindest nicht erkennbaren Pflanzen setzend.

»Hier kommen im nächsten Jahr die Erdbeeren hin, die Tomaten setze ich direkt an die Mauer, wegen der Speicherwärme, verstehst du? Die Tomatenpflanzen ziehe ich selber. Hierhin kommen die Gurken, dort der Kopfsalat und Radieschen und Dill, ganz viel Dill. Dahinter Radicchio, Zucchini, Sellerie, Fenchel, Kresse und Lauchzwiebeln. Seit ein paar Jahren mache ich immer drei, vier Reihen Kartoffeln, eine frühe Sorte, es schmeckt einfach besser, was man selber anbaut. Und dann etwas Pastinak, Rettich und Möhren. Aber vor allem Kräuter, Borretsch, Pimpinelle, Koriander, dann Liebstöckel, Rosmarin, Thymian und so weiter. Und das Übliche, also Schnittlauch und Petersilie, Basilikum, winterharten Salbei und Minze. Mit Kräutern packe ich den ganzen Garten voll. Voriges Jahr hatte ich Ysop, hat mir gar nicht geschmeckt, da ist mir die Zitronenmelisse lieber, die kannst du genauso verwenden. Und Majoran baue ich nicht mehr an, dafür nehme ich Oregano.«

Charlotte lief in ihrer dicken Felljacke durch den winterlich tristen Garten und verwies wie ein General bei jeder Pflanze auf ein bestimmtes Stück Erde, offenbar hatte sie bereits genau festgelegt, wohin sie im kommenden Frühjahr die verschiedenen Gemüse pflanzen und wo sie ihre Kräuter anbauen wollte. Sie strahlte mich an und wartete, was ich dazu sagen würde. Ich nickte hilflos.

»Gefällt es dir?«, fragte sie, da ich nichts sagte.

»Nun ja. Noch ist nicht viel zu sehen, Charlotte.«

Sie schaute überrascht auf ihren Garten und brach dann in ein Gelächter aus.

»Nicht viel zu sehen, das ist die Übertreibung des Jahres. Du musst mich für verrückt halten, Paula, außer dem Salbeistrauch gibt es gar nichts zu sehen, aber in der Arbeit mit meinem Gärtchen gehe ich völlig auf. Wenn du wüsstest, wie ich auf die Sonne warte, auf das Frühjahr, damit ich endlich wieder in der Erde wühlen kann.«

»Ich kann es mir vorstellen.«

»Ich sei eigentlich eine Bäuerin, sagt Kronauer immer, und er hat wahrscheinlich gar nicht so Unrecht. Aber lass uns spazieren gehen. Wollen wir in unser Wäldchen? Bis zum Wald ist es zu weit, da müssten wir mit dem Auto fahren. Willst du?«

»Gehen wir zu dem Wäldchen.«

»Seid ihr schon lange zusammen?«

»Ich bin mit Jan nicht zusammen. Ich glaube, er hätte es gern, aber ich will nicht.«

»Er ist sympathisch. Ich habe ihn ganz gern«, sagte sie, und fügte hinzu: »Und es wäre eine gute Partie für dich.«

»Danke, aber eine gute Partie, das hatte ich bereits. Das hatte ich bereits zweimal.«

»Das hört sich nicht gut an.«

»Das war auch nicht gut. Lieber einen armen Studenten, den ich durchfüttern muss, als diese unentwegt eingeforderte Dankbarkeit.«

»Da hast du vermutlich Recht. Es ist allerdings bequemer, wenn man nicht jeden Pfennig zweimal umdrehen muss.«

»Wie ist das mit Kronauer? Ihr seid schon lange zusammen, oder?«

»Neun Jahre. Eine lange Zeit. So lange war Kronauer mit keiner Frau zusammen, darauf kann ich mir was einbilden. Aber möglicherweise liegt es nur am Alter, er ist immerhin bald sechzig, zweiundzwanzig Jahre älter als ich. Warst du mal mit einem Älteren zusammen, ich meine, mit einem viel Älteren?«

»Ja. Das war so eine der guten Partien, um die mich alle beneideten. Irgendwann habe ich es einfach nicht mehr ausgehalten und bin abgehauen.«

»Und jetzt?«

»Jetzt lebe ich allein.«

»Und du kommst zurecht?«

»Wunderbar.«

»Auch mit der Arbeit?«

»Es geht. Es ist schwierig, wenn man ganz am Anfang steht. Ich habe keinen Namen, keine Käufer, da muss man Klinkenputzen gehen. Da ist Gebrauchskunst gefragt und nicht Kunst. Meine Bilder mache ich nur für mich, und ansonsten muss ich hoffen, dass es eines schönen Tages klappt. Und wie ist das mit euch beiden?«

»Ach, weißt du, das ist eigentlich eine Kameradschaftsehe. Ich kümmere mich ein wenig um seine Sachen und um den Haushalt. Wir essen zusammen, und wir sitzen zusammen vor dem Fernsehapparat. Und wenn er eine Ausstellung hat, dann präsentiert er mich wie eins seiner Bilder. Ich bin Teil seines Œuvres. Und ansonsten lebt er sein Leben, und ich leb meins. Im Bett ist nicht mehr viel los. Ab und zu hat er ein Verhältnis, findet ein junges dummes Ding. Meistens ist das eins seiner Modelle, weil er sich bei denen nicht anstrengen muss. Aber das ist bei ihm nie etwas Ernsthaftes. Unzufrieden bin ich jedenfalls nicht. Und wenn es erst März wird und ich in den Garten kann, dann bin ich glücklich.«

»Pflanzen sagen dir eher zu?«

»Lach nicht, aber so ist es. In meine Kräuter bin ich vernarrt. Dabei habe ich das alles erst durch Kronauer kennengelernt. Ich bin nämlich ein Stadtkind, habe nie auf dem Lande gelebt, habe mit zwanzig Jahren zum ersten Mal gesehen, wie etwas wächst. Dieses Gedeihen und Reifen, ich hatte es früher nie wahrgenommen, ich kannte das alles nur aus den Schulbüchern. Und jetzt rede ich sogar mit meinen Pflanzen. Dann kauere ich vor einer Lauchstange und rede mit ihr. Ganz schön verrückt, wie!«

»Schön. So gut geht es mir nicht. Vielleicht sollte ich mir einen Hund anschaffen. Mit dem kann ich dann auch reden.«

»Oder doch einen Mann. Denn das gibt es doch auch noch, die Liebe.«

Wir waren an dem Wäldchen angekommen, einem tatsächlich sehr kleinen Wald, hundert Meter im Geviert. Die Nadel- und Laubbäume standen fast verloren zwischen den riesigen Feldstücken der Genossenschaft. Charlotte sagte, dass sie hier das ganze Jahr über Pilze suchten, auch im Winter würde sie welche finden, dann hole sie sich Baumpilze, die würden immer wachsen. Sie zeigte mir eine Stelle, in der sie im Frühjahr, ohne es zu merken, in ein Frischlingsnest getreten war. Die Frischlinge seien laut quiekend auseinandergestoben, und sie sei atemlos nach Hause gerannt, sie hätte keine Lust auf eine Begegnung mit der erzürnten Wildsau gehabt. Auf dem Heimweg erzählte sie von den Leuten, die sich in den letzten Jahren in der Umgebung angesiedelt hatten, Maler und Grafiker und Töpfer vor allem, Aussteigertypen, die irgendwie alternativ leben wollten und mit denen sie gelegentlich Kontakt habe. Sie habe einigen geholfen, ein leerstehendes Bauernhaus oder ein Gehöft zu finden.

»Wenn du mal etwas suchst, gib Bescheid. Ich finde auch für dich das Richtige. Ich kenne die Gegend, ich komme mit den Bauern zurecht, du musst mir nur sagen, was du dir vorstellst, wie groß es sein soll, im Dorf oder lieber abgelegen, so einen Ausbau, wie wir haben, oder mitten auf dem Dorfplatz. Gelegentlich stehen auch schöne Pfarrhäuser leer.«

»Du musst uns nachher zurückfahren«, begrüßte mich Jan, als wir ins Haus zurückkamen. Es war überflüssig zu fragen, wieso. Ich sah die Flaschen auf dem Tisch und merkte daran, wie er sprach, dass er nicht mehr nüchtern war. Die Fahrt mit ihm war nun wirklich zu einer Überraschung geworden, freilich zu keiner ungewöhnlichen, denn dass ich einen angetrunkenen Herrn nach dem Besuch bei Freunden zurückzufahren hatte, das kannte ich von Hans wie von Waldschmidt.

»Dann sollten wir uns bald auf den Weg machen«, sagte ich, »ich fahre nicht gern nachts, und außerdem bin ich noch nie mit deinem Auto gefahren.«

»Nur nichts überstürzen«, meinte Kronauer. »Bevor ich euch gehen lasse, will ich Jan und dir meine Arbeiten zeigen. Das wird dich interessieren, das vermute ich doch. Als Kollegin.«

Er stand schwerfällig auf und musste sich für Sekunden an der Tischkante festhalten, um sein Gleichgewicht wiederzugewinnen.

»Aber allzu viel ist gar nicht im Haus«, fuhr er fort,

»ich habe zur Zeit drei Ausstellungen gleichzeitig, da habe ich alles zusammenkratzen müssen, was ich noch nicht verkauft hatte. Gehen wir ins Atelier.«

»Wollt ihr noch etwas essen, bevor ihr losfahrt?«, fragte Charlotte, »ach, was frage ich. Ich mach uns etwas, während euch Frieder seine Gemälde vorführt.«

Kronauer holte ein paar gerahmte Leinwände aus dem Gestell an der schmalen Wand des Ateliers und lehnte sie gegen die Wand. Dann zog er zwei große Mappen aus einer Schublade, legte sie auf den Tisch, löste die Verschnürung und forderte uns auf, uns alles anzusehen. Er schien mit sich und seinen Arbeiten sehr zufrieden zu sein. Jan redete fortwährend. Bei jedem Ölbild und zu jeder der Bleistift- und Kohlezeichnungen gab er etwas Lobendes von sich, alle Arbeiten gefielen ihm unterschiedslos, es gab kein einziges Bild, das ihm die Sprache verschlagen hätte. Ich versuchte, nicht darauf zu hören, was er sagte, stellte mich vielmehr schweigend vor die gerahmten Arbeiten und blätterte langsam und ohne etwas zu sagen, die Blätter um. Ich hasste Kronauer, aber ich musste eingestehen, dass er wirklich ein guter Maler war, besser als Waldschmidt und all die anderen, die wir an der Schule hatten.

»Na?«, fragte Kronauer mich schließlich. Er war sich sicher, dass ich von seinen Arbeiten tief beeindruckt war. Deshalb fiel es mir schwer, ihm das zu sagen, doch ich nahm mich zusammen und teilte ihm meine Meinung mit, und bei ein paar Arbeiten ging ich auf Details ein, was ihm besonders gefiel.

»Von Kunst verstehst du etwas, Mädchen«, sagte er zufrieden, »wenn du auch so gut malen kannst, dann bist du vielleicht doch die große Ausnahme. Bring beim nächsten Mal ein paar Blätter mit. Hab keine Angst, es ist doch gar nicht sicher, dass sie mir nicht gefallen. Kunst muss man vorzeigen, Kunst braucht Publikum, sonst wird sie stockig.«

»Ich habe keine Angst.«

»Wunderbar. Also, beim nächsten Mal sehe ich etwas von dir.«

Jan wollte etwas kaufen, er fragte bei zwei Arbeiten nach den Preisen.

Kronauer sagte lachend: »Das will ich dir nicht antun, mein Lieber. Meine Freunde will ich nicht ausplündern, nein, nein, nein, kommt überhaupt nicht in Frage.«

Er nahm eine Kohlezeichnung aus einer Mappe, es war ein Blatt, das ich besonders gelobt hatte, rollte es zusammen und gab es Jan.

»Das Blatt schenke ich euch beiden. Oder gib es noch mal her, ich will noch meinen Wilhelm druntersetzen.«

Aus der Jackentasche holte er einen Stift und schrieb schwungvoll »für Jan und« darunter, dann setzte er den Stift ab und fragte mich: »Wie heißt du doch gleich?«

»Paula Trousseau«, sagte ich.

»Paula reicht«, unterbrach er mich, setzte meinen Namen dazu und unterschrieb.

»Und für wen von uns beiden ist dein schönes Geschenk?«, fragte Jan. »Wir leben nicht zusammen, so intim sind wir nicht.«

»Ja, dann habt ihr ein Problem«, meinte Kronauer, »noch ein Blatt rücke ich nicht heraus. Wenn ihr meine Kunst mögt, dann müsst ihr halt zusammenziehen.«

»Das wäre eine Möglichkeit«, erwiderte Jan, »und ich glaube, ich hätte nichts dagegen. Aber die Dame ist da leider anderer Ansicht.«

»Streng dich an, Junge. Frauen wollen erobert werden.«

Er zögerte einen Moment, dann reichte er mir das zusammengerollte Blatt.

Charlotte hatte einen Teller mit belegten Broten auf den Tisch gestellt und Kaffee und Tee gemacht. Ich hatte keinen Appetit und aß nur eine halbe Schnitte. Bevor wir losfuhren, gab mir Charlotte noch ein Glas mit Walnüssen, die sie mit Schale selbst eingelegt hatte.

»Kennst du das? Man muss sie sehr früh ernten, wenn die Schale noch weich ist. Dann werden sie mehrmals durchstochen und kommen in eine Tunke mit viel Alkohol. Probier es daheim, vielleicht schmeckt es dir.«

Ich dankte ihr und küsste sie auf beide Wangen.

10.

Eine Woche vor Weihnachten fuhr ich nach Leipzig. Ende des Jahres gab es für mich viel zu tun, neben meinen eigenen Arbeiten und den lästigen Aufgaben für die Gewerkschaftszeitung hatte ich zwei Aufträge bekommen, zwei Porträts in Öl sollte ich malen, von einer jungen Frau und von einem fünfjährigen Kind. Die beiden Auftraggeber hatte mir Jan vermittelt, es waren Freunde und Kollegen von ihm. Sie waren mit Jan zu mir in die Wohnung gekommen, hatten sich ein paar Arbeiten angesehen und mir dann umstandslos die Aufträge ohne Auflagen erteilt. Ich hatte ihnen nur zu versprechen, dass die Porträtierten wiedererkennbar sein müssten. Ein vernünftiges Bild von seinem Jungen wolle er haben, kein abstraktes, sagte einer der beiden Männer, eins, wo die Augen und Nase dort sind, wo sie hingehören, und nicht irgendwo am Hinterkopf. Das Frauenporträt musste am Tag vor Weihnachten übergeben werden, das Kinderbild zum Jahreswechsel. Zweimal war ich bei den Auftraggebern in der Wohnung, um zu skizzieren, doch als ich an der Leinwand arbeitete, bestellte ich die Frau und das Kind zu mir in die Wohnung. Ich war also sehr beschäftigt, fuhr aber dennoch für einen Tag nach Leipzig, ich wollte Cordula sehen.

Sie war jetzt vier Jahre alt, vier Jahre und zehn Monate, und ich hatte sie seit genau einundzwanzig Monaten nicht mehr gesehen. Ich hatte einige Male in Leipzig angerufen, manchmal war Hans am Apparat, manchmal eine Frau, es war immer dieselbe, die wortlos den Hörer beiseitelegte und Hans rief, sobald ich mich meldete und nach Cordula fragte. Die Frau hatte nie mit mir gesprochen, kein Wort. Ich wusste nicht, ob sie seine neue Freundin oder Frau war oder nur eine Haushaltshilfe, vielleicht hatte Hans sie als Kindermädchen eingestellt, wie auch immer, jedenfalls musste er sie angewiesen haben, mir keinerlei Auskünfte über meine Tochter zu geben. Hans war am Telefon stets ironisch und sehr reserviert. Er brachte es sogar fertig, mich stets nach dem Grund meines Anrufs zu fragen, und er war nicht bereit, mir etwas von Cordula zu erzählen. Er sagte jedes Mal, es gehe ihr gut, oder vielmehr, es würde ihnen gut gehen. Ein einziges Mal erkundigte ich mich, ob Cordula nach mir frage, ob sie mich vermisse. Anstatt zu antworten, hatte er nur gelacht, ganz laut und scheinbar herzlich, als hätte ich einen sehr guten Witz gemacht.

Nach jedem dieser wenigen Anrufe war ich völlig erschöpft und schwitzte. Ich saß dann im Sessel und heulte nur noch, ich war unfähig, zu arbeiten, zu lesen, ich konnte nicht einmal die einfachsten Arbeiten in der Küche erledigen, und irgendwann hatte ich es aufgegeben, seine Telefonnummer zu wählen. Am letzten Samstag vor Weihnachten setzte ich mich früh in die Bahn und fuhr nach Leipzig. Ich hatte mich am Vortag dazu entschlossen. Ich hatte Kathi in ihrem Warenhaus besucht, mit ihr in der Kantine etwas gegessen und bummelte anschließend durch die Verkaufsetagen. Ich suchte nichts, ich wollte nichts kaufen, ich sah mir die Leute an. Die Kunden, es waren vorwiegend Frauen, wirkten nicht feierlich, sondern schienen abgehetzt und ruhelos. Stand eine Traube von Menschen um einen Verkaufsstand, bemühten sie sich eilig herauszufinden, was es dort zu kaufen gab, um sich dann anzustellen oder weiterzuhasten. Ungeduldig warteten sie darauf, bis eine der Verkäuferinnen Zeit für sie fände, oder sie drängten sich vor, unterbrachen mit einer Frage ein Gespräch und warteten kaum die Antwort ab. Alles war in Bewegung, friedlos, unglücklich.

Ein kleines Mädchen weinte laut und herzzerreißend. Sie hielt eine Puppe fest umklammert, ihre Mutter bemühte sich, sie ihr aus den Händen zu reißen, was das Kind zu immer verzweifelterem Weinen brachte. Das Mädchen musste vier oder fünf Jahre alt sein, ein kleines Bündel von Energie, Zorn und Schmerz. Ihre Mutter riss ihr schließlich die Puppe aus den Armen, warf sie auf einen der Tische und eilte, das Kind an einer Hand hinter sich herziehend, weiter, wobei sie mit ängstlichen, nervösen Vogelaugen die Waren begutachtete, an denen sie vorbeirannte. Das Kind hörte nicht auf zu schreien. Ich nahm die hingeworfene Puppe in die Hand und ging mit ihr zu einer der Kassen, um mich dort anzustellen. Erst nachdem ich mich an das Ende der Käuferschlange gestellt hatte, wurde mir klar, dass ich die Puppe für Cordula haben wollte, dass ich sie ihr schenken wollte, dass ich zu ihr nach Leipzig fahren würde.

Ich wusste nicht, wie ich es anstellen sollte, Cordula zu sehen, ich wusste nicht, was mich erwarten würde, ob ich Hans sehen müsste, ob er es erlauben oder verhindern würde, dass ich meine Tochter sehen konnte. Vor allem wusste ich nicht, was ich zu Cordula sagen sollte. Ich hoffte, sie würde mich wiedererkennen. Ich hatte Angst davor, dass sie mich hasste.

Ich hatte mich für diesen Tag entschieden, weil Cordula am Samstag sicher daheim war und Hans wie gewöhnlich arbeitete und sein Wochenende erst gegen zwei Uhr nachmittags begann, jedenfalls war er früher nie eher zu Hause erschienen. Ich hoffte, dass ich nur Cordula und jene Frau antreffen würde, die sich gelegentlich am Telefon gemeldet hatte. Mit einer Frau, dachte ich, käme ich leichter zurecht, wer auch immer sie sein möge. Sie würde es mir nicht abschlagen, Cordula zu sehen, sie würde verstehen, dass eine Mutter ihr Kind sehen muss, und wenn es nur einmal im Jahr ist. Vom Hauptbahnhof fuhr ich mit der Straßenbahn in die vertraute Gegend. Je näher ich seinem Haus kam, umso ängstlicher wurde ich. Alles war unverändert, der Vorgarten allerdings sah gepflegter aus als zu meiner Zeit, er war schön und langweilig. Als ich klingelte, öffnete eine junge Frau die Tür und fragte, was ich wünsche. Sie war genauso alt wie ich, vielleicht sogar jünger, ich sah auf den ersten Blick, dass es kein Kindermädchen war und keine Haushaltshilfe, sondern die Neue von Hans. Ich erriet es, weil sie mir ähnelte. Ich nannte meinen Namen und fragte, ob ich Cordula sehen könnte.

»Das kann ich nicht entscheiden«, sagte die junge Frau, »da muss ich erst nachfragen. Wollen Sie in einer halben Stunde wiederkommen?«

»Ja, fragen Sie bitte. Ich warte.«

Sie schloss die Haustür, der Schlüssel drehte sich zweimal, und ich stand in der Kälte vor der Tür, überrascht, dass sie mich nicht ins Haus gebeten hatte, damit ich drinnen warten könne, bis der gnädige Herr entschieden habe. Ich hatte allen Mut zusammennehmen müssen, um diese Fahrt anzutreten, aber nun, frierend vor der geschlossenen Tür, schmolz mein Selbstvertrauen dahin. Ich ging durch den Vorgarten auf die Straße zurück und lief dort auf und ab, die Tür im Blick, um sofort zurückzukehren, sobald sie sich öffnen sollte. Ich kontrollierte unauffällig alle Fenster, ich hoffte, irgendwo den Kopf meiner Tochter zu sehen. Nach zehn Minuten fuhr ein Auto vor. Hans stieg aus, kam auf mich zu und fragte verärgert, was ich wünsche.

»Ich möchte Cordula sehen.«

»Ach was!«, sagte er empört, »die Dame kommt nach zwei Jahren hier an, um ihre Tochter zu sehen. Das ist ja eine überbordende Maßlosigkeit von Mutterliebe. Wie kommst du nur darauf, dass du sie sehen kannst? Ich jedenfalls will es nicht, und Cordula legt auch keinen Wert auf ihre Rabenmutter.«

»Es ist Weihnachten, Hans. Bitte, lass mich Cordula sehen. Nur für eine Stunde.«

»Ja, es ist Weihnachten. Die Zeit ist aufregend genug, da will ich meine Tochter nicht noch unnötig beunruhigen.«

»Bitte. Ich bitte dich.«

»Nein. Cordula und ich haben die fatale Katastrophe Paula einigermaßen überstanden, und ich habe nicht vor, bei meiner Tochter alte Wunden aufzureißen. Sie hat eine neue Mama, mit der sie sehr zufrieden ist. Die neue Mama liebt sie nämlich. Wenn noch irgendetwas zu klären ist, deine Anwältin kann sich an meinen Anwalt wenden.«

»Ich liebe sie auch.«

»Ach was! Das hätte ich nie im Leben vermutet. Und nun geh bitte. In das Haus jedenfalls kommst du nicht, und Cordula wirst du auch nicht sehen. Und falls diese hässliche Puppe für Cordula sein soll, nimm sie wieder mit. Puppen hat das Kind mehr als genug, und sehr schöne.«

Er drehte sich um, ging zu seinem Wagen und verschloss ihn. Dann lief er an mir vorbei, die Haustür öffnete sich, und er verschwand. Ich ging zur Straßenbahnhaltestelle zurück, an der Straßenecke blieb ich stehen und beobachtete minutenlang das Haus, aber es war nichts zu sehen, keine Bewegung an der Tür, kein Gesicht an einem der Fenster und schon gar nicht Cordula. In der Straßenbahn kam ein kleines Mädchen vom gegenüberliegenden Sitz zu mir gelaufen, um sich die Puppe anzusehen. Als die Bahn auf den Bahnhofsvorplatz einbog, stand ich auf und drückte dem Mädchen das missglückte Weihnachtsgeschenk in die Arme. Dann stieg ich rasch aus, ich hörte, wie die Mutter des Kindes protestierte, aber ich wandte mich nicht mehr um.

11.

Die Tür öffnete sich und eine Frauenstimme sagte: »Frau Plasterer, bitte!«

Eine blondierte Frau erschien im Türrahmen, schaute auf das Mädchen, das auf einem der Stühle im Flur saß, und sagte überrascht: »Ach, du bist das. Komm bitte rein.«

Das Mädchen stand auf, blieb vor dem Stuhl stehen und sagte trotzig: »Ich will zu Doktor Reddach. Ich habe bei Doktor Reddach einen Termin.«

»Der ist nicht da. Der Psychiater hat in seinem Krankenhaus Dienst. Und du kommst zu mir, so habe ich es mit Doktor Reddach abgemacht.«

»Ich kenne Sie nicht, ich habe Sie hier nie gesehen. Ich will nur mit Doktor Reddach sprechen. Oder ich gehe wieder. Ich muss hier nicht herkommen«, fauchte Paula.

»Nun komm erst mal rein, Mädchen. Ich bin Luise Junghans, ich bin die Sozialarbeiterin. Wir beide haben uns noch nicht gesehen, weil ich meistens außer Haus zu tun habe. Nimm bitte Platz.«

»Ich will nicht mit Ihnen sprechen. Wenn Herr Doktor Reddach keine Zeit hat, dann gehe ich wieder. Ich bin schließlich freiwillig hier.«

»Natürlich bist du freiwillig hier. Und wenn du gehen willst, wird dich keiner aufhalten. Alles, was ich von dir will: ich möchte dir helfen. Ich darf dich duzen?«

»Das ist mir egal.«

»Dann duze ich dich. Und du kannst mich auch duzen, ich heiße Luise. Ich finde, es redet sich dann besser.«

Luise Junghans war eine rundliche, mütterlich wirkende Person. Sie setzte sich an den Clubtisch vor ihrem Schreibtisch und wies mit einer einladenden Handbewegung auf den zweiten Sessel. Paula setzte sich zögernd und misstrauisch.

»Möchtest du etwas trinken? Ich kann dir Cola oder Selterswasser anbieten.«

Paula schüttelte den Kopf.

»Und eine Zigarette? Aber du erlaubst, dass ich rauche, ja?«

»Ich weiß überhaupt nicht, was ich hier soll.«

»Wir wollen dir helfen, das ist alles.«

»Ich brauche Ihre Hilfe nicht.«

»Doch, Paula, du brauchst Hilfe. Sonst wäre das nicht passiert. Wenn ein Mensch so weit geht, wie du gegangen bist, dann braucht er Hilfe, sogar dringend. Und nur zu diesem Zweck gibt es unseren Beratungsdienst. Doktor Reddach und Herr Hähnel und ich sind für dich da. Sag, wie wir dir helfen können.«

»Es geht mir gut. Ich brauche keine Hilfe. Ich habe keinerlei Probleme.«

»Paula, was du gemacht hast, das war ein Hilfeschrei. Wir wollen dir helfen, aber lass dir bitte auch helfen.«

»Ich brauche keine Hilfe. Und ich gehe nie wieder in ein Heim. Nie wieder.«

»Das musst du auch nicht. Dass man dich vor zwei Jahren in ein Heim gesteckt hat, halte ich für einen dummen Fehler. Solche Heime sind nichts für dich, schließlich bist du kein Waisenkind, und du bist auch nicht schwer erziehbar. Du hast große Probleme, unlösbar für dich allein, und da möchten wir dir gern helfen.«

»Wissen Sie, was mein Problem ist? Dass mir immerzu alle helfen wollen. Das nervt, aber wirklich.«

»In ein Heim willst du nicht, einverstanden. Und zu Hause, wie geht es da? Kommst du mit deinen Eltern zurecht?«

»Kein Problem.«

»Wirklich nicht?«

»In einem halben Jahr ziehe ich sowieso aus. Ich gehe zur Schwesternschule nach Leipzig. Ich lerne Krankenschwester.«

»Wunderbar. Das ist ein schöner Beruf, Paula. Und in dem halben Jahr willst du daheim wohnen bleiben? Schaffst du das?«

»Warum nicht? Ist doch nur ein halbes Jahr.«

»Es gibt andere Möglichkeiten. Ich könnte dir helfen, im betreuten Wohnen unterzukommen. Da wohnen fünf, sechs Mädchen zusammen in einer Wohnung, und ihr habt eine Betreuerin, die nur für euch da ist.«

»Ich gehe nicht ins Heim.«

»Es ist kein Heim, Paula. Eine Wohngemeinschaft mit Betreuung. Da wärst du mit Mädchen zusammen, die es zu Hause nicht mehr aushielten. Ich habe meine Erfahrungen. Wenn ein Mädchen in deinem Alter so was macht, dann stimmt meistens zu Hause etwas nicht. Diese Mädchen versuche ich dann aus der Familie herauszunehmen. Ich kann mit deiner Mutter oder mit deinem Vater sprechen.«

»Das ist zwecklos. Und in ein Heim gehe ich nicht.«

»Es ist kein Heim. Wenn du willst, können wir uns eine solche Wohnung einmal ansehen. Es wird dir gefallen.«

»Kann ich mir eine Zigarette nehmen?«

»Bitte. – Du hast den Krankenschein gefälscht, Paula.«

»Habe ich nicht.«

»Hast du. Ein Krankenschein ist eine Urkunde, und wenn du da etwas veränderst, auch nur eine einzige Zahl, so ist das eine Urkundenfälschung. Verstehst du, was das bedeutet?«

»Ich habe an diesem verdammten Schein nichts verändert. Ich habe ihn genau so abgegeben, wie ich ihn bekam. Vielleicht haben die im Krankenhaus sich geirrt und etwas Falsches hingeschrieben, was weiß ich.«

»Du hast aus einer Drei eine Acht gemacht. Du wolltest nicht, dass man am Krankheitsschlüssel erkennt, was du getan hast. Das ist sehr dumm.«

»Ich habe es so satt. Ich will nicht mit tausend Leuten darüber sprechen. Warum kann man mich nicht einfach in Ruhe lassen?«

»Es gibt ein zusätzliches Problem, Paula. Ich war vorgestern in deiner Schule, ich wollte mit deiner Klassenlehrerin sprechen und mit deinem Direktor.«

»Warum denn das! Ich will das nicht. Wenn Sie mir helfen wollen, dann quatschen Sie nicht überall über mich. Das wäre eine Hilfe.«

»Ich habe mit ihnen nicht gesprochen. Noch nicht. Der Schuldirektor ist dein Vater, nicht wahr? Eigentlich müssten wir deine Schule informieren, das ist unsere Pflicht, aber in deinem Fall ... Ich weiß noch nicht, wie wir entscheiden werden, das muss ich mit Doktor Reddach absprechen. Schließlich wollen wir dir nicht schaden, sondern helfen.«

»Ist mir doch egal.«

»Und wir werden es auch nicht an deinen zukünftigen Lehrbetrieb weitermelden. Deine Ausbildung als Krankenschwester wäre gefährdet. Suizidgefährdete Krankenschwestern, das haben die Krankenhäuser nicht gern. Die müssen sich darauf verlassen können, dass mit den Medikamenten gewissenhaft umgegangen wird. Doktor Reddach meint, dass du nicht mehr gefährdet bist. Er glaubt, du hast etwas gelernt. Er legt die Hand für dich ins Feuer, enttäusche ihn nicht.«

»Ist das alles? Kann ich jetzt gehen?«

»Doktor Reddach hat sich sehr für dich eingesetzt. Das ist sehr mutig von ihm, ich hoffe, du weißt das zu schätzen. Bitte überlege dir das mit dem betreuten Wohnen. Wir glauben hier alle, es wäre für dich das Beste.«

»Was für mich das Beste ist, weiß ich selber. Dazu brauche ich keinen Rat.«

»Lebst du denn nicht gern, Paula?«

»Was soll denn das? Was ist denn das für eine Frage?«

»Du hast dein ganzes Leben noch vor dir. Du wirst noch wunderbare Dinge erleben.«

»Jaja.«

»Du hast bald einen Beruf, den schönsten Beruf der Welt. Du verdienst dein eigenes Geld, du wirst einen Freund haben, wirst Kinder bekommen. Eines Tages wirst du darüber lachen, über das, was du dir beinahe angetan hättest. Oder du wirst darüber traurig sein, wie unglücklich du einmal warst. Das Leben ist nämlich schön, Paula, sehr schön.«

»Ja, und es hat zum Glück Alternativen.«

»Was meinst du damit?«

»Nichts. Ist nur so ein Witz. Sagen alle auf dem Schulhof.«

»Solche Witze solltest du nicht machen. Das ist kein Witz bei einem Mädchen, das Tabletten geschluckt hat.

Wenn es dir wieder schlecht geht, dann denk auch an Doktor Reddach, er hat seinen Arsch für dich verwettet, Mädchen. Es gibt Leute, die auf dich setzen, die an dich glauben, denk daran.«

»War nicht so gemeint. War wirklich nur ein Witz, glauben Sie mir. Kann ich jetzt gehen?«

»Natürlich. Wir sehen uns nächste Woche, da ist Doktor Reddach wieder da. Und du überlegst dir das mit dem betreuten Wohnen? Es ist gar nicht so einfach für mich, da einen Platz zu bekommen.«

»Gut. Ich überlegs mir. In einem halben Jahr haue ich sowieso aus der Stadt ab.«

»Dann bis nächsten Mittwoch, Paula. Halt die Ohren steif, Mädchen.«

»Bis Mittwoch.«

Paula stand auf, griff nach ihrer Tasche und wandte sich zur Tür.

»Hast du nicht etwas vergessen?«

Das junge Mädchen drehte den Kopf und sah die Frau fragend an. Da diese nichts sagte, sondern sie nur erwartungsvoll anblickte, war es für einen Moment still im Zimmer. Dann huschte ein ironisches Lächeln über Paulas Gesicht. Widerstrebend sagte sie: »Danke.«

»Keine Ursache, dafür bin ich doch da.«

12.

Heiligabend war ich allein und arbeitete bis in die späte Nacht am Porträt des Jungen, das am ersten Januar fertig sein musste. Das Ölbild der jungen Frau hatte ihr Ehemann am Vortag abgeholt. Er war zufrieden, sehr zufrieden. Er war so zufrieden, dass er, nachdem er die vereinbarte Summe auf den Tisch gelegt hatte, umstandslos mit mir ins Bett gehen wollte, obgleich er wissen musste, dass ich die Freundin seines Freundes sei, denn das wird Jan behauptet oder angedeutet haben. Vielleicht war es auch nur das Geld, der Vorgang des Bezahlens. Er hatte mir Geld hingelegt, ein Bündel Scheine vorgeblättert, die ich nicht nachzählte, sondern wortlos wegsteckte, und diese Geste in der Wohnung einer Frau besaß für ihn vermutlich eine Zweideutigkeit, vielleicht gar den Hauch einer Obszönität, was ihn bewog, das Bild seiner geliebten Ehegattin verschnürt unterm Arm haltend, mich zu belästigen. Oder es war die latente Verachtung der Künstler, der lasterhaften und würdelosen Bohemiens. Oder der Frau, die von Aufträgen lebt und allen Wünschen der Kunden zu folgen hat.

Ich wehrte mich nicht, ich sagte gar nichts, ich sah ihn nur verächtlich an, woraufhin er eine Entschuldigung murmelte und mit dem Bild verschwand. Aus meiner Wohnung und aus meinem Leben. Mit dem Frauenporträt war ich zufrieden, ich konnte es vorzeigen und hätte es mir gern für eine Ausstellung ausgeliehen, doch nun hing diese Arbeit bei einem Kerl, den ich nicht wiederzusehen wünschte. Dieses Bild war mir damit für immer verloren.

An den Weihnachtsfeiertagen arbeitete ich an dem Kinderbild und an Blumenaquarellen, einer Serie von Blättern, mit denen ich vor drei Monaten begonnen hatte. Mittags rief ich bei meinen Eltern an. Sie waren empört, weil ich nicht zu ihnen gekommen war, weil ich mich höchst selten bei ihnen meldete, weil ich meinen Mann und meine Tochter verlassen hatte, weil ich allein lebte.

»Ich wünsche euch auch ein schönes Weihnachten«, erwiderte ich nur. Dann fragte ich, wann sie nach Berlin kommen wollten, sie hätten doch einen Besuch in der Hauptstadt vorgehabt. Mutter versprach, darüber nachzudenken, doch Vater nahm ihr den Hörer aus der Hand und sagte, er werde nicht kommen, er würde lieber nach Leipzig fahren, um sein Enkelkind zu sehen, um das ich mich nicht kümmern würde, wie er von Hans wisse. Ich wünschte nochmals ein schönes Weihnachtsfest, legte auf und ging in die Küche, um mir einen Tee zu machen.

Danach suchte ich die Telefonnummern von meiner Schwester und von meinem Bruder heraus und rief auch bei ihnen an. Cornelia freute sich, sie erzählte, dass sie über Neujahr mit Freunden in die Berge fahren wolle. Bei den Eltern werde sie vorbeischauen, aber keinesfalls bei ihnen übernachten, das sei ihr zu anstrengend. Sie wollte wissen, ob ich allein lebe, um mir dann zu erzählen, dass sie seit einem halben Jahr ein Verhältnis mit einem Automonteur habe, der sie wahnsinnig liebe und sie heiraten wolle. Sie überlege immerzu, ob sie sich scheiden lassen und zu ihm ziehen sollte. Ich gratulierte ihr.

Anschließend rief ich Clemens an, der im Nachbarort meiner Eltern mit einer älteren Frau zusammenlebte, mit einer Krankenschwester, die ihn vor Jahren betreut hatte. Als ich mich meldete, musste ich dreimal meinen Namen sagen, bevor er mitbekam, dass seine Schwester anrief. Dann brüllte er plötzlich jemand an, er solle die Schnauze halten, woraufhin lautes Stimmengewirr und Geschrei zu hören war. Danach wurde es ruhiger, er fragte, ob ich noch am Hörer sei, und beklagte sich dann über seine Frau und die Eltern. Bei einer weiteren Unterbrechung des Gesprächs verabschiedete ich mich und legte den Hörer auf. Er tat mir leid, er hatte eine denkbar schlechte Karte gezogen. Unglück färbt ab, ich vermied es, ihn zu treffen.

Am zweiten Feiertag ging ich mit Kathi und einem Freund von ihr essen. Heiner war der Chef einer Berliner Kaufhalle, sie hatten sich bei einem gemeinsamen Lehrgang kennengelernt. Er war den ganzen Abend uns beiden gegenüber sehr zuvorkommend und äußerst großzügig, mit Kathi ging er überaus vertraut um. Als er einmal verschwand, sagte mir Kathi, dass sie sich vorstellen könne, mit ihm zusammenzuleben, er aber leider verheiratet sei. Sie würden sich nur ab und zu sehen. Kurz vor Mitternacht sagte ich, ich müsse gehen, da ich viel zu tun hätte und früh aufstehen müsste. Heiner bestand darauf, dass wir zum Abschied noch einen Cognac und einen Kaffee trinken. Er sagte, er würde mich mit einem Taxi nach Hause bringen, aber zuvor sollten wir mit ihm in seine Wohnung kommen, er hätte noch eine Überraschung für uns, einen kleinen Weihnachtsmann. Kathi kreischte auf, ich lehnte dankend ab, und Heiner war plötzlich sehr aufgebracht. Er verlangte, dass wir mit ihm kommen, er wolle einen Abend zu dritt, so sei es vereinbart, und er akzeptiere keine Zickigkeiten. Kathi wurde verlegen und versuchte, ihn zu beruhigen, aber es war nicht zu übersehen, dass sie tatsächlich irgendetwas abgemacht hatte, dass sie mich verschachern wollte. Ich stand auf und ging zur Garderobe, Kathi kam hinterher, entschuldigte sich für ihren Freund und sagte, ich solle doch keine Spielverderberin sein. Es sei ja nur ein Spaß, alles würde nach unseren Vorstellungen und Wünschen ablaufen.

»Ich erfülle mir gerade einen Wunsch, Kathi«, sagte ich, »indem ich nach Hause gehe. Und zwar allein.«

Ich ließ sie stehen und ging rasch hinaus, um noch eine U-Bahn zu bekommen. In meinem Waggon saßen nur Angetrunkene und eine Familie mit vier völlig übermüdeten Kindern. Ich starrte in die blinden Glasscheiben auf der gegenüberliegenden Seite. Frohe Weihnachten, Paula, sagte ich zu mir.

»Fröhliche Weihnachten«, erwiderte einer der Angetrunkenen freundlich und nickte mir zu. Ich hatte wohl laut vor mich hin gesprochen.

13.

Mitte Januar bekam ich einen weiteren Auftrag, ich sollte ein großes Ölbild von einem Bauernhaus malen, dem schlesischen Elternhaus des Auftraggebers, von dem er mir nur drei vergilbte Schwarzweißfotos geben konnte. Er überließ mir die Bildgestaltung, und so begann ich mit den Skizzen zu einem Landschaftsbild, bei dem ich mich von den Fotos anregen ließ, ihnen jedoch nicht sklavisch folgen musste. Das alte Haus sollte der Mittelpunkt des Bildes werden, sich aber vollkommen in die Landschaft fügen, in deren Struktur und Farben. Das Bild, stellte ich mir vor, sollte von Bäumen und Wiesen bestimmt sein und das Haus wie ein Teil der Landschaft wirken, gewachsen und naturhaft. Bei dieser Arbeit war ich von Beginn an zufrieden, es war ein Bild, von dem ich träumen konnte.

Drei Wochen später fragte ein Verlag bei mir an, ob ich bereit sei, ein Märchenbuch zu illustrieren oder vielmehr eine Geschichte in einem Märchenbuch. Es handelte sich um eine Sammlung europäischer Märchen, vierundzwanzig verschiedene Geschichten aus vierundzwanzig Ländern, und jede Geschichte sollte von einem anderen Künstler illustriert werden. Man bat mich, Arbeiten vorzulegen, und ich brachte umgehend eine dicke Mappe von Skizzen und Aquarellen in den Verlag. Nach wenigen Tagen bekam ich einen Anruf, ich konnte mir meine Mappe wieder abholen und erhielt den Auftrag für zwei Blätter und einige Vignetten. Die Lektorin, Gerda Heber, sie war eine Bekannte von Jan, sagte mir, dass meine Arbeiten Eindruck gemacht hätten. Wenn ich den kleinen Auftrag zur Zufriedenheit der Cheflektorin ausführe, könne ich noch in diesem Jahr den Auftrag für ein komplettes Kinderbuch erhalten.

Jan hatte mir Glück gebracht. Ich bekam mit seiner

Hilfe ein paar Aufträge, ich war jetzt sicher, dass ich es schaffen würde, so sicher, wie ich es vor dem Studium war.

Jan meldete sich ab und zu. Er lud mich gelegentlich zum Essen ein, manchmal ging ich mit ihm in einen seiner geliebten Filme, und einmal im Monat erschien er, um sich meine neuesten Arbeiten anzusehen. Er war auf die freundlichste Art aufdringlich, er warb regelrecht um mich, ohne mich zu bedrängen, und wenn ich ihn nachts mit einem Kuss vor meiner Haustür verabschiedete und heimschickte und er mit traurigen Hundeaugen genau das tat, was ich von ihm verlangt hatte, war ich kurz davor, ihn zurückzurufen und mit ihm zu schlafen. Nicht, weil ich es wollte, allein seinetwegen. Und wenn ich in meiner Wohnung war und die Tür hinter mir verschlossen hatte, war ich erleichtert, dieser Laune nicht nachgegeben zu haben. Es war schön, in einer Wohnung zu leben, in der ich nur mit mir auszukommen hatte. Das war schon schwierig genug, ich musste die Umstände nicht noch komplizierter machen.

Nach dem missglückten Abend mit Kathi und ihrem Freund im Restaurant vom Newa-Hotel vermied ich es, mich mit ihr zu treffen. Ich sagte, ich hätte zu viel zu tun. Im März tauchte sie unangemeldet auf, um mir zum Geburtstag zu gratulieren. Ich war freundlich, blieb aber reserviert. Über jenen Abend und ihren Freund, oder vielmehr über ihr Verhalten, wollte ich nicht sprechen, doch sie fing immer wieder damit an. Irgendwann riss mir der Geduldsfaden, und ich sagte ihr, dass sie mich habe reinlegen wollen, sie mich hintergangen habe. Sie stritt nichts ab, wollte aber überhaupt nicht verstehen, wieso ich derart aufgebracht sei. Es sollte nur ein kleiner Spaß werden, bei dem wir beide auf unsere Kosten gekommen wären. Wir stritten uns über eine Stunde lang, ich war erregt und wurde sehr laut, sie versuchte immer wieder, mich zum Lachen zu bringen. Nachdem sie endlich begriffen hatte, wie sehr mich ihr Manöver hinter meinem Rücken verletzt hatte, entschuldigte sie sich. Und als sie mich beim Abschied fragte, ob wir nicht einmal ausgehen wollten, vielleicht zusammen mit ihrem Freund, konnte ich schon wieder lachen.

Einen Monat später fuhr ich nach Altenburg. Die Leiterin der Galerie im Lindenau-Museum hatte mich eingeladen, mir einen Brief geschrieben und ihr Interesse an meiner Arbeit mitgeteilt. Sie würde mich gern in meinem Atelier besuchen, da sie jedoch in den nächsten Wochen nicht in Berlin sei und mehrere Ausstellungen vorzubereiten und anzumelden habe, bitte sie mich, möglichst umgehend mit einer kleinen Auswahl meiner Blätter zu ihr zu kommen. Worüber wir zu sprechen hätten, sei eine Einzelausstellung, schrieb sie. Ich rief am selben Tag bei ihr an, und wir verabredeten uns für den darauffolgenden Donnerstag.

Ich fuhr in einem völlig überfüllten Zug nach Altenburg und musste während der ganzen Fahrt stehen. Da ich aber meine große Mappe ohnehin nicht im Abteil verstauen konnte und sie im Gang abstellen musste, versuchte ich erst gar nicht, nach einem Sitzplatz zu suchen. Auf Stephanie Mebus, die Galerieleiterin, musste ich eine halbe Stunde warten, aber dann nahm sie sich viel Zeit für mich und sah sich meine Blätter aufmerksam an. Sie sagte wenig dazu, was mir gefiel, eigentlich sagte sie gar nichts, ich konnte nur an ihren Augen und winzigen Kopfbewegungen erkennen, was ihr gefiel und wo sie etwas entdeckte. Als sie mit der Mappe fertig war, nickte sie anerkennend.

»Ja, ich glaube, das lohnt sich«, sagte sie, »wenn Sie

wollen, machen wir im September oder Dezember die Ausstellung, das wird in den nächsten Tagen geklärt. Wäre das Ihre erste Ausstellung?«

»Ich habe schon im Marstall ausgestellt, in Berlin.«

»Aber es ist Ihre erste Einzelausstellung?«

Ich nickte. Paula, dachte ich, du schaffst es, du hast es geschafft.

»Dann gratuliere ich Ihnen, Frau Trousseau. Immerhin ist es eine Personalausstellung mit einem kleinen Katalog. Kommen Sie, ich zeige Ihnen die Räume, in denen Ihre Arbeiten hängen werden. Augenblicklich haben wir dort Grafiken von Ferdinand Schmollmer.«

»Ich habe sie mir schon angesehen. Sie sind sehr schön.«

»Was denn? Die Grafiken oder die Räume?«

»Ich meinte die Räume. Schmollmer ist für mich ein Genie.«

»Freut mich, freut mich sehr. Er ist nämlich mein Lebensgefährte. Schauen wir uns die Galerie trotzdem noch einmal an. Ich kann Ihnen dort besser erklären, was ich von Ihnen erwarte. Und dann müssen wir noch ein paar bürokratische Dinge klären, damit ich Ihnen den Vertrag zuschicken kann.«

»Darf ich Sie etwas fragen? Wie sind Sie auf mich aufmerksam geworden?«

»Eine Empfehlung. Man hat mir vor einem Jahr Ihren Namen genannt. Ich hatte ihn mir notiert, Ihre Adresse jedoch nicht bekommen, so dass ich Sie erst jetzt erreichen konnte. Wissen Sie, ich fahre viel herum, sehe mir jede interessante Ausstellung an, spreche mit den Leuten. Und ich frage stets nach jungen Künstlern. Ich will hier nicht nur die Durchgesetzten, die Arrivierten ausstellen, auch wenn das Publikum es lieber sähe.«

»Und wer hat mich empfohlen?«

»Da bin ich mir jetzt nicht mehr ganz sicher, aber ich glaube, es war Professor Waldschmidt. War Fred Waldschmidt einer Ihrer Lehrer?«

»Ja, in Weißensee.«

»Ein ausgezeichneter Mann, den ich sehr schätze. Ich kenne ihn gut, ich bin mit ihm befreundet. Vielleicht sollten wir ihn fragen, ob er Ihre Ausstellung eröffnen könnte? Wenn wir Ihre Vernissage mit einer kleinen Rede von Waldschmidt beginnen, dann erscheint nicht nur die Lokalpresse. Was halten Sie davon? Wollen Sie ihn fragen? Oder soll ich das übernehmen?«

»Ich weiß nicht. Ich überlege es mir und gebe Ihnen Bescheid. Einverstanden?«

»Wie Sie wollen. Es ist ja nur ein Versuch. Ob er nach Altenburg kommt, ist mehr als fraglich. Aber einen Redner brauchen wir in jedem Fall. Also, wenn es nicht Waldschmidt ist, vielleicht haben Sie einen Vorschlag.«

Ich folgte ihr in die Galerieräume, anschließend setzten wir uns in ihr Büro, und nachdem alles abgesprochen war, lud ich Frau Mebus zum Essen ein. Sie schaute mich überrascht an und fragte: »Können Sie sich denn das leisten?«

»Nein«, sagte ich freimütig, »aber ich bin so glücklich.«

»Das ist sehr freundlich, doch ich bin heute bereits verabredet. Und da wir gerade darüber reden, vergessen Sie nicht, mir Ihre Fahrkarte zu schicken. Wir haben zwar kaum Geld und müssen überall sparen, aber die Reisekosten können wir ersetzen.«

Als wir uns verabschiedeten, sagte sie, dass sie mich bei ihrem nächsten Berlinaufenthalt aufsuchen werde, um weitere Arbeiten anzuschauen.

»Ihre erste Ausstellung muss ein Erfolg werden, Frau Trousseau. Und Erfolge kann man machen oder zumindest fördern. Oder auch verhindern, und dann grandios und glanzvoll untergehen. Vertrauen Sie mir und lassen Sie sich beraten. Wissen Sie, die Auswahl ist das Entscheidende. Ihre Kunst muss groß präsentiert werden, aber auch pädagogisch geschickt und politisch klug. Ich habe da einige Erfahrungen gemacht, auch sehr schmerzliche, ich weiß, wovon ich rede. Wenn ich von Ihren vorgelegten Arbeiten ausgehe, so werden wir mit Ihnen politisch wohl keine Schwierigkeiten bekommen. Oder haben Sie bei den anderen Arbeiten irgendwelche Botschaften, die Sie unbedingt an die Öffentlichkeit bringen wollen?«

»Ich verstehe Sie nicht. Was für Botschaften?«

»Wenn Sie das nicht verstehen, dann ist alles gut. Die reine Kunst, das liebe ich. Ich möchte nicht noch einmal erleben, dass eine Ausstellung am Morgen nach der Eröffnung geschlossen wird. Übrigens, sehr früh am Morgen, die Herren klingelten um sechs Uhr bei mir. Der Künstler verschwand sechs Wochen später in den Westen, er konnte mit all seinen Arbeiten ausreisen, der Herr schrieb mir nicht einmal einen Brief, und ich wurde strafversetzt. Ich wollte nur sagen, ich bin ein gebranntes Kind, ich darf mir weniger erlauben als jene Kollegen, die noch keine Sünden abzubüßen haben.«

»Ich denke, Sie haben bei mir nichts zu befürchten. Ich will eigentlich nur meine Landschaften malen.«

»Das ist schön. Wunderbar. Und sie verkaufen sich auch besser. Ich habe mich gefreut, Sie kennenzulernen, Frau Trousseau.«

Auf der Heimfahrt musste ich mich eines angetrunkenen Mitreisenden erwehren, der unbedingt einen Blick auf die Arbeiten in meiner Mappe werfen wollte, weshalb ich den Waggon wechselte. Aber selbst diese Belästigung störte nicht im Geringsten meine gute Laune, ich war in Hochstimmung und dankte meinem Schöpfer für diesen

Tag und die Begegnung mit Stephanie Mebus. Mir war klar, dass eine Ausstellung, selbst wenn es eine Einzelausstellung ist, keineswegs die Garantie für einen Durchbruch war, aber ich bekam einen kleinen Katalog und hatte für alle Zeiten etwas zum Vorweisen, und vielleicht wurden Bilder angekauft, auf jeden Fall würden andere Galerieleiter auf mich aufmerksam.

Zudem hatte ich unverschämtes Glück, da ich Ferdinand Schmollmer über den grünen Klee lobte, ohne zu wissen, dass er und Stephanie Mebus ein Paar waren. Und dass ich ausgerechnet meinem Freddy Waldschmidt die entscheidende Empfehlung zu verdanken hatte, darüber musste ich herzlich lachen. Es wird gewiss schon lange, lange her gewesen sein, dass er freundlich über mich redete, heute wird er den Teufel tun und eine Eröffnungsrede halten.

14.

Einen Monat später begegnete ich Fred Waldschmidt zufällig, ich traf ihn und Sibylle mit ihrem Pariani bei einem Atelierfest von Jorge Baumann. Jorge kannte ich noch von der Hochschule, er war ein uneheliches Kind und behauptete, sein Vater sei ein spanischer Republikaner, der beim Ende des Bürgerkriegs nach Mexiko geflohen und dort angeblich zum wichtigsten Mitarbeiter von Alfaro Siqueiros geworden sei. Jorge bekam sein Diplom in meinem ersten Studienjahr, er hatte mich damals mehrfach angesprochen und eingeladen. Er tat sehr verliebt, aber das bedeutete bei ihm nichts. An der Schule hieß es, das Mädchen, in das sich Jorge nicht verliebe, sei noch nicht geboren worden. Er war jedoch kein Schürzenjäger, sondern immer nur unglücklich verliebt. In dem einen Jahr, in dem wir zusammen in Weißensee waren, hatte er jedenfalls keine feste Freundin. An der Schule war er ein Star gewesen, über ihn sprach man noch Jahre später in den höchsten Tönen, und nach dem Diplom wurde er Meisterschüler bei Tschörtner an der Akademie, Arbeiten von ihm waren auf der großen Kunstausstellung in Dresden zu sehen. Ich traf ihn gelegentlich, meistens bei irgendeiner Ausstellungseröffnung, und zweimal hatte ich eine Einladung in sein Atelier angenommen. Er hatte bereits ein richtiges Atelier, nicht nur ein Zimmer in der Wohnung wie ich. Ich hatte den Kontakt mit fast allen Kommilitonen nach dem Ende der Studienzeit abgebrochen, ich war ihnen aus dem Weg gegangen, aber Jorge schätzte ich und sah ihn gern.

Am dritten Mai bekam ich mit der Post seine Einladung zu einem Atelierfest in der Wohnung, das bereits vier Tage später stattfinden sollte. Er schrieb, es sei diesmal eine Finissage ohne Vernissage. Auf der Vorderseite der Karte war eine Grafik von ihm zu sehen, ein Bär, der mit einem Koffer über ein weites Land flog. Ich wollte zu dem Fest, denn ich ahnte, was er vorhatte. In jenem Jahr waren sehr viele Künstler in den Westen gegangen, und ich vermutete, dass auch er einen Ausreiseantrag gestellt hatte, und wollte mich von ihm verabschieden.

Als ich bei ihm in der Linienstraße eintraf, war die kleine Wohnung bereits überfüllt, einige kannte ich von der Schule. Jorge wollte tatsächlich am kommenden Montag, also in zwei Tagen, frühmorgens das Land für immer in Richtung Spanien verlassen. Er hatte alle eingeladen, die er noch einmal sehen wollte, und seine Finissage bestand in einer Versteigerung all seiner Sachen. Er wollte in Barcelona, der Stadt, aus der sein Vater stamme und wo dessen Familie noch lebe, einen vollständigen Neuanfang wagen und bot uns daher seine sämtlichen Arbeiten an, die aufgezogenen und gerahmten Bilder, die Blätter seiner Mappen, aber auch den gesamten Hausrat, denn er wollte nur mit einem einzigen Koffer ausreisen. Um Mitternacht hielt er sogar seine gebrauchte Zahnbürste hoch und erwartete ein Angebot, das er dann auch tatsächlich bekam.

Waldschmidt und die beiden Parianis erschienen, als das Fest im vollen Gange war. Ich war überrascht, Freddy zu sehen, ich wusste zwar, dass er Jorge Baumann schätzt, hatte aber nicht erwartet, dass er so viel Courage aufbrächte, sich von ihm zu verabschieden, zumal er zu meiner Zeit die Kollegen, die das Land verließen, als fahnenflüchtig ansah und abfällig über sie sprach. Waldschmidt war nicht erfreut, mich zu sehen, er war mit einer jungen Frau gekommen, vermutlich einer Studentin, begrüßte mich mit einem knappen Kopfnicken und wandte sich dann sofort ab. Die Parianis dagegen freuten sich aufrichtig, Sibylle umarmte mich, und beide erkundigten sich, wie es mir gehe und was meine Arbeit mache. Sie baten mich, sie doch wieder einmal zu besuchen, was ich auch versprach. Waldschmidt hielt den ganzen Abend Distanz zu mir und flirtete unentwegt mit seiner Begleiterin. Irgendwann aber stießen wir in der kleinen Wohnung doch aufeinander, denn als ich von der Toilette kam, verließ er gerade die Küche, und wir standen uns plötzlich direkt gegenüber.

»Ganz allein hier?«, erkundigte er sich herablassend.

Ich nickte.

»Und wie geht es dir?«

Ich behauptete, mir gehe es wunderbar, und sagte, als er nach meiner Arbeit fragte, ich hätte ausreichend Aufträge.

»So?«, fragte er ungläubig, »man hört aber nichts von dir. Wohnst du noch in Berlin?«

Ich erwiderte, ich wohne noch immer in Berlin.

Nach der Unterhaltung mit Waldschmidt wollte ich Jorges Wohnung rasch verlassen und versprach Sibylle, mich telefonisch zu melden. Dann drängte ich mich zu Jorge durch und umarmte ihn zum Abschied schweigend. Als wir einander losließen und uns ansahen, hatten wir beide Tränen in den Augen.

»In Barcelona wird für dich immer ein Zimmer bereitstehen«, sagte Jorge, »falls du mal Ausgang bekommen solltest.«

»Danke«, sagte ich, »die Einladung ist registriert und aufbewahrt für alle Ewigkeit. Weißt du, Jorge, ich möchte nie wieder einen Menschen auf diese Art und wahrscheinlich für immer verlieren.«

»Nicht meine Schuld, nicht deine Schuld«, erwiderte er, »du musst uns zu den Kriegsopfern rechnen. Auch der Kalte Krieg hat seine Verwundeten und seine Vermissten und Leichen.«

»Ich will aber an diesem Krieg nicht teilnehmen. Es ist nicht mein Krieg, und ich bin keine Kämpferin, war ich nie. Politisch zu indifferent, das stand schon in meinem Schulzeugnis, und dabei würde ich es eigentlich gern belassen. Ich möchte nur meine Bilder malen, mehr nicht. Und meine Freunde nicht verlieren.«

»Indifferent, ich weiß, ich hörte davon. Du sollst dich ja auf diese Art durch das ganze Studium geschummelt haben. Das war jedenfalls klüger, als ich es angestellt habe. Ich stand zweimal kurz vor der Exmatrikulation, einmal zweier Zeichnungen wegen und einmal wegen eines Referats. Da hatte ich doch den Weltfrieden gefährdet, und gleich zweimal! Mein Gott, was für Zeiten und was für Kindereien! Und diesen ganzen Quatsch lasse ich jetzt hinter mir. Ich wünsche dir Glück, meine Schöne. Irgendwann wird ein Bild von dir im Prado hängen, das weiß ich.«

»Und ich hoffte, im Louvre.«
»Das geht leider nicht. Den Louvre habe ich für mich reservieren lassen. Hasta mañana, Paula, in Barcelona!«

15.

Jan erschien nur noch selten bei mir. In den ersten Monaten unserer Bekanntschaft gab es kaum einen Tag, an dem er sich nicht auf irgendeine Weise bei mir meldete, mit einem überraschenden Besuch, mit einem Anruf, mit einer einzelnen Blume an der Türklinke oder einem Zettel im Briefkasten, doch nun verging manchmal eine ganze Woche, ohne dass er bei mir auftauchte oder auch nur anrief. Vielleicht hatte er eine andere Herzensdame gefunden und begriffen, dass wir zwei nicht zusammengehören, dass wir in zu verschiedenen Welten lebten, dass er sich bei mir keine Hoffnungen machen konnte. Wenn er mich jetzt anrief, ging es stets um eine Einladung zu einem Treffen mit Kollegen und Freunden, zumeist Schauspielern. Da ich kaum ins Kino und noch seltener ins Theater ging, hatte ich sie nie in ihren Rollen gesehen, aber sie waren offenbar alle berühmt und bekannt, und sie genossen es weidlich, erkannt zu werden. Es war für mich überraschend, wie ungemein wichtig es für Jan und seine Freunde war, dass man ihre Anwesenheit bemerkte. Aufmerksam registrierten sie, ob sich die Leute nach ihnen umwandten, wie sie wahrgenommen wurden, wer von ihnen das meiste Aufsehen erregte. Autogrammwünsche wurden mit genussvollem Stöhnen erfüllt, kokett gab man sich belästigt, ließ sich huldvoll herab, als gewähre man eine Gnade. Einmal war ich sogar Zeuge bei einem kleinen Streit zwischen ihnen, als eine Runde von Frauen an einem Nachbartisch einen der Schauspieler wiedererkannte und aufgeregt über ihn schnatterte. Jan und seine Freunde hatten es bemerkt und sprachen darüber, wem die Aufmerksamkeit der Frauen galt. Jan erwähnte seine kürzliche Kinopremiere, andere sprachen von Fernsehfilmen, in denen sie unlängst zu sehen waren, fast jeder konnte einen Grund angeben, weshalb die Frauen seinetwegen uns fortgesetzt beobachteten und sich offensichtlich über einen von uns unterhielten. Der kleine Streit verlief witzig, man scherzte, stichelte, verteilte liebenswürdige Bosheiten, aber bei aller Ausgelassenheit war nicht zu übersehen, dass man tatsächlich ernsthaft darüber debattierte, wem das Interesse der älteren Damen galt, als hinge irgendetwas davon ab. Sie waren Kinder geblieben, die Glücklichen. Vielleicht lag es an ihrem Beruf, dem Spielen, dass sie das Kindliche nicht verloren hatten. Es war ein wenig lächerlich, aber mich amüsierte es, und während sie sich freundschaftlich und bissig kabbelten, schüttete ich mich aus vor Lachen.

Ich weiß nicht, wieso Jan sich noch immer bei mir meldete, ich hatte erwartet, er würde unsere Beziehung, unsere nicht zustande gekommene Beziehung, beenden oder einschlafen lassen, aber mit einer merkwürdig altmodischen Verlässlichkeit erschien er wieder oder rief an. Wenn er an der Wohnungstür klingelte, hatte er stets etwas für mich dabei, ein drolliges Kinderspielzeug, eine Zeitschrift mit einem Artikel, der mich interessieren könnte, oder eine Geschmacklosigkeit vom Flohmarkt. Einmal war es lediglich ein einzelner, eingewickelter Stein aus der Ostsee, den er mir wie die größte Kostbarkeit überreichte. Er war mein galanter Kavalier geworden. Er bedrängte mich nicht, er schien sich damit zufriedengegeben zu haben, mein bedürfnisloser Begleiter zu sein. In Gesellschaft war er stets aufmerksam und unterhaltend, und die Anspielungen seiner Freunde auf unser Verhältnis quittierte er mit einem vieldeutigen Lächeln. Wurden die Scherze gröber, griff er nach meiner Hand, gab mir einen Handkuss oder streichelte beruhigend über meine Schulter.

Seine Anhänglichkeit überraschte mich. Gewiss gefiel es ihm, sich mit mir in der Öffentlichkeit zu zeigen, mich stolz seinen Bekannten zu präsentieren, denn in Beziehung zu ihm war ich eine junge Frau, er war zwölf Jahre älter als ich. Zudem hatte ich einen Beruf, mit dem er offenbar in seinen Kreisen Eindruck machen konnte, er liebte es jedenfalls, von meinen Bildern zu erzählen, und versuchte mehrmals, mich dazu zu bringen, über meine Arbeit zu sprechen. Ich glaube, für ihn war es ungemein wichtig, dass seine Freundin oder die Frau, die als seine Lebensgefährtin galt, einen Beruf hatte, den andere für bedeutungsvoll hielten. Mit einer Verkäuferin oder einer Krankenschwester würde er sich nicht einlassen, meine Freundin Kathi kam für ihn ebenso wenig in Betracht wie Mona, die junge Frau, die unter mir wohnte und ihn heiß verehrte. Jan brauchte bedeutende Personen um sich oder Personen mit anerkannten Berufen, er benötigte sie, weil er sich selbst für bedeutend hielt und gleichzeitig unsicher war. Er wollte, dass ich mich um Ausstellungen bemühe, dass ich bei wichtigen Ausstellungen dabei sei. Er bot mir an, seine Verbindungen zu nutzen, wollte mich mit wichtigen Leuten bekannt machen. Als ich von Altenburg erzählte, sagte er, das sei Provinz und würde mir wenig nützen. Ich lachte ihn aus, bat ihn, sich nicht für mich einzusetzen, bei niemandem und nirgends, und sagte, dass ich anders als er arbeiten würde, dass ich nur für mich arbeite, nicht für andere, dass die Erfolge, die ich anstrebe, von denen ich träume, nichts mit Glanz und Glamour zu tun hätten.

»Maler erkennt man nicht auf der Straße, wir sind keine Schauspieler, gottlob«, sagte ich zu ihm, »für die Öffentlichkeit bleiben wir anonym, und das ist für mich wichtig. Mich stört es, angestarrt zu werden, und genau das geschieht, wann immer ich mit dir zusammen bin. Ich will sehen und nicht gesehen werden. Ich brauche diese Art Anerkennung nicht.«

Er nickte, aber ich sah, dass er mich nicht verstand. Ich lachte und küsste ihn.

Unser freundschaftliches Verhältnis hätte ich gern unverändert beibehalten, gegenseitige Achtung, eine Freundschaft, die verlässlich war. Ich ahnte, dass dies kaum möglich sei, jedenfalls hatte ich einen solchen Fall noch nie erlebt. Die Natur erlaubt wohl ein solches Verhalten nicht, jedenfalls nicht den Männern. Meine Hoffnung, dass Jan und ich auf diese Weise eine Beziehung unterhielten, war gering, und ich war es, die diese Möglichkeit endgültig zerstörte. Am ersten Juniwochenende schlief ich mit ihm.

Am Samstag waren wir zusammen essen gewesen. Stefan, ein Regisseur, und Rebecca, eine Schauspielerin, waren aus Hamburg gekommen, Jan sollte in einem westdeutschen Film eine Rolle übernehmen, und diese Schauspielerin sollte seine Partnerin spielen und wollte ihn kennenlernen. Jan und die Schauspielerin hatten voneinander gehört, kannten sich aber nicht, Rebecca hatte verlangt, jenen Mann, mit dem sie eine der Hauptrollen zu spielen hatte, zumindest vorher einmal zu sehen und mit ihm zu sprechen, bevor sie einwillige. Jan und Stefan kannten sich schon länger, sie betonten an jenem Abend mehrmals, wie sehr sie sich gegenseitig schätzten. Rebecca blieb reserviert, sie war freundlich und schien sehr genau Jan und mich zu beobachten. Jan, dem viel an der Rolle lag und der sofort zugestimmt hatte, lief zu großer Form auf. Er brillierte am Tisch und brachte uns unentwegt zum Lachen, zumindest Stefan und mich. Rebecca blieb den ganzen Abend über die freundliche, aber zurückhaltende Beobachterin. Ihre Haltung gefiel mir, das, was sie machte, war für mich professionell. Und Jan tat mir leid, er war auf dem Prüfstand, er musste sich wie ein Schüler fühlen. Er wollte gewinnen, er hatte Angst zu versagen, er befürchtete, dass Stefan ihn leichter ersetzen könne als die Schauspielerin, zumal sein Engagement für diesen Film von einer staatlichen Zustimmung abhing, die von der Produktionsfirma noch nicht einmal beantragt worden war. An diesem Abend kämpfte er um die Zuneigung der Schauspielerin, um die Rolle. Mir fiel auf, dass er zwei Liter Wasser trank und nur ein einziges Glas Wein, was ich bei ihm noch nie erlebt hatte. Als wir die Hamburger kurz vor Mitternacht zum Bahnhof Friedrichstraße brachten, war noch nichts entschieden. Ein unverbindliches ›Wir hören voneinander‹ war das Einzige, was Stefan versprach. Auf dem Weg zu meiner Wohnung, noch im Auto, fiel seine Beherrschung in sich zusammen, er befragte mich fortwährend nach meinen Eindrücken von dem Gespräch, wiederholte nervös Sätze von Stefan und dachte über deren Sinn und versteckte Bedeutungen nach. Er wollte unbedingt diese eine Rolle, er war offensichtlich zu allem bereit oder doch zu sehr vielem, um in diesem Film mitzuspielen. Als wir vor meiner Haustür standen, küsste er mich auf die Wange und sagte: »Drück mir die Daumen, Paula. Diese Rolle muss ich bekommen.«

»Ich habe ein gutes Gefühl, Jan. Stefan hat diese Rolle längst mit dir besetzt«, erwiderte ich. »Hast du das nicht bemerkt? Er braucht dich jetzt.«

»Dein Wort in Gottes Ohr«, flüsterte er mit geschlossenen Augen.

»Komm mit. Komm mit nach oben«, sagte ich, »darauf trinken wir ein Glas.«

Jan war überrascht. Er sah mich an, als glaubte er, sich verhört zu haben. Ein schmales Lächeln glitt über sein

Gesicht, dann sagte er beiläufig: »Schön, einverstanden. Auf einen Sprung komme ich noch zu dir hoch.«

Wir tranken ein Glas Wein. Als er mich umarmte und küsste, wehrte ich ihn nicht ab. Behutsam nestelte er an den Knöpfen meiner Bluse, wobei er mir fortgesetzt in die Augen sah, als misstraue er noch immer meiner Einladung und erwarte jeden Moment, verabschiedet zu werden. Ich zog mich im Bad aus. Als ich im Bademantel zurückkam, saß er noch immer am Tisch und hatte lediglich sein Jackett ausgezogen. Ich machte das Bett zurecht, ließ den Bademantel fallen und schlüpfte unter die Decke. Er betrachtete mich genauestens.

»Was ist?«, erkundigte ich mich, »ist der Herr indisponiert? Willst du nach Hause gehen? Tu, was du möchtest, ich habe nicht vor, dich zu irgendetwas zu zwingen.«

Er lächelte, streifte die Schuhe ab und stand auf. Dann zog er sich langsam aus, sehr langsam. Knopf für Knopf öffnete er sein Hemd, streifte es vom rechten Arm ab, zog es vom linken herunter, schwenkte es über den Kopf und ließ es anschließend achtlos fallen. Dann legte er sein Unterhemd ab, zentimeterweise schob er es über den Oberkörper hoch, riss es mit einer raschen Bewegung über den Kopf und wirbelte es zweimal durch die Luft. Er veranstaltete für mich einen Strip, selbstbewusst und gekonnt. Es schien, als würde er mich dabei überhaupt nicht anschauen, sondern wäre ganz auf das Ausziehen konzentriert. Erst als er völlig entkleidet war, sah er mich an. Er hatte jetzt etwas von einem Schuljungen, dem ein toller Streich gelungen war und der auf die fällige Anerkennung wartete.

»Was für eine hübsche Überraschung«, sagte ich und schlug einladend die Bettdecke zurück. Er kam zu mir. Er war sehr zärtlich. Als hätte er Angst, dass ich ihn zurückstoße, war er sehr behutsam. Er blickte mir fortwährend in die Augen, während er mich streichelte, meinen Körper erkundete und schließlich in mich eindrang. Erst dann schloss er die Augen.

»Du bist einfach unglaublich, Paula«, sagte er, »unglaublich schön und unglaublich unbegreiflich. Um ehrlich zu sein, ich hatte die Hoffnung aufgegeben. Woher kommt der Sinneswandel? Dieses Treffen mit den Hamburgern?«

»Nein. Gewiss nicht. Aber du warst heute Abend so hilflos. Du wirktest fast verletzlich, das rührte mich.«

»Mitleid, Madame? Habe ich das große Ereignis lediglich einer Rolle zu verdanken, die ich möglicherweise nicht bekommen werde?«

»Du hast heute Abend nicht unentwegt gespielt. Heute warst du einmal der, der du in Wahrheit bist.«

»Und wenn auch das nur gespielt war? – Warum lächelst du? Woran denkst du, Paula?«

»An ein kleines Mädchen. An ein kleines Mädchen, das ich einmal gekannt habe.«

»Kenne ich sie? Hat sie etwas mit uns beiden zu tun?«

»Nein, du kennst sie nicht. Und sie hat nichts mit dir zu tun. Sie kam mir nur so in den Sinn.«

Die neue, noch verpackte Zahnbürste nahm er am nächsten Morgen ironisch lächelnd entgegen. Ich wusste, was er dachte, und warf ihm einen warnenden Blick zu. Meinen zornigen Blick mit dem eiskalten Lächeln, wie mal ein Kommilitone sagte. Eine dumme Bemerkung, dachte ich, und du verlässt das Haus ohne Frühstück. Doch Jan blieb zurückhaltend. Wir tranken Kaffee und danach noch eine Kanne Tee, und er bemühte sich, mich zum Lachen zu bringen. Als ich ihm schließlich sagte, dass er gehen müsse, weil ich arbeiten wolle, fragte er, wann wir uns wiedersehen würden. Schon in der Tür, sagte er, ich könne mir nicht vorstellen, wie glücklich er sei.

»Ich ahne es«, sagte ich, »denn du hast den ganzen Morgen nicht ein Wort über Stefan und diese Filmrolle verloren.«

»Habe ich dich gestern damit genervt?«

»Nein. Aber gestern gab es nichts Wichtigeres für dich.«

»Das ist nicht wahr. Du warst auch schon gestern das Wichtigste. Ich glaube, ich liebe dich, Frau Trousseau. Und diese Rolle, die bekomme ich außerdem.«

16.

In diesen Wochen wollte ich für Altenburg drei Bilder fertig bekommen, von denen ich ein paar Vorstellungen im Kopf hatte, bei denen ich aber bisher nur zu Vorarbeiten gekommen war, zu Bleistiftskizzen und Kohlezeichnungen. Bei meiner ersten Einzelausstellung wollte ich keinen Fehler begehen. Wenn ich erfolglos bleiben würde, so wollte ich mir zumindest keinen Vorwurf machen müssen. Außerdem hatte ich noch die kleinen Aufträge auszuführen, die ich keinesfalls vernachlässigen durfte. Ich brauchte das Geld, ich lebte von der Hand in den Mund und musste sehr genau rechnen. Ich hatte fünf Monate zuvor wochenlang nur mit Bleistift und Kohle gearbeitet, weil ich für die etwas besseren Ölfarben das Geld nicht besaß, aber fest entschlossen war, die billigen Farben nicht mehr anzurühren, sie machten zu viel kaputt, sie waren zu blass, sie strahlten nicht, sie wirkten schmutzig. Ich wollte wenigstens so viel Geld haben, dass ich mir die richtigen Farben bestellen könnte und auch das richtige Papier; beim Malen wollte ich mich nicht einschränken müssen. Bei den Bilderrahmen für die Altenburger Ausstellung würde mir die Galerie behilflich sein, es sollten für mich keine Kosten entstehen, so war es abgesprochen.

Stephanie Mebus besuchte mich Ende Juni, zwei Stunden lang schaute sie sich meine Arbeiten an und sagte dann, sie sei jetzt sehr froh, mich auszustellen, froh und auch erleichtert, da sie bisher wenig von mir gesehen und sich nur auf die Empfehlung von Fred Waldschmidt verlassen habe. Die Ausstellung werde am dreiundzwanzigsten September eröffnet und wie alle anderen Ausstellungen vier Wochen lang gezeigt. Sie würde sich freuen, wenn ich nicht nur zu Beginn und zum Ende der Ausstellung nach Altenburg käme, sondern auch zwischendurch für Gesprächsrunden zur Verfügung stehen könnte.

»Wir müssen ein wenig die Trommel für Sie rühren, Paula, von nichts kommt nichts. Spielen Sie also nicht die Unnahbare. Wir brauchen einen Erfolg, wir beide, und Sie noch mehr als die Galerie.«

Dann fragte sie, ob ich allein lebe.

»Neuerdings«, antwortete ich ihr.

»Waren Sie mit Waldschmidt zusammen? Ich habe so etwas gehört. Entschuldigen Sie, wenn ich Sie frage.«

»Ja, ein Jahr. Aber es war ein Irrtum. Vielmehr, er war ein Irrtum.«

Stephanie Mebus lachte auf: »Kann ich mir vorstellen. Und man kann Männer nicht ändern. Menschen kommen fix und fertig auf die Welt, man kann sie nicht erziehen, auch nicht die Kinder und die Babys, das ist alles mit der Geburt vorbei. Und einen Mann kann man schon gar nicht ändern, man muss mit ihm auskommen oder ihn verlassen. Immerhin, er hat Sie mir empfohlen. Das war doch sehr generös, und für Waldschmidt sehr ungewöhnlich.«

»Als er mich empfahl, waren wir wohl noch zusammen. Ich habe keine Ahnung, was er heute über mich redet. Oder vielmehr, ich ahne es.«

»Und darum wollen Sie ihn nicht für die Eröffnung?«

»Ich möchte am liebsten gar keine Rede. Die Bilder sollen für sich sprechen.«

Stephanie Mebus lachte auf: »Das kann ich verstehen, aber so geht das nicht. Die Besucher wollen eine Erklärung, eine Interpretationshilfe. Sie wollen wissen, was sie zu sehen bekommen. Man muss es ihnen erklären, sonst sind sie ratlos. Doch seien Sie unbesorgt, ich finde jemanden, unter dem Sie nicht allzu sehr zu leiden haben.«

Beim Verabschieden sagte sie, sie werde sich darum kümmern, dass ihr Museum eins meiner Bilder ankaufe. Meinen Dank wies sie zurück: »Wir haben von jedem, der bei uns ausgestellt hat, ein Bild gekauft. Das habe ich vor Jahren durchgesetzt. Bei jeder Vernissage klebt auf einem Rahmen vom ersten Tag an ein roter Punkt auf dem Bild, für das wir uns entschieden haben. Reich werden Sie davon allerdings nicht, das will ich Ihnen gleich sagen.«

Jan meldete sich noch immer gelegentlich, aber wir sahen uns nur selten. Er beklagte sich, doch ich sagte ihm, ich hätte wenig Zeit, ich müsste für die Ausstellung arbeiten, sie sei für mich wichtig, auch wenn er sie als Provinz abtue. Wenn wir uns sahen, trafen wir uns zumeist in meiner Wohnung, es war mir lieber, ich fühlte mich in ihr vertrauter als in seiner riesigen Wohnung mit Sauna, Terrasse und einem Fitnessraum. Er brachte stets eine Flasche Wein mit und etwas zu essen, er wollte nicht mehr mit mir ausgehen, sondern immer ins Bett, was mir gefiel. Ich war gern mit ihm im Bett, er bemühte sich auch dort, immerzu zu spielen und zu überraschen. Ich habe nie einen Mann kennengelernt, mit dem es im Bett so viel zu lachen gab.

Die Filmrolle bekam er von jenem Stefan tatsächlich, und er freute sich wie ein Kind darüber. Ihn reizte die Rolle, zumal es für ihn viele Drehtage in Italien und Schweden bedeutete. Als ich ihn fragte, ob er denn einen Reisepass bekommen werde, sagte er nur: »Sie werden es nicht wagen, Nein zu sagen.«

Einen Monat später fuhr er mit einem neuen Volvo vor. Das Auto sei gewissermaßen die erste Rate der Filmfirma, sagte er vieldeutig und grinste. Seinen alten Wagen, einen Lada, wollte er mir schenken, was ich ablehnte. Ich sagte, ich würde mir ein Auto zulegen, aber von meinem eigenen Geld.

»Auch gut«, sagte er, »dann verkaufe ich dir den alten Wagen. Er ist in gutem Zustand, und ich würde ihn lieber dir überlassen als irgendwelchen Leuten.«

Als ich ihn fragte, wie teuer er sei, erkundigte er sich, wie viel Geld ich hätte. Er versprach, den Wagen schätzen zu lassen, und drei Tage später legte er mir den Brief einer Autowerkstatt vor, wonach das alte Auto nur noch eintausendfünfhundert Mark wert sein sollte. Ich glaubte ihm nicht, ich sagte, der Wagen sei gewiss viel mehr wert, und ich wolle mir von ihm nichts schenken lassen, doch er blieb dabei, dass er ihn für diese Summe verkaufen werde.

»Und zwar an dich oder an einen anderen. Überlege es dir, Paula.«

Ich wusste, dass er sein Auto teurer verkaufen konnte, sehr viel teurer, aber nachdem ich drei Tage lang gezögert hatte, gab ich ihm schließlich die verlangte Geldsumme. Ich brauchte ein Auto.

Einen Monat später sprach er davon, dass wir zusammenziehen sollten. Er redete sogar von Heirat, was mir Angst machte. Für mich hatte sich nichts zwischen uns geändert, wir lebten in verschiedenen Welten, seine Aufmerksamkeit für meine Arbeit rührte und belustigte mich, denn ich spürte, dass er wenig damit anfangen konnte. Es störte mich nicht, dass meine Malerei ihm wenig bedeutete, meine Bilder so wenig wie die anderer Maler, es störte mich überhaupt nicht. Aber seitdem er von Heiraten gesprochen hatte, war ich entschlossen, die Geschichte mit ihm so rasch wie möglich zu beenden.

17.

Es waren die ersten Sommerferien, in denen Paula allein zu den Großeltern fuhr. Cornelia hatte sich geweigert, sie wolle die Ferien mit ihren Freundinnen verbringen, hatte sie den Eltern erklärt, und eine Radwanderung mit der Schulklasse machen. Ihre Mutter war damit nicht einverstanden, die beiden Töchter sollten den Sommer über dem Großvater helfen, der seit dem Schlaganfall seiner Frau allein die Wirtschaft führen musste, und erst als Paula sich bereit erklärte, auch ohne ihre Schwester hinzufahren, um dem alten Mann beizustehen, gab sie schließlich dem Wunsch der älteren Tochter nach.

»Ich ekle mich dort«, sagte Cornelia, als sie mit der Schwester allein im Zimmer war und sich bei ihr bedankt hatte, »alles stinkt bei denen.«

»Meinst du die Kaninchen?«, fragte Paula verwundert.

»Ich meine nicht die Kaninchen und auch nicht das Schwein. Es stinkt im Haus nach Pisse. Ich will da nicht mehr hinfahren. Ich bekomme da Pickel.«

Paula sah ihre Schwester mit großen Augen an, sie verstand sie nicht, denn sie war gern bei den Großeltern.

Am zehnten Juli fuhr sie mit der Bahn nach Mühlhausen. Ihre Mutter brachte sie bis zum Bahnhof, reichte ihr den Rucksack und den kleinen Koffer in den Zug und ermahnte sie mehrmals, während der Reise gut auf ihre Sachen aufzupassen. Zum ersten Mal in ihrem Leben reiste Paula ganz allein. Sie war noch keine Stunde unterwegs, als sie bereits den gesamten Proviant aufgegessen hatte. Dann holte sie ein Buch aus dem Rucksack, aber es lag die ganze Reise über lediglich aufgeschlagen auf ihren Knien, sie war zu aufgeregt, um auch nur eine Zeile lesen zu können. Das Mädchen beobachtete die Mitreisenden, hörte ihren Gesprächen zu, schaute sich die vorbeigleitende Landschaft an und war glücklich, als es schließlich auf einen Fensterplatz rücken konnte.

Der Großvater holte seine Enkelin mit der Pferdekutsche von der Bahnstation ab. Er hätte einen Nachbarn bitten können, das Mädchen vom Bahnhof in der Stadt abzuholen, einen Nachbarn, der ein Auto besaß, aber es fiel ihm schwer, andere um einen Gefallen zu ersuchen, er war es müde, an die Tür eines Nachbarn zu klopfen und um etwas zu bitten. Außerdem wusste er, dass Paula das Pferd und all seine anderen Tiere liebte, und so hatte er den alten Landauer herausgeholt und geputzt, hatte Lisa eingespannt und war in die Stadt gefahren. Er freute sich, als Paula ihn und das Pferd stürmisch begrüßte, ließ sich von der Enkelin auf den Kutschbock helfen, und dann machte er sich mit ihr auf den langen Heimweg. Er erkundigte sich nach ihren Eltern und Geschwistern, fragte nach der Schule und beantwortete geduldig alle Fragen. Sie waren schon fast daheim, als der Himmel plötzlich dunkel wurde und sehr rasch ein Gewitter aufzog. Der Großvater lenkte den Wagen von der Straße, sicherte die Kutsche zusätzlich mit Feldsteinen, deckte die Stute mit einer alten Plane ab und setzte sich mit dem Mädchen in den überdachten hinteren Teil, bis das Gewitter vorübergezogen war. Als es nur noch tröpfelte, trockneten sie gemeinsam das Pferd und den Kutschbock ab und fuhren weiter.

Die Großmutter saß im Wohnzimmer. Seit dem Schlaganfall sprach sie so leise und unverständlich, dass man nur schwer erfassen konnte, was sie wünschte. Sie sah Paula an, als diese sie begrüßte und von den Eltern erzählte, sie lächelte und nickte erfreut, aber Paula wusste nicht, ob die Großmutter überhaupt etwas von dem verstand, was sie ihr sagte. Sie streichelte die dürren Hände, die auf einer Decke lagen, dann erklärte sie der alten Frau, dass sie ihren Koffer auspacken und dem Opa helfen muss, und verließ das Schlafzimmer.

»Hast du ihr guten Tag gesagt?«, fragte der Großvater, der neben dem Küchenherd stand und Kartoffeln kochte.

Paula nickte.

»Ich weiß nicht, ob sie mich verstanden hat«, sagte sie schließlich.

»Doch, doch, sie versteht alles. Hast du nach den Tieren geschaut?«

»Die Kaninchen sind nicht da. Ihre Boxen sind leer.«

»Ja, die gibt es nicht mehr. Das war mir einfach zu viel.«

»Hast du sie geschlachtet, Opa?«

»Nein, Paula, ich habe sie weggegeben. Ich kann nicht mehr schlachten. Wozu brauche ich da noch die Karnickel?«

Er ging zum Kühlschrank, entnahm ihm ein kleines Päckchen und hielt es dem Mädchen entgegen.

»Ich habe Bratwürste für uns gekauft. Wollen wir Bratwurst mit Kartoffeln essen? Und dazu Sauerkraut aus dem Fass?«

Paula nickte und sagte, sie würde den Kartoffelbrei machen. Verwirrt und beklommen schaute sie zu, wie ihr Großvater seiner Frau behilflich war, aus dem Wohnzimmer in die Küche zu kommen. Er rückte sie an den Tisch zurecht, band ihr ein Küchenhandtuch um und schnitt die Wurst für sie. Manchmal sagte die Großmutter etwas, murmelte ein paar Worte vor sich hin. Paula schaute dann fragend ihren Großvater an, aber der nickte ihr nur beruhigend zu und reagierte nicht auf das Gemurmel seiner Frau.

Nach dem Abendbrot bezog Paula in einem Zimmer im oberen Stock ihr Bett und packte die mitgebrachten Sachen aus. Als sie damit fertig war, ging sie ins Wohnzimmer hinunter. Großvater stand in der Küche und wusch die Teller im Spülbecken. Das kalte Wasser tröpfelte aus dem Hahn auf die daruntergehaltenen Teller, und der Großvater wischte mit einer Wurzelbürste darüber.

»Wollen wir zusammen fernsehen? Bei deinem Opa kannst du dir auch das Westfernsehen anschauen. Das darfst du daheim sicher nie. Oder willst du mit mir etwas spielen?«

»Ich spiele lieber.«

»Dann geh, such ein Spiel heraus und bau schon die Figuren auf.«

»Spielt Oma mit?«

»Nein, Kind. Deine Oma macht sich zur Nacht fertig. Das dauert eine Stunde. Wenn sie im Bett liegt, gehst du ihr gute Nacht sagen.«

Sie waren mitten im Spiel, als es leise donnerte und die Zimmerwände zu erzittern schienen. Paula schreckte zusammen und sah aus dem Fenster in die dunkle Nacht, aber der Großvater beruhigte sie: »Das ist die Lisa. Das alte Mädchen rappelt mit den Hufen gegen die Wand, aber das macht sie im Schlaf. Träumt wohl schlecht. Bist du nicht müde, Paula? Wir sollten ins Bett gehen.«

»Mutter hat gesagt, dass du und Papa seit zwanzig Jahren nicht mehr miteinander geredet habt.«

»Seit zwanzig Jahren? Das mag sein. Gab wohl nichts zu reden.«

»Aber er ist doch dein Sohn.«

»Jaja, der Gerhard ist mein Sohn.«

»Bist du mit ihm böse, weil er deinen Hof nicht übernehmen wollte?«

»Wir haben uns nicht verstanden. Das gibt es. Ich kam besser mit dem Hans zurecht, mit seinem Bruder, den hast du nicht mehr kennengelernt. Aber den Gerhard, den hat etwas getrieben, innerlich, meine ich. Der war immer so ein Sturschädel, ein Wutnickel, schon als Schulbub. Und als er siebzehn war, ist er auf und davon. Ist in die Stadt gegangen, wollte was Besseres werden. Na ja, das ist er dann wohl auch geworden, der Herr Direktor.«

»Und warum redest du nicht mit ihm?«

»Rede ich nicht mit ihm oder redet er nicht mir? Ich weiß nicht. Hat sich so ergeben, wir haben uns nichts zu sagen. Das kommt vor, Paula, auf einmal ist man sich fremd geworden. Willst du noch eine Limonade? Ich hole mir noch ein Bier. Oder du kannst mir das holen.«

»Darf ich es dir aufmachen? – Denkst du manchmal an ihn, an meinen Vater?«

»Sicherlich, Paula, an ihn und an Hans. Der ist ja schon achtzehn Jahre tot. Hat die Flucht mit uns mitgemacht und überall mit angepackt. Mit zwei großen Leiterwagen sind wir los, mit sieben Pferden und dem anderen Viehzeug. Als wir an der Oder anlangten, hatten wir nur noch ein Pferd und einen Wagen, und da war kaum noch was drauf. Dann kam wieder ein Soldat und wollte unser letztes Pferd. Und da hat Hans Nein gesagt. Hat sich zwischen das Pferd und den Russen hingestellt, und der Russe hat nur einmal mit dem Gewehrkolben zugeschlagen. Nur einmal, ein einziges Mal. Und dann haben wir Hans begraben.«

»Und Vater?«

»Vater war nicht dabei. Der hatte sich freiwillig zu den Soldaten gemeldet, wollte Offizier werden. Kam in Gefangenschaft, tat sich dabei wieder mächtig hervor, machte Karriere, selbst im Lager. Dein Vater war ja immer ganz stramm und vorneweg. Und so wurde er nach dem Krieg Neulehrer und sogar Direktor. Aber ein Wutnickel ist er geblieben, oder?«

Paula lächelte, ihr gefiel der Ausdruck.

»Aber warum redet ihr nicht miteinander?«, fragte sie nochmals.

Da ihr Großvater nur schweigend sein Bier trank, fragte sie weiter: »Und was wird mit deinem Bauernhof?«

»Das geht wohl alles kaputt«, erwiderte ihr Großvater. Er stellte das Glas hin, strich ihr übers Haar und sagte dann: »Aber nun sollten wir ins Bett gehen, Paula.«

In der Tür stehend wandte sie sich noch einmal an ihren Großvater: »Und du hast sie wirklich nicht geschlachtet?«

»Die Karnickel? Nein, die sind bei der Frau Zetsche. Die kannst du dir morgen anschauen, gleich morgen früh. Sag der Zetsche nur, dass du von mir kommst, dann zeigt sie sie dir.«

18.

Als ich im August für ein paar Tage Sibylle in ihrem Haus in Ahlbeck besuchte und sie mich am zweiten Tag fragte, ob ich mit jemanden zusammen sei, sagte ich, ich sei allein. Jan zählte für mich nicht, und obwohl ich ihn noch gelegentlich sah, hatte ich nicht das Gefühl, ihr die Unwahrheit zu sagen.

»Man sieht es, Paula«, sagte Sibylle, »man sieht dir die Einsamkeit deutlich an, sie ist dir ins Gesicht geschrieben.«

»Ist das gut? Ist das schlecht? Ich finde es wunderbar so.«

»Sagen wir, es steht dir. Du wirkst so verletzlich. Wenn ich dich anschaue, möchte ich dich gleich in den Arm nehmen.«

»Ja, aber nicht, um mich zu trösten. Du willst mich verführen. Du hast eine unschuldige Studentin verführt, die überhaupt keine Ahnung hatte.«

Marco Pariani erschien in der Küche und erkundigte sich, worüber wir lachten.

»Geh an deinen Schreibtisch, Pariani, und stör uns nicht«, erwiderte Sibylle, »wir reden über Frauengeschichten, und von Frauen verstehst du nichts. Studiere deine Zahlen und Formeln. Wir essen heute später. Paula und ich wollen noch einen Strandspaziergang machen und durch die Geschäfte laufen.«

»Braucht ihr Geld?«

»Gib Paula etwas. Sie hat uns das schöne Bild mitgebracht, da kannst du dich auch mal spendabel zeigen.«

»Ich will von euch kein Geld.«

»Stell dich nicht so an, Paula. Pariani ist schließlich Ökonom, der hat das mit dem Geld studiert. Wenn er kein Geld hat, wer dann?«

Wir liefen durch Ahlbeck, überall drängten sich die Touristen, die Geschäfte waren überfüllt, und ich sagte Sibylle, dass ich hier nichts kaufen wolle, wir sollten direkt an den Strand gehen. Ich musste ihr von meiner Arbeit erzählen und von der Ausstellung in Altenburg, und sie wollte wissen, mit wem ich seit meinem Auszug aus Waldschmidts Villa zusammen bin.

»Ich lebe allein, das habe ich dir doch gesagt. Warum glaubst du mir nicht?«

»Du missverstehst mich«, antwortete Sibylle, »ich meinte, mit welchen Freunden du dich triffst. Früher war da unser Kreis, und jetzt? Du willst mir hoffentlich nicht erzählen, dass du Tag und Nacht am Arbeiten bist und deine Wohnung nicht verlässt.«

»Eigentlich ist es so. Mit den Kommilitonen habe ich keinen Kontakt, hatte ich nie, auch nicht während des Studiums. Und mein alter Bekanntenkreis, nun, das waren alles Waldschmidts Freunde, die sich nie wieder bei mir gemeldet haben. Du bist die große Ausnahme, Sibylle, du und Marco. Ich glaube, Waldschmidt will nicht, dass seine Freunde mit mir Kontakt haben. Wenn er erfährt, dass ich euch besucht habe, wird er nicht erfreut sein, er hasst mich.«

»Ach was, er hasst dich nicht, er ist verletzt. Er hat dich geliebt, Paula, und er liebt dich noch immer. Das ist nun mal so, wenn der eine einen liebt und der andere nicht. Aber das hat doch nichts mit uns beiden zu tun, mit dir und mir. Vor mir musst du dich nicht verstecken.«

»Tu ich nicht.«

»Dann melde dich gelegentlich bei mir.«

Sibylle sammelte Steine, die sie dann wegwarf, um andere aufzuheben und interessiert zu betrachten. Manchmal lief sie einige Schritte vor mir her, und ich hatte Mühe, ihr auf dem weichen Sand zu folgen, sie bemerkte es gar nicht. Dann stand sie ganz in sich versunken am Strand und schaute schweigend auf das Meer. Irgendwann setzten wir uns auf einen Findling der Uferbefestigung, Sibylle ließ ständig den dünnen Strandhafer durch die Finger gleiten.

»Ist das nicht wunderbar?«, fragte sie. »Dieses Gras hat überhaupt keinen Mutterboden, ich weiß gar nicht, wovon es sich ernährt. Das hier ist alles nur trockener Sand, und es überlebt dennoch. Was für eine ungeheure Kraft muss in dieser Pflanze stecken! Einfach unglaublich. Und dabei ist es so unscheinbar, sieht nach nichts aus, nicht wahr?«

»Das ist das Geheimnis. Die berühmte kleinste Größe, um mit fast nichts leben zu können, um alles zu überstehen.«

»Willst du es nicht malen, Paula? Ich wünsche mir ein Strandhaferbild von dir. Wenn ich eins von dir bekomme, werde ich es in Berlin in mein Zimmer hängen. Als Mahnung.«

»Als Mahnung für was? Sich zu bescheiden? Das klingt nicht eben nach Sibylle.«

»Als Mahnung, nicht aufzugeben. Ich habe Krebs, Paula. Fortgeschrittenes Stadium. Ja, so ist das.«

Ich sah sie fassungslos an. Ich sah sie an und hatte die absurde Hoffnung, sie würde gleich in ein Lachen ausbrechen, alles wäre nur ein dummer Scherz. Ich starrte sie mit offenem Mund an und wartete auf das befreiende Signal. Es war nur ein Witz, es konnte gar nicht anders sein, sie wollte mich erschrecken. Gleich würde sie anfangen zu lachen und sich darüber amüsieren, wie entsetzt ich ausgeschaut habe. Aber sie strich weiterhin wie geistesabwesend über die Grashalme. Sie lachte nicht, sie lächelte nicht einmal. Ich legte einen Arm um ihre Schulter und zog sie an mich.

»Seit wann, ich meine, seit wann weißt du es?«, fragte ich stockend.

»Seit drei Wochen. Ich hatte einen Knoten in der rechten Brust ertastet. Ich ging noch am gleichen Tag zu meinem Frauenarzt, und der überwies mich umgehend in die Charité. Und dort dauerte es nur zwei Tage, bis sie Gewissheit hatten, bis sie es mir sagten. Sie wollten gleich operieren, denn der Krebs hat schon gestreut. Sie haben fünf Metastasen gefunden, und das müssen längst nicht alle sein. Jetzt wollen sie operieren, und dann soll es eine Chemotherapie geben. Da wird mit einer riesigen Kanone geschossen auf alles, was sich in meinem Körper bewegt. Und die Chance, es zu überstehen, liegt bei zehn Prozent, höchstens. Nun muss ich mich entscheiden. Ich kann den Krebs einfach ignorieren, denn es kann sein, dass er Ruhe gibt, dass er monatelang Ruhe gibt, auch jahrelang. Fünf Jahre, zehn Jahre, wäre das nicht schön? Oder Operation und Chemo, da braucht's keinen Krebs, um dich umzubringen, da reicht eine einfache Grippe aus, die pustet dich um.«

»Und was raten die Ärzte?«

»Die machen es sich einfach. Es ist Ihre Entscheidung, sagen sie mir. Aber ich bin kein Arzt, ich kann es nicht entscheiden, jedenfalls nicht mit Verstand oder mit Fachkenntnis. Also bin ich gegangen, habe mich aus der Klinik entlassen. Ich habe zu ihnen gesagt, zuerst will ich Urlaub machen, dann sehen wir weiter.«

»Und was sagt Marco?«

Sie schaute auf ihre Hände und schwieg einen Moment.

»Davor habe ich Angst, Paula«, sagte sie schließlich und sah mir in die Augen.

»Wovor?«

»Es ihm zu sagen. Er weiß noch nichts, ich habe ihm nichts davon erzählt. Ich habe nur mit Elsa gesprochen, meiner Schwester, und jetzt mit dir. Ich habe Angst davor, es Pariani zu sagen. Und hier oben wird er nichts davon erfahren, es reicht, wenn ich es ihm hinterher sage, in Berlin. Zumindest unseren Urlaub will ich mir von diesem dummen Krebs nicht kaputtmachen lassen. Aber ich musste mit jemandem darüber sprechen.«

»Ich begreife es nicht, Sibylle.«

»Geht mir nicht anders, meine Schöne. Ich verstehe es auch nicht. Nichts tut mir weh, ich fühle mich prächtig, kein Schmerz, keinerlei Schwächen. Ich könnte Bäume ausreißen. Bei einem Schnupfen würde es mir schlechter gehen. Doch das ist eine Täuschung, denn seit drei Wochen gibt es so etwas wie einen Schlusspunkt, eine Todeslinie. Doch keiner weiß, wo. Vielleicht habe ich noch zwei Monate, oder ein halbes Jahr. Vielleicht noch fünf Jahre. Das alles weiß allein mein neuer Liebhaber. So, nun habe ich dir ein dickes Paket aufgebürdet.«

»Warum redest du nicht mit Marco? Es würde dir helfen.«

»Nach dem Urlaub. Ich weiß genau, was passieren wird, wenn er es erfährt. Wir werden jeden Tag vierundzwanzig Stunden darüber reden, und das halte ich nicht aus. Darum erzählte ich es ihm noch nicht, darum kontrolliere ich jeden Tag die Post, bevor er sie in die Hände bekommt, denn es könnte ein Brief vom Krankenhaus dabei sein, der ihn misstrauisch machen würde. Wenn wir wieder in Berlin sind, kommt für ihn die Überraschung. Ich habe alles geplant. Ich werde einen Kuchen backen, ein Bachkonzert auflegen und es ihm dann erzählen.«

»Und dann? Gehst du ins Krankenhaus? Lässt du dich operieren?«

»Ich weiß nicht. Wenn ich sowieso keine Chance habe, warum sollte ich dann meine letzten Monate ausgerechnet mit Ärzten verbringen? So aufregend sind die nicht. Vielleicht mache ich mit Pariani ein paar Reisen. Ich könnte mir noch ein paar Städte ansehen, die ich nicht kenne, ein paar Museen, oder den Ozean. Wenn ich kräftig genug bleibe, ist das gewiss amüsanter als ein Krankenhausbett. So, Paula, und nun gehen wir zurück, wir wollen Mittagessen machen. Verplappere dich nicht. Und mach nicht so eine Leidensmiene.«

Die verbleibenden Stunden waren nicht einfach für mich. Über den Krebs haben wir an der See kein Wort mehr gesprochen. Selbst wenn ich mit ihr allein war, wollte Sibylle nichts mehr dazu sagen und davon hören. Sie scherzte ausgelassen und scheinbar sorglos mit mir und ihrem Mann. Ich bemühte mich, mich genauso zu verhalten, aber ich brachte nicht die Gelassenheit auf. Als Pariani sich erkundigte, wieso ich so schweigsam sei, erwiderte Sibylle, er möge mich in Ruhe lassen, ich hätte Liebeskummer. Er bedauerte mich und bemühte sich um mich, was meine Verlegenheit vergrößerte. Es war eine absurde Situation entstanden: über das einzige Thema, über das ich mit Sibylle sprechen sollte und müsste, schwiegen wir, und Marco Pariani erkundigte sich eingehend nach meinem angeblichen Liebesleid, und dabei war er es, der zu bedauern war. Es war so schwer erträglich geworden, dass ich beschloss, vorzeitig abzureisen, doch ich fühlte mich bei dem Gedanken unwohl, ich wollte und konnte Sibylle das nicht antun.

Ihr war nichts anzumerken, überhaupt nichts. Ich bewunderte Sibylle, sie war so schön und so stark, sie hatte dieses Schicksal nicht verdient. Es war so ungerecht, dass ausgerechnet diese stolze Frau von einer bösartigen Geschwulst aufgefressen wurde.

»Du hast deinen Mann übrigens nicht belogen«, sagte ich am Abend zu ihr, als wir wieder in der Küche etwas zum Essen vorbereiteten, »ja, es ist Liebeskummer, den ich habe.«

Sie schaute mich überrascht an. Sie brauchte ein paar Sekunden, bis sie begriff.

»Freut mich«, sagte sie.

19.

An diesem Abend war Pariani witzig wie immer und äußerst zuvorkommend Sibylle und mir gegenüber, aber mehrmals machte er kleine Bemerkungen, die ich nicht verstand, Anspielungen, die mich beunruhigten und verunsicherten. Als er vor dem Haus rauchte, fragte ich Sibylle, ob er etwas von uns wisse.

»Nein«, sagte sie, »er weiß nichts. Aber er sieht, dass wir uns gut verstehen, und denkt sich seinen Teil. Vielleicht träumt er davon, mit uns beiden ins Bett zu gehen.«

Ich schaute sie überrascht an.

»Das ist nur eine Vermutung. Gesagt hat er nichts. Mein Pariani ist nämlich schüchtern, auch wenn man es nicht für möglich hält. Er, der immer so forsch drauflosredet, ist in Wahrheit ein hoffnungsloser Romantiker. Er hat mich noch nie betrogen, nicht ein einziges Mal, und ich glaube nicht, dass ich mir etwas vormache, trotz seiner ständigen Anzüglichkeiten und obszönen Sprüche. Er spielt den Draufgänger, er macht sich an jede schöne Frau ran, der er begegnet, aber wenn eine darauf einginge, würde er in die größte Verlegenheit stürzen.«

Sie stockte, dann schloss sie die Augen.

»Nun ja«, sagte sie nach einigen Sekunden, »ich weiß gar nicht, wie er ohne mich auskommen soll. Pariani ist allein doch völlig hilflos. Und du, wirst du mich vermissen? Ein wenig? Von Herzen? Mit Schmerzen?«

Als Marco Pariani ins Zimmer zurückkam, fragte er, was denn los sei.

»Nichts«, erwiderte Sibylle, »wie kommst du darauf?«

»Du hast doch geweint.«

»Nein, im Gegenteil, wir haben gelacht. Paula und ich haben uns ausgeschüttet vor Lachen. Und nun rate mal, über wen!«

»Sehr schön«, sagte er, »das freut mich, dann bin ich wenigstens für etwas zunutze. Wobei ich mir sicher bin, dass ihr mich nicht braucht zu eurem Vergnügen.«

»Eifersüchtig?«

»Sollte ich?«

»Pariani, was soll das?«, erwiderte Sibylle, »Paula ist eine liebe Freundin, und wir haben uns eine Ewigkeit nicht gesehen. Lass uns doch.«

»Ich genieße es. Mir gefällt es, mit zwei Frauen zu leben. Falls Paula Zeit und Lust hat, ich würde mich freuen, wenn sie den ganzen Urlaub über bleiben würde. Was hältst du davon Paula?«

»Das ist völlig ausgeschlossen. In einem Monat wird meine Ausstellung eröffnet, und ich sitze hier und tue nichts. Das geht nicht. Nein, ich kann auf keinen Fall länger bleiben. Tut mir leid. Vielleicht ein andermal.«

»Ein andermal? Meinst du nächstes Jahr?«, erkundigte sich Sibylle.

Sie schaute mich ganz unbefangen an, ich erschrak und wurde sicherlich kreideweiß.

»Ja, vielleicht auch früher, oder bei eurem nächsten Aufenthalt hier«, stotterte ich.

»Ist das versprochen?«

Ich nickte.

»Hörst du, Pariani? Paula kommt für längere Zeit zu uns. Dann kannst du dich mit zwei Damen präsentieren.«

»Wird mir ein Vergnügen sein.«

»Das kann ich mir vorstellen. Aber erwarte nicht zu viel.«

»Was meinst du?«

»Ich spreche von Männerfantasien, Pariani«, sagte Sibylle.

»Ach so, das ist auch ein schöner Gedanke«, erwiderte er, »durchaus reizvoll. Wenn ich mir das vorstelle, Sibylle und Paula, die eine schwarz, die andere blond. Zwei Damen, die sich lieben, zwei Damen, die mich lieben, zwei Damen, die ich liebe. Ja, ich glaube, dazu würde mir einiges einfallen.«

Er goss Wein nach, hob sein Glas und sah uns erwartungsvoll an.

»Willst du uns betrunken machen, Marco?«, erkundigte ich mich.

»Zwei Frauen, das ist etwas Wunderbares. Schade, dass dieses Modell in der Geschichte nicht beibehalten wurde, sehr bedauerlich. Was meint ihr, ist die monogame Lebensform wirklich erstrebenswerter?«

»Wir zwei sind doch eigentlich ganz gut damit klargekommen, Pariani, oder?«, meinte Sibylle. »Ich weiß nicht, ob eine Ehe zu dritt stabiler wäre. Sicher wäre sie aufregender und gewiss dramatischer. Und du, Paula, was meinst du?«

»Keine Ahnung«, sagte ich, »mit Beziehungen hatte ich bisher nicht viel Glück. Stabil war keine einzige, und ich habe jedes Mal drei Kreuze geschlagen, wenn ich es hinter mir hatte.«

»Dann solltest du es mal mit einem anderen Modell versuchen«, schlug Marco vor, »einer Ménage à trois beispielsweise. Sie war früher durchaus üblich und ist zu Unrecht in Vergessenheit geraten.«

»Ich werde darüber nachdenken«, sagte ich, »vielleicht ist das keine dumme Idee. Wenigstens hat man dann den Kerl nicht immer am Hals.«

»Genau«, stimmte er zu, »man hat einerseits mehr Vergnügen, andererseits mehr Freiheit. Die Polygamie hat sich zwar nicht durchsetzen können, aber das heißt ja nicht, dass mit der Einehe die vernünftigere Form historisch siegreich war. Es war lediglich das Staatsinteresse, das sich gegen Vernunft und Individualität durchgesetzt hat. Die Monogamie ist staatlich kontrollierbarer, steuerrechtlich wie militärisch, darum wurde sie Staatsreligion. Ein polygamer Haufen lässt sich nur sehr schwer regieren.«

»Von einem solchen Haufen träumst du wohl, Pariani?«, erkundigte sich Sibylle.

»Träumen? Nein, das ist Vorlesungsstoff, darüber lese ich jedes Jahr einmal vor den Studenten. In der Geldwirtschaft existiert übrigens ein vergleichbares Phänomen. Geld als Tauschmittel war eine glänzende Erfindung, es ersetzte die unterschiedlichen Geldsorten der Naturvölker, das Nutzgeld, das Schmuckgeld, das Kleidergeld. Das waren alles Binnengelder, die schließlich von einem allgemein gültigen Metallgeld verdrängt wurden. Aber für dieses Geld hatte man damals unedle Metalle gewählt, rostendes Eisen. Die Bürger von Milet kannten noch das verrottende Geld, das war groß gedacht, das war menschlich. Da nichts Irdisches Bestand hat, sagten sich die antiken Banker, sollte auch das Geld verrotten. Nach fünfzig Jahren, nach hundert Jahren war es einfach dahin, so wie ein Haus zerbröselt, wie ein Schiff verfault, wie jeder Besitz. Geld war sterblich wie wir Menschen. Doch dann griff der Staat ein, er brauchte einen festen Dreh- und Angelpunkt, um seine Herrschaft zu sichern und das Privateigentum. Und seitdem verrottet zwar weiterhin alles, nur nicht das teure Geld. Doch das war nur ein scheinbarer Fortschritt, ein Sieg der Staatsraison und eine Niederlage der Menschen, denn damit wurde der Krieg unumgänglich. Eine Gruppe, ein Zusammenschluss von Menschen, eine Nation kann nicht über Jahrzehnte und Jahrhunderte unverrottbares Geld anhäufen. Das wäre eine Katastrophe, es hätte schließlich keinerlei realen Gegenwert mehr, nicht in dieser Größenordnung, da jeder potenzielle Gegenwert verrottet. Irgendwann wäre die Welt voller Millionäre, die sich mit ihrem Geld nichts kaufen können. Eine neue Bedrohung für den Staat, also mussten Inflation und Krieg her, um zur Sicherung der staatlichen Macht das Geldvermögen zu vernichten. Genauer gesagt, Teile des angesammelten Vermögens, nämlich das zirkulierende Geld der Masse. Geld und Vermögen werden vernichtet, um den Wert von Geld und Vermögen zu sichern. Wertschöpfung durch Vernichtung, denn auf diesem Weg werden Ressourcen verknappt, und der Mangel schafft Wert. Krieg ist für jeden Staat zu jeder Zeit das Allheilmittel, er kurbelt die Wirtschaft an, vernichtet die bedrohlichen Überschüsse, das Zuviel an Produkten wie Menschen, und zwingt den Bürger in die Gemeinschaft. Im Frieden und bei einem gesicherten Auskommen ist der Mensch ein privates Wesen. Erst der Krieg macht ihn zum Staatsbürger, der äußere Feind zwingt ihn zum Schulterschluss mit der Gemeinschaft, macht ihn uniform. Und schließlich die Kriegsbegeisterung, der Sieg, die Niederlage, die Not, all das schmiedet Nationen. Erst mit dem Krieg endet der Privatmensch und beginnt, nolens volens, der Staatsbürger.«

Ich hörte seinen Ausführungen aufmerksam zu, Sibylle allerdings schüttelte den Kopf.

»Pariani, du hältst eine Vorlesung, und wir sind im Urlaub.«

»Entschuldige, aber du musst zugeben, ein Geld, das verrottet, das war ein genialer Gedanke. Und mit der Polygamie ist es ganz ähnlich, da ist es genauso verquer gelaufen. Die Menschen sind völlig verschieden, die einen wollen allein leben, andere zu zweit, die einen ziehen es vor, mit einer Frau zusammen zu sein, die anderen wollen einen Partner vom gleichen Geschlecht. Und noch andere sind polygam. Was ist dagegen einzuwenden? Nichts. Nur der Staat hat eigene Interessen, und die hat er mit seinem Machtmonopol durchgesetzt, jedenfalls in unserer Kultur. Gegen das Individuum, gegen dessen natürliche Bedürfnisse. Glücklich sind die Menschen dabei nicht geworden.«

»Erzählst du tatsächlich so etwas deinen Studenten, Marco?«

»Gewiss. Gleich in den allerersten Vorlesungen. Das macht sie heiß, Paula, sie lassen sich nach einem solchen Auftakt keine einzige meiner Vorlesungen entgehen, in der Hoffnung, mehr zu diesem Thema zu hören.«

Sibylle stand auf, um eine Flasche Wasser aus der Küche zu holen. Ihr Mann goss sich die letzten Tropfen aus der Weinflasche ins Glas.

»Was ist, meine Damen, trinken wir noch eine Flasche?«

Sibylle schaute mich an und schüttelte den Kopf: »Danke, nein. Und für dich ist es auch besser, auf Wasser umzusteigen. Sonst verrennst du dich noch in irgendwas. Ich ahnte ja nicht, was für bigame Neigungen in dir stecken.«

»Alles, was wir sind, wie wir sind, das ist das Ergebnis dieser Kultur und Erziehung. Vielleicht steckt ein ganz anderer Kerl in mir, ein Sultan, ein Pascha, wer weiß. Und die eigentliche Sibylle, die wirkliche Paula, wie wäret ihr ohne dieses Korsett? Keiner weiß es.«

»Und du würdest uns gern ohne Korsett sehen?«

»Du nicht, meine Liebe?«

»Pariani, Pariani, Pariani«, murmelte Sibylle. Dann stand sie auf und meinte, es sei für sie Zeit, ins Bett zu gehen. Sie streichelte mir übers Haar und küsste mich auf die Stirn.

»Bis gleich«, sagte sie zu ihrem Mann und verließ das Zimmer.

»Ich werde noch ein letztes Glas trinken«, sagte Marco. »Leistest du mir Gesellschaft? Möchtest du auch noch einen Schluck Wein?«

»Danke, nein. Ich gehe auch ins Bett.«

»Habe ich dich verwirrt, Paula?«

»Nein. Überrascht.«

Wir gingen zusammen in die Küche, er nahm einen Wein aus dem Kühlschrank und schnitt mit einem Messer den Plastikverschluss ab.

»Schade, dass es mit Waldschmidt und dir nicht geklappt hat. Ich fand, ihr beide habt gut zueinander gepasst. Aber Freddy ist wohl recht anstrengend?«

»Ja. Und ich bin es auch.«

»Schade, sehr schade. Seit ihr nicht mehr zusammen seid, bekomme ich dich überhaupt nicht mehr zu Gesicht.«

»Freddy wäre alles andere als erfreut, wenn ihr mich zu euren Gesellschaften einladen würdet.«

»Das ist ja kein Grund, dass wir drei uns nicht sehen, Sibylle, du und ich. Ich glaube, Sibylle hängt an dir. Und ich auch.«

Er hatte den Korken aus der Flasche gezogen, goss Wein in ein Glas und bot es mir an. Ich schüttelte den Kopf und ging zur Tür.

»Ich habe sogar den Eindruck, Sibylle ist ein wenig in dich verliebt. Das soll vorkommen.«

Für einen Moment erstarrte ich. Er weiß nichts, sagte ich mir, gar nichts, überhaupt nichts. Verlegen kicherte ich, dann wandte ich mich zu ihm um: »Ich weiß nicht, was du meinst, Marco. Kann es sein, dass deine Fantasie mit dir durchgeht?«

»Ich glaube nicht, aber was weiß ich! Andrerseits, wenn ihr beiden euch gern habt, ist doch nichts dagegen einzuwenden. Wir leben nicht im Mittelalter, Hexenverbrennungen sind nicht mehr angesagt.«

Ich sah ihm in die Augen und versuchte, schroff und abweisend zu wirken. Ich spürte, er belauerte mich, registrierte jedes Wort, jede Geste von mir sorgfältig, versuchte, die geringste Gesichtsregung zu deuten.

»Was willst du mir damit sagen?«

»Es stört mich nicht«, erwiderte er, »ich weiß nicht, wieso, aber wenn du und Sibylle, wenn ihr zwei irgendetwas miteinander hättet, es würde mich nicht stören. Ganz anders wäre es bei einem Mann, da wäre ich eifersüchtig. Ich kann es dir nicht erklären, aber mit einer Frau, das ist für mich etwas ganz anderes.«

Ich schnaubte belustigt und lachte ihn schließlich aus. Meine Hand lag noch immer auf der Türklinke, als diese nach unten ging. Sibylle erschien in der Küche, sie trug einen Bademantel über ihrem Nachthemd und sagte, die Wasserflasche neben ihrem Bett sei leer.

»Und warum steht ihr in der Küche? Setzt euch doch ins Wohnzimmer.«

»Dein Mann besitzt viel Fantasie, Sibylle, vielleicht etwas zu viel.«

»Hat er dir noch eine Vorlesung über Polygamie gehalten?«

»So etwas Ähnliches. Es scheint ihn sehr zu beschäftigen. Du solltest auf ihn aufpassen, er denkt unentwegt daran.«

»Was war denn?«

Pariani hatte sich an die Wand gelehnt und betrachtete uns amüsiert. Er schien die Situation zu genießen.

»Er glaubt, dass du und ich, dass wir ...«

»Dass wir ein Verhältnis haben?«

»So ungefähr.«

»Tatsächlich? Ich glaube, er wünscht es sich, er träumt davon. Die Vorstellung, dass wir zwei intim miteinander sind, gefällt dir. Nicht wahr, Pariani, das würde dich reizen?«

»Es geht nicht um meine Träume, Liebste, ich wollte nur wissen, woran ich bin. Sind wir zu zweit, sind wir zu dritt?«

»Wollen wir es ihm sagen, Paula?«

»Was?«, fragte ich und hatte Mühe, meine Stimme ruhig zu halten. Ich drückte meine Fingernägel in die Handballen, um die kleine Panik zu bekämpfen, die mich bei Sibylles Worten überfallen hatte. Ich sah sie irritiert an, sie beobachtete vergnügt ihren Mann.

»Pariani, komm ins Bett, du hast genug getrunken«, sagte sie schließlich.

»Ich dachte, ihr wolltet mir etwas sagen. Statt uns jetzt wortlos ins Bett zu verziehen, sollten wir uns noch einen Moment ins Wohnzimmer setzen. Ich gieße uns allen ein Glas ein, und ihr erzählt mir, was ich nicht weiß, aber vielleicht wissen sollte.«

Er nahm die drei Weingläser mit einer Hand auf, griff mit der anderen nach der Flasche und hielt sie seiner Frau entgegen.

Sibylle schüttelte den Kopf: »Ach, Pariani, manchmal bist du wie ein kleiner Junge. Was glaubst du denn? Dass ich dich nicht liebe? Komm jetzt, wir langweilen Paula.«

»Nein, das ist es nicht, aber es ist spät geworden«, sagte ich, öffnete die Tür, nickte den beiden zu und ging rasch in mein Zimmer. Auf dem Bett atmete ich erst einmal tief durch.

Das Gespräch in der Küche hatte mir überhaupt nicht gefallen. Meine Beziehung zu Sibylle überforderte mich, ich fühlte mich wohl bei ihr und gleichzeitig ängstigte sie mich. Ich wusste nicht, woran ich mit ihr war. Für sie war alles selbstverständlich, und wenn ich von meinen Ängsten sprach oder wenn sie meine Befangenheit bemerkte, lachte sie nur. Falls sie Pariani etwas von uns erzählen würde, ich wüsste nicht, wie ich darauf reagieren würde. Obwohl ich Wein getrunken hatte, war ich hellwach. Ich hätte mir diesen Besuch in Ahlbeck ersparen sollen.

»Schläfst du schon?«, fragte Sibylle.

Ich hatte sie nicht hereinkommen hören und fuhr hoch. Sie setzte sich zu mir auf die Bettkante, und ich schaltete das kleine Nachtlicht ein.

»Alles in Ordnung?«, erkundigte sie sich.

Ich nickte.

»Ich hatte Angst, Pariani hätte dich irgendwie verstört. Es gibt keinen Grund zur Besorgnis, Paula, er stochert im Nebel herum, das ist alles. Ich habe ihm nichts erzählt, gar nichts, sei unbesorgt.«

»Ich mache mir keine Sorgen. Worüber denn auch?«

»Dann ist es gut. Gute Nacht, Liebe.«

Sie beugte sich vor, küsste mich auf die Stirn und verließ das Zimmer.

20.

Am nächsten Morgen verloren die Parianis kein Wort über den gestrigen Abend, sie waren aufgeräumt und verwöhnten mich von vorn bis hinten. Ich musste am Gartentisch in der Sonne sitzen bleiben, während sie in der Küche das Frühstück vorbereiteten, hin und her liefen, um den Tisch unter der Kastanie zu decken, und die Kannen mit Kaffee und Saft, die Konfitüregläser und die Käseplatte herausbrachten. Beim Frühstück erzählte Marco von den Nachbarn im Ort, die alle von den Feriengästen lebten, sich die begehrten Ostseequartiere teuer bezahlen ließen und sich zudem über die armen Urlauber lustig machten. Marco wies auf das rechte Nachbarhaus, der Besitzer habe auf dem hinteren Teil des Grundstücks eine Garage gebaut, sein Auto stehe jedoch nur in den Wintermonaten darin, in der Ferienzeit parke er es auf der Straße. Dafür wurden Gardinen am Garagenfenster angebracht, ein kleiner Kronleuchter reingehängt und der Raum, mit Bett, Tisch und Stühlen möbliert, als Ferienbungalow vermietet. Sibylle und Marco erzählten, einander ins Wort fallend, wie den ganzen Sommer über Familien in der ausstaffierten Garage um den Tisch saßen, glücklich, ein Quartier an der See bekommen zu haben, und ahnungslos über einen Teppich gingen, der nur die Öl- und Benzinflecke abzudecken hatte.

»Ekelhaft«, sagte Marco, »stell dir das vor, Paula. Da drinnen muss es stinken wie an einer Tankstelle.«

»Und es ist nicht gesund.«

»Natürlich nicht. Eigentlich müsste der Bürgermeister einschreiten. Eine Familie in eine Garage einzuquartieren, das ist unverantwortlich. Diese Benzindämpfe sind krebserregend, soviel ich weiß.«

Ich schaute unwillkürlich zu Sibylle, aber sie blickte mich scheinbar sorglos an.

»Bleib doch noch einen Tag«, sagte sie, »das Wetter ist wunderbar, und in Berlin läuft dir doch nichts weg.«

»Nein, meine Arbeit wartet. Die läuft mir nicht weg, aber sie erledigt sich auch nicht von allein.«

»Einen Tag, Paula. Mir zuliebe. Und wenn du heute unbedingt fahren musst, es geht noch am Abend ein Zug von Anklam. Ich fahr dich mit dem Auto an die Bahn.«

Ich wollte eigentlich unbedingt abreisen, aber es fiel mir schwer, in dieser Situation Sibylle einen Wunsch abzuschlagen. Vielleicht würde es ihr letzter Urlaub sein, vielleicht wäre sie zum allerletzten Mal im Leben in ihrem Ferienhaus. Und wer weiß, vielleicht würde ich sie das nächste Mal in einem Krankenhaus besuchen müssen.

»Denk nicht nach. Sag einfach ja.«

»Gut, ich fahre abends. Ich werde ja hoffentlich vor Mitternacht zu Hause sein.«

»Danke, Paula. Wir machen uns einen wunderbaren Tag, wir zwei. Heute soll Pariani sehen, wie er allein zurechtkommt, ich gehe mit dir essen. Ich werde bei Szuminski einen Tisch bestellen, bei ihm bekommen wir einen Platz.«

»Vielleicht sollte ich mir heute einen freien Tag gönnen und euch begleiten. Was haltet ihr davon? Werde ich zugelassen, oder bin ich unerwünscht?«

»Du überraschst mich, Pariani. Paula muss dir sehr gefallen.«

»Ihr beide, Sibylle. Also, was machen wir? Ich bin zu allem bereit.«

»Wir fahren zuerst nach Zinnowitz, ich will dort nach Schuhen schauen. Das musst du dann auch mitmachen, mein Lieber.«

»Schön, also zuerst einen Einkaufsbummel. Ich stehe den Damen zur Verfügung.«

Wir fuhren mit dem Auto in das benachbarte Ostseebad, mischten uns unter die Urlauber auf der Geschäftsstraße und schoben uns mit ihnen durch die überfüllten Läden. Offensichtlich verführt Urlaub zum Geldausgeben, ich staunte, welchen Unsinn die Leute kauften. Sibylle wollte unbedingt einen handgearbeiteten Wickelrock für mich erstehen, was ich strikt verbot, aber hinter meinem Rücken kaufte sie mir dann einen sehr damenhaften Hut mit einer riesigen Krempe, den ich kurz zuvor aufprobiert hatte. Sie drückte mir auf der Straße die Hutschachtel in die Hand und sagte: »Ich könnte es nicht ertragen, wenn ich eine andere Frau mit diesem Hut sehen müsste. Er steht dir einfach zu gut. Nimm ihn und sag nichts.«

Zu Mittag aßen wir in Wolgast. Pariani war gut aufgelegt und bemühte sich, uns zu unterhalten. Es war schön, die beiden zu beobachten. Ein Paar, das sich liebte. Es war kein Falsch dabei, es hatte keinen fatalen Goût, nicht den Hauch des Peinlichen und Aufgesetzten. Sie waren ganz offensichtlich so herzlich und vertraut miteinander, wie sie sich gaben. Sehnsucht kam in mir auf, während ich ihnen zuschaute. Eine Sehnsucht, die ich rasch beiseitewischte. Es gefiel mir, den beiden zuzusehen, aber ich wusste, ich selbst könnte ein so harmonisches Verhältnis auf Dauer nicht ertragen. Ich hatte mich in meinem Leben stets aus eigener Kraft durchsetzen müssen, und ich werde auch weiterhin nur auf meine Energie bauen und nicht auf jene sogenannte weibliche Ausstrahlung, von der die Männer immer reden, auf diese Ausstrahlung von Schönheit und liebenswürdiger Anmut, die sie sich von uns erhoffen und die es ihnen leicht und bequem macht, so bequem, dass sie sogar glauben, mit uns zusammenleben zu können.

Am Nachmittag lagen wir am Strand und sprachen über Wünsche, über jenen großen Wunsch, den jeder von uns habe, wie Marco meinte. Sibylle sagte, sie wünsche sich eigentlich nur, dass sich nichts mehr verändere in ihrem Leben, sie wünsche sich, den Augenblick festhalten zu können.

»So wie jetzt, wie jetzt mit euch beiden, so wie es mir bisher in diesem Jahr ging und in dem Jahr davor, so sollte es bleiben, eine Ewigkeit lang. Oder zumindest für dreißig Jahre«, sagte sie, »siebzig Jahre zu leben, fünfundsiebzig, das würde mir genügen.«

Dann wandte sie sich zu ihrem Mann: »Und du? Was hast du für einen großen Wunsch?«

Pariani sah Sibylle nicht an, als er antwortete: »Dass ich vor dir sterbe. Ich möchte dich nicht überleben. Ich möchte mein Leben lang mit dir zusammen sein, aber ich wünsche mir von ganzem Herzen, dass ich vor dir gehe.«

»Das ist sehr egoistisch«, sagte sie. »Und ich? Was soll ich tun, wenn du vor mir stirbst?«

»Du bist viel stärker als ich. Du kommst zurecht, das weiß ich. Nun, wie auch immer, meine Aussichten sind gut, ich bin ein paar Jahre älter als du, und Männer sterben statistisch ohnehin zehn Jahre früher.«

»Ach, Pariani«, sagte sie traurig, »falls ich vor dir sterbe, nimmst du dir einfach so rasch wie möglich eine andere Frau. Allein kannst du nicht leben, das weiß ich, aber es gibt so viele schöne Frauen. Irgendeine wird dir gefallen.«

Er schaute sie an, sagte aber nichts. Sibylles Augen waren dunkel geworden. Sie wandte den Kopf und sagte zu mir: »Und nun bist du dran, Paula. Was wünschst du dir?«

Als ich sagte, dass ich eigentlich keinen besonderen Wunsch habe, da ich zufrieden und glücklich sei, wenn ich meine Arbeit machen kann, schüttelte sie den Kopf.

»Das glaube ich dir nicht«, erwiderte sie, »irgendeinen Wunsch wirst auch du haben. Du willst ihn uns nur nicht erzählen.«

»Nein«, sagte ich, »die Arbeit ist für mich alles.«

»Und es gibt keinen Menschen, mit dem du Hoffnungen verbindest? Von dem du träumst?«

»Gott bewahre«, sagte ich nur und lachte laut auf.

Die beiden schauten mich prüfend an, erwiderten aber nichts.

21.

Daheim machten sie mir zuliebe ein frühes Abendbrot, Sibylle wollte sich nicht hetzen, wenn sie mich zur Bahn fuhr. Nach dem Essen zündete sich Pariani eine Zigarre an und fragte, ob wir ihm vor dem Haus Gesellschaft leisten wollten. Ich ging mit ihm, Sibylle machte für uns noch eine Weinschorle und kam dann mit drei Gläsern heraus. Sie setzte sich neben mich und legte ihren Arm um mich. Wir betrachteten schweigend die Urlauber, die an dem

Haus vorbeiliefen, stehen blieben, es eingehend musterten und offensichtlich über uns sprachen. Das Meer war vom Garten aus nicht zu sehen, nur der Horizont zeigte sich zwischen den Bäumen. Der endlose Himmel war völlig klar und von leuchtendem Blau, drei Wolken tupften ihn im Norden, einsam und verloren in der strahlenden Kuppel des Firmaments.

»Mein Gott, das ist zu schön«, sagte Sibylle.

Mir schien, als hätte sie Tränen in den Augen, doch Sekunden später lachte sie wieder.

»Schau dir diesen Himmel an, Paula. Und da willst du wegfahren? In deine triste Stadt?«

»Daran habe ich auch gerade gedacht«, sagte ich. »Wenn ich euch nicht auf den Wecker falle, verschieb ich die Abreise nochmals. Um einen Tag?«

Sibylle drückte mich an sich.

»Wunderbar«, sagte Pariani, »und was machen wir mit dem angebrochenen Abend?«

Er ging ins Haus und öffnete einen Wein, den er von einer seiner Reisen nach Italien mitgebracht hatte, das Geschenk eines römischen Kollegen. Die übergroße Flasche liege seit zwei Jahren im Keller, er wollte einen würdigen Anlass haben, um sie öffnen, und der sei heute. Wir gingen mit den Gläsern hinter das Haus und setzten uns an den Gartentisch. Pariani hatte eine Schallplatte aufgelegt, Cembalosonaten von Bach, und einen Lautsprecher ins offene Fenster gestellt. Nach dem ersten Schluck sagte er: »Ja, Sibylle, so wie jetzt, so sollte es bleiben. So kann man leben.«

»Ja, aber leg eine andere Platte auf, die Musik ist mir zu feierlich und düster. Ich würde jetzt gern tanzen.«

»Tango? Ich könnte Gardel anbieten.«

»Nein. Dazu kann man nicht zu dritt tanzen. Lass dir etwas einfallen.«

»Dann hätte ich nur noch Jazz im Angebot. Etwas anderes habe ich nicht.«

Pariani ging ins Haus und legte eine andere Platte auf. Er blieb im Fenster stehen und wartete, ob Sibylle mit der Musik einverstanden war. Wir zogen die Schuhe aus und begannen, auf dem kleinen Rasenstück zu tanzen. Sibylle schien sehr glücklich zu sein. Ich bewunderte ihre Kraft, beneidete sie wegen ihrer Vitalität. Sie wusste, dass sie krank war, und war imstande, sich nichts anmerken zu lassen. Sie war vergnügt und liebevoll wie immer.

Es war dunkel geworden. Die wenigen Straßenlaternen schrumpften zu fernen, schummrigen Lichtpunkten, nur ein paar erleuchtete Dachfenster ließen etwas von den Häusern ahnen. Pariani wollte das Gartenlicht einschalten, aber Sibylle bat ihn, die Kerzen in den Windlichtern anzuzünden und die Musik leiser zu stellen. Sie tanzte immer wilder, ich kam außer Atem und wollte eine Pause einlegen, aber sie griff nach meiner Hand und ich musste weitermachen. Keiner von uns sagte etwas, jeder gab sich ganz der Musik und der Nacht hin, ein Tanzen wie ein Träumen. Die Erde unter unseren Füßen war noch immer sonnenwarm, und die weiße aufgeheizte Steinmauer des Hauses strahlte Wärme ab. Wir tanzten leicht und wie befreit, die Körper wiegten sich, wir berührten einander, ohne uns anzufassen. Dann ließ sich Sibylle erschöpft ins Gras fallen, und Pariani und ich setzten uns neben sie.

Als der Morgen dämmerte, schlug Sibylle vor, ans Wasser zu gehen.

»Du musst den Sonnenaufgang sehen«, sagte sie, »unbedingt.«

Zu dritt gingen wir zwei Stunden den Strand entlang. Die aufgehende Sonne war riesig und von majestätischer Wucht. Gleichmütig, stoisch, gnadenlos.

»Na, ist das nicht ein Bild zum Malen«, sagte Sibylle.

»Nein, ist es nicht. Nicht mehr. So viel Schönheit, so viel unangetastete Schönheit ist heutzutage nicht mehr malbar. Das will keiner sehen, das erträgt keiner mehr auf einem Bild. Wenn du das malst, kommt unweigerlich dummer Kitsch raus. Nur ein Kind oder ein Idiot kann das noch malen.«

»Du hast Recht. So schön das ist, in mein Zimmer möchte ich mir das nicht hängen«, meinte Pariani.

»Aber warum?«, erkundigte sich Sibylle, »wieso ist plötzlich eine Naturschönheit nicht mehr darstellbar? Die Sonne geht doch so wunderbar auf, wir sehen es ja.«

»Ich weiß nicht«, sagte ich, »vielleicht gibt es eine Schönheit, die wir nur unreflektiert ertragen. Wenn wir sie malen wollen, dann muss ein Bruch hinzukommen, etwas Zerstörtes, sonst können wir das Bild nicht ertragen. Vielleicht der Bruch, der durch unser Leben geht. Wenn ich diese Sonne malen müsste, ich würde eine einsame und grenzenlos traurige Frau in den Vordergrund setzen. Oder ein verlassenes Kind. Ein blattloser Baum, trist und verdorrt, das würde auch gehen. Aber nur mit einem solchen Zentrum könnte ich diese Sonne malen.«

»Du hast sicher Recht, Paula, doch es ist merkwürdig. Weist das nicht auf einen Defekt bei uns hin, dass wir Schönheit nicht ertragen?«

Ich wusste nichts zu erwidern und zuckte mit den Schultern. Pariani legte einen Arm um Sibylle, den anderen um meine Schultern, und so gingen wir ins Haus zurück.

Es wurde ein schönes letztes Frühstück. Pariani gab sich große Mühe. Er ließ es nicht zu, dass wir auch nur einmal vom Tisch im Garten aufstanden, und bemühte sich, uns die Wünsche von den Augen abzulesen. Sibylle saß wie eine Königin in ihrem Gartenstuhl, wunderschön und selbstsicher und glücklich. Wenn ich einmal die Göttin der Liebe malen sollte, sie wäre mein Modell.

Sibylle wartete mit mir auf dem Bahnhof, bis der Zug einfuhr. Sie ließ sich nicht davon abhalten, mit mir einzusteigen, um meine Tasche ins Abteil zu stellen. In der Waggontür, noch bevor sie die zwei Stufen zum Bahnsteig hinunterstieg, umarmte sie mich ein letztes Mal.

»Ich danke dir, Paula. Ich danke dir für viel mehr, als du ahnen kannst. Mir geht es gut, ich fühle mich leicht, ich könnte schweben.«

»Wir sehen uns bald wieder, Sibylle. Ruf mich an, wenn du in Berlin bist.«

»Wir sehen uns. Aber in die Klinik wirst du nicht kommen, das musst du mir versprechen. Ich will das nicht.«

Ich wollte irgendetwas Freundliches sagen, aber ich brachte keinen Ton heraus. Es gab nichts, was ich ihr hätte sagen können, jeder Satz und jedes Wort wäre unaufrichtig gewesen. Jeder, außer diesem einen: Du wirst sterben, Liebe. Sie werden dich bestrahlen, sie werden dich mit Chemie vollpumpen, du wirst abmagern oder monströs zunehmen, du wirst deine Haare verlieren, sie werden dich, dein Gesicht und deinen ganzen Körper, bis zur Unkenntlichkeit verändern. Und wenn du diese Quälerei überstanden hast, wirst du todkrank und schwach sein, und dann wirst du sterben, meine Liebe. Was konnte ich ihr da noch sagen. Mich erfasste plötzlich panische Angst. Ich streichelte ihr über die Wange und rannte in mein Abteil.

Fünftes Buch

1.

Am achten September bestätigte mein Gynäkologe, was ich seit vierzehn Tagen vermutet hatte, ich war im zweiten Monat schwanger. Auf die Frage, ob ich das Kind wolle, ob ich mich freue, ob es ein Wunschkind sei, antwortete ich jeweils und ohne zu zögern mit einem klaren Ja. Er gratulierte und verschrieb mir Vitamine.

»Sie sollten mehr essen«, sagte er, »dem Kind zuliebe. Sie brauchen Kraft und Ruhe. Versprechen Sie mir, mehr Rücksicht auf sich und das Kind zu nehmen. Sie haben jetzt eine Verantwortung.«

Ich sah ihn so befremdet an, dass er verlegen wurde und mir nochmals gratulierte.

Ja, ich wollte das Kind. Und dieses Kind wollte ich behalten. Um jeden Preis. Als Jan am Abend anrief und mich für den nächsten Tag zum Essen einlud, zögerte ich, bis er fragte, ob ich noch am Apparat sei.

»Ja«, sagte ich, »wir sollten uns treffen. So bald wie möglich.«

»Ich kann heute noch vorbeikommen, wenn es dringend ist. In zwei Stunden? Treffen wir uns kurz nach zehn?«

»Gut. Aber nicht bei mir in der Wohnung, wir sehen uns im Ratskeller. Sagen wir um elf, eine Stunde vor Mitternacht.«

»Was gibt es denn? Du machst es ja richtig spannend, Paula.«

»Ich sag es dir dann.«

Ich fuhr mit dem Rad zum Ratskeller und traf dort

zwanzig Minuten nach elf ein, ich hatte Mühe, so spät noch eingelassen zu werden, da man schließen wollte. Jan wartete auf mich und hatte bereits zwei Schoppen Wein für uns bestellt. Er versuchte, mich zur Begrüßung zu küssen, doch ich drehte den Kopf wie zufällig weg und setzte mich rasch. Er fragte mehrfach, was es gäbe, aber ich nippte nur an meinem Glas. Daheim hatte ich mir alles zurechtgelegt, aber als ich ihm gegenübersaß, fehlte mir der Mut. Ich musste meine ganze Kraft zusammennehmen, um ihm zu sagen, dass wir uns trennen müssten. Es kam für ihn wie ein Schlag aus heiterem Himmel, und einen Augenblick lang tat er mir leid.

»Aber wieso denn? Warum? Was ist passiert?«, wiederholte er immer wieder.

»Ich habe einen anderen Mann kennengelernt. Er ist auch Maler.«

Ich dachte, diese Lüge würde ihm helfen. Der Kellner kam an den Tisch, um zu kassieren und darauf hinzuweisen, dass die Gaststätte bereits geschlossen und er eigentlich Feierabend habe. Jan nickte, aber ich glaube nicht, dass er etwas von dem verstanden hatte, was der Kellner sagte. Er wollte den Namen wissen, den Namen von diesem Maler, und dann verlangte er von mir, dass ich ihn mit ihm bekannt mache. Er wolle ihn sprechen, er müsse ihn sprechen. Ich schüttelte den Kopf. Der Kellner stellte sich einen Meter neben unseren Tisch, wir waren die letzten Gäste und sollten endlich gehen.

»Komm, Jan«, sagte ich und stand auf.

Vor dem Ratskeller griff ich nach meinem Rad und setzte mich auf den Sattel.

»Wie? Und das ist alles«, fragte er.

»Ja«, sagte ich, »das ist alles. Mehr ist nicht dazu zu sagen, jedenfalls nicht von mir.«

»Und wann sehen wir uns?«

Ich schüttelte den Kopf.

»Du kannst dich doch nicht auf diese Art von mir trennen. So einfach geht das nicht. Wir müssen miteinander reden, Paula.«

»Ich glaube, das ist keine so gute Idee«, sagte ich, »ich habe dir nichts mehr zu sagen.«

Er starrte mich mit offenem Mund an, ich nickte ihm zu und fuhr los. Er lief mir hinterher, er rief mir hinterher, ich drehte mich nicht um. Daheim klingelte das Telefon, immer wieder, bis drei Uhr nachts. Ich ließ es klingeln, ich nahm den Hörer nicht ab. Sollte Jan doch annehmen, ich sei bei jenem anderen Mann, es würde ihm helfen, sich von mir zu trennen, mich zu vergessen.

Ich wollte das Kind, und ich wollte es behalten. Die Schwangerschaft kam für mich ein wenig überraschend, sie war nicht geplant gewesen, jedenfalls nicht bewusst. Aber möglicherweise hatte der Wunsch nach einem Kind in meinem Körper gesteckt, denn ich war über mich selbst verwundert, dass ich, als die Regel ausgeblieben war, sofort eine Schwangerschaft vermutet hatte und völlig gelassen blieb. Ich würde ein Kind auf die Welt bringen, und ich würde es behalten. Kein Mensch und kein Mann sollte es mir streitig machen können, auch nicht sein Vater, und darum sollte er nichts davon erfahren. Ich hatte Cordula verloren, und ich vermisste sie, je länger, umso schmerzlicher. Sie war jetzt fünf Jahre alt, fünf Jahre und sieben Monate, und ich durfte sie nicht einmal sehen. Das sollte mir nicht noch einmal passieren. Ich wollte das Kind, ich brauchte es, und zwar für mich. Jan würde es nie erfahren, es war mein Kind, nur meins. Was hatte er damit zu tun! Wir hatten miteinander geschlafen, und weder er noch ich hatten dabei an ein Kind gedacht. Der Rest war allein meine Angelegenheit.

2.

Ein Rettungswagen fuhr auf den Schulhof und hielt kreischend, dann wurde das Martinshorn abgestellt, danach der Motor, man hörte das Klappen der Türen. Drei Schüler waren an das Fenster gelaufen, doch die Lehrerin hatte sie zur Ordnung gerufen und auf ihre Plätze zurückgeschickt. In der Klasse wurde geflüstert, alle rätselten, weshalb ein Arzt gebraucht wurde, die Lehrerin musste mehrfach die Jugendlichen ermahnen. Nach einigen Minuten hörte man den Wagen vom Hof fahren, und das Signalhorn heulte wieder los.

Kurz vor Ende der Schulstunde kam Frau Pallocks, die Sekretärin des Schuldirektors, in die Klasse, ging zur Lehrerin und flüsterte ihr etwas ins Ohr. Die gesamte Klasse starrte gebannt auf Frau Würthner und Frau Pallocks, alle versuchten etwas von dem mitzubekommen, worüber sich die beiden Frauen unterhielten. Paula bemerkte, dass die Frauen mehrmals zu ihr schauten. Als die Pausenklingel im Flur schrill schepperte und die Schüler von den Sitzen aufsprangen und zu den Garderobenhaken liefen, rief Frau Würthner Paula zu sich.

»Warte bitte einen Moment«, sagte sie, beugte sich über das Klassenbuch und trug etwas ein. Als sie damit fertig war, klappte sie das Buch zu und sah in den Klassenraum. An der Garderobenleiste standen vier Schüler. Frau Würthner sagte zu ihnen, sie sollten das Klassenzimmer verlassen und auf den Hof gehen. Sie wartete, bis sie hinausgegangen waren, bevor sie sich dem jungen Mädchen zuwandte.

»Paula, ich habe Ihnen etwas zu sagen. Es tut mir sehr leid, aber Ihrem Vater ist etwas zugestoßen. Er ist zusammengebrochen. Das Krankenauto war seinetwegen hier, sie haben ihn in die Klinik gebracht.«

Paula hörte schweigend zu und versuchte zu begreifen, was ihr die Lehrerin sagen wollte.

»Ihr Vater wurde ohnmächtig. Frau Pallocks fand ihn. Sie hat alles versucht, aber er kam nicht wieder zu Bewusstsein, weshalb sie gleich den Rettungsdienst gerufen hat. Wir machen uns alle große Sorgen, doch nun ist er in den besten Händen.«

Paula wusste nicht, was sie sagen sollte.

»Haben Sie mich verstanden, Paula? Ihr Vater ist schwer krank.«

»Ja«, antwortete sie schließlich eingeschüchtert.

»Frau Pallocks hat Ihre Mutter angerufen. Und ich denke, es ist besser, wenn Sie jetzt nach Hause gehen. Ihre Mutter wird Sie sicher erwarten.«

Paula nickte, blieb aber reglos neben dem Lehrertisch stehen.

»Na los. Packen Sie Ihre Sachen und gehen Sie nach Hause. Sie wollen doch sicher mit Ihrer Mutter ins Krankenhaus.«

»Danke«, sagte das Mädchen. Sie drehte sich um, ging zur Bank und packte die Schulsachen in ihre Tasche.

Ihre Mutter erwartete sie bereits. Die Schulsekretärin hatte in der Kaufhalle angerufen, und ihr Chef hatte sie daraufhin nach Hause geschickt, damit sie sich um ihren Mann kümmern könne.

»Ich habe im Krankenhaus angerufen. Es steht schlecht um Vater«, sagte die Mutter, als sie die Haustür öffnete, »wir sollen gleich hinkommen, also zieh dich nicht erst aus.«

»Kommt Clemens mit?«, erkundigte sich Paula.

»Natürlich.«

»Ich komme nicht mit«, rief Clemens vom Wohnzimmer durch die offenstehende Wohnungstür, »ich kann nicht laufen.«

»Du kommst mit. Ich sage das nicht noch einmal. Dein Vater liegt im Sterben, da wirst du hier nicht herumfaulenzen, das kann ich dir versprechen.«

»Ich geh nicht ins Krankenhaus. War lange genug in Krankenhäusern. Ich vertrage den Geruch nicht.«

»Es ist mir egal, was du verträgst. Du kommst mit. Das ist immer noch dein Vater, der dort liegt. Und wir wissen alle nicht, ob wir ihn noch einmal lebend sehen werden. Es kann sein, dass er stirbt, Junge, verstehst du das nicht?«

»Ist mir scheißegal«, sagte Clemens, »soll er doch krepieren. Ich werde ihn nicht vermissen.«

Die Mutter fuhr herum: »Was hast du gesagt?«

Sie rannte ins Wohnzimmer. Paula hörte, wie die Mutter ihren erwachsenen Bruder rechts und links ohrfeigte.

»Es ist dein Vater«, schrie sie, »dein Vater. Zieh dich an. Ich habe ein Taxi bestellt.«

Paula zog den Kopf ein. Sie hatte Angst vor dem, was nun passieren würde. Sie fürchtete, ihr Bruder würde die Mutter schlagen, und beide würden sich anbrüllen. Der Bruder würde sich schließlich in sein Zimmer zurückziehen und die Musik lautdrehen, um danach in seiner Kneipe zu verschwinden, und Mutter so lange und so viel trinken, bis sie auf einem Küchenstuhl vor sich hin heulen würde. Doch ihre Mutter erschien in der Tür, die Augen funkelten vor Zorn, Clemens hatte offenbar nicht zurückgeschlagen. Paula hörte, wie ihr Bruder schwerfällig aufstand. Er kam in den Flur und zog sich eine Jacke über. Vor dem Haus mussten sie zehn Minuten auf das Taxi warten. Sie warteten schweigend. Paula sah zu ihrer Mutter und zu ihrem Bruder, überrascht, dass Mutter sich gegen Clemens durchgesetzt hatte und der Bruder nicht weiter zu widersprechen wagte.

Im Krankenhaus durften sie nur kurz in das Krankenzimmer. Der Vater lag auf der Intensivstation, war wieder bei Bewusstsein, sollte aber nicht sprechen. Ein junger Arzt bat die drei in ein Zimmer, um sie über die Krankheit und über die weiteren Schritte des Chefarzts zu informieren. Er sagte, der Patient habe vermutlich einen Arterienriss im Kopf erlitten, also das, was man gemeinhin als eine Gehirnblutung bezeichne. Falls bei den Untersuchungen alle anderen Ursachen ausgeschlossen werden könnten und sich der Verdacht bestätige, werde man ihn am nächsten Morgen nach Dresden bringen, damit er dort operiert werde. Das sei ein Eingriff, für den das hiesige Klinikum nicht ausgerüstet sei. In diesem Fall müsse der Kopf des Patienten geöffnet werden, um an die Arterie zu kommen. Das sei nicht nur eine äußerst schwierige Operation, sie sei auch gefährlich, denn es könnten Nerven verletzt werden und ein irreparabler Schaden entstehen, andererseits gebe es keine Alternative, da bei einer erneuten Blutung, die unweigerlich und eher früher als später kommen werde, mit dem Tod zu rechnen sei.

»Wird er sterben?«, fragte Paula.

»Wir tun alles, um das zu verhindern«, sagte der Arzt, »aber ein Risiko bleibt. Die Operation ist alles andere als harmlos, ich will Ihnen da nichts vormachen. In Dresden sind die besten Ärzte für einen solchen Eingriff, aber Sie müssen auf alles gefasst sein.«

»Wie stehen die Chancen?«, fragte die Mutter.

»Sehr viel besser als noch vor zehn Jahren«, sagte der Arzt.

»Was heißt das?«, hakte sie nach, »wie hoch sind seine Chancen? Und von welchen Schäden sprechen Sie? Was kann bleiben?«

»Fünfzig Prozent, würde ich sagen«, erwiderte der Arzt zögernd, »fünfzig Prozent, dass er überlebt. So sind unsere Erfahrungen. Und über mögliche Schäden lässt sich jetzt nichts sagen, das müssen wir abwarten.«

»Was sind das für mögliche Schäden?«

»Das kann man nicht sagen.«

»Reden Sie, was kann zurückbleiben?«

»Eine Lähmung vielleicht, eine rechts- oder linksseitige Lähmung. Oder das Sprachzentrum könnte geschädigt werden. Wir müssen abwarten. Wir bemühen uns nach Kräften.«

»Wann wissen Sie, ob er hierbleibt oder nach Dresden gebracht wird?«

»Das entscheidet der Chef, heute Abend oder morgen früh. Wir werden in jedem Fall unverzüglich handeln, um eine erneute Blutung zu verhindern.«

»Ich rufe Sie heute Abend an. Kommt, Kinder, wir gehen.«

Die drei verließen schweigend die Klinik. Vor dem Haus fragte Clemens seine Mutter, ob sie ein Taxi bestellt habe, und sie meinte, sie habe keine Lust, auf ein Taxi zu warten, sie würden mit dem Bus zurückfahren. Clemens protestierte, er könne mit seinem kaputten Bein nicht so weit laufen.

»Ich habe nicht so viel Geld«, sagte seine Mutter, »wenn du Taxi fahren willst, dann bleib hier und bestell dir eins. Paula und ich nehmen den Bus.«

»Ich kann mit dem Bein nicht laufen. Ich bin ein Krüppel, verdammt noch mal.«

»Hör auf zu fluchen, Clemens. Die paar Schritte schaden nicht. In die Kneipe läufst du doch auch jeden Tag.«

Paula beobachtete Mutter und Bruder, doch Clemens schwieg und humpelte neben ihnen zur Haltestelle. Daheim rief die Mutter Cornelia an, die in Altenburg lebte. Sie war seit einem halben Jahr mit einem zwanzig Jahre älteren Ingenieur verheiratet. Die Mutter teilte ihr mit, was Vater zugestoßen sei und sagte, sie solle sofort daheim erscheinen, um Vater im Krankenhaus zu besuchen. Cornelia erwiderte, sie habe keine Zeit, sie könne erst am Wochenende kommen. Ihre Mutter antwortete knapp, dass sie noch heute mit ihr rechne.

»Heute, und keinen Tag später«, sagte sie und legte den Hörer auf.

Als Paula sich erkundigte, ob sie am nächsten Morgen zur Schule gehen oder daheim bleiben solle, sah die Mutter sie entgeistert an: »Ich werde zur Arbeit gehen, und du gehst in die Schule. Wo wir jetzt allein sind, wird sich einiges ändern, für uns alle, aber ganz gewiss wirst du zur Schule gehen, mein Mädchen. Was hast du dir denn gedacht?«

Der Vater wurde am Tag darauf mit einem Krankenwagen nach Dresden transportiert und vierundzwanzig Stunden später operiert. Zwei Tage danach wurde ein zweiter Eingriff vorgenommen, um ein Blutgerinnsel unterhalb des Gehirns, das sich nicht auflöste, zu entfernen. Am fünften Tag wurde er aus der Intensivstation in ein anderes Zimmer verlegt, er sollte noch für vierzehn Tage im Dresdner Klinikum zur Beobachtung bleiben, bevor er nach Hause entlassen werde.

Seine Frau besuchte ihn am Tag nach der ersten Operation in Dresden. Er war nicht ansprechbar. Sie saß eine halbe Stunde an seinem Bett, redete nicht mit ihm und hielt auch nicht seine Hand, sie saß schweigend neben ihm und sah ihn an. Dann wartete sie im Korridor eine Stunde auf den Arzt, der ihr erklärte, die Operation sei gut verlaufen und sie seien zuversichtlich, er könne noch nichts über bleibende Schäden sagen, man müsse die nächsten Tage abwarten.

»Wird er ein Krüppel sein?«

Er zuckte mit den Schultern: »Ich weiß es nicht. Hoffen Sie. Oder beten Sie.«

Daheim veränderte sich einiges. Zum ersten Mal seit Jahren frühstückte Clemens mit seiner Mutter und Paula. Seine Mutter hatte ihn genötigt herunterzukommen. Schlecht gelaunt und verschlafen saß er mit ihnen am Tisch, trank Kaffee und beklagte sich, so früh geweckt worden zu sein.

»Du wirst ab sofort immer mit uns aufstehen«, sagte seine Mutter, »wir sind eine Familie, und da werden wir auch zusammen frühstücken.«

»Ich bin aber noch müde.«

»Dann geh früher ins Bett.«

»Auf mich wartet keiner. Ich kann schlafen, so lange ich will. Wenn ihr aus dem Haus seid, gehe ich sowieso wieder ins Bett.«

»Nein, Clemens. Du machst den Abwasch und räumst auf, während ich auf der Arbeit bin. Und um vierzehn Uhr will ich einen Topf mit geschälten Kartoffeln vorfinden, hast du verstanden?«

»Kartoffeln schälen? Wer bin ich denn, eine Tussi? Außerdem kann ich sie nicht aus dem Keller holen. Ich bin ein Krüppel.«

»In diesem Haus wirst du sehr bald nicht der einzige Krüppel sein. Und damit werde ich leben müssen. Also geh in den Keller und hole die Kartoffeln. Und wenn du nicht auf den Beinen gehen kannst, dann lauf auf Händen runter, das ist mir egal.«

Paula erstarrte und zog den Kopf ein, doch Clemens war so überrascht, dass er nichts entgegnete und nur vor sich hin grummelte.

Als Paula aus der Schule zurückkam, stand Mutter in der Küche und bat sie, die Kartoffeln abzugießen.

»Hat Clemens sie geschält?«, fragte Paula.

»Natürlich. Er hat sie aus dem Keller geholt und geschält. Und sogar aufgeräumt hat er ein wenig, aber da muss ich ihm noch einiges beibringen«, sagte ihre Mutter.

»Fährst du heute wieder nach Dresden?«

»Wozu? Was soll ich da? Ich bin keine Ärztin. Deck den Tisch.«

Beim Mittagessen sagte sie Clemens, dass er heute noch Holz hacken müsse.

»Ich will, dass du künftig die Öfen heizt. Hast du verstanden? Du hast schließlich Zeit.«

»Ich kann kein Holz hacken. Ich bin …«

»Ich weiß. Dann hack meinetwegen im Sitzen. Oder du wirst dir in diesem Haus den Arsch abfrieren. Wir sind nicht deine Bediensteten. Du wirst dich ab sofort an der Hausarbeit beteiligen oder dein blaues Wunder erleben. Und du, Paula, machst zuerst deine Schulaufgaben, und dann kommst du zu mir. Wir haben noch einiges zu tun.«

Eine Stunde später erschien Paula wieder und sagte, sie habe die Arbeiten für die Schule erledigt.

»Kommst du zurecht?«, fragte die Mutter, »ich kann dir dabei nicht helfen, ich bin zu dumm. Und Clemens schon gar nicht. Tut mir leid, Kind. So, und nun bring den Müll in die Tonne. Und nimm die Flaschen mit.«

»Glasflaschen soll man in die Annahmestelle bringen. Ich kann sie am Freitag wegbringen, dann haben die geöffnet.«

»Ach was. Die Flaschen fliegen gleich aus dem Haus. Wickle sie in Zeitungspapier und wirf sie in die Tonne.«

»Aber die sind noch halb voll.«

»Jaja. Wickle sie ein und dann ab damit. Ich will das Zeug nicht länger im Haus haben. Und wenn du das erledigt hast, dann hast du für heute frei, Kind.«

In wenigen Tagen hatte sich für Paula viel verändert. Clemens war immer noch schlecht gelaunt, aber seit der Vater im Krankenhaus war, fluchte er seltener. Und Mutter trank nicht mehr, keinen einzigen Tropfen, wie Paula feststellte, und das war für sie das Schönste. Sie ging jetzt gern nach Hause, sie hatte keine Angst mehr, an der Wohnungstür zu klingeln, und wagte es sogar, ihre Freundin Kathi mit nach Hause zu bringen. Wenn sich jetzt die Tür öffnete, schreckte sie nicht zusammen. Mutter strich ihr manchmal sogar über den Kopf, das hatte Paula noch nie erlebt.

Die Nachrichten aus Dresden waren spärlich, die Ärzte blieben skeptisch, der Patient zeige keine erkennbaren Fortschritte. Eine Woche nach der zweiten Operation hieß es, ein zusätzlicher Eingriff sei erforderlich, man werde eine dritte Operation vornehmen, diese aber nur mit einer Teilanästhesie machen können, da eine weitere Vollnarkose eine zu große Belastung für den Patienten wäre. Man werde ihn noch drei Tage beobachten, bevor die endgültige Entscheidung falle. Die Mutter informierte Clemens und Paula beim Abendbrot über den Anruf. Sie sprach ganz ruhig darüber, und dann sagte sie, dass sie umräumen müssten.

»Vater wird wohl bettlägerig bleiben, damit müssen wir uns abfinden. Ich denke, wir werden ihm sein Bett in dein Zimmer stellen, Paula, dann haben wir ihn von der Küche und vom Wohnzimmer aus im Blick, und er muss über keine Stufe geschoben werden, falls er noch allein auf die Toilette gehen kann. Und du ziehst nach oben, in das Zimmer neben Clemens. Die Schränke kommen auf den Flur oder in Vaters neues Zimmer. Ihn wird es ja nicht stören, wenn das Zimmer vollgestellt ist. Seid ihr damit einverstanden?«

Clemens erhob keine Einwände, und Paula nickte heftig, sie freute sich darauf, oben wohnen zu können, in dem Zimmer, in dem sie als Kind gespielt hatte. Nachdem ihr Bruder aus dem Zimmer gehumpelt war, sah Paula ihre Mutter an und sagte: »Du bist richtig hübsch, Mama.«

»Was redest du für einen Unsinn«, erwiderte ihre Mutter kopfschüttelnd. Dann beugte sie sich zu der Tochter und küsste sie auf die Wange.

Am folgenden Mittwoch fuhr die Mutter nach Dresden. Die dritte Operation war gut verlaufen, wie ihr am Telefon erklärt worden war, und der Vater war bereits am Montagabend von der Intensivstation ins Krankenzimmer zurückverlegt worden, doch Mutter hatte gesagt, dass sie erst Mittwochnachmittag kommen könne, am Dienstag habe sie die zweite Schicht, sie könne nicht schon wieder fehlen.

Sie kam erst nach elf Uhr abends aus Dresden zurück. Paula lag bereits im Bett und hörte sie im Nebenzimmer hantieren. Sie zog sich den Bademantel und die Filzschuhe an und ging zu ihr ins Wohnzimmer. Die Mutter saß im Sessel und starrte vor sich hin, wandte den Kopf nicht zur Tür, als Paula eintrat. Auf dem Tisch stand eine Schnapsflasche und ein leeres Glas.

»Was ist? Ist er tot?«, fragte Paula.

Ihre Mutter atmete schwer und fasste sich hilflos an den Kopf.

»Was ist denn? Sag etwas.«

Ihre Mutter drehte den Kopf zu ihr und sah sie an. Ihre Augen blickten stumpf, Paula wusste nicht, ob ihre Mutter sie wahrnahm. Sie ging auf sie zu und griff nach ihrem Arm.

»Bitte, Mama, trink nicht. Es war so schön, als du nicht getrunken hast. Wir schaffen es doch auch allein, Mama, du und ich und Clemens.«

»Dumme Gans«, sagte Mutter und goss sich Schnaps ein.

»Ist er tot?«, fragte Paula nochmals. Tränen stiegen ihr in die Augen.

»Tot?«, wiederholte ihre Mutter, »oh nein, er ist nicht tot. Er kann laufen, er kann sprechen, er kann sich bewegen. Er hat mich auch schon wieder beschimpft. Und in vier Wochen haben wir ihn zurück. Spätestens in vier Wochen, sagte der Arzt.«

Dann sank sie in einen Sessel zurück, reglos, wortlos, verzweifelt.

»Er hat es geschafft. Er ist wieder gesund. In vier Wochen ist er bei uns.«

3.

Der Ausstellungstermin rückte immer näher, und in der Aufregung vergaß ich fast, dass ich schwanger war. Ich hatte noch an zwei Bildern für Altenburg zu arbeiten und musste die endgültige Auswahl treffen. Stephanie Mebus hatte mich bereits zweimal besucht und war vier Tage vor dem Dreiundzwanzigsten nochmals zu mir gekommen, um mir den Katalog zu übergeben. Es war ein kleines Heft von acht Seiten mit vier Bildern und einem kurzen Text. Die Reproduktionen konnten aus Kostengründen nur schwarzweiß sein, ich hatte deshalb gemeinsam mit Stephanie die dafür geeigneten Bilder ausgesucht, eine Federzeichnung, eine Tuschzeichnung und zwei Ölbilder, von denen wir vermuteten, ihre Komposition sei trotz der fehlenden Farben deutlich erkennbar. Stephanie, wir duzten uns inzwischen, hatte als Galerieleiterin ein knappes Vorwort geschrieben, und von Bernd Riecker, der fünf Jahre vor mir an der Kunsthochschule studiert hatte, nach dem

Studium aber das Malen völlig aufgegeben und sich einen Namen als origineller und provozierender Kunstwissenschaftler gemacht hatte, stammte der freundliche Text über meine Arbeiten. Auf der vorletzten Seite standen ein paar biografische Angaben über Riecker und mich.

Bernd Riecker, so war es verabredet, würde am dreiundzwanzigsten September auch die Eröffnungsrede halten. Er war ein einziges Mal bei mir zu Besuch gewesen, hatte sich eine halbe Stunde lang Bilder zeigen lassen, sich ein paar Notizen gemacht und war dann gegangen. Mit mir hatte er kaum geredet und zu meinen Arbeiten gar nichts gesagt. Er ließ mich spüren, dass es eine große Ehre für mich sein müsse, wenn er sich meine Bilder anschaue und über sie schreiben werde. In dem Text für den Katalog fand ich mich nicht wieder. Da standen sehr allgemeine und austauschbare Sätze, die ebenso gut auf jeden anderen Maler zutrafen, Sätze aus dem Handbuch für Kritiker, falls es so etwas geben sollte, die üblichen Termini der Kritikerprofis, mit denen sie ihre Bildung beweisen und Eindruck schinden wollten. Er lobte besonders Konzeption und Aufbau meiner Arbeiten, die mich nie sonderlich interessiert hatten. Über meine Farben sagte er nichts, er hatte überhaupt nichts gesehen. Er rühmte mich als Ausnahmeerscheinung und großes Talent, ein Urteil, das ihm sicherlich wenig bedeutete, für mich aber hilfreich sein konnte.

Stephanie war stolz auf den kleinen Katalog, der ihr viel Arbeit gemacht hatte, und sie hatte erwartet, dass ich vor Entzücken ganz aus dem Häuschen geriet. Ich tat ihr den Gefallen, schließlich hatte sie mir die erste Personalausstellung verschafft, obwohl ich mir von dem Katalog viel mehr versprochen hatte. Schon das Wort Katalog schien mir für dieses Heftchen mehr als unpassend zu sein, und auf die Reproduktionen warf ich nur einen raschen Blick, um sie mir nie wieder anzusehen, doch ich wusste, wie schwierig es für Stephanie und ihre Galerie war, selbst diese armselige Broschüre zu drucken, und so umarmte ich sie, lobte mehrmals das Heftchen und bedankte mich überschwänglich. Ich musste ihr ja wirklich dankbar sein, sagte ich mir.

Die Bilder für die Ausstellung hatte ich bis auf zwei bereits verpackt und trug sie mit Stephanie zu ihrem Auto. Die anderen beiden würde ich am Tag vor der Ausstellungseröffnung selbst mit der Bahn nach Altenburg bringen, so konnte ich sie mir noch drei Tage ansehen und vielleicht ein paar zusätzliche Tupfer und Lichter setzen.

Bevor wir die letzten Bilder im Auto verstauten, wies Stephanie auf ein großes verpacktes Bild neben der Flurgarderobe: »Und was ist damit? Geht das auch mit?«

»Nein«, sagte ich rasch, »das ist lediglich ein Rahmen und eine leere Leinwand. Ich habe es erst grundiert.«

Sie schaute mich überrascht an, ich war wohl rot geworden.

In der Verpackung steckte mein weißes Bild. Ich hatte es zwei Wochen zuvor aus dem Bretterverschlag auf dem Dachboden hervorgeholt und in den Flur gestellt. Ich hatte mit dem Gedanken gespielt, es in der Ausstellung zu präsentieren. Wann immer ich an dem verpackten Bild vorbeilief, dachte ich darüber nach. Ich wusste nicht, was Stephanie Mebus dazu sagen würde, ich kannte sie zu wenig. Ich wusste, sie schätzte Waldschmidt, vielleicht hatte sie den gleichen Geschmack und ähnliche Ansichten wie er, vielleicht wäre sie auch empört, würde mich beschimpfen. Ich war unschlüssig, ich wollte das Bild unbedingt der Öffentlichkeit vorstellen, aber ich durfte meine Ausstellung nicht gefährden.

Ein schlechtes Zeichen, Paula, sagte ich mir, du verlierst den Mut. Oder, noch schlimmer, du wirst vernünftig.

Jan rief jeden Tag zweimal an. Wenn ich sicher war, dass er der Anrufer sein musste, ließ ich es klingeln und nahm den Hörer nicht ab. Nachts zog ich den Stecker raus. Ich konnte nicht mit ihm sprechen, ich war schwanger, ich hatte an mein Kind zu denken, ich durfte mich nicht aufregen.

Am zweiundzwanzigsten September fuhr ich mit der Bahn nach Altenburg. Als Gepäck hatte ich neben der Reisetasche die beiden Bilder, die ich Stephanie nicht mitgegeben hatte. Sie waren nicht allzu groß, es machte keine Mühe, sie zu transportieren. Die weiße Landschaft hatte ich, zwei Stunden bevor ich losfuhr, wieder in den Bodenverschlag eingeschlossen. Ich hatte das Bild nicht einmal ausgepackt, das wollte ich mir nicht antun.

4.

Die drei Tage in Altenburg waren sehr schön. Stephanie kümmerte sich um mich, hatte aber so viel um die Ohren, dass ich genügend Zeit hatte, um allein durch die Stadt zu laufen und das Schloss und das Renaissancerathaus anzuschauen. Stephanie hatte die Hängung der Bilder präzise vorbereitet. Sie sagte, sie habe mir nur einen Vorschlag machen wollen, als sie mich in die Ausstellungsräume begleitete. Sie hatte sogar den Platz für die zwei Bilder schon bestimmt, die ich mitgebracht hatte. Ich ging eine Stunde allein durch die Räume, ich genoss es, meine Bilder endlich wieder einmal mit ausreichender Distanz zu sehen. Von der Hochschule her war ich an große Räume mit hohen hellen Wänden gewöhnt, auf denen sich ein Bild entfalten konnte. In meiner Wohnung war alles verstellt, es gab keinen Abstand zwischen mir und meinen Bildern, ich konnte sie dadurch nicht wirklich sehen, es fehlte die

Luft, um sie betrachten zu können, der Raum, damit sie aufblühten. Die Galerieräume waren nicht riesig, aber groß genug für meine Arbeiten, ich war zufrieden. Und ich war auch mit der Hängung einverstanden, es musste nichts geändert werden. Als ich es Stephanie sagte, merkte ich an ihrer Reaktion, dass sie nichts anderes erwartet hatte, dass sie jede Veränderung von mir als unberechtigte Kritik empfunden hätte.

Bernd Riecker traf zwanzig Minuten nach sieben in der Galerie ein, also zwanzig Minuten nach Beginn der Vernissage. Stephanie war völlig aufgelöst, weil inzwischen der Museumsdirektor und der Stadtrat für Kultur anwesend waren und ihr gesagt hatten, sie hätten nur eine halbe Stunde Zeit. Sie stellte Riecker die Ehrengäste vor und bat ihn dann an das kleine Stehpult. Seine Rede dauerte sehr lange, jedenfalls kam es mir so vor. Die Leute wollten meine Bilder sehen oder den von der Galerie spendierten Rotwein trinken oder einfach an einem kleinen Ereignis in ihrer ereignislosen Stadt teilhaben, aber sie wollten gewiss nicht zwanzig Minuten lang den Ausführungen eines Kunsttheoretikers lauschen. Ich bemerkte, dass die in meiner Nähe Stehenden Riecker kaum zuhörten. Zudem ging es in seiner Rede nicht um mich und meine Bilder, er sprach eigentlich über sich, seine Theorien und seine Kämpfe. Zum Schluss gratulierte er mir und übergab mir das Wort. Da ich nichts sagen wollte, forderte er die Besucher auf, meine Bilder zu kaufen, solange sie noch so preiswert zu haben seien. Er habe sich eins meiner Bilder reservieren lassen, das sei seine Altersvorsorge, denn es werde in dreißig Jahren ein Vermögen wert sein.

Stephanie war rundum zufrieden. Dass sie Riecker für die Eröffnungsrede gewonnen hatte, war ein Glücksfall, und dass die Rede zu lang gewesen war und die Leute ermüdet hatte, schien sie nicht bemerkt zu haben. Riecker war prominent, und er galt zudem als kritisch und überaus mutig, mit ihm konnte ihre Galerie nur Pluspunkte einsammeln, bei der Stadt und den Behörden ebenso wie bei den Künstlern und den Leuten der Szene. Als Stephanie nach ihm die Ausstellung offiziell eröffnete, bedankte sie sich mehrmals bei ihm.

Zwei der Besucher, junge Leute, kamen zu mir und fragten, wo ich studiert habe. Dann erzählten sie mir, dass sie seit Jahren Malunterricht an der Abendschule hätten, und erkundigten sich, wie man auf die Kunsthochschule käme. Die anderen Leute streiften mich gelegentlich mit einem Blick, sprachen mich aber nicht an. Einige schauten sich die Bilder an, doch die meisten redeten miteinander, tranken Wein und versuchten, ein paar der kleinen Semmeln und Salzbrezeln zu erobern. Als Stephanie mir sagte, dass Riecker gleich gehen werde, weil er noch heute Abend in Dresden auftreten müsse, ging ich zu ihm, um mich zu bedanken.

»Hat dir meine Rede gefallen?«, fragte er.

»Ja«, log ich, »und ich hoffe, ich bekomme von Stephanie das Manuskript der Rede, um sie noch einmal in Ruhe lesen zu können.«

Er nickte gönnerhaft.

»Welches Bild von mir willst du dir kaufen?«, erkundigte ich mich.

»Kaufen?«, fragte er irritiert.

»Du hast gesagt, dass du dir ein Bild reservieren lässt.«

»Ach so. Dein Selbstbildnis, den Akt, habe ich bei Stephanie bestellt. Aber das Bild kaufe ich nicht. Ich kaufe keine Zeitgenossen. Kaufen würde ich eine Zeichnung von Rembrandt oder einen Rubens. Allenfalls einen Picasso. Die Zeitgenossen lasse ich mir schenken. Der Akt ist mein Bonus. Hatte dir Stephanie das nicht gesagt? Wenn ich eine Ausstellung eröffne, bekomme ich immer einen solchen Bonus, jedenfalls wenn ich mich für den Nachwuchs einsetzen muss.«

»Gefallen dir denn meine Bilder?«

»Du wirst deinen Weg finden, Paula«, sagte er schließlich statt einer Antwort, »ich habe dir heute etwas Starthilfe gegeben, wenn du keine Dummheiten machst, müsstest du es schaffen. Und nun entschuldige mich, ich muss nach Dresden, zum alten Heiserbeck. Er will mich als seinen Nachlassverwalter einsetzen.«

Ich brachte es fertig, zu lächeln und zu lächeln und mich nochmals bei ihm zu bedanken. Um acht Uhr, zehn Minuten nach der Beendigung seiner Rede, verließ Riecker die Galerie in Begleitung eines blonden Mädchens, das trotz der herbstlichen Kühle extrem dünn angezogen war.

Ich hatte nicht bemerkt, dass er mit dem Mädchen gekommen war. Als ich mich bei Stephanie nach ihr erkundigte und fragte, ob sie Rieckers Freundin sei, lächelte sie und sagte: »Das war Musch. Sie kommt zu jeder Vernissage und ist bei jeder Premiere zu sehen. Musch ist ein Talent ganz besonderer Art. Wann immer die Lokalseite ein Foto über eine unserer Veranstaltungen druckt, unsere Musch ist stets auf dem Bild zu sehen.«

Um halb neun tauchte Jan in der Galerie auf. Die Leute erkannten ihn und drehten sich nach ihm um. Stephanie eilte auf ihn zu, sprach mit ihm und wollte mich vorstellen.

»Wir kennen uns«, sagte Jan.

Ich reichte ihm die Hand zur Begrüßung, er nahm sie, um mir einen Handkuss zu geben.

»Freust du dich, mich zu sehen?«, fragte er.

»Natürlich«, sagte ich.

»Das klingt nicht sehr begeistert.«

»Ich sage auch nicht, dass ich begeistert bin.«

»Ich wollte deine neuen Arbeiten sehen, Paula. Den weiten Weg aus Berlin bin ich gekommen, um deine Bilder zu sehen.«

»Danke, das freut mich. Schau sie dir an.«

»Und ich wollte dich danach zum Essen einladen. Um die Ausstellung zu feiern. Um dich zu feiern.«

»Ich bin schon verabredet, tut mir leid.«

»Aber Herr Hofmann ist selbstverständlich zu unserem Essen eingeladen«, sagte Stephanie, die Jan die ganze Zeit angestrahlt hatte, »ich wusste gar nicht, dass unsere Paula solch berühmte Bekannte hat. Wie gesagt, es wäre für uns eine Ehre, Herr Hofmann, wenn Sie zum Essen bleiben könnten.«

»Danke für die Blumen. Die Einladung nehme ich gern an. Hat Paula nichts erzählt von mir? Nun ja, ich bin halt ihre heimliche Liebe, von der niemand nichts weiß. So, und nun will ich mir die Bilder ansehen. Die meisten kenne ich ja.«

Er nickte uns zu und ging zu einem der Bilder. Ich konnte ihm ansehen, wie er es genoss, der Star des Abends zu sein und alle Blicke auf sich zu ziehen. Auch Stephanie sah ihm nach.

»Warum hast du mir nicht gesagt, dass Jan Hofmann kommt?«, fragte sie.

»Ich wusste es nicht.«

»Seid ihr ein Paar?«

»Nein. Nur befreundet.«

»Aber ich glaube, er würde gern mehr als nur befreundet sein. Oder täusche ich mich?«

»Da ist nichts, Stephanie. Überhaupt nichts.«

»Schade. Ihr beide wäret ein Traumpaar.«

»Um Himmels willen, Stephanie.«

Beim gemeinsamen Abendessen waren wir zu sechst.

Außer Stephanie, Jan und mir saßen noch zwei Mitarbeiterinnen der Galerie und der Direktor des Museums am Tisch. Ich wurde neben Jan platziert, musste mich aber kaum mit ihm unterhalten, da die anderen den berühmten Filmschauspieler mit Beschlag belegten. Wenn Jan nicht gelegentlich ein Wort zu mir gesagt hätte, hätte ich vom Tisch verschwinden können, ohne dass es jemandem aufgefallen wäre.

Jan fragte, wo denn mein Maler sei, wieso er nicht zu meiner Ausstellung gekommen sei. Ich brauchte eine Sekunde, bevor ich begriff, dass er von meinem Phantom redete. Ich erwiderte, er habe in Prag selber eine Ausstellung.

»Bist du nur darum gekommen?«, fragte ich ihn leise.

»Nein. Weil ich dich liebe«, sagte er. Dann fügte er hinzu: »Und weil es mir schlecht geht. Verteufelt schlecht, Paula.«

Ich hatte keinen Appetit und bestellte lediglich eine Suppe. Nach dem ersten Löffel wurde mir plötzlich übel, und ich musste rasch auf die Toilette, wo ich zehn Minuten blieb, bis die Übelkeit nachließ. Eine von Stephanies Mitarbeiterinnen kam mir nach und fragte, ob sie helfen könne. An den Tisch zurückgekehrt, meinte Jan, ich hätte wohl zu viel von dem Galeriewein getrunken, und ich erwiderte scharf, dass ich den ganzen Abend nur Wasser getrunken hätte.

»Vielleicht bist du schwanger?«, meinte Stephanie. »Dann sollten wir darauf anstoßen.«

Jan sah mich überrascht an, seine Augen strahlten, und ich geriet in Panik. Geistesgegenwärtig sagte ich: »Im Gegenteil. Ich habe meine Tage, da ist mir manchmal unwohl.«

Sekunden später hingen wieder alle an Jans Lippen, und ich konnte mich beruhigt zurücklehnen. Gratulation,

Paula, sagte ich zu mir, das hast du gut gemacht. Die Vorstellung, dass ausgerechnet Jan der Erste wäre, der von meiner Schwangerschaft erfährt, ließ noch nachträglich einen Schauer über meinen Körper laufen, doch war es ein angenehmer Schauer, ein Schauer der Erleichterung über ein durchstandenes Entsetzen.

Ein halbe Stunde später nutzte ich die Übelkeit als Vorwand, um mich von allen zu verabschieden und zugleich zu verhindern, dass Jan mich ins Hotel begleitet.

»Ich muss jetzt allein sein«, sagte ich, »es ist nichts. Lasst euch nicht stören.«

Ich bedankte mich bei dem Museumsdirektor und bei Stephanie nochmals, und verabredete mich mit ihr für den nächsten Vormittag.

Die Galerie verkaufte sechs Bilder von mir. Es waren alles kleinere Arbeiten, die Stephanie sehr preiswert angeboten hatte, Arbeiten, die ich weniger mochte, da sie mir viel zu lieblich schienen, die aber Stephanie in Berlin entdeckt hatte und unbedingt in der Ausstellung haben wollte.

Eins der sechs Bilder hatte Jan am Eröffnungsabend gekauft, ein Selbstporträt. Auch er habe eigentlich den Akt haben wollen, der sich Riecker hatte reservieren lassen. Stephanie und ich lachten herzlich, als sie mir davon erzählte und dann hinzufügte, ich solle nur noch Aktbilder von mir malen, die würden sich am besten verkaufen.

Von dem Verkauf der Bilder konnte ich ein halbes Jahr leben. Es war lange her, dass ich eine solche Summe auf einmal besaß, und den Bankauszug mit der Überweisung aus Altenburg heftete ich an die Küchentür, er sollte mir Mut machen. Es hat einmal geklappt, sagte ich mir, wenn ich auf den Bankzettel schaute, warum soll es nicht weiterhin klappen.

In der Presse wurde nun gelegentlich mein Name erwähnt, wenn über den Nachwuchs und die jungen Maler geschrieben wurde. Ich galt seit der Ausstellung und besonders seit der Rede von Riecker als Talent. Das an Riecker zwangsweise verschenkte Bild war offenbar eine gute Investition.

5.

Im Dezember bekam ich einen Anruf von Gerda Heber, der Lektorin in dem Verlag, für den ich im Frühjahr ein paar Blätter für eine Sammlung europäischer Märchen gemacht hatte. Ich verabredete mich mit ihr noch für denselben Tag. Sie sagte mir, der Verlag wolle mir die Illustration eines Buches mit kaukasischen Märchen anvertrauen. Es gehe um zweiundzwanzig farbige Aquarelle und dreiundfünfzig Schwarzweiß-Zeichnungen. Die Aquarelle würden ganzseitig reproduziert, die Größe der Zeichnungen habe die Herstellung genauestens festgelegt, sie sollten zum Teil halbseitig werden, andere nur die Größe von Vignetten haben. Sie schenkte mir zwei großformatige Märchenbücher, das neue Buch sollte ähnlich wie sie ausgestattet werden, und gab mir einen Aktenordner, der das gesamte Typoskript enthielt, neunzehn Märchen aus Grusinien, Armenien und Aserbaidschan.

»Was halten Sie davon? Wollen Sie den Auftrag übernehmen, oder wollen Sie die Märchen zuerst lesen und sich dann entscheiden?«

»Diesen Vertrag unterschreibe ich sofort«, sagte ich.

»Wann können Sie mit der Arbeit anfangen? Wann könnten Sie liefern? Wir haben feste Termine.«

»Das Manuskript lese ich noch heute Nacht. Und mit der Arbeit beginne ich morgen früh. Ich schiebe alles andere beiseite.«

»Sehr schön. Im März brauche ich ein paar Blätter, um sie vorzulegen. Da sollten auch zwei, drei Vorschläge für den Schutzumschlag dabei sein. Und Anfang August muss alles fertig sein. Das Buch wird erst in zwei Jahren erscheinen, aber so sind nun einmal die Produktionsabläufe.«

»Das schaffe ich. Wie gesagt, den Vertrag unterschreibe ich sofort. Habe ich den Auftrag, Frau Heber?«

»Ich denke, es wird keine Probleme geben. Der Vorschlag kam von mir, aber die Cheflektorin war von Ihren Blättern für unser europäisches Märchenbuch so angetan, dass sie sofort einverstanden war. In spätestens vierzehn Tagen haben Sie den Vertrag.«

»Danke.«

»Und die beiden Termine, erster März und fünfzehnter August, können Sie garantiert einhalten?«

»Gewiss. Auf jeden Fall.«

»Ich frage nur, weil ... ich vermute, Sie sind schwanger, oder irre ich mich?«

Gerda Heber war eine Bekannte von Jan, fiel mir in diesem Moment ein. Er hatte vor einem knappen Jahr die Verbindung hergestellt. Aber ich konnte nicht leugnen, mein Bauch war zu sehen, und ich würde in den nächsten Monaten noch mehrfach mit Gerda Heber zu tun haben.

»Nein, Sie irren sich nicht.«

»Gratuliere. Und wann soll das Kind kommen? Welchen Geburtstermin hat man Ihnen genannt?«

»Ende Juni«, sagte ich.

Das war gelogen, denn das Kind sollte schon am zehnten Mai kommen, aber wenn sie Jan von meiner Schwangerschaft erzählte, sollte er sich nichts ausrechnen können. Mein Kind hatte ein Phantom als Vater, und dabei sollte es bleiben.

»Das beißt sich mit dem Abgabetermin«, sagte sie, »wie wollen Sie das schaffen?«

»Ich schaffe es. Ich werde nicht erst im August, sondern im Juni fertig sein. Mitte Juni, vor der Geburt.«

Sie schwieg und überlegte.

»Ich muss es der Cheflektorin sagen. Das geht nicht anders. Unsere Produktionstermine …«

»Bitte«, sagte ich, »ich will das Märchenbuch machen. Ich brauche den Auftrag.«

»Versuchen wir es«, sagte sie, »ich weiß nichts von einer Schwangerschaft, ich habe nichts gesehen. Und ich verlasse mich darauf, dass Sie im Sommer abliefern.«

»Danke«, sagte ich, »Sie können sich auf mich verlassen.«

Ich stand auf, um mich zu verabschieden. Ich reichte ihr die Hand, doch sie lächelte mich nur verwundert an.

»Sie haben überhaupt nicht nach dem Honorar gefragt«, sagte sie nach einer kleinen Pause, »das habe ich noch nie erlebt. Brauchen Sie kein Geld?«

»Um ehrlich zu sein, ich bin bankrott. Aber das bin ich seit meinem Studium, ich habe mich daran gewöhnt. Wie viel zahlen Sie? Ich vermute, der Verlag hat feste Honorare, bei denen es nichts zum Verhandeln gibt.«

»Das macht die Cheflektorin, da habe ich nicht mitzureden. Allerdings weiß ich, es gibt einen gewissen Spielraum. Wenn Sie den Vertrag haben, rufen Sie mich an und sagen Sie mir, was man Ihnen angeboten hat. Dann kann ich Ihnen vielleicht etwas flüstern, eine Summe, die möglich ist. Aber das muss strikt unter uns bleiben.«

»Danke. Vielen Dank, Frau Heber.«

Daheim las ich sofort die Märchen. Ich kam nur sehr langsam voran, weil ich mir Skizzen machte, zu jeder Geschichte mehrere Skizzen. Ich schrieb mir auch ein paar Sätze heraus, die mir besonders prägnant erschienen und von denen ich hoffte, dass sie mich anregen würden. Am nächsten Morgen wurde ich sehr früh wach und machte mich sofort wieder an die Lektüre. Die Märchen erschienen mir orientalisch, sie waren voller Grausamkeiten und Gewalt. Immer wieder wurde jemand bis aufs Blut ausgepeitscht oder mit dem Feuertod bedroht. Feuer und Blut, das waren die beiden Farben für dieses Buch, das wusste ich nach der ersten Lektüre. Es würde kein niedliches Kinderbuch werden, und ich wusste nicht, wie Gerda Heber und der Verlag auf solche Bilder reagieren würden, doch ich konnte die Brutalität und den Schrecken dieser Geschichten nicht auslöschen, und ich wollte die Gewalt zeigen und nicht beschönigen. Zwei Tage später hatte ich das Typoskript durchgelesen, die Blätter von zwei Zeichenblöcken waren mit Skizzen gefüllt, ich sah das fertige Buch vor mir, ich konnte noch am gleichen Tag anfangen.

Jan schien sich beruhigt zu haben. Ab und zu meldete er sich telefonisch, und immer versuchte er, mich einzuladen, zu einer Premiere oder zu einem Essen. Ich sagte jedes Mal ab. Anfang Februar hatte er erfahren, dass ich schwanger war. Er stellte überhaupt keine Vermutungen an, gratulierte mir vielmehr und fragte, ob ich mit meinem Freund, er nannte ihn immer nur den Maler, zusammenlebe, was ich sehr kühl bestätigte. Seine Einladung zu einem Essen schlug ich aus. Darauf fragte er, ob ich absage, weil ich schwanger sei oder wegen des Malers, und ich erwiderte: »Sowohl als auch.«

Er rief nie wieder an. Ich habe ihn später nur noch auf der Kinoleinwand und im Fernsehen gesehen.

Anfang des Jahres war Sibylle Pariani ins Krankenhaus gekommen. Im Februar hatte ich bei ihr zu Hause angerufen und von ihrem Mann erfahren, dass sie wieder in der Klinik in Buch liege. Ich fuhr noch am gleichen Abend zu ihr raus. Sie lag in einem Einzelzimmer, und ich hatte Mühe, mein Entsetzen zu überspielen, als ich sie sah. Die schöne Sibylle war völlig entstellt, sie war aufgedunsen, ihr Gesicht das einer verfetteten alten Frau, die Haut großporig und rötlich, über den Kopf hatte sie ein Tuch gebunden, die fehlenden Augenwimpern verrieten, dass die Haare ausgefallen waren. Statt einer Begrüßung sagte sie die alte Zeitungsparole, die auch ich aus der Schulzeit noch kannte: »Chemie schafft Schönheit, Gesundheit und Wohlstand.«

Ich drückte sie lange an mich, um sie nicht ansehen zu müssen und um mich zu beruhigen.

»Weine nicht, Kleine«, sagte sie, »und reden wir nicht über die Krankheit. Damit müssen wir uns nicht aufhalten. Erzähle mir von dir. Was macht die Liebe, was die Arbeit? Und vor allem, was macht das kleine Menschlein da drinnen? Lässt es dich schlafen, oder ist es sehr lebhaft? Und ahnst du schon, was es ist?

»Es sind jedenfalls keine Zwillinge.«

»Was wünschst du dir denn?«

»Ich nehme es, wie's kommt.«

»Wann ist der Termin?«

»Die zwanzigste Kalenderwoche wurde mir gesagt, also Mitte, Ende Mai.«

»In drei Monaten. Da hoffe ich, alles überstanden zu haben, das haben sie mir jedenfalls gesagt. Wenn du einen Paten brauchst, ich würde es gern sein, Paula.«

»Ich lasse das Kind nicht taufen. Darüber soll es entscheiden, wenn es groß genug ist.«

»Aber es kann doch trotzdem Paten haben. Ich finde, das ist eine schöne Idee. Denk darüber nach, Paula, und wie gesagt, ich steh bereit. Was ist mit dem Vater? Bist du mit ihm zusammen?«

»Mein Kind hat keinen Vater.«

Sibylle schaute mich verwundert an, dann lachte sie

herzlich: »Ja, daran erkenne ich meine Paula. Das Kind hat keinen Vater. Hast du ihn rausgeworfen?«

»Er weiß nichts davon. Bei der Trennung habe ich ihm nicht erzählt, dass ich schwanger bin. Das ist mein Kind.«

»Wieder mal eine unbefleckte Empfängnis, wie schön. Du wirst es schon schaffen. Und notfalls können Marco und ich dir helfen. Ich kann ja die Amme werden. Du gibst das Kind nicht in den Kindergarten, sondern ich betreue es. Was hältst du davon?«

»Eine gute Idee. Aber erst muss es mal auf die Welt kommen.«

Ich war zwei Stunden bei ihr, und wir verloren kein Wort über ihren Krebs. Ihre Haltung gefiel mir. Vielleicht würde sie wieder gesund, vielleicht würde sie sterben, man musste wirklich kein Wort darüber verlieren.

Für den zweiten März war ich mit Gerda Heber verabredet. Ich hatte mir ein Taxi genommen, um in den Verlag zu fahren, da ich mich mit meiner großen Mappe nicht in eine Straßenbahn quetschen wollte. Ich nahm nicht alle Arbeiten mit, die ich inzwischen fertiggestellt hatte, sondern hatte acht Aquarelle ausgesucht, zwanzig große Zeichenblätter und ein paar meiner Skizzen. Frau Heber schaute sie rasch durch, sie schien sehr angetan zu sein, sagte aber, wir müssten mit den Arbeiten in die Herstellung gehen, und auch die Cheflektorin wolle die Blätter sehen. Sie meldete uns telefonisch an, dann gingen wir mit der Mappe ein Stockwerk tiefer zu Herrn Bremstätter, dem Leiter der Ausstattung. Der Mann gefiel mir, er redete nicht über Kunst, sondern sah sich die Blätter rein technisch an, erklärte mir, welche Farben beim Druck der Vorlage entsprechen würden und wo es Probleme geben würde. Einige Zeichnungen waren ihm im Strich zu fein, ich würde vom Druck gewiss enttäuscht sein. Er sortierte umstandslos die Mappe neu, legte einige Blätter auf dem Tisch aus und machte Vorschläge für die Auswahl. Drei Aquarelle nannte er als mögliche Vorlagen für den Schutzumschlag. Mit keinem Satz, mit keinem Wort sagte er etwas zu meiner Arbeit, er lobte sie nicht, er kritisierte nichts, ihn interessierten allein die Möglichkeiten und Chancen bei der Reproduktion. Zwischendurch erschien für zehn Minuten die Cheflektorin in seinem Büro. Während sie rasch die Blätter durchging, sah sie dreimal auf ihre Armbanduhr.

»Das ist alles so hart«, sagte sie, »geradezu brutal.«

Der Ausstattungsleiter lächelte herablassend und ironisch, sagte aber nichts. Gerda Heber versuchte wortreich, meine Arbeiten zu verteidigen. Ihre Chefin unterbrach sie jedoch, zeigte auf ein Blatt und sagte zu mir: »Das hier ist es. In dieser Manier, so stelle ich mir das Buch vor. Sie schaffen das schon.«

Dann drehte sie sich auf dem Absatz um und verließ grußlos das Zimmer.

»Und nun?«, fragte ich entgeistert. Ich wusste nicht, ob meine Arbeiten akzeptiert oder abgelehnt worden waren, ob ich alles noch einmal machen müsste.

Herr Bremstätter legte beruhigend eine Hand auf meine.

»Machen Sie sich keine Sorgen, das kläre ich mit Isolde. Das kläre ich auf meine Art. Diese fünf Blätter möchte ich hierbehalten, damit wir mit der Arbeit beginnen können. Ihr müsst euch nur entscheiden, welchen Titel wir nehmen. Ich denke, dieses hier, Reiter mit Pferd, das passt. Es sind schöne Farben, und ich finde Platz für die Titelei. Oder gibt es Einwände?«

Gerda Heber und ich waren einverstanden.

»Sie haben eine gute Arbeit abgeliefert«, fuhr er fort,

»machen Sie sich um Isolde keine Gedanken. Unsere gute Isolde hat immer Einwände, so ist sie nun mal, wir kennen sie nicht anders. In ein paar Wochen bekommt sie meinen Umschlagentwurf in der Programmkonferenz zu sehen, und sie wird hingerissen sein, das garantiere ich.«

Es hatte keine Begeisterungsstürme im Haus gegeben und die Cheflektorin war nicht zufrieden, aber ich fuhr beruhigt nach Hause. Der kleine Mensch in mir schien sich auch zu freuen, vielleicht hatten ihn meine Ängste aufgeregt, jedenfalls klopfte er jetzt ganz vorsichtig bei mir an, und ich sendete beruhigende Klopfzeichen zurück.

Kathi sah ich ab und zu. Ihr gefiel es, dass mein Kind keinen Vater haben würde. Wir beide schaukeln das Kind schon, sagte sie. Mehrmals in der Woche rief sie an, um zu fragen, ob sie mir helfen könne. Sie war ganz verliebt in meinen Bauch. Sie schaute auf die dicke Tonne, die ich vor mir herschob, und war nur mühsam davon abzuhalten, ihre Hand auf meinen Bauch zu legen. Eines Nachts rief sie an – ich hatte bereits geschlafen und fürchtete schon, es wäre Jan, der wieder anfangen würde, mich zu behelligen – und teilte mir mit, sie habe sich entschlossen, es genauso wie ich zu machen. Sie würde sich einen Kerl angeln, mit ihm herummachen und ihn, sobald sie schwanger sei, verabschieden. Ich lachte und riet ihr, sie solle sich damit Zeit lassen.

Am neunten April starb Sibylle, die Patin meines Kindes. Ich hatte sie im März noch zweimal in Buch besucht, es schien ihr besser zu gehen, man hatte die schweren Tabletten abgesetzt und sie hatte wieder so schön ausgesehen wie früher. Auch ihre Haare waren nachgewachsen, sie hatte nun eine Art Kurzhaarschnitt, eine Igelfrisur, über die wir uns beide königlich amüsierten. Es sei praktisch, meinte sie, und wir überlegten, ob ich mir nicht auch die Haare auf zwei, drei Zentimeter Länge scheren lassen sollte. Sibylle tastete meinen Kopf ab, und meinte, ich würde damit toll aussehen, sie würde sich augenblicklich in mich verlieben und Marco verlassen. Als ich sie das letzte Mal sah und mich schon verabschiedet hatte, sagte sie: »Ich freu mich auf dein Kind, Paula. Das will ich noch sehen. Das will ich noch groß werden sehen.«

Als Marco abends bei mir anrief und ich seine Stimme hörte, wusste ich, was passiert war.

»Sibylle hat mich verlassen«, sagte er mit tonloser Stimme, und dann schwiegen wir beide.

»Soll ich bei dir vorbeikommen?«, fragte ich.

»Danke, nein, nicht nötig. Ich höre Musik und schreibe Briefe oder telefoniere. Außerdem gibt es jetzt viel für mich zu tun, ich habe es eigentlich noch überhaupt nicht begriffen. Ich sage dir und allen Freunden, dass Sibylle tot ist, aber ich selbst habe es noch nicht begriffen.«

»Ich umarme dich, Marco«, sagte ich, bevor wir auflegten.

Eine Minute später rief er wieder an. Er entschuldigte sich, weil er nicht nach meinem Kind gefragte habe. Ich sagte ihm, es sei alles in Ordnung, der Geburtstermin sei in sechs Wochen, und es gehe mir gut.

»Sibylle wollte unbedingt Patentante bei deinem Kind sein«, sagte er.

»Hat sie es dir auch gesagt?«, fragte ich.

»Ja. Sie sprach immerfort von deinem Kind. Das war ihr sehr wichtig. Sie sprach davon, als würde sie es bekommen. Möglicherweise lenkte es sie von der Krankheit ab.«

»Das wäre schön«, sagte ich, »ich werde mich dafür bei meinem Kind bedanken.«

»Ja, tue das. Und grüß es von mir. Du kommst zur Beerdigung?«

»Selbstverständlich.«

»Ich sage Bescheid, sobald ich den Termin weiß. Und ich hoffe, wir verlieren uns nicht aus den Augen, Paula.«

»Tun wir nicht«, versprach ich.

Die Beerdigung war zwölf Tage später. Ich traf Freddy und die anderen Freunde der Parianis, und alle starrten sie auf meinen Bauch und machten ein paar freundliche Bemerkungen. Freddy war mit einem jungen Mädchen gekommen, noch jünger als ich. Ich wollte wissen, ob es eine seiner neuen Studentinnen war, aber ich fragte weder ihn noch einen der anderen danach. Ich hörte mir die Reden an, versuchte der Musik zu lauschen, warf zwei Hände Erde ins Grab und umarmte schließlich Marco. Er bat mich, in das Restaurant mitzukommen, aber ich schüttelte den Kopf und wies auf meinen Bauch. Ich hatte nicht vor, mit Freddy zusammenzusitzen und mir seine Sprüche anzuhören.

»Ich melde mich bei dir«, sagte ich und verließ rasch den Friedhof.

Ich habe Marco Pariani nie wieder gesehen, das war keine Absicht, es ergab sich so.

6.

Anfang Mai war ich mit den Buchillustrationen fertig. Trotz der Belastungen durch mein Baby, ich musste zum Arzt und zur Schwangerenberatung, einige Babysachen einkaufen und mir gebrauchte bei Bekannten abholen, und ich nahm an einem Training für schmerzfreie Geburt teil, hatte ich erreicht, was ich wollte. Ich hatte es geschafft, und ich war mit meinen Illustrationen sehr zufrieden. Auf zwölf Blättern waren kleine Kinder zu sehen, Säuglinge, winzige Gören oder auch nur Kinderköpfe, in einem der farbigen Blätter hatte ich sogar einen Embryo in eine Baumkrone gesetzt. Mein Kind, das mich bei der gesamten Arbeit begleitet und unterstützt hatte, sollte in dem ersten Buch, das ich mit ihm gearbeitet hatte, auch zu sehen sein.

Mitte Mai, nachdem ich zwei Tage lang die fertigen Blätter skeptisch und misstrauisch betrachtet hatte, ohne einen einzigen Strich zu machen, und sie schließlich zufrieden in eine Mappe gelegt hatte, rief ich Gerda Heber im Verlag an und bat sie, zu mir zu kommen.

»Gibt es ein Problem?«, fragte sie.

»Im Gegenteil«, sagte ich, »ich möchte mich nur nicht mehr in die Bahn setzen. Ich glaube, mein Kind kommt viel früher als geplant.«

Gerda Heber stand bereits eine Stunde später vor der Tür. Als ich öffnete, sah sie mich besorgt an, aber ich beruhigte sie, führte sie in mein Zimmer und legte ihr die Mappe vor.

»Schauen Sie sich die Blätter an und rufen Sie mich, wenn Sie fertig sind«, sagte ich und ging in die Küche. Ich war zuversichtlich. Ich hatte etwas geschafft, das ich vorzeigen konnte. Ich setzte mich auf den Küchenstuhl, legte beide Hände auf meinen Bauch und redete mit dem Kind. Es bewegte sich, es schlug gegen den Bauch, ich konnte ein Beinchen oder ein Ärmchen deutlich spüren. Dann stand ich auf und kochte Tee. Mit einer Tasse ging ich ins Zimmer, sie hatte mich nicht gerufen, aber ich wollte wissen, was sie von meiner Arbeit hielt.

»Eine Tasse Tee?«, fragte ich und versuchte, gelassen zu wirken.

Sie nickte und strahlte mich an. Ich war erleichtert. Ich stellte die Tasse rasch ab, da ich zitterte.

»Es ist sehr schön«, sagte sie, »wunderbar. Mir gefallen alle Blätter, ausnahmslos. Es wird kein liebliches

Buch, aber es sind schließlich auch keine Gute-Nacht-Geschichten. Es wird ein großartiges Buch. Ich denke, Bremstätter wird begeistert sein, und wenn er dafür ist, haben wir gewonnen. Ich gratuliere Ihnen.«

Sie umarmte mich und mir schossen Tränen in die Augen. Ich musste mich hinsetzen. Gerda Heber redete eine halbe Stunde über meine Blätter, ich bemühte mich, ihr zuzuhören, aber ich war so erleichtert und erschöpft, dass ich hinterher nichts mehr von dem wusste, was sie mir gesagt hatte. Die Mappe nahm sie in den Verlag mit. Sie versprach, sich umgehend zu melden, sobald ihre Chefin und Bremstätter die Blätter gesehen und sich dazu geäußert hätten.

Elf Stunden später setzten die Wehen ein. Gleich nach der ersten Wehe nahm ich meinen gepackten Koffer und machte mich auf den Weg in die Charité. Ich wollte die gesamte Strecke zu Fuß zurücklegen, eine Bekannte hatte mir erzählt, eine solche Anstrengung unmittelbar vor der Geburt sei hilfreich, es würde die Muskeln aktivieren. Wenn eine Wehe kam, setzte ich mich auf meinen Koffer und versuchte, sie wegzuatmen, brauchte aber danach einige Minuten, um mich so weit zu erholen, dass ich mich und den Koffer weiter durch die Stadt schleppen konnte. Als ich die Charité bereits sah, erwischte mich eine Wehe, bei der ich fast zusammenbrach.

Um sechs Uhr morgens kam Michael auf die Welt. Er hatte dunkle Haare, wog fast viertausend Gramm und war dreiundfünfzig Zentimeter lang. Sie legten mir den kleinen Kerl auf die Brust, und als sie ihn mir wieder nehmen wollten, um die üblichen Untersuchungen und Tests durchzuführen, wollte ich ihn nicht hergeben. Ich blieb fünf Tage in der Klinik. Außer Kathi besuchte mich niemand. Zu der Frau im Nebenbett kamen jeden Tag mindestens fünf Besucher, der Mann, die Kinder, die Eltern und Freunde. Sie bedauerte mich, weil ich so allein sei, und ich lachte nur. Ich war nicht mehr allein und würde es nie wieder sein.

Als Kathi zu mir kam, zeigte ich ihr stolz meinen kleinen Jungen, und ich freute mich, weil er ihr gefiel, aber ich war erleichtert, als sie wieder gegangen war. Ich wollte mein Kind mit niemandem teilen, nicht einmal anderen Leuten zeigen. Kathi bot mir an, mich aus der Klinik abzuholen, sie wollte sogar einen Urlaubstag nehmen, aber ich sagte, ich wolle mit Michael allein nach Hause fahren, ihn allein in meine Wohnung bringen, um mit ihm die Schwelle zu seinem Zimmer zu überschreiten. Kathi verstand es, jedenfalls sagte sie das.

Am Freitag wurden meine Papiere fertig gemacht, und eine Krankenschwester bestellte ein Taxi, sie trug auch meine Tasche bis vor die Eingangstür der Charité. Es war ein wundervoller milder Frühlingstag, als ich mit Michael auf dem Arm auf die Straße trat. So soll es sein, sagte ich zu ihm, so soll es bleiben, ich werde dich nie verlassen, du, mein Einziger.

Im Briefkasten steckten fünf Briefe, einer war vom Verlag, ich warf die Post ungeöffnet auf den Küchentisch, ich hatte Wichtigeres zu tun. Der Kleine schlief beim Stillen immer ein, jede Mahlzeit dauerte eine Stunde, aber mir gefiel es. Ich saß mit ihm in meinem Sessel, und nichts konnte unsere Zweisamkeit stören. Manchmal klingelte das Telefon, wenn ich Michael stillte, doch ich bemerkte es gar nicht, ich nahm es erst wahr, wenn das Klingeln verstummte oder wenn der Kleine bei dem schrillen Geräusch zusammenzuckte. Ich wollte mit keinem sprechen, da ich ununterbrochen mit Michael sprach.

Am Sonntag las ich den Brief von Gerda Heber, sie bat um einen Anruf, da sie mich telefonisch nicht erreichen könne. Ich war von ihrem Brief irritiert, da sie kein Wort über meine Arbeit verlor und nichts über die Reaktion ihrer Chefin und des Verlages schrieb. Alles deutete darauf hin, dass es Schwierigkeiten gab, aber ich machte mir keine Sorgen, es interessierte mich nur am Rande. Am Montagvormittag rief ich sie an. Sie fragte nach dem Kind, und ich erzählte ihr, dass Michael bereits auf der Welt sei, viel früher als angenommen.

»Und er ist wunderschön, nicht wahr?«, fragte sie.

»Ja«, sagte ich. Ich wollte nicht über mein Kind sprechen.

»Und wie steht es mit meiner Arbeit? Was sagte Ihre Chefin dazu?«

»Wir sind alle sehr angetan. Ihre Arbeit hat beeindruckt, Herr Bremstätter ist begeistert. Meine Chefin möchte sich jedoch mit Ihnen unterhalten. Isolde Schubach hat ein paar Einwände, für sie sind die Arbeiten, ich weiß nicht, wie ich es sagen soll ...«

»Zu brutal?«

»Ja, so ungefähr hat sie sich ausgedrückt.«

»Meine Bilder sind brutal. So brutal wie die Märchen. Hat sie die Märchen nicht gelesen?«

Gerda Heber lachte.

»Und was, glaubt sie, was soll ich nun machen? Neue Blätter liefern? Mit Gänseblümchen und Teddybären?«

»Reden Sie mit ihr. Aber sagen Sie ihr um Himmels willen nicht, sie soll die Märchen lesen. Seien Sie einfach diplomatisch. Sagen Sie nicht gleich Nein, hören Sie sich an, was Isolde sagt, nicken Sie, und dann sehen wir weiter. Bremstätter und ich sind auf Ihrer Seite.«

»Ich kann zurzeit nicht in den Verlag kommen. Das Baby braucht mich Tag und Nacht. Sie soll mir schreiben.«

»Das wäre ganz falsch, Frau Trousseau. Nein, nur nichts Schriftliches. Geben Sie mir Bescheid, wenn Sie kommen können. Ich erzähle Isolde, dass Sie mit dem Baby beschäftigt sind. Und machen Sie sich keine Gedanken. Wir schaukeln das Kind schon.«

Ich redete mit Michael über diese dumme Frau mit dem ranzigen Geschmack eines Hausmütterchens, die über meine Arbeiten zu befinden hatte, ich erzählte ihm, was mir auf der Seele lag, während er an meiner Brust saugte und dabei immer wieder einschlief. Dann hob ich ihn mit beiden Händen hoch und fragte, was ich machen solle. Wie ein kleiner Buddha hing er in der Luft, öffnete ein klein wenig die Augen, verzog den Mund und schlief ein.

»Danke«, sagte ich zu ihm, »genauso machen wir es.«

Ich hatte Gerda Heber im Mai gebeten, die zweite Rate des ausgehandelten Honorars möglichst bald auf mein Konto zu überweisen, und sie hatte es irgendwie geschafft, obwohl meine Arbeit noch nicht abgenommen war, so dass ich ausreichend Geld besaß und mir keine Gedanken machen musste.

Erst Mitte Juni, vier Wochen nach der Geburt, fiel mir ein, Anzeigen zu verschicken. Ich ließ dreißig Faltkarten bei einem Bekannten drucken und klebte ein Foto von Michael und mir ein, das Kathi aufgenommen hatte. Nachdem ich die Karten in die Umschläge gesteckt hatte und sie adressieren wollte, bemerkte ich, dass ich viel zu viele Karten hatte. Ich wusste nicht, wen ich eigentlich über Michaels Geburt informieren wollte, wer es wissen sollte. Ich schrieb schließlich die Adressen meiner Eltern und meiner Geschwister auf, schickte eine Karte an Pariani und sogar eine an Kathi, was völlig unsinnig war, aber es gab eigentlich keinen Menschen, dem ich die Geburt meines Sohnes mitteilen wollte. Marco Pariani schrieb mir einen langen freundlichen Brief zurück, in den er zweihundert Mark gesteckt hatte. Er wolle mir oder dem Baby etwas Schönes schenken, kenne sich aber mit Neugeborenen überhaupt nicht aus und bitte mich, das Geschenk für ihn zu kaufen. Von meiner Schwester kam ein sehr herzlicher Brief, mein Bruder schickte eine Glückwunschkarte, und von meinen Eltern kamen nur Unverschämtheiten. Vater hatte sich mühsam einen knappen Glückwunsch abgerungen, um dann zu fragen, ob ich das Kind behalten oder mich wieder der Verantwortung entziehen werde, und Mutter erteilte mir Ratschläge, wie einem Kleinkind. Sie kündigte an, mich zu besuchen, aber diese Ankündigung war so allgemein gehalten, dass so bald nichts zu befürchten stand. Zweiundzwanzig Geburtsanzeigen mit Foto schickte ich nicht ab, ich ordnete sie in mein kleines Bücherregal, ich hatte die Anzeigen ohnehin nur für mich drucken lassen.

Da ich mich nicht bei der Cheflektorin meldete, kam Gerda Heber kurz vor ihrem Jahresurlaub mit drei meiner Blätter zu mir in die Wohnung. Diese Blätter, zwei Aquarelle und eine Zeichnung, sollten nach einer Entscheidung von Frau Schubach nicht in das Buch aufgenommen werden, weil sie zu grausam seien, und ich sollte einen geeigneten Ersatz liefern. Gerda Heber sagte, sie und Bremstätter hätten alles versucht und sie schließlich auf diese drei Bilder runtergehandelt, aber jetzt müsse ich in den sauren Apfel beißen, wenn ich nicht das ganze Buch gefährden wolle.

»Sie können sich nicht mit Isolde anlegen, Frau Trousseau. Sie hat das letzte Wort, und außerdem würden Sie von uns nie wieder einen Auftrag bekommen.«

Als Michael für zwei Stunden schlief, holte ich die Mappe mit all meinen Arbeiten für das Märchenbuch hervor und suchte die Skizzen, Zeichnungen und Aquarelle nach etwas Geeignetem durch. Ich fand jedoch nur zwei Blätter, die ich guten Gewissens veröffentlichen könnte. In den folgenden Tagen dachte ich hin und wieder an jenes dritte Bild, an das Aquarell, das ich für den Verlag noch zu malen hatte, doch ich hatte keine Intuition, da ich ja mit meinen Blättern zufrieden war und keinen Grund sah, etwas zu ändern. Gerda Heber hatte mir vier Wochen Zeit gegeben, aber die Zeit ging dahin, ohne dass ich mich an meinen Zeichentisch gesetzt hätte. Ich hatte kein Bedürfnis danach, das Buch und der Verlag und meine gesamte Arbeit waren mir völlig gleichgültig. Drei Tage vor dem Ablieferungstermin rief Gerda Heber an, ich versprach ihr, die Blätter vorbeizubringen. Nachts um zwei, als ich Michael stillte, hatte ich die erlösende Idee. Ich erzählte es Michael, und am nächsten Morgen nahm ich eins der abgelehnten Aquarelle, deckte es teilweise mit Zeichenblättern ab, und als ich sah, dass es funktionierte, schnitt ich mit dem Messer fast ein Drittel des Bildes weg. Ich hatte das eigene Bild kastriert. Nun war es gefällig, lieblich, belanglos. Deine Mutter ist eine Barbarin, sagte ich zu dem Kleinen, schau dir an, was sie aus dem schönen Bild gemacht hat. Er verzog den Mund und ich lachte. Ich packte ihn in den Kinderwagen und ging zum Verlag, um die drei Bilder abzugeben. Gerda Heber bemerkte gar nichts, sie war sehr zufrieden. Ich suchte mit ihr die Cheflektorin auf, die sich minutenlang mit Michael beschäftigte, bevor sie die neuen Illustrationen in Augenschein nahm. Sie sah sofort, was ich mit dem Aquarell angestellt hatte.

»Ja, so geht das natürlich auch«, sagte sie, »ist aber ungewöhnlich. Sehr, sehr ungewöhnlich. So etwas habe ich noch nie erlebt, Frau Trousseau. Ist es Ihnen schwergefallen?«

»Ja«, sagte ich knapp, »es war vorher besser.«

»Ach Kindchen«, sagte sie, »es zählt nur, was sich durchsetzt. Was ich durchsetzen kann. Warum sollten Eltern ihren Kindern grausame und brutale Bilder kaufen? Man würde mich und das zuständige Ministerium mit empörten Briefen bombardieren. Ein wenig Zurückhaltung, Frau Trousseau, ist auch in der Kunst notwendig, sonst werden Sie sich eines Tages noch beide Ohren brechen.«

Das Buch erschien zwei Jahre später. Bremstätter hatte sich sehr angestrengt und es war ganz wunderbar geworden, ich konnte mit den Reproduktionen mehr als zufrieden sein. Als die Belegexemplare eintrafen, nahm ich eins, setzte mich zu Michael auf den Boden, um es ihm zu zeigen. Ich sagte ihm, dies sei eine Arbeit seiner Mama, und zeigte ihm Seite für Seite die Bilder. Plötzlich riss er eine Seite des Buches heraus. Als ich sah, dass es ein Blatt jener drei Arbeiten war, die ich nachzuliefern hatte, lachte ich laut auf und küsste ihn ab. Michael war wirklich ein Lebenspartner.

7.

Langsam, aber kontinuierlich setzte ich mich durch. Mein Name war ein wenig bekannt geworden, und ich galt, wie ich mehrfach hörte, als hochbegabt, jedoch schwierig. Es hatte sich herumgesprochen, dass ich bei Stephanie Mebus eine Einzelausstellung bekommen und Bernd Riecker sie eröffnet hatte. Ich wurde umstandslos Mitglied im Künstlerverband, erhielt gelegentlich Einladungen zu Pleinairs und Arbeitsaufenthalten, aber wegen Michael musste ich meistens absagen. Meine Eltern wollte ich nicht bitten, ihren Enkel für zwei oder drei Wochen zu sich zu nehmen. Zu zwei internationalen Treffen in Ungarn und Polen konnte ich fahren, da Kathi in diesen Wochen meinen Kleinen betreute. Kathi war mir eine große Hilfe, sie war eine wirkliche Freundin. Sie war ebenso verliebt in Michael wie ich und brachte mir jede Woche etwas aus dem

Warenhaus vorbei und spielte mit meinem Sohn, für den sie mit den Jahren zum Familienmitglied wurde. Manchmal übernachtete sie bei mir. Dann legten wir uns mit Michael ins Bett, dem Kleinen gefiel es, nicht nur bei seiner Mama zu liegen, sondern auch seine geliebte Kathi bei sich zu haben. Wenn er eingeschlafen war, brachten wir ihn gemeinsam in sein Bett, um uns dann zart und leise zu lieben.

Ich war mit Kathi lieber zusammen als mit jedem Kerl. Gelegentlich ergab sich zwar ein Verhältnis, lernte ich einen Mann kennen. Ich hatte dann zwei, drei Verabredungen mit ihm, doch in der Regel störte mich irgendetwas an ihm, wodurch die Sache zu einem raschen Ende kam.

Einige wenige Beziehungen dauerten ein paar Monate, ein halbes Jahr. Sie waren allerdings auch nicht wichtig für mich, und vielleicht hielten sie nur etwas länger, weil diese Männer mich weniger als die anderen bedrängten, meine Freiräume zunächst akzeptierten und mich in der ersten Zeit nicht mit Eifersüchteleien behelligten. Es gab da einen Bildhauer, den ich seit langem schätzte und der mir bei einer Versammlung über den Weg lief, einen zwei Jahre jüngeren Mann aus der Nachbarschaft, den seine Freundin verlassen hatte, einen verheirateten Ingenieur, der mich im Park angesprochen hatte, aber auch diese Beziehungen waren nicht für die Ewigkeit. Ich denke nicht, dass es an mir lag, denn ich hatte Sehnsucht nach Liebe, nach der Beziehung zu einem anderen, nach einem Partner. Michael war mein Ein und Alles, er war Mittelpunkt meines Lebens geworden, aber er war ein kleines Kind und brauchte selbst viel Liebe von mir.

Die Männerbeziehungen liefen immer gleich ab. In der Anfangsphase bemühten sich die Herren, nach ein paar Wochen gab es die ersten Anzeichen einer Gewöhnung, winzige Nachlässigkeiten und erste Gereiztheiten, der Ton veränderte sich, die freundlichste Bitte besaß einen Unterton von Forderung, plötzlich gab es Erwartungen, und man zeigte sich überrascht, wenn ich nicht so funktionierte, wie ich es ihrer Ansicht nach sollte. Und wenn es wieder so weit war, dann hoffte ich nicht darauf, dass es sich bessern würde. Ich zögerte nicht einen Tag, ich verabschiedete ihn auf der Stelle. Ich nahm meine ganze Energie zusammen und sagte ihm sehr deutlich, er solle gehen und nie wiederkommen. Da konnte er sich entschuldigen oder bitten und betteln, er konnte erschüttert sein oder drohen, mir oder sich etwas anzutun, ich blieb ganz ruhig und wartete schweigend, bis er begriffen hatte, dass es mir todernst war, bis er aus meiner Wohnung und aus meinem Leben verschwand.

An einem Dienstagabend begegnete ich Sebastian wieder. Ich kam aus der S-Bahn, auf dem einen Arm Michael, in der anderen Hand einen gefüllten Einkaufsbeutel. Er saß in einem Auto und wartete offenbar auf jemanden. Wir erkannten uns sofort wieder und sahen uns einen Moment schweigend und ein wenig verschreckt an. Dann lächelte er und machte Anstalten, aus dem Auto zu steigen. Ich drehte mich um und ging weiter. Ich wollte nicht mit ihm reden. Ich wollte ihm keinen guten Tag wünschen. Ich konnte es nicht, ich konnte es noch immer nicht. In der Nacht wurde ich wach, mir war, als hätte ich seine Stimme gehört, und in den Tagen danach schrak ich zweimal zusammen, weil ich glaubte, ihm wieder unvermutet zu begegnen.

Kathi war eine verlässliche Freundin. Es war einfacher mit einer Frau, leichter, unangestrengter. Es gab weniger Missverständnisse, keine Eifersüchteleien, keine Anmaßungen. Es machte mir nichts aus, Männern zu erzählen, dass ich gern mit einer Frau zusammen war. Ich hätte es selbst meiner Mutter erzählt, sogar Vater, aber wir sprachen schon längst nicht mehr miteinander, es gab nichts, was ich ihnen von mir erzählen wollte, es gab nichts, was sie interessierte.

Sibylles Tod wurde, je länger er zurücklag, umso schmerzlicher für mich. Wir waren erst spät zusammengekommen, und sie war für mich der Inbegriff einer Frau, ein Bild von Weiblichkeit, von Schönheit und Charme. Sibylle hatte ich geliebt, auch wenn es mir damals nicht klar gewesen war.

Ein Jahr nach ihrem Tod begann ich, sie zu zeichnen. Diese Blätter gehörten zu den ersten Arbeiten nach Michaels Geburt. Ich machte Skizzen nach der Erinnerung und den wenigen Fotografien, die ich von ihr besaß. Nach ersten Bleistiftskizzen nahm ich Kohle, mit fünf großen Akten war ich zufrieden, sie zeigten den Rücken oder das Profil, der Kopf war stets abgewandt. Die Blätter, auf denen ich ihr Gesicht, ihre Augen wiedergeben wollte, misslangen mir. Vielleicht scheute ich ihren Blick, denn sie war anwesend, während ich sie zeichnete, die Augen, die ich zu malen versuchte, schauten mich an und machten mich verlegen. Eins der Kohleblätter, ein Rückenakt, bei dem der Halsansatz mit ihren dunklen Haaren zu sehen war, nahm ich als Vorlage für ein Ölbild. An dem Bild arbeitete ich vier Monate lang, unterbrochen von den Brotarbeiten, den üblichen Skizzen und ein paar kleineren Blättern. Nachdem ich bereits einige Wochen an dem Sibyllebild gesessen hatte, bemerkte ich, dass es meinem weißen Bild, meiner großen Arbeit an der Schule, verwandt war. Es war wiederum ein sehr monochromes Bild, sehr hell, ein zarter rötlicher Ton, hautfarben bis chamois, und nur Sibylles schwarze Haare unterbrachen die fast gleichfarbige Schicht des Bildes. Ich saß gern an diesem Bild. In diesen vier Monaten war sie mir wieder ganz nah, und ich unterhielt mich mit ihr. Ich redete laut mir ihr, ich vermisste Sibylle.

Wegen Michael musste ich meinen Tag genauestens einteilen, um wenigstens sechs Stunden ungestört arbeiten zu können. Nachts arbeitete ich gar nicht mehr, da Michael sich frühmorgens meldete, spätestens um sieben Uhr, häufig früher. Ich wurde geradezu häuslich, eine ordentliche deutsche Hausfrau und Mutter, mit geregelten Essenszeiten und genauem Tagesablauf. Mehr als eineinhalb Jahre lang verließ ich abends nicht das Haus. Kathi hatte mir zwar angeboten, sich in solchen Fällen um Michael zu kümmern, aber als ich ihn ihr einmal überließ, um ins Kino zu gehen, war ich bereits eine Stunde später wieder daheim. Ich hatte im Kino gesessen und bemerkt, dass ich nichts von dem Film mitbekam, sondern nur an den Kleinen dachte. Daraufhin hatte ich den dunklen Kinosaal verlassen, um rasch nach Hause zu gehen.

Ich wollte bei ihm nicht die gleichen Fehler machen wie bei Cordula, ihm wollte ich all das geben, was ich meiner Tochter zu geben nicht imstande gewesen war, was ich als Kind nie erlebt hatte. Dafür wollte ich zurückstecken und war bereit, Rücksicht zu nehmen. Ich musste es mir immer wieder sagen, weil es mir schwerfiel. Ich spürte, dass es mir vollkommen genügt hätte, ihn gut zu versorgen, ihn aufzuziehen. Manchmal, wenn ich von jungen Müttern hörte, die ihr Kind zeitweise oder auch für Monate den Großeltern überließen, sehnte ich mich nach einem anderen Leben, spielte ich mit dem Gedanken, das Kind abzugeben, doch zu meinem und Michaels Glück gab es außer Kathi keinen Menschen, dem ich den Kleinen überlassen konnte. Denn anfangs zog mich nichts zu meinem Kind hin, nichts; nur mein Stolz und mein fester Wille, dem Kleinen mehr zu geben, als ich je empfangen hatte, nötigten mich, das Kind auf den Arm zu nehmen, es zu streicheln, mit ihm zu reden, mich selbst zu bekämpfen. Ich zwang mich, ihn zu lieben, zwang mich, meine unguten Gefühle zu unterdrücken, den Kleinen entgegen meinen Gefühlen zu herzen und zu küssen. Und diesen Kampf habe ich gewonnen, einen Kampf gegen mich und für meinen Sohn.

Als er zweieinhalb, drei Jahre war, änderte sich mein Verhalten zu Michael, musste ich mich nicht mehr zu Freundlichkeiten zwingen, ich lächelte ihn an, ohne dass ich mich dafür anstrengen musste, ich nahm ihn auf den Schoß, und es gefiel mir. Vielleicht war ich zuvor mit ihm wie eine Halbwüchsige mit einem Kleinkind umgegangen, vorsichtig, aber gelangweilt, vielleicht hatte ich Zeit gebraucht, um für ihn eine Mutter zu sein, eine Mutter, wie ich sie sein wollte.

Mit dem Dreijährigen wurde es wunderbar. Michael war aufgeschlossen und liebevoll, er besaß Humor, über seine Späße konnte ich noch spätnachts und allein in meinem Bett laut lachen. Und er liebte mich, er liebte seine Mama. Vielleicht hatte seine Liebe die meine geweckt. Er hatte meine Unfähigkeit besiegt, er hatte mich zu seiner Mutter erzogen, bevor er Schaden nahm.

Kathi bemühte sich immer wieder, mich zu verkuppeln. Sie selbst war auf der Suche nach einem tauglichen Objekt, wie sie sagte. Auf dieser Suche war sie, seit ich sie kannte. Die Damen aus dem neunzehnten Jahrhundert, bei denen es anscheinend üblich war, ihr Taschentuch auf den Boden fallen zu lassen, um einen möglichen Liebhaber auf sich aufmerksam zu machen, müssten erbleichen angesichts von Kathis Einfällen, sich in Szene zu setzen. Sie ging raffiniert und taktisch vor. Zunächst taxierte sie die Eigenheiten jedes Mannes, den sie haben wollte, um dann ein speziell auf ihn ausgerichtetes Annäherungsprogramm zu entwickeln. Man müsse den Männern das Gefühl vermitteln, sie hätten die Wahl getroffen. Kathi war äußerst einfallsreich und verwandte unglaublich viel Zeit und Energie darauf, Männer dazu zu bringen, sich für sie zu interessieren. Für sie war die Jagd das Vergnügen, war das Opfer in der Falle, verlor sie rasch das Interesse.

Seit Michael zwei Jahre alt war, brachte ich ihn in einen Kindergarten. Täglich zehn vor acht ging ich wochentags mit ihm aus der Wohnung, brachte ihn in ein altes Haus am Monbijoupark, und konnte dann bis vier Uhr nachmittags ungestört arbeiten. Mit der Arbeit wurde es Jahr für Jahr ein klein wenig besser für mich, jeder Auftrag eröffnete weitere Möglichkeiten, die Teilnahme an Ausstellungen bedeutete größere Bekanntheit, und auch der Künstlerverband vermittelte mir gelegentlich eine annehmbare Auftragsarbeit. Meine wichtigsten Partner waren die Verlage. Das große Märchenbuch wurde zu einem der besten Bücher des Jahres gewählt, die Typographie und Ausstattung wurden besonders hervorgehoben, womit wieder einmal Bremstätter eine Auszeichnung erhielt, aber auch meine Blätter wurden gelobt. In der Buchbranche hatte ich seitdem einen Namen und bekam jedes Jahr von irgendeinem Verlag einen kleineren Auftrag. Es waren meistens Zeichnungen oder Grafiken, einmal waren es zehn Radierungen. Aquarelle oder Farbtafeln waren sehr selten, der Druck war zu teuer. Ich konnte es mir nun aber leisten, lästige Brotarbeiten abzulehnen, doch finanziell blieb es schwierig, und ich richtete mich darauf ein, nie zu den begehrten und hoch gehandelten Malern zu gehören, zu jenen, denen man die Arbeiten aus den Händen riss und für deren Blätter man fast jeden Preis bezahlte.

8.

Zum fünften Geburtstag von Michael fuhr ich mit ihm in den Thüringer Wald, nach Eisenach. Über das Wochenende hatte ich für drei Tage ein Zimmer in einer Pension bestellt, weil Michaels Geburtstagswunsch ein Besuch der Wartburg war. Ich wusste nicht recht, wieso der kleine Kerl auf einen so merkwürdigen Gedanken verfallen war. Die Kindergärtnerin, die aus dieser Kleinstadt stammte, hatte von der Wartburg erzählt, und diese Burg war bei Michael und seinem besten Freund zu einer fixen Idee geworden. Er redete wochenlang darüber, seine Spiele drehten sich nur um diese Burg, und er war nicht davon abzubringen, sie zu besuchen. Ich glaube, er war von dem Besuch enttäuscht, er hatte sich gewiss etwas Abenteuerlicheres als ein Museum erträumt, aber er spielte mit Eifer den Burgbesitzer.

In Eisenach lernte ich Heinrich Gebauer in einem Restaurant kennen, in das ich mit Michael zum Abendessen gegangen war. Er hatte darum gebeten, an unserem Tisch Platz nehmen zu dürfen, und war mit Michael ins Gespräch gekommen, nachdem er erzählt hatte, dass er als Bauleiter die Restaurierungsarbeiten der Wirtschaftsgebäude im Hof der Wartburg zu organisieren und zu koordinieren habe. Heinrich war mit der Geschichte der Burg vertraut und konnte zu Michaels Begeisterung viel darüber erzählen. Die beiden unterhielten sich mehr als eine Stunde über ihre Burg, und wenn mich nicht ein gelegentlicher Blick von Heinrich gestreift hätte, so hätte ich glauben können, sie hätten mich völlig vergessen.

Da wir am nächsten Tag nachmittags heimfahren wollten, trafen wir uns früh auf der Wartburg mit ihm. Heinrich hatte es vorgeschlagen, und Michael hatte mich gebeten zuzustimmen. Er lief überglücklich durch die Burg, war ganz stolz, dass ihm die für das Publikum verschlossenen Räume gezeigt wurden, und schien von Heinrichs Bauarbeiten in den Bann gezogen zu sein. Für meine Arbeiten hatte er sich nie so heftig interessiert. Ich wurde etwas neidisch und begriff, dem Kleinen fehlte etwas, was ich ihm beim besten Willen nicht zu geben imstande war. Als wir uns verabschiedeten, versprach Heinrich, Michael in Berlin zu besuchen.

»Vorausgesetzt, deine Mutter ist damit einverstanden.«

»Natürlich. Natürlich ist sie einverstanden. Und wann kommst du?«

»Ich habe hier noch zwei Monate zu tun, dann bin ich wieder in Berlin, dann könnten wir uns sehen.«

Michael strahlte. Heinrich bot an, uns zur Bahn zu fahren, und er brachte uns bis zum Bahnsteig. Michael gab seine Hand erst frei, als unser Zug einfuhr, und ich wusste, dass ich nun ein Problem mehr hatte, und hoffte, es sei ein lösbares.

Heinrich erschien bereits nach zehn Tagen bei uns. Er hatte das Wochenende für einen Besuch bei uns genutzt. Michael war selig, er erschien im Nachthemd unter irgendwelchen Vorwänden noch dreimal im Wohnzimmer, um Heinrich zu sehen. Wir tranken eine Flasche Wein, und er erzählte mir von seiner chaotischen Familie, seinem abgebrochenen Architekturstudium und den vielen Gelegenheitsjobs, mit denen er sein Leben finanzierte. Mit seinem Vater, einem hohen Funktionär und Mitglied der Plankommission, hatte er sich überworfen, die Mutter war Alkoholikerin und lebte in einer Traumwelt. Seine drei Geschwister sah er selten, die Eltern hatten die Familie gründlich zerstört, es gab sie nicht mehr, jeder lebte und kämpfte für sich. Er hatte sich, wie er sagte, einen Namen als Restaurator gemacht, alte Türen, Truhen und

Schränke, die mittlerweile begehrt waren, arbeitete er in seiner Werkstatt auf, und gelegentlich bekam er die Bauleitung von Objekten übertragen, bei denen der Auftragnehmer in Schwierigkeiten geriet und ihn um Hilfe bitten musste.

»Ein bisschen viel Durcheinander?«, fragte ich.

»Nein, ein wenig Abwechslung«, meinte er, »ich möchte nicht ein Leben lang jeden Tag das Gleiche machen. Irgendwann baue ich mir eine Werkstatt auf, eine eigene Firma, ein, zwei Mitarbeiter, keinesfalls mehr.«

»Was für eine Werkstatt? Für Restauration?«

»Für alles. Jedenfalls für alles, was man mit den eigenen Händen machen kann. Der Kunde hat ein Problem, und ich löse es.«

»Wir leben in einer arbeitsteiligen Gesellschaft, schon einmal davon gehört? Du kannst nicht Spezialist für tausend Sachen sein.«

»Aber man kann es probieren. Ich bin halt für alles und nichts begabt, und daraus versuche ich, das Beste zu machen.«

Er wollte bei mir übernachten, aber ich schüttelte den Kopf. Er versuchte nicht, mich zu überreden, sondern akzeptierte meine Entscheidung, was mir gefiel. Er hatte etwas von einem Jungen, sein runder Schädel wirkte fast kindlich, er blickte so arglos und treuherzig, dass man glaubte, ihm vertrauen zu können. Er war ein wenig rundlich, als sei er noch immer nicht seinen Babyspeck losgeworden. Wie in Eisenach trug er auch an diesem Abend einen Pullover, einen dieser dicken, selbstgestrickten Sweater, in denen die Leute an der Küste gern umherlaufen, der seine pausbackige Korpulenz betonte und ihn noch kindlicher erscheinen ließ.

»Wir sehen uns?«, fragte er schüchtern, als er in der Tür stand.

»Gern«, sagte ich, »melde dich, wenn du in Berlin bist. Michael wäre sonst sehr enttäuscht.«

»Dein Kleiner gefällt mir. Und ich glaube, er hat mich gern. Zumindest er.«

»Ja«, sagte ich und küsste ihn zum Abschied.

Ein paar Monate später waren wir zusammen. Es hatte sich so ergeben, irgendwie. Er war nicht meine große Liebe, ich bekam kein Herzklopfen, wenn er erschien, und ich vermisste ihn nicht, wenn er ein paar Tage unterwegs war. Wenn er nicht in Berlin war, fehlte er mir nicht, aber seine Anwesenheit störte mich in keiner Weise, und das war für mich eine neue und durchaus angenehme Erfahrung. Er und Michael verstanden sich vollkommen. Der Kleine hatte wohl einen Vater heftiger vermisst, als ich es mir vorgestellt hatte. Er war geradezu verliebt in ihn, und falls Heinrich irgendetwas bei mir fehlen sollte, Michael entschädigte ihn reichlich. Wenn er kam, wich der Kleine nicht von seiner Seite, die beiden tobten durch die Wohnung, als seien sie beide Kinder, und manchmal machte Michael ihm plötzlich ganz unerwartete und leidenschaftliche Liebeserklärungen. Dann waren sie für einen Moment beglückt und verlegen und schauten mich an, als hätten sie sich etwas Unverschämtes herausgenommen.

Ich war nicht eifersüchtig, ich war erleichtert, dass Michael in Heinrich einen Kameraden gefunden hatte, der ihm den fehlenden Papa ersetzte. Ich lebte mit Heinrich zusammen, weil Michael ihn liebte. Heinrich ließ mir jeden Freiraum, er akzeptierte meine Arbeit und meine Arbeitsweise, er versuchte nie, mich zu erziehen. Es war erträglich, ein mäßiges, aber mich nicht verletzendes Verhältnis. Es war so leidenschaftslos, dass ich selbst den Kopf über mich schüttelte, es hatte etwas von einer uralten Ehe, als seien er und ich Jahrzehnte verheiratet und inzwischen bedürfnislos geworden. Meinen Bekannten fiel nur auf, dass er einige Jahre jünger als ich war, als habe das irgendetwas zu bedeuten.

Finanziell war die Verbindung mit ihm nicht eben ein Glücksfall. Er lebte von der Hand in den Mund, hatte immer irgendwelche Projekte am Laufen, die sich häufig in Luft auflösten, und jonglierte stets mit Schulden, da er so einfältig war, immer wieder auf jedes Versprechen und jede Zusage hereinzufallen. Es störte mich nicht, da ich für mich allein sorgen konnte, und ich konnte über ihn und seine Leichtgläubigkeit umso herzlicher lachen, da er selbst nie verzweifelte, sondern jede Katastrophe erstaunlich gelassen wegsteckte. Mir gefiel, wie er mit dem Leben umging. Er hatte keine Erwartungen, die enttäuscht werden, keine Forderungen, die ihn, wenn sie sich nicht erfüllten, deprimieren konnten. Er nahm jeden Tag neugierig und erwartungsfroh an, setzte und hoffte auf sein Glück und war nicht einmal überrascht, wenn es ausblieb. Er war ein glücklicher Träumer, naiv und für mich vielleicht ein klein wenig zu unbedarft.

Für Michael aber war er ein Glücksfall. Mein Kleiner lebte in dieser Beziehung regelrecht auf, wartete ungeduldig, dass Heinrich am Abend in unserer Wohnung erschien, und klammerte sich geradezu an ihn. Wenn Heinrich da war, konnte ich völlig ungestört an meinen Blättern sitzen. Michael sorgte dafür, dass weder er noch Heinrich mich behelligten. An den Wochenenden spazierten wir durch den kleinen Park des Stadtbezirks oder fuhren mit Heinrichs oder meinem Auto in die Umgebung, wir lebten zusammen wie eine normale kleine Familie. Ein Jahr nachdem ich Heinrich kennengelernt hatte, machten wir sogar gemeinsam Urlaub, in einer Pension an der polnischen Ostseeküste. Heinrich hatte uns den Urlaubsplatz preiswert besorgen können, er hatte zwei Jahre zuvor für die Besitzerin der Pension irgendwelche illegalen Geschäfte mit Baumaterialien getätigt.

9.

Ein halbes Jahr nach seiner Einschulung bekam Michael eine Grippe, die nach einer Woche fast überstanden schien, als plötzlich die Temperatur beängstigend stieg und wir ihn ins Krankenhaus einliefern mussten. Anfangs gab es sogar einen Verdacht auf Tuberkulose, und er musste zehn Tage in eine Quarantänestation. Dann wurde ein chronischer Katarrh festgestellt, die Ärzte empfahlen, die Großstadt zu verlassen und aufs Land zu ziehen, am heilsamsten sei die See oder das Gebirge, denn die Erkrankung würde durch jede weitere Infektion schwieriger und gefährlicher werden. Wir beschlossen, dem Kind zuliebe aufs Land zu ziehen.

Heinrich war sehr rührig, er verschaffte uns über seine zahllosen Bekannten aus dem Baugewerbe innerhalb weniger Tage die Adressen mehrerer leerstehender Gebäude. Im April und Mai fuhren wir an jedem Wochenende über die Dörfer, um uns aufgelassene Bauernhöfe anzuschauen und Häuser, in denen ältere Ehepaare oder Verwitwete wohnten, die ihr Eigentum verkaufen und zu ihren Kindern oder in ein Altersheim ziehen wollten. Fast alle Gebäude waren heruntergewirtschaftet, es war mehr als offensichtlich, dass seit Jahren nichts mehr repariert und ausgebessert worden war. Die alten Leute besaßen nicht mehr die Kraft dazu, oder es fehlten ihnen die Mittel, und bei den aufgegebenen Häusern hatte außer dem Zahn der Zeit der Vandalismus der Dorfjugend zusätzlich gewirkt. Zwei Bauernhäuser gefielen uns auf den ersten Blick, doch sie waren sehr teuer und es gab Bewerber für sie, denen es auf einen Tausender mehr oder weniger nicht ankam. Wir fanden schließlich in Kietz ein Bauernhaus aus den dreißiger Jahren, in dem nur noch eine alte Frau lebte, die zu ihrer Tochter ziehen wollte. Vierzehn Tage später riefen wir die Tochter an, um unser Kaufinteresse zu bekräftigen und sie zu bitten, für ihre Mutter einen Notartermin zu vereinbaren, und dabei erfuhren wir, dass die alte Frau drei Tage nach unserem Besuch gestorben war. Einen Monat später trafen wir uns mit der Tochter in dem Haus, übergaben die vereinbarte Summe und konnten das Grundstück am gleichen Tag übernehmen.

Den Kaufpreis für das Haus musste ich bezahlen. Heinrich besaß keinen Pfennig, sein Konto war zweimal in jedem Monat im Minus, dafür übernahm er den Um- und Ausbau. Mitte Juni zog er mit einer Matratze und ein paar Habseligkeiten in das leergeräumte Haus und begann abzureißen und aufzubauen. An den Wochenenden bekam er Hilfe, zwei Landarbeiter aus dem Ort kamen am Sonnabend und Sonntagmorgen, und gelegentlich erschienen Freunde und Kollegen, die ihn unterstützten. Unter der Woche werkelte er ganz allein an dem Haus. Mein gesamtes Geld musste ich in dieses Haus stecken, immerzu waren Baumaterialien zu bezahlen oder kleine Summen nötig, um einen Bauarbeiter zu bewegen, nach Feierabend mit seiner Maschine auf unserem Hof zu erscheinen, um schwere Arbeiten auszuführen. Allein das Benzingeld, das Heinrich brauchte, um von überall her das dringend benötigte Material heranzuschaffen, addierte sich zu für mich beängstigenden Summen. Um unser Haus bewohnbar zu machen, musste ich mich verschulden, aber da mir Michaels Krankheit keine andere Wahl ließ, verschwendete ich keine Gedanken daran, ob ich mir ein eigenes Haus überhaupt leisten konnte.

Heinrich lebte ein halbes Jahr allein auf der Baustelle, im Sommer war es einigermaßen erträglich, wenn er auch zeitweise nicht einmal fließendes Wasser hatte. In Berlin ließ er sich kaum noch blicken, seine anderen Arbeiten hatte er eingestellt, so dass er gar nichts mehr verdiente und wir auf meine Einnahmen angewiesen waren. Ich machte überall Schulden, ich wollte das Haus so schnell wie möglich bezugsfertig haben. An den Wochenenden fuhr ich mit Michael nach Kietz, der Kleine freute sich, mit Heinrich zusammen zu sein, an dem Haus mitzuarbeiten, und er genoss den Trubel. In der provisorischen Küche kochte ich für alle die Mahlzeiten und betätigte mich ansonsten als Handlanger bei allen möglichen Arbeiten. Wenn ich Sonntagabend wieder in Berlin war, fiel ich gleich nach dem Abendbrot todmüde ins Bett.

Das Haus wurde nach Heinrichs Entwürfen gestaltet. Er sprach ständig davon, das Haus zu entkernen, und war von seinen Ideen für den Umbau so begeistert, dass ich keinerlei Einwände erhob, obgleich alles ungewöhnlich war und die Hilfsarbeiter aus dem Ort den Kopf über seine Pläne schüttelten.

Im Erdgeschoss sollte es nach seinen Zeichnungen nur noch drei Zimmer geben, einen kleineren Gemeinschaftsraum und zwei große Ateliers, eins für ihn und eins für mich. Im ersten Stock hatte er sämtliche Wände herausgerissen, das gesamte Stockwerk würde ein einziger riesiger Raum sein, es sollte das Wohnzimmer, unsere Schlafnischen, die Küche und das Bad ohne jede trennende Wand vereinen. Für mich war es unvorstellbar, in einem wändelosen Haus zu leben, aber Heinrich sprach von den alten Bauhaus-Ideen, zu deren radikalen Konzeptionen auch eine völlig neue Art des Zusammenlebens gehöre. Er würde nur etwas zu Ende bringen, was Jahrzehnte vor uns ausgedacht, aber nie bis in seine letzte Konsequenz verwirklicht worden war. Ich sagte ihm, dass es mich stören würde, ein unabgeschlossenes, ein unabschließbares Bad zu haben, aber alles, worauf er sich einließ, war eine gesonderte Toilette im Erdgeschoss. Schließlich lachte ich nur noch, wenn er wieder seine Vorstellungen ausbreitete. Ich war bereit, es mit ihm auszuprobieren, und er versicherte mir, notfalls die Wände nachträglich wieder einzuziehen.

10.

Anfang Oktober war das Haus fertig. Ich meldete Michael in der Schule ab, und Mitte Oktober zogen wir innerhalb von zwei Tagen mit unseren gesamten Sachen nach Kietz, Heinrich hatte sich dafür einen Kleintransporter geborgt. In der ersten Nacht in unserem neuen Domizil schlug das Wetter um, ein Sturm entlaubte in wenigen Stunden sämtliche Bäume, und am nächsten Morgen waren der Hof zwischen Wohnhaus, Stallung und Scheune sowie die angrenzende Wiese mit vergilbten, schmutzigen Blättern über und über bedeckt. Beim Zusammenkehren der Blätter rutschte ich auf dem nassen Laub aus und verstauchte mir einen Knöchel. Eine Woche lang humpelte ich durch das Haus. Es war für mich ein schlechtes Zeichen, ich fragte mich, ob es richtig war, Berlin aufzugeben, um in einem Dorf zu leben. Mich überkamen kleine Panikattacken, und ich war tagelang unwirsch, obwohl Heinrich sein Bestes gegeben und eine kleine Prachtvilla für uns aufgebaut hatte. Die Heizung funktionierte wunderbar, ich besaß ein eigenes Atelier, hell und groß und mit dem richtigen Nordlicht, und die obere Etage war großzügig und geradezu elegant.

Eine Woche nach unserem Umzug badeten wir drei

erstmals nacheinander in der freistehenden Wanne im ersten Stock, und es wurde zu einem vergnüglichen Fest. Einer saß im warmen Wasser, die anderen in den Sesseln des Wohntrakts, aßen und tranken etwas, man konnte sich miteinander unterhalten, keiner war ausgeschlossen. An diesem Abend war ich zum ersten Mal rundum zufrieden mit dem Haus. Es konnte meine Wohnung werden, ich begann, mich heimisch zu fühlen. Als ich aus der Wanne stieg, wickelte ich mich in mein Handtuch, ging zu Heinrich, küsste ihn und sagte fast feierlich: »Das hast du wundervoll gemacht, mein großer Baumeister.«

Er strahlte und sah Michael an.

»Aber irgendetwas fehlt«, fuhr ich fort, »irgendetwas braucht der Raum noch. Er hat noch keinen Mittelpunkt, oder besser, jetzt ist die Badewanne der Mittelpunkt, und das ist ein bisschen albern, oder?«

»Was meinst du? Wollen wir deine Bilder aufhängen?«

»Nein, das meine ich nicht. Mir gefällt es, dass in diesem Raum keine Bilder hängen, jedenfalls keine von mir. Nein, irgendein schöner Schrank oder eine Truhe vielleicht.«

»Kein Problem, Paula. Sag, was du willst, mir werden schließlich dauernd irgendwelche Antiquitäten angeboten.«

»Nur nichts überstürzen, Heinrich, ich bin mir noch nicht sicher.«

Am nächsten Morgen wusste ich, was in dem Raum fehlt. Ich fuhr zum Postamt, rief Waldschmidt an und fragte, ob ich ihn besuchen könne. Er war merklich verblüfft und sagte, es sei ihm egal.

»Wie wäre es mit morgen? Morgen Nachmittag?«

»Was gibt es denn so Dringendes?«

»Ich möchte dich sehen und mit dir reden, Freddy. Das ist alles. – Ist es dir morgen recht?«

»Gut. Komm um vier«, sagte er nach einer langen Pause und legte den Hörer auf.

Ich erklärte Heinrich, dass ich am nächsten Tag nach Berlin fahren wolle, um zu besorgen, was dem riesigen Raum noch fehle. Er wollte wissen, was das sei, und ich sagte ihm, er solle sich überraschen lassen. Ich bat ihn um die Adresse und Telefonnummer seines Freundes Ricki, der ab und zu die aufzuarbeitenden oder fertiggestellten Möbel für ihn transportierte.

Pünktlich um vier Uhr nachmittags klingelte ich an der Tür von Waldschmidt. Ich hatte ein seltsam geformtes Stück Holz mitgebracht, das ich kurz zuvor im Wald gefunden hatte. Ich gab es ihm in der Tür.

»Statt Blumen«, sagte ich, »ich hoffe, es gefällt dir, sonst nehme ich es wieder mit.«

Er sah mich und das Holzstück an und lächelte abfällig. Ich drückte mir die Fingernägel in die Hand, um seine Musterung und seinen verächtlichen Blick zu überstehen.

»Welche Überraschung«, sagte er schließlich, »ich hätte nie damit gerechnet, dich noch einmal in meinem Haus zu sehen, Paula. Komm rein und sag mir, worum es geht. Ich habe wenig Zeit.«

Es war ein seltsames Gefühl, nun als Gast dieses Haus zu betreten. Ich setzte mich in einen der Sessel, die mir so vertraut waren, und ließ meinen Blick durch das Zimmer streifen, es schien alles unverändert zu sein. Waldschmidt ließ sich mir gegenüber nieder und sah mich erwartungsvoll an. Ich hatte gedacht, er würde mich nach meiner Arbeit fragen, um sie spöttisch zu kommentieren, oder sich erkundigen, wie ich lebe, und ich hatte mich darauf vorbereitet, ihm locker und leicht zu antworten, doch er fragte nichts. Ich interessierte ihn überhaupt nicht.

»Nun, was gibt es?«

Die Tür ging auf und eine Frau kam ins Zimmer, musterte mich freundlich und fragte, ob sie uns etwas zu trinken bringen solle. Die Frau war etwas älter als ich, vier, fünf Jahre. Sie war keine Studentin, aber Waldschmidt war ja auch schon längst emeritiert. Ich antwortete: »Einen Tee, wenn es Ihnen keine Umstände macht.«

Sie nickte, sah Waldschmidt an und ging wieder hinaus.

»Deine neue Partnerin?«, erkundigte ich mich.

Er knurrte nur und sagte: »Ich frage dich doch auch nicht, mit welchem Herrn du zusammenlebst. Oder sollte ich besser fragen, mit welcher Dame?«

»Ich lebe mit meinem Sohn zusammen. Michael heißt er, er ist jetzt sieben Jahre alt.«

»Mein Sohn ist es nicht. Warum bist du gekommen?«

»Ich wollte sehen, wie es dir geht, Freddy.«

»Paula, bist du hier, um mit mir zu plaudern? Unser Kapitel ist doch endgültig abgeschlossen, oder? Und ich kann nicht sagen, dass ich mich gern an dich erinnere. Du bist ein eiskaltes Luder, du warst berechnend in jeder Minute, bis zum Schluss. Mein Gott, war ich froh, als ich es endlich überstanden hatte. Ich habe dich geliebt, Paula, aber was das ist, wirst du vermutlich nicht einmal ahnen.«

»Ich liebte dich auch, Freddy. Es hat nur nicht geklappt zwischen uns. Vielleicht habe ich dich auch zu sehr bewundert. Ich habe dich immer als Maler verehrt, vielleicht hat das eine Beziehung unmöglich gemacht.«

Waldschmidt schnaufte verächtlich. Die Frau kam mit einem kleinen Tablett ins Zimmer, stellte es auf den Tisch und ging wieder. Waldschmidt zündete sich eine Zigarre an, er wollte mich offenbar nicht mehr gleich wieder wegschicken. Er musste jetzt siebzig sein, sein Haar war schlohweiß, der Hals faltig, aber er war noch immer schlank und elegant, eine gute Partie, seine neue Freundin konnte zufrieden sein.

»Lassen wir das«, sagte er und goss uns Tee ein, »ich will nichts mehr davon hören. Ich glaube dir kein Wort, Paula. Du lügst doch, wenn ich dich nur nach der Uhrzeit frage. Du kannst nicht anders.«

»Wie auch immer, aber dich habe ich wirklich geliebt. Für mich war es eine gute Zeit in deinem Haus. Ich habe die besten Erinnerungen daran. Ich habe gern mit dir zusammengelebt, und ich habe im Atelier oben gut malen können, es sind ein paar Arbeiten entstanden, die nicht schlecht waren.«

»Ja, und viel Scheiß.«

»Ich habe deine Abendgesellschaften genossen. Bist du noch mit den Freunden zusammen? Trefft ihr euch noch?«

Er sah mich verächtlich an. Ich trank einen Schluck Tee, nahm mir eins der Plätzchen vom Teller und plauderte weiter.

»Und Frau Mosbach? Führt sie dir noch den Haushalt? Und dann habe ich bei dir Klavier gelernt, weißt du noch? Du hattest mir den Unterricht geschenkt, bei dieser Frau, der Frau Niebert.«

»Was willst du, warum bist du gekommen, Paula?«

»Sei nicht so grantig, Freddy. Ich wollte dich einfach wiedersehen. Wir waren schließlich einmal zusammen.«

»Ja, leider. Und ich erinnere mich nur ungern daran. An alles, was mit dir zusammenhängt, Paula. Und das Atelier oben benutze ich seit deiner Zeit nur noch als Rumpelkammer. Ich habe keinerlei gute Erinnerungen an dich, so sieht das aus.«

»Und seitdem hat niemand auf dem Flügel gespielt?«

»Niemand. Ich hasse den Kasten. Vielleicht verkaufe ich ihn oder werfe ihn auf den Müll.«

»Auf den Müll! Es ist ein Erard, Freddy!«

»Das ist mir egal.«

»Ehe du ihn auf den Müll schmeißt, gib ihn mir. Ich würde gern wieder Klavier spielen.«

»Du willst den Flügel kaufen? Kannst du ihn denn bezahlen? Es ist ein Erard, wie du ganz richtig sagtest.«

»Nein, kaufen kann ich ihn nicht, nicht in hundert Jahren. Ich lebe gerade so von meinen Arbeiten. Was ist mit dem Flügel, schenkst du ihn mir?«

»Schenken? Paula lässt sich noch immer alles schenken.«

»Ich könnte ihn dir mit Bildern bezahlen, falls du daran interessiert sein solltest.«

»Bilder von Paula Trousseau für einen Erard, dass ich nicht lache. Hast du überhaupt Platz für ein solches Monstrum? Wo wohnst du denn?«

»Platz hätte ich genug. Ich wohne auf dem Land, in einem alten Bauernhaus. Mich würde der Kasten dort nicht stören, ganz im Gegenteil. Ich würde mich freuen, Freddy. Na, wie ist es? In Erinnerung an alte Zeiten?«

»Bist du darum gekommen? Um mir den Flügel abzuschwatzen?«

»Ich wollte dich einfach nur einmal wiedersehen. Ist das so verwunderlich?«

»Bei dir schon, Madame.«

»Menschen ändern sich, Freddy.«

»Ach was. Und du hast jetzt ein Herz, schöne Frau?«

»Ich habe sogar ein Kind.«

»Das hattest du auch zu meiner Zeit schon, wenn ich mich recht erinnere. Hat dich damals auch nicht weiter gestört.«

»Mein Sohn ist mein Ein und Alles.«

»Das wäre allerdings etwas Neues. Kaum zu glauben, Paula.«

Ich biss die Zähne zusammen. Die Porzellantasse zitterte in meiner Hand, als ich sie vorsichtig aufnahm, um zu trinken, aber ich beherrschte mich und warf sie nicht gegen die Wand. Ich fragte ihn nochmals nach Pariani und Oltenhoff und den anderen aus seiner Runde und erkundigte mich auch nach Tschäkel, doch er antwortete nur einsilbig oder gar nicht. Schließlich sagte ich, ich müsse aufbrechen, dankte ihm, dass er mich empfangen habe, es hätte mich gefreut, ihn wiederzusehen. Er betrachtete mich und schien für einen Moment gerührt. In der Tür fragte ich noch einmal nach dem Flügel. Er versprach, es sich zu überlegen.

»Darf ich dich anrufen?«, fragte ich.

»Kannst du machen«, sagte er.

Zum Abschied küsste er mich auf beide Wangen.

»Wann kann ich dich anrufen? Ich bin zwei Tage in Berlin. Morgen?«

»Paula sieht immer noch zu, wo sie bleibt. Na schön, ruf an, ich lass es mir durch den Kopf gehen. Aber wie ich mich auch entscheide, geschenkt bekommst du ihn nicht«, sagte er.

Am nächsten Vormittag rief ich Waldschmidt an. Er war tatsächlich bereit, mir den Flügel zu überlassen, und wollte lediglich ein Bild dafür haben, ein Bild, das er sich aussuchen werde. Er würde mich besuchen und dann ein Bild mitnehmen. Ich war einverstanden. Das Bild, das ich nie verkaufen, das ich nicht einmal für einen Erard-Flügel eintauschen würde, dieses Bild, wusste ich, würde er ganz gewiss nicht haben wollen. Danach fuhr ich zu Heinrichs Freund Ricki, der den großen Transporter besaß, und konnte ihn überreden, noch am selben Tag den Flügel bei Waldschmidt abzuholen und nach Kietz rauszufahren. Wir trafen uns um fünf vor Waldschmidts Villa, Ricki kam mit drei Männern, die beim Aufladen halfen.

Waldschmidt war nicht zu Hause, seine Freundin öffnete die Tür. Sie wusste, dass ich den Flügel abholen durfte, und nach einer Stunde stand das Instrument gut festgezurrt auf dem Transporter. Ich fuhr mit dem Wagen voraus, Ricki folgte mit dem Flügel.

Heinrich war fassungslos, als ich im Stockdunklen mit dem Prachtstück auftauchte. Er freute sich, Ricki zu sehen, sagte aber, es sei unmöglich, den Flügel ins Haus und in das obere Stockwerk zu bringen, ich hätte zuvor mit ihm reden sollen, er hätte es mir ausgeredet.

»Ich weiß«, sagte ich, »ich wollte dich überraschen, mir aber nichts ausreden lassen.«

Mit Ricki hatte ich vereinbart, dass er bei uns übernachtet. Er stellte den kleinen Lastwagen aufs Grundstück, den Flügel wollten wir erst am nächsten Tag ins Haus tragen, und ich zeigte ihm seinen Schlafplatz in meinem Atelier. Nach dem Abendessen saßen wir am Kamin und diskutierten, wie wir das riesige Instrument ins Haus bringen konnten.

Da wir einen sonnigen Herbst hatten und auch der nächste Tag stabil zu werden versprach, beschlossen wir, dass Heinrich und Ricki am kommenden Morgen einen Teil des Dachs abdecken, die innere Holzverkleidung abschrauben und die Dachlattung entfernen sollten, während ich versuchen sollte, den Kranwagen der Genossenschaft auf unser Grundstück zu holen. Gut abgepolstert mit Säcken und alten Gardinen wollten wir meinen Erard durch die geöffnete Dachschräge an seinen Platz hieven. Heinrich und Ricki veranschlagten drei bis vier Stunden, um ein ausreichend großes Loch im Dach freizuräumen, und da das Haus zur Nacht wieder eingedeckt sein sollte und sie dafür gewiss mehr als fünf Stunden brauchten, müsste der Kran um zwölf Uhr auf dem Hof stehen.

Nach dem Frühstück begannen die Männer das Dach

abzudecken, und ich fuhr in das Büro der Genossenschaft und bat den Chef, uns den Kranwagen für eine Stunde zu überlassen. Er lachte mich aus, sprach über seine Probleme und weigerte sich. Ich blieb einfach in seinem Büro sitzen, bat ihn immer wieder, zerdrückte ein paar Tränen, und nach drei Stunden war er endlich bereit, meine Bitte zu erfüllen. Um ein Uhr kam ich zum Grundstück zurück, hinter mir tuckerte der Kranwagen. Heinrich und Ricki hatten die kleine Kreissäge aus dem Schuppen geholt und sägten bereits die Holzlatten zurecht, mit der die alte Dachlattung wiederhergestellt werden sollte. Die abgenommenen Dachsteine waren säuberlich im Zimmer gestapelt.

Eine Stunde später stand mein Flügel tatsächlich im oberen Zimmer. Er hatte eine Schramme und drei Kratzer abbekommen, aber die würden für Heinrich kein Problem darstellen. Ich gab dem Fahrer des Kranwagens einen Geldschein und versprach, am nächsten Tag bei seinem Chef vorbeizukommen. Dann kochte ich ein Mittagessen, während die beiden Männer die Dachlattung annagelten.

Um acht Uhr abends war das Dach wieder vollständig gedeckt, die gespundeten Bretter der Innenverkleidung wollte Heinrich am nächsten Tag allein anschrauben.

Die beiden baten mich, ihnen etwas vorzuspielen, sie hätten einen Anspruch auf ein kleines Sonderkonzert, ich schlug ein paar Tasten an, doch der Flügel war durch den Transport und die eine Nacht auf dem Lastwagen völlig verstimmt.

Nun hatte unser großer Raum einen wirklichen Mittelpunkt, er hatte eine Seele bekommen. Ein paar Tage lang suchte ich für den Flügel den richtigen Platz, immer wieder schob ich ihn mit Heinrich durch die Etage, bis ich für ihn die richtige und endgültige Stelle gefunden hatte. Er stand frei im Raum, hatte genügend Licht, war vor der Sonne geschützt, von Küche und Bad ausreichend entfernt, und er beherrschte, so wie ich es mir vorgestellt hatte, das riesige Zimmer.

Der Klavierstimmer erschien erst nach zwei Monaten und verbrachte einen halben Tag am Flügel. Heinrich hatte das Instrument wieder auf Hochglanz gebracht, nun war es makellos, das Prachtstück sah aus, wie es an seinem ersten Tag ausgesehen haben musste. Zum ersten Mal setzte ich mich an den Flügel, als ich ganz allein war. Es war so schön, dass mir die Tränen kamen. Ich übte seitdem jeden Tag ein, zwei Stunden, manchmal unterbrach ich sogar meine Arbeit, verließ das Atelier und ging nach oben, um ein kleines Stück zu spielen. Es machte mich bereits glücklich, wenn ich den Flügel nur sah oder um ihn herumlief.

11.

Michael war von dem neuen Haus begeistert, ihm gefiel es, dass sein Kinderzimmer nicht von den anderen Räumen abgetrennt war und er jederzeit Kontakt mit uns haben konnte, und vor allem war er glücklich, mit Heinrich zusammen zu sein. Er hatte aber anfänglich Mühe, sich in der neuen Schule einzuleben, unter den neuen Klassenkameraden litt er. Keiner wolle mit ihm spielen oder auch nur reden, meinte er. Wenn Heinrich oder ich ihn am Morgen in den Nachbarort zur Schule brachten, gab es häufig Tränen. Er tat mir leid, aber nur seinetwegen waren wir aufs Dorf gezogen. Ein kleines Mädchen aus unserem Dorf ging in seine Klasse, und wir ermunterten den kleinen Kerl, ihr nicht ängstlich aus dem Weg zu gehen, und schlugen ihm vor, sie zu uns einzuladen. Er freundete sich tatsächlich nach kurzer Zeit mit ihr an, und damit war das Eis gebrochen. Nach einigen Wochen gehörte er zur Klasse, als sei er schon immer in diese Dorfschule gegangen, und im Januar erhielt er bereits einen Tadel, weil er durch ungebührliches Verhalten die Klasse zu Disziplinlosigkeiten angestachelt habe. Michael war über den Tadel empört, und ich war zufrieden, denn der Kleine hatte sich nun eingelebt.

Mit den Eltern des Mädchens hatten wir vereinbart, unsere Kinder wechselseitig zur Schule zu bringen und abzuholen. Dies sollte uns nicht nur zeitlich entlasten, Heinrich und ich hatten gehofft, durch solche persönlichen Kontakte das Misstrauen und die geringschätzige Distanz der Nachbarn zu durchbrechen. Doch dies gelang uns nie. Wir blieben die Fremden aus der Stadt, die Künstler aus Berlin, die von irgendwelchen merkwürdigen Sachen lebten und nicht wirklich arbeiteten. Wenn wir Hilfe benötigten, zeigte man sich entgegenkommend, doch der Abstand war auch dann überdeutlich, zumal keiner aus dem Dorf uns je um einen Gefallen bat. Es war wohl vor allem das als skandalös geltende Haus, unser offenes, türenloses Stockwerk, das die Dorfgemüter erregte. Die beiden Arbeiter, von denen sich Heinrich beim Ausbau hatte helfen lassen, hatten schon damals ständig anzügliche Bemerkungen losgelassen und sich im Dorf gewiss darüber ausgelassen, wie diese Zugezogenen hausen würden. Den Dörflern boten wir und unser Haus offenbar reichlich Nahrung für schmutzige Fantasien. Mitten im Dorf wohnend, lebten wir wie Eremiten. Ich nahm es hin, es interessierte mich nicht. Ich achtete nur sehr genau darauf, dass niemand Michael zu nahe trat oder ihn beleidigte.

Heinrich bekam nur noch selten Aufträge von Architekten oder Baufirmen. Nur wenige Wochen im Jahr war er unterwegs, um irgendwo einzuspringen und kleinere

Bauarbeiten zu koordinieren, und ich war mir sicher, dass er, wenn er es auch energisch bestritt, an diesen Arbeiten, die ihn nötigten, uns und unser Haus zu verlassen, kaum interessiert war. Er baute lieber seine Werkstatt aus in der Hoffnung, als Restaurator arbeiten zu können, um jeden Tag an alten Truhen zu werkeln und kostbare, aber hinfällige Stilmöbel wieder instand zu setzen und ihnen Schliff zu geben. Er hatte sein Gewerbe angemeldet, und wir hatten daraufhin auch einen Telefonanschluss bekommen, zudem hatte er seine früheren Kunden angeschrieben und war in den ersten Monaten nach unserem Umzug häufig mit dem Auto unterwegs, um diese aufzusuchen und sich bei seinen Bekannten nach Aufträgen zu erkundigen. Wenn er zurückkam, war das Auto mit irgendwelchen gebrauchten Werkzeugen beladen, die er billig erworben oder geschenkt bekommen hatte, doch es dauerte ein gutes Jahr, bevor er so etwas wie einen Kundenstamm zusammenhatte, sich die Antiquitäten in seiner Werkstatt stapelten und er von seiner Arbeit leben konnte. Erst nach drei Jahren hatten wir alle Schulden zurückgezahlt.

Mein Atelier hatte ich mir umgehend so weit eingerichtet, dass ich darin arbeiten konnte. Der Raum war riesig, etwas mehr als siebzig Quadratmeter, und da er, wie in den meisten alten Bauernhäusern üblich, nicht sehr hoch war, verstärkte sich der Eindruck von Größe, obwohl die niedrige Decke und die Querbalken dem Raum etwas Gedrücktes, Bedrückendes gaben. Er besaß sechs Fenster, vier davon waren die originalen kleinen Bauernhausfenster, die Heinrich aufgearbeitet hatte, und an der Nordseite hatte er zwei große einflüglige Fenster eingesetzt, so dass ich das wunderbarste Licht hatte. Außer den tiefen Skizzenschränken, meinem alten Ateliertisch, zwei Staffeleien und drei Stühlen gab es keinerlei Möbel, ich wollte einen großzügigen, freien Raum. Einige meiner Bilder hatte ich, gerahmt und ungerahmt, zwischen die Fenster gehängt, und an die Querbalken heftete ich die Skizzen der Arbeiten, mit denen ich gerade beschäftigt war. Ich besaß nun ein Atelier, wie ich es mir seit der Studienzeit, seit den Kindertagen immer erträumt hatte. Wenn wir morgens Michael in die Schule gebracht hatten, tranken wir noch einen Tee zusammen, und dann verschwand ich bis zum Nachmittag in meinem Arbeitsraum. In diesen Stunden gehörte ich nur mir, und ich genoss dieses Glück Tag für Tag.

Mittlerweile hatte ich mir einen richtigen Namen bei den Verlagen erworben, und ich konnte jedes Jahr damit rechnen, einen Auftrag für die Illustrationen eines Buches zu bekommen. Hin und wieder wurde ich eingeladen, mich an einer Ausstellung zu beteiligen, aber mir fehlten die nötigen Verbindungen, und so konnte ich nur sehr selten ein paar meiner Arbeiten in einer Galerie präsentieren. Ausstellungen, das war ein schwieriges Geschäft, man musste Beziehungen haben und pflegen, sich mit Galeristen gutstellen, den richtigen Leuten Gefälligkeiten erweisen und auf jeder Hochzeit tanzen, und ich hatte zu wenige Verbindungen, kannte nicht die entscheidenden Kulturfunktionäre, ich gehörte nicht dazu. Es ärgerte mich, denn ich fühlte mich ausgesperrt, aber ich bedauerte es nicht, ich wollte nur für das Malen leben und keine Kompromisse machen. Zweimal erhielt ich Stipendien für jeweils sechs Monate, das war sehr hilfreich, aber nicht eben viel innerhalb von zehn, zwölf Jahren. Andere Kollegen, die emsiger und entgegenkommender waren, kassierten jedes Jahr Fördermittel und konnten gar nicht verstehen, dass ich mich so ungeschickt anstelle. Meine Freiheit und Unabhängigkeit waren mir diesen Preis wert. An dem Jahrmarkt der Kunst wollte ich mich nicht beteiligen, und so hatte ich mir eine Nische gesucht, in der ich das tun konnte, was ich wollte, in der ich ungestört und unbeeinflusst die Bilder malen konnte, die mir wichtig waren.

Die Buchillustrationen waren für mich mehr als reine Brotarbeit, ich musste mich dabei nicht verbiegen, die Kompromisse blieben erträglich, zumal man meinen Stil kannte und mir nur dann einen Auftrag erteilte, wenn man wirklich Bilder von mir wollte. Natürlich gab es auch mit den Verlagen Ärger, aber ich achtete darauf, dass es nie zu einem Bruch kam, denn dies hätte ich mir nicht leisten können. Sammler, also Menschen, die regelmäßig in mein Atelier kamen, um sich umzuschauen und ein, zwei Blätter oder gar ein Ölbild zu kaufen, hatte ich nicht. Die Freunde und Bekannten von Jan, die einiges von mir angekauft hatten, verliefen sich mit der Zeit. Sie verschwanden, bald nachdem Jan aus meinem Leben verschwunden war. Jetzt ließen sich nur meine wenigen Bekannten durch das Atelier führen oder die Freunde von Heinrich, aber von denen hatte keiner Geld, sie gingen davon aus, dass ich ihnen meine Blätter schenke. Bei den wenigen Ausstellungen wurde selten etwas verkauft, manchmal nahm ein Galerist einige Arbeiten bei sich auf, doch nach einem halben Jahr konnte ich sie meist vollständig wieder abholen, es hatte sich kein Käufer gefunden.

Außer den Buchillustrationen hatte ich als einigermaßen feste Einnahmequelle nur einen Malzirkel im Nachbardorf, wo ein paar Frauen Zeichnen und Aquarellieren lernen wollten, doch für die zwei Stunden pro Woche bekam ich nur ein paar Mark von der Gemeinde. Und dann gab es noch die beiden Kunstmärkte, die zweimal im Jahr in der Region stattfanden. Zu Pfingsten und kurz vor Weihnachten wurde in der Kreisstadt der sogenannte Loosemarkt abgehalten, der rührige Chef eines Kulturhauses hatte ihn vor Jahren ins Leben gerufen und alle Künstler des Umlandes eingeladen, an drei Tagen ihre

Arbeiten zu zeigen. Der Markt war von der Bevölkerung angenommen worden, und da nicht nur Kunst geboten wurde, sondern auch die üblichen Jahrmarktsbuden aufgebaut waren und ihr Publikum anzogen, entwickelte sich der Loosemarkt zu einem richtigen Volksfest, bei dem ich in jedem Jahr Bilder verkaufen konnte. Ausschlaggebend beim Verkauf waren die Rahmen, allein und ausschließlich die Rahmen. Beim ersten Mal hatte ich nur gerahmte Blätter verkaufen können, und Heinrich hatte daraufhin für den nächsten Markt die allerschönsten Rahmen für mich gebaut, jeder eine Einzelanfertigung. Sie machten die Blätter zwar teurer, aber die Kunden wollten die Bilder fix und fertig kaufen, um sie gleich aufhängen zu können. Seitdem rahmte ich vor jedem Kunstmarkt vierzehn Tage lang die Blätter, die ich verkaufen wollte. Die Kollegen an den Ständen neben mir begannen bald darauf, ihre Arbeiten ebenfalls gerahmt anzubieten, und wir wurden uns einig, dass wir mehr Geld verdienen könnten, wenn wir nur Bilderrahmen anbieten und auf unsere Zeichnungen und Aquarelle verzichten würden.

Das Leben in Kietz verlief gleichförmig. Heinrich arbeitete in seiner Werkstatt und ich im Atelier, am Nachmittag kümmerten wir uns um Michael. Haushalt und Gemüsegarten zählten zu meinen Aufgaben, Heinrich kochte für uns und war für die Bäume und die Wiese zuständig, zudem gab es fast jeden Tag etwas am Haus zu werkeln. Wenn er zu seinen Kunden fuhr, startete er sehr früh, um am Abend wieder daheim zu sein, und selbst wenn er Freunde besuchte, blieb er nicht über Nacht. Für ihn war es unglaublich wichtig, am Morgen in seinem Haus aufzuwachen und bei uns zu sein, bei seiner Familie, wie er sagte. Einen besseren Vater als Heinrich hätte Michael nicht haben können.

Ich hatte es mir zur Gewohnheit gemacht, zweimal im

Monat mit meinem Auto nach Berlin zu fahren, um bei möglichen Auftraggebern vorbeizuschauen, um Galerien aufzusuchen oder einfach nur in Ausstellungen oder ins Theater zu gehen. Ich übernachtete dann bei Kathi und gelegentlich, wenn mich der Hafer stach, rief ich Heinrich an, erzählte ihm etwas von einem zusätzlichen Termin und blieb zwei Nächte in Berlin. Auf Heinrich konnte ich mich verlassen, er fühlte sich dann ernst genommen, er hat mir jedenfalls nie einen Vorwurf gemacht, wenn ich einen Tag länger als verabredet fortblieb.

Ich musste gelegentlich aus dem Dorf heraus, um nicht zu verbauern, ich brauchte die Abwechslung. Heinrichs Liebe, seine Hilfsbereitschaft und beständige Fürsorglichkeit schnürten mir die Luft ab. Ich spürte, dass mich seine Freundlichkeit aggressiv machte. Er hatte etwas von einem Teddybären, rundlich und gutmütig, wie er war. Auf eine mich nervende Weise war er immerzu gut gelaunt, in all den Jahren, die ich mit ihm zusammen war, hatte er nie einen Wutanfall. Ich konnte machen, was ich wollte, schlimmstenfalls schaute er mich erschreckt an, bemüht, mich zu beruhigen, und versuchte anschließend, alles in Erklärungen aufzulösen. Ich konnte ihn beschimpfen, anschreien, beleidigen, er machte nur große Augen, schaute mich hilflos an und streichelte mit zwei Fingern meine Hand. Hätte er nur einmal geschrien, hätte er nur einmal mit den Türen geknallt und wütend das Haus verlassen, wir wären vielleicht zusammengeblieben. Als er mich einmal todtraurig fragte, was mich an ihm störe, sagte ich ihm, das sind deine Lügen. Er schaute mich fassungslos an und verstand gar nichts.

»Du lügst fortwährend«, sagte ich, »du lügst und lügst und merkst es gar nicht, denn so, wie du tust, so bist du gar nicht. Du machst mir etwas vor, mir und dir. Lass dich gehen, von mir aus, aber verstell dich nicht dauernd.«

»Ich verstelle mich nicht, und ich lüge nicht. Ich begreife nicht, was du willst.«

Er sah mich so überrascht und hilflos an, dass ich es aufgab. Vielleicht war er zu jung oder der falsche Mann für mich. Wenn ich ihn und Michael zusammen spielen sah, hatte ich das Gefühl, zwei Kinder zu haben, aber ich wollte kein weiteres Kind. Als Mann weckte Heinrich in mir Aggressionen. Ich spürte, wie in mir der Wunsch hochkam, ihn zu verletzen. Ich hätte ihn ohrfeigen können, nur um ihn wachzurütteln, aber ich hatte begriffen, dass ich ihn nicht ändern konnte. Er war ein lieber Junge, er war verlässlich, geduldig, aufmerksam, hilfsbereit, aber kein Mann, er war ein verlässlicher Lebensgefährte, aber kein Kerl. Er war geruchlos und neutral. Ich hatte in meinem Leben nicht viel Glück mit Männern, sie haben mich unglücklich gemacht und mehr als nur das, aber vielleicht sind Männer so. Oder es lag an mir, dass mich nur die glücklich machen konnten, die mich am Ende tief unglücklich machen würden. Heinrich gehörte nicht zu diesen Männern, er machte mich nicht unglücklich, aber er hatte mich auch nie glücklich gemacht, und das war zu wenig, als dass ich bereit war, mich damit abzufinden.

12.

In unserem zweiten Jahr in Kietz besuchte uns Kathi. Ich hatte sie mehrmals eingeladen, fast bei jeder Begegnung mit ihr hatte ich davon gesprochen. Sie sollte endlich das Haus kennenlernen, und ich wollte sie mit Heinrich bekannt machen, denn die beiden hatten sich nur einmal flüchtig gesehen. Doch obwohl sie so viel Zeit mit Michael verbracht hatte und beide aneinander hingen, hatte sie immer irgendwelche Ausreden parat. Wenn Schulferien waren, hatte ich Michael nach Berlin mitgenommen, er war dann den Nachmittag über bei einem Freund, einem früheren Nachbarskind, und am Abend hatten wir zusammen Kathi aus ihrem Warenhaus abgeholt. Michael ließ gar nicht ab von ihr, hing an ihren Lippen und ließ sie nicht einen Augenblick los, und Kathi brachte es fertig, noch spätnachts, wenn wir im Bett lagen, mir von Michael zu erzählen, sie sehnte sich nach einem Kind. Trotzdem war sie nie nach Kietz gekommen, und als sie überraschend ihren Besuch angekündigt hatte, war ich überzeugt, es gebe einen gewichtigen Grund dafür, und ich machte mich auf eine große Beichte gefasst, darauf, dass sie mir etwas Wunderbares erzählen wollte oder etwas sehr Schreckliches.

Michael war selig, als Kathi erschien. Er zeigte ihr das ganze Haus und das Dorf, und am Abend mussten wir mit den Weingläsern in mein Atelier umziehen, weil er oben nicht einschlafen wollte. Kathi und ich waren aufgeräumt und munter, wir hatten uns so viel zu erzählen, dass wir beide ganz erstaunt Heinrich ansahen, der sich ernsthaft beklagte, wir würden ihn überhaupt nicht beachten. Ich bat ihn, in die Küche zu gehen und noch eine Weinflasche zu öffnen. Er protestierte, es sei bereits die dritte, und wir sollten endlich ins Bett gehen, doch Kathi und ich hatten dazu keine Lust. Ich schlug ihm vor, allein ins Bett zu gehen, wir würden nachkommen, er möge aber so nett sein, uns den Wein herunterzubringen. Als er aus der Tür ging, lachten wir, wir wussten selbst nicht, warum, vielleicht weil wir glücklich waren oder betrunken. Heinrich erschien mit dem Wein erst eine halbe Stunde später. Wir hatten inzwischen Wasser aus dem Leitungshahn getrunken und ihn nicht mehr erwartet. Er goss uns schweigend ein und setzte sich wieder zu uns. Irgendwann unterbrach er unser Gespräch und erkundigte sich, wie wir heute

Nacht schlafen würden. Dabei schaute er uns so ernst und besorgt an, dass wir wieder nur lachen konnten.

»Was meinst du?«, erkundigte ich mich. »Ich könnte mir denken, mit geschlossenen Augen zu schlafen.«

»Du weißt, was ich meine, Paula. Schläfst du mit mir oder schläfst du mit ihr? Ihr solltet mich nicht für blöd halten.«

Ich sah Kathi an, die ihre Lippen aufeinanderpresste und Heinrich reglos und völlig gleichmütig ansah. Ihr war nichts anzumerken, nicht die kleinste Gemütsregung, allerdings lächelte sie nicht mehr.

»Wir halten dich nicht für blöd«, sagte ich, »du bist nur noch sehr jung.«

»Also«, fragte er lauernd, »was ist?«

»Geh schlafen, Heinrich. Wir kommen auch bald.«

Er sah mich beinahe zornig an, so dass ich mich hätte ausschütten können vor Lachen, doch ich warf ihm einen eisigen Blick zu und redete mit Kathi weiter. Sekunden später klirrte es. Heinrich hatte sein Weinglas umgekippt oder fallen gelassen, er war aufgestanden und besah sich den Schaden, dann ging er wortlos zur Tür und verschwand. Ich sammelte die Scherben zusammen und tupfte den verschütteten Wein mit Papier und einem Lappen auf.

»Ich hätte nicht kommen sollen«, sagte Kathi, »ich dachte mir, dass es Ärger geben wird. Und ich fürchte, der Ärger ist für dich nicht vorbei, wenn ich abgefahren bin.«

»Red keinen Unsinn, Kathi. Ich bin heilfroh, dass du da bist. Und Michael auch. Michael ist richtig glücklich, er liebt dich. Und was Heinrich anbelangt, da musst du dir nicht den Kopf zerbrechen. Entweder er kommt mit mir zurecht, mit mir und dir, oder wir finden eine andere Lösung. Die Kerle sind nicht so wichtig.«

Ich nahm mein Weinglas, stieß mit ihr an und küsste sie.

»Ich bin eifersüchtig«, sagte Kathi, »ich bin eifersüchtig auf Heinrich. Ich hatte es mir früher gar nicht vorstellen können, auf einen Mann eifersüchtig zu sein, aber bei ihm ist es so. Ich könnte vor Eifersucht platzen. Nur darum bin ich nie zu dir herausgekommen. Ich hasse ihn.«

»Du bist eifersüchtig? Worauf bist du eifersüchtig?«

»Auf alles. Auf Heinrich, auf Michael, auf dein Leben mit ihnen.«

»Ach, Kathi, da gibt es nichts, worauf du eifersüchtig sein solltest. Michael, ja, das ist schön, mit Michael bin ich glücklich. Schaff dir auch ein Kind an.«

»Das ist vorbei.«

»Was heißt vorbei. Du bist fünfunddreißig, das ist kein Alter für ein Kind. Such dir einen Kerl, der den Vater abgibt, und bevor er etwas davon erfährt, verabschiedest du ihn.«

»Ich kann keine Kinder bekommen, Paula. Es war eine Abtreibung zu viel, das haben sie mir in der Charité gesagt. Eine zu viel.«

»Ist das endgültig?«

»Endgültig, jaja. Das ist genau das richtige Wort für mich. Endgültig. Heul nicht, Paula, dafür besteht kein Grund. Ich habe ein bisschen zu lustig gelebt und muss nun bezahlen.«

»Seit wann weißt du es?«

»Themenwechsel, Paula. Die Sache ist abgehakt. Gieß mir noch ein Glas ein, und lass uns von etwas anderem reden.«

An diesem Abend haben wir nicht mehr viel miteinander geredet. Wir saßen zusammen, aneinandergelehnt, die Arme umeinandergeschlungen, tranken den Wein und schwiegen. Ich streichelte sie und schaute auf meine Bilder an den Wänden. So trostlos und traurig und trüb wie in dieser Nacht waren sie mir nie erschienen. Etwas mehr Heiterkeit, meine Dame, sagte ich zu mir, aber es war wohl nicht der geeignete Zeitpunkt, um meinen Malstil zu wechseln. Als wir hochgingen, schnarchte Heinrich leise. Ich legte mich zu Kathi und hielt sie bis zum Morgen im Arm.

Heinrich hat nie wieder ein Wort über Kathi fallen lassen, und auch wenn ich allein oder mit Michael nach Berlin fuhr, sagte er nichts. Er tat mir leid, aber eigentlich verachtete ich ihn dafür. Ich empfand es als dumm und erbärmlich, dass er nicht einmal fähig war, darüber zu sprechen, was ihn ärgerte. Wieso sagte er nichts, wieso schwieg er bei einer Geschichte, wo ich an seiner Stelle explodiert wäre? Was war das für ein Mann, warum war er so jämmerlich und wehrte sich nicht? Statt ihn in mein Bett zu lassen, hätte ich ihn besser adoptieren sollen.

13.

Ein Jahr später, im sechsten Jahr unserer Bekanntschaft, überraschte er mich eines Abends mit dem Vorschlag, wir sollten heiraten. Er hatte sogar Ringe gekauft, die er mir stolz präsentierte, und wollte, dass wir sie an diesem Abend einander anstecken sollten, um unsere Verlobung zu feiern. Ich schüttelte den Kopf, ich verstand ihn nicht. Ich konnte nicht begreifen, wie er auf einen solchen Einfall gekommen war. Er hielt selbstzufrieden die Ringe hoch und wartete auf eine Antwort, und ich sagte lediglich, er hätte sich diese Ausgabe sparen können, ich sei schon einmal verheiratet gewesen, und diese Erfahrung würde mir für das gesamte Leben reichen. Ich wollte ihn an diesem Abend provozieren, wollte, dass er einmal aus sich herausgeht, dass er brüllt, aber Heinrich blieb auch an diesem Abend ein netter, etwas dicklicher, freundlicher Junge, der das Pech hatte, im falschen Film gelandet zu sein.

Irgendwann im Verlaufe des Abends weinte er sogar, er heulte wie ein Schulbub und beklagte sich über mich, über meine Grausamkeit. An jenem Abend betrachtete ich mir sehr ruhig und genau den verzweifelten Heinrich und entschloss mich, unser Verhältnis zu beenden. Um ihn nicht zu zerstören, bemühte ich mich, es ihm behutsam beizubringen. Einen Monat lang zeigte ich mich spröde und unzugänglich, und an einem Samstag, mitten im schönsten September, bat ich ihn in meinem Atelier, er möge ausziehen. Ich sagte ihm, wir sollten uns eine Zeit lang trennen, ich benötige Abstand, ich bräuchte Distanz, um zu mir zu kommen. Mein Wunsch überraschte ihn nicht, er hatte diesen Abschied vorhergesehen. Er saß mir leichenblass gegenüber und fragte, bis wann er ausziehen und was mit seiner Werkstatt passieren solle.

»Wenn du willst, kannst du deine Sachen ...«, sagte ich, doch dann unterbrach ich mich nach einem kurzen Zögern. Mach Nägel mit Köpfen, sagte ich mir, es hilft dir nichts und ihm genauso wenig, wenn der Abschied ewig dauert.

»Es wäre gut, wenn du die Werkstatt bald ausräumst. Schließlich brauchst du dein Werkzeug«, fuhr ich fort.

»Es wird aber etwas dauern. Ich habe nämlich nichts, ich muss wieder von vorn anfangen und mir Räume suchen.«

»Ich weiß«, sagte ich.

»Das ist nun schon das zweite Mal, dass ich ein Haus wieder aufbaue und, wenn es fertig ist, ausziehen darf.«

Er spielte auf eine frühere Beziehung an. Er hatte zwei Jahre mit einer Frau zusammengelebt, ein älteres Fachwerkhaus hergerichtet und war nach dem Ende der Bauarbeiten ausgezogen. Sie hatte sich von ihm getrennt und ihn, wie er erzählt hatte, rausgeschmissen.

Unwillkürlich musste ich lachen. »Darüber solltest du einmal nachdenken, Heinrich«, sagte ich, »sonst wirst du das noch ein drittes Mal erleben.«

»Aber warum?«, fragte er, »warum? Es war doch alles wunderbar. Mit uns beiden und mit Michael.«

Ich sah ihn an und überlegte. Was würde es helfen, wenn ich ihm den wirklichen Grund nennen würde, weshalb ich nicht länger mit ihm zusammenleben wollte?

»Ich liebe dich nicht«, sagte ich, »und ich möchte, dass wir uns trennen, bevor ich dich hasse.«

Nun war er es, der schwieg. Er schaute mich lange an, dann stand er auf und ging hinaus. Später hörte ich ihn räumen, er packte wohl seine Sachen zusammen. Am Abend war ich kurz davor, zu ihm zu gehen, ich ließ es aber bleiben.

Zwei Tage später kam Michael in mein Zimmer. Heinrich hatte mit ihm gesprochen und mitgeteilt, er werde uns verlassen, und nun wollte der Kleine wissen, warum sein geliebter Heinrich geht.

»Lasst ihr euch scheiden?«, fragte er ängstlich.

»Wir sind nicht verheiratet«, sagte ich, und dann umarmte ich ihn rasch und entschuldigte mich für die törichte Antwort.

Ich war mit Heinrich so viele Jahre zusammen, dass mir meine Bemerkung unpassend vorkam. Es fiel mir schwer, meinem Sohn die Trennung zu erklären. Dass ich ihn nicht mehr liebe, zählte für Michael nicht, er meinte, wir könnten doch einfach so weiter zusammenwohnen. Der Kleine war sehr unglücklich und ließ mich spüren, dass er mir die Schuld gab.

Heinrich verließ uns bereits nach einer Woche. Er ging

und überließ mir und Michael das Haus, ohne die geringste finanzielle Entschädigung zu fordern, obwohl er viel Zeit und Kraft hineingesteckt hatte. Ich hätte ihn gern ausbezahlt, aber dazu war ich nicht in der Lage. Ich war dankbar, dass er uns das Haus großzügig und ohne viel Worte vermachte. Einen Monat später kam er mit einem Lastwagen und räumte seine Werkstatt aus, so dass der zweite große Raum im Erdgeschoss leer stand.

Ich fragte Michael, ob er in das Zimmer einziehen wolle, ich hatte gedacht, er würde es nutzen, um seine Schularbeiten zu machen und zu spielen, aber er zog auch mit seinem Bett dorthin, so dass ich das riesige Obergeschoss allein bewohnte. Vielleicht wollte Michael mich auf diese Weise bestrafen, aber vielleicht war es auch der Beginn der Pubertät. Mit Heinrichs Auszug hatte mein Verhältnis zu Michael einen Riss bekommen. Er ließ sich nicht mehr wie früher in den Arm nehmen, alles in ihm sträubte sich dagegen, er war verletzt, und er begann, sich abzunabeln.

Wirklich zufrieden war ich nur während der Arbeit. Bei den Bildern hatte ich meinen Weg gefunden, ich hatte erreicht, dass man mich und meine Arbeiten akzeptierte. Meine Blätter und Leinwände stießen nicht auf Begeisterung, meine Bilder galten als zu spröde und düster, doch hin und wieder konnte ich sie ausstellen, zumeist gemeinsam mit einem oder auch zwei Kollegen. Ich fuhr dann mehrmals in die Galerie, zum Hängen der Bilder, zur Eröffnung und stets auch zur Finissage, und, wenn ich Zeit und Lust hatte, auch zwischendurch, um mir die Betrachter der Bilder anzusehen, sie zu beobachten, ihren Gesprächen zuzuhören. Diese Ausstellungen waren für mich wichtig, sie brachten mir weitere Kontakte, vor allem aber rissen sie mich aus meiner Einsamkeit. Mir wurde zunehmend bewusst, dass ich mich zwingen musste, unter Menschen zu gehen, sie beunruhigten und ängstigten mich. Oder sie langweilten mich. Wenn ich allein in meinem Arbeitszimmer saß, über meine Blätter gebeugt, war ich zufrieden, und wenn Michael Zeit für mich hatte, war ich glücklich.

Doch der Junge ging mittlerweile seine eigenen Wege, hatte Freunde gefunden, bei denen er gelegentlich übernachtete, er entzog sich mir, er entglitt mir, er hatte neuerdings Geheimnisse vor mir, über die er unter keinen Umständen mit mir sprechen wollte. Er begann sein eigenes Leben, und ich sagte mir, dass dies normal und richtig sei und ich ihn darin bestärken müsse, doch es tat mir weh, ihn zu verlieren. Ich gab mich Michael gegenüber burschikos und ermunterte ihn bei allem, was er vorhatte, aber innerlich vernahm ich den lauten und wehen Ton meiner Angst. Gelegentlich, immer seltener freilich, gab es Momente, in denen der Junge unerwartet zu mir kam, mich in den Arm nahm, mich zärtlich Mama nannte, etwas von sich erzählte oder einen Satz sagte, den ihm das Herz eingab.

Mein vieles, mein allzu vieles Alleinsein beunruhigte mich. Ich bemerkte Veränderungen an mir, die mir nicht gefielen, die mich verstörten. Ich ging fremden Leuten aus dem Weg, vermied neue Bekanntschaften, zog mich zurück. Ich wurde menschenscheu, entwickelte mich wieder zu dem Schulmädchen, das ich einmal gewesen war, das sich am liebsten in sein Zimmer zurückzog, um dort ungestört zu lesen oder zu malen. Ich ärgerte mich über mich selbst, ich versuchte, mich dazu zu zwingen, auf andere Leute zuzugehen, aber das fiel mir schwer. Ich spielte mit dem Gedanken, das Haus zu verkaufen und nach Berlin zu ziehen, doch nach jeder Fahrt in die Stadt kam ich erschöpft zurück und war glücklich, mich wieder in mein Refugium zurückziehen zu können, weshalb ich den Plan eines Umzugs nicht wahrhaft erwog. Ich konnte wunderbar arbeiten, und dieses zurückgezogene Leben entsprach mir.

14.

In Kietz hatte ich angefangen zu schreiben. Es waren keine Geschichten, vielmehr Impressionen, die ich nicht mit dem Pinsel festhalten wollte, sondern mit den für mich ungewohnten Worten. Eindrücke von meinen Spaziergängen, Naturbeobachtungen, Notate meiner Wanderungen, es waren gewissermaßen die kleinen Steinchen, die mir aufgefallen waren und die ich gesammelt hatte, Beobachtungen, all die kleinen und eigentlich unbedeutenden Wahrnehmungen, die in mir eine Spur zurückgelassen hatten, die mir eindrücklich geworden waren. Jede dieser Skizzen war nur ein, zwei Seiten lang, ich schrieb sie rasch auf, saß aber dann noch lange an jeder Manuskriptseite, strich aus und verbesserte, um den richtigen Ton zu treffen, und überarbeitete immer wieder diese winzigen Texte. Einige schrieb ich mehr als zehnmal, weil ich nicht zufrieden war. Schreiben fiel mir viel schwerer als Malen, es war ungewohnt, mir fehlte die Übung, ich suchte immer wieder lange nach Worten und schüttelte über mich selbst den Kopf, wenn ich minutenlang vor dem Blatt saß und zu keinem einzigen Buchstaben fähig war.

Als ich ein Manuskriptbündel beisammen hatte, zeigte ich sie Gerda Heber, mit der ich als Illustratorin bereits sieben Bücher gemacht hatte. Sie schrieb mir einen langen Brief zu meinem Manuskript und lobte es, aber ich spürte, dass sie damit wenig anfangen und es sich als Buch in ihrem Verlag nicht vorstellen konnte. Sie bot mir an, die Blätter den Kollegen anderer Verlage zu zeigen, aber auch diese Versuche blieben erfolglos. Man lobte meine Texte, bemängelte aber auch die Abwesenheit von Menschen, das vollständige Zurückziehen auf die Natur, ein Lektor nannte sie anspruchsvolle Prosagedichte, doch niemand wollte sich dafür einsetzen, sie als Buch herauszubringen, zumal es mit meinen Zeichnungen, Radierungen und Aquarellen sehr teuer werden würde. Ich ließ mich nicht entmutigen, sondern überarbeitete diese Impressionen immer wieder und schrieb neue, die Manuskriptmappe füllte sich langsam.

Nachdem zum zweiten Mal eins der von mir illustrierten Bücher einen Preis in Prag und ein halbes Jahr später einen weiteren in Bologna bekommen hatte, zeigte ich Gerda Heber die neuen Texte. Sie sprach mit der Cheflektorin und schließlich versprach man, in zwei, spätestens in drei Jahren ein Buch mit meinen Texten und Bildern zu produzieren, man hoffe, einen Partner im Ausland zu finden, um mit einer parallelen Ausgabe die Kosten zu reduzieren. Mir war klar, dass weder der Verlag noch ich mit dem Buch etwas verdienen würden, aber an dieser Arbeit, an diesen kleinen Gedankensplittern und den dafür gemalten und gezeichneten Blättern, hing mein Herz. Ich hatte das Gefühl, dieses Buch könnte meine ausdrucksstärkste Arbeit werden, meine intimste.

Nachdem Heinrich ausgezogen war, hatte ich das ganze Haus aufgeräumt. Das verschnürte Paket mit meinem weißen Bild kam mir unter die Augen, ich brachte es in mein Atelier, ließ es dort drei Tage stehen, bevor ich wagte, es zu öffnen. Ich hatte es mir fast zwanzig Jahre nicht mehr angesehen, ich glaubte, ganz genau zu wissen, was mich erwarten würde, wenn ich es aus der Verpackung holen würde, trotzdem zögerte ich. Mit dem Bild verband sich für mich viel, ohne dass ich sagen könnte, was. Als ich das Bild schließlich im Atelier aufhing, war ich überrascht, enttäuscht und sehr zufrieden. Es machte mich wehmütig, denn das Bild zeigte einen Weg auf, den ich nicht gegangen, der mir verstellt worden war.

Der weißen Landschaft gegenüber hing das große Ölbild von Sibylle, das ich in keine Ausstellung gegeben hatte. Es war elf Jahre später entstanden, und damals hatte ich beim Malen den Eindruck, mit diesem Bild an mein altes weißes Bild anzuknüpfen, aber nun, da ich die beiden Bilder gehängt hatte und vergleichen konnte, sah ich die Unterschiede.

Das Porträt von Sibylle war akkurat, es hatte einen gelungenen Aufbau, es besaß Spannung, ihre Augen bildeten einen irritierenden Mittelpunkt, der den Betrachter in den Bann zog, die Farben waren sparsam, es gab keine grellen oder auch nur auffälligen Tupfer und Lichter, doch es war nicht monochrom. Irgendwie war das Bild gefällig, vielleicht weil ich es voller Liebe zu Sibylle gemalt hatte, was mir die Distanz genommen hatte. Es gab keinen Grund, mit dem Bild unzufrieden zu sein, aber ich wusste, dieses Ölbild hätte auch einem Freddy Waldschmidt gefallen. Die weiße Landschaft dagegen war eines meiner nicht gelebten Leben, Abbild meiner verlorenen Möglichkeiten. An diese Kunstform konnte ich nicht mehr anschließen. Der Faden war gerissen, diese Fantasie war in mir abgestorben, ich hatte damals zu wenig dafür gekämpft. Nun tat es körperlich weh, auf diesem Bild zu sehen, was ich einmal besessen und nun verloren hatte. Ich ließ die weiße Landschaft trotzdem im Atelier hängen, genau gegenüber dem Sibyllebild. Ein täglich ins Auge stechender Stachel.

Meinen siebenunddreißigsten Geburtstag feierte ich in Berlin mit Kathi. An diesem Tag war ich mittags im Verlag bei Gerda Heber und gab das druckfertige Manuskript mit allen Zeichnungen, Aquarellen und Radierungen für mein Buch ab, es sollte in einem Jahr erscheinen. Es war ein großartiger Tag für mich, und ich war stolz. Wie betrunken ging ich durch die Gänge des Verlages, lächelte jeden an und grüßte jeden. Als Gerda Heber nochmals davon sprach, mein Buch stelle ein Wagnis für den Verlag dar und es sei nur eine kleine Auflage vorgesehen, eine sehr kleine, da es schwer verkäuflich sein werde, nickte ich und strahlte sie an, als hätte sie mir mitgeteilt, mein Buch werde ein Verkaufserfolg und alle seien froh darüber, dass es in ihrem Verlag erscheinen werde. Ich umarmte sie, als ich mich verabschiedete.

Kathi und Michael hatten mir einen richtigen Geburtstagstisch mit Kuchen und Kerzen hergerichtet, die beiden hatten ein Geburtstagslied für mich gedichtet, wir tranken Kaffee zusammen und gingen spazieren. Bis in den späten Abend saßen wir zusammen. Irgendwann erzählten mir die beiden, dass sie darüber gesprochen hätten, wo Michael auf die Oberschule gehen solle, denn in der Umgebung von Kietz gäbe es nur eine einzige weiterführende Schule, die aber keinen guten Ruf habe, und so seien sie auf den Gedanken gekommen, dass der Junge nach Berlin wechseln und die Woche über bei Kathi wohnen könne. An jedem Freitag käme er allein oder mit Kathi nach Kietz raus. Die beiden empfanden das als eine wunderbare Lösung und wollten nicht bloß mein Einverständnis, sondern meine begeisterte Zustimmung. Ich wusste, dass es vernünftig war und ich Kathi danken musste, doch es schmerzte mich, dass sie diesen Plan ohne mich geschmiedet hatten. Mein kleiner Michael wurde langsam erwachsen, nabelte sich ab, und das tat weh.

Ein halbes Jahr später setzten im Land heftige Unruhen ein. In der Zeitung war kaum etwas darüber zu lesen, aber in den westlichen Radiosendern wurde jeden Tag ausführlich darüber berichtet, und die Bekannten und Kollegen erzählten davon. In den Monaten zuvor hatten zwei meiner früheren Kommilitonen das Land verlassen, einer war nach Westdeutschland umgezogen, der andere, ein Bildhauer, sei nach Kanada gegangen. Eine heftige Ausreisewelle, hörte ich, würde das Land erschüttern. Auch Michael erzählte mir Geschichten, die er auf dem Schulhof zu Ohren bekam, er interessierte sich brennend dafür und drängte mich, endlich einen Fernsehapparat anzuschaffen.

Ich gab ihm schließlich nach und kaufte gegen meinen Willen einen kleinen Fernseher. Ich hatte ihn bestellen müssen, und eine Woche später bekam ich den Anruf, ich könne ihn abholen, und als ich am nächsten Tag in das Geschäft fuhr, um ihn zu bezahlen und mitzunehmen, war in der Nacht davor in Berlin die Mauer geöffnet worden. Zusammen mit Michael brachte ich eine Antenne auf dem Dachboden an, und als wir den Apparat einschalteten, sahen wir plötzlich Heinrich auf dem Bildschirm. Er saß in einem Sessel und diskutierte aufgeregt mit anderen Leuten. Fassungslos starrten wir auf ihn. Er war, wie zwischendurch mitgeteilt wurde, Mitglied einer der neu gegründeten Parteien und redete sehr politisch, so hatten wir ihn nie kennengelernt. Alle in der Runde fielen sich gegenseitig ins Wort, ließen sich nicht ausreden, jeder hatte anscheinend viel zu sagen, und keiner hatte Zeit, dem anderen zuzuhören. Als die Sendung zu Ende war und ich den Apparat ausschaltete, mussten wir beide heftig lachen.

Es war eine nervöse und fiebrige Zeit. Fast jeden Abend saß ich mit Michael vor dem Fernsehapparat und verfolgte die vielen und widersprüchlichen Ankündigungen, Michael hatte viele Fragen, aber ich konnte sie nicht beantworten, irgendwie war alles ins Rollen gekommen, ich verstand zu wenig davon und wusste auch nicht, wie es weitergehen würde. Ich hatte das Gefühl, ein Land würde einfach aufhören zu existieren, konnte mir aber nicht vorstellen, wie das möglich sein sollte. Wenn ich den Leuten zuhörte, die jetzt im Fernsehen zu sehen waren, wurde es für mich nur noch verwirrender, diese Frauen und Männer erschienen mir unglaublich mutig und zugleich unglaublich lächerlich.

Eine Woche nach dem Mauerfall fuhr ich mit Michael nach Berlin, einen ganzen Tag lang liefen wir durch den Westteil der Stadt. Es war alles übervoll, überall drängelten sich die Leute, aber sie waren heiter und freundlich. Nach einem kleinen Mittagsimbiss trennten wir uns, Michael wollte die Warenhäuser anschauen und versprach, um sieben bei Kathi zu sein. Er war groß genug, ich konnte mich auf ihn verlassen. Ich fuhr nach Dahlem, um mir die Gemäldegalerie anzusehen und das Völkerkundemuseum. An diesem Nachmittag war ich fast allein in den Gebäuden, nur zwei ältere Ehepaare kreuzten wiederholt meinen Weg. Dann fuhr ich nach Wilmersdorf, um zwei Galerien zu besuchen. Ihre Besitzer hatten mich vor Jahren in meinem Berliner Atelier aufgesucht und zeigten sich damals sehr interessiert an meinen Arbeiten. Beide Galerien waren sehr elegant, es waren große, helle und kostbar möblierte Räume, jedes Bild hing für sich und hatte ausreichend Luft. Ich sah mir aufmerksam die ausgestellten Arbeiten an und fragte mich, wie sich meine Blätter dagegen behaupten würden. Eine Galeristin erkannte mich wieder, der andere konnte sich kaum noch an mich erinnern. Beide gratulierten mir zum Fall der Mauer, aber beide erkundigten sich nicht nach meinen Arbeiten, und ich war so befangen, dass ich sie nicht darauf ansprach. Ich lud sie zu meiner nächsten Ausstellung ein, die für den Februar in Berlin verabredet war, sie versprachen zu kommen, mich irritierte jedoch, dass sie sich weder den Termin der Ausstellungseröffnung noch den Ort notierten. An diesem Tag hatte ich zum ersten Mal den Eindruck, dass sich auch für mich etwas geändert hatte, ohne dass ich es benennen konnte. In der Bahn auf dem Weg zu Kathi schaute ich durch die Scheibe auf die Stadt, die mir plötzlich fremd und unheimlich geworden war. Ich lachte über mich, ich war auf dem Wege, eine Dorftrine zu werden, die sich in der Großstadt ängstigt.

In den folgenden Monaten gab es vor allem für Michael fast jeden Tag ein paar Umstellungen an der Schule. Die Lehrer waren unsicher geworden, und wie mir Michael erzählte, wagten sie es nicht mehr, sich in der Klasse durchzusetzen. Besonders in den politischen Fächern, in Geschichte und Staatsbürgerkunde, werde kaum noch unterrichtet, stattdessen werde bloß diskutiert, und jeder könne sagen, was er wolle. Nach den Lehrbüchern würde sich keiner richten, und in diesen Fächern würden auch keine Zensuren mehr gegeben. Michael erzählte begeistert davon, aber er bedauerte zugleich, dass man nichts mehr lerne.

In Kietz waren die Veränderungen weniger verwirrend. Man erwartete ungeduldig die Vereinigung der beiden Staaten, sehnte sich nach dem besseren Geld, hoffte auf Erleichterungen, und gelegentlich sprachen die Leute über ihre Angst, zu kurz zu kommen oder ihre Arbeit zu verlieren. Man redete viel über Grundstücke und Hausverkäufe, die älteren Leute fürchteten, übers Ohr gehauen zu werden, die jüngeren erhofften sich schnelle Geschäfte, und mir schien, als hätte jeder plötzlich Termine bei einem Anwalt oder einem Notar. Das Straßenbild veränderte sich rasch, vor jedem Haus standen nun westeuropäische Wagen, die man stolz den Nachbarn vorführte.

Ich arbeitete so weiter wie in all den Jahren zuvor. Die Ausstellung im Februar wurde ein Misserfolg. Die Eröffnung war so gut besucht wie gewöhnlich, und ich traf Bekannte und Kollegen, doch als ich nach sechs Wochen erschien, um die Bilder abzunehmen und einzupacken, sagte mir die Leiterin der Galerie, es sei kein einziges Blatt verkauft worden. In der ganzen Zeit sei nicht ein einziger Besucher da gewesen. In den sechs Wochen hätten nur vier Leute die Galerie betreten, einer hätte sich nach einer Straße erkundigt, und die drei anderen hatten gefragt, ob sie die Toilette benutzen dürfen.

»Das liegt nicht an Ihnen, Frau Trousseau«, sagte sie, »die anderen Galerien haben das gleiche Problem. Die Leute sind alle vollkommen durcheinander, sie haben nur noch Geld im Kopf. Es wird schwieriger für uns. Der Stadtbezirk überlegt schon, ob er meine Galerie schließt, und dann stehe ich auf der Straße.«

»Aber man wird Sie doch nicht entlassen?«

»Nein, aber man kann mich irgendwo hinstecken, in irgendein dunkles Archiv. Und was ich hier über zehn Jahre aufgebaut habe, das hat sich dann erledigt. – Ja, es tut mir leid, dass Sie alle Arbeiten wieder mitnehmen müssen. Ich kann Ihnen auch nichts abkaufen, ich habe dafür keine Mittel mehr.«

Auf der Heimfahrt dachte ich über meine Situation nach und geriet in Panik. Meine Bilder waren bisher noch nie international ausgestellt worden, ich hatte mich nie darum gekümmert, auch nicht kümmern können, und ich fürchtete, nun aus allen Zusammenhängen herauszufallen. Freunde hatten mir gesagt, ich benötige unbedingt einen eigenen Galeristen, anders könne man nicht mehr verkaufen, aber meine Versuche waren wohl zu zaghaft, ich hatte keinen für mich gewinnen können.

Als ich mit den Bildern daheim ankam, schrieb ich sofort an Gerda Heber und fragte nach unserem Buch. Da ich keine Antwort erhielt, rief ich sie zwei Monate später an. Am Telefon druckste sie herum und bat um Geduld, im Verlag gehe es augenblicklich drunter und drüber, man hoffe, ein großer Buchkonzern übernehme den Verlag, und alle setzten ihre Hoffnungen auf diesen Verkauf.

Im August traf ein dickes Paket von Gerda Heber ein mit meinen Blättern, dem Manuskript und dem Andruck. Sie schrieb, sie sei entlassen und das Buch werde nicht gedruckt, die neue Geschäftsleitung sei nicht interessiert. Sie hoffe, schrieb sie, mich irgendwann zu sehen, sie wisse nicht, ob sie in Berlin eine neue Arbeit finde, sie wisse nicht einmal, ob sie in der Stadt bleibe oder nicht nach Süddeutschland ziehen werde. Die mir gezahlte erste Rate des Honorars werde der Verlag nicht zurückfordern, dies sei ihr versichert worden. Der Brief endete mit dem Satz: Ich habe gern mit Ihnen zusammengearbeitet, vielleicht ein andermal wieder.

Ich saß zu dieser Zeit an meinen Merianbildern. Ein halbes Jahr zuvor hatte ich ein erstes Ölbild nach den Aquarellen von Maria Sibylla Merian begonnen, und jetzt stand bereits die fünfte Leinwand auf der Staffelei. Ich malte nur Blumen und große Insekten vor einer angedeuteten Landschaft, keine Personen kamen ins Bild, keinerlei menschliche Spuren, nichts als Natur, die zugleich anziehend und schrecklich war, bedrohlich für den Betrachter durch ihre Größe und Nähe. Die Merianfarben hatte ich zurückgenommen, ihre hellen und warmen Farbtöne waren bei mir düsterer, dunkler, einsamer. Die Arbeit hatte als Experiment begonnen, es gab anfangs eine ungefähre Hoffnung, eine sehr allgemeine und ungenaue Vorstellung über die Möglichkeiten dieser Motive. Beim Betrachten der alten Bilder hatte ich etwas gespürt, was ich nicht benennen konnte, aber deutlich zu erkennen glaubte: Diese Bilder erzählten im Verborgenen etwas von mir, ich brauchte es nur herauszuarbeiten, hervorzuheben, zu enthüllen. Die Arbeit machte mich süchtig, ich malte entgegen meiner Gewohnheit auch bei künstlichem

Licht noch spätabends, und ich stand früh auf, nur um wieder an die Staffelei zu kommen.

Als ich vor der vierten Leinwand saß, war mir eingefallen, diese Bilder mit kurzen Texten zu versehen, die nichts erläutern und erklären, vielmehr eine weitere Dimension eröffnen sollten. Der Gedanke hatte mich selbst überrascht, denn zuvor hatte ich jede Art von Collagen vermieden, mich hatte ihre Beliebigkeit gestört, sie waren mir aufgesetzt erschienen, willkürlich, eine Vergewaltigung der Materialien, doch bei meinen Merianbilder schienen mir plötzlich ein paar Worte mehr als angebracht, sogar notwendig. Ich setzte das fertige erste Bild nochmals auf die Staffelei und skizzierte mit Blei das Wort: *Unwiderstehlich* in Fraktur zwischen die Blüten, und in einer kleineren Schriftgröße schrieb ich an den unteren Bildrand: *das ist die Bitte, geliebt zu werden*. Dann nahm ich die beiden anderen fertigen Bilder und setzte in Frakturschrift auch bei ihnen kleine Sätze ein, Wortsplitter, die mir in der Haut steckten und von denen ich hoffte, sie würden dem Betrachter unter die Haut gehen. An den folgenden zwei Tagen führte ich die skizzierten Buchstaben in Sepia und einem dunklen Grün aus, die kurzen Sätze zogen sich durch die Bilder wie ein schwerer Schmuck, zurückhaltend genug, um nicht zu einem falschen Zentrum des Bildes zu werden, und zugleich dunkel und irritierend. Die Arbeit hatte einen Schaffensrausch in mir ausgelöst.

Die nächsten zwei Jahre wurden finanziell schwierig. In den Jahrzehnten davor besuchten mich ab und zu ein paar Leute, um sich im Atelier meine letzten Arbeiten anzusehen und ein oder zwei Blätter zu kaufen. Es waren Musiker aus der Umgebung und drei Ärzte. Als ich Gerda Hebers dicken Brief mit meinem Manuskript erhalten hatte, war mir aufgefallen, dass sich in den letzten Monaten keiner meiner Verehrer gemeldet hatte, ich seit

Monaten nichts mehr verkauft hatte und es auch keine Absprachen über neue Ausstellungen gab. Ich telefonierte mit einigen Kollegen, keinem erging es besser, und mehrere klagten heftig, es gab aber auch Kommilitonen, die sich mit der neuen Situation glänzend arrangiert hatten und mehr Aufträge als je zuvor hatten, wie sie mir sagten. Als ich sie bat, mir zu helfen oder mir einen Hinweis zu geben, wurden sie wortkarg und verabschiedeten sich bald. Ich schaute mir meinen Kontostand an und beschloss, etwas mehr als in den vergangenen Jahren umherzureisen, Kontakte zu knüpfen oder aufzufrischen. Drei Monate später bekam ich ein erstes Stipendium von meinem Bundesland zugesprochen, es rettete mich für ein halbes Jahr, ich konnte weiterhin an meinen Bildern arbeiten.

Trotz meiner finanziellen Situation reiste ich in den ersten Jahren nach der Maueröffnung viel, ich wollte die großen Museen sehen, die bisher für mich unerreichbar gewesen waren. Es wurden immer nur kurze Fahrten, kaum länger als zwei, drei Tage, und ich nutzte billige Busreisen, um nach Paris, Amsterdam und London zu kommen, und wohnte bei Bekannten oder in einfachen Quartieren, deren Adressen ich mir aus Reiseführern für Studenten heraussuchte. Gelegentlich nahm ich Michael mit, aber häufiger überließ ich ihn der Obhut von Kathi. Für mich waren es schließlich Arbeitsreisen, ich hatte etwas nachzuholen, ich wollte endlich die Originale jener Bilder sehen, mit denen ich aufgewachsen war, die mich geprägt hatten, ohne die meine Arbeiten nicht denkbar waren. Es waren sehr intensive Momente, wenn ich vor jenen Leinwänden stand, deren Reproduktionen ich jahrelang bewundert und studiert hatte. Wichtig und berührend für mich war nicht der Gedanke, nun endlich das Original zu sehen, vielmehr bekam ich endlich das wahrhaft Gemalte vor Augen, die Arbeit des Malers. Die

Reproduktionen verfälschen die Bilder, machen sie glatt, täuschen eine Perfektion vor, wo im Original noch der Pinselstrich zu sehen ist. Jeder originale Magritte weist Grobheiten auf und stellt das Handwerk aus, was in dem Hochglanz der reproduzierten Bilder völlig gelöscht und verschwunden ist. Es tat weh, dass ich diese Arbeiten erst so spät sehen durfte. Ich stand minutenlang vor ihnen, um sie in mich aufzunehmen, aber ich hätte auch heulen können. Ich hätte diese Arbeiten früher sehen müssen, viel früher. Nun hatte ich das Gefühl, etwas versäumt zu haben, was mir meine Zeit für immer geraubt hatte. Dieses war der ganz persönliche Preis, den ich für unser Jahrhundert zu zahlen hatte. Die kleine Paula hatte auch ihren Preis für den Riss durch diese Welt zu zahlen, und nun war ich zu alt, um das Verlorene zu gewinnen.

In Barcelona stieß ich auf eine Stahlplastik, drei riesige, ineinandergebogene Eisen, eine Arbeit, die mich unglaublich faszinierte. Ich war augenblicklich in ihren Bann geschlagen, ich fühlte eine Verwandtschaft, ich sah etwas von dem, was mir für meine Arbeiten wichtig war. Die Skulptur war von Chillida, einem Bildhauer, den ich nicht kannte und von dem ich nie zuvor gehört hatte. Ich war wie elektrisiert, las am gleichen Tag und noch in der Buchhandlung, was über diesen Bildhauer zu finden war, und bereits am nächsten Morgen fuhr ich mit dem Zug nach San Sebastián, in seine Heimatstadt. Dort sah ich seine riesigen Stahlskulpturen, die vom Strand aus nach dem Horizont griffen, und man zeigte mir ein altes Bauernhaus, das zu seinem Museum umgestaltet werden sollte. Alles, was ich von ihm zu sehen bekam, war völlig anders als meine Blätter und Leinwände, doch noch nie hatten mich die Arbeiten eines Zeitgenossen derart bewegt und getroffen, fühlte ich eine solche Nähe und Verwandtschaft. Aber auch das war vorbei, er musste ein alter Mann sein und auch ich war nicht mehr jung. Nicht jung genug, um neu anzufangen.

Ich hörte, Chillida sei in der Stadt. Einen Moment lang dachte ich daran, ihn aufzusuchen, aber nur einen unbedachten rührseligen Moment lang. Dann ermahnte ich mich, kaufte mir zwei Bildbände und fuhr zurück.

15.

An meinem vierzigsten Geburtstag fuhr ich mit Michael nach Leipzig, ich traf mich mit Cordula. Dass wir uns an meinem Geburtstag sahen, war Zufall. Ich hatte sie wiederholt um ein Treffen gebeten, ich hatte geschrieben und sie angerufen, ich hatte versucht, ihr alles zu erklären, mich bei ihr entschuldigt und ihr erzählt, wie es damals dazu kam, dass ich nicht ihre Mutter sein konnte. Ich hatte ihr in langen Briefen die Geschichte meiner Ehe erzählt, ich wollte nicht, dass sie mir verzieh, ich bat lediglich um ein Verstehen. Und um ein Treffen mit ihr, die ich eineinhalb Jahrzehnte nicht gesehen hatte. Trotz allem, was passiert war und was zwischen uns stand und uns lebenslang trennen würde, wir waren dennoch Mutter und Tochter. Ich wollte sie sehen, weil ich mich bei jedem Gedanken an sie schämte, weil die Erinnerung an Cordula mich quälte. Und ich hatte die Hoffnung, eine ganz kleine, winzige, unaussprechbare Hoffnung, dass wir nun ein Verhältnis miteinander aufbauen könnten.

Cordula antwortete nicht auf meine Briefe, den Telefonhörer legte sie wortlos auf. Ich ließ mich nicht entmutigen, ich versuchte es immer wieder, und endlich willigte sie ein, mich zu treffen. Sie wollte nicht zu mir kommen und mich auch nicht in Berlin sehen, sie verlangte, dass wir uns in einem Café der Leipziger Innenstadt treffen.

Ich war darauf vorbereitet, dass sie mich beschimpfen und beleidigen würde, das war ihr gutes Recht.

Der Termin, den sie für das Treffen vorschlug, war mein Geburtstag. Ich weiß nicht, ob Cordula es wusste, doch ich sagte umgehend zu, obwohl sich für diesen Tag meine Eltern zu einem Besuch in Kietz angesagt hatten. Meine Eltern hatten mich noch nie in meinem Haus besucht. Ich bat sie, ihren Besuch um eine Woche zu verschieben, ich schrieb ihnen nichts von Cordula.

Zu dem Treffen mit Cordula hatte ich Michael mitgenommen, damit er seine Schwester kennenlerne, aber auch, weil ich Angst hatte. Er war alt genug, um alles verstehen zu können, und er sollte alles wissen, selbst das, was schmerzlich und peinigend für mich war. Cordula gehörte wie er zu meinem Leben, und zu meinem Leben gehörte, dass ich sie verlassen, dass ich sie verraten hatte. Ich konnte nichts mehr korrigieren.

Wir trafen Cordula in einem Café am Neumarkt. Sie ließ uns eine halbe Stunde warten. Ich war nervös, ich fürchtete, sie säße bereits an einem Tisch und ich hätte sie nicht erkannt. Als sie jedoch durch die Tür kam, war ich mir keinen einzigen Moment unsicher. Ich stand auf, ging auf sie zu und begrüßte sie. Sie war zwanzig Jahre alt und eine schöne junge Frau, sie war ein paar Zentimeter größer als ich und erschien mir sehr selbstbewusst. In den ersten Minuten, die wir zusammen am Tisch saßen, sprach nur ich. Cordula und Michael sahen sich an, sagten aber nichts und schienen mir zuzuhören. Ich redete und redete, ich redete mir alles von der Seele, sprach von meiner Schuld und meinem Unglück. Ich sagte ihr all das, was ich mir in den Tagen und Wochen und auf der Reise zu ihr überlegt hatte. Dann machte ich eine Pause und wartete darauf, dass sie etwas sagte. Ich wartete auf den Schuldspruch.

Cordula sah mich mit ihren hellblauen und leuchtend klaren Augen eisig an, sie musterte mich auf eine Art, dass es mir wehtat.

»Ja, und nun?«, fragte sie. »Was soll ich dazu sagen? Was, glauben Sie, könnte ich Ihnen darauf antworten?«

Dass sie mich siezte, war die heftigste Ohrfeige, die sie mir an diesem Nachmittag verpasste. Ich setzte noch einmal an, aber als mir bewusst wurde, dass ich mich im Kreise drehte, verstummte ich und sah sie an. Sie hielt meinem Blick stand. Sie hatte keine Fragen, sie wollte nichts von mir hören, und es gab nichts, was sie mir mitzuteilen hatte, keine Klage, keinen Vorwurf und schon gar kein Verzeihen. Ich war nicht ihre Mutter, und sie war nicht meine Tochter. Wir waren Fremde, die sich nichts zu sagen hatten.

»Nichts«, sagte ich, »du musst gar nichts sagen. Ich wollte dir etwas erklären, darum bin ich gekommen.«

»Erklären? Was denn?«, fragte sie sarkastisch, »dass das Leben kompliziert ist? Dass nichts so ist, wie es den Anschein hat? Danke, das weiß ich schon.«

»Vielleicht kann ich es aufschreiben, Cordula? Falls du daran Interesse hast, schreibe ich für dich auf, so wie es war. Wie ich es erlebt habe.«

Sie zuckte mit den Schultern und warf mir nur einen kurzen Blick zu, einen Blick voll Spott oder Mitleid.

»Und was machst du?«, erkundigte sie sich dann bei Michael und hörte sich schweigend an, was er ihr aufgeregt mitteilte. Sie schien an dem Jungen interessiert zu sein oder wollte sich sein Gesicht einprägen, jedenfalls war nun bei ihr der Anflug eines Lächelns zu erkennen.

»Sehr schön«, sagte sie. »Schön, dass wir uns einmal kennenlernen. Wir beide sind schließlich irgendwie verwandt.«

»Du bist meine Schwester«, sagte Michael verlegen.

»Ja. Merkwürdig, nicht wahr? Aber ich habe noch einen kleinen Bruder. Der ist ein bisschen älter als du, er ist siebzehn.«

»Vielleicht sehen wir uns mal wieder«, sagte sie zu Michael, stand auf und strich ihm über die Haare. Mit einem winzigen, kaum wahrnehmbaren Nicken verabschiedete sie sich von mir und verließ das Café. Beim Hinausgehen erinnerte sie mich an jene Person, die ich einmal war.

Wir wollten in Leipzig noch eine neue Hose für Michael kaufen und gingen durch mehrere Geschäfte. Als ich mich danach eine halbe Stunde im Künstlerbedarf umsah, begleitete mich der Junge geduldig. Wir sprachen nicht über Cordula, wir vermieden es, über das Treffen zu reden. Erst als wir wieder in der Bahn saßen und jeder von uns minutenlang auf die vorbeigleitende Landschaft starrte, und wir wohl beide an Cordula dachten, kamen wir darauf zu sprechen. Michael war es, der den ersten Satz sagte.

»Was hast du denn erwartet, Mama? Mitleid?«

Er sagte es zärtlich, ganz so, als wisse er, wie es um mich bestellt war. Ich schaute ihn verwundert an. Ich war sehr glücklich, dass er mitgekommen war und mir jetzt gegenübersaß.

»Ich weiß nicht«, antwortete ich, »vielleicht. Nein, eigentlich wollte ich sie nur einmal wiedersehen. Und ich wollte, dass ihr euch kennenlernt. Ich hatte gehofft, wir könnten miteinander sprechen, aber das wird wohl für alle Zeit unmöglich sein.«

»Ich hätte gern eine Schwester gehabt. Oder einen großen Bruder.«

»Ich weiß.«

Wir fuhren nach Berlin, weil ich mich wegen Michaels Umschulung nochmals im Gymnasium melden musste. Kathi war umgezogen und besaß nun eine geräumige Altbauwohnung, in der sie bereits ein Zimmer für ihn reserviert hatte. Wir übernachteten bei Kathi, meldeten uns am nächsten Morgen im Sekretariat des Gymnasiums, konnten mit der Direktorin kurz sprechen und fuhren erst am Nachmittag mit unserem Auto nach Hause.

Am folgenden Samstag kamen meine Eltern zu uns, ich holte sie mit dem Auto von der Bahn ab. Ich war fest entschlossen, keinerlei Unverschämtheiten meines Vaters hinzunehmen, doch als sie aus dem Zug stiegen, schrak ich zusammen. Zwei hilflose Personen kletterten mühsam aus dem Waggon und suchten ängstlich den Bahnsteig ab, weil sie mich nicht sofort sahen. Sie waren alt geworden, sehr alt. Vater sprach die ganze Zeit sehr wenig, und Mutter erzählte ununterbrochen über seine vielen Beschwerden. Die beiden versuchten, mit ihrem Enkel ins Gespräch zu kommen, hatten ihm eine ganze Tasche voller Geschenke mitgebracht, doch Michael blieb einsilbig und war nicht bereit, sie zu umarmen. Irgendwann verlangte Vater, Mutter solle ihm seine Strickjacke holen, und sie sagte, die Jacke habe sie nicht mitgenommen. Für Sekunden sah uns Vater irritiert an, erst danach wurde ihm wieder deutlich, dass er nicht in seinem Haus war, sondern bei mir zu Besuch. Er war verwirrt, vielleicht waren es die ersten Anzeichen einer Demenz. Ich tat, als ob ich nichts bemerkt hätte, und vermied ein Gespräch unter vier Augen mit Mutter. Ich wollte davon nichts wissen, und ich konnte ihnen nicht helfen. Am Abend desselben Tages brachte ich sie wieder zur Bahn und half ihnen die Stufen hinauf. Michael war nicht mitgekommen, er hatte noch für die Schule zu tun.

Als ich wieder daheim war, fragte er mich, warum meine Eltern eigentlich zu uns gekommen seien.

»Ich weiß es nicht«, sagte ich, »keine Ahnung.«

16.

Sie verließ den Weg und rannte über die ausgetrocknete, verdorrte Köhlerwiese und über die schmale Holzbrücke, die über die Bleiche führte, einen winzigen Bach, mit so wenig Wasser, dass er in jedem Winter zufror. Auf der anderen Seite des Baches begann der Wald. Paula setzte sich auf eine der Bänke, die rings um eine Lichtung standen, und sah zu ihrem Haus hinüber, das nun ganz klein und in der Reihe der Nachbarhäuser anheimelnd wirkte. Aber sie wusste, dass die Eltern darin sich weiter beschimpften, und unwillkürlich legte sie die Hände über die Ohren, obwohl aus dieser Entfernung ihre Stimmen nicht zu hören waren.

Plötzlich durchzuckte sie etwas Unheimliches, und sie wandte langsam den Kopf. Auf einer gegenüberliegenden Bank saß ein Mann, er hielt einen Zeichenblock auf den Knien und zeichnete. In einer ersten Regung wollte sie aufstehen und wegrennen, aber dann sah sie, dass es kein Nachbar war, sondern ein Unbekannter, der nichts von dem Streit der Eltern gehört haben konnte, und so blieb sie sitzen. Der Mann schaute immer wieder hoch, beugte sich dann über das Blatt und begann, heftig zu stricheln. Offensichtlich zeichnete er den Bach, die Köhlerwiese und die Hausreihe der Waldsängerallee. Auf dem rechten Bildrand schien ein Stück vom Wald gezeichnet zu werden, und die Bank, auf der Paula saß, musste sich fast in der Bildmitte des Blattes befinden, jedenfalls vermutete sie es, da sich sein Blick immer wieder auch auf ihren Platz richtete.

Sie setzte sich aufrecht hin und versuchte, gelassen und elegant zu wirken und sich nicht zu rühren. Er sollte auch sie malen. Sie wollte auf seinem Bild zu sehen sein. Im Zeichenunterricht hatten sie einmal Porträts von Mitschülern malen müssen, und so wusste sie, dass der

Porträtierte lange Zeit stillsitzen musste. So blieb sie reglos in der Haltung, die ihr vorteilhaft schien, ihr Gesicht hielt sie, als betrachte sie die Wipfel der Bäume. Wenn sie ihre Augen ein wenig nach unten verdrehte, konnte sie den Maler sehen, der in seiner dicken Wattejacke auf der Bank saß und unablässig zeichnete. Sie kannte ihn nicht. Vielleicht war es ein richtiger Maler, ein berühmter Mann, der in ihre Stadt gekommen war. Wenn sie nur schön und interessant genug aussah, sagte sie sich, würde er sie jetzt auf seinem Blatt festhalten. Die Schulter schmerzte ihr und eins der Beine schien eingeschlafen zu sein, aber sie bewegte sich nicht. Nur ihre Augen wanderten zwischen den Baumwipfeln und dem Maler, der noch immer wild und hastig an dem Blatt arbeitete, hin und her. Sie hoffte, er würde nicht bemerken, dass sie immer wieder zu ihm sah, und dass ihn die Bewegung ihrer Augen beim Malen nicht stören würde.

Ihr war kalt. Sie bedauerte, ohne Mantel aus dem Haus gerannt zu sein. Doch zugleich sagte sie sich, dass sie in dem alten Mantel unansehnlich sei und ihr das Kalikokleid mit dem broschierten Saum viel besser stehe. So blieb sie sitzen. Sie presste die Lippen aufeinander, um nicht vor Kälte zu zittern, und das Stechen in dem eingeschlafenen Bein bekämpfte sie vorsichtig, indem sie die Fußspitze gegen den Erdboden drückte.

Irgendwann hielt sie es vor Kälte und Neugier nicht mehr aus. Zudem fürchtete sie, dass der Maler seine Arbeit beenden, aufstehen und weggehen oder ein neues Blatt beginnen würde und sie die Zeichnung nie zu sehen bekäme. Sie stand auf, trat mehrmals auf der Stelle, um das eingeschlafene Bein zu spüren und um sich zu erwärmen. Dann ging sie zu dem Maler, nicht direkt, sondern umkreiste die Lichtung. Er sollte glauben, sie käme zufällig an seiner Bank vorbei.

Als sie dort angekommen war, ging sie hinter der Bank entlang und versuchte, einen Blick auf das Papier zu werfen, aber durch seine dicke Wattejacke und da er den Zeichenblock auf den Knien hielt, konnte sie nichts sehen. Der Mann, er trug einen scharf geschnittenen Kinnbart, drehte sich jedoch zu ihr und lächelte sie freundlich an. Er steckte sich eine Zigarre an und fragte, ob sie sehen wolle, was er gemalt habe. Sie nickte heftig, und er lud sie ein, neben ihm Platz zu nehmen. Über das Blatt hatte er, als er sich die Zigarre anzündete, das Deckblatt des Zeichenblocks gelegt. Als Paula neben ihm saß, sah er sie aufmerksam an und, ohne die Augen von dem Mädchen zu wenden, klappte er das Deckblatt zurück und wartete auf ihre Reaktion.

Es war eine sehr schöne Skizze. Die Bäume waren mit einer leichten Schraffur skizziert, die Häuser der Waldsängerallee gut zu erkennen, Paula entdeckte sogar die abgerissene Regenrinne über Clemens' Fenster, aus der ständig Wasser an der Hauswand herablief und eine graue Spur auf dem Mörtel hinterließ. Die Köhlerwiese war in der Bildmitte, und die Bleiche war an einer leichten Senke zu erahnen. Die Bank, auf der Paula gesessen hatte, war am unteren Bildrand zu erkennen, aber sie war leer. Er hatte die leere Bank gemalt. Sie hatte sich ganz umsonst abgequält und abgefroren.

»Gefällt es dir nicht?«, erkundigte sich der Maler, der ihre Enttäuschung bemerkte.

»Es ist schön«, sagte sie, »aber warum malen Sie keine Menschen?«

»Weil die Menschen lügen«, sagte der Maler, »alle Menschen lügen. Sie versuchen alle, etwas anderes darzustellen, als sie in Wirklichkeit sind.«

Paula wurde rot, sie fühlte sich ertappt.

»Wenn ich einen Baum male«, fuhr der Maler fort,

»seine Blätter, seine Rinde, die Wurzeln, dann habe ich, wenn es mir gelingt, den Baum so auf dem Papier, wie er ist. Wenn ich aber einen Menschen male, dann kann ich mich anstrengen, wie ich will, ich bekomme auf das Papier nur das, was er mir zu sehen gibt. Seine Seele kann ich nicht malen. Verstehst du?«

Sie nickte und sagte stolz: »Ich weiß, ich male nämlich auch.«

»Donnerwetter«, sagte der Mann, »du bist also eine Kollegin.«

»Ja, aber ich finde Bilder von Menschen schöner«, sagte sie, »und ich hatte gedacht, Sie würden ...«

Sie unterbrach sich. Der Maler lachte.

»Du hattest gedacht, ich male dich, nicht wahr? Das habe ich bemerkt. Du hast dagesessen wie ein Modell in der Malakademie. Hast dich nicht gerührt in deinem dünnen Kleid. Aber ich male keine Menschen. Auch nicht so ein schönes kleines Fräulein, wie du eins bist.«

»Es gibt Menschen, die nie lügen«, erwiderte sie streng.

Er nickte. »Ja, das habe ich auch einmal geglaubt. Ich dachte und hoffte, ich würde nie in meinem Leben lügen. Aber dann kam der Tag, da habe ich den Menschen, den ich am meisten liebe, verraten. Sie weiß das bis heute nicht, sie weiß nicht, dass ich sie einmal verraten habe. Menschen sind so. Sie lügen.«

Er legte die Zigarre neben sich auf die Bank, schlug das Blatt um und begann, das vertrocknete Grasbüschel neben der Bank zu zeichnen. Paula spürte die Kälte im ganzen Körper und stand auf.

»Auf Wiedersehen«, sagte sie. Er nickte nur.

Paula ging über die Lichtung, die schmale Holzbrücke und die Köhlerwiese auf ihr Haus zu. Sie fühlte sich von dem Maler um ihr Bild betrogen. Als sie den Kopf hob und ihr Haus erblickte, schrak sie zusammen. Nun ging sie langsam auf die Haustür zu, immer gewärtig, einen neuen Wutausbruch ihres Vaters zu hören oder die jammernde und keifende Stimme ihrer Mutter. Sie war völlig verkrampft, als sie an der Tür stand und klingelte, doch im Haus blieb es still. Dann hörte sie die Schritte ihrer Schwester im Flur.

»Wo warst du denn?«, fragte Cornelia, »Mutter hat mich schon dreimal nach dir gefragt.«

»Ich habe mich mit einem Maler unterhalten«, antwortete Paula.

»Mit einem Anstreicher?«

»Mit einem Kunstmaler«, sagte Paula stolz.

»Will er dich malen?«

»Nein. Er malt keine Menschen. Nur Bäume und so.«

»Sei froh, dass er dich nicht malen will. Dann müsstest du dich nämlich ausziehen. Ganz ausziehen, auch die Schlüpfer. Die wollen dich nämlich völlig nackt malen.«

Cornelia lachte hellauf, als Paula sie entsetzt anstarrte, und schob ihre Schwester in die Küche.

17.

Ein halbes Jahr später brachte ich Michael nach Berlin. Der Junge freute sich auf die neue Schule, und er freute sich auf die Zeit mit Kathi. Ich saß mit ihr im Wohnzimmer, während er die Sachen in seinem Zimmer einräumte. Manchmal kam er zu uns herüber und erbat etwas von Kathi. Dann ging sie mit ihm hinaus, ich hörte ihre Stimmen, ich hörte sie zusammen lachen, und ich fühlte mich plötzlich ausgeschlossen.

Nun bewohnte ich das große Haus in Kietz ganz allein und sah meinen Sohn nur noch an den Wochenenden. An den Freitagabenden konnte ich ihn von der Bahn abholen, häufig brachte ihn Kathi mit dem Auto, sie wohnte dann für zwei Tage bei uns und fuhr am Sonntagnachmittag mit ihm nach Berlin zurück. Unter der Woche arbeitete ich viel, saß von früh bis in den späten Nachmittag im Atelier, dann machte ich etwas Gartenarbeit, und am Abend erledigte ich den Haushalt, kochte eine Kleinigkeit und aß dann allein vor dem laufenden Fernseher. Das Wochenende war für Michael reserviert, ich war so glücklich, wenn wir wieder zusammen waren, dass ich diese Zeit vollständig ihm widmete. Wir machten Radtouren, spielten Schach, besserten am Haus etwas aus, fuhren zum Baden an den kleinen See und kochten gemeinsam. Ich tat alles, um ihm die Tage daheim so schön wie nur möglich zu machen. Wenn Kathi uns besuchte, veranstalteten wir regelrechte Kochfeste. Sie brachte aus Berlin Gemüse und Gewürzblätter mit, die ich nie zuvor gesehen hatte, und freute sich wie eine Schneekönigin, wenn sie mich mit einem neuen Rezept überraschen konnte. Wenn wir fertig waren, stapelte sich in der Küche alles drunter und drüber, es gab keine Schüssel und keinen Teller, die nicht benutzt worden waren. Ich genoss dieses Durcheinander, diese wilden Küchenorgien entschädigten mich für die einsame, langweilige Woche, in der es bei mir kaum etwas abzuwaschen gab.

Kathi hatte beruflich Glück gehabt, zweimal musste sie ihre Arbeitsstelle wechseln, aber da sie patent und nicht auf den Mund gefallen war, hatte sie mit Hilfe von Freunden und Verehrern in einem Versicherungskonzern anfangen können und war dort innerhalb von zwei Jahren zu einer Art Chefmanagerin aufgestiegen. Ich bewunderte sie sehr. Sie hatte sich in einem völlig anderen Arbeitsgebiet schnell eingearbeitet, nahm alles leicht und machte unglaublich rasch Karriere. Kathi war ein Glückskind, was sie auch anfasste, ihr gelang es. Sie reiste nun viel, es waren Tagesreisen, gelegentlich musste sie auch mal über Nacht wegbleiben, aber sie und Michael versicherten mir, mein Junge habe darunter nicht zu leiden. Die beiden verstanden sich nach wie vor sehr gut. Wenn sie bei mir waren, bemerkte ich, dass Michael und sie sehr vertraut miteinander waren, und so sehr mir das auch gefiel, ich konnte nicht verhindern, dass ich neidisch auf Kathi wurde. Das war dumm und unsinnig, denn ich war froh, dass es Kathi gab.

Gelegentlich verabredete ich mich mit einem Mann, aber daraus entstanden nie Beziehungen, das waren nur zwei Schiffe, die sich nachts auf dem Meer kurz begegneten, um dann allein weiterzusegeln, wie es im Schlager heißt. Mir war nicht nach einem Verhältnis, ich musste nicht mit jemandem zusammenleben, den ich nicht liebte. Es wäre sicher vernünftig, wenn ich in meinem großen Haus jemanden hätte, vieles wäre leichter zu ertragen, aber es war unmöglich für mich. Vernunft ist keine Grundlage für ein Zusammenleben, eher für die Hölle auf Erden.

Mir fehlte Sibylle, ich vermisste sie, ich dachte häufig an sie. Sibylle war der Mensch, den ich am heftigsten und schmerzlichsten vermisste. Ich liebte sie, doch sie hatte mich eingeschüchtert, bei ihr war ich immer ein wenig gehemmt, trotz ihrer Freundlichkeit, trotz all meiner Liebe. Bei Kathi war ich mir dagegen meiner sicher. Sie war verlässlich, das war für mich das Wichtigste, und ich verstand mich auch im Bett mit ihr. Ich hatte sie, nachdem Michael zu ihr gezogen war, einmal gefragt, ob der Junge etwas von unserem Verhältnis ahne.

»Der ist doch nicht dumm«, hatte sie erwidert.

»Was hat er gesagt?«

»Nichts Direktes. Aber er weiß Bescheid, Paula, da kannst du sicher sein. Ist dir das unangenehm?«

»Nein. Wieso? So ist das Leben. Es ist alles immer etwas anders. Das muss er lernen.«

Nach einem Jahr wurden Michaels Besuche seltener. Manchmal rief er erst am Freitag nach der Schule an, um zu sagen, dass er nicht kommen könne, er habe Schularbeiten zu machen, die er nur in Berlin erledigen könne. Ein paar Monate lang kam er nur noch jedes zweite Wochenende, dann nur einmal im Monat, und nachdem er zwei Jahre in Berlin war, musste ich um einen Besuch betteln. Er hatte eine Freundin, Kathi erzählte es mir. Als ich ihn fragte, stritt er es ab.

»Du klammerst, Mama«, sagte er, »ich bin sechzehn, du musst mir nicht mehr den Hintern abwischen.«

»Ich will dir nur helfen«, begann ich.

»Ich bin erwachsen. Ist das so schwer zu verstehen?«

»Nein«, sagte ich, »natürlich bist du erwachsen, oder doch beinah. Ich muss mich nur an den Gedanken gewöhnen, dass der Herr flügge geworden ist und für seine alte Mutter keine Zeit mehr hat.«

»Ich lebe mein Leben, das ist alles. Und dabei muss ich ein paar Sachen für mich sortieren, und zwar allein. War das bei dir damals anders?«

»Du machst schon alles richtig. Entschuldige, wenn ich dir auf die Nerven gehe. Ich habe mich nur noch immer nicht an das Alleinleben gewöhnt.«

»Du schaffst auch das, Mama. Du hast doch noch immer alles geschafft.«

Ich sah ihn fassungslos an. Es war von ihm lieb und aufmunternd gemeint, aber mir wurde kalt bei seinen Worten.

In den beiden letzten Schuljahren kam Michael auch in den Ferien nicht mehr zu mir. Er verdiente sich Geld oder reiste mit Freunden durch die Welt. Schließlich sah ich ihn nur noch, wenn ich Kathi besuchte, in unserem

Haus hielt er sich überhaupt nicht mehr auf, das Dorf langweilte ihn.

Während eines Besuchs bei Kathi lernte ich auch Michaels Freundin kennen, Melanie. Sie war eine Klassenkameradin, und die beiden waren seit Jahr und Tag zusammen. Es war ein hübsches Mädchen, eine ernsthafte Person, die sich unentwegt mit Michael unterhielt. Die beiden waren sehr verliebt, sie schliefen auch miteinander, wie mir Kathi erzählte. Melanie war mir gegenüber erstaunlich souverän und redete drauflos, als würden wir uns seit Ewigkeiten kennen. Dass ich die Mutter ihres Liebsten war, verschüchterte sie nicht.

Das Leben in Kietz änderte sich merklich. Die landwirtschaftliche Genossenschaft war aufgelöst worden, zwei meiner unmittelbaren Nachbarn, Männer Mitte vierzig, waren arbeitslos, im ganzen Ort gab es kaum noch Männer, die eine richtige Arbeit hatten. Nun waren die Frauen die Ernährer der Familie geworden, sie arbeiteten in den neuen Supermärkten der Umgebung, brachten den Park in Ordnung, pflanzten Hecken und Sträucher im Auftrag der Gemeinde und versuchten, ihre Familien durchzubringen. Es wurden auch Straßen gebaut, eine neue Kläranlage und ein riesiger Gewerbehof, doch für diese Arbeiten brachten die Baufirmen ihre eigenen Leute mit, die nicht einmal ein Quartier im Dorf benötigten, da sie in Wohnwagen hausten. Die Bauern wirtschafteten nun den ganzen Tag auf dem eigenen Gehöft, besserten Wohnhaus und Ställe aus, auf der Straße vor meinem Haus fuhr nun häufiger als früher ein Auto vorbei. Irgendwie schienen die Wochentage aufgehoben, es war, als sei immer Sonntag. Dann verschwanden nach und nach die jungen Leute, sie zogen in andere Regionen. Eines Tages sagte mir Frau Dickert, die als Versicherungsvertreterin arbeitete und früher Agrarökonomin gewesen war, eine Frau in meinem Alter, mit der ich mich gern unterhielt, dass wir, sie und ich, die jüngsten Dorfbewohner seien. Sie lachte verbittert, als ich sie fragte, wie das denn sein könne.

»Wir sind die Jüngsten«, wiederholte sie, »und dabei lebe ich wie eine uralte Frau, Tag für Tag immer das Gleiche. Nach der Kündigung war ich heilfroh, für die Versicherung arbeiten zu können. Ich dachte anfangs, nun würde ich mit Menschen arbeiten, könnte ein paar Leuten helfen, aber ich muss jetzt sehr darauf achten, wo ich selbst bleibe. Ich brauche neue Abschlüsse, die Leute haben kein Geld mehr, und ich versuche, ihnen etwas einzureden. Mein Mann hat schon seit zwei Jahren keine Arbeit, er kommt am Morgen gar nicht mehr aus dem Bett, liegt bis acht, neun Uhr in der Falle, dabei kann er gar nicht mehr richtig schlafen. Und auch mir fällt das Aufstehen jeden Tag schwerer. Seit die Kinder aus dem Haus sind und mein Mann und ich keine richtige Arbeit mehr haben, weiß man gar nicht, wozu. Da haben Sie es besser, Frau Trousseau.«

»Für mich ist es auch schwieriger geworden, seit mein Junge nicht mehr bei mir ist. Mir geht es wie Ihnen, ich habe manchmal das Gefühl, uralt zu sein.«

»Aber Sie können Ihre schönen Bilder malen und verkaufen, man bewundert Sie und Ihre Arbeiten. Sie haben einen Beruf, der Ihnen Spaß macht. Sie wissen wenigstens, wozu Sie leben.«

»Ja, die Arbeit hilft, Frau Dickert, da haben Sie Recht.«

»Zum Glück haben wir das Haus. Es gehört uns, da müssen wir wenigstens keine Miete zahlen. Und es ist ein Unglück, denn wegen des Hauses können wir nicht wegziehen. Wir können es nicht verkaufen, keiner zieht mehr hierher, alle verschwinden, und wir können es uns nicht leisten, das Haus einfach aufzugeben. Es ist unser goldener Käfig geworden, wir können nicht davonfliegen wie unsere Kinder.«

Sie stand mit hängenden Schultern vor mir und wirkte tatsächlich wie eine alte Frau, dabei war sie erst Mitte vierzig. Als ich wieder in meinem Atelier saß, fragte ich mich, ob sich denn mein Leben tatsächlich von ihrem so sehr unterschied, wie sie glaubte. Gewiss, ich malte Tag für Tag meine Bilder und war dabei mehr als nur zufrieden, aber ich hatte Mühe, sie zu verkaufen. Die Blätter und aufgespannten Leinwände stapelten sich im Atelier und Heinrichs ehemaliger Werkstatt, sie waren zu einer geradezu beängstigend großen Sammlung angewachsen.

Als Studentin hatte ich die überreich angefüllten Ateliers der Maler bewundert. Die überquellenden Räume schienen mir ein Ausweis von Produktivität zu sein, die um die Künstler versammelten Arbeiten mussten, wie ich vermutete, eine beständige Ermunterung für sie darstellen, und ich wünschte mir, möglichst bald ein Atelier zu haben, dessen Wände und Fußboden von den eigenen Zeichnungen und Bildern bedeckt waren. Und nun besaß ich ein solches Atelier, und meine Arbeiten türmten sich darin und nahmen mir den Platz. Was ich ersehnt hatte, nun, da ich es besaß, bedrückte es mich. Die Sammlung führte mir nicht meine Produktivität vor Augen, sondern allein die Schwierigkeit, meine Bilder zu verkaufen. Ich wusste schon im Voraus, wofür ich einen Käufer finden könnte und was ich allein für mich malte.

Ich durfte mich nicht beschweren, es ging mir nicht schlechter als vergleichbaren Kollegen. Ich hatte wie die anderen ab und zu kleine Ausstellungen, ein oder zwei im Jahr, und erhielt auch gelegentlich einen Auftrag, der mich für ein paar Wochen der finanziellen Sorgen enthob, aber nun war der Alltag in mein Leben gekommen und raubte mir den Spaß an der Arbeit. Die Aufregungen, die Spannung, das Zittern schwanden von Jahr zu Jahr mehr, jene Unruhe, die mich vor einer neuen Arbeit befiel und beflügelte, die Furcht vor der unberührten Leinwand, all das war der Gewöhnung gewichen. Ich spürte, dass es mich am Morgen nicht mehr ins Atelier zog, dass mich meine eigenen Arbeiten nicht mehr erregten. Auch die Eröffnungsreden bei einer Vernissage ermüdeten mich, die freundlichen Worte erschienen mir beliebig und verlogen. Das hohe Lob, mit dem mich der Redner pflichtgemäß zu überhäufen hatte, war mir peinlich und langweilte mich. Als Frau Dickert sagte, wie viel Kraft es sie kosten würde, frühmorgens aufzustehen, hatte ich unwillkürlich genickt, es ging mir eigentlich nicht anders.

Jetzt, wo ich allein war, war der Flügel das Kostbarste in meinem Leben. Ich spielte nach wie vor jeden Tag zwei Stunden, ich musste mich zwingen, nicht aus dem Atelier wegzulaufen und mich an das Instrument zu setzen. Dabei wusste ich, dass ich mich selbst betrog, denn ich spielte schlecht, doch mir gefiel es, am Flügel konnte ich mich geradezu in einen Rausch hineinsteigern.

Zwei Monate vor dem Abitur zog Michael bei Kathi aus, er hatte eine winzige Wohnung gefunden, in der er mit Melanie einzog. Er teilte es mir am Telefon mit. Melanie und er hatten einen Studienplatz bekommen, er wollte Jura studieren, Melanie Politikwissenschaft, beide hätten sie bereits kleine Jobs, ich müsse mir keine Gedanken machen. Ich bat ihn, mich zu besuchen. Komm mit Melanie zu mir, sagte ich, und er versprach es, wusste aber nicht, wann. Sein Abitur feierten wir in Berlin. Zwei Tage später brach er mit seiner Freundin zu einer kleinen Weltreise auf, sie wollten erst in fünf Monaten zurück sein, zum Studienbeginn. Ich wäre also den ganzen Sommer über allein.

»Einverstanden, Mama?«, fragte er. Doch es war keine Frage, es sollte ein Trost sein.

»Wunderbar«, sagte ich, »dann kann ich endlich in Ruhe arbeiten.«

Für mich hatten sich wieder ein paar Ausstellungen ergeben, und ich verkaufte auch einige Bilder. Ich bekam sogar einen Auftrag für ein Buch, Illustrationen für einen Roman in einem winzigen Verlag, der mir nur so wenig bezahlen wollte, dass ich weiterhin Sozialhilfe beantragen musste. Die Schulden, die ich bei Kathi hatte, konnte ich trotz allem nach und nach zurückzahlen. Ich war erleichtert, als ich endlich wieder schuldenfrei war.

Michael und Melanie waren recht erfolgreich in ihrem Studium. Schon im zweiten Jahr konnte Michael zeitweise in einer Kanzlei arbeiten, und Melanie reiste mit einem ihrer Professoren zu Kongressen in alle möglichen Länder. Wir telefonierten viel, denn sie hatten nicht die Zeit, zu mir zu kommen, und ich wollte sie nicht besuchen, ich wollte ihnen nicht zur Last fallen.

Ich hatte eigentlich nur noch Kathi. Sie war und blieb die verlässliche Freundin. Wann immer ich zu ihr fuhr oder sie zu mir herauskam, waren es gute Tage für mich. Selbst die Kopfschmerzen, unter denen ich in den letzten Jahren litt, waren dann nur noch ein schmerzloses weißes Rauschen.

18.

In ihrem achten Semester heirateten Michael und Melanie. Es gab eine große Feier, die ihre Eltern ausrichteten, und zur Hochzeit bekamen sie von Melanies Vater eine Eigentumswohnung geschenkt. Nun waren die beiden völlig unabhängig und hatten mit sich und der Wohnung und ihrem Studium zu tun. Zudem mussten sie, wie sie mir erklärten, Kontakte pflegen, sie wollten nach dem Studium unbedingt für drei Jahre in die Vereinigten Staaten, um zusätzliche Abschlüsse zu schaffen. Ich sah sie nur selten, wir trafen uns, wenn ich Kathi in Berlin besuchte. Manchmal ging ich zu ihrer Wohnung, manchmal trafen wir uns in einem Lokal. Es war immer schön, die beiden zu sehen. Sie turtelten miteinander, ich war froh, dass mein Sohn glücklich war, und das sagte ich ihnen auch.

»Und was ist mit dir, Mama?«, fragte Michael. »Willst du in Kietz bleiben? Das ist nicht gut für dich. Du solltest da draußen nicht allein leben. Irgendetwas solltest du ändern. Ich hatte gehofft, du findest jemanden. Einen wie Heinrich, der war doch ganz in Ordnung. Oder zieh mit Kathi zusammen. Es gefällt mir nicht, dass du allein in dieser Wildnis haust. Du bist doch keine alte Frau. Mach was aus deinem Leben.«

»Genau das habe ich vor, mein Junge.«

»Was hast du vor?«

»Mein Leben ändern. Ich suche mir noch eine große Herausforderung. Ich sollte vielleicht den Himalaja besteigen. Oder eine Expedition in die Tiefsee mitmachen.«

»Ich habe es ernst gemeint, Mama.«

»Das ist mir schon klar. Und ich meine es auch ganz ernst. – Was macht ihr dieses Jahr in den Ferien? Habt ihr etwas geplant?«

»Wir machen einen Südamerika-Trip. Wir werden ein Semester aussetzen. Wenn wir mit dem Studium fertig sind, kommen wir doch nie wieder dazu.«

»Sehr schön. Ich beneide euch. Fahrt ihr allein?«

»Nein, wir sind zu sechst. Ein paar Kommilitonen von Melanie kommen mit.«

»Dann sehen wir uns nach den Ferien.«

»Und du?«

»Ich weiß noch nicht. Mein alter Freund Bertrand hat mich eingeladen. Erinnerst du dich noch an ihn? Burgund wäre eigentlich sehr schön. Vielleicht fahre ich dort hin und bleibe etwas länger.«

Wir umarmten uns beim Abschied, und Melanie küsste mich sogar.

Nun, einen Monat später, will ich tatsächlich nach Frankreich fahren, aber nicht nach Dijon und auch nicht zu Jorge, der inzwischen in Paris lebt. Ich möchte in ein fremdes, in ein fernes, in ein anderes Land, ich will mich nicht mit Freunden treffen. Einen Stapel Prospekte hatte ich mir aus einem Reisebüro geholt mit den Adressen preiswerter Pensionen. Ich habe kein Zimmer vorbestellt, sondern werde jeden Abend dort Quartier machen, wo es mir gefällt. Meinen Koffer werde ich in Orleans oder in Vendôme unterstellen und mich dann mit dem Rucksack auf den Weg machen. Drei, vier Wochen durch das Val de Loire wandern, etwas zeichnen, zur Ruhe kommen.

Am 29. April fahre ich nach Berlin. Ich übernachte bei Kathi, gebe ihr Autoschlüssel und Papiere und bin noch einen Tag mit ihr zusammen. Am Abend fährt sie mich in meinem Auto an die Bahn.

»Muss ich mir Sorgen machen?«, fragt sie beim Abschied.

»Nein. Wieso?«

»Du gefällst mir nicht, Paula.«

»Was ist jetzt los? Die Stunde der Wahrheit? Du gefällst mir auch nicht, schon seit Jahren. Bist du jetzt zufrieden?«

Mitten in der Bahnhofshalle kreischen wir wie Schulmädchen, wir küssen und umarmen uns, wir wollen keine Abschiedsstimmung aufkommen lassen.

»Ruf an, damit ich weiß, wo du steckst.«

»Mach ich. Versprochen. Und jetzt fahr nach Hause.

Ich will nicht, dass du hier auf dem Bahnhof herumhängst. Ich muss noch eine Fahrkarte kaufen, und ich hasse Abschiede. Und pass auf mein Auto auf, Kathi.«

Ich kaufe mir eine Karte für Schlafwagen erster Klasse. Ich entschließe mich dazu, als ich eine Fahrkarte nach Orleans verlange und die Schalterbeamtin mir sagt, es gäbe noch freie Schlafwagenplätze bis Paris, ein Bett in der ersten Klasse und drei Betten in der zweiten. Ich bin noch nie in meinem Leben erster Klasse gereist. Ich erkundige mich, was ein solches Bett kostet, und kaufe mir das Ticket. Sie rät mir, sofort einen Platz für die Rückfahrt zu buchen, aber ich sage, ich wüßte nicht, wie lange ich bleiben werde.

Bis zur Abfahrt habe ich noch eine Stunde Zeit und setze mich in eins der Restaurants in der Bahnhofshalle. Ich bestelle einen Weißwein. Die junge Frau hat um diese Zeit wenig zu tun, als sie mir das Glas bringt, stellt sie sich an meinen Tisch und fragt, ob der Wein schmeckt und wohin ich fahre. Sie beneidet mich, sie könne sich einen solchen Urlaub nicht leisten, aber irgendwann wird sie auch nach Frankreich fahren. Ich bestellte ein zweites Glas Wein und hätte fast den Zug verpasst, wenn mich nicht die Kellnerin auf die Abfahrtszeit aufmerksam gemacht hätte.

Ich habe eine Schlafwagenkabine für mich allein, und ich genieße das luxuriöse Abteil. Der Bahnbeamte klopft an die Tür und fragt nach meinen Wünschen. Ich habe so lange keinen Urlaub mehr gemacht, diese Fahrt will ich von Beginn an genießen und bestelle eine Flasche Wein.

Christoph Hein

In seiner frühen Kindheit ein Garten

Roman
st 3773. 270 Seiten

Als der bundesweit gesuchte Terrorist Oliver Zurek bei einem Schusswechsel mit Beamten des Grenzschutzes von einer Kugel tödlich verletzt wird, kommt es zu einem politischen Skandal. Denn die offiziellen Mitteilungen über seinen Tod – es ist von Selbstmord die Rede – stimmen nicht mit den Zeugenaussagen überein. Der Fall gerät in die Schlagzeilen, der Innenminister tritt zurück, der Generalbundesanwalt wird in den Ruhestand entlassen. Trotzdem wird das Ermittlungsverfahren wenige Monate später eingestellt. Olivers Vater, ein ehemaliger Gymnasialdirektor, mißtraut den Behörden. Er versucht, die Wahrheit über den Tod seines Sohnes herauszufinden.
Mit knappen, eindringlichen Worten erzählt Christoph Hein die Geschichte eines Vaters, der sich auf die Spur seines Sohnes macht; und je weiter er dieser Spur folgt, desto mehr verändert er sich selbst.

»Dieses Buch hat mich eine schlaflose Nacht gekostet, nachdem ich mit dem Lesen begonnen hatte, konnte ich es vor dem letzten Satz nicht zuschlagen.«
Uwe Wittstock, Die Welt

»Eine bewegende Spurensuche, die Gefühle freisetzt, ehrlich bis zum Schmerz.«
Brigitte

Christoph Hein

Landnahme

Roman
360 Seiten. Gebunden und st 3729

Bernhard Haber ist zehn, als er 1950 mit seinen Eltern aus Breslau in eine sächsische Kleinstadt kommt, wo man Vertriebene und Ausgebombte lieber heute als morgen wieder abreisen sähe. Zwar werden Handwerker gebraucht, und Bernhards Vater ist Tischler, aber die Einheimischen bestellen ihre Möbel natürlich nicht bei dem Fremden. Dem Jungen begegnet man in der Schule nicht viel besser, sich durchbeißen und immer wieder Schläge einstecken – das erkennt er rasch als den einzigen Weg.
Christoph Hein erzählt die Lebensgeschichte Bernhard Habers über fast fünfzig Jahre aus der Sicht von fünf Wegbegleitern. Es ist der Lebenslauf eines Außenseiters in der Provinz, der mit der großen Geschichte scheinbar nichts zu tun hat und doch ihren Verlauf von der Nachkriegszeit bis zur Jahrtausendwende exemplarisch spiegelt.

»Endlich, der große Deutschlandroman: Christoph Hein hat mit *Landnahme* das Buch geschrieben, auf das in der Wendezeit so heftig gewartet wurde.« *taz*

Christoph Hein

Willenbrock

Roman
suhrkamp taschenbuch 3296
320 Seiten

Bernd Willenbrock, ehemals Ingenieur in einem DDR-Betrieb, führt im Berlin der späten neunziger Jahre erfolgreich einen Gebrauchtwagenhandel. Im Beruflichen wie im Privaten scheint alles zu stimmen: Die Ehe funktioniert, die Gattin hat Spaß an der Arbeit in der eigenen Boutique und ahnt nichts von Willenbrocks gelegentlichen Treffs mit attraktiven Kundinnen. Doch allmählich, erst unmerklich, dann unübersehbar, beginnen alle Sicherheiten des zivilisierten Lebens zu bröckeln: Diebstahl, Raubüberfall, Einbruch – hinter vermeintlich geordneten Verhältnissen wird ein Dschungel sichtbar, in dem nur noch eine Regel gilt: Hilf dir selbst!
Mit äußerster Genauigkeit und scheinbar leichter Hand erzählt Christoph Hein von unseren Verhältnissen, hinter deren Fassaden die Katastrophen nur notdürftig verborgen sind.

»Es gibt nur wenige deutschsprachige Schriftsteller, die so klug und präzise von den aktuellen Problemen unserer Epoche zu erzählen verstehen.« *Die Welt*

Christoph Hein
im Suhrkamp und im Insel Verlag

Aber der Narr will nicht. Essais. 184 Seiten. Gebunden

Als Kind habe ich Stalin gesehen. Essais. st 3624. 250 Seiten

Bruch / In Acht und Bann / Zaungäste / Himmel auf Erden.
Stücke. 192 Seiten. Gebunden

Exekution eines Kalbes und andere Erzählungen.
192 Seiten. Gebunden

Frau Paula Trousseau. Roman. 536 Seiten. Gebunden

Der fremde Freund / Drachenblut. Novelle. st 3476. 176 Seiten.
SBB 69. Mit einem Kommentar von Michael Masanetz. 235 Seiten

Horns Ende. Roman. st 3479. 272 Seiten

In seiner frühen Kindheit ein Garten. Roman.
Gebunden und st 3773. 270 Seiten

Landnahme. Roman.
Gebunden und st 3729. 382 Seiten. st 3928. GD. 580 Seiten

Mama ist gegangen. Roman. 126 Seiten. Gebunden

Nachtfahrt und früher Morgen. Erzählungen.
st 3578. 160 Seiten

Das Napoleon-Spiel. Roman. st 3480. 189 Seiten

Öffentlich arbeiten. Essais und Gespräche. st 3590. 187 Seiten

Der Ort. Das Jahrhundert. Essais. BS 1369. 210 Seiten

Randow. Eine Komödie. 120 Seiten. Gebunden

Stücke. Bruch / In Acht und Bann / Zaungäste / Himmel auf Erden. 192 Seiten. Gebunden

Die Stücke. 726 Seiten. Gebunden

Der Tangospieler. Roman. st 3477. 192 Seiten

Von allem Anfang an. Roman. Gebunden und st 3634. 192 Seiten

Willenbrock. Roman. Gebunden und st 3296. 320 Seiten